삼대록계 국문장편소설

임씨삼대록

5

역주자 조혜란(趙惠蘭)은 이화여자대학교 국문학과를 졸업하고 동 대학원에서 문학박사학위를 받았으며, 현재 이화여대 한국문화연구원 연구교수로 재직 중이다. 고전소설이 지닌 미학적 특징을 고찰하고 고전 작품을 여성적 시각에서 읽는 작업에 매력을 느끼며 동시에 고전문학을 대중화하는 일 역시 중요하다고 생각한다. 현재는 국문장편소설의 서사 세계를 밝히는 데 주력하고 있다. 대표적인 논문으로는 「『삼한습유』 연구」, 「『소현성록』 연작의 서술과 서사적 지향에 대한 연구」, 「삼대록계 국문장편소설에 나타난 추모 연구」 등이 있으며 『옛소설에 빠지다』와 같은 저서와 『삼한습유 역주』와 같은 번역서들이 있다.

역주자 정언학(鄭彦鶴)은 경기 안성 출생으로 서강대 국문과를 졸업하고 동대학원에서 중세국어문법에 관한 연구로 박사학위를 받았다. 현재 홍익대, 나사렛대 등에서 강의를 하고 있다. 국어의 시제와 상, 국어 문법형태소의 문법화 등에 관심을 두고 연구를 하였다. 저서로는 『상 이론과 보조용언의 역사적 연구』가 있으며, 논문으로는 「'-고 있다' 구성에서의 '진행' 의미 발전 양상」, 「'-습니다'류의 통시적 형성과 형태 분석」 등이 있다.

이화한국문화연구총서 12

임씨삼대록 5

초판 인쇄 2010년 2월 20일 **초판 발행** 2010년 2월 25일
역주자 조혜란 · 정언학 **펴낸이** 박성모 **펴낸곳** 소명출판 **출판등록** 제13-522호
주소 서울시 서초구 서초동 1621-18 란빌딩 1층
전화 02-585-7840 **팩스** 02-585-7848 **전자우편** somyong@korea.com **홈페이지** www.somyong.co.kr

값 20,000원

ISBN 978-89-5626-466-0 93810
ISBN 978-89-5626-445-5 (세트)

ⓒ 2010, 조혜란 · 정언학

이 저서는 2005년 정부의 재원으로 한국연구재단의 지원을 받아 수행된 연구임(KRF-2005-078-AS0041)

이화한국문화연구총서 12

삼대록계 국문장편소설

임씨삼대록 5

조혜란 · 정언학 역주

소명출판

가. 현대어역 및 주해

1. 현대어 번역문은 한글 맞춤법 체계에 의거해 자연스러운 현대 한국어 문장이 되도록 하였다.
2. 띄어쓰기와 관련해 한 인물에 대한 관직명이 연달아 나올 때는 붙여 썼다.
3. 띄어쓰기와 관련해 '공'이나 '부인'과 같은 호칭이 성(姓)과 연이어 나올 경우, 원래는 띄어 써야 하나 독서의 편의를 위해 예외적으로 붙여 썼다.
4. 현대어로 번역한 표현이 작품 원문의 형태와 많이 달라졌을 경우, 각주에서 원문의 표현을 밝혔다.
5. 현대어로 번역한 본문에서 어려운 한자어는 한자를 병기했다.
6. 판독(判讀)이 어려운 어휘나 문장은 이본을 참조하여 보완하고 주석을 달아 그 사실을 밝혔다.
7. 이본을 참조해도 판독이 어려울 경우 그 사실을 각주에서 밝혔다.
8. 면이 바뀔 때는 바뀐 부분의 첫 글자 위에 방점(˙)을 찍고 원문의 면수를 표시하였다.
9. 주해는 다음과 같은 경우에 하였다.
    1) 관직명, 인명과 같은 고유명사.
    2) 전고(典故)가 있는 한자어 및 지금은 사용하지 않는 한자어.
    3) 어학적 주석이 필요한 근대 국어 어휘나 표기 체계.
    4) 등장인물 및 그들 간의 관계, 앞 줄거리를 환기시킬 필요가 있을 경우.
10. 주석의 표제어는 현대어로 번역한 본문을 대상으로 하였다.
11. 문장 부호의 사용은 다음과 같다.
    1) 큰 따옴표(" ") : 직접 인용, 대화, 장명(章名).
    2) 작은 따옴표(' ') : 간접 인용, 인물의 생각, 독백.
    3) 『 』 : 책명(冊名).
    4) 「 」 : 편명(篇名)
    5) 〈 〉 : 작품명
    6) ( ) : 한자어의 한자를 드러낼 경우.
    7) [ ] : 표제어와 그 한자어의 음이 같은 경우는 '( )'를, 음이 다른 경우는 '[ ]'를 사용함.
    8) { } : 원문 표현을 그대로 옮긴 경우.

나. 원문

1. 현대 맞춤법 체계에 의거해 띄어쓰기를 했다.
2. 한자는 병기하지 않았다.
3. 면이 바뀌는 곳은 면수 표시를 했다.
4. 판독이 불가능한 경우에는 □ 표시를 했다.

임씨삼대록 해제

『임씨삼대록』은 18, 19세기 조선에서 널리 읽힌 국문장편소설로서 『성현공숙렬기』의 후편이다. 『성현공숙렬기』가 성현공을 위시한 그 형제들의 이야기를 그린 작품이라면 『임씨삼대록』은 성현공 형제들의 여러 자녀를 주인공으로 하는 이야기를 그린 작품이다. 그래서 『임씨삼대록』은 성현공 세 형제 자녀들의 이야기 정도로 풀이할 수 있는 "성현공 삼곤계 자녀 별전"이라는 부제(副題)를 가지고 있기도 하다.

『임씨삼대록』은 현재 2종의 완질 이본이 전한다. 40권 40책본과 39권 39책본이 그것으로 모두 한국학중앙연구원 장서각에 소장되어 있다. 최근에 나온 『임씨삼대록』 연구(최수현, 이화여자대학교 박사학위논문, 2010)에 의하면 두 이본의 이같은 분량 차이는 39권본의 경우 필사자의 일정한 관점에 따라 40권본의 일부 서사가 축약된 결과라고 한다. 이 책에서도 40권 40책본을 중심대상으로 하여 현대어 번역을 하였다.

『임씨삼대록』의 이본이 2종에 불과하므로 향유 당시 크게 인기가 없었

던 작품인가 여길 수도 있겠다. 그러나 조선후기 국문장편소설 작품으로
서 이처럼 완질의 이본을 남기고 있다는 점 자체만으로도 『임씨삼대
록』은 당대 독자들로부터 상당한 인기와 관심을 끌었던 작품이라 할 수
있다. 왜냐하면 국문장편소설 작품들은 우선 작품 그 자체의 분량이 적지
않아 단편소설들이 무수한 이본을 지니고 있는 것과 단순 비교될 수 없다
는 점, 더불어 국문장편소설 대부분이 전편에서 후편으로 이어지는 연작
소설인데 특히 『임씨삼대록』처럼 어떤 선행 작품의 후편인 경우 그것이
이본을 산출하기 위해서는 그 작품 자체뿐만 아니라 전편에 대한 풍부한
독자층까지도 전제되어야 한다는 점 등을 고려할 필요가 있기 때문이다.
여기에 더하여 국문장편소설 관련 향유 기록들이 풍부하지 못한 상황임에
도 불구하고 『임씨삼대록』의 향유 관련 기록이 적지 않다는 점도 당대 이
작품의 인기를 방증한다고 할 것이다.

　　『임씨삼대록』은 18세기 국문장편소설의 전성기에 향유되었던 작품이
다. 이 시기 국문장편소설은 『소현성록』처럼 국문장편소설 발흥 초기 작
품들이 보여준, 시대에 대한 고심과 그 시대에 대한 인간적 대응이라는
진지한 소설적 모색을 넘어서서 훨씬 폭넓은 서사세계를 보여준다. 그래
서 선악이 대결하는 가운데 절체절명의 위기와 그로부터의 구원이 가져
다주는 전아한 미감에서부터 선악의 대결이 일상다반사(日常茶飯事)로 내
려앉아 잔잔한 흥미와 이야깃거리로 자리 잡은 것까지 다양하다.

　　『임씨삼대록』은 처첩갈등이나 부부갈등 중심의 혼사장애담을 주로 형
상화하고 있다는 점에서 국문장편소설의 장르적 속성을 공유하고 있다.
그러나 『임씨삼대록』의 혼사장애담은 여타의 국문장편소설들과 변별되
는 개성적 면모를 보인다. 일반적으로 혼사 장애 사건이 형상화될 경우

혼인 당사자 여성의 시련과 고난, 그리고 그 극복에 서술의 초점이 놓인다. 그런데 『임씨삼대록』은 가문의 어른들, 특히 여성들이 자녀세대 혼인 당사자 여성이 겪게 될 위기나 고난을 미연에 예측하고 이를 방비하는 과정에 서술의 초점을 맞추고 있다. 그래서 아찔한 위기감이 주는 긴장감이나 선악 대결의 결과에 독자의 관심을 모으기보다는 이기는 게임의 과정 자체를 느긋한 마음으로 즐기며 그러한 과정에서 구현되는 천의(天意)의 실현을 체감하게 한다. 더불어 이러한 서사적 특징은 여성의 활약이 특히 두드러진다는 개성적 면모로 귀결된다.

　『임씨삼대록』은 이같은 서사적 특징과 더불어 창작 배경에 있어서도 주목할 만한 작품이다. 연작 관계에 있으므로 『임씨삼대록』이 전편 『성현공숙렬기』의 서사적 설정을 수용한 것은 재론의 여지가 없다. 그런데 『임씨삼대록』은 『성현공숙렬기』외에도 『구운몽』이나 중국소설 『평요전』에 대한 독서 경험을 적극적으로 활용하여 작품을 그리고 있다. 국문장편소설의 중요한 장르적 특징 가운데 하나는 선행 작품의 설정을 작중에 활용하는 경우가 적지 않다는 것이다. 이런 점에서 『임씨삼대록』은 국문장편소설의 장르적 속성에 충실한 작품이라 할 수 있는데, 여기서 특히 주목할 것은 그것이 『구운몽』과 『평요전』이라는 점이다. 국문장편소설 대부분은 작자미상의 작품들이다. 따라서 그 창작 배경에 대한 직접적인 정보는 상당히 제한적이다. 이러한 상황 속에서 『임씨삼대록』의 작가가 국문장편소설은 물론이고 중국소설까지 섭렵하고 이를 소설 창작에 적극 활용하고 있다는 점은 국문장편소설 연구자들에게 여러 가지로 시사하는 바가 크다.

　『임씨삼대록』이 완질의 이본을 남기면서 당대 큰 인기와 관심을 끌 수 있었던 것은 이러한 개성적 서사와 특징적인 창작 배경을 가지고 있었기 때문은 아닐까 생각된다. 이러한 『임씨삼대록』의 의의가 이 책을 통해 현대 독자들에게도 온전히 전해지기를 바란다.

처음에 번역은 1권~10권 17면은 김지영, 10권 18면~19권 25면은 최수현, 19권 26면~28권 50면은 한길연, 28권 51면~37권은 서정민, 38권~39권은 조혜란, 40권은 정언학이 담당하였다. 이 과정에서 정기적인 회의를 통해 무수한 상호 검토와 교정이 있었다. 이후 이를 총 5책의 현대어본으로 출간할 계획을 세우면서 1책(1~8권)은 김지영, 2책(9~16권)은 최수현, 3책(17~24권)은 한길연, 4책(25~32권)은 서정민, 5책(33~40권)은 조혜란과 정언학이 다시 재검토를 하면서 수차례의 상호 교정 작업을 거쳐 현대어 번역을 마무리하였다.

앞으로의 해결 과제로 남긴 부분이 없지 않아 세상에 내어놓기 주저되는 마음 감출 수 없다. 하지만 본 작업의 결과물이 세상에 나아가 고전소설 연구자는 물론이고 오늘날 일반 독자들에게도 우리 고전소설의 정수를 체험하게 할 소중한 계기가 되기를 조심스레 소망한다.

2010년 1월

서정민

원문

임 씨 삼 대 록

33권

차설(且說). 설순무1)가 양씨 남매를 위로하여 보내면서, 마침내 전날 양씨가 꿈에 나타난 일을 일렀다. 양씨 남매는 더욱 슬퍼하며 돌아갔다. 이후 양씨 남매는 사당(祠堂)을 지어 설순무의 화상(畵像)을 그려 봉안(奉安)하고 일 년 사시(四時) 향화(香火)2)를 받들며 그 은덕을 기렸다.

이때 오래지 않아 사천지부 임경홍이 부임한다는 소문이 들렸다. 마을 하리아역(下吏衙役)3)들은 십 리 밖에서 임지부4)를 맞아 관아(官衙)로 돌아왔다. 신구관(新舊官)이 교대하는데 구관(舊官) 장현경은 늙고 병든 탓에 즉시 고향으로 돌아갔다. 임지부가 부임하여 여러 관원들의 점고(點考)5)를 마치자, 부인은 내실(內室)로 모셔졌다. 설순무를 만나 서로 반기는 것이 마치 헤어진 형제를 다시 만난 것 같았다. 서로 예전 일을 이르며 대화하다가 임지부가 양씨 집안일을 듣고는 한심하고 분개하기를 마지못하며 설순무의 신명함을 칭송했다.

이럭저럭 임지부가 부임한 지 한 달여가 되었다. 의지가지없이 어려운 이들을 돌보며 부세(賦稅)를 가볍게 하고 백성들의 부역을 줄였다. 또 백성들을 사랑하고 죄인을 벌하며 공 있는 자에게는 상을 내려 상벌이 공평한 가운데 은혜로운 위엄이 함께 하자 온 백성들의 그 송덕을 추앙하는 소리가 드높아 족히 봉추선생(鳳雛先生)6)이 백 일 공사(公事)를 새벽녘에 처치하는 신명함에 비길 수 있을 듯했다. 이웃 마을 여러 선비들과 백성

---

1) 설순무 : 순무어사 설희필을 가리킴.
2) 향화(香火) : 향을 피운다는 뜻으로, '제사'를 이르는 말.
3) 하리아역(下吏衙役) : 하리(下吏)는 곧 서리(胥吏)로 중앙과 지방 관아(官衙)에 속하여 말단의 행정 실무에 종사하는 하급 관리. 아역(衙役)은 관아에 속한 노비.
4) 임지부 : 임경홍이 사천지부를 맡았기에 임지부라고 한 것임.
5) 점고(點考) : 명부에 일일이 점을 찍어 가며 사람의 수를 조사함.
6) 봉추선생(鳳雛先生) : 방통(龐統)의 도호(道號). 중국 삼국시대 촉한의 모신(謀臣)으로 어린 시절 소박하고 노둔하여 그를 높이 여기는 자가 없었으나 사마휘만이 그를 높이 평가하여 후일 유비(劉備)에게 천거하였음.

들은 처음 설순무와 임지부 두 사람을 보고 그 나이가 어린 것을 놀라워했는데, 두 사람이 잇달아 일처리를 훌륭히 해내자 더욱 놀라고 항복하지 않는 이가 없었다. 이웃 여러 현에 어떤 억울한 일이라도 신명같이 처결한 탓에 먼 곳에 있는 백성이라도 천 리를 멀다 하지 않고 왔다.

이리하여 설순무는 나랏일을 거의 다 마치게 되었다. 날을 잡아 서울로 떠나려 하자 임지부가 섭섭함을 이기지 못해 관아에서 송별 잔치를 열었다. 이웃 마을 관찰사들이 다투어 모여드니 푸른 눈썹과 붉은 단장을 한 이름난 기생 수백 명도 모였다. 하나같이 초나라 미인의 날씬한 허리에 월나라 미인의 빛나는 얼굴로 교태를 머금어 남자의 정을 낚으며, 간드러지는 노래는 풍류호걸(風流豪傑)의 정을 불태웠다. 설순무는 눈길을 주지 않았으나, 임지부는 엄한 부친을 떠난 탓에 안하무인(眼下無人)이었다. 좌우에 창기(娼妓)를 앉히고 가무(歌舞)를 시켜 즐기기를 마지않자 설순무가 말했다.

"형이 비록 호기(豪氣)가 넘치나 미색(美色)은 정취(情趣)에 해로우니 남자가 가까이 할 바 아닙니다. 또한 형은 한 고을 수령으로서 미색을 즐기며 잔치한다면 누가 정사(政事)를 돌보며 형의 행동을 바로잡겠습니까? 초나라 미인의 날씬한 허리, 월나라 미인의 얼굴에 곱게 치장한 미녀가 잔뜩 있는 듯하지만 제 눈에는 찬 겨울의 거친 들꽃 같아 정인군자(正人君子)[7]가 유념할 바 아닌 듯합니다."

임지부가 크게 웃으며 말했다.

"저는 풍류호걸 대장부입니다. 어찌 규방(閨房)의 한 아내만 지키며 기운을 꺾을 수 있겠습니까? 또 형처럼 졸렬한 남자가 무슨 정인군자(正

---

7)　정인군자(正人君子) : 마음씨가 올바르며 학식과 덕행이 높고 어진 사람.

人君子)인가요? 그저 남녀의 지취(志趣)는 다 각각이어서 호걸장부(豪傑丈夫)도 있고 산중고승(山中高僧)도 있는 법, 사람이 다 한가지겠습니까? 속담에 이르기를 털 있는 벌레가 삼백이요, 털 없는 벌레가 삼백이라 함을 듣지 못하였습니까?"

말을 마치자 좌중(座中)이 모두 웃으며 말했다.

"두 분이 이렇게 서로 말로 다투지 마시고 학자는 학자대로 있고, 호걸은 호걸대로 하십시오. 이 자리에 수십 군현의 뛰어난 명기(名妓)가 수백 명이니 이 가운데 마음에 드는 미녀가 없겠습니까?"

말이 채 끝나기도 전에 문득 아리따운 기생 둘이 비단 소매를 나부끼며 붉은 치마를 끌고 금쟁(金箏)8)을 비스듬히 안은 채 임지부 앞으로 나와 두 번 절하고 다가서며 말했다.

"저희 등이 이미 어르신의 풍채를 우러러 기다린 지 오래되었습니다. 원컨대 오늘부터 초대(楚臺)9)의 안개이불을 안고 백 년을 모시고자 합니다."

좌객이 크게 웃으며 말했다.

"너희들은 빼어난 명창이니 가히 임지부 같은 풍류호걸과 짝하는 것이 부끄럽지 않겠구나."

이때 임지부는 술에 취해 몽롱한 가운데 눈을 들어 두 여자를 보았다. 둘은 다 나이 18세 즈음으로 옥 같은 얼굴에 꽃 같은 태도가 절세가인이었다. 늦봄에 휘늘어지는 버들과 봄 동산에 막 필 듯한 배꽃 같았다. 임지부는 아주 기뻐하며 흔쾌히 물었다.

---

8) 금쟁(金箏) : {금쟁}. 쟁(箏)은 대쟁(大箏)과 비슷하게 생긴 현악기를 가리킴.
9) 초대(楚臺) : 초나라 무산(巫山)의 양대(陽臺)를 가리키는 것으로 송옥(宋玉)의 고당부(高唐賦)에 나오는 초왕이 무산신녀(巫山神女)와 비밀스레 하룻밤을 즐겼다는 누대.

"너희들 이름이 무엇이냐?"

"후섬월, 계홍매입니다."

임지부가 전과 다름없이 반기는 것은 곧 옛정이었다. 다시 물었다.

"너희들은 모년 모월 모일 서울에 머물렀던 것이니, 능히 나를 알겠느 9
냐?"

계홍매와 후섬월이 교태를 머금고 대답했다.

"저희들이 임상부 공자의 풍모를 오매불망(寤寐不忘)하였사오니 어찌

잊을 수 있겠습니까? 소첩(小妾)10)들은 그때 큰어르신께 벌을 받고 쫓

겨나 교방(敎坊)11)에서 이름을 삭제당하고 원지(遠地)로 내쳐졌습니다.

그동안의 고생이야 어찌 다 말로 하겠습니까? 합주 이웃 마을에 머물

며 먹고 사는 것도 어려웠으나 차마 어르신의 풍모를 잊지 못하고 또

청산녹수(靑山綠水)로 맹세하신 중한 은혜를 차마 저버리지 못하여 기 10

생 노름을 하지 않았는데 오늘 이 자리에서 어르신의 훌륭한 명성을 듣

고 놀랍고 반가운 마음을 이기지 못하여 이렇게 왔습니다."

좌중이 이 말을 듣고 크게 웃으며 말했다.

"과연 후섬월과 계홍매가 본래 임지부의 옛 정인(情人)이었군요. 정말

오늘 고인을 다시 만난 경사를 축하합니다."

말을 마치자 각각 잔을 잡아 술을 권하며 치하하였다. 임지부는 두 여

인을 옆에 끼고 의기양양하여 술을 즐기며 크게 취했다. 온종일 즐기다가

석양 무렵 여러 손님들이 흩어지고 설순무 또한 관아로 돌아갔다. 임지 11

부는 몹시 취하여 계홍매와 후섬월의 부축을 받으며 공청(公廳)으로 들어

---

10) 소첩(小妾) : 부인이 남편을 상대하여 자기를 낮추어 이르던 일인칭 대명사.
11) 교방(敎坊) : 장악원의 좌방(左坊)과 우방(友坊)을 아울러 이르던 말로 문맥상 기생학교 정도의
    의미로 쓰임.

갔다. 다음날 설순무가 임지부에게 말했다.

"미색(美色)이 비록 남자의 호사(好事)라 하지만 기생 같은 노류장화(路柳墻花)12)는 세상 경박한 자들이나 마음에 둘 것이지 도학성자(道學聖者)의 행할 바가 아닙니다. 형께서 비록 부친 슬하를 떠났으나 어찌 창녀에게 마음을 두십니까? 또 제가 두 여자를 보니 벌의 눈과 뱀의 허를 가졌습니다. 이는 곧 군자 곁에 머물러 둘 바가 아닌 듯합니다."

임지부가 나직이 웃으며 말했다.

"이는 한때 즐기는 것뿐이니 처신하기에 해로움이야 있겠습니까?

며칠 후 설순무가 떠나자 임지부는 수십 리까지 나와 전송했다. 서로 헤어지는 정이 깊어 형제지간에 이별하는 것 같았다. 임지부는 편지를 써 본가에 전하도록 했다.

이때 설순무가 집을 떠난 지는 8~9개월이 되었다. 말 머리를 북쪽으로 돌이키자 푸른 산 그림자가 따르고 푸른 물방울이 호응했다. 금채찍을 휘두르며 열흘 정도를 가 창주 운화촌에 이르렀다. 이날 밤 달은 밝고 기운이 맑아 잠이 오지 않았다. 좌우 하리(下吏)와 모시는 아이들은 다 밖에서 깊이 잠들었는데 설순무는 홀로 뜰을 거닐며 맑은 하늘을 우러러 밝은 달을 완상했다. 이때가 추팔월이었다. 옥 같은 이슬은 영롱하고 좋은 바람은 선선히 불어왔다. 가을 달은 만 리 밖 끝없이 넓은 하늘에 밝았다. 아득히 높고 먼 하늘은 넓고 넓어 한 점 조각구름이 없었다. 수국(水菊)에 서리와 이슬이 내리자 한 무리 가을 기러기가 슬피 울며 하늘로 흩어져 어지러이 날며 남녘을 향했다. 설순무는 태어나 처음으로 어머니를 떠난 회

---

12) 노류장화(路柳墻花) : 아무나 쉽게 꺾을 수 있는 길가의 버들과 담 밑의 꽃이라는 뜻으로, 창녀나 기생을 비유적으로 이르는 말.

포가 간절한 가운데 홀연 부인의 기이한 꽃, 밝은 달 같은 기질을 떠올리 14
며 두루 심사가 젖어드는 것을 깨닫지 못했다.

'나는 부모님이 늦게 두신 막내로 대갓집 귀한 아들인 덕분에 사랑과
부귀 가운데 성장하여 이제까지 인생의 괴로움을 알지 못했는데, 어찌
홀로 아내 덕이 없어 임씨 같은 훌륭한 여자를 얻고도 신혼 첫날밤에
덧없이 잃어 이제 여러 해가 지났건만 아직도 그 생사를 알지 못하는구
나. 15~16세 나이찬 남자가 음양(陰陽)의 조화를 알지 못하니 어찌 팔
자 기박한 것 아니겠는가?' 15

이렇게 스스로 신세 한탄을 하자 심회가 더욱 슬퍼져 자신도 모르게
〈이가편〉13)을 외우고 〈관저편(關雎篇)〉14)을 읊조렸는데, 시흥(詩興)이 절
로 일어 입 밖으로 소리가 나는 것을 깨닫지 못했다. 그 목소리가 맑아 하
늘에 사무치니 잠든 학이 놀라고 산골짜기의 원숭이가 춤추며 산속 짐승
들이 다 춤추는 듯한 가운데, 전생(前生)의 원수로 반평생 따르던 음녀(淫
女)의 이목(耳目)을 더욱 놀라게 하였다. 홀연 나이 13~14세는 된 듯한 한
미인이 녹의홍상(綠衣紅裳)15)으로 손에 유리병을 들고 자취도 없이 나타 16
나 절을 올리며 말했다.

"첩은 산속 어리석은 사람입니다. 오늘이 어떤 날이기에 대낮에 신선
이 내려와 속세(俗世)의 눈을 놀라게 하십니까? 이 역시 하늘이 내신 인
연입니다. 상공께서는 더럽다 여기지 마시고 잠자리 끝에 머물게 해
주십시오."

설순무가 깜짝 놀라 한참을 바라보았다. 본래 이루(離婁)와 사광(師曠)

---

13) 이가편 : 미상임.
14) 〈관저편(關雎篇)〉 : 『시경(詩經)』 「주남(周南)」에 실린 노래로 후비(后妃)의 덕을 칭송한 것.
15) 녹의홍상(綠衣紅裳) : 연두저고리에 다홍치마라는 뜻으로, 젊은 여자의 고운 옷차림을 이르는 말.

의 총명16)이 있어 한 눈에 알아보니, 이는 어떤 요인(妖人)인가?

이때 연씨 요녀(妖女)가 끔찍한 계교를 마음에 품고 삼 척 비수(匕首)를 옆에 낀 채 바람과 구름 가운데 몸을 감추고 합주로 갔다. 지나는 곳마다 경치를 무심히 보지 않았다. 혹 도사인 듯, 선비인 듯 굴며 곳곳의 경치를 완상하며 가다보니 날짜가 늦어져 설순무가 돌아오기에 이르렀다. 공교롭게도 이곳에 와 만나게 되자 연씨 요녀(妖女)는 객점(客店)17)을 빌어 밤을 지냈는데 마침 설순무가 머문 곳 곁이었다.

연씨 요녀(妖女)가 저녁을 먹고 잠들려 하는데 홀연 한 줄기 맑은 바람이 학의 울음소리를 몰아왔다. 그 소리가 맑고 깨끗하여 가없는 정취(情趣)를 돋우었다. 연씨 요녀(妖女)는 마음이 놀랍고 또한 기뻐 급히 옷을 입고 소리를 찾아 나섰다. 이르러 보니 밝은 달, 맑은 바람 가운데 산 층계 앞뜰을 배회하는 이는 다른 사람이 아니라 순무어사 설희필이었다. 밝은 달 아래 비단 두건을 쓰고18) 흰 도포를 깔끔하게 입은 채 뜰 가운데를 천천히 거니는 것이 구름 속에서 꿈틀대는 용의 비늘이 아니면 교외 뜰에 기린이 내린 것 같았다. 풍모가 더욱 빼어나 연씨 요녀는 반가움과 노여움을 동시에 느끼며 생각했다.

'내 처음에 임재홍19)의 외모풍신을 잘못 사랑하여 구차하게 인연을 이루려 하다가 소씨 여자를 없애지 못하고 계교를 다 이루지도 못한 채 행적이 들통 난 탓에 능히 임씨 집안에 머물지 못하고 도망쳤다. 다행

---

16) 이루(離婁)와 사광(師曠)의 총명 : 중국 황제(黃帝)때 사람인 이루가 눈이 밝았으며, 춘추시대 진(晉)나라의 음악가인 사광(師曠)은 소리를 들으면 잘 분별하여 그 길흉의 화복을 잘 점쳤다 함. 『맹자(孟子)』「이루(離婁)」상(上) 편에 보면 "사광의 귀 밝음으로도 육률을 쓰지 않으면 오음을 바로잡지 못한다(師曠之聰, 不以六律, 不能正五音)."라는 말이 있음.
17) 객점(客店) : 예전 오가는 길손이 음식을 사 먹거나 쉬던 집.
18) 비단 ~ 쓰고 : {나건을 반셩흐고}.
19) 임재홍 : 임희린의 둘째 아들.

히 백면도고[20]를 만나 다시 하늘이 짝지어준 임빙혜[21]의 인연을 방해하고 설희필의 풍모를 우러러 평생을 섬길까 했더니 변심한 동지가 갈수록 악독하여 설희필이 총명하게도 이상히 여긴 탓에 능히 설씨 집안에도 머물지 못하게 되자 낭패였다. 그래서 천하에 내 자취를 머물 곳 20 이 없게 되어 마침내 임, 설 두 놈에게 원한이 깊고 깊으니 만일 살아서 임, 설을 죽이지 못하면 지하의 귀신이 된들 잊겠는가? 이러므로 먼저 설씨의 목숨을 앗고자 했는데 이제 저를 만나보니 그 풍채가 나의 넋을 먼저 애태우는구나. 과연 사람의 육신이 어찌 저처럼 훌륭한가? 내 마땅히 다시 한 번 시험해 보리라. 저가 한창 젊은 때에 규중(閨中)에는 아내가 없고 또 가족을 떠나 여관 쓸쓸한 등불 아래 독수공방(獨守空房) 21 외로움이 심할 것이니 나의 절대미색(絶對美色)을 보고 어찌 의심하리오? 한 번 이리이리하여 만일 나의 계교를 이루지 못하면 구태여 어여쁜 목숨을 죽일 것까지야 있을까? 이름이 비록 천하고 신분이 낮은들 설마 어찌 하겠는가……. 일의 형편을 보아 저의 첩실(妾室) 자리라도 얻어 그 사랑만 받게 된다면 만사다행이요, 또 만일 내 뜻과 같지 못한즉 쾌히 한 번 죽여 분을 풀리라.'

이에 변신하여 아리따운 여자가 되었다. 비단 옷에 붉은 치마를 나부 22 끼며 설순무 앞에 이르러 당돌하게 얼굴을 마주하고 이같이 말했다. 설순무는 석양빛 같은 밝은 두 눈을 부릅뜨고 한참을 바라본 후 태연히 물었다.

"그대는 어떤 사람인데 이리 깊은 밤, 어느 곳에서 왔습니까?"

---

20) 백면도고 : 절강 소흥부 청원암의 여도사, 원래는 수천 년 묵은 백여우로, 스스로 백면도고라 칭하는 자인데 연랑과는 의모녀를 맺은 사이임. 『임씨삼대록』 29권에 등장함.
21) 임빙혜 : 임희린의 장녀이자 설희필의 부인임.

그 여자가 교태를 머금고 대답했다.

"소첩(小妾)은 이 산 위 주처사 아무개의 서녀(庶女)입니다. 불행히 어릴 때 부모님께서 돌아가시고 적모(嫡母)22)께서 너그럽지 못하시어 저를 용납하지 않으셨습니다. 이에 첩이 감히 머물지 못하여 유모와 함께 이 마을 촌가에 있었는데, 오늘밤 마침 달은 밝고 바람은 서늘하여 부모님을 생각하며 능히 잠을 이루지 못하다가 잠간 조는 동안 비몽사몽 간에 부모께서 나타나셔서 가을 달밤에 아름다운 소리로 읊조리는 자는 곧 서울 재상이니 이가 바로 저의 천생연분(天生緣分)이라 하셨습니다. 잠이 깨고서도 꿈이 생생한데 문득 어르신의 아름다운 목소리가 들렸습니다. 그래서 그 소리를 찾아 이르렀습니다."

설순무가 미소 지으며 말했다.

"나는 본래 용렬한 선비로 나이 어려 아직 벼슬길에 나아가지 못했으니 어찌 재상 지위에 있으며 또 풍채 졸렬하여 상여(相如)23)가 봉구황곡(鳳求凰曲)24)을 연주했던 희롱이 없으니 어찌 감히 문군(文君)25) 같은 아리따운 여자와 달 아래 기약을 바라겠습니까? 그러나 한창 때의 남자가 여관에서 객수(客愁) 적막하니 어찌 어린 미녀를 사양하리오?"

말을 마치고 서로 이끌어 방으로 들자 잔등(殘燈)이 명멸(明滅)하였다. 설순무는 연씨 요녀(妖女)의 손을 이끌어 곁에 앉히고 가만히 허리띠를 풀

---

22) 적모(嫡母) : 아버지의 정실부인.
23) 상여(相如) : 사마상여(司馬相如). 중국 전한(前漢)의 문인(文人). 자는 장경(長卿). 경제(景帝) 때 벼슬에서 물러나 후량(後梁)에 가서 『자허지부』를 지어 이름을 떨침. 그의 사부(辭賦)는 화려(華麗)한 것으로 유명(有名)하며, 후육조(後六朝)의 문인(文人)들이 이것을 많이 모방하였음.
24) 봉구황곡(鳳求凰曲) : 사마상여(司馬相如)가 녹기금(綠綺琴)으로 연주하여 탁문군(卓文君)을 유혹했다는 곡.
25) 문군(文君) : 탁문군(卓文君). 한나라 때의 대부호 탁왕손(卓王孫)의 딸로 과부로 있다가 사마상여(司馬相如)와 사랑에 빠져 아내가 되었는데, 후에 사마상여가 무릉인의 딸을 첩으로 삼자 〈백두음(白頭吟)〉을 읊고 사마상여와 결별함.

어 결박(結縛)하려 했다. 연씨 요녀(妖女)는 눈이 밝고 꾀가 많아 급히 치마를 떨치고 일어서며 소리쳤다.

"저는 부모님이 꿈으로 알려주신 것과 낭군의 풍채를 사모하여 상림(桑 25 林)26)에서 이슬을 맞고 진수(溱水)를 건너는 것27)조차 사양치 않고 왔는데, 그대는 어찌 매몰차기가 이 같으며 또 처음 보는 나와 허물이 없는데 무슨 이유로 결박하려 합니까?"

설순무는 연씨 요녀(妖女)가 눈치 챈 것을 보고 크게 화를 내며 급히 일어나 꾸짖었다.

"너는 곧 여무매달(呂武妹妲)28) 같은 요물이지. 평범한 사람은 속일 수 있어도 정인군자(正人君子)가 어찌 간사한 인간의 요사한 꾀에 속겠느냐?"

말을 마친 후 긴 팔로 포박하려 했다. 연씨 요녀는 사세가 불리한 것을 알고 급히 변신하였다. 한 줄기 기이한 바람이 되어 방문을 박차고 뛰쳐 26 나가며 소리쳤다.

"원수놈 설희필아, 네가 나를 누구라 여기느냐? 내 어찌 근본을 감추리오? 나는 곧 진왕의 군주로 본래 금지옥엽(金枝玉葉)이었으나 팔자 기박하여 일찍이 천륜(天倫)을 잃고 남태우의 양녀가 되었다가 인연이 기구

---

26) 상림(桑林) : 뽕나무 숲. 이곳에서 남녀가 은밀히 만나는 것을 말함.

27) 진수(溱水)를 ~ 것 : 『시경(詩經)』〈건상(褰裳)〉에 "그대가 날 사랑한다면 치마 걷고 진수라도 건너 따라가리다[子惠思我, 褰裳涉溱]."란 구절에서 온 표현으로 사랑하는 이를 위해서라면 치맛자락을 걷어잡고서 진수(溱水)라도 건너겠다는 의미임.

28) 여무매달(呂武妹妲) : 여무는 한고조의 비 여후(呂后)와 당나라 측천무후(則天武后)를 아울러 이르는 것으로 보임. 매달(妹妲)은 매희(妹喜)와 달기(妲己)를 아울러 이르는 것으로 나라를 망하게 한 여자라는 뜻으로 쓰임. 매희(妹喜)는 하(夏)나라 미인으로 걸왕(桀王)이 그녀에게 미혹되어 술의 연못과 고기의 숲인 주지육림(酒池肉林)에 빠져들어 결국은 멸망했고, 달기(妲己)는 은(殷)나라 주왕(紂王)의 비로 왕의 총애를 믿고 음탕하고 포악하여 주(周)나라 무왕(武王)에게 처형됨.

하여 원수놈 임재홍[29]의 재실(再室)이 된 후 원수 소씨 때문에 장신궁에서의 신세가 궁박하기 그지없었다. 마침내 임가를 버리고 도인(道人)을 만나 천지를 변화시키는 도술을 배운 후 다시 인간 세상에 나아가 임가가 대대로 쌓은 업보(業報)를 갚으려 했는데, 삼생(三生)의 업보로 너를 만나보니 원수놈의 외모풍채가 내 마음에 들어 한 번 인연을 이루고자 한 것이 아름다운 일이거늘 괴물 같은 것이 이토록 지독하니 어찌 분하지 않겠느냐? 내 끝내 원한을 갚지 못하였으니 원수인 네 목숨을 남겨 보낼 줄 아느냐? 오늘밤은 수중에 작은 칼 한 자루가 없으니 그저 돌아가지만 내일 밤에는 네 목숨이 어떨지 보아라."

말을 마치고는 급히 음산한 바람을 거두어 달아났다. 설순무는 경황없던 중이라 요술을 제어하지 못하고 연씨 요녀(妖女)를 그만 놓치고 말았다. 애달프고 분한 것을 참지 못하나 어쩔 수 없는 일이었다. 결국 이날 밤 한숨도 자지 못하고 다음날도 날이 늦도록 심기 불편하여 일어나지 못했다. 문득 서동(書童)이 고하였다.

"밖에 한 도인이 이르러 어르신을 뵙고자 합니다."

설순무가 놀라며 들이라 명하였다. 삽시간에 한 도인이 당(堂) 앞에 이르러 절하고 만복(萬福)을 기원하였다. 설순무가 보니 아름답기는 관옥(冠玉)[30] 같아 신선의 풍격이 묻어나는데 머리에는 누런 관을 쓰고 몸에는 우의(羽衣)를 입었다. 허리에는 붉은 생사 허리띠를 둘렀고 발에는 운니혜를 신은 것이 선풍(仙風)이 확연하여 속세를 벗어났던 장건(長騫)[31]이

---

29) 임재홍 : 임희린의 둘째 아들.
30) 관옥(冠玉) : 관 앞쪽을 장식(裝飾)하는 옥으로 남자의 얼굴에 대한 미칭(美稱).
31) 장건(長騫) : {슝스로 농ᄒ던 댱건}. 장건은 한무제(漢武帝)의 명에 따라 흉노족을 협공하기 위해 대월지(大月氏)와 동맹하고자 하였으나 중국과 월지국의 거리가 너무 멀다고 판단한 월지국 왕은 동맹을 거부하였음. 장건은 월지국에 가는 길에도 흉노족에 붙잡혔다 탈출했으며, 돌아오

아니면 자지곡(紫芝曲)³²⁾을 노래하던 사호삼은(四皓三隱)³³⁾ 같았다. 설순무는 한 눈에 놀라며 일어나기를 마지않았다. 그러고는 황망히 잠자리를 물리고 자리를 내어 앉기를 청하며 말했다.

"선인(仙人)께서 무슨 일로 수고로이 찾아오셨습니까?"

도인은 공손히 두 손을 모아 답례하며 말했다.

"저는 산에 머무는 어리석은 사람입니다. 자취가 사해(四海)를 떠돌며 속세의 기쁨과 슬픔을 떠난 지 오래되었으니 무슨 일로 감히 어르신 안전에 나서겠습니까마는 스승께서 이르시기를 조정(朝廷)의 귀한 분께서 이곳에 이르러 세상에 머무는 반년화³⁴⁾ 요인(妖人)에게 오늘밤 큰 화를 당하게 되었다 하시면서 제가 마땅히 그 곁에서 모시어 불의(不意)의 요변(妖變)을 방비하라 하셨습니다. 그래서 이렇게 왔습니다."

설순무는 기뻐하며 감사했다.

"저는 일개 용렬한 남자입니다. 일찍이 세상일에 골몰하여 도사님을 뵌 적도 없는데 그대 스승은 어떤 신선이시기에 이런 의기(義氣)가 있으십니까? 제가 과연 지난 밤 이러이러한 요녀(妖女)를 만났으나 능히 사

는 길에도 흉노족에 붙잡혀 10년 동안 포로생활을 하다 탈출에 성공하기도 하였음. 이 과정에서 그가 개척한 길은 훗날 실크로드로 명명됨. 그런데『형초세시기(荊楚歲時記)』에 의하면, 한 무제가 장건으로 하여금 대하(大夏)에 사신으로 가서 황하(黃河)의 근원을 찾게 하였는데 그때 장건이 뗏목을 타고 가서 견우와 직녀를 만났다는 기록이 있음.

32) 자지곡(紫芝曲) : 진나라 말엽 상산사호(商山四皓)가 세상이 어지러워진 것을 보고 은거하다가 한고조가 부르자 이들이 하늘을 우러러 탄식하며 "빛나고 빛난 영지여 가히 굶주림을 면할 수 있네. 당우 세상이 가버렸으니 내 어디로 간단 말인가(曄曄靈芝, 可以療飢, 唐虞往矣, 吾當安歸)"라고 노래지어 불렀다 함.

33) 사호삼은(四皓三隱) : 사호(四皓)는 한고조 때 상산(商山)에 은거한 동원공(東園公)·기리계(綺里季)·하황공(夏黃公)·녹리선생(甪里先生) 등 네 사람을 가리킴. 삼은(三隱)은 남송의 세 은자(隱者) 석혜원(釋慧遠)·유유민(劉遺民)·도연명(陶淵明)을 가리키기도 하고, 양나라의 세 은자(隱者) 유우(劉訏)·완효서(阮孝緒)·유효(劉歊)를 가리키기도 함.

34) 반년화 : 반년화는『성현공숙렬기』에서 역적죄인 반관옥과 함께 처형된 음녀의 이름임. 남영설이 반년화의 후신이므로 '반년화 요인'은 남영설임.

로잡지 못하고 오히려 요녀(妖女)가 이러이러한 어지러운 말을 하고 달아났습니다. 제가 재주 없고 능히 군자의 덕이 없는 탓에 요녀(妖女)를 놓쳤으니 어찌 분하지 않겠습니까? 이 때문에 심사가 편치 못하여 밤새도록 자지 못한 탓에 미처 잠자리에서 일어나지도 못해 도사님을 만나는 예를 잃었으니 황송합니다. 감히 성함과 도호(道號)를 여쭙습니다."

도인은 손사래 치며 말했다.

"저는 사해(四海)를 떠도는 자로 세속 인연을 끊고 이름을 감춘 지 오래되었으니 어찌 이름과 성이 있겠습니까? 다만 도명(道名)은 녹운사라 합니다."

설순무는 재삼 감사하며 스스로 이름과 자호(字號)를 말하고 술과 음식들을 대접하여 상에 올리자 녹운사는 그저 다과(茶菓)를 조금 맛보고 두어 술 밥을 뜬 후 상을 물렸다. 이날 설순무는 온종일 녹운사와 대화하며 날이 저물자 또 저녁을 함께 먹고 촛불을 밝혔다. 녹운사가 문득 소매 안에서 부적 한 축을 내어 벽에 붙였다. 두 사람은 밤이 깊도록 촛불 아래에서 한담하며 요술(妖術)이 일어나기를 기다렸다.

얼마 후 삼경(三更)35) 즈음이 되자 밖에서 이상한 기운이 일어나며 찬 기운이 방으로 들어왔다. 도인은 요물(妖物)의 짓이라는 것을 알고 가만히 주문을 읊으며 부적을 외웠다. 그러자 갑자기 난데없는 황건역사(黃巾力士)36)가 달려들며 보요삭(捗妖索)37)을 던져 요물을 결박해서는 땅에 던졌다. 그러고는 홀연 금갑신(金甲神)이 공중에서 소리쳤다.

---

35) 삼경(三更) : 밤11시에서 새벽1시 사이.
36) 황건역사(黃巾力士) : 힘 센 신장(神將)의 하나.
37) 보요삭(捗妖索) : 요괴로운 것을 사로잡는 밧줄.

"요녀(妖女)의 운수가 아직 패하기에 멀었으니 어찌 지레 죽이겠는가?
훗날 반드시 천벌(天罰)을 받게 하라."

말이 채 끝나지 않아서 요녀(妖女)를 들쳐 매고 갔다. 도사는 발을 구르
며 말했다.

"천장(天將)아, 요녀(妖女)를 어디에 버리려 하느냐?"

금갑신이 대답했다.

"당연히 장안성(長安城) 진궁에 버리려 하노라."

말을 마치자 희미한 달빛 아래 간 데를 알 수 없었다. 도사가 웃으며   34
말했다.

"오늘밤 큰 액운(厄運)은 다행히 면하였으나 내일 밤 횡액(橫厄)38)이 또
급합니다. 어르신은 방심(放心)하지 마십시오."

설순무가 허다한 괴변(怪變)을 보고는 한편 기이하게 여기고 또 한편 허
탄함을 좋아하지 않아 눈썹을 찡그리며 말했다.

"사불범정(邪不犯正)39)이라 했는데 제가 마침 군자(君子)의 행실이 없어
눈앞에서 이런 해괴한 변을 봅니다. 어찌 부끄럽지 않겠습니까?"

도사는 위로했다. 다음날 아침 객점(客店)을 떠나는데 도사는 뒤에 떨
어져 따라오고 설순무는 위엄 있는 행렬을 거느려 온종일 길을 갔다. 백   35
여 리를 가자 장차 날이 저물었다. 인가를 찾던 중 문득 말 앞에 일개 푸
른 옷을 입고 분을 바른 듯한 얼굴에 붉은 입술이 어여쁜 아이가 나타나
말했다.

"날은 이미 저물었고 귀한 행차 갈 곳이 없을 것입니다. 머지않은 곳에

---

38) 횡액(橫厄) : 횡래지액(橫來之厄)의 준말로 뜻밖에 닥쳐오는 불행.
39) 사불범정(邪不犯正) : 바르지 못하고 요사스러운 것이 바른 것을 건드리지 못함. 곧 정의가 반
   드시 이김을 이르는 말.

넓고 조용한 처소가 있으니 그곳에서 머무십시오."

모든 하역(下役)들이 이 말을 듣고 기뻐하였다. 일행은 설순무를 모시고 아이를 따라 한 마을 안으로 들어갔다. 둘러싼 절벽이 아름다운 가운데 큰 집 하나가 골짜기 안에 우뚝하였다. 난간이며 창, 문 등이 깨끗하고 단아하여 서울 고관대작(高官大爵)들의 집이나 왕궁(王宮) 못지않았다. 아이가 앞서 걸어가자 안에서 많은 하인들이 나와 일행을 맞으며 서당에 머물게 하고는 저녁상을 내왔다. 여러 집기(什器)들이 고급스럽고 화려한 것이 비길 데 없었다. 설순무가 이상히 여겨 주인을 청하자 사람이 와서 고하였다.

"주인께서는 며칠 전 유산(遊山)하러 가시어 내일 돌아오시고 안채에는 부인만 계십니다. 손님은 의심하지 마시고 편히 쉬십시오."

설순무가 속으로 이상하다 여겼지만 이미 밤이 깊었고 인가가 멀어 더이상 말을 하지 않았다. 그러나 몹시 의심스럽고 또 녹운사가 오지 않은 것도 이상했다. 밤이 깊어지자 일행들은 각각 흩어져 깊이 잠들었다.

설순무는 홀로 잠자리가 낯설어 자리에 앉아 있었다. 문득 뒷산에서 화포(火砲) 소리가 한 차례 들렸다. 그러고는 문안에서 또 화포 소리가 나며 불꽃이 하늘로 치솟았다. 설순무는 크게 놀라며 급히 창을 열었다. 백여 명 강도가 얼굴에 검은 천을 쓰고 벌떼 덤비듯 달려들며 소리쳤다.

"나그네의 짐 속에 분명 황금과 비단이 많을 것이니 빼앗아라."

설순무는 너무 놀라 정신이 없는데 또 소리쳤다.

"우두머리의 외모가 아주 아름다우니 죽이지 말고 사로잡아 우리 안주인께 바치고 큰 상을 타자."

여러 도적들이 뛰어들며 일시에 방으로 들이닥쳤다. 설순무는 더욱 놀라며 급히 뒤창을 열고 뛰쳐나갔다. 도적들은 또 소리쳤다.

"아차차, 보물을 잃지 마라. 이 남자 얼굴이 고운 옥 같고 품새가 유연한 것이 살을 고아 단약(丹藥)을 만들면 값이 천만 냥에 지날 것이다."

설순무가 더욱 놀라 황급히 내닫는데, 홀연 한 줄기 잔잔한 시냇물이 흘러 앞을 막았다. 너비는 네댓 간 정도이고 길이는 십 리 정도인데 물줄기가 도도한 것이 깊이를 알 수 없었다. 설순무는 건너지 못하고 물가에서 우왕좌왕했다. 추격하는 도적들은 점점 가까이 왔다. 설순무는 하늘을 우러러 울부짖었다.

"부모님이 주신 몸을 이곳에서 마치라는 것인가? 차마 도적놈의 손아귀에 떨어질 수 없으니 차라리 강물에 몸을 던져 물고기의 배를 채우리라."

말을 마치고는 결연히 물을 향해 뛰어들려 하는데, 문득 뒤의 세 사람이 소리쳤다.

"어르신은 귀한 몸을 경솔히 다루지 마십시오. 오늘 밤 이 변이 있을 줄 알고 녹운사가 동료, 스승과 함께 기다린 지 오랩니다."

설순무가 뒤돌아보니 희미한 달빛 아래 서너 도인들이 천천히 다가왔다. 설순무가 급히 물었다.

"도적들의 기세가 흉측한 것이니 대단한데 도사들은 손에 한 자루 짧은 칼도 없이 어찌 도적들에 맞서시겠습니까?"

말이 채 끝나지 않아 모든 도적들이 포위하여 점점 다가오며 소리쳤다.

"그럼, 그럼. 어디서 왔는지 세 도사가 또 이리 아름다우니 함께 잡아야겠다."

말이 끝나기 무섭게 급히 달려들었다. 맨 앞에 자리한 도사가 파리채를 한 번 휘둘렀다. 그러자 문득 음산한 기운이 일어나며 사방에서 무수한 신장귀졸(神將鬼卒)들이 내달아 허다한 도적들을 결박했다. 때를 같이 하여 녹운사 등이 지휘하여 포박하고 설순무와 함께 처음 있던 곳으로 돌아왔다. 벌써 설순무 일행이 집안 남녀노소를 다 결박하여 대령했다. 설순무는 대청에 불을 밝히고 모든 도적을 당 아래 꿇렸다. 그리고는 세 도사를 청하여 예의를 갖춘 후 성명과 도호를 물었다. 맨 앞 도인의 풍모와 자질은 예나 지금이나 드물어 보였는데 스스로 운현사라 했다. 둘째는 녹운사, 셋째는 벽운사라 했다. 나이가 비슷하고 또 외모가 아름다운 것을 칭송하자, 설순무는 사양하며 말했다.

"제가 일찍이 신선과의 인연이 없어 도사님들을 뵌 적이 없는데 여러 번 급한 난리에 목숨을 구해주시니 은혜가 태산 같고 은덕이 바다 같습니다."

운현사가 낭랑한 목소리로 공손히 대답했다.

"이는 다 스승님의 명입니다. 저희 세 사람은 그저 명을 따를 뿐입니다."

설순무가 재삼 감사하고 스승의 도호를 물었다. 운현사가 대답했다.

"스승님의 법호(法號)는 설현사라 합니다."

모든 하졸들이 엎드려 말했다.

"저희들이 잠결에 변을 만나 어르신의 안부를 모르고 당황하던 중, 어느 결에 도적들을 사로잡았겠습니까? 갑자기 난데없는 신장귀졸(神將鬼卒)이 이르러 도적들을 다 결박하여 맡기고 갔습니다."

설순무가 이 말을 듣고 더욱 신기하게 여겼다. 이러구러 날이 밝아 여러 도적을 국문(鞠問)하는데, 하나같이 실토하였다.

"저희 등의 죄가 아닙니다. 우두머리 주모(主母) 혼씨가 있어 이 곳 교생(校生)40) 이은의 아내가 되었는데, 젊어서 과부가 된 후 일찍이 재주와 용력을 믿고 무리를 모아 이르기를 태음낭랑(太陰娘娘)이라 하면서 이곳에 궁궐을 짓고 도로의 지나가는 사람을 잡아 음란한 욕정을 채운 후 또한 죽여 혈육을 다 고아 단약을 만들기를 제일 독약을 만드니 이름이 절혼사명단입니다. 세상에 종종 남편의 다른 부인이나 첩, 그리고 그들의 자녀를 죽이고자 하는 이가 사 갑니다. 어르신을 모셔온 것은 이런 계교였습니다. 이 가운데 태음녀도 잡혀 왔습니다."

설순무가 보니 그 여자는 팔 척 키에 마음이 방자하고 오활하며, 눈이 방울 같고 얼굴이 흉악하여 보기만 해도 무서웠다. 그녀를 형틀에 올리고 엄하게 국문(鞠問)하는데 혼씨가 비록 음흉하고 간악하나 졸개들의 실토가 명백하고 가혹한 형벌을 받아 유혈이 낭자하니 비록 대담하지만 그런 형벌에 어찌 견딜 수 있겠는가? 서너 대를 맞기도 전에 죄를 실토하겠다고 소리쳤다. 이에 매질을 멈추고 붓과 종이를 주어 초사(招辭)를 받았다.

저 혼씨는 이 땅 교생(校生)의 처였습니다. 젊어 과부가 된 후 음란한 욕정을 참지 못하여 큰 집을 짓고 행인을 후려 들인 후 욕정(欲情)을 채우고, 죽여서는 혈육(血肉)을 고아 단약을 만들었습니다. 서울 재상가에서 남편의 다른 부인이나 첩, 그리고 그들의 자녀를 죽이고자 하여 구한다면 값이 천금(千金)이 넘는 까닭에 이를 생업으로 삼았습니다. 그런데 어제 어르신 일행이 지나신다 하고 그 풍모와 덕성을 사람마다 침이 마르도록 칭찬하는 소문을 듣고 제가 아이를 보내어 유인하였습니

45

46

47

---

40) 교생(校生) : 향교(鄕校)의 유생(儒生)의 한 가지. 뒷날의 향교(鄕校)의 심부름꾼.

다. 깊은 밤 삼경(三更)에 무리를 풀어 도적인 체하여 행낭을 탈취한 후 저는 어르신의 놀람을 위로하면서 내당으로 인도하여 욕정을 채운 후 죽이고자 했습니다. 그런데 하늘이 어진 이를 아끼시고 악한 이를 벌하시는 것은 떳떳한 이치라, 이 지경에 이르렀으니 다시 아뢸 말씀이 없습니다. 엎드려 바라건대 어르신은 하늘 같은 덕을 내리시어 목숨을 살려주시면 다시는 잘못을 저지르지 않겠습니다.

설순무가 다 듣고는 몹시 화를 내며 즉시 동쪽 저자거리에서 참수(斬首)하고 수족(手足)을 잘랐다. 나머지 졸개들은 각각 죄대로 중형(重刑)을 내린 후 변방에 충군(充軍)[41]하고, 궁궐을 헐어 다시 행인의 피해를 막으니 그 신명함이 귀신같았다. 설순무는 옥사(獄事)를 처리하고 다시 길을 떠날 즈음 세 도사를 향해 깊이 감사를 표하고 함께 서울로 가기를 재삼 간청했다. 그러나 세 도사는 그저 스스로 만족하며 끝내 듣지 않고 홀연히 돌아가 버렸다. 어쩔 수 없었다.

이후 설순무는 밤낮으로 달려 무사히 서울에 이르러 궁궐에 들어가 황제를 뵈었다. 황제도 크게 반기시며 어린 나이에 재주가 큰 것을 칭찬하셨다. 그간 옥사(獄事)와 정사(政事)를 처리한 일을 듣고 그 신명함을 더욱 기특하게 여기시어 술을 하사하시고 벼슬을 높여 좌도어사간의대부(左道御史諫議大夫)를 삼으셨다.

설순무는 물러나 집으로 돌아왔다. 집안사람들이 반기는 것은 말할 것도 없고, 할머니와 부모, 형제들의 기쁨은 비길 데 없었다. 문전에 밀려드는 손님들은 대접하기 어려울 지경이었다. 설순무는 또 임씨 집안에 가

---

41) 충군(充軍) : 죄를 범한 자를 벌로서 군역에 복무하게 하던 제도. 신분의 고하와 죄의 경중에 따라 차등이 있었는데 대개 천역(賤役)인 수군(水軍)이나 국경을 수비하는 군졸에 충당하였음.

어른들 뵙기를 청했다. 초왕부 내외와 효장궁 내외가 모두 임상부 한 당에 모여 반겼는데, 기뻐하는 것에 위아래가 따로 없었다. 술잔을 돌리며 축하의 인사가 어지러운 가운데 설의열[42]도 아우를 반겼다. 설어사는 종일토록 담소하다가 저녁 무렵 돌아갔다. 임상부 내외는 섭섭함을 이기지 못했고, 숙렬비는 딸의 귀한 기질로 저런 옥 같은 군자를 만나니 조물주가 시샘하여 화란이 계속된 것이라며 한탄했다. 그리고 숙렬비는 그나저나 딸아이가 집을 떠난 지 오래되었는데, 비록 설의열의 신명한 헤아림으로 주소저의 화란을 방비하여 함께 돌아올 것이라 짐작하지만, 부녀자의 약한 기질로 길에서 고생할 것을 생각하자 마음을 놓을 수 없었다.

차설. 앞서 운현사의 자는 곧 임빙혜였다. 그녀는 설의열의 가르침을 받아 녹난, 벽완 두 여자와 함께 매송을 데리고 먼 길에 무사히 이르러 그 지아비의 목숨이 위태로운 상황을 두 번 구한 후 도중에 하직하고 헤어져 옛 머물던 곳으로 돌아왔다. 매송이 반가이 맞았다. 네 사람은 다시 행장을 꾸려 합주로 갔다. 주소저 액운의 근본은 어떠한가?

화설. 사천지부 임경홍은 본래 주소저가 너무 강직한 열부(烈婦)라며 꺼렸다. 부부 사이가 화목하지 못한 것은 진실로 액운(厄運)이 낀 탓이었다. 더욱이 집을 떠나고 부모 슬하를 떠나 이곳에 부임한 뒤로는 위로 존당 부모가 멀리 계시니 아침저녁 단속하는 사람이 없고 또 설순무마저 돌아가자 바른 길로 이끄는 친구도 없어 그 뜻이 더욱 방자했다. 주소저를 일단 내당으로 들인 후로는 그녀가 있든지 없든지 안중에도 없었다. 그러고는 후섬월과 계홍매를 만났는데, 옛정이 되살아나 날마다 외당에서 술을 마시며 잔치를 했다.

51

52

53

---

42) 설의열 : 설성염을 가리킴. '의열'은 임금이 내려준 칭호임.

두 여자는 임지부가 부인과의 금실이 좋지 않은 것을 알고는 기쁘고 점

점 교만한 뜻이 생기기 시작했다. 하루는 임지부가 관청에서 큰 옥사(獄

54   事)를 처리하느라 온종일 자리를 지켜 들어오지 않는 때를 틈타 두 여자

가 스스로 얼굴을 예쁘게 꾸미고 단장치레를 한 후 내당으로 들어갔다.

이때 주소저는 자애롭던 시어머니와 인자한 부모를 천리 밖에서 헤어

지고 서먹한 지아비를 따라 이곳에 이른 후 애초 얼음 같고 옥결 같던 마

음에 비단 이불 아래 부부의 정을 바라는 것은 아니었지만 남편과의 관계

가 이처럼 서먹할수록 부모님 슬하를 떠난 슬픔은 더해만 갔다. 속절없이

55   집 떠난 지 7~8개월이 지나도록 꿈속에서도 잊지 못하여 늘 고향 꿈을 꾸

곤 했다. 양가 어른을 모시고 북당(北堂) 춘원(春園)에서 즐거워 하다가 잠

이 깨면 일장춘몽(一場春夢), 마치 보물을 잃은 듯 탄식하며 베개에 얼굴을

묻었다. 그리하여 망운산 안개를 바라보며 부모를 그리는 회포43)가 날로

더하는 한편, 지아비는 시간이 지날수록 더욱 매몰차게 굴었다. 결국 이

리로 온 지 7~8개월이 지나도록 남편은 한 번 찾아오지도 않고 그 홍안박

명(紅顔薄命)44)은 장신궁(長信宮)45) 제일이 될 듯하니 어찌 일상에 마음이

편안하겠는가? 자연히 눈가에는 원망의 슬픔이 서리고 음식을 먹으나 그

---

43)   망운산 ~ 회포 : 객지에서 고향에 계신 부모님을 그리워함을 이르는 망운지회(望雲之懷)에서
      온 표현으로 이는 중국 당나라 때 적인걸(狄仁傑)이 좌천되어 지방으로 갔다가 태행산(太行山)
      에 올라 한 조각 구름을 보고는 그 구름 아래 부모님이 계실 것이라며 고향에 계신 부모님을 그
      리워했음을 이른 말.

44)   홍안박명(紅顔薄命) : 얼굴이 예쁜 여자는 팔자가 사나운 경우가 많음을 이르는 말.

45)   장신궁(長信宮) : 중국 한(漢)나라 때 장락궁 안에 있던 궁전으로 주로 태후의 처소로 쓰였는데
      여기서의 장신궁은 반첩여의 일을 의미하는 것임. 반첩여는 중국 한(漢)나라 성제(成帝)의 후
      궁으로, 성제는 처음에는 반첩여를 매우 총애했지만 시간이 흐르자 조비연에게로 사랑이 옮겨
      갔음. 이에 조비연은 혹시라도 성제의 마음이 다시 반첩여에게 되돌아갈 것을 염려하여 반첩여
      를 무고(誣告)하여 그녀를 옥에 가두게 했음. 나중에 반첩여의 혐의는 풀렸지만 그녀의 처지는
      예전 임금의 총애를 한 몸에 받던 때와 같지 않았고 그래서 그녀는 장신궁에 머물면서 과거 임
      금의 사랑을 받던 일을 회상하고 현재 자신의 처지를 돌이켜보며 〈원가행(怨歌行)〉이라는 시
      를 지음.

맛을 모르며, 잠자리에 들어도 편히 잠들지 못하여 날로 초췌했다. 유모 ⁵⁶(乳母)와 시비(侍婢)들은 매우 슬퍼하며 밤낮으로 위로했다.

어느 날, 이날은 평소보다 더 상태가 좋지 않아 아침 식사를 거의 하지 못하고 자리를 보전하고 있었다. 가을바람이 냉랭하자 시비(侍婢)들은 좌우의 창을 굳게 닫고 비단 휘장을 자욱이 둘러 바람을 막았다. 그런데 문득 두 창기(娼妓)가 들어왔다. 거만하게 왔음을 고하지도 않고 바로 문을 열었다. 그러고는 웃으며 말했다.

"저희들이 비록 천한 기생이나 이미 어르신의 총애를 얻은 사람들입니 ⁵⁷다. 마땅히 안주인께도 인사를 올리는 것이 도리인데 어르신께서 하라 하시지도 않고 부인께서도 말씀이 없으시니 저희들이 이상하다 생각 하여 당돌히 뵈옵니다."

말을 다하는데 그 태도가 오만방자했다. 주소저는 어이없어 묵묵히 말이 없고, 여러 시녀들은 서로 얼굴만 쳐다볼 뿐이었다. 홍월 등은 다시 비웃음을 머금고 말했다.

"부인과 저희가 비록 지체는 하늘과 땅 차이가 나지만 이미 어르신을 모신 것으로는 외람되나 한가지입니다. 저희들이 부인 뵙기를 청하는 ⁵⁸것은 〈갈담(葛覃)〉의 화기(和氣)⁴⁶⁾를 구경할까 한 것인데 기색이 이처럼 좋지 않으시니 글쎄요, 인자한 마음으로 화목하실 뜻이 없어 여후 (呂后)의 투기⁴⁷⁾를 본받으려는 것 아니십니까? 아니면 홍안박명(紅顔薄命)을 과히 슬퍼하시는 겁니까? 그렇다면 성덕(聖德)으로 저희들을 사랑

---

46) 〈갈담(葛覃)〉의 화기(和氣) : 갈담 노래의 화목함. 갈담(葛覃)은 칡넝쿨이란 뜻으로 집안의 번성과 화목을 읊은 『시경(詩經)』「주남(周南)」편에 실린 시.
47) 여후(呂后)의 투기 : 한(漢) 고조(高祖) 유방의 황후로 자는 아후(娥姁), 여씨(呂氏)라고도 함. 고조가 죽은 후 황태후가 된 여후는 고조의 총애를 받았던 척부인에게 박해를 가하였으며 사지를 자르고 약을 먹여 벙어리로 만들고 두 눈을 파낸 후 변소에 가뒀음.

하시면 저희들이 어르신께 아뢰어 부인의 박명(薄命)함을 회복하게 해
드리겠습니다."

59 　주소저는 이 말을 듣고 분하기 이를 데 없으나 입을 열어 저 무리와 겨
루는 것이 오히려 치욕스러웠다. 그저 안색이 흙같이 변하고 붉은 입술이
검게 변하며 눈언저리에는 노기(怒氣)가 서렸다. 주소저는 아무 말도 못
들은 체했다. 유모와 시비들이 노발대발하여 말을 하려 하자 홍월이 더욱
안하무인(眼下無人)으로 냉소하며 말했다.

　"몰랐는데 부인이 나무로 만든 사람이 아니면 벙어리로구나. 저러니
장부가 무슨 재미로 정을 붙이겠는가? 여자가 사랑받는 법은 장부를
대할 때 얼굴빛을 온순히 하고 소리를 부드럽게 하여 그 사랑을 낚는
60 것인데 저리 매섭고 간간해서는 검은 머리 백발이 되어도 장부의 사랑
을 바라지 못하겠구나."

　다시 비웃으며 말했다.

　"부인, 나이가 어려 세상 사정을 모르시는가 보군요. 남녀가 태어남에
사랑하는 것은 인지상정이니 부부가 함께 즐기는 것이 만복의 근원입
니다. 그러니 만일 지아비 은정을 모르고서야 여자 평생에 무엇이 더
좋은 게 있겠습니까? 청상과부나 산 속 중이야 어쩔 수 없지만 지아비
가 있어도 아무 이유 없이 인륜을 폐하고 질서를 잃어 음양(陰陽)이 서
로 합하는 것을 알지 못하면 이 아니 슬프고 가련합니까?"

61 　말을 마치자 크게 웃고는 음란한 말을 무수히 지껄이며 비웃는 것이
이루 말로 다 할 수 없을 지경으로 망측하기 이를 데 없었다. 주소저가 비
록 철석같은 마음이지만 어찌 분하지 않을까? 별 같은 눈을 내리뜨고 목
에 힘을 주어 한 마디로 좌우에 명하여 두 여자를 밀어 내치라 했다. 여러

시녀가 분함을 이기지 못하던 중 주소저의 명을 듣고는 한꺼번에 내달아 두 여자의 등을 밀치려 했다. 그런데 두 여자가 어찌 나가겠는가? 끝내 발악하며 말이 점점 더 방자해지더니 자연 서로 다투는 지경이 되었다. 두 여자는 스스로 제 몸을 부딪치며 옷을 찢고 머리를 헝클었다. 그러고는 스스로 벽에 부딪혀 피를 내기 시작했다. 주소저는 이 광경이 어이없었다. 요란함을 꾸짖으며 여러 시비들을 멈추게 했다. 시비들은 분함을 이기지 못하나 또한 두 여자를 제어하지 못하고 물러났다. 이에 두 여자는 소리쳐 울며 주소저에게 무수한 모욕을 퍼붓고는 돌아갔다. 주소저는 시녀들에게 명하여 어지럽힌 것을 정리하게 하고 좌우 창을 닫았다. 그러고는 조용히 누워 두 여자의 행실을 떠올리며 임지부의 행동이 도를 넘어섰음을 헤아렸다. 그러고는 가련히 탄식하며 신세를 한탄했다. 유모와 시비도 분함을 이기지 못하면서 주소저의 앞날이 어찌될까 슬퍼 눈물을 쏟았다.

이때 홍월 등은 외루(外樓)로 나가 각각 이불을 뒤집어쓰고 있었다. 날이 저물자 임지부가 들어왔다. 둘은 예전처럼 웃는 얼굴로 옷을 벗기고 띠를 끌러 맞아들이지 않았다. 임지부가 아주 이상하게 여기며 다가가 친히 이불을 젖혔다. 두 여자의 머리채는 헝클어져 있고 얼굴에는 핏자국이 어지러운 가운데 둘이 눈물을 뚝뚝 흘리며 말을 하지 않았다. 임지부가 놀라며 이유를 묻자 둘은 그저 흐느낄 뿐 선뜻 대답하지 않았다. 임지부는 더욱 마음이 급해 재삼 재촉하여 물었다. 그러자 그녀들이 울며 대답했다.

"아침에 내당 시녀가 문득 나와 부인이 부르신다는 명을 전하였습니다. 저희들이 본래 부인을 뵙고자 한 뜻이 없지 않았으나 어르신께서

명하지 않으시고 또 부인의 심중을 헤아리지 못하여 시간만 보내던 차, 부르시는 명을 받으니 다행이라 여기며 행여 갈담(葛覃)의 화기(和氣)를 볼까 기대하고 명을 받들었습니다. 그런데 부인께서 갑자기 노기(怒氣) 등등하시어 계단 아래 저희를 꿇리고 죄를 물으시기를, '매달(妹妲)과 포사(褒姒)[48] 같은 요망한 계집들이 어르신을 유혹하여 안주인을 능멸하니 반드시 머지않아 나를 죽이고 어르신을 꾀어 정사(政事)를 그르칠 것이다. 그러니 어찌 분하지 않은가? 내 마땅히 서울에 글을 띄워 너희들의 요악한 죄를 고하고 특별 처치를 할 것이지만 아직 때를 기다려 내가 위에 있음을 알게 하리라' 하시고는 모든 시녀들이 달려들어 저희를 기둥에 묶고는 머리채를 쥐어뜯으며 이렇게 두들겼습니다."

임지부는 이 소리를 다 듣고 그 말을 다 믿지는 않았다. 그러나 본래 주씨가 강경한 것은 익히 알던 바였다. 그래서 당돌한 주씨가 무식한 시녀들의 모함을 듣고는 두 기생을 잡아들여 구타한 것인가 의심이 생겼다. 여기에 술이 반쯤 취한 탓에 크게 화를 내며 말했다.

"거센 여자가 내 아직 죽지도 않았는데 이같이 투기(妬忌)를 방자히 하느냐!"

---

48) 매달(妹妲)과 포사(褒姒) : 매달(妹妲)은 매희(妹喜)와 달기(妲己)를 아울러 이르는 것으로 나라를 망하게 한 여자라는 뜻으로 쓰임. 매희(妹喜)는 하(夏)나라 미인으로 걸왕(桀王)이 그녀에게 미혹되어 술의 연못과 고기의 숲인 주지육림(酒池肉林)에 빠져들어 결국은 멸망했고, 달기(妲己)는 은(殷)나라 주왕(紂王)의 비로 왕의 총애를 믿고 음탕하고 포악하여 주(周)나라 무왕(武王)에게 처형됨. 포사(褒姒)는 서주(西周) 유왕(幽王)의 총희로 포(褒)는 국명, 사(姒)는 성(姓). 왕의 총애를 받아 아들 백복(伯服)을 낳았으나, 한 번도 웃는 일이 없자 유왕은 그녀를 웃기려고 온갖 꾀를 생각한 끝에 외적의 침입도 없는데 위급함을 알리는 봉화를 올려 제후들을 모았고 제후들은 급히 달려왔으나 아무 일도 없었으므로 멍하니 서 있자, 이를 본 포사가 비로소 웃기 시작했음. 뒤에 유왕은 신후(申后)와 태자 의구(宜臼)를 폐하고 포사를 왕비로, 백복을 태자로 삼았는데, 신후의 아버지 신후(申侯)가 이에 격분하여 B.C. 771년 견융(犬戎) 등을 이끌고 쳐들어왔고, 유왕이 봉화를 올려 도움을 청했으나 한 사람의 제후도 모이지 않아 결국 서주는 멸망했음.

소리를 크게 지르고 노발대발하여 밖으로 나와서는 관아의 노비들을 꾸짖으며 내당 유모와 시녀들을 다 잡아왔다. 그러고는 이유를 묻지도 않고 모두 곤장 오십 대씩을 두들겨 내쫓았다. 그 후 종을 시켜 부인에게 말을 전했다.

"예부터 투기는 칠거지악(七去之惡)49)의 하나입니다. 내가 한때 적막하여 홍월 등에게 정을 주었으나 이 두 여자는 이곳에 와 처음 만난 것이 아니고 실은 서울에 있을 때 부인과 혼인하기 전에 만났던 사람들입니다. 그러니 그 신분은 천하지만 진정 옛 정인(情人)들입니다. 따라서 당신이 마땅히 인자함과 의로움으로 대접하고 은혜로 거느려 〈갈담(葛覃)〉의 성덕을 빛내는 것이 옳은데 문득 투기를 방자히 하고 내 체면은 고려하지 않으니 이는 여후(呂后)보다 더한 투악입니다. 어쨌든 서울에 얼른 고하십시오. 부모님이 설마 자식을 죽이시지는 않을 것이니 모름지기 너무 방자하게 굴지는 마십시오. 또 구태여 허랑하고 정 없는 경홍을 원망치 말고 어디든 풍류군자 없겠습니까? 일찍이 호걸을 택하여 젊음을 헛되이 보내지 말아 나를 원망하지 마십시오."

시녀는 이대로 말을 전했다. 주소저는 이를 듣고 분함을 이기지 못해 자리에 엎어져 정신을 잃었다. 주위 시녀들이 급히 붙들어 약을 먹이고 팔다리를 주물러 보살피자 잠시 후 정신을 차렸는데, 눈물을 쏟으며 말을 못했다. 유모 등이 저희 매 맞은 것은 오히려 잊어버리고 주소저가 이 지경에 이른 것을 슬퍼하며 재삼 좋은 말로 위로했다.

임지부는 다시 양희당으로 들어가 두 기생을 보고는 전후 사정을 이르

67

68

69

---

49) 칠거지악(七去至惡): 여자가 시댁에서 쫓겨날 7가지 항목. 시부모에게 순종하지 않는 것, 아들을 못 낳는 것, 음란한 것, 투기(妬忌)하는 것, 나쁜 병이 있는 것, 말이 많은 것, 남의 물건을 훔치는 것을 말함.

며 위로했다. 둘은 속으로 더욱 기세등등해 하면서 겉으로는 놀라고 근심
하는 척 말했다.

"그러하면 안주인께서 화를 더 내실 것이니 저희들은 한때도 평안치
못할 것입니다."

임지부가 위로하여 말했다.

"내가 살아 있는데 어찌 투기하는 사람 하나를 제어하지 못할까 근심
하느냐? 너희들은 걱정 말고 예쁜 얼굴을 상하지나 마라. 사나이의 한
마디 애간장이 다 녹겠다."

이후로 둘에 대한 총애가 비할 곳 없고 더불어 주소저의 괴로움은 날
로 더해갔다. 임지부는 반드시 핑계를 대어 혹 옷이 덥고 추운 것을 맞추
지 못한다며 옷을 찢기도 하고 음식이 입에 맞지 않는다며 상을 물리치고
좌우 시녀들을 질책하지 않는 날이 없었다. 때문에 주소저와 그 시녀들이
하루도 평안하지 못한 중 홍월 등이 때때로 이르러 모욕하기를 마지않았
다. 결국 주소저는 분함을 이기지 못하여 병이 되기에 이르렀다. 두 기생
은 비록 임지부를 유혹하여 부부 사이를 이간질하였으나 아주 끝장 낼 계
교는 없었다. 그래서 갖가지 묘한 수를 궁리하던 중 부인의 필적(筆跡)을
몰래 구하여 글씨체를 흉내 내서는 외간 남자에게 보내는 연서(戀書)를 만
들었다. 그러고는 이를 심복(心腹)에게 주어 계교를 가르쳤다.

임지부가 하루는 옷을 갈아입으려고 내실로 들어갔다. 때마침 주소저
는 침석에 비스듬히 앉아 손에 시전지(詩箋紙)[50]를 들고는 무슨 글을 쓰려
고 하다가 임지부를 보고는 괴롭고 화가 치미는 것을 이기지 못해 마지못
해 손에 잡은 것을 놓고 일어섰다. 임지부가 보니 그 얼굴이 상하고 많이

50) 시전지(詩箋紙) : 시나 편지 따위를 쓰는 종이.

여위어 흰 눈 같은 피부에 얼음 같은 뼈가 비춰고 별 같은 두 눈에는 눈물 72
이 어리어 슬프게 원망하는 듯한 눈빛이었다. 서시(西施)가 배 앓는 거
동51)이라도 이보다 더 아름답지는 못할 것이니 보는 사람으로 하여금 애
련하고 불쌍함을 이기지 못하게 할 것인데, 두 사람 사이의 액운(厄運)이
적지 않아 임지부의 눈에는 이런 모습이 더욱 박복하고 밉상스러웠다. 두
눈을 부릅뜨며 흘겨보다가 냉소하고는 말했다.

"예전 은나라와 하나라를 멸망시킨 매달(妹妲)의 풍조가 남은 것이 아
니라면 어찌 저러며, 행동거지가 아주 청상과부(靑裳寡婦)의 박복한 모
습이니 내 비록 팽조(彭祖)52)의 수명(壽命)을 얻은들 저런 박복한 여자
의 운수 때문에 이십이나 채 살겠는가?" 73

말을 뱉은 후 임지부는 옷을 떨쳐입고 밖으로 나갔고, 주소저는 듣는
말마다 애통하고 분한 것을 참지 못했다.

임지부가 밖으로 나오다가 문득 내원(內院) 합장 아래 13~14세는 돼 보
이는 아이가 무슨 편지를 손에 쥐고 내당 근처를 살피고 있는 것을 보았
다. 임지부는 이상하게 여겨 서동(書童)을 시켜 불렀다. 그러자 그 아이는
놀라며 돌아가려 했다. 이에 서동이 힘으로 붙잡아 외당으로 가는데 그
아이는 끌려가면서 거짓으로 울기를 마지않았다. 임지부 면전에 이르자 74
임지부가 가까이 불러 질문을 하였는데 그 아이는 머뭇거리며 감히 대답
하지 못했다. 임지부가 더욱 의심스러워 직접 그 가진 것을 빼앗았다. 아
이는 크게 울며 말했다.

---

51) 서시(西施)가 배 앓는 거동 : 서시는 중국 춘추 시대 월나라의 미인(?~?)으로 속병이 있어 늘 얼
   굴을 찡그리고 있었는데 그 모습조차 너무나 아름다웠다고 함. 오나라에 패한 월나라 왕 구천
   이 서시를 부차에게 보내어 부차가 그 용모에 빠져 있는 사이에 오나라를 멸망시켰음.
52) 팽조(彭祖) : 전설적 인물로 800세의 수를 누렸다고 함.

"제가 이제 죽게 되었습니다. 어르신은 목숨을 살려 주십시오."

임지부는 몹시 의심스러워 재삼 달래며 일렀다.

"어떤 어려운 일이라도 내가 잘 처리할 것이니 무슨 일로 죽이겠느냐?"

그 아이는 다시 울며 말했다.

"이것은 저의 죄가 아니고 유도령의 탓이니 어르신은 목숨을 살려주십시오. 이 글을 주며 꼭 비밀로 하라 하는 것을 어르신께 들켰습니다."

임지부는 재삼 진심으로 허락하고 봉투 겉을 우선 살펴보았다. '절강인 유연은 옥 같은 낭자에게 붙이노라' 하였는데, 편지글은 진짜 음란하고 흉악했다. 대개 우연히 만나 서로 정이 깊게 되었다는 것과 함께 도주할 방법이 없으니 어쩔 수 없이 이제 임지부를 죽이자고 한 것이었다. 임지부의 처리가 어떠할지 다음을 보라.

임 씨 삼 대 록

34권

차설. 임지부는 편지를 본 후 화가 몹시 났다. 게다가 미혼주(迷魂酒)를 실컷 마셔 총명함이 많이 사라진 탓에 임지부는 편지글을 곧이곧대로 믿었다. 그래서 백은(白銀)을 꺼내 아이에게 주며 말했다.

"유도령을 보거든 그저 편지를 전하였다고만 하여라."

아이는 은을 보고 아주 기뻐하며 감사하고 돌아갔다. 임지부는 편지를 들고 후섬월, 계홍매 등의 방으로 들어갔다. 두 여자는 모르는 체하며 임지부를 맞아 아양을 부리며 정답게 물었다.

"어르신이 무슨 일로 안색이 좋지 않으십니까?"

임지부는 탄식했다.

"어찌 감추겠는가? 주씨는 과연 대단한 집안 출신일 뿐만 아니라 큰 어머니 주숙렬비 효문공주의 종손이다. 주씨의 행실이 불초(不肖)하기로 만일 이토록 나쁘지 않다면 어찌 그 허물을 입에 담아 훌륭한 집안의 명예를 더럽히겠느냐마는 저의 음란하고 패악함이 이 같으니 인정상 절박하지만 차마 그냥두지 못할 것이다. 그런데 처치하려 하면 저의 친가가 천 리 밖에 있으니 사세(事勢) 난처한 것이 많아 자연 마음이 불편하고 그것이 얼굴에 나타난 것이다."

드디어 그 편지를 내어 보이며 일의 전모를 모두 이르고는 처치 곤란함을 근심했다. 두 여자는 임지부의 화를 돋우어 말했다.

"천한 아랫것들도 이처럼 도리에 어긋나는 짓은 않을 것인데 어찌 선비집안 규수로서 이같이 음란하고 더러운 일이 있습니까? 저 사람이 만일 상공의 박대를 원망하여 간부(姦夫)를 따라 달아나면 오히려 다행이겠으나 상공을 살해하려고 하면 강상(綱常)의 대죄이니 두렵지 않습니까?"

임지부가 확연히 깨달아 말했다.

"너의 말이 옳다. 하마터면 내 죽을 뻔했구나. 오늘은 저물었으니 내일 반드시 친정으로 보내거나 죽이거나 해야겠다."

하고는 밖으로 나갔다. 이 밤 두 여자는 뜻을 정했다. 남복(男服)으로 갈아입은 후 활집을 차고,[53] 흑면을 쓴 후 비수(匕首)를 품고는 바로 임지부의 침실로 뛰어 들었다. 그러고는 자리를 헛찌르고 총총히 달아났다.

임지부는 이날 홀로 자는데 잠이 몽롱한 중 훤칠한 남자가 쳐들어와 칼을 휘두르자 요행히 몸을 다치지는 않았으나 크게 놀랐다. 문을 열고 쫓아가보니 그 사람이 즉시 침소로 들어가기에 아주 분통을 터트리며 방으로 돌아와 불을 켜고 진정했다. 그러고는 문득 바닥에 떨어진 비단 주머니 하나를 발견했다. 차례로 보니 모두가 흉한 편지들이었다. 간부(姦夫)의 편지글은 모두 도망하여 나오라는 것이었고 주씨의 편지는 오늘밤 임경홍을 죽여 분함을 풀고야 따라가겠다는 것이었다. 한 눈에 깜짝 놀라 서안(書案)을 치며 탄식했다.

"자고로 예쁜 여자가 강렬한 체할 때는 숙녀 아니면 음부라는 말이 옳구나. 이 여자가 이런 흉악한 짓을 할 줄 알았는가? 이 편지들을 잘 두었다가 저의 부모를 만나 한바탕 모욕을 주리라."

그러고는 또 생각했다.

'간부가 나를 해치려하다가 엉겁결에 이불을 찌르고 달아났으니 반드시 내가 죽은 줄 알고 음녀와 함께 집안 재산을 빼내어 갈 것이나 어찌 저의 계교대로 되게 하겠는가?'

방울을 흔들어 숙직하는 하인을 불렀다. 하인들은 이유를 모른 채 즉

---

53) 활집을 차고 : {운고를 쓰고}. '운고(雲囊)'로 보았음.

각 들어왔다. 다시 시녀 수십 인을 불러 후섬월, 계홍매 두 기생을 옹위하게 하고는 주소저 침실로 향했다. 두 기생이 아주 놀란 체하며 따라와 이유를 묻자 임지부는 씩씩거리며 도적이 칼을 내어 자신을 겨누었다고 말했다. 둘은 깜짝 놀라는 체하고, 하인과 시녀들은 비로소 사정을 알고 놀라며 큰 매와 밧줄을 들고 주소저 침실을 에워쌌다.

이때 주소저는 밤이 깊도록 심사 울적하여 갖은 생각을 떠올리다가 겨우 한 잠이 들었다. 그런데 문득 한 선인(仙人)이 앞에 와 말했다.

"부인아, 큰 화가 눈앞에 닥쳤는데 무슨 잠을 이리 깊게 자는가? 이 액운(厄運)은 다른 곳에서 오는 핍박이 아니라 그대 부부의 액운이 기구하여 자아비가 일을 내고자 하는 것이니 머물러서 욕을 당하지 말고 급히 남자 옷을 입고 이 땅 운수역 주점(酒店)을 찾아가거라. 운현사, 녹운사, 벽운사를 찾으면 자연히 반가울 것이다."

말을 마치자 문득 간 데 없이 사라졌다. 놀라 깨어보니 그저 한 꿈이었지만 몸과 마음이 어지러웠다. 비록 꿈이 허탄하지만 신인(神人)이 일러준 것을 저버리지 못할 것 같았다. 촛불을 밝혀 『주역(周易)』을 내어놓고 향을 피운 후 한 괘를 얻었다. 앞은 흉하지만 뒤는 길한 괘로 이 집안에 있다가는 큰 화를 당할 것이니 빨리 운수역으로 찾아가라는 것이었다. 몹시 놀라고 정신이 아득하여 급히 유모와 심복(心腹) 시녀들을 깨워 이 일을 이르고는 남자 옷을 갈아입었다. 그러고는 함께 운수역을 찾아 떠났다.

차설. 임지부는 주소저 침실에 이르자 긴 칼을 빼 들고 소리 질렀다.

"모든 시녀들은 빨리 들어가 음부음녀(淫夫淫女)의 머리를 베어라."

호통을 치자 소리가 진동하여 온 마을이 다 알고 물 끓듯 사람들이 모였다. 하인들이 불을 대낮같이 밝히고 일시에 고함치며 침실로 뛰어들었

다. 그런데 아무도 없고 숙직하는 종들뿐이었다. 이대로 고하자 임지부는
발을 구르며 말했다.

"음부음녀가 도망쳤구나."

하고는 종들을 잡아 꾸짖었다. 이들은 무슨 일인지도 모른 체 떨며 능히
말을 하지 못했다. 그저 모르는 일이라 할 뿐이었다. 두 기생이 말했다.

"음녀가 간부를 따라가는데 어찌 시녀들이 알겠습니까? 다만 상공을
해치지 않은 것이 다행이니 차차 조사하십시오."

임지부가 옳다 여겨 하인들을 물러가라 하고, 이러구러 날이 밝자 후섬
월을 좌부인이라 하고, 계홍매를 우부인이라 했다. 이후 매일 밤낮으로
술을 마시며 즐기고 공사(公事)는 돌보지 않아 한 마을이 쑥대밭이 되기에
이르렀다.

앞서 녹완 등은 임소저를 모시고 설순무를 구한 후 다시 합주에 이르
러 임지부의 치정(治政)과 주소저의 고생을 탐문하다가 운수역에 이르러
머물며 임지부의 행실을 살폈다. 이 밤 녹난 등이 하늘을 우러러 보니 주
소저의 주성(主星)에 검은 기운이 가득하여 아주 어지러운 가운데 임지부
의 주성 역시 검은 기운이 어리어 있으면서 살기(殺氣)가 주성을 침범하였
다. 그러자 주소저의 주성이 자리를 떠나 운수역으로 향하였고 이에 다시
임지부의 주성도 밝아졌다. 반드시 주소저가 일을 당하여 신인(神人)의 가
르침으로 이곳에 올 것을 알고 임소저에게 아뢰었다. 임소저는 반신반의
하며 어쩔 줄 몰랐다. 이 와중에 문득 오래지 않아 세 사람이 황급히 달려
오며 운수역 운현사의 거처를 물었다. 임소저와 여러 사람들은 반가이 나
아가 맞아 방으로 들어왔다.

주소저는 처음에 어느 살아있는 부처님에게 의탁하게 된 것인 줄 알았

10

11

12

다. 그러나 직접 보니 비록 남자 옷을 입었지만 다른 사람이 아니라 시누이 임빙혜와 녹난, 벽완, 미송이었다. 홀린 듯하다가 눈물을 흘리며 말했다.

"이 어쩐 일입니까? 참인지 거짓인지 모르겠으니 사정을 밝혀 이르십시오."

임소저는 손을 잡고 서로 안부를 물었다. 그러고는 설의열의 신명한 헤아림으로 그 가르침을 받아 왔음을 말했다. 주소저는 눈물을 쏟으며 그간 지낸 바를 말했다. 이 밤에 함께 자고, 다음날 같이 올라가려다가 관아의 소문을 들으려고 십여 일을 머물렀다. 임지부의 부인이 간부(姦夫)와 합심하여 야반도주한 후 임지부는 두 기생을 좌우 부인으로 삼아 공사(公事)를 폐하고 연일 즐긴다는 소문이 자자했다. 이에 모두들 놀라고 비참함을 이기지 못했다. 임소저가 말했다.

"우리가 바로 상경하면 주씨 형님의 치욕을 씻지 못할 것이고 또 오라버니의 행실이 아주 잘못되어 패가망신(敗家亡身)하기에 이를 것이니 어찌 모른 체하겠느냐? 너희들은 이곳에서 기다려라. 내 마땅히 나아가 이리이리하여 어지러운 것을 바로잡고 오겠다."

말을 마친 후 다만 녹난과 벽완 두 사람만 데리고 임지부의 아문(衙門)에 이르러 뵙기를 청했다.

이때 임지부는 주색(酒色)에 빠져 눈꼴이 다 뒤틀리고 흑백을 분별하지 못하게 되어 공사(公事)가 무엇인지 송사(訟事)가 무엇인지 모른 채 그저 아는 것이라고는 후섬월과 계홍매뿐으로 이루 말로 다하지 못할 상황이었다. 문득 하리(下吏)가 아뢰었다.

"서울에서 한 서생(書生)이 이르러 뵙기를 청합니다."

임지부는 서울 사람이라는 말을 듣고 반가워 청하였다. 이윽고 서생(書生)이 검은 관(冠)에 베옷을 입고 마땅찮은 얼굴로 들어와 예를 올리자 임지부는 눈을 들어 보았다. 옥 같은 기골에 신선 같은 풍모가 세상에 드문 군자였다. 마음속으로 탄복했다.

'뛰어난 인물은 우리 집안에만 모였는가 했더니 이 사람의 외모와 행동
거지가 상서 형님 못지않으니 만일 여자였다면 빙혜 누이와 막상막하
(莫上莫下)겠구나.'

공경하여 답례했다.

"서울 귀한 손님이 무슨 일로 이곳에 이르러 저를 찾으십니까?"

그 사람이 몸을 굽혀 예를 올리며 말했다.

"저는 그대 부인의 재종아우입니다. 마침 사천(四川)에 다녀갈 일이 있   16
어서 누이를 잠시 만나 비록 초면이지만 남매의 의리를 펼까 합니다."

그러자 임지부는 갑자기 화가 나서 말했다.

"형이 곧 내 부인의 육촌처남이로구나. 서로 선비집안 사람들로 말은
반드시 살피고 행동은 반드시 독경(篤敬)할 것인데 형의 육촌누이는 이
곳에 온 후부터 행실이 이러이러하고, 남자가 기생을 가까이 하는 것은
자고로 예삿일이요, 하물며 후섬월과 계홍매는 예전부터 알던 정인(情
人)들이니 털 끝 하나도 간섭할 것 없는데 잡아다 유혈(流血)이 낭자하
도록 매질을 하고, 간부(姦夫)와 사통(私通)하여 편지를 주고받으며 어느
밤에는 자객이 돌입(突入)하여 이리이리한 후 도주하였으니 이런 일이   17
또 있겠소? 실로 남이 들을까 두려우니 그대 육촌누이의 음란함은 온
마을이 다 아는 바요, 이러므로 편지를 없애지 않았소."

그러고는 임지부가 편지를 주렁주렁 내어놓았다. 임소저가 귀로 듣고

눈으로 그 형색을 살피니 두 미간에는 액운(厄運)이 모였고 눈에는 맑은 기운이 아주 사라졌으며 뱃속은 요약(妖藥)에 젖어 있었다. 속으로 탄식하며 안타깝게 여겼다. 그러고는 그 편지들은 굳이 보지 않고 한참 후 정색하고 말했다.

"누이의 덕성은 그대 집안이 모두 아는 것입니다. 여기에 와서 변한 것이 이상하고, 누이가 만일 그대를 해칠 것 같으면 서울에서 미리 일을 냈을 것이며, 여기서 음란하였다 하나 일이 다 근본이 있을 것입니다. 형이 성현군자(聖賢君子)와 숙녀(淑女)의 낳으신 바로 예의 가운데 나고 자랐지만 나이가 어려서 사리를 깨닫지 못하고 일을 소홀히 처리한 것 같습니다. 두 기생은 본래 그대 부친께서 내쫓으신 후로 원한을 품었다가 그대의 은정(恩情)을 이곳에서 입으니 저희의 즐거움이 족한데 다만 꺼리는 것이 누이여서 그 자리를 빼앗아 앉고자 하는 참람한 뜻이 있었을 것이니 어찌 누이를 모해하지 않았겠습니까?

편지는 이를 가져온 아이를 잡았다면 모름지기 간부(姦夫)의 거처를 찾아 잡아내어 선비집안 부녀자와 사통한 죄를 밝힌 후 일이 참이면 누이를 죽이는 것이 옳지요. 다른 사람의 일이라도 한 고을의 수령이 되어 칠거지악(七去之惡)의 패악함을 밝힐 것인데 하물며 내 집 일을 모호하게 한단 말입니까? 자객이 진짜 죽일 마음을 품은 자라면 어찌 사람과 이불을 구별하지 못하여 칼을 헛놀리고 달아나며, 구태여 손이 닿지도 않았는데 주머니를 떨어뜨리고, 이미 누이와 모의한 것이라면 소문 없이 갈 것이지 구태여 이름을 밝히며, 달아날 것이라면 누이와 함께 금은 재물을 가져갈 것인데 어찌 보물은 모두 두고 괴로운 시녀들을 데리고 갔겠습니까? 부부지간은 하룻밤 사이에 그 마음을 안다 하는데 누이의 평소 행실이 털끝 하나라도 어긋난 일이 있었습니까? 내 비록 지식이 얕고 아는 것 없으나 형께서 하인 열 사람과 형벌을 빌려준다면 당장에 판단하여 누이가 음란한지 여부를 알아낼 것입니다."

말을 마쳤는데 기색이 엄숙하였다. 임지부가 비록 요약(妖藥)에 홀려 있으나 본래는 총명하여 그 아버지, 할아버지에게 물려받은 풍모가 있었다. 주생의 말을 듣고 깨닫는 듯하여 즉시 하인과 형구(刑具)를 대령했다. 주생은 소리 높여 주소저의 시녀들과 후섬월, 계홍매를 다 잡아오라 했다. 하인들이 어찌 서생(書生)의 말을 듣겠는가마는 임지부의 분부가 있고, 그 서생이 옥 같은 골격에 신선 같은 풍모로 처음에는 주소저가 음란하다고 꾸짖더니 임지부의 행실이 패악한 데 이르러서는 두 기생을 꾸짖으며 이제 결말이 나기에 이르자 모두들 기뻐하며 동시에 나아가 시녀들과 두 기생을 잡아왔다. 두 기생이 임지부의 위세를 믿고 소리치며 발악하자 주생이 이를 금하고, 시녀들을 차례로 불러 주소저의 평소 행실과 간부의 왕래, 함께 도주한 일 등을 캐물었다. 모두가 말하였다.

"천한 저희들은 주소저의 수하(手下)로 그 분을 모시면서 항상 그 행실을 우러렀습니다. 아침 일찍부터 밤늦도록 군자를 섬기기에 분주하셨을지언정 부정한 일은 없었는데 지난날 갑자기 유모, 시녀들과 함께 간 곳 없었습니다. 죄가 있든 없든 사실은 도무지 모르겠고 그저 소저의 덕스러움과 예의있는 행실만 보았습니다."

후섬월, 계홍매 두 기생이 갑자기 나서며 말했다.

"너희들이 비록 주씨의 뇌물을 받았더라도 어찌 입으로 말을 지어내느냐? 간부(姦夫)와 주고받은 편지와 자객이 돌입한 것, 어느 날 밤 도망친 것은 온 마을이 다 아는 것인데 너희들의 말이 애매하구나. 또 집안

일은 지부 어른께서 처리하실 것인데 어떤 말 많고 나이 어린 상공이 무엇을 안다고 작은 일을 끄집어내어 큰 일인 양 거들먹거리느냐?"

주생은 태연히 미소 지으며 말했다.

"너희가 비록 옛 것을 이별하고 새 것을 맞는 창기(娼妓)들이나 사리(事理)를 모르는구나. 나는 주소저의 친척 아우이니 어찌 이 일에 관여하지 못할 것이며, 너희들이 진실로 어진 사람이라면 주인을 받드는 데 있어 예의를 다 해야 할 것인데 오히려 허물을 씌우고 그 자리를 차지하니 이 어찌 반역의 마음이 아니며 천벌이 없겠느냐?"

두 여자는 능히 대꾸하지 못했다. 이때 문득 하인들 가운데 한 어린 여자가 나오는데, 나이는 12~13세가 되었고 이름은 충녀였다. 맹렬한 기세로 아뢰었다.

"천한 저는 주소저를 모시던 아이종입니다. 어려서 부모를 잃고 다른 친척이 없어 여섯 살에 주씨 집안으로 팔려온 후 소저를 모시고 지금까지 잠시도 떠나지 않고 지냈습니다. 저의 경솔한 말씀을 주소저는 좋아하지 않으셔서 이번에도 따라가지 못했으니 지극히 원통합니다. 우리 소저의 행실은 예가 아니면 듣지 않고 보지 않으며 말하지 않고 행동하지 않는 것이었습니다. 우리 본댁 주상국 어르신께서 평생 이르시기를, '주숙렬 부인을 본받아라.' 하셨는데 임씨 집안으로 시집가 이른 아침부터 밤늦도록 늘 부지런하시고 임지부 어르신의 구박이 심하시나 조금도 원망하지 않으며 그럴수록 더욱 부녀(婦女)의 도를 닦았습니다. 이곳으로 부임하실 때 숙렬비와 효장공주, 소부인께서 손을 잡으시고 위로하시기를, '서먹한 지아비를 따라가니 간사한 사람들이 때를 얻어 해코지를 할 것이다. 그러니 비록 죽을 위기를 당하더라도 부

모 주신 몸을 함부로 버리지 말고 살아서 만나기를 바란다.' 하시자 소
저가 울음을 머금고 오시기에 저희들이 이상히 여겼더니 뜻밖에 서울
서 쫓겨 온 저 두 여자를 상공께서 총애하신 후로 간부(姦夫)와의 편지
말이 났습니다.

지난번에는 두 여자가 스스로 이르러 이러이러하게 모욕을 주자, 소저 27
는 못 듣는 체하셨고, 그러자 두 여자는 더욱 방자하여 발악하기에 이
르렀습니다. 소저가 보고도 못 본 체하며 하인들을 명하여 끌어내라
하시자 두 여자는 스스로 몸을 부딪치며 물건을 깨고 유혈이 낭자하도
록 하고서는 임지부 어르신께 참소하였습니다. 그래서 책망하는 말이
이리이러하게 이르렀으나 소저는 공경하는 마음으로 들을 뿐 조금도
원망하지 않으셨습니다.

그런데 두 여자가 기어코 계교를 내어 그 자리를 빼앗아 차지하고는 상
공을 농락하니 천지신명이 굽어 살피시고 형벌이 눈앞에 있으나 털 끝
하나라도 잘못 고하겠습니까? 이런 원통한 일을 바로 고하고자 하나 28
홀로 호소할 곳이 없어 서울 가는 날 숙렬부인께나 아뢸까 했는데 오늘
이 어떤 날이기에 하늘 신선 같은 어른이 오시어 사실을 밝히고자 하시
니 이때 말하지 않고 다시 어느 때를 바라겠습니까? 사실을 고하였으
니 밝히 살피십시오."

말이 끝나지 않아서 두 여자가 불같이 화를 내며 꾸짖었다.

"이런 배은망덕한 년아, 감히 나를 모함하느냐?"

하고는 칼을 빼들고 그 여자의 가슴을 찔렀다. 가히 불쌍하구나. 충녀의
목숨이 끊어지게 되어 거꾸러져 죽으니 안타까운 일이었다. 그 영혼은 29
구슬피 울며 북망산을 바라보고 갔다. 충녀가 죽자 당 위아래 사람들 모

두가 크게 놀라고, 임지부는 임소저의 맑은 말씀이 오장에 쌓인 요약(妖藥)을 씻어내 맑은 정신을 차차 되찾았다. 그래서 충녀의 충직한 말에 감동하던 중 두 여자가 칼을 꺼내 살인하는 것에 놀라 문득 크게 깨달으면서 노기가 충천하였다. 그래서 좌우에 호령하여 두 여자를 결박하고 엄벌을 내려 실상을 물었다. 두 여자는 처음에는 발악하다가 하인 등이 또한

30 원한이 있어 온힘으로 벌을 가하자 견디지 못하고 울며 전날의 실상을 다 아뢰었다. 간부와의 편지 왕래나 자객의 일이 모두다 저희들이 꾸민 것이 분명해지자 주소저의 누명은 벗어졌다. 다만 주소저의 거처를 몰라 임지부가 서안(書案)을 치며 크게 화를 냈다.

> "내 평생 수신(修身)함에 너무 매몰할지언정 남에게 잘못한 것이 없었는데 저 두 천한 여자들 때문에 내 몸가짐이나 행동거지가 그림의 떡이 되었구나."

하고는 좌우를 꾸짖어 두 여자의 코와 귀, 두 손을 베고 절도(絶島)에 내쳐 굶어 죽게 하라 하였다. 이 두 여자는 교만하여 마을 사람들에게도 인심

31 을 잃었으니 무슨 사사로운 정이 있겠는가? 코를 벨 때는 입까지 베고 귀를 벨 때는 뺨까지 베며 팔을 벨 때는 어깨까지 베었다. 그러고는 새롭게 꽁꽁 묶어 깊은 산중 사람 없는 층암절벽 큰 나무에 매달아 놓았다. 눈과 찬 비를 다 맞고 햇볕에 바싹 말려 까마귀나 참새의 밥이 되니, 슬프다. 남을 해침에 보복이 당장 돌아오는구나. 죄인을 처단하고 충녀의 장례를 치러 명산대천에 안장한 후 비를 세워 그 불쌍함을 표했다. 임지부가 주생에게 감사하며 말했다.

32 "저의 어리석은 죄, 무슨 면목으로 세상에 나서겠습니까? 비록 그러하나 그대 누이의 거처를 어찌 알아내며, 이 아둔했던 행실을 생각하면

사람으로 하여금 참담하게 합니다. 이제 병을 이유로 벼슬을 그만둘까 합니다."

임소저는 도리어 웃으며 위로했다.

"형의 어리석음은 한때 사나운 운수 때문이고 누이의 거처는 조만간 자연 소문이 들릴 것이니 미리 근심하여 부질없습니다. 형께서 다시 지난 잘못을 뉘우치고 수신(修身)하신다면 오늘의 분함을 씻을 수 있을 것입니다. 저는 길을 가던 중 잠시 다녀가고자 왔던 것인데 온 마을이 소란스럽게 되었습니다. 이후 다시 만나면 반가울 것이니 다음에 다시 오겠습니다."

말을 마치고는 총총히 일어나 갔다. 그 행적이 나는 듯하여 붙잡지 못했다. 임지부는 사건이 일단락되었으나 아내의 생사를 알지 못하고, 또 평생 강직하고 맹렬하던 자신이 허랑방탕한 사람이 된 것을 돌아보고는 진실로 세상에 다시 나서기 부끄러워 침식을 잊었다. 결국 임지부는 병이 나게 되어 자리보전하고 누워 울기도 했다.

차설. 주생인 체하였던 임소저는 오라비의 미친 듯한 마음을 돌이키고 두 기생을 처단한 후 운수역으로 돌아왔다. 그러고는 주소저에게 일의 전후를 말했다. 사람들은 기뻐하며 다행스럽게 여겼지만 주소저는 구차히 살기를 욕심내어 부녀자의 도에 어긋난 것을 한탄했다. 임소저는 주소저를 위로하며 함께 길을 나섰다. 여러 날을 무사히 다녀 도은산 비밀 처소에 이르렀다. 숙직하는 시녀가 반가이 맞았다. 임소저는 편지를 써서 녹난 등에게 주었다. 녹난과 벽완 두 사람은 즉시 하직하고 임씨 집안으로 갔다. 설의열을 뵙고 편지를 올리자 설의열은 이들을 반기며 각각 술 한 잔씩을 주어 성공을 치하하고 전후 사연을 들었다. 설의열이 차탄하기를

33

34

마지않고, 편지를 보았다. 그저 집안 어른들과 자매 형제들의 안부를 묻
는 것이고 가르친 대로 순순히 일이 성사되었음을 쓴 것이었다. 주씨가
숙렬을 뵙고 사연을 고하자, 숙렬이 웃으며 설의열의 신명함과 일을 잘
처리하였음을 칭찬하며 말했다.

"이 두 아이는 이후로 액운이 다했으니 그곳에 두는 것이 마땅하지 않
다. 어른께 고하여 데려오는 것이 좋겠다."

설의열이 마땅함을 아뢰었다. 이날 저녁 문안 때 숙렬과 그 며느리 설
의열은 어른께 나아가 그간의 사연을 자세히 아뢰었다. 좌중이 한 번 듣
고는 설의열의 신명한 일처리를 칭찬하지 않는 사람이 없고 주소저가 그
간 괴로이 지냈음과 임빙혜가 먼 길에 고생했음을 불쌍히 여겼다. 그러
고는 화앵이 존당의 명을 받들어 건실한 노비와 가마 두 채를 갖추어 은
실로 가 어른의 명을 전했다. 임소저와 주소저는 옷을 정결히 하고 시녀
들을 거느려 상부에 이르렀다. 임소저는 바로 들어가 어른들께 문안을 올
리고 여러 해 그리웠던 정을 아뢰었다. 주소저는 지아비를 버리고 도로를
떠돌며 목숨을 도망하였다는 이유로 뜰아래 죄를 청하며 감히 당에 오르
지 못했다. 집안 어른들은 불쌍함을 이기지 못했다. 그래서 좌우시녀들로
하여금 부축하여 당에 오르도록 했다. 주소저는 얌전히 나아와 집안 어
른들과 시부모 등에게 문안을 올리고 머리를 조아려 죄를 청했다. 좌중이
모두 위로하고 그간의 고생을 물어보고는 불쌍히 여겼다. 또 임빙혜가 찾
아가 통쾌히 임경홍의 미친 듯한 마음을 돌이키고 두 기생을 처치한 일을
못내 일컬으며 좌중이 웃고 단란했다.[54] 북후이자 부마(駙馬)인 임세린은
화를 내어 말했다.

---

54) 좌중이 ~ 단란했다 : {좌중우쇼달난이 명흥민}. 문맥을 고려하여 옮김.

"아들놈의 어리석고 인륜을 져버린 행실 때문에 어진 며느리의 고생이 이를 데 없으니 그 불쌍한 것을 어이 다 말로 하겠는가? 조마조마하구나.[55] 빙혜가 길에서 고생한 것과 설씨 며느리의 신명함이 아니었다면 경박한 녀석에게 하마터면 어진 며느리를 잃을 뻔했구나."

태부인이 즐거이 말했다.

"오는 액운은 성현도 막지 못한다 하니 이는 다 두 사람의 액운 탓이다. 이후로는 괴이한 일이 없기를 바란다."

좌중이 마땅하심을 일컫는데, 소씨 노파가 나서서 입을 삐쭉이며 손으로 볼을 두드리고는 북후에게 말했다.

"자네는 예전부터 무슨 행실이 의젓했다고 아무리 자식인들 남의 말 하듯 하시는가? 내 죽거들랑 입바른 소리 하시게. 자식도 없는 미망 인생, 죽자 하다가도 저 같은[56] 말을 들으면 눈에 흙 들이지 말고 백 살까지 살고 싶네."

하며 몸을 휘젓고 손가락을 활짝 펴서 흔들자 태부인이 웃으며 말했다.

"너의 어미 반드시 네가 들어섰을 적 선광대 꿈을 꾸었나 보다."

북후 또한 웃으며 말했다.

"진짜로 서모의[57] 흉내 내는 모습은 참으로 슬픈 사람도 웃길 정도네. 내 아무리 못났으나 경흥의 소행 같았겠습니까? 몹쓸 자식은 죽어도 아깝지 않고 그 같은 아내를 만난 덕분인데 서모는 걸핏하면 그 잘난 녀석의 역성을 드시나 그 꼴이 보기 싫습니다. 이 앞의 여러 조카들 가운데 천흥의 형제들이 만일 경흥처럼 패악하면 오금을 박고, 소씨의 자

38

39

---

55) 조마조마하구나 : {쇼마쇼마호도다}.
56) 저 같은 : {저런 이숫져온}. '비슷하다'는 뜻의 '이숫하다'를 고려하여 옮김.
57) 서모의 : {숙씨}.

녀에게는 언감생심 그런 말 마십시오."

소씨 노파가 언성을 높이며 말했다.

"부마(駙馬)는 나이 들도록 생각이 없어 늙은이 대접을 이리 하니 내 차마 분하여 못살겠네. 오늘은 결단코 부마 앞에서 죽어 이 분한 마음을 풀고 효장궁 창고에서 썩어나는 통비단에 감겨 가리라."

말을 마치고 달려들자, 북후는 말하기도 괴롭고 말을 끊기도 어려워 미소 지으며 말했다.

"사람마다 제 명이 짧아 죽지, 죽는 일을 인력(人力)으로 할 것 같으면 안연(顏淵)58)이 그리 일찍 죽었겠는가? 망령 난 정신없는 늙은이가 그
만하여 죽는다고 서러울까마는 내게 뭐라 하지 마소. 그 끔찍한 일들은59) 말하기도 싫네."

말을 마치고는 크게 웃으며 소매를 떨치고 나가자, 소씨 노파가 악을 쓰며 내달려 잡으려 했다. 그러나 그 용 같고 범같이 빠른 걸음을 어찌 따르겠는가? 도리어 웃고 소부인은 남편인 부마가 늙도록 그 말씨가 이 같은 것을 안타까워하며 역시 경홍의 행실에 분통을 터뜨렸다.

재설. 주후 부부는 향년 80여 세에 자손이 층층이 있어 아침마다 지체 높은 이들이 타는 가마며 수레가 문에 되고 붉은 도포와 검은 비단의 관
모를 쓴 이들이 당중에 늘어서며, 금은보화가 상자에 가득하여 흙같이 쌓였다. 아들과 손자는 후백(侯伯)이 아니면 육경(六卿), 옥당한원(玉堂翰苑)이었다. 사위를 두면 임초왕 같은 천고의 성현군자를 두니 유복함이 순씨팔룡(荀氏八龍)60)보다 더하고 부유함은 석숭(石崇)61)과 겨룰 정도였다.

---

58) 안연(顏淵) : 안회(顏回, B.C.521~B.C.490)의 성(姓)과 자(字)를 함께 이른 것. 중국 춘추 시대 공자의 수제자로 학덕이 뛰어났음.

59) 일들은 : {싁죡녀기쇼가우던}. 미상이나 문맥을 고려하여 이같이 옮김.

그러나 목숨의 길고 짧음은 하늘의 뜻에 달린 것이어서 85세에 이르러 천명이 다하자 스스로 슬픔을 이기지 못했다. 주후 부부의 꿈에 한 선관(仙官)이 나타나 "그대의 명이 며칠 남았으니 빨리 천당으로 올라오라."하였다. 주후 부부가 꿈에서 깨어 기운이 좋지 않자 자손들이 당황하며 이 소식을 임상부에 전했다. ⁴³

숙렬비가 망극하여 집안어른들께 아뢰고는 주소저를 데리고 주부로 가 주후 부부를 뵈었다. 숙렬비가 부모의 안색을 살펴보니 얼굴에 푸른 기운이 끼었고 눈빛은 정채(精彩)를 잃어 헛된 불빛이 일어나는 듯했다. 정신이 아득하여 부모의 손을 받들고 슬픔을 참으며 온화한 낯빛을 겨우 지었다. 주후는 마음을 다잡고 자손에게 명하여 작은 잔치를 열도록 하고는 내외 친척들을 다 초대했다. 먼 친척과 가까운 친척들이 다 모이고 사 ⁴⁴ 돈인 임상국 형제는 의렬비와 빙혜 소저를 보내니 초왕 부자와 딸, 며느리들이 다 모였다. 임상국과 처사가 또한 이르러 주후 뵙기를 청했다. 주후가 반가이 맞아 예를 마친 후 슬피 말했다.

"제가 재주도 없고 덕도 없이 일찍이 조정 은혜를 입어 순서를 기다리지 않고 승진하는 대접을 받아 동류들의 우러름을 입었을 뿐만 아니라 더욱이 합하(閤下)와 선생과는 한 조정에서 일한 정분과 사돈의 의리가 예사롭지 않았습니다. 이제 늙은 제가 나이 80여 세가 되었습니다. 슬 ⁴⁵ 하에 자손과 며느리, 사위를 두루 얻었으니 복 많고 영화롭기 이에 더 바라겠습니까마는 세상 인연이 아마 다하여 돌아감에 특별히 술 한 잔

---

60) 순씨팔룡(荀氏八龍) : 후한 때 순숙(荀叔)은 환제(桓帝) 낭릉후(郎陵侯)의 정승으로 그에게는 검(儉)·곤(鯤)·정(靖)·도(燾)·왕(汪)·상(爽)·숙(肅)·부(敷)[전(專)]이라고도 함] 8명의 아들이 있었는데 모두 뛰어나 재명이 있었기에 사람들이 '순씨팔룡'이라 부름.
61) 석숭(石崇) : 중국 서진(西晉)의 부호(富豪)로 자는 계륜(季倫). 형주자사(荊州刺史)를 지냈고, 항해와 무역으로 거부가 되었음.

으로 작별하고자 합니다."

임상국 형제가 슬퍼하며 위로의 말을 했다.

"사람이 세상에 태어남에 한 번 나고 죽음은 예부터 그런 일이니 흐르는 시간 속에 우리들인들 얼마나 하여 저승에서 서로 반기겠습니까?"

말을 마치고는 주인과 손님이 잔을 돌리며 온종일 한담하다가 저녁 무렵 돌아가는데, 주후가 초왕 부자는 머물도록 했다. 임상국 형제가 돌아가고 설의열이 임소저를 데리고 주소저와 함께 주부에 이르자 먼저 주소저를 보내고 설의열은 임소저와 설부에 이르렀다. 임소저가 중계(中階)에서 수 년 동안 몸을 감추고 속인 죄를 청하자, 시부모는 빨리 당에 오르라 하고는 손을 잡고 위로하며 그동안 지낸 일을 새삼 한탄하고 사랑하기를 마지않았다. 한림 형제가 들어오자 임소저가 일어나 예를 마치고 그동안의 환란을 서로 위로했다. 설의열이 자초지종을 자세히 말하자 한림이 반기는 가운데 도중 만났던 도인인 줄 알고는 새삼 웃었다. 임소저는 옛 침소로 돌아오자 예전 고생하던 일이 일장춘몽(一場春夢) 같았다. 설의열은 부모께 아뢰어 며칠을 쉬며 임소저와 주부에 이르렀다.

이때 주후는 사흘 동안 잔치를 하고 셋째 날 일어나 세수를 깨끗이 하였다. 그러고는 태연히 아침을 먹고 상을 물린 후 부인을 돌아보아 말했다.

"내가 지금 돌아가나 부인과 다시 모일 때가 멀지 않으니 세속 홀어미 행실을 하지 마시게."

하고는 각각 자녀들을 불러 유언을 다한 후 자리에 누워 마침내 숨을 거두니 시년 85세요, 때는 초겨울 초열흘 즈음이었다. 자녀들은 하늘을 부르짖어 통곡하고 온 집안이 슬픔에 잠겨 발상(發喪)하였다. 하늘도 이를 위해 빛을 내지 않았다. 오직 부인만이 발상(發喪)도, 울지도 않고 말했다.

"사람이 한 번 죽는 것은 예사라. 상공은 맑은 복이 족하였으니 무엇을 슬퍼하겠느냐? 너희들이 부모의 죽음에 속세 어린아이 같은 미련한 행동을 하여 부모 주신 몸 돌보기를 생각지 않는 것은 천하의 불초자(不肖子)이다. 상공과 내 뜻이 아니니 저승에서라도 어찌 서로 보겠느냐?"

이렇게 사리(事理)로 경계하고 질책하며 미음과 마실 것을 권했다. 자   49
녀들은 모친 역시 수명이 다하였음을 깨닫고 망극히 슬퍼했다. 이날 황혼에 부인이 이어 세상을 떠났다. 부부가 같은 나이였다. 자녀 손자들이 한꺼번에 하늘을 울부짖으며 애도하였다. 그 슬픔은 옆 사람도 울릴 정도였고, 보는 사람들 또한 슬퍼했다. 황제가 이를 알고 크게 슬퍼하시어 예부(禮部)에 조문(弔問)하기를 명하시고 후한 예로 장례를 치르도록 하시며 성복(成服)62)에 치제(致祭)63)하셨다. 또 주후의 시호(諡號)를 충헌공으로, 부인은 명숙부인으로 이름을 하사(下賜)하셨다. 주씨 집안사람들이 슬픈 가운데 초상례를 다하고 어느덧 장월(葬月)64)이 되었다. 영연(靈筵)65)을 붙   50
들어 절강(浙江)으로 돌아가는데 주공의 다섯 형제와 여러 부인, 자손들이 다 따르고 서울 고택(古宅)에는 장손며느리 한백의 부인이 모든 시누이 동서들과 함께 머물렀다.

해와 달에 흑기(黑氣)가 서린 듯 슬퍼 아버지를 한 번 부르며 두 번 피를 뿜고 세 번 기절하는 이는 숙렬비였다. 그 자녀와 며느리가 붙들어도 슬프고 망극함을 이기지 못했다. 초왕은 자녀들이 전하는 말로 부인이 심히

---

62) 성복(成服) : 초상이 나서 처음으로 상복을 입음. 보통 초상난 지 나흘 되는 날부터 입음.
63) 치제(致祭) : 임금이 제물과 제문을 보내어 죽은 신하를 제사 지내던 일. 또는 그 제사.
64) 장월(葬月) : 장례에 알맞은 달로 죽은 사람의 사주를 따름.
65) 영연(靈筵) : 죽은 사람의 영궤(靈几)와 그에 딸린 모든 것을 차려 놓는 곳.

슬퍼하는 것을 알았지만 상례(喪禮)를 지키기 위해 직접 위로하지는 못했
다. 그래서 다만 자녀들에게 전하여 대의(大義)로 그치게 하였는데, 숙렬
비도 그것이 옳은 것을 알았지만 지극한 슬픔을 억제할 수 없었다. 자녀
들이 슬픈 가운데 경황이 없어 할아버지께 아뢰자 임상국은 크게 놀랐다.
그래서 침상 곁으로 가 며느리를 불러 보았다. 과연 초상을 계속 치르기
는 어려울 듯했다. 임상국은 평생 처음으로 엄한 안색을 지으며 숙렬비에
게 말했다.

"몸은 부모님이 주신 것이니 감히 상하게 하지 않는 것이 효의 시작이
고, 훼손하여 목숨을 잃는 것은 불효 가운데서도 가장 나쁜 것이다. 더
욱이 여자에게는 아버지와 지아비, 그리고 아들, 이 셋이 하나같이 중
하니 설사 부모를 잃은 슬픔이 고통스럽더라도 시부모와 지아비 있는
여자가 이처럼 과도한 것은 옳지 않다."

가을 서리 같은 얼굴빛과 엄정한 말씀이 시집 온 수십여 년 동안에 처
음이었다. 머리 조아려 듣는데 땀이 옷을 적시고 감히 우러러 볼 수 없었
다. 숙렬비는 그저 머리를 두드리며 불효를 사죄했다. 숙렬비가 황공하여
어쩔 줄 몰라 하는 것을 본 임상국은 주위에 명하여 따뜻한 미음을 가져
오게 하여 먹도록 했다. 숙렬비는 감히 사양하지 못하여 한 그릇을 전부
마셨지만 결코 삼키지는 못하는 모양이었다. 임상국이 속으로는 가여웠
으나 겉으로는 다음과 같이 말했다.

"네가 내 앞에서는 이러하나 내가 돌아가면 또 예전 같을 것이니 늙은
시아비가 비록 왕래하기 어렵지만 매일 여러 차례 왕래하여 너에게 미
음을 권해야겠구나."

숙렬비는 더욱 황공하고 죄송하여 눈물을 흘리고 절하여 아뢰었다.

"제가 불초하고 예를 모르지만 어찌 감히 다시 근심을 끼치겠습니까? 엎드려 바라건대 아버님께서는 근심을 그치시고 집으로 돌아가시면 스스로 보중할 도리를 생각하겠습니다."

임상국은 안쓰러움을 이기지 못해 위로하였다.

"너는 나에게 한 약속을 어기지 마라."

숙렬비는 명을 따랐다. 임상국이 돌아간 후 숙렬비는 시부모의 엄명을 떠올리며 차마 저버리지 못하여 때때로 음식을 먹고 덕분에 초상을 지켰다. 장월(葬月)이 되자 가슴을 깨쳐 하늘에 사무치는 숙렬비와 난벽의 슬픔은 곁에서 보는 사람조차 눈물짓게 했다. 초왕은 다만 아버지 형제와 여러 친척들을 모시어 영구를 멀리서 이별했다. 임상서는 조정에 말미를 얻어 상구(喪具)를 모시고 길을 나섰다. 임상국이 다음날 직접 주씨 집안으로 가 며느리를 데려왔는데 숙렬비는 천만 슬픔을 억제하지 못하는 가운데 시아버지의 엄명을 감히 어기지 못해 이에 초궁으로 돌아왔다.

집안 어른들과 사람들은 모두 반기는 가운데 그 처참한 슬픔에 감동하지 않는 이가 없었다. 그래서 보는 사람마다 좋은 말로 위로했다. 효장공주는 슬피 눈물을 흘리며 말했다.

"언니의 오늘 슬픔은 예전 제가 선황(先皇)과 모후(母后)를 여의었을 때와 같으니 저 역시 슬픔을 이기지 못하겠습니다. 그러나 언니는 동기가 많으시고 우애도 지극하시니 남은 한은 없겠습니다만, 저는 종형이 일찍 죽고 지금 황제가 복위하셨으나 어찌 동기 모두가 함께 있는 것과 같을 것이며 한왕 형이 끝내 하늘을 배반하여 천벌에 죽으니 그 궁박한 한이 만 년이 지나도 풀리지 않을 것입니다. 그러니 도리어 언니의 복됨이 부럽습니다."

54

55

56

숙렬비가 이 말을 듣고 탄식했다. 숙렬비는 시어른들에게 네 때 문안을 드릴 때 외에는 발자취를 문 밖에 내지 않고 말을 주고받지도 않았다. 그 지극한 슬픔이 살을 베는 듯하자 자녀들이 근심스러워 우스갯소리 따위로 위로하고, 시어른들도 때때로 자애를 지극히 베풀었다. 이에 숙렬비는 스스로 슬픔을 삭이며 세월을 보냈다. 주난벽은 시어른들에게 1년 동안 친정에 가는 것을 청했다. 시어른들이 그 심사를 불쌍히 여기면서 흔쾌히 허락하자 주난벽은 아주 기뻤다. 그래서 이후로 어머니와 숙모 등 친척들과 소일하며 한 달에 한 번씩 시댁 어른들을 뵈었는데, 시어른들은 늘 반겼다.

이때 갑자기 합주자사의 표문(表文)이 올라왔다. 사천지부 임경홍이 갑자기 병을 얻어 생사(生死)를 헤매는 지경이 되었으니 마땅히 신임(新任) 관원으로 교체시켜 줄 것을 청하고, 더불어 임부에 알려 임씨 집안사람이 내려와 임경홍의 병을 돌보라 한 것이었다. 임씨 집안 사람들이 모두 크게 놀라 경황이 없는 것은 말할 것도 없고 황제도 크게 놀라 즉시 한림학사 소백문을 사천지부 신임 관원으로 임명하였다. 또 학사 임천홍이 1~2달 말미를 얻어 아우를 돌보고 데려올 것을 청하자 황제가 이를 허락했다. 임천홍은 황제의 은혜에 감사하며 집으로 돌아왔다. 온 일가가 근심에 휩싸였다. 태부인이 놀라 근심스레 말했다.

"오래 살면 욕을 보는 일도 많다. 남편을 앞세운 내가 지루하게 오래 사는 탓에 자손의 우환이 계속되는가 보구나."

임상국이 위로하여 아뢰었다.

"경홍이 스스로 어리석었음을 부끄러워하고 제 아비 볼 낯이 없어 우울한 심사에 병이 된 것이지만 본래 나이 어려 건장하고 타고난 명이

긴 아이입니다. 이만한 병에 죽지 않을 것이니 바라건대 어머님께서는 근심을 그치십시오."

선생과 초왕이 이어 좋은 말로 위로해도 태부인은 탄식할 따름이었다. 임천홍이 떠날 차비를 하고 집안 어른과 일가에게 하직을 고하자 집안사람들이 모두 먼 길 수고로움에 무사히 돌아오기를 일일이 당부했다. 그리고 임경홍을 잘 보호하여 빨리 돌아오라고 하였다. 임천홍은 두 번 절하며 명을 받들었다. 여유가 없는 탓에 이날로 바로 말을 내어 길에 올랐다. 사천지부 소백문은 소부인 오라버니 소상서의 아들로, 임경홍과는 이종지간이었다. 다음날 임학사와 함께 길을 나서 한 걸음에 무사히 사천에 이르렀다. 본현 관리들이 위의(威儀)를 갖추어 신관(新官)을 맞았다. 관아로 부임하자 임학사가 함께 하여 신구관이 교대하는 절차를 보았다.

이때 사천지부 임경홍은 병들어 날마다 자리에 누워 있었다. 병이 본래 상한 음식을 먹었거나 기가 부족하여 생긴 것이 아니라 마음속 울화로 인한 것이어서 화가 치밀면 어지럽고 음식을 먹을 수 없었다. 때문에 안색이 날로 초췌해지고 여위어 뼈만 남았다. 그러면서 허기지면 술을 부어 속을 눅였다. 이리하여 공사(公事)를 다스릴 수 없었다. 그래서 상부에 고하여 황제께 아뢰게 된 것이었다.

임경홍은 신임 관리가 오고 형이 왔음을 듣고는 병환(病患)에도 억지로 공청(公廳)에 나왔다. 서로 만난 세 사람이 반가워하는 것은 똑같았다. 신임 소지부가 눈을 들어 임경홍의 변한 모습을 보고는 깜짝 놀랐다. 그리고 참담한 낯빛을 감추지 못한 채 손을 잡고 탄식했다.

"아우와 헤어진 지 1년인데, 네 이제 청춘의 한창 나이로 부모가 모두 계시고 형제가 번성하며 부귀 또한 족한데 무엇이 부족하여 요사스러

60

61

62

운 첩을 생각하며, 어디 아리따운 사람이 없어 가는 사람 잡지 않고 오는 사람 막지 않는 천한 창기(娼妓)와 결탁하여 숙녀를 의심했는가? 또 지난 일은 이미 지난 것이니 잘못을 뉘우쳤다면 수신(修身)하는 것이 옳거늘 여자처럼 속 좁게 굴어 병을 얻었는가?"

임경홍은 참담하여 한동안 있다가 탄식했다.

"제가 본래 아둔한 가운데 또 한 조각 승부욕이 있었습니다. 여자의 온순함을 기특히 여기고 강렬함을 원치 않았는데, 주씨가 미모나 덕성이 부족한 것은 아니었지만 너무 강하여 제 성질에 참지 못할 정도였습니다. 이 때문에 마음에 들지 않았으나 서울에서는 부모의 가르치심을 두려워하였다가 이 땅에 오자 마음이 자연 풀어졌습니다. 낮이면 공사(公事)로 분주하고 저녁에 안으로 들면 아내가 강렬하여 집 떠난 온 마음이 울적하던 중 후섬월, 계홍매 두 기생을 만나니 예전 정을 주었던 여자들인데다 제가 어리석고 액운(厄運)에 걸린 탓에 둘과 친하게 지내며 참소(讒訴)를 믿고 아내를 의심하게 되었으니 근본은 주씨가 강렬한 탓입니다. 그 후 이러이러하여 주씨를 잃고 이리이리하여 후섬월, 계홍매 등을 참형(斬刑)에 처한 후 제가 비로소 깨닫게 되었으나 주씨의 사생(死生)은 알지 못하고 부모님의 꾸중을 생각하자 스스로 울화가 치밀어 병이 되었습니다."

학사 임천흥이 탄식하며 사리(事理)로 깨우치고, 일가의 안부와 주씨 집안에 초상 난 것을 일렀다. 임경홍은 탄식할 뿐 말이 없었다.

소지부가 잔치를 열고 이웃 관원을 모아 종일토록 즐기다가 석양 무렵 각자 헤어졌다. 임천흥 형제는 머물 곳을 정하여 나와 쉬었다. 며칠을 달려 서울 가는 길에 오르려 하자 소지부는 멀리까지 나와 전송했다. 학사 임천홍은 임경홍의 병세를 염려하여 급히 가지 못하고 느지막이 길을 나서고 일찍 객점(客店)에 들어 한 달여 만에 비로소 서울에 이르렀는데 그동안 누이가 한 일과 주씨가 살아있음을 일절 말하지 않았다.

집에 도착하자 친척 형제 등이 나와 맞으며 임경홍의 병을 근심했다. 임경홍은 감히 들어가지 못하고 문에서 석고대죄(席藁待罪)[66]하였다. 이때가 정히 낮 문안을 할 때였다. 학사 임천홍은 들어가 문안을 여쭙고 아우의 병이 위중한 것과 문 밖에서 대죄하고 있음을 아뢰었다. 어른들이 놀라며 반가워하였으나 북후는 말이 없었다. 태부인이 입을 열었다.

"이 아이의 어리석고 예의 없는 죄는 비록 놀랍지만 기생에게 혹하여 참소(讒訴)를 들은 것은 또한 운수(運數)가 이상했던 것이다. 다행히 주씨가 무사하고 저의 도리는 죄를 기다릴 것이지만, 너는 불러 경계나 조금 하여라. 병중에 더욱 울화가 치밀면 구하지 못할 것이니 대역부도(大逆不道)한 것이기 전에는 어찌 차마 자식을 죽으라 하겠느냐?"

임상국이 또 말했다.

"어머님의 말씀이 지당하시니 삼가 명을 어기지 마라."

선생도 말했다.

"죄가 있어도 어머님의 명이 있으시고 위태한 병이 있으니 쾌히 용서하여라."

북후는 속으로 마뜩찮으나 마지못해 용서하면서 말을 전했다.

"패륜의 아들놈, 불초(不肖)하고 예의를 몰라 집안에 어른이 있음을 알지 못하고 제 멋대로 굴어 인륜(人倫)의 도를 모르니 내 비록 힘이 없으나 살아서는 욕된 자식의 얼굴을 보지 않으려 했었다. 그러나 불초(不

66) 석고대죄(席藁待罪): 거적을 깔고 엎드려서 임금이나 윗사람의 처분이나 명령을 기다리던 일.

肖)한 놈이 갈수록 교묘하고 간사하구나. 병이 위중하다고 거짓말을 하여 어머님을 격동하고 나를 협박하니 일마다 놀라운데 어머님은 자애로움이 넘치셔서 그 간사한 꾀를 믿으시고 용서하기를 명하시니 감히 그 명을 어기지 못하여 용서한다. 그러니 약한 아비를 어수룩하다 여기지 마라. 주씨는 네가 미워했던 대로 이제 살았는지, 죽었는지, 어디 있는지 모르니 더욱이 거리낄 게 무엇이냐? 네 맘대로 마누라를 얻든지 첩을 얻든지 하여라."

시비(侍婢)가 이대로 전하자 임경홍은 몹시 두렵지만 부친이 자신을 용서했음을 다행히 여기고는 급히 들어왔다. 머리 조아리며 죄를 청했지만 감히 우러러 보지도, 당에 오르지도 못했다. 집안 어른들과 사람들은 임경홍의 위중한 병세를 보고는 크게 놀라 불쌍히 여기며 빨리 당에 오르도록 했다. 임경홍은 무릎을 꿇은 채 당에 올라 할머니와 아버지 앞에 뵙는데 두려워 고개를 들지도 못했다. 북후는 속으로 괘씸하지만 엄한 아비의 체면에 잘고 용렬해 보일까 하여 그저 엄숙한 표정을 지을 뿐이었다. 태부인은 불쌍함을 이기지 못해 천천히 손을 잡고 등을 쓸며 말했다.

"속언(俗諺)에 범의 새끼 개 되지 않는다 하나, 너의 아비 형제가 다 조상이 쌓은 덕 덕분에 공문도학(孔門道學)을 이루었는데 너만 어리석고 예가 없어 아비의 가르침을 저버리고 주씨 같은 숙녀가 오뉴월 서리 내릴 한을 맺게 하였으니 진실로 사람의 길흉화복(吉凶禍福)은 알 수 없는 것이다. 주씨 만일 죽었을 것이면 너의 앞길에 해롭지 않겠느냐?"

임경홍이 슬피 한탄하며 한참 후에 말했다.

"저는 천지간 불초(不肖)하고 행실 없는 사람입니다. 이미 일을 그릇하여 이 지경에 이르렀으니 누구를 한하며 누구를 원망하겠습니까? 이는

다 제가 불초하고 예의 없는 탓입니다."

이윽고 저녁밥이 나왔는데, 임경홍이 먹지 못하자 임상국이 말했다.

"네 병이 대단하구나. 마땅히 서재(書齋)로 가 조리하여라."

임경홍은 감사의 절을 올렸고, 저녁 문안을 마치자 사람들은 흩어졌 71
다. 이때 임경홍이 억지로 부친의 뒤를 따라 효장궁에 이르자 북후는 기
색을 변하여 등을 밀고 내쳤다. 임경홍은 황공하기 짝이 없어 길이 탄식
하고 물러나 모친 처소에 이르렀다. 부인이 어루만지며 탄식하고 질책했
다.

"네 행실이 미친 듯 무식하니 네 부친의 화를 그르다 하겠느냐?"

임경홍이 슬피 대답했다.

"제가 참으로 불초(不肖)하고 예의를 몰라 인륜의 가르침에 죄를 지었
습니다. 진실로 살고 싶은 마음이 없어 자고 먹으나 그 맛을 알지 못하
고 병들었으나 아픈 것을 깨닫지 못하겠습니다."

부인이 깨우쳐 말했다.

"내 아이의 어리석고 무식함이 갈수록 이 같으냐? 지난날 순(舜)임금[67] 72
은 어떤 사람이었기에 부모가 어리석고 사나워 죽이고자 할 때 집 위에
서 불을 피하고 우물에 곁 구멍을 내어 살기를 도모한 후 마침내 성현
이 되셨느냐? 이제 너는 부모가 사나운 것이 아님에도 불구하고 스스
로 허물을 생각하지는 않고 병을 이루어 어미를 대하여 죽겠다 으르느
냐?"

임경홍이 황연히 깨달아 부끄러워하며 눈물을 흘리고 머리를 두드려

---

67) 순(舜)임금 : 요(堯)임금과 함께 성군(聖君)으로 칭송받는 우(虞)나라의 임금. 그 부인인 고수
(瞽叟)가 계모와 더불어 순임금을 죽이려 했으나 효성을 다하였기에 성효(誠孝)를 지닌 인물로
평가됨.

용서를 빌었다. 그러고는 서당으로 물러 나왔다. 잠자리에 누웠는데 자리
위에서 병이 위중하여 여러 형제들이 매우 걱정하며 의약으로 다스렸지
만 병세가 날로 심각해졌다. 북후는 매우 화가 났으나 어쩔 수 없어 노기
(怒氣)를 풀고 병세를 물었다. 빨리 병이 낫지 않자 집안사람들이 근심하
며 약 수발을 부지런히 하였다.

이때 주소저는 임경홍이 상경한 것과 병이 위중하다는 소식을 듣고 감
히 물러나 있지 못하여 시집으로 돌아왔다. 그러나 어른들의 명이 없고
또 예전 자신을 구박한 원한 때문에 찾아가 문병하지는 못했다. 어른들은
이를 헤아렸으나 또한 모르는 체했다. 하루는 북후가 아들 문병을 왔는
데, 여러 형제들이 아무도 없고 다만 시중드는 노복(奴僕)이 창 밖에 대기
하고 있고 임경홍은 자는 듯했다. 그래서 들어가지 않고 마루에 있었다.
관태우가 찾아와 대화를 하던 중이었는데, 임경홍의 탄식 소리가 들렸다.

"내가 어리석고 예의가 없어 숙녀를 알아보지 못하고 원한이 천지간에
이르게 하였으니 저의 원혼(冤魂)이 흩어지지 않은 채 나를 원망하지 않
겠는가? 이 세상에서 미생(尾生)과 신생(申生)68)을 본받아 다시는 아내
를 두지 말고 한평생 정남(貞男)이 되어 주씨의 원한을 풀어주고자 해도
쉽지 않을 것이다."

말을 마치고는 매우 울적해 했다. 북후는 그 뉘우치는 뜻을 속으로 생
각하며 말을 하지는 않았다. 관태우가 미소 지으며 가만히 북후를 달래
어 말했다.

"현빈69)아, 이는 한바탕 기이한 구경거리구나. 이 놈을 한바탕 속이자."

---

68) 미생(尾生)과 신생(申生) : {신슌}. '신슌'은 신생(申生)의 오기인 듯함. 미생(尾生)은 노나라 사
람으로 여인과의 약속을 굳게 지키다 다리 아래에서 익사하고, 신생은 진(晉)나라 헌공의 태자
로 여희(驪姬)의 참소에 신원하지 않고 자살함.

북후는 미소만 지을 뿐 말이 없었다. 관태우가 돌아가자 북후가 기침한 후 천천히 지게문을 열고 들어갔다. 임경홍이 놀라며 일어나려 했다.

---

69) 현빈 : 북후 임세린의 자(字).

임 씨 삼 대 록

35권

1   차설. 북후 임세린은 정색하며 말했다.

"악정자(樂正子)70)는 발이 상하자 석 달을 근심하며 부모가 주신 몸을 아꼈는데, 너는 스스로 병을 만들어 불효를 끼치니 어찌 사람의 자식 된 도리라 하겠느냐? 옛말에 이르기를 부모는 천지(天地)에 해당하고, 형제(兄弟)는 수족(手足)이며, 처자(妻子)는 의복(衣服)이라 했는데, 이제 네 거동을 볼 것 같으면 성인의 가르침이 어디 배어 있느냐? 끝내 이같이 고집을 부린다면 살아서는 부자지간(父子之間)이 온전치 못할 것이다."

2   임경홍은 좀 전 혼잣말을 아버지께서 들었을까 두려워하며 한 마디도 하지 못했다. 북후는 아들을 내버려 두어서는 번민으로 인해 병이 더할 것임을 깨달았다. 그래서 주위가 조용한 틈을 타 예전의 행실을 크게 꾸짖고 군자의 수행(修行)을 깨우쳤는데, 부자지간의 유연한 정과 조용한 깨우침이 돌이나 나무도 감동시킬 듯했다. 경홍은 태어나 처음으로 아버지의 자상한 위로를 들은 것 같아 감격스럽고 기쁘기 그지없어 눈물을 흘리며 불효를 사죄했다. 그러고는 이후로 근심과 우울을 씻어내고 병을 잘

3   조리하여 다시 걱정을 끼치지 않겠다고 아뢰었다. 북후가 한참을 어루만지며 위로하다가 나가자 임경홍은 감격스러움을 이기지 못했다. 그래서 뉘우치며 스스로 마음을 다스려 온갖 걱정거리를 걷어내고 더불어 때맞

---

70) 악정자(樂正子) : 악정자춘(樂正子春)을 가리킴. 춘추 시대 노(魯)나라 사람으로 증자(曾子)의 제자 가운데 한 사람. 악정(樂正)은 주대(周代)의 관직명에서 유래한 성(姓)임. 『예기(禮記)』에는 다음과 같은 일화가 있음. 악정자춘이 당에서 내려올 때 발에 상처를 입었는데 여러 달을 나가지 않고 언제나 근심스런 얼굴빛을 하고 있자 제자들이 묻기를, "선생님의 발은 이미 나았는데도 여러 달 동안 나가지 아니하고 언제나 근심스런 얼굴빛을 하시는 까닭이 무엇인지요?" 하니, 악정자춘이 말하기를, "(…중략…) 군자는 반걸음을 걷는 데도 감히 효를 잊어서는 안된다.'고 들었는데, 지금 내가 효의 길을 잊었고, 내가 이런 까닭에 근심스런 얼굴빛을 한 것이다[樂正子春下堂而傷其足, 數月不出, 猶有憂色, 門弟子曰, 夫子之足瘳矣, 雖月不出, 猶有憂色, 何也, 樂正子春曰 (…中略…) 君子頃步而弗敢忘孝也, 今予忘孝之道, 予是以有憂色也]." 하였음.

추어 약을 먹고 음식을 자주 찾아 점점 병이 낫게 되었다. 온 집안사람들이 다 기뻐했다.

임경홍이 하루는 홀로 잠자리에 누웠다가, 창 밖에 어린아이들이 모여 노는 소리를 들었다. 설의열의 쌍둥이 세천과 세율이 어린 서동(書童) 복재와 무슨 이야기를 하던 중 복재가 문득 말했다.

"어제 저녁 청륜당 뒤 난간 앞을 지나다가 우연히 올려다보았는데, 그 당에 누가 있겠는가마는 당중에 밝은 빛이 대낮 같고 사람 소리가 작 게 들리는 것이 마치 예전 주부인이 계실 적 같았습니다. 제가 묘한 이 치를 모르고 주부인 떠나신 후 다른 부인이 들어 계시는가 하여 어미에 게 물어보았더니 어미가 이르기를, '요사이 이상한 일이 있어 그러하니 네 이후로는 청륜당 근처에 가지 말고 또 그런 말도 하지 마라.' 하는데 이 무슨 일입니까? 아니, 주부인이 죽어 원혼(冤魂)이 된 것입니까?"

복재의 나이 7세인데 아주 영리하여 옮기는 말에 두서가 있었다. 세천 과 세율은 8세였지만 과묵하고 진중한 것이 어른 같은 풍모가 있었다. 그 래서 관태우가 어른답지 못하게 어린아이들에게 가르쳐 말이 나는 것을 가소롭게 여기며 이 말을 들을 뿐 대답이 없었다. 세영은 상서의 셋째 아 들로 나이 6세인데 다재다능(多才多能)하며 장난을 좋아하였다. 이 말을 듣고 별 같은 눈에 향기로운 웃음을 머금으며 손을 내젓고는 조용히 말했 다.

"이놈아, 철없이 죽을 말 하지 마라. 행여 병든 숙부가 들으실까 두렵 다. 너는 몰라도 나는 벌써 알았단다. 숙부가 돌아오시던 날부터 이런 변이 있다 하면서 존당 어르신들이 다 숙부가 알까봐 쉬쉬하셨단다."

복재가 말을 그치자, 네 살 된 임한림의 아들 세문이 문득 말했다.

"나는 처음 듣는다. 존당 어르신들이 쉬쉬하며 왜 숙부를 속이는가?"

세영이 말했다.

"구태여 두루 말을 낼 것이며71) 그 무슨 좋은 일이라고 너 같은 어린아이에게까지 알리겠느냐? 모든 어른들이 언뜻언뜻 하시는 의논을 들으니 숙부 병이 나으시면 주숙모를 위하여 어디 큰 사찰이나 도관, 명산대천에서 수륙재(水陸齋)72)를 지내 원혼(冤魂)을 제도(濟度)하려 하신다 하더라."

세천은 여러 아이들이 말을 꾸며대기를 많이 하는 것이 마땅찮아 문득 정색하고 질책하였다.

"이러나저러나 어른들이 하시는 일을 너희 어린 것들이 무엇을 안다고 어지럽게 구느냐?"

아이들이 책망을 듣고는 말을 그치고 흩어지자, 임경홍이 고개를 갸우뚱하며 생각했다.

'이 일이 또 심상치 않으니 내 병이 나으면 밤에 몰래 가 종적을 살펴보아야겠다.'

한 달이 지난 즈음 임경홍은 병이 나아 바야흐로 병풍과 휘장을 걷고 세수를 한 후 집안 어른들께 문안을 올렸다. 일가가 기뻐하며 서로 축하했다. 며칠 후 깊은 밤, 임경홍은 홀로 달빛을 맞으며 청륜각으로 갔다.

이때 주소저는 남편의 병이 다 나은 것을 기뻐했지만 예전 일에 원한이 크고 어른들의 명이 없는데다 또한 부끄러움이 많았다. 그래서 지켜보는 많은 눈을 먼저 피하여 남편을 보지 않았었다. 바야흐로 밤이 깊어 시비

---

71) 말을 낼 것이며 : {푼푸흐며}. 미상이나 문맥을 고려하여 이같이 옮김.
72) 수륙재(水陸齋) : 물과 육지의 홀로 떠도는 귀신들과 아귀(餓鬼)에게 공양하는 재.

(侍婢)들이 다 장(帳) 밖으로 물러나고 주소저 혼자 촛불 아래서 『예기(禮記)』73)를 읽다가 바야흐로 책을 덮고 옷을 벗은 후 잠자리에 들려고 했다. 그런데 문득 지게문이 열리며 비단휘장이 움직이는 곳에 인기척이 있었다. 주소저가 놀라 보니 뜻밖에 임경홍이 완연히 들어서고 있었다. 깜짝 놀라 빨리 옷을 갖추어 입고는 마지못해 일어나 맞으려 하자, 임경홍은 부지불각 중에 들입다 붙들고 소리쳤다.

"알겠네! 부인의 혼백(魂魄)이 과연 구천(九泉)74) 아래 필부(匹夫)를 원망하여 이 지경에 이르렀구나. 비록 이승과 저승의 거리가 멀지만 나의 뉘우치는 뜻이 거의 전해질 것이네. 내 이미 그대를 저버려 원한이 하늘에 닿게 했으니 마땅히 미생(尾生)과 신생(申生)을 본받아 남은 일생 정남(貞男)이 될 것이니 그대 혼백(魂魄)은 원컨대 필부(匹夫)의 예전 구박을 용서하고 길이 천당으로 돌아가시게. 다음 생에 다시 부부가 되어 이 세상에서 저버린 죄를 용서받겠네."

말을 마치자 눈물이 샘솟았다. 주소저는 뜻밖에 저를 만나 부끄럽고 한탄스러운 가운데 이런 괴상한 말을 듣자 가소롭고 이상했다. 옥 같은 얼굴이 씩씩하고 목소리는 찬 옥 같은데, 소매를 떨치며 정색하고 말했다.

"저는 그대가 버린 아내입니다. 시어른들께서 자애로움으로 못난 저를 돌보시고 설씨 언니는 신비로운 계교를 가르치셔서 시누이가 친히 옷을 바꾸어 남자가 된 후 저를 구하여 서울로 돌아왔습니다. 그러나 전

9

10

11

---

73) 『예기(禮記)』: 오경(五經)의 하나. 예법의 이론과 실제를 풀이한 책. 공자(孔子)와 그 후학들의 저적을 한나라의 제후인 헌왕(獻王)나이 131편으로 정리하여 엮은 것을 뒷날 유향(劉向)과 대덕(戴德)·대성(戴聖)의 형제들이 잇따라 증보하거나 간추린 것으로 전함.
74) 구천(九泉): 땅속 깊은 밑바닥이란 뜻으로, 죽은 뒤에 넋이 돌아가는 곳을 이르는 말.

후 행실이 민첩하지 못해 군자께 죄를 많이 얻었으니 무슨 면목으로 다시 보겠습니까? 이런 까닭에 사실(私室)에 깊이 숨어 살면서 살아있음을 고하지 못한 것은 혹 남은 목숨을 다시 용납하지 않으실까 두려웠기 때문입니다. 그대는 미치지도, 어리석지도 않은데 지금 저를 보시고 산 사람과 귀신을 분변치 못한 채 이리 허황되게 구십니까? 그대의 몸가짐은 광풍제월(光風霽月)75) 같을 것이니 제가 취하지 않습니다."

12 　말을 마쳤는데 얼굴이 냉담한 것이 눈 위에 핀 매화가 다시 납설(臘雪)76)을 뒤집어쓴 듯하니 어찌 귀신이라 할 수 있겠는가? 임경흥은 두 눈이 휘둥그레져 꿈인가 의심하며 사람과 귀신을 분변하지 못한 채 한동안 말없이 있다가 입을 열었다.

"이것이 생시인가, 꿈인가? 부인이 분명 사천 땅에서 화를 당하고 도주했던 사람인가? 내가 어리석어 요악(妖惡)한 것들의 참소(讒訴)를 듣고 그대를 죽이려 간 것을 어찌 미리 알고 피했던고? 분명 죽었는지 살았는지 사실을 모르겠구나."

주소저는 기뻐하지 않고 말했다.

"옛말에 이르기를 사악한 것은 정대한 것을 범(犯)하지 못한다 했으니
13 그대의 눈앞에 귀신이 어찌 나타날 것이며 옛날 한유(韓愈)77)가 말하기를 귀신이 어찌 사람의 눈에 보이겠는가 하였으니 제가 분명 살았는데

---

75) 광풍제월(光風霽月) : 비가 갠 뒤의 맑게 부는 바람과 밝은 달. 마음이 넓고 쾌활하여 아무 거리낌이 없는 인품을 비유적으로 이르는 말.

76) 납설(臘雪) : 납일(臘日)에 내리는 눈. 납일(臘日)을 예전 민간이나 조정에서 조상이나 종묘 또는 사직에 제사 지내던 날로 동지 뒤의 셋째 술일(戌日)에 지냈으나, 조선 태조 이후에는 동지 뒤 셋째 미일(未日)로 하였음.

77) 한유(韓愈) : 당(唐)나라의 문인·정치가(768~824). 자(字)는 퇴지(退之). 호(號)는 창려(昌黎). 당송팔대가의 한 사람으로, 사륙변려문(四六騈儷文)을 비판하고 고문(古文)을 중시함. 시문집에 『창려선생집(昌黎先生集)』 등이 있음.

그대는 어찌 이처럼 허탄하게 구십니까? 제가 사천 관아에서 죽을 화를 만났을 때 주생이라고 가탁하여 찾아와 간악한 기생들을 발각했던 이는 그대 종매(從妹) 선강[78] 소저였습니다. 그날 밤 꿈이 이러이러하여 피한 것이니 그대가 어찌 이처럼 깨닫지 못하십니까?"

임경홍은 이윽히 헤아리다가 비로소 춘몽(春夢)에서 깬 듯, 모두 자기가 어리석었던 탓으로 어린아이들까지 속인 것인 줄 알고는 무안하고 부끄럽기 그지없었다. 한참을 말이 없다가 부인의 손을 잡고 탄식했다.

"내가 진실로 미치고 어리석어 전후로 어진 아내를 저버린 것이 많아 돌아보니 낯이 얼마나 두꺼운지 모르겠습니다. 그러나 부인은 예를 아는 높은 집안 출신으로 부녀자의 도를 깊이 알 것이니 나의 예의 없던 죄를 용서하고 다시 부부가 화락하기를 바랍니다."

주소저는 이 말을 듣고 어이가 없었다. 그러나 남편이 애걸하는데 너무 각박하게 구는 것은 외람된 짓이라 생각되어 조용히 거절하며 아주 인연을 끊으려 했다. 그래서 다만 가을 서리 같은 안색으로 나지막이 탄식했다.

"저는 이미 세상을 버린 사람입니다. 그 뜻이 있은 지 오래 되었으니 어찌 감히 구구한 자취로 다시 군자의 아내 노릇을 할 것이며, 어디 좋은 가문의 요조숙녀가 없겠습니까?"

말을 다하고는 손을 빼낸 후 자리를 물려 단정히 앉았다. 매몰찬 기색이 말붙이기 어려워보였다. 임경홍은 거듭 탄식하며 슬피 침상(寢牀)에 쓰러졌다. 주소저는 또 앉아서 밤을 새웠다. 바야흐로 새벽이 되어서야 임경홍은 나갔다. 주소저는 비로소 잠깐 쉴 수 있게 되었다. 이 밤에 임경홍

---

78) 선강 : 임빙혜를 가리킴.

의 시동(侍童)이 여러 형제들의 명을 들었던 까닭에 임경홍이 청류당에 출입한 것을 팔룡당에 아뢰었다. 관홍과 성홍 등 여러 형제들이 급히 사환(仕宦) 등을 보내어 살펴보고는 서로 웃기를 마지않았다. 이날 관태우가 임경홍을 만나서는 웃음을 참지 못하며 말했다.

"네가 지난밤에 귀신과 함께 자고 왔다 하니 몸의 기운이 어떠하냐?"

임경홍은 빙그레 웃을 뿐 말이 없었다. 여러 형제들이 말을 이어 어지럽게 놀리며 귀신과 대화를 했으니 반드시 도깨비[79]가 들렸을 것이라고 보챘다. 임경홍이 웃으며 대답이 궁색하지 않았는데 집안어른들은 특별히 아는 체하지 않았다. 임경홍은 다음날 밤에도 주씨의 처소로 갔다. 주씨는 한결같이 냉담하게 앉아 늘 밤을 새웠고 임경홍은 그런 주씨의 마음을 풀어주지 못했다.

이즈음 여러 공자들은 해를 이어 장성했다. 초왕의 넷째 원홍의 자는 원희인데 숙렬비가 낳은 셋째이고, 효장도위의 셋째는 이름이 명홍, 자는 원복인데 원비인 효장공주의 둘째이며, 초왕의 다섯째 아들 성홍은 자가 원기인데 둘째 부인인 한부인이 낳은 둘째 아들이었다. 이들 세 사람은 같은 해에 태어났고, 그 풍채나 모습은 부모들을 닮아 글을 짓는 재주와 도학이 빛났다. 나이 12세에 신체 건장하자 어른들은 널리 며느릿감을 골랐다. 원홍은 간의태우 풍습의 딸과 정혼(定婚)하였다. 풍소저는 그 외모가 녹음 속에 웃는 꽃 같고 부녀자의 덕을 겸비하여 집안어른들이 아주 사랑하고 원홍 공자도 공경으로 대했다. 성홍 공자는 운산처사 장유의 딸과 정혼했다. 장소저의 외모는 계수나무 궁전의 밝은 달 같고 또한 부녀자의 덕을 갖추었다. 부마도위의 셋째 아들 명홍은 전임 태우 문숙의 막

---

79) 도깨비 : {돗갑}. '도깨비'의 옛말인 '돗가비'임.

내딸과 정혼하였는데 그 소저 역시 외모와 덕성이 요조숙녀(窈窕淑女)였
다.

일가가 며느리와 사위를 얻는 족족 이처럼 빼어난 가운데 관태부인이 점점 나이가 들어 남은 날이 줄어갔다. 임상국 형제는 어머니가 날로 쇠약해지는 것을 염려하여 자손들의 혼인을 재촉했다. 영화롭고 상서로운 일이 많은 가운데 또한 조물주(造物主)의 시기(猜忌)가 많아 간간이 재앙이 생겼다.

이때 지부 임경홍은 병이 위중한 탓에 벼슬을 교대하고 돌아온 후 아직 다시 벼슬길에 나아가지 않았다. 이럭저럭 한 해가 저물었는데 임경홍은 벼슬길에 뜻이 없어 병을 핑계로 여전히 환로(宦路)에 나서지 않았다. 그 러나 황제는 그 병이 다 나았다는 소식을 듣고 인재를 사랑하는 마음에 벼슬을 높여 어사중승(御史中丞)80)에 임명하시고 출사(出仕)하기를 재촉했다. 임경홍은 마지못해 대궐로 나아가 은혜에 감사하고 공무(公務)를 수행했다. 이후로 새로운 은혜와 영화가 날로 진동했다.

이 해 과거 시험에 원홍과 명홍, 성홍이 구슬을 꿴 듯 나란히 급제했다. 이 세 사람이 세상에 드문 풍모로 한림원(翰林院)81)의 이름난 문사(文士)가 되자 당대 임상부의 부귀영화와 겨룰 사람이 없었다.

하루는 태부인이 나이 어린 여러 소저를 앞에 두고 바둑을 두어 승부 를 겨루게 하였다. 공주의 막내딸 소혜가 7세로 아주 총명하고 자기보다 어린아이들을 매우 사랑했다. 그런데 태부인이 상서의 딸 연교를 나오게 하여 어루만지며 예뻐했다. 연교는 3~4세 어린아이지만 부친의 옥 같은

---

80) 어사중승(御史中丞) : 정무(政務)를 감찰하던 어사의 하나로 한나라 때부터 명나라 초기까지 있었음.
81) 한림원(翰林院) : 당나라 중기 이후에 주로 조서(詔書)를 기초하는 일을 맡아보던 관아.

얼굴과 빛나는 풍채에 모친의 아름답고 빼어난 풍모를 물려받아 아주 어여뻤다. 소혜가 저의 예쁜 뺨을 연교의 보드라운 뺨에 부비며 고사리 같은 손으로 주소저의 적삼 소매를 걷자 팔위에 앵혈(鸎血)[82]이 드러났다. 주소저가 황망히 소매를 내려 덮자 연교가 낭랑히 웃으며 말했다.

"제가 여러 숙모와 그 딸들을 다 보니 규수 맵시가 나는 사람은 팔에 앵혈이란 것이 있고 나이 어린아이들에게도 있지만 관 쓰고 비녀 꽂은 숙모들에게는 팔에 앵혈이 있는 것을 보지 못했는데, 청륜각 주숙모는 앵혈이 있으니 이게 무슨 일입니까?"

태부인이 놀라 물었다.

"네가 언제 보았느냐?"

연교가 대답했다.

"어느 날 우연히 시녀를 따라 놀다가 청륜각에 갔는데 숙모는 없고 서안 위에 매실과 푸른 자두가 많이 있었습니다. 가지고 싶었으나 숙모가 계시지 않았습니다. 숙모를 찾아 좀 얻으려고 협실을 열어 보았더니 숙모가 거기서 목욕하고 있었습니다. 옷을 벗고 있어 자세히 보았습니다."

어린아이의 말이지만 말이 분명하고 두서가 있었다. 태부인이 깜짝 놀라며 한동안 말이 없자, 풍부인이 웃으며 아뢰었다.

"어린아이의 말을 어찌 그대로 믿겠습니까? 제가 할머님 앞에서 직접 조카며느리의 앵혈을 찾아보아 사실을 확인해 보도록 하겠습니다."

말을 마치자 주씨의 손을 잡고 소매를 한 번에 걷어 올렸다. 과연 앵혈

---

82) 앵혈(鸎血) : 여자의 팔 위에 찍는 앵무새 피로, 순결한 처녀일 때는 이 핏자국이 선명하게 보이고 남자와 동침하게 되면 이 핏자국이 없어지게 된다고 함. 남자의 경우에도 이는 똑같이 적용됨.

이 분명히 드러났다. 주소저는 난처하고 부끄러움을 이기지 못하여 얼굴
이 붉어지고 별 같은 눈을 내려뜨며 고개를 숙였다. 풍부인이 웃으며 말
했다.

"누가 조카 경홍이 과거를 뉘우치고 주씨를 중대한다 했는고? 오히려
둘의 액운이 끝나지 않아 부부 금실이 화합하지 못했네요."

소부인은 안색이 계속 변하며 며느리를 자주 돌아보았다. 주소저는 어
쩔 줄 몰라 얼굴이 붉은 옥 같아졌다. 태부인은 마땅치 않아 말을 하지 않
았다. 주소저가 너무 강하게 굴어 남편의 뜻을 거스르는 것인가 생각했기
때문이었다. 여부인이 시어머니의 기색을 살피고는 문득 안색이 변하며
눈썹을 찡그린 채 주소저를 향해 정색하고 말했다.

"여자의 도는 온순한 것이 으뜸이다. 경홍이 처음에 어리석게도 너를
박대했지만 네가 또한 명문가 출신으로 어진 부모의 가르침을 받았을
것이니 군신(君臣)의 큰 의리와 부부(夫婦)의 큰 인륜이 하나같이 중함을
알 것이다. 임금이 그르다고 하여 신하가 감히 마음대로 물러나지 못
하는 것처럼 부부 사이도 똑같다. 경홍이 근래 허물을 뉘우치고 오히
려 규방(閨房)에 머물기를 심하게 한다고 하는데 손자며느리 네가 강렬
하여 지아비를 받아들이지 않으니 여자의 덕을 많이 어긴 것이다. 너
도 생각해 보거라. 덕요(德曜)의 거안제미(擧案齊眉)83)와 극결(郤缺)84)

---

83) 덕요(德曜)의 거안제미(擧案齊眉) : 거안제미(擧案齊眉)는 밥상을 눈높이까지 들어 올려 바친
   다는 것으로 남편을 깍듯이 공경함으로써 내외가 서로 신뢰를 쌓고 가정을 화목하게 함을 이르
   는 말. 후한(後漢)의 양홍(梁鴻)과 그의 아내 맹광(孟光) 사이의 일에서 나온 것으로 덕요(德曜)
   는 맹광의 자(字).
84) 극결(郤缺) : {각결}. '극결'의 오기임. 『좌씨전(左氏傳)』에 구계(臼季)가 사신이 되어 기 땅으로
   가다가 그곳에서 극결은 밭에서 잡초를 뽑고 그 아내가 밥을 날라다 먹는 광경을 보았는데 서
   로 공경하는 태도가 손님을 대하는 것 같음을 보고 구계가 자신의 군주인 문공에게 극결을 천
   거했다는 데서 온 표현.

부부가 서로 공경하기를 손님 대하듯 한 것, 그리고 위징(魏徵)[85]의 아내가 능히 남편과 타협한 것 가운데 여자의 행실로 누가 옳은 곳에 나아간 것이냐?"

말을 다했는데 안색은 냉담하고 말씀은 단중하여 아래 사람들이 모두 두려워했다. 여러 소저들은 안색을 고치고, 주소저는 크게 참담하여 식은 땀으로 옷이 젖을 지경이어서 무어라 대답하지 못했다. 그저 머리를 조아리고는 죄를 청하며 몸을 펴지 못했다. 위부인이 매우 불쌍히 여겨 손을 잡고 머리를 쓰다듬으면서 웃고 말했다.

"전날 손자의 행사는 밉살스러운 것이니 주씨 며느리가 마음에 담아두고 있는 것이 가히 그르지 않고, 또 손자가 하는 짓이 다 어리석어 스스로 아내를 잘 다독이며 조용히 화합하지 못하고 이렇듯 사단이 나게 했으니 이는 다 경흥이 어리석은 탓인데 부인은 오직 손자 편만 들어 손자며느리를 질책하지 마세요. 주씨 며느리가 감히 변명도 못하고 억울해 해도 되겠습니까?"

이같이 어루만지며 위로하고 이후 부부가 화목하기를 권했다. 여부인은 빙그레 웃고 주소저는 얼굴이 온통 빨개져서 그저 두 번 절하며 명을 따를 뿐이었다. 이때 임경흥이 때마침 들어오다가 당 밖에서 이 말을 들었다. 마음속으로 기쁨을 이기지 못했다. 임경흥은 들어가지 않고 다시 외당으로 나오며 모른 체했다. 이날 밤 임경흥은 일부러 술에 반쯤 취하여 주소저 침소로 갔다. 주소저는 예전 같지 않게 공손히 일어나 맞았다. 그러고는 각자 동서(東西)로 자리를 정하여 앉았다. 냉담한 기색은 없고

85) 위징(魏徵) : 당(唐)나라 초기의 공신이자 학자로 간의대부 등의 요직을 역임하였고 재상을 지냈음. 주(周)·수(隋)·오대(五代) 등의 정사편찬과 『유례(類禮)』 등의 편찬에 큰 공헌을 하였음.

안색이 아주 처연했다. 기세가 많이 꺾여 보였다. 임경홍이 속으로 기뻐
하며 모르는 척 물었다.

"부인이 무슨 근심이 생겼는가? 아니면 어디 불편한가?"

주소저는 태연히 대답했다.

"특별한 이유는 없이 그저 편치 못합니다."

임경홍은 다시 말하지 않았다. 그러고는 술기운을 이기지 못해 자리에
비스듬히 앉아 취한 눈빛을 흘려 주소저를 한동안 쳐다보았다. 그러고는
홀연 탄식 후 한참이 지나 말했다.

"부인이 지금도 나의 허물을 마음 깊이 두고 세월이 오래도록 화목한
기색을 보이지 않으니 글쎄, 나는 마침내 한 세상 어리석은 남자가 될
것 같구나. 나와 부인이 일찍이 불교에 큰 맹세를 두지 않았는데도 어
찌 무단히 인륜(人倫)을 저버려 음양(陰陽)의 화합을 모른단 말인가? 그
대 뜻을 듣고 싶네."

주소저는 오늘 새삼 묻는 것이 괴로워 말하기도 싫었다. 그러나 감히
예전같이 뾰로통하게 굴지 못하여 한동안 말이 없다가 서글피 대답했다.

"저는 본래 지혜롭지 못하고 아는 것도 없어 감히 그대의 아내 소임을
못할까 전전긍긍(戰戰兢兢)할 따름이지 어찌 다른 의견이 있겠습니까?"

31

임경홍은 말을 듣고 그 날카로운 기운이 많이 줄어들었음에 기뻤다.
그러고는 문득 긴 팔을 내어 손을 이끌어 가까이 앉히고는 부드러운 목소
리로 물었다.

"그러하면 부인은 부부 사이 화목한 예를 알겠군요."

주소저는 부끄러워하며 대답하지 않았다. 촛불 그림자 아래 어여쁜 모
습이 찬란하여 정을 품은 장부의 취한 눈에 새로워 보였다. 임경홍은 스

스로 흡족해 하며 촛불을 끄고 주소저를 청하여 침상 잠자리로 들어가는
데, 주소저는 매우 원망스러웠으나 어쩔 수 없었다. 임경홍은 혼인한 지
6년만에 비로소 초대운몽(楚臺雲夢)[86]을 시험하게 되었다. 부인의 아름다
운 몸에서 향기가 진동하는 듯하자 더욱 사랑하여 웃으며 말했다.

"오늘이 마침내 우리 부부의 황도길일(黃道吉日)[87]이구나. 반드시 오늘
밤 일전(一戰)을 잘 치러 천고의 아름다운 일을 이루리라."

주소저는 듣는 말마다 남자의 기세 좋은 것에 탄식하며 대꾸도 하지 않
았다. 그리고 그저 자기 고집을 세우지 못하는 것이 안타까웠다. 그러나
임경홍은 홀로 득의(得意)하여 기쁨을 금할 수 없었다. 과연 이날 밤 화합
으로 만고의 성스러운 딸을 얻었다. 이후로 임경홍의 부부는 예전의 원한
을 버리고 공경하며 화락하여 첩 하나 두지 않고 백년해로(百年偕老)하였
다.

이때 초왕의 둘째 딸 채혜는 자(字)가 현강으로 주비가 낳은 딸이었다.
대단한 집안의 부모가 낳았으니 그 품성이 어찌 범상하겠는가? 아름다운
눈에 선명한 눈동자와 어여쁜 웃음에 보조개 예쁜 것은[88] 위후 장강(莊
姜)[89]과 닮았고, 유한정정(幽閑靜貞)[90]한 것은 주나라 태사(太姒)[91]와 방불

---

86) 초대운몽(楚臺雲夢) : 초대는 양대(陽臺)를 말하는 것으로 『문선(文選)』에 수록된 송옥(宋玉)의
〈고당부(高唐賦)〉에서 비롯된 말. 전국시대 초(楚)의 양왕(襄王)이 송옥과 함께 운몽(雲夢)이
라는 곳에서 놀다가 고당관에 이르러 연회를 열고 즐긴 후 잠시 낮잠을 자게 되었는데, 꿈속에
아름다운 여인이 찾아와 자신이 무산(巫山)의 선녀라 소개하고는 왕과 운우의 정[雲雨之情]을
나눈 뒤 헤어지면서 자신은 아침에는 구름이 되고 저녁에는 비가 되어 양대(陽臺) 아래에서 아
침저녁으로 당신을 그리워하고 있다고 말하며 사라졌다는 고사에서 온 표현임.
87) 황도길일(黃道吉日) : 황도(黃道) 택일(擇日)로 찾은 길한 날. 황도택일법은 월(月)에서 일진을
찾고 일진으로는 시(時)를 찾아보는 방법인데 혼인날을 잡을 때 주로 등장함.
88) 아름다운 ~ 것은 : {미목변혜(美目盼兮)며 교쇼쳔혜[巧笑倩兮]눈}. 『논어』「팔일편(八佾篇)」의
구절임.
89) 위후 장강(莊姜) : 중국 춘추시대 위(衛) 장공(莊公)의 비(妃)로 이름난 미인이었음.
90) 유한정정(幽閑靜貞) : 부녀의 태도나 마음씨가 얌전하고 정조가 바름.
91) 주나라 태사(太姒) : {주실의 성비}. 주나라 성군의 비(妃)로 보아 주문왕의 비인 태사(太姒)로

하여 어릴 때부터 용모와 재능이 보통을 넘었다. 자라서는 그 행동거지에 자못 법도가 있었다. 열한 살에는 맑은 부용이 더러운 연못을 버리고자 하는 듯, 달이 보름에 이르고자 하는 듯, 온갖 광채와 모든 덕성이 한 몸에 있어 천고의 여자 성인이며 규방(閨房)의 성인이었다. 집안 어른들의 사랑은 연성지벽(連城之璧)92) 같았다.

이때 참지정사 성연수는 계양공의 장자로 임상국의 첫째 부인 성씨의 조카였다. 성연수의 사람됨이 옥을 다듬은 것처럼 맑은 군자로 충직한 학사일 뿐만 아니라 그 부인 이씨 역시 당세 독보적인 숙녀요, 현철한 부인이었다. 일찍이 슬하에 자녀들이 많았는데 여러 자녀들이 다 혼인하고 막내아들 인광이 남아 있었다.

인광의 자는 덕호로, 범속함이 없이 태어나 초나라 대부(大夫)93)의 가을 물결 같은 골격과 승상 진여옥94)의 모습 같았다. 효성과 덕행을 또한 겸비하여 증왕95)의 효성과 황향(黃香)96)의 성덕을 갖추었고, 빛나는 문장

옮김.

92) 연성지벽(連城之璧) : 중국 전국시대 때 초나라 화씨(和氏)가 초산에서 발견한 옥돌을 여왕(厲王)에게 바쳤으나 여왕은 그 진가를 알지 못한 채 화씨가 자기를 속이려 했다고 생각하여 발뒤꿈치를 자르는 월형에 처했음. 여왕이 죽고 무왕(武王)이 즉위하자, 화씨는 또 그 옥돌을 무왕에게 바쳤으나 무왕 역시 화씨가 자기를 속이려 했다고 생각하고는 남은 오른쪽 발을 자름. 무왕이 죽고 문왕(文王)이 즉위하자, 화씨는 초산 아래에서 그 옥돌을 끌어안고 사흘 밤낮을 울었고 나중에는 눈물이 말라 피가 흐를 정도였음. 문왕이 이 소식을 듣고 그를 불러 까닭을 묻자 화씨는 "나는 발을 잘려서 슬퍼하는 것이 아닙니다. 보옥을 돌이라 하고, 곧은 선비에게 거짓말을 했다고 하여 벌을 준 것이 슬픈 것입니다."라고 말했음. 이에 문왕이 그 옥돌을 다듬게 하니 천하에 둘도 없는 명옥이 되었고 그의 이름을 따서 '화씨지벽(和氏之璧)'이라고 이름함. 그 후 이 화씨지벽은 조(趙)나라 혜문왕(惠文王)의 손에 들어갔는데, 진(秦)나라 소양왕(昭襄王)이 이를 탐내 15개의 성(城)과 맞바꾸자고 한 것에서 연유하여 화씨지벽을 '연성지벽(連城之璧)'이라고도 함.

93) 초나라 대부(大夫) : {초태우}. '태우'는 대부(大夫)의 옛말로 대부는 중국에서 벼슬아치를 세 등급으로 나눈 품계의 하나인데 주나라 때에는 경(卿)의 아래 사(士)의 위였음. 여기서는 초나라 삼려대부(三閭大夫)를 지낸 굴원(屈原, ?B.C.343 ~ ?B.C.277)을 가리키는 것으로 보임.

94) 진여옥 : 미남이었던 진평(陳平)을 가리키는 것으로 보임. 진평(陳平)은 중국 한대의 정치가로 처음에는 항우를 따랐으나 후에 유방을 섬겨 한나라 통일에 공을 세우고 좌승상이 되었음.

은 조자건(曹子建)97)을 능가하여 부모의 사랑이 지극했다. 여러 혼인한 집 안들을 통해 임채혜의 소문을 익히 들은 덕분에 이미 혼처를 정한 것이 금석 같았다.

인광이 나이 13세에 과거에 합격하여 많은 사람과 온갖 일을 눈앞에 두고 압두하며 그 맑은 이름이 조야(朝野)에 가득하고 황제 또한 크게 총애했다. 이미 성, 임 두 상공이 정혼하여 빙폐(聘幣)를 주고받았으므로 과거 급제하여 이름이 방목(榜目)에 오른 날이 바로 혼인날이었다. 인광이 어사화(御史花)에 청삼(靑衫)을 입고 초궁에 이르러 임채혜를 맞이하였는데, 이날 빛난 영광은 세상에 드문 일이었다. 임채혜는 성씨 집안에 가 효로써 시부모를 봉양하고 군자를 섬기자 집안어른들도 사랑하고 부부가 화합하여 기리는 소리 자자했다. 초왕 부부 또한 기뻤다. 이렇듯 즐기는 가운데 원수가 숨어들어 재앙이 드리웠다.

각설. 이때 요사스러운 남연랑은 사천 합주까지 따라가 임경홍과 설희필을 해코지하려 하다가 하늘이 돕지 않고 신명이 미워하여 몸이 하마터면 위태할 뻔하였다. 겨우 그 잔명을 보전하였으나 요인(妖人)을 제압하는 밧줄에 꽁꽁 묶여 황건역사가 모는 바람에 음산하고 검은 운무(雲霧) 중 티끌처럼 날려 순식간에 진궁 뒤뜰에 떨어졌다. 연랑의 얼굴이 다 깨어지고 살이 다 찢어져 비록 지극히 간사하고 악랄했지만 혼절하기를 면치 못했다. 난간 위에 있던 흰 고양이와 검은 고양이는 이 소리에 놀라 건물 위

---

95) 증왕 : 효성으로 이름 높았던 공자의 제자 증자(曾子)를 가리키는 것으로 보임.
96) 황향(黃香) : 후한(後漢) 때의 효자로 효성이 지극하여 9세에 어머니를 잃자 아버지를 잘 받들어 여름이면 아버지의 베개에 부채질을 하여 시원하게 하였다고 함.
97) 조자건(曹子建) : 중국 삼국시대 위(魏)나라의 시인 조식(曹植). 자건은 그의 자(字). 위의 무제(武帝) 조(操)의 아들이며 문제(文帝) 조비(曹丕)의 아우로 이들 세 사람을 삼조(三曹)라 칭하여 건안문학(建安文學)의 중심적 존재로 칭송함. 칠보시(七步詩)와 〈낙신부(洛神賦)〉가 유명함.

로 뛰놀고, 당 아래 누런 개와 흰 개는 어지럽게 짖으며 달려들었다. 때문에 연랑의 몸뚱어리는 성한 곳이 하나 없었다.

이곳은 환옥과 곽교란의 처소 뒤뜰이었다. 이때 환옥은 곽녀와 함께 38 누이 연랑이 성공하여 돌아오기를 고대하다가 문득 뒤뜰에 철썩하며 '짝' 하는 소리를 듣고는 놀라고 이상하여 급히 숙직하는 하인을 불러 도적이 들었는지 확인하도록 했다. 잠시 후 햇불이 대낮같이 밝은 가운데 나이 어린 여자가 녹의청상(綠衣靑裳)으로 온몸에 피를 흘리며 뒤뜰 앞에 거꾸 러져 기절해 있다는 소리를 들었다. 모두가 놀라 환옥에게 이를 고하였는 데, 환옥과 곽녀는 여자라는 말에 놀라고 이상히 여겨 몸을 일으킬 겨를 도 없이 급히 난간에 나와 보았다. 이는 다른 사람이 아니라 연랑이었다. 39 깜짝 놀라며 말했다.

"어느 집 나이 어린 여자가 무슨 변란을 만나 이런 참화를 당하는가 보 구나. 가히 불쌍하니 우리가 구하여 본래 집으로 보내야겠다."

그러고는 하인들에게 당부했다.

"여자의 모습이 불쌍하다. 우리가 구하여 제 집에 돌려보내려 하니 너 희는 이 일을 일절 입 밖에 내지 마라. 만일 전하께서 아시면 우리 오지 랖 넓다 하여 꾸짖으실까 싶다."

모두들 환옥의 후덕을 매우 칭송했다. 환옥과 곽녀가 연랑을 붙들어 들여 편히 누이고 눈물을 흘리며 약을 먹이며 구호했다. 연랑이 이윽고 40 깨어나 정신을 차리고는 숨을 길게 내쉬고 전후 사정을 말했다. 환옥과 곽녀가 놀라 구호하며 임, 설 두 집안을 다시 해코지할 계교를 내었고, 연 랑은 제 요술로 약을 만들어 상처에 바르자 상처가 완전히 나았다. 그러 고는 이를 갈며 임, 설을 없앨 계교를 내는데 생각이 미치지 않은 곳이 없었다. 이러구러 한 달이 지나자 연랑은 예전처럼 회복되었다.

이때 유선의 딸이 나이 17세에 생김새가 소담하니 예뻐 웃는 꽃 같으나 행실은 유선을 그대로 닮았다. 그래서 스스로 멋진 사내를 사모하며 음란한 마음을 불태우나 진궁 후당 궁벽진 곳에 깊이 있어 남자라고는 구경도 못했다. 하루는 한 꾀를 생각해내고 연랑에게 말했다.

"제가 숙부의 은혜로 이렇게 살아있는 것은 모친의 원수를 갚고자 하는 것입니다. 그런데 이제 세월은 흐르는 물이 지나가고 이렇게 깊은 곳에 머물러 어느 날 어느 때에 원한을 풀겠습니까? 다만 계교는 임, 설 두 집안 자손 중 하나를 후려야 일을 낼 것인데 감히 인연을 맺을 방법이 없으니 차라리 창루(娼樓)에 한 몸 던져 임, 설 집안의 호협한 자를 낚아 계교를 이루는 것이 어떨까요?"

연랑이 눈썹을 모으며 한동안 생각하다가 기쁘게 말했다.

"너의 계교가 일을 이루기에 적당하니 빨리 나가 일을 도모하여라. 내 반드시 찾으리라."

작은 요녀(妖女)가 기뻐 응답했다. 이어 작별하고는 가만히 진부 후문을 나서 장안 청루를 찾아갔다.

이때 장안 십자가 운청교에 이름난 창루가 있었다. 이름은 명기채석루였다. 장안의 이름난 명기들이 모여있어 날마다 공자왕손(公子王孫)의 수레 모이는 것이 천승만거(千乘萬車)였다. 우두머리 창모 운중선이 주가(酒家)와 창루(娼樓)를 열고 손님을 모았다. 날마다 채석루에는 풍악이 끊이지 않고 길가에 귤이 쌓였다.98) 갖가지 단청으로 꾸민 화려한 누각에는

---

98) 길가에 ~ 쌓였다 : 두목(杜牧)의 잘 생긴 외모에 여인들이 귤을 던져 유혹했다는 고사에서 온 말. 두목은 이상은(李商隱)과 더불어 이두(李杜)로 불리는 중국 만당전기(晚唐前期)의 시인. 산문에도 뛰어났지만 시에 더 뛰어났으며, 근체시(近體詩) 특히 칠언절구(七言絶句)를 잘 했음.

어여쁜 미인들이 곱게 화장을 하고 칠현금(七絃琴)99)을 어루만지며 눈가
에 교태를 머금어 지나가는 나그네를 후렸다. 이날 작은 요녀가 청루로
들어서자 운중선이 보고 물었다.

"어느 곳 사람인데 무슨 이유로 이리 귀찮게 찾아왔느냐?"

작은 요녀가 슬픈 듯 말했다.

"저는 양가집 규수입니다. 그러나 부모가 모두 돌아가시고 다른 형제
가 없어 사고무친(四顧無親)이라, 차라리 청루에 투신하여 군자호걸을   44
내 뜻대로 가려 즐길지언정 평범한 신랑을 원치 않아 왔으니 부인은 불
쌍히 여기시고 거두어주십시오."

운중선이 보니 나이 17세는 되어 뵈고 용모는 꽃 같고 태도는 제비 같
았다. 아주 흡족하여 즉시 허락하고는 내실로 데려가 좋은 물로 목욕시켰
다. 그러고는 산호 박은 경대와 옥으로 만든 거울을 내놓고 운남 초엽과
월분 연지를 내어 화장을 곱게 하고 붉은 저고리에 채색 치마와 갖가지
노리개를 달아 미인의 단장을 갖추었다. 과연 세상에 드물게 아리따웠   45
다. 한 번 웃음으로 양성(陽城)과 하채(下蔡)100)의 공자들을 유혹하던 재용
(才容)이 있어 여러 창기 가운데 으뜸이었다. 모든 탕자들이 암암리에 칭
찬하기를 "운마의 복이 높아 오늘 월중선(月中仙)이 내렸다."하였다. 그래
서 이름도 월중선이 되었다.

채석루에 새로 난 명기 월중선의 이름이 장안에 자자하여 천상 무릉의
낙신(洛神)101)이 내린 듯하자 성안의 모든 경박한 탕자(蕩子)들이 침이 마

---

99) 칠현금(七絃琴) : 고대 중국에서 사용하던 현악기의 하나. 일곱 줄을 매어 만든 일종의 거문고
    로, 오현금에 문무현(文武絃)을 더한 것.
100) 양성(陽城)과 하채(下蔡) : 송옥의 〈등도자호색부(登徒子好色賦)〉에 나오는 말로 다음과 같은
    구절이 있음. "눈웃음치며 한 번 웃는 날에는 양성의 귀인들이 술렁대고 하채의 왕손들은 정신
    을 잃습니다[然一笑惑陽城迷下蔡]."

르고 목이 타서 날마다 천금(千金)을 싸들고 채석루로 모여들었다. 청루의 이름은 예전보다 백 배 더 유명해졌다. 월중선은 스스로 가무를 절묘하게 익히고 하루에 천만 명을 겪으니 한없는 음욕(淫慾)은 충족되었다. 그러나 모이는 자는 수없이 많지만 다 주색에 굶주린 아귀 같은 자들로 무뢰배 협객이요, 하나도 풍류호걸의 인재가 아니었다. 월중선은 심히 허무했다. 그래서 눈에 차는 아름다운 낭군을 섬기고자 그윽이 주의를 기울여 섬길 자를 살폈지만 임씨 여러 인물들이 밖으로 나오지 않아 넋을 사를 뿐 어찌할 길이 없었다. 그러던 중 하늘이 또한 기회를 주시어 임씨 집안의 한 사람이 능히 이곳에 빠지기를 면치 못하였으니 이는 누구인가?

차설. 초왕의 서자 인흥은 서궁 군계부인 금화공주의 소생이었다. 인흥이 비록 서자(庶子)이지만 또한 곤륜산(崑崙山) 가지요 벽해(碧海)의 근원이어서[102] 세속의 사람들과 달리 외모가 뛰어나고 성품이 활달 호방하며 열한 살에 신체 건장하였다. 초왕은 그 인물됨이 너무 호방함을 경계하고 군계부인 역시 마찬가지였다.

하루는 태자소부 임유린의 아들 관흥이 모친의 명으로 그 양외조 목공 부부를 뵈었다. 목씨 집안으로 갈 때 목공이 마침 병이 있다가 갓 나은 때였다. 인흥의 모친 군계부인 또한 목씨 집안에 은혜를 입은 것이 있어 인흥에게 관흥 공자를 모시고 목씨 집안에 함께 다녀오도록 했다. 인흥은 명을 받들어 관흥과 함께 목부로 갔다. 목공 부부가 관흥을 어루만지며 머물기를 청하자 관흥은 마지못해 부모님께 글을 올렸다. 인흥은 관흥 공

---

101) 낙신(洛神) : 중국 삼국시대 위(魏)나라의 조식(曹植 : 192~232)이 지은 〈낙신부(洛神賦)〉에 등장하는 미인.

102) 곤륜산(崑崙山) 가지요 벽해(碧海)의 근원이어서 : 근본이 뛰어나다는 뜻으로 비록 서자이지만 비상한 부친을 닮았다는 뜻임.

자의 글을 가지고 나귀를 타고 시동(侍童) 한 사람만 데리고 돌아오는 길에 채석루를 지나게 되었다.

이때 월중선이 예쁘게 치장을 하고 높은 누각에서 주렴을 걷고는 도로 49
행인을 살피다가 한 어린아이를 보았다. 나이는 10세 정도 되어 보이는데 그 외모가 비상하며 검은 머리를 땋아 드리우고 나는 듯한 어깨에는 청사포(靑絲袍)를 걸치고 허리에는 허리띠 세초대를 둘렀으며 털빛이 검푸른 당나귀를 천천히 몰아 누각 아래로 지나가고 있었다. 인홍이 화류가(花柳街)의 풍정을 바라는 풍류(風流) 탕자(蕩子)의 무리가 아니어서 월중선은 더욱 마음에 들었다. 그래서 주렴을 반쯤 걷어 얼굴을 조금 내밀고는 웃는 듯 찡그리는 듯하며, 채색 소매를 걷어붙이고 동정호(洞庭湖)의 노란 50
귤을 마구 던졌다. 그러고는 지나는 길손은 그냥 가지 말고 한 번 들어와 맛난 술을 맛보라며 외치기를 마지않았다. 인홍이 위를 쳐다보았다. 과연 누각 위에 한 미인이 채색 옷깃을 흔들며 어여쁜 얼굴에 웃음을 머금고는 정답게 청하는 곳에 수십 미인들이 저마다 금단(錦端)[103]에 옥적(玉笛)을 잡고 있었다. 지는 햇빛에 붉은 단장과 흰 얼굴이 서로 비추어 누각 아래 핀 해당화와 누각 위의 미인이 서로 빛난 태도를 다투는 듯, 아름다운 모습이 가히 볼 만하였다. 인홍에게 액운(厄運)이 있으니 어찌 속지 않겠는 51
가? 문득 인홍은 이를 좋아하며 시동(侍童) 뇌산에게 말했다.

"너와 함께 들어가 한 번 구경해야겠다."

뇌산이 또한 나이 어린데다 마찬가지로 구경하고 싶어 사양하지 않았다. 주인과 하인은 함께 들어갔다. 여러 창기들이 교태를 머금고 나란히 서서 청하며 술을 권했다. 인홍의 부친 임희린은 가르침이 엄하여 비록

---

103) 금단(錦端) : 기둥머리에 그린 단청의 가장자리를 비단 자락 모양으로 돌린 무늬.

적자(嫡子) 형제들이라도 어린 나이에 술을 취하지 않고 그 모친의 교훈
52 또한 엄하여 행선지를 밝히기 전에는 한 때도 거처 없이 나가지 못하게
했다. 그래서 인흥이 말했다.

"내 나이 어리기 때문에 술은 일찍이 마시지 않는다."

그러고는 과일 등을 조금 맛보고 가무(歌舞)를 들으며 월중선에게 재삼
주의를 기울였다. 그러다가 날이 저물자 뇌산은 초왕 임히린에게 꾸짖음
을 받을 것을 두려워하며 떠나기를 재촉했다. 인흥은 진실로 떠날 마음이
없었지만 이곳에서 잘 수는 없었다. 그래서 누차 다시 보기를 약속하고는
돌아갔다. 창모와 월중선은 어이가 없었으나 어쩔 수 없었다. 눈물을 흘
53 리며 교태로운 목소리로 말했다.

"제가 오늘 우연히 낭군을 만나 비록 둘이 합방을 하지는 못했으나 월
하노인(月下老人)의 굳은 맹세 이미 하였으니 금석같이 지키셔야 합니
다. 신의를 지켜 훗날 출세하시고 부인을 얻으셔도 오늘 함께 한 굳은
언약을 져버리지 않도록 백 년을 맹세하는 정표를 주셔요."

인흥이 미인의 다정한 말에 금석(金石)이 녹을 듯, 어여쁜 얼굴에 눈물
을 뿌리며 연연하는 것을 보자 어린 나이에 호색의 마음 애련하고 안타까
54 워 내일 돌아가 죽을지언정 떠날 마음이 없었다. 그러나 뇌산이 계속 재
촉하는 탓에 할 수 없이 손을 잡고 위로했다.

"미인은 이별을 슬퍼마라. 오늘 우연히 만나 서로 정이 든 것도 인연이
니 어찌 훗날 져버릴 수 있겠느냐? 청산이 낮아지고 녹수가 줄어도 오
늘 그대의 다정함을 잊지 못할 것이다."

하고는 속고름에 차고 있던 옥선초(玉扇貂) 하나를 끌러주며 말했다.

"낭자가 백년을 맹세할 정표를 원하니 이 선초(扇貂)[104]로 신의(信義)를

맹세하겠다."

월중선이 기뻐하며 냉큼 받아 고름에 찼다. 그러고는 제 손에 끼고 있던 금반지를 벗어주었다. 인홍 또한 받아 주머니에 간직하고는 재삼 이별을 슬퍼하며 잡았던 손을 놓았다. 55

인홍은 뇌산과 함께 총총히 집으로 돌아왔다. 날은 벌써 황혼녘이었다. 바삐 내당으로 들어갔는데 여러 집안사람들은 벌써 각 당에 저녁문안을 마치고 흩어진 후였다. 인홍은 먼저 오운전으로 가 관홍 공자의 편지를 올렸다. 물러나서 집안을 두루 살피며 월중선을 머물게 할 만한 곳을 엿보았다.

이때 여러 해 천하가 태평하여 창고의 병장기(兵仗器)에는 먼지가 앉고 대완국 좋은 말은 살쪘다. 그러니 어찌 하늘이 재앙과 앙화를 내지 않겠는가? 56

각설. 거란 서융이 군량(軍糧)이 풍족하고 용맹한 장병이 많이 모이자 병사를 일으켜 북해(北海)를 건너 계주(稽州)를 침범하였다. 계북태수 이후징은 이웃마을 장병들을 거느려 대적했지만 능히 감당하지 못했다. 그래서 조정에 장계(狀啓)를 올렸다. 급한 소식이 눈 날리듯했다.

사람들은 서융의 서자(庶子) 원달이 나이 불과 10세이지만 그 용맹이 만 사람을 능가하고 등에는 '한군자 생환 복원'이라는 일곱 글자가 새겨져 있다고 했다. 원달 스스로도 자신이 한왕(漢王) 고후(高煦)[105]의 억울하게 죽은 넋이라 하고 다녔다. 사람들은 틀림없이 한왕(漢王) 고후(高煦)가 환 57

---

104) 선초(扇貂) : 부채고리에 매어다는 장식품.
105) 한왕(漢王) 고후(高煦) : {고구}. 주고후(朱高煦)를 가리키는 것으로 고후는 성조(成祖) 영락제(永樂帝)의 둘째 아들로 무예에 뛰어나 성조가 정난병(靖難兵)을 일으켜 즉위할 때 공을 세움. 그러나 자신의 통토에는 즐겨 가지 않고 태자(후에 인종(仁宗)이 됨)를 모해하고 원망하다가 조카인 선종(宣宗)이 즉위하자 거병하지만 결국 붙잡혀 처형당함.

세(幻世)한 것이라며 옛 당태종이 반역 단웅신(單雄信)[106]을 잡아 죽인 후 수십 년 뒤에 노장(老將) 합소문[107]이 일어난 것처럼 이제 고후(高煦)가 죽임을 당한 팔 년 뒤 이런 흉악한 일이 있으니 옛 일과 다름이 없다며 의논이 분분했다.

황제는 놀라 문무대신을 모아 상의했다. 이부상서 임창홍과 병부상서 설희광이 전쟁에 나가기를 스스로 지원했다. 황제는 두 사람의 지략을 잘 알고 아주 기뻐했다. 그러고는 임창홍을 정북대원수 제로대도독으로 임명하며 상방검(尙方劍)[108]을 하사했다. 또 설희광을 부원수 우도독으로 임명하고, 대장군 장영통은 좌선봉으로, 진서대장 유무는 우선봉으로 임명하며 흰 깃털을 장식한 황월(黃鉞)[109]과 절월(節鉞)[110]을 하사했다. 그러고는 용맹한 장수 졸개들을 점고하여 당장 떠나도록 했다. 임창홍과 설희광 두 원수가 황제의 은혜에 감사하며 즉시 교장(敎場)[111]으로 나가 병마(兵馬)를 훈련시키고 다음날 새벽에 떠날 것을 명령한 후 그러고는 각자 집으로 돌아갔다. 이미 밤은 깊었다.

---

106) 단웅신(單雄信) : 수(隋)나라 적양(翟讓)을 따라 거병하였다가 좌무후대장군(左武侯大將軍)이 되고 비장(飛將)이라 불렸음. 얼마 뒤 이밀(李密)이 적양(翟讓)을 죽이자 이밀에게 귀순함. 당(唐) 무덕원년(武德元年 : 618)에 패하여 왕세충(王世充)에게 항복하고 대장군(大將軍)에 임명되었다가 이세민(李世民)이 낙양(洛陽)을 포위하고 왕세충이 당에 항복하자 살해됨.

107) 합소문 : 고구려 명장 연개소문(淵蓋蘇文). 호제이연(胡帝李淵)이라 하여 호족은 '연(淵)' 자(字)를 폐하고 '개(蓋)' 자(字)를 성(姓)인 '합' 자(字)로 바꾸어 합소문(蓋蘇文)이라 함.

108) 상방검(尙方劍) : 임금이 간악한 신하를 제거할 때 쓰는 날카로운 칼을 말함. 상방(尙方)은 원래 중국 한(漢)나라 때 천자(天子)가 쓰는 기물(器物)을 담당하였던 벼슬이나 기구를 가리키는 말임. 상방검은 『한서(漢書)』 「주운전(朱雲傳)」에 따르면, 주운이 언관이 아니었음에도 불구하고 당대의 권신인 태부(太傅) 장우(張禹)를 간신으로 지목하여 탄핵하면서 상방에 보관하던 좋은 칼을 하사받아 참수(斬首)할 것을 청했던 고사에서 유래되었음. 그 칼의 날카로움이 말을 벨 수 있을 정도라고 해서 참마검(斬馬劍)으로도 하며, 이로 인해 상방참마검(尙方斬馬劍)이라고도 함.

109) 황월(黃鉞) : 금으로 장식한 도끼. 천자(天子)가 정벌(政伐)할 때 쓰는 상징적 도구.

110) 절월(節鉞) : 지방에 관찰사(觀察使), 유수(留守), 병사(兵使), 수사(水使), 대장(大將), 통제사(統制使) 등이 부임할 때 임금이 내어 주던 절(節)과 부월(斧鉞). 절은 수기(手旗)와 같고, 부월은 도끼같이 만든 것으로 생살권(生殺權)을 상징함.

111) 교장(敎場) : 교내(校內) 또는 야외에 일정한 교육 시설을 해 놓고 군사들을 훈련시키는 장소.

임씨와 설씨 두 집안에서는 이 일을 알고 걱정하기를 금치 못했다. 임 59
부 태부인은 임창홍의 손을 잡고 걱정스레 말했다.

"너의 처신이 신하된 도리로 어찌 이별을 슬퍼하겠느냐마는 늙은 어미
가 살아갈 날이 많이 남지 않았는데 네가 또 만 리 밖의 흉한 일로 불모
지(不毛地)에 나아가니 어찌 걱정이 적겠느냐?"

임창홍은 온화한 목소리로 오래지 않아 적을 파하고 돌아올 것이라 부
드럽게 고하며 위로했다. 어느덧 먼 데 북소리가 울리고 동쪽에는 새벽빛
이 비치었다. 임창홍은 서둘러 집안 어른들, 식구들과 총총히 이별하고
말에 올라 연무장(練武場)으로 갔다. 부원수 설희광 또한 이르렀다. 60

두 사람은 옥 같은 얼굴에 영웅의 풍모로 장수의 갑옷을 입고 수레에
올랐다. 대대 사람과 말이 진을 풀고 나아가고자 하는데 멀리서 황제의
수레가 당당히 용봉일월기(龍鳳日月旗)를 나부끼며 황제 타신 어가(御駕)가
도착했다. 두 원수는 급히 진문고(陣門鼓)를 멈추고 말에서 내려 황제를
알현(謁見)했다. 황제는 얼굴에 근심이 가득 어린 채, 두 사람의 손을 잡고
간절한 목소리로 말했다.

"짐이 요즘 북쪽 오랑캐의 흉악함이 걱정스러워 먹고 자는 것이 편치
않다. 그대 둘의 지혜와 재략이 손오(孫吳),[112] 양저(穰苴)[113] 같아 특별 61
히 국가의 큰일을 맡기는 것이니 두 원수는 모름지기 충심으로 힘을 다
하여 대사를 소홀히 마라. 흉한 적을 물리치고 빛내 돌아오면 짐이 당
당히 이곳에 와 그대들을 맞이할 것이다."

황제는 옥배(玉杯)에 술을 가득 따라 각각 세 번을 하사했다. 그리고 군

---

112) 손오(孫吳) : 중국 춘추 시대 병법(兵法)의 대가(大家)인 손무(孫武)와 오기(吳起).
113) 양저(穰苴) : 무경칠서(武經七書) 가운데 하나인 『사마법(司馬法)』의 저자 사마양저(司馬穰苴).

중의 수천 항아리 술과 일만 마리 소, 양으로 군졸들을 먹였다. 군사들은
황제의 은혜에 황공하고 감동하였다. 그래서 적을 맞아 싸움에 전력을 다
할 뜻이 높았다. 두 원수는 황제의 은혜에 감사했다. 황제와 신하는 헤어
지는 아쉬운 정에 머뭇거렸다. 그래서 날이 늦어서야 하직하자 오행진(五
行陣)114)을 구사하며 길을 나섰다. 금고(金鼓)115)가 울리며 깃발은 해를
가렸다. 사람은 천신(天神) 같고 말은 비룡(飛龍) 같아 물밀듯 나아갔다.

황제가 환궁(還宮)하자 임상국이 자손을 거느리고 집으로 돌아왔다. 태
부인은 손자가 출군(出軍)하던 일을 물으며 어린 나이에 용감한 기상이 세
상을 뒤덮을 듯한 것을 장하게 여겼다.

이때 태부인 남동생 관노공이 향년(享年) 80에 여러 자손의 영화로움을
모두 보고 그 해 봄에 세상을 떠났다. 자손들이 애통해 하는 것은 말할 것
도 없고 태부인 또한 아주 슬퍼했다. 태부인이 늙은 나이에 너무 슬퍼하
자 임상국 형제들은 근심스러워 위로하기를 마지않았다. 장사(葬事) 지내
는 날, 관태우 형제들은 여러 자식들을 데리고 상구(喪具)를 모셔 선산(先
山)116)으로 갔다. 상국 형제도 장례에 참여할 겸 화주 선산(先山)의 조상
묘소를 찾아보고자 했지만 모친을 떠날 수 없었다. 그러자 태부인이 초왕
에게 명하였다.

"아우와 이 할미가 각각 타고난 수를 누려 팔십을 넘기기에 이르렀는
데 이 할미는 죽지 않고 아우가 먼저 저 세상으로 가니 어찌 슬프지 않
겠느냐? 네 부친과 삼촌은 나를 돌보느라 떠나지 못하니 손자 네가 여

---

114) 오행진(五行陣) : 모난 모양 · 둥근 모양 · 굽은 모양 · 곧은 모양 · 예리한 모양 등 지형에 따라
　　군대가 진을 치는 다섯 가지 방법.
115) 금고(金鼓) : 군중에서 호령할 때 사용하던 징과 북.
116) 선산(先山) : 집안의 묘지. 가산(家山)이라고도 함.

러 달 말미를 얻어 상구(喪具)를 따라 장례를 치르고 선산(先山)을 돌아보고 오는 것이 어떠냐?"

초왕이 명을 받들어 선산을 돌볼 말미를 청하는 상소를 올리고 여러 달 말미를 얻었다. 집으로 돌아와 집안 어른들께 하직인사를 올렸다. 그러고는 관노공의 영구를 모시고 관씨 집안 여러 사람들과 함께 화주로 향했다. 초왕 부자가 집안을 떠나자 임부 집안이 텅 빈 듯했다. 상국 임한주는 비록 신명하나 근래 노년(老年)의 한가함을 즐기는 까닭에 어머니께 네 번 문안을 올리는 것 외에는 오운전에 머물며 날마다 손님들을 맞는 것으로 소일(消日)했다. 선생 임한규 또한 임한주와 마찬가지였다. 북후 임세린은 소탈하여 세세한 일을 살피는 것이 드물었고, 태자소부 임유린은 집안 어른들께 올리는 네 번 문안 외에는 정심헌을 떠나지 않았다. 그래서 인홍의 도를 넘어선 행실을 알 사람이 없었다.

이때 인홍이 월중선을 사모하여 찾아가고 싶었지만 때를 얻지 못했다. 그런데 부친 초왕이 선산(先山)으로 가고 여러 적자(嫡子) 형제들이 멀리 출사(出師)하여 맑은 거울이 사라진 것 같았다. 아주 기뻐하며 은자(銀子) 오백 금을 얻은 후 모친에게는 목부에 간다고 속이고 채석루로 가 월중선을 만났다. 은자(銀子)를 운중선에게 주고 월중선을 데려가겠다고 했다. 감히 청하지 못했을 뿐 진실로 원하던 것이었다. 운중선은 단번에 이를 허락하고 은자를 받았다. 인홍은 월중선을 데려다 대문 옆 행랑에 두고 은자(銀子) 천 냥을 다시 운중선에게 보냈다. 이후로 인홍은 아침저녁 문안 때를 제외하고는 여러 공자들에게는 모친을 모시고 잔다 하고 모친에게는 서당에서 잔다고 거짓말을 했다. 음식 등은 각방 찬모(饌母)에게 손님을 대접한다며 여러 곳에서 거두어 월중선을 먹이고 밤이면 즐기기를

65

66

67

마지않았다. 그러고는 후에 과거 급제하는 날 온전한 부부가 될 것이라며 월중선을 달랬다. 이렇게 지내기를 서너 달이 지났지만 집안에서는 아는 사람이 없었다.

차설. 연랑은 병이 다 낫자 다시 계교를 실행하려고 했다. 그래서 요녀 (妖女) 월중선의 자취를 살폈다. 그러고는 월중선이 벌써 임씨 집안으로 든 것을 알았다. 안에서 계교에 응하기 좋다며 이날 밤 한바탕 검은 기운이 되어 임씨 집안으로 들어갔다. 월중선이 때마침 혼자 뜰을 배회하는 것을 보고 연랑은 내려갔다. 월중선이 반기며 전후 사연을 말했다. 연랑은 초왕 부자가 없는 것을 알고 아주 기뻐하며 귀엣말을 속삭였다. 그러고는 바로 진궁 창고에 쌓인 병장기(兵仗器)와 가짜 옥새를 만들어 월중선에게 주었다. 월중선은 여러 달 임씨 집안 깊은 곳에 있으면서 은밀히 두루 구경하여 길이 익었다. 모두 거두어 초왕궁과 임상부 효장궁 뒤뜰 깊은 곳에 감추고 옥새는 바로 임승상의 침실 벽 아래 묻었다. 그러고는 일이 일어나는 날 시퍼렇게 드는 칼로 먼저 숙렬비를 해치고자 했다. 이 어찌 삼생(三生) 원수가 아니겠는가? 인흥은 아무 것도 모른 채 월중선과 밤마다 즐겼다.

연랑이 진궁으로 돌아와 환옥과 곽녀에게 사정을 말했다. 둘은 서로 아주 기뻐하며 말하였다.

"우리 일이 이제야 성사되겠구나. 어찌 기쁘지 않겠는가마는 집안 여러 사람들을 살펴볼 때 오히려 타인은 제어하기 쉬우나 다만 모비(母妃)의 명철하심이 귀신 같으니 이를 먼저 없애고 부왕과 세자 등을 다 없앤 후라면 국왕과 왕비의 존귀함이 누구에게 돌아가겠는가?"

곽녀가 기뻐하며 조용조용 흉계를 냈다. 곽녀는 독약 한 쌈을 가지고 바로 왕비 침소로 갔다. 하늘이 어찌 요악(妖惡)한 인간의 꾀가 맞아들게 하시겠는가마는 왕비의 타고난 수명이 다한 때였다. 마침 음식을 올릴 때였다. 음식을 준비하는 하인이 상을 차려놓고는 공교롭게도 화장실이 급해 뺑뺑 돌아 화장실을 간 사이 주위는 조용하고 사람은 없었다. 곽녀가 기뻐하며 약쌈을 끌러 탕에 독약을 풀고는 황급히 침소로 돌아갔다. 아 71 는 이가 없었다.

음식을 준비한 하인의 이름은 초란으로 몹시 충직했다. 일을 다 보고 돌아와 상을 받들어 왕비께 올렸다. 때는 중춘(仲春) 초순이었지만 날씨가 아주 추웠다. 왕비가 감기로 괴롭게 지내다가 마침내 병이 다 나아서 밥 상을 받은 것이었다. 그래서 진왕과 세자, 모두가 들어와 상을 받들었다.

왕비가 국을 먼저 많이 마시다가 갑자기 국그릇을 던지고는 거꾸러졌다. 왕과 세자는 놀라 상을 물리고 급히 왕비를 구호했다. 상황을 보니 얼굴에 난 일곱 구멍으로 피를 토하고 아주 세상을 하직한 것 같았다. 온 집 72 안이 경황없고 왕과 세자는 어쩔 줄 몰랐다. 공주 등은 모친을 부르며 통곡할 뿐이었다. 왕은 국그릇을 내어 개에게 먹이도록 좌우에 명했다. 역시 피를 흘리고 토하며 즉사했다. 왕은 몹시 화가 나 초란을 형틀에 올리고 엄히 국문(鞫問)하도록 명령했다. 초란이 울며 그저 화장실에 다녀온 죄뿐이라고 울부짖었다. 왕은 더욱 노하여 초란을 아주 죽이고자 했다. 그런데 왕비가 문득 살아나며 자녀의 손을 잡고 급히 왕께 청하여 말했 73 다.

"내 어찌 요인(妖人)의 독수(毒手)를 맞겠는가마는 명이 다할 때요, 액운 (厄運)을 당한 탓입니다. 요인(妖人)이 불과 열흘 내로 망할 것이니 충직한 시녀 초란을 애매히 죽이지 마시고 구태여 요란히 굴지 마세요. 스스로 간악한 사정이 드러날 것입니다."

말을 마치자 왕비는 아주 세상을 하직했다. 왕은 초란을 용서하고 세자는 공주와 더불어 통곡하며 발상(發喪)했다. 왕은 아주 서러워하면서도 어쩔 수 없이 염습(斂襲)117)하여 입관(入棺)하였다. 환옥과 곽녀도 가만히 있을 수 없어 두 눈에 침을 많이 바르고 소리를 크게 지르며 울었다. 이러구러 성복(成服)118)이 지나자 요물(妖物)이 죽을 때가 되었다.

연랑은 흉계를 품고 건장한 장사(壯士)로 변신한 후 이날 밤 궁궐로 들어갔다. 비수(匕首)를 들고는 바로 진왕이 잠든 곳으로 달려들었다. 진왕은 눈이 부셔서 깼다가 깜짝 놀라 좌우에 소리쳤다. 숙직하던 환관(宦官)이 급히 들어오다가 한 장사(壯士)가 검(劍)을 빼들고 돌입하는 것을 보았다. 한편으로는 호위군(護衛軍)을 부르고 다른 한편으로는 패도(佩刀)를 들고 진왕을 보호하며 도적을 물리쳤다. 그러고는 소리쳤다.

"너는 어떤 사람이기에 감히 어전(御殿)을 범(犯)하느냐?"

도적이 대답했다.

"나는 진공길이다. 이제 초왕 부자가 모반(謀反)하여 밖에서 일을 꾸미고, 자객인 나는 임승상 부자의 천금을 받고 진왕의 머리를 가지러 왔다."

말을 채 마치지 않아 호위군(護衛軍)이 겹겹이 에워쌌다. 도적이 급히 휘돌아 달아나자 간 곳을 알 수 없었다. 궁중이 물 끓는 듯하며 놀란 진왕을 구호하고, 한편 초왕이 모반(謀反)했다는 소리에 다들 놀랐다.

---

117) 염습(斂襲) : 시체를 씻긴 다음, 옷을 입히고 묶는 일을 말함.
118) 성복(成服) : 초상이 나서 처음으로 상복을 입는 것으로 보통 초상난 지 나흘 되는 날부터 입음.

임 씨 삼 대 록

36권

1 　차설. 이때 궁중은 경황이 없었다. 황제가 진정하고 말했다.

"어떤 요악(妖惡)한 것이 임씨 집안사람들과 원한을 많이 맺어 나를 놀라게 하는 것이니 이 일을 절대 누설(陋說)하여 신료들에게 알리지 마라. 임씨 집안사람들의 충의(忠義)는 내 이미 아는 것이니 어찌 의심하겠느냐?"

궁중 사람들은 황제의 명석함에 탄복하며 이 일을 입에 담지 않았다. 그래서 임씨 집안에서는 모르는 일이 되었다. 다음날 조회를 마친 후 황

2 제는 한림원 학사 한 사람씩을 가까이서 숙직하게 했다. 여러 학사들은 의아히 여겼지만 감히 여쭙지는 못했다. 각자 돌아가면서 황제를 모시고 밤을 지냈다.

이때 연랑은 짐짓 황제를 놀라게 하여 임씨 집안에 의혹을 품게 한 후 임원수가 삭탈관직 되고 초왕 부자가 포박당하면 그 틈을 타 밖으로는 거란을 끼고 안에서 호응하여 한바탕 사단을 내려고 마음먹고 궁중으로 들이달았다. 그러고는 황제를 놀라게 했는데 호위군(護衛軍)이 출동하자 도리어 잡힐까 겁이 나 바람으로 변하여 진궁으로 돌아왔다. 그러고는 가쁜

3 숨을 골랐다. 이어 환옥과 곽녀에게 일의 전후를 말한 후 바깥소식에 귀기울였다. 그러나 여러 날을 탐문했지만 아무런 변화가 없었다. 이날 밤 연랑은 다시 바람이 되어 궁궐로 들어갔다. 그러고는 흉악한 장사로 변신하여 비수(匕首)를 들고 황제 침소로 달려들며 소리질렀다.

"자객 왕세충을 아는가?"

황제가 놀라는 가운데 이날 숙직하는 한림(翰林)은 임천흥이었다. 임천흥은 몹시 놀라고 화가 나 몸을 가벼이 놀리며 연랑에게로 내달렸다. 연랑은 임천흥의 멋진 모습을 보고는 넋을 잃고 감히 대적하지 못했다. 임

천홍은 미리 생각해 둔 것이 있어 요귀(妖鬼)를 제압하는 부적을 몸에 지 4
니고 있었다. 여기에 요귀(妖鬼)를 제압하는 노래를 읊조리며 주머니 끈을
풀어 연랑을 결박하고 부적을 뒤통수 꼭지에 붙였다. 연랑은 너무 놀라
달아나려고 했으나 어찌 벗어날 수 있겠는가? 기운이 펄펄 나는 듯하던
장사가 변하여 한 여자가 되었다. 임천홍은 창졸간에 누군지 알아보지 못
했다. 그저 해괴한 변에 크게 노하여 호위군(護衛軍)을 이끌고 와서 삽시
간에 횃불을 대낮처럼 밝힌 채 창칼을 갖추어 모았다. 황제는 임천홍을
불러올리며 말했다.

"저 도적의 변신이 해괴하다. 그 이유는 묻지 않아 알겠으니 이 밤에 5
물을 일이 아니다. 그러니 궁중 감옥에 엄히 가두어 두고 내일 문초(問
招)하게 하라."

임천홍은 그 처분이 마땅하심을 일컫고 대리시(大理寺)[119]로 하여금 요
적(妖賊)을 결박한 채 엄히 가두어 두게 했다. 이럭저럭 소문이 나서 놀란
여러 신하들은 날이 채 밝기도 전에 입궐하여 황제가 놀란 것을 위문했
다. 황제는 웃으며 말했다.

"천홍이 아니었으면 큰 욕을 당할 번 하였다."

그러고는 궁궐 문을 엄히 단속하라고 어문(御門)[120]에 명을 내리셨다.

다음날 환옥과 곽녀는 연랑의 소식이 없자 이상했다. 그러다가 궁중에 6
돌입한 여자 도적을 잡아 가두고 식후에 친히 국문하신다는 소문이 분분
한 것을 들었다. 환옥과 곽녀는 몹시 놀라 정신이 아득하여 말했다.

"이제는 우리 다 죽었구나. 무슨 계교로 누이를 구하여 실토하지 않게

---

119) 대리시(大理寺) : 형옥(刑獄)을 맡아보던 관아를 이르는 말인데, 여기서는 그 관원을 가리킴.
120) 어문(御門) : 왕이 드나드는 문.

하겠는가?"

하고는 발광하다가 환옥이 문득 한 꾀를 생각해냈다. 진궁 군졸의 군복을 빼앗아 입고 헌 벙거지를 우그려 썼다. 그러고는 황급히 진궁을 나서 궐문에 이르렀다. 바로 들어가려 하자 궁문을 지키는 군졸들이 잡고는 물었다.

"지금 궁 문 단속이 엄한데 너는 어떤 군사냐?"

환옥이 급히 대답했다.

"나는 어젯밤 도적을 지키는 군사다. 마침 목이 말라 술을 한 잔 얻어먹고 온 것인데, 잠시도 자리를 떠나지 못할 것이니 괴롭게 자꾸 묻지 마라."

궁궐 문을 지키는 군졸은 더욱 의심스러워 단단히 붙잡고 말했다.

"옥을 지키는 군사는 바로 우리 동료인데 어찌 모르겠느냐? 네가 나간 사이도 없이 술을 먹고 왔다는 것이 말이 되느냐? 힘들이지 않고 도적을 잡았는데 어찌 놓아 주리오?"

하고는 바로 수문장에게 고하였고, 수문장은 바로 황제께 아뢰었다. 황제는 즉시 친국(親鞫)을 열어 환옥을 잡아 꿇렸다. 그러고는 군복을 벗기라 하셨다. 옷을 벗기고 보니 안면이 있었다. 황제가 크게 노하여 한편으로는 환옥을 꿇리라 하신 후 연랑을 잡아내어 먼저 문초하셨다. 이때 여러 신하들이 황제를 모시고 둘러섰다. 호위군(護衛軍)과 고관들, 그리고 형부(刑部)121) 관졸들은 형구(刑具)를 차려 놓고 연랑에게 벌을 주는데 아무 죄 없는 사람들도 기가 죽을 지경이었다. 연랑은 아래와 같이 초사를 올렸다.

---

121) 형부(刑部) : 육부 가운데 법률·소송·재판에 관한 일을 맡아보던 관아.

신은 초왕이 부리던 여도사입니다. 장차 반역을 도모하고자 하던 중 임창홍이 대병(大兵)을 거느리고 거란을 치러 갔으나 실제로는 거란과 합세하여 칼날을 돌이키고자 한 것입니다. 초왕은 거짓으로 선산(先山)을 돌보러 간다며 밖으로 나가 인심(人心)을 모은 것이니 만일 신의 말씀을 믿지 못하신다면 임부 안팎을 뒤져보십시오. 각종 병장기와 옥새까지 있을 것입니다.

9

말을 마치자 임씨 집안사람들이 한꺼번에 옥결(玉玦)[122]을 풀고 관을 벗은 뒤 계단에서 내려와 죄를 청했다. 황제는 급히 좌우에 명하여 임씨 집안사람들을 붙들어 올리게 하시고는 말했다.

"그대들은 안심하여라. 짐(朕)이 간사한 계교를 밝힐 것이다."

황제는 또 임승상을 돌아보며 말했다.

"그대의 집안에 요악(妖惡)한 자가 몰래 숨어들어 옥새와 병장기(兵仗器)를 미리 감추어 둔 것이 있을 것이다. 빨리 가 집안을 살펴보아라."

10

임승상이 머리를 조아려 은혜에 감사하며 물러나 집으로 돌아왔다. 집안사람들 모두가 경황이 없었다. 임승상은 집안을 샅샅이 살폈다. 과연 효장궁과 초왕궁, 그리고 상부 후벽 아래에 병장기(兵仗器)가 있고 작은 항아리에 옥새를 만들어 숨겨둔 것을 찾아내었다. 집안이 몹시 놀라고 승상이 여러 집안사람들을 거느려 흉한 물건을 수레에 싣고 대궐에 이르러 죄를 청하였다. 황제는 좌우 신료들을 돌아보며 말하였다.

"임부에 과연 병장기가 있는 것은 간사한 놈의 짓인데 승상이 괴로이 죄를 청하니 어찌해야 하겠느냐?"

설태사가 나서서 아뢰었다.

11

___
122) 옥결(玉玦) : 옥으로 만들어 허리에 차는 고리.

"이 일은 태평성대에 아주 해괴한 변고입니다. 반드시 헤아리기 어려운 간악한 계교가 있는가 싶으니 폐하께서는 마땅히 두 죄인을 친히 국문(鞠問)하시되 임한주 부자를 석방하시어 두 죄인에게 본을 보이심이 마땅할 것입니다."

황제가 윤허하여 임승상에게 명을 내렸다.

"옛말에 이르기를 연국(燕國)이 나라를 잘 다스리면 현명한 신하가 권세를 잡아 요얼(妖孼)이 발붙이지 못한다[123] 했는데, 짐(朕)이 덕이 없고 어리석어 능히 옛 성군(聖君)을 본받지 못한 탓에 요사한 변이 날로 일어나니 어찌 한심하지 않겠는가? 마땅히 선생과 더불어 두 요인(妖人)을 벌하여 옥석(玉石)을 구분하고자 하니 선생은 고집하지 말고 조회(朝會)에 참여하라."

임승상은 황제의 은혜에 황공하여 감히 거스를 수 없었다. 그래서 어쩔 수 없이 신료들의 대열로 나아갔고 선생은 아들들과 조카, 손자 등을 거느리고 궁궐 밖에 머문 채 결말을 기다렸다. 황제가 여러 신하와 더불어 친히 국문하셨다. 임승상은 한 눈에 두 죄인이 연랑 남매라는 것을 알아보았다. 분함이 하늘을 찌를 듯 몹시 화가 났다. 임승상은 머리를 조아리며 아뢰었다.

"이 죄인들은 진왕의 자녀입니다. 진왕은 황친 가운데 굳고 밝은 군자입니다마는 이 도적의 패악(悖惡)함이 이와 같습니다. 또 저 여자는 전날 진왕의 딸이었는데 어려서 능운에게 삼켜져 남씨의 수양딸로 자랐습니다. 그 후 이러저러한 사정으로 저의 손자 재홍의 첩이 되었지만

---

123) 연국(燕國)이 ~ 못한다 : 당나라 때 연국공(燕國公)으로 봉해졌던 우지녕(于志寧)이 나라를 다스리는 데 율령의 격식이 서는 등 국사를 잘 처리했던 일을 가리키는 것으로 보임.

온갖 변신술로 집안을 어지럽히고는 이러이러하게 뱀이 허물을 벗듯 요술(妖術)을 써서 도중에 빼앗은 아이로 저를 대신하게 하고는 달아난 후 요악한 일을 주도하였습니다. 이 여자가 본래 묘월의 요술을 전수 받았으니 어찌 쉽게 잡히겠습니까? 반드시 어느 곳에 숨어 저의 집안에 복수하고자 하여 나라가 요란할 것이라 제가 짐작했습니다. 비록 아직 천벌을 받지 않았으나 요녀(妖女)는 반드시 그동안 천륜(天倫)을 14 배반하고 은밀히 제 오라비와 합심하여 구차하게 진궁에 숨었다가 이 남매가 한 마음으로 계교를 꾸몄을 것입니다. 요녀(妖女)가 처음에는 자객(刺客)인 체하여 폐하를 범하면서 악역(惡逆)으로 저의 부자(父子)를 끌어들여 저의 집안을 무찌르고자 하다가 폐하의 인자하시고 밝으심이 일월 같으시어 조금도 의심하지 않으시니 다시 계교를 내어 요술로 자객(刺客)이 되어 폐하를 놀라게 하려 하다가 천흥에게 잡히고 부적이 15 붙어 능히 요술을 내지 못하여 도망치지 못하자 환옥이 이를 알고 누이를 데려가려고 궁궐 수비군의 복장으로 들어오다가 잡힌 것이라 여겨집니다."

아뢰기를 마쳤는데 그 의논이 고상하여 강태공(姜太公)의 조마경(照魔鏡)[124]이 공중에 걸린 것 같았다. 황제와 온 조정의 신료들이 임승상의 말에 크게 깨달았다. 황제는 더욱 진노하여 급히 옥패(玉佩)를 내려 진왕과 남태우를 부르신 후 연랑과 환옥의 모습을 보이셨다. 진왕이 이들의 모습을 어찌 모르겠는가? 머리를 옥계에 두드리고 눈물을 흘리며 아뢰었

---

124) 강태공(姜太公)의 조마경(照魔鏡) : 강태공(姜太公)은 중국 주나라 초엽의 조신인 '태공망(太公望)'을 그의 성(姓)인 강(姜)과 함께 이르는 말. 조마경(照魔鏡)은 마귀의 본성을 비추어서 그의 참된 형상을 드러내 보인다는 신통한 거울로 『강태공전』 같은 소설에 강태공이 구미호가 변한 달기를 처단할 때 쓴 것으로 설정되어 있음.

다.

16 "연랑은 잃은 지 20년이 거의 되었습니다. 진실로 그동안 어찌하여 이
지경에 이르렀는지 곡절을 모릅니다. 환옥은 어미 초상에 제일 크게
울며 여막에 있었는데 어찌하여 이에 이르렀는지 알지 못하오니 이는
모두 저의 어리석은 탓입니다."

남태우 또한 아뢰었다.

"신이 비록 연랑과 환옥을 낳지 않았으나 십 년을 길렀사오니 어찌 그
얼굴을 모르겠습니까? 이 두 사람은 과연 환옥 남매가 맞습니다."

아뢰기를 마치자 전 아래 위 사람들 모두가 그 요악함에 놀랐다. 황제
17 는 나졸을 꾸짖으며 환옥 남매에게 엄형을 내렸다. 두 죄인이 처음에는
눈을 감고 이를 악물어 승복할 뜻이 없었다. 그러나 한 번의 다스림에 흐
르는 피가 시내를 이루고 연한 가죽이 떨어지며 약한 뼈가 깨졌다. 비록
천지간 별난 것들이지만 타고난 바는 귀한 집안의 금지옥엽들이었다. 그
러니 이같은 참혹한 형벌을 어찌 참을 수 있겠는가? 환옥이 소리를 지르
며 하늘을 한탄하고 귀신을 원망하며 연랑에게 말했다.

"우리 남매가 대대로 쌓인 원한을 희린 부자(父子)에게 갚지 못하고 다
18 시 진왕의 집안에 쌍둥이로 태어난 것은 때를 얻어 반드시 원수를 갚
으려 한 것인데 일마다 실수가 많았다. 그러나 뭇사람의 뜻이 하늘을
이긴다는 것을 믿고 부디 임가를 무찌르고자 했으나 끝내 하늘이 돕지
않으시니 누구를 원망하겠는가? 일이 이 지경에 이르렀으니 차라리 일
찍 실토하여 악형을 괴로이 받지 말고 쾌히 죽은 후 명부(冥府)125)에 기
도하여 삼세(三世)에 맺은 원한을 풀자꾸나."

---

125) 명부(冥府) : 사람이 죽은 뒤에 심판을 받는 곳.

연랑 역시 하늘을 부르짖어 통곡하며 말했다.

"사람이 세상에 태어나 한 번 나고 죽는 것은 자고로 당연한 일이니 금으로 지은 누각과 화려한 당에 편안히 누워 죽으나 목이 베어 함양(咸陽)126) 저자거리에 달리나 한 번 명이 끊어지면 뭐 다를까? 악형(惡刑)을 받아 죽는 것은 뭐 서럽지 않지만 임희린 부자(父子)와 설가를 무찌르지 못하고 죽으니 지하에서도 명목이 없네."

말을 마치자 통곡하며 종이와 붓을 구하여 초사(招辭)를 써 올렸다. 환옥의 초사는 아래와 같다.

저희 남매는 황실 집안 쌍둥이로 생겨났습니다. 부모는 현명하여 자식을 잘못 가르치지 않았으나 신의 남매는 강보(襁褓)에서부터 마음이 영악하였습니다. 그래서 가르침을 받은 것도 없이 남들에게 원한을 맺은 것 같아 원수 갚기를 맹세하였습니다. 그리고 이런 생각을 할 때면 부모는 늘 사랑하지 않았습니다. 5~6세가 되었을 때 홀연 난데없이 파랑새가 날아와 신의 남매를 물어다가 그윽한 곳으로 데려갔습니다. 그리고는 말하기를, "너의 전생은 반관옥, 반년화 남매이다. 임씨 집안과 여러 세상 동안 맺은 원한을 꼭 갚으려고 세상에 났으나 진왕부부 같은 현철한 부모에게 잘못 잉태되어 낳아준 부모에게 있으면 원수를 갚을 길이 없다. 나는 능운법사127)로 신이한 술법과 변화술이 무궁하고 앞일을 미리 알기 때문에 너의 남매를 데려다가 자녀 없는 재상 집안에 둘 것이니 성씨를 이르지 말고 의탁하여라. 다 자란 후에 서로 도와 원수를 갚을 것이다."하고는 남태우 집에 버렸습니다.

남공 부부가 사랑으로 길러 장성하자 능운의 스승이라며 묘월이 또 와서는 천서

19

20

21

---

126) 함양(咸陽) : 중국 섬서성(陝西省) 중앙부. 위수(渭水) 강의 북쪽 연안에 있는 도시로 전국 시대 진(秦)나라의 도읍이었음.
127) 능운법사 : {능원법스}. '능운법사'의 오기임.

(天書)라고 책 두 권을 누이에게 주고 돌아갔습니다. 누이가 요술을 다 배워 원수를 갚으려 하려던 중 초왕 희린의 둘째 재홍의 아름다운 모습을 보고 사모하게 되었습니다. 그가 소상서 댁 규수와 정혼한 것을 알고 혼인하기 전 온갖 변화술로 소씨의 정절을 희롱하며 희린 부자를 부추겼습니다. 그러나 임가가 곧이듣지 않고 구태여 누이를 물리치고 재홍을 소씨와 혼인시키자 어쩔 수 없이 그릇된 방법으로 곽씨와 사귀며 궁궐에 연줄을 대어 곽씨는 임천홍의 부실(副室)이 되고 누이는 재홍의 부실(副室)이 되었습니다. 둘은 힘을 합쳐 소씨와 성씨 두 사람을 해치고자 하기를 여러 달, 누이가 소씨와 성씨 두 집안에 가 소저를 잡아오려고 했는데 잘못하여 초인을 소씨로 알고 강물에 던졌습니다. 다시 초궁으로 가 분란을 일으키며 성씨를 압박하려 하다가 성씨가 일의 기미를 알고 피하자 하릴없이 나오다가 곽씨 침소로 들어가 곽씨와 사통한 일 등 전후 악행이 드러났습니다. 한왕 부녀와 능운, 묘월이 다 극형에 죽고 곽녀는 천륜을 만나게 되니 비록 싫어했으나 마지못해 제가 있는 곳을 찾아 돌아왔습니다.

누이는 다시 도망하여 여러 해 거처를 몰랐는데 갑자기 진궁으로 돌아오면서 이러이러하게 옥선의 딸을 데리고 왔습니다. 그러나 감히 부모를 뵙지 못하고 곽씨 처소에 숨어 지냈습니다. 신 역시 부모의 노를 만나 오랫동안 옥에 갇혔다가 미혼단(迷魂丹)으로 노기를 풀어 용서를 받았습니다. 곽씨는 임천홍에게 이혼 당한 후 친정에 돌아와 다시 임가를 바라지 못한 채, 신과의 옛정으로 진왕 부부에게는 곽국구의 수양딸이라 속이고 신과 혼인하였습니다. 이밖에도 연랑과 곽녀가 모이자 함께 흉계를 꾸민 일이며, 임인홍이 초왕의 서자(庶子)로 옥선녀를 취한 것과 임경홍이 합주(陝州)[128]로 부임할 때 설희린은 사천순찰사였는데 이러이러했던 변고가 모두 연랑의 계교였습니다. 그리고 임, 설 두 사람을 죽이려다가 공중에서 연랑이 떨어져

---

128) 합주(陝州) : 장안과 낙양 중간 즈음의 지명.

신과 곽씨가 놀란 일이 있었고, 저희 부부와 연랑 세 사람이 계교를 내어 진왕비에 25
게 독을 쓰고, 옥선녀가 청설루에서 기녀 노릇을 하며 임인홍과 정을 맺은 후 그 집
안에서 호응하여 갖은 흉악한 물건을 묻었습니다. 누이가 요술로 황제를 추동하였
으나 황제가 믿지 않자 다시 부추기려다가 붙잡혔다는 소식을 들었습니다. 신은 그
간의 악행이 드러날까 겁이 나 누이를 도망치게 하려다가 도리어 잡혀왔습니다. 이
는 하늘이 나를 저버린 것이니 어찌 구구한 사정을 감추겠습니까? 이밖에 아뢸 말씀
은 없습니다.

연랑의 초사(招辭)는 다음과 같다.

저 연랑은 진궁의 막내군주로 존귀하기는 금지옥엽(金枝玉葉)이요, 천승소교(千 26
乘小嬌)[129]입니다. 전생에 원한을 맺은 것이 없으면 무슨 까닭으로 임가에게 원수
를 갚고자 하겠습니까? 저희 남매 전생에 임희린과 맺은 원업이 깊은 탓에 원통한
혼백이 천대(千代)에 머물다가 쌍둥이로 태어났습니다. 그러나 잘못되어 현철한 부
모에게서 태어나니 만일 부모의 밝은 가르침은 받았다면 전세 원한을 갚지 못할 것
이었습니다. 남매는 어려서부터 스스로 마음이 영악하고 생각이 어지러워 남이 뭐
라 하는 것도 없는데 원한을 맺고 쌓아 반드시 복수할 뜻이 있었습니다. 나이 5~6세 27
에 우연히 연못에서 놀다가 파랑새로 변한 여승 능운에게 삼키어 남씨 집에 버려졌
습니다. 이때 능운이 이르기를 "너희 남매가 전생에 임초왕에게 원한이 깊어 세상에
다시 나기를 발원했는데, 진왕부부 같은 현철한 부모에게 잘못 태어났다. 만일 진궁
에서 크면 도리어 해로움이 있고 전생의 원한을 갚지 못할 것이다. 남어사 부부가

---

129) 천승소교(千乘小嬌) : 천승(千乘)은 천 대의 병거(兵車)라는 뜻으로 제후를 이르고, 소교(小嬌)
는 어린 딸을 이름.

자식이 없으니 이의 자식이 되어 훗날 원수를 갚아라."하였습니다. 저희 남매는 나

28 이 대여섯으로 지각이 있었으니 어찌 태어난 곳을 몰랐겠습니까마는 능운의 말이

가장 유익한 것 같았습니다. 그래서 남어사 부부를 속여 이름과 사는 곳을 모른다

하고 그들의 자식이 되었고 남태우 부부는 사랑으로 길렀습니다.

10세가 지났을 때 묘월이란 여승이 능운의 스승이라며 찾아와 천문비서(天文秘

書)130) 두 권을 주고 요술(妖術)을 가르쳐주었습니다. 그러고는 떠나면서 이르기를

"요즘 산동 근처에 대사(大事)를 도모하러 가니 쉽게 못 올 것이다. 그 사이 요술을

29 잘 배우고 앞으로의 상황을 살펴 전생의 원한을 통쾌히 갚아라."하였습니다. 묘월

이 떠난 후 천서(天書)를 밤낮으로 익히고 온갖 변화술을 다 배웠습니다. 때마침 소

상국 집안이 남씨와 담을 함께 한 덕분에 소씨 규수가 장성하여 임재홍과 정혼한다

는 소식을 들었습니다. 제가 재홍을 사모하고 환옥은 소씨의 아름다움을 흠모하였

으므로 그 혼인을 방해하여 각각 인연을 빼앗고자 하였습니다. 그래서 신첩이 남자

로 변하여 바로 초왕궁으로 갔습니다. 그러고는 이러이러한 말로 임희린 부자를 속

30 이고 거짓으로 소씨의 간부(姦夫)인 체하여 혼사를 방해하였습니다. 그러나 초왕의

선견지명이 신기하여 한 눈에 알아보고 이리저리 엄하게 꾸짖어 물리친 후 용납하

지 않았습니다. 정신없이 쫓겨 와 억울해 하던 중 임씨, 소씨 두 집안이 무사히 혼례

를 치르고 재홍이 과거에 합격하여 그 명예가 혁혁하다는 소식을 들었습니다. 그래

서 더욱 흠모하여 온갖 계교로 밤마다 변신하여 초궁을 왕래하였습니다. 이러다가

곽씨를 만나 사귀게 되고, 그래서 궁중에 연을 대어 곽귀인을 통해 구차히 임가로

31 들어가게 되었습니다. 곽씨와 마음을 합쳐 저지른 여러 계교는 다 환옥의 초사에 있

으니 다시 아뢸 바 없습니다.

옥선녀를 빼내어 도망쳐 기르다가 설희필의 풍채를 사모하여 다시 공태우 집 자

---

130) 천문비서(天文秘書) : 우주와 천체의 온갖 현상과 그에 내재된 법칙을 담은 소중한 책.

식이 되어서는 소아녀의 형제라 하며 성을 공씨라 하였습니다. 처음에는 이러이러하게 백면도고를 만나 설회필의 신혼을 방해하려 하다가 실패하였습니다. 그래서 다시 도망쳐 공씨를 배반하고 산촌에 웅거하며 살다가 천한 장가에게 겁탈을 당한 후 어쩔 수 없이 진궁으로 몰래 돌아왔습니다. 곽씨 역시 임씨와 이혼 후 죽은 체하 ³²고는 환옥의 아내가 되어 있었습니다. 이로써 더욱 한통속이 되어 진왕 부부를 홀린 듯이 속이고 천륜을 배반하며 곽씨의 협실에 숨어 지냈습니다. 그러다가 설회필, 임경홍이 나랏일로 사천 합주로 부임할 때 흉한 꾀를 내어 따라가 해치려 하다가 도리어 쇠붙이로 만든 갑옷을 입은 신장(神將)에게 쫓겨 진궁 뒤 난간에 떨어진 후 반쯤 죽은 것을 환옥과 곽씨가 알고 구해냈습니다. 그러나 살아나자 악한 마음도 살아났습니다. 그래서 장차 큰 계교를 실행하여 임씨와 설씨를 어육(魚肉)을 만들고자 할 ³³때 옥선녀가 또한 장성하여 부모의 원수를 갚으려고 창루에서 창기 노릇을 하던 중 임초왕의 서자 인홍과 정을 맺어 마침내 창루에서 속신하고 초궁 행랑에 머물게 되었습니다. 그래서 내응(內應)이 되어 초왕 부자의 필적을 본떠서 거짓 편지와 옥새를 만들고, 군사들의 복색을 만들어 상부와 초궁, 효장궁에 묻고 초왕 부자가 귀가하기 전 아주 흉역(凶逆)으로 몰아 전생(前生)의 원수를 갚으려 하였습니다. 이후 어느 날 제가 변신하여 칼을 품고 황제를 범하였으나 폐하께서 끝내 임씨를 의심하지 ³⁴않으시어 더욱 원한을 품었습니다. 이후 다시 자객의 모습으로 황궁에 돌입하였다가 포박을 당한 후 아무리 요술을 부리고자 하나 하늘이 나를 저버렸으니 어찌 할 길이 없었습니다. 또 일찍이 모비(母妃)에게 독을 쓴 것도 저희 남매와 곽씨의 소행입니다. 월중선은 과연 달용의 씨요, 옥선이 낳은 것이 분명합니다.

다시 월중선을 포박하여 엄히 국문(鞫問)하셨다. 일일이 실토하는 것이 연랑의 초사(招辭)와 같았다. 황제는 손으로 서안(書案)을 내리치며 말했다. ³⁵

"천 번 죽여도 아깝지 않고 만 번 죽여도 벌이 가볍다. 만고에 흉한 역도들 가운데 대역부도(大逆不道) 그 몇이나 되겠는가? 사람의 자식이 되어 그 어미를 죽이고자 한 것은 만고에 없는 일이다. 가히 천만 번 죽여도 그 사악한 대죄를 용서받기 어렵도다. 이런 강상대역(綱常大逆)에게 무슨 법을 쓸고?"

신하들 대열에 서 있던 임상국과 설태사가 아뢰었다.

"환옥 남매의 만고에 흉악하고 음란한 대죄는 천 번 죽여도 아깝지 않습니다. 그 죄 극률(極律)에 처함이 족하오니 어찌 다시 논할 것이 있겠습니까? 마땅히 국법을 엄히 하십시오."

황제는 또 나졸을 진궁으로 보내어 곽씨를 잡아 엄히 국문하였다. 곽씨는 연랑이 실토한 것을 알고 하나하나 복초(服招)하였다.

저 곽교란은 곽상서의 막내딸로 부귀 가운데 자랐습니다. 교만방자하게도 스스로 지아비를 가리다가 우연히 초궁 사람들이 경치를 구경할 때 임천흥을 보고 그의 외모에 반했습니다. 그래서 부모를 보채어 구혼하였으나 임천흥은 효장공주의 아들, 선황의 손자로 혼인을 거절했습니다. 강박할 길이 없자 저는 상사병이 들어 장차 망부석이 되기에 이르렀습니다. 어느 날 밤 연랑을 이러이러하게 만나 서로 지기(知己)가 되었습니다. 그후 곽귀인에게 부탁하여 갖은 수단을 다 써서 임천흥의 부실(副室)이 되었습니다. 전후악행들이 다 옳습니다. 임씨 집안에서 쫓겨나 죽은 체하며 세상을 속이다가 환옥과 옛정이 있었던 고로 진궁을 속이고 의연히 혼인하여 환옥과 부부로 지냈습니다. 그러고는 다시 흉역을 도모하여 임씨를 멸문하려 한 것이 맞고, 진왕비에게 독을 쓰고 옥선녀를 보내어 임씨 집 내부에서 호응하게 한 것도 다 환옥 등의 계교를 옮긴 것입니다. 신첩이 함께 악행에 가담한 죄 있으나 헤아

리건대 환옥 남매의 하늘에 닿을 듯한 큰 죄와 비교하면 그 격이 다릅니다. 엎드려 38
바라건대 폐하는 백성을 아끼는 덕을 베푸시어 신첩의 잔약한 목숨을 용서하십시
오.

전(殿) 아래위 사람들 가운데 이를 듣고 분함을 느끼지 않는 이가 없었
다. 즉시 옥사(獄事)를 다스리는 법전을 살펴 형(刑)을 정했다. 만고의 인
륜을 어지럽힌 패륜(悖倫)의 죄인 환옥과 연랑은 법률에 따라 사형에 처한
후 그 머리는 동쪽 저자거리에 매달고 손발은 다른 곳에 버리라 하시고,
곽씨의 흉악함을 또 다스리지 않을 수 없어 능지처참(陵遲處斬)하도록 하
셨다. 옥선녀, 월중선은 목을 베어 매달게 하고, 인홍은 어린 나이에 호방
함을 이기지 못하여 첩을 들이고 분란을 일으켰으나 그 화가 국가에 미치
지는 않았으므로 저의 부형(父兄)이 다스릴 바라 하셨다. 곽귀인에게는 39
사약을 내리고 곽국구는 삭탈관직하여 서인(庶人)으로 폐출(廢黜)하셨다.
그리고 임, 설 두 사람을 위로하시며 진왕은 돌려보내셨다. 조정에서는
그 공명한 처치를 기뻐하며 만세를 불렀고, 임씨 사람들은 황제의 은혜에
망극하여 머리를 조아리며 감사하고 병장기(兵仗器)들을 다 태워버렸다.

이날 여러 죄인을 운양 저자거리로 데려가 참수(斬首)했다. 환옥과 연
랑은 죽음에 이르러 하늘을 우러러 탄식했다.

"우리 남매가 전생의 원수를 마침내 갚지 못하고 끝내 삼생(三生)의 원
한을 맺었으니 하늘 땅 저 끝에서라도 편히 죽지 못할 것이다." 40

마침내 칼을 받으니 천기(天氣)는 화창한데 가벼운 구름이 일었다. 모
든 죄인의 형을 차례로 집행하여 그 머리를 내걸자 저자거리의 행인들이
환옥 남매의 머리를 가리켜 욕하지 않는 이가 없었다. 그 손발은 다른 곳

으로 옮겼다.

이때 진왕은 돌아가 황궁에서의 일을 다 이르고는 자녀의 패륜과 윤상(倫常)을 어지럽힌 것을 스스로 부끄러워하여 더 이상 황성(皇城)에 머물 뜻이 없었다. 그래서 집안사람들을 거느리고 귀향하려 했다. 황제는 위로하며 보냈다.

41 임씨 집안에서는 모든 흉한 일이 진정되고 간당(奸黨)들이 사라지자 집안사람들이 모두 황제의 은혜를 망극해했다. 상국 임한주는 인흥의 방자함에 크게 화가 났다. 그래서 장(杖) 50대를 친 후 누추한 방에 가두어 두고는 초왕이 돌아와 처치하기를 기다리게 했다. 인흥은 월중선의 근본을 알고 크게 놀라며 두려웠다. 그래서 맞은 곳이 아픈지도 모른 채 부친이 돌아와 어찌 처치하실까 두려움에 떨었다. 그 어미 군계부인 또한 몹시 화가 나 아들을 크게 꾸짖고 스스로 누추한 곳에 머물며 사람을 보지 않았다. 이는 왕의 처분을 기다리는 것이었다. 태부인 이하 사람들 아무도

42 만류하지 않았다. 이는 그 집안을 다스리는 도리와 군계의 도리가 당연한 것임을 밝히려고 한 때문이었다.

화설. 정북대원수 임창흥이 이미 거란을 무찌르고 서울로 돌아온다는 소식이 서울에 이르렀다. 대개 임원수가 전투에 임하여 적을 상대한 것은 그 재략이 기이하나 역사책에 분명하므로 다시 이 집안의 기록에는 올리지 않는다. 이는 너무 지루할까 우려해서이다.

임원수의 대군이 서울 가까이에 이르러 화음 초하헌에서 성묘하고 돌

43 아오는 초왕을 만났다. 서로 반가워하는 것에 조금의 차이도 없었다. 중사(中使)가 절월(節鉞)을 가지고 임원수 부자를 영접하며 집안에서 보낸 편지를 전하고 승리하여 돌아옴을 치하했다. 편지를 통해 그간의 변고와 황

제의 지극한 은혜를 알게된 초왕 부자는 그 악한 사건들을 짐작은 했지만 새로이 치를 떨었다. 그리고 진왕의 현명함으로도 패륜의 자녀를 두어 인류의 변을 당하고 옥엽이 떨어짐을 안타까워했다. 또 황제의 지극한 우대와 큰 은혜를 황공 감격하여 성지(聖旨)를 받들어 북쪽을 향해 네 번 절을 올리며 감동의 눈물을 비 오듯 흘려 옷깃을 적셨다. 초왕 부자의 돌아가고자 하는 마음은 화살 같아 황제와 어른들을 서둘러 뵙고자 하였다. 길을 재촉하여 열흘 안에 도성에 이르러 황궁을 바라보았다.

멀리 경필(警蹕)131) 소리가 울리며 생황(笙篁)132)과 섞여 돌고 대열이 정비되면서 가마를 덮은 깃털장식이 나부끼는 것이 보였다. 황제가 친히 마중을 나온 것이었다. 삼군의 사졸들이 기뻐 날뛰며 승리를 고하는 음악을 연주했다. 대원수 임창홍은 급히 말에서 내려 수하를 거느리고 여덟 번 절을 올리며 만세를 불렀다. 황제의 눈가에는 기쁨이 가득 어리었다. 황제는 급히 임창홍을 옥탑 가까이 불러 손을 잡고 어린 나이에 큰 재주를 지녔음을 칭찬했다. 그러고는 옥잔에 술을 따라 하사했다. 임원수 이하 삼군 사졸들이 황제가 내린 술을 받들어 즐기는 소리가 하늘을 뒤흔들었다. 황제는 이어 임원수를 국자감(國子監)133) 원훈공렬충정백연평왕으로 임명했다. 또 부원수 성모는 북평후연안백으로 임명하고, 그 나머지 여러 장수와 사졸들에게도 차례로 작위를 내리며 천금으로 후한 상을 내렸다. 더불어 설의열은 명현왕비로 봉하여 일품(一品) 고명(告命)134)과 장복(章服)135)을 하사하고, 관태부인에게도 잔치를 열어주어 그 걸출한 자

44

45

---

131) 경필(警蹕) : 임금이 거둥할 때에 경호하기 위하여 통행을 금하던 일.
132) 생황(笙篁) : 아악(雅樂)에 쓰는 관악기의 하나로 큰 대나무를 판 통에 많은 죽관(竹管)을 돌려 세우고, 주전자 귀때 비슷한 부리로 불게 되어 있음.
133) 국자감(國子監) : 중국 수나라 양제가 국자학을 고쳐 둔 이래의 교육 기관.
134) 고명(告命) : 임명, 해임 따위의 인사에 관한 명령을 적어 본인에게 주는 사령장과 같은 문서.

46 손의 영광스러운 효성을 빛내도록 하셨다. 임상국 삼대(三代)가 크게 놀라 관을 벗고 머리를 조아리며 피울음을 지으며 죽기로써 간언하였다. 아비와 아들이 함께 왕작을 받은 것은 절대 받아들일 수 없다는 것이었다. 반드시 하늘이 진노하여 복을 덜 것이라며 간절히 사양하자 황제도 처음에는 허락하지 않았으나 초왕 부자의 간절함을 보시고 감동하여 왕작(王爵)은 거두셨다. 그러고는 금자추성충의공 좌승상 연국군으로 임명했다. 초왕 부자도 이에 이르러서는 다시 사양할 수 없었다. 그래서 은혜를 감사하며 황제를 모셔 환궁했다. 이후 물러나 집으로 돌아오자 종들은 환영

47 하고 어린 자식들은 후문에 나와 맞았다. 집안 상하 사람들 모두가 열열이 기뻐함은 한 붓으로 모두 기록하기 어려울 지경이었다.

초왕은 연국군 임창홍과 더불어 문묘(文廟)에 먼저 배알(拜謁)한 후, 취성전으로 가 태부인을 뵈었다. 태부인이 연국군의 손을 잡고 등을 두드리며 사랑하고 귀해 하는 것이 비길 데 없었다. 좌승상 연국군은 태부인이 자손의 효도에 기뻐하는 것을 보고 넓은 이마에 온화한 기색이 가득했다. 또 슬하의 난봉옥수(鸞鳳玉樹)136) 같은 여러 아이들이 뛰놀며 아비와 할아버지를 반기자 좌승상 연국군은 여러 아들을 슬하에 벌여두고 어린 딸을

48 거두어 무릎 위에 앉혀 쓰다듬으며 태부인의 기쁨을 더했다. 태부인도 좌우의 아이들을 쓰다듬으며 더없이 흡족해했다. 집안의 상하 여러 사람들이 반기는 정을 즐기느라 미처 집안일에는 신경을 쓰지 못했는데 좌승상 연국군이 좌우를 돌아보며 말했다.

"군씨 서모가 어찌 이 자리에 없습니까?"

---

135) 장복(章服) : 옛날 벼슬아치들의 공복(公服).
136) 난봉옥수(鸞鳳玉樹) : 난봉은 덕이 높은 군자를 비유하고, 옥수는 몸가짐이나 재능이 뛰어난 인재를 비유함.

상국이 눈썹을 찡그리며 대답했다.

"그간 흉한 화란과 병란이 있었는데 그 가운데 인홍의 죄가 도를 넘어 어느 하나 눈뜨고 보지 못할 것이었다. 사건이 결말난 후 내가 인홍을 장책(杖責)하여 작은 당 깊은 곳에 가두어 두고 네가 돌아오기를 기다렸는데, 군씨가 사람들을 편히 대하지 못하고 사실(私室)에서 죄를 기다리고 있다는구나. 그래서 인홍 모자(母子)가 이 자리에 없는 것이다."

좌승상 연국군 임창홍이 탄식하며 아뢰었다.

"이 역시 하늘의 뜻이요, 또한 집안의 운세입니다. 가문의 운세가 참혹하고 한때 재앙으로 말미암은 것이니 어찌 군씨와 인홍의 죄라 하겠습니까?"

태부인이 탄식하며 말했다.

"네 말이 맞다. 그러나 인홍이 장가도 들지 않은 어린 나이에 방자하게 군 죄가 어찌 범상한 것이겠느냐? 가히 한 번은 다스리지 않을 수 없는 것이 층층이 자라는 여러 아이들에게 본을 보여야 하지 않겠느냐?"

좌승상 연국군 임창홍은 나직히 탄식하며 말을 그쳤다. 집안사람들은 한 당에서 함께 저녁을 먹고 문안을 마친 후 물러났다. 이때 좌승상 연국군 임창홍은 두 분 할아버지와 아버지, 두 분 삼촌을 모시고 오운전으로 나와 밤늦도록 이야기를 나누었다. 이후 자리를 보고 궤장(几杖)[137]을 받들어 아버지와 할아버지의 잠자리를 살핀 후 바야흐로 팔룡당으로 돌아왔다. 여러 형제, 사촌들과 함께 이불을 붙이고 긴 베개를 내어 몸을 가까이 하고 다정하니 이른바 부모가 모두 살아계시는 기쁨 가운데 형제들이

49

50

---

137) 궤장(几杖) : 궤장연(几杖宴) 때에 임금이 나라에 공이 많은 70세 이상의 늙은 대신에게 하사하던 궤(几)와 지팡이를 아울러 이르는 말.

번성한 것이 지금 임씨 여러 사람들의 유복함에 미칠 자 없었다.

다음날 아침 초왕 부자는 아버지와 삼촌을 모시고 입궐했다가 집으로 돌아왔다. 존당을 뵙고 아침을 먹은 후 초왕은 아버지께 인홍의 처치를 아뢰었다. 상국이 말했다.

"이 역시 운수에 따른 것이니 어찌 인홍의 탓이겠느냐마는 대강 어린 아이의 행실이 넘치고 놀라우니 어찌 다스리지 않을 수 있겠느냐? 그러나 어린아이니 너무 중한 벌을 내리지는 마라."

초왕은 명을 받들어 중당으로 물러나 자리를 만들었다. 그러고는 하인들에게 인홍을 잡아오라고 호령했다. 하인들이 삽시간에 인홍을 끌어내 계단 아래 꿇렸다. 인홍은 감히 당 위를 우러러 보지도 못하고 등에는 식은땀이 흘렀다. 초왕은 눈을 부릅뜨고 크게 꾸중했다.

"음란하고 악한 불초(不肖) 자식아, 네 죄를 아느냐?"

인홍이 머리를 조아리며 땅에 엎드렸다. 그러고는 울며 말했다.

"천한 자식이 어찌 죄를 모르겠습니까? 엎드려 바라건대 전하께서는 천한 불초자(不肖子)가 인륜의 도리를 져버린 죄를 용서해 주십시오."

왕은 더욱 노하여 크게 꾸짖었다.

"패륜의 자식, 어린 나이에 아직 장가도 들지 않았는데 집안 법도와 아비의 가르침을 알지 못하고, 일찍이 집안의 적출 공자들도 감히 제 맘대로 청루(靑樓)에 출입해서는 안 되는 것을 알 것인데 하물며 불과 일개 천한 서출로 감히 방자하게 색욕(色慾)이 동하여 기생집에 출입하며 가훈을 추락시키고 기생을 몰래 데려와 집안에 감추어두어 흉한 역모들과 안에서 내통하게 하였구나. 일월(日月)이 사방을 비추는 것 같은 우리 황제의 신명하심이 만일 신하의 충심(忠心)을 헤아리지 않으셨다면 집안의 처참한 화란이 장차 어디까지 미쳤겠느냐? 이제 화가 도리어 복이 된 것은 오직 황제의 인명(仁明)하심 덕분이니 이후 남은 날은 다 황제께서 주신 날이다. 이 대목을 생각하면 마음이 놀랍고 뼈가 시리니 패륜아의 산 같은 죄는 가히 죽이지 않을 수 없다. 장차 그 죄가 어느 지경에 이르렀는데 불초자가 무슨 면목으로 죄를 용서하라고 하느냐? 임씨 집안 대대의 맑은 풍습과 쌓은 덕으로 어찌 너 같은 불초자가 태어났겠느냐? 오직 좀도둑이 들끓는 오랑캐 땅의 예의 없는 풍습은 너의 어미에게서 물려받은 것이로구나. 내 반평생 수신(修身)에 반점 부족함이 없었는데 오직 팔자가 이상하여 처실(妻室)이 부족하지 않은데도 연분이 기괴하게 너의 어미와 인연을 맺고 자식을 낳은 탓이니 어찌 통탄스럽지 않겠느냐?"

말을 마쳤으나 엄중한 노기(怒氣)가 어리어 안색에 서릿발이 서린 것이 눈 내리는 하늘에 찬 이슬이 뿌리는 듯하고 뜨거운 태양이 높이 솟은 듯했다. 인홍이 비록 예의를 함부로 어기는 관습은 어미에게서 물려받았으나 부왕의 태양 같은 풍모를 우러러 어찌 황공하지 않겠는가? 감히 머리를 들 수 없었다.

초왕은 하인들에게 장(杖) 10개를 잡아 인홍을 매질하도록 호령했다. 건물 아래 구름같이 모인 사졸들은 단단하고 붉은 매를 들었고, 장을 세는 소리가 요란하여 사람의 정신이 확 들었다. 불과 10여 세 어린아이 인홍이 어찌 놀랍고 두렵지 않겠는가? 그러나 또한 기상이 굳세고 성숙함이 범상한 아이들과 달라 안색을 변하지 않고 옷과 띠를 풀러 매를 받았다. 초왕은 넓은 미간에 엄중한 노기가 어린 채 치기를 재촉했다. 사졸은 인홍의 나이가 어린 것을 불쌍히 여겼으나 초왕의 위엄을 두려워하여 힘을 다해 쳤다. 이미 수십여 장에 이르자 겨우 아물었던 먼저 맞았던 자리에서 붉은 피가 방울져 좌우로 튀었다.

이때 좌승상 연국공과 어사 등은 존당에서 돌아오지 않았고, 문홍 등 여러 공자가 모시고 섰으나 바야흐로 백부(伯父) 초왕의 진노가 대단하여 여러 아이들은 몸을 바로 펴지도 못한 채 등에 흐르는 식은땀은 옷을 적셨다. 울음소리만 나직하니 그 애잔히 맞는 거동에 허둥댈 뿐 감히 만류할 길이 없어 입을 열지 못하는 것이었다.

이때 태자소부 임유린의 아들 관홍 또한 이 자리에 있었는데 근심스럽지만 감히 말리지 못했다. 50여 장에 이르러 인홍의 기가 막히고 숨이 멎었지만 초왕은 용서할 뜻이 없었다. 하인들은 차마 매를 더하지 못하고 여러 공자들도 참담하여 눈물을 흘렸으나 감히 아무도 입 밖에 말을 내지 못했다. 관홍은 더 이상 참지 못하고 안색을 부드럽게 한 후 초왕 앞에 꿇어앉아 아뢰었다.

"크게 진노하셨는데 어린 제가 감히 화를 더할까 황공합니다. 다만 백부께서 저를 여러 사촌들 가운데 특히 사랑하셨으니 어린 제가 당돌하지만 지극한 자애와 은혜를 바라며 어리석은 마음을 아뢰고자 하니 백부(伯父)는 용납하십시오. 서얼(庶孼) 사촌의 방자한 죄는 만 번 죽어 마땅하나 먼저 할아버지의 다스리심을 입었습니다. 그리고 지금에 미처 그 상처가 다 아물지도 않았는데 백부(伯父)의 엄한 꾸지람이 사생(死生)을 돌아보지 않으시니 제가 엎드려 생각건대 귀한 이나 천한 이나 부자(父子) 사이는 하늘이 내신 것으로 아비가 자애롭고 은혜로운 것은 인지상정(人之常情)입니다. 벌을 내리심에 장책(杖責) 60대는 할아버지께 받은 것과 합쳐 100여 대가 됩니다. 나이 곧 10여 세 어린이니 어찌 매

아래 위태하지 않겠습니까? 또 군씨의 한 점 혈육이니 엎드려 바라건 대 평소 초목 곤충에게까지 미치시던 성덕(聖德)으로 슬하의 아이를 돌아보시어 용서하심을 바랍니다."

말을 마쳤는데 부드러운 낯빛과 어진 말씀이 돌이나 나무도 감동할 듯 했다. 초왕은 본래 여러 조카들 가운데 이 아이를 자기 자식보다 더 사랑 했다. 왜냐하면 자기 어렸을 때 민자건(閔子騫)과 같은 슬픔138)이 있어 계모 여부인에게 사랑받지 못하며, 태자소부 임유린과 동기로서의 친분과 골육의 정을 나누지 못한 채 행여 여부인의 뜻을 끝내 얻지 못하고 아우 유린과 우애 깊지 못하여 형제간의 화목한 즐거움을 알지 못할까 지극히 근심하다가 천우신조(天佑神助)로 여부인이 마음을 돌이키고 덕을 닦으시며 아우 유린이 개과천선하고 정도(正道)로 돌아와 숙녀를 배필로 맞고 지금에 이르러서는 그 행실을 닦음이 정도(正道)에 극진하여 집안의 바른 전통을 잇고 지난날의 잘못을 쾌히 씻어 이같이 기특한 아들을 두었으니 이 아이가 세상에 뛰어나고 속세를 벗어난 것 같음은 더욱 기산영수(箕山潁水)의 자취139)를 이어 훗날 장성함에 아름다운 기질이 반드시 그 아비 유린의 잘못을 깨끗이 씻고 임씨 집안 대대로 이어온 맑은 덕을 더욱 밝힐 줄 알아서였다. 초왕은 관홍이 태어나서부터 어린 것이 비범하여 범상한 아이들과 다름을 알았다. 어리석은 어머니와 그릇된 아우의140) 개과천선

60

61

138) 민자건(閔子騫) ~ 슬픔 : {민천의 우름}. '민천'은 '민손'의 오기. 공자 제자 민자건 즉 민손(閔損) 이 계모에게서 사랑받지 못하고 박대 받은 슬픔을 이르는 것으로 민자건의 계모가 한겨울 자기 가 낳은 아들에게는 두툼한 솜옷을 입히고 민자건에게는 갈대 잎을 넣은 옷을 입히는 등 전처 자녀들을 박대하였으나 민자건은 효행을 잃지 않았다는 데서 나온 표현. 자건(子騫)은 그의 자 (字)이고 이름은 손(損).
139) 기산영수(箕山潁水)의 자취 : 소부(巢父)와 허유(許由)는 고대 중국의 전설상의 인물로, 허유는 요임금이 왕위를 물려주려 하였으나 받지 않고 도리어 자신의 귀가 더러워졌다고 하여 영수(潁 水)에 귀를 씻고 기산(箕山)에 들어가서 숨었는데, 소부는 허유가 귀를 씻은 물을 소에게 먹 일 수 없다 하였음. 이 구절은 세속의 명리를 멀리한 소부와 허유의 자취를 가리킴.

도 기대하지 못한 경사인데 또 이 같은 기린아(麒麟兒)를 낳아 맑은 집안의 도덕을 빛낼 바를 기대하게 되니 이런 이유로 이 아이에 대한 사랑이 자기가 낳은 자식보다 더한 것이었다.

62   이날 초왕은 참으로 인홍의 죄에 진노하여 능히 목숨을 아낄 뜻이 없었는데 관홍이 온화한 안색과 부드러운 목소리로 하늘이 내신 부자지간과 천륜의 자애를 들어 인홍의 죄를 용서하기를 어질게 아뢰는 말을 듣자 예전 그 아비 임유린이 포악한 마음으로 자신을 시샘하여 어머니께 참소하던 일이 떠오르며 하늘과 땅 차이를 느꼈다. 초왕이 관홍을 매우 기특하게 여겼으니 어찌 인홍을 용서하지 않겠는가? 홀연 안색을 바꾸고 한동안 말이 없다가 입을 열었다.

"인홍의 죄가 무거우니 가벼이 용서하겠느냐마는 너의 우애와 어짊을 갸륵히 여겨 용서한다."

63   말을 마치고는 인홍의 포박을 풀고 문밖에 내친 후 집안에 들이지 말라고 좌우에 명했다. 그리고 그 유모 홍랑을 잡아들여 50대를 때린 후 일렀다.

"어린 주인의 도를 벗어난 행실을 잘 가르치지 못하고 호기로움을 도와 요악한 여자를 집안에 두게 하여 화란의 장본이 될 뻔했으므로 크게 꾸짖는다."

하였다. 또 군씨에게도 말을 전했다.

"그대가 우리 집안에 들어와서부터 존당의 돌보심이 지극하니 오는 복을 조심하는 것이 옳거늘 내가 없는 때에 호기로운 자식을 살피지 않아

---

140) 어리석은 ~ 아우의 : {은(嚚)훈 모(母)와 오(誤)훈 아비}. 문맥상 여기서 어머니는 초왕의 계모 여부인을, 아비는 초왕의 아우이자 관홍의 아버지인 임유린을 가리킴.

제 멋대로 세상을 돌아다니게 하고 기생집에 왕래하여 가훈(家訓)을 어지럽히며 요악한 여자를 집안에 두어 하마터면 큰 화를 빚을 뻔했으니 어찌 놀랍지 않으리오? 그대 스스로 생각하기에도 염치가 어떤가? 황제께서 신명하신 성덕으로 다행히 집안을 진정시키시고 요물(妖物)을 처치하셨는데 홀로 인홍만 용서할 수 있을까? 그대 이미 나아온 바 있으나 돌아갈 곳이 없으니 출거(黜去)는 할 수 없지만 반석(盤石)에 앉은 듯 집안에 편히 있을 수 있겠는가? 농장이 집밖 오십 리에 있는데 처소가 그윽한 것이 족히 지낼 만할 것이니 오늘로부터 그대 모자(母子)와 그 하인들은 이곳으로 물러가 부르기 전에는 집안으로 돌아오지 못할 줄 알라."

홍랑이 망극하지만 초왕의 명을 군씨에게 전했다. 이어 집안 하인들은 아무런 장식도 없는 대나무 가마를 가지고 합인당에 이르러 왕명을 재촉했다. 군씨는 비록 원망한들 사정이 억울함을 분변할 말이 없었다. 비녀를 풀고 의상을 떨쳐 일어나 명을 받들며 사죄의 말을 전했다.

"첩은 본래 먼 변방 오랑캐 땅의 무지한 여자입니다. 지식이 얕은 탓에 나라가 망하였으나 능히 한 목숨을 버리지 못하고 구차히 살았습니다. 목노야의 은혜와 풍부인의 성덕으로 외람되게 대왕의 첩이 되고 시댁에 목숨을 의지하여 요행히 평생을 편히 지낼까 바랐는데 불초자의 탓으로 먼 별장에 내치심을 당하니 첩의 팔자가 기박한 것입니다. 어찌 감히 대왕을 원망하겠습니까? 삼가 명대로 하겠습니다."

시녀가 이대로 말을 전하여 아뢰었고 초왕은 고개를 끄덕일 뿐이었다. 군씨는 화장을 지우고 푸른 색 옷을 입은 채 정당에 하직인사를 올렸다. 존당과 여러 부인들이 다시 만날 것을 이르며 위로하고 경계했다. 오래지

64

65

66

않아 초왕이 용서할 것이라며 소파와 진파, 그리고 성생의 처 영주는 눈물을 뿌려 이별했다. 소씨 노파는 혀를 차며 말했다.

"실로 곱지 않은 당신들이구나. 자식을 겉을 낳지 속을 낳는가? 부모가 한가진데 군씨 죄로만 미룰 것입니까? 태부인께서는 어찌 초왕을 불러 군씨는 억울하니 인홍만 다스리고 그만두라는 말씀을 않으십니까?"

태부인이 웃음을 지으며 말했다.

"네 어찌 희린의 일을 모르느냐? 희린이 이치와 형세를 모르는 것이 아닐 테지만 인홍의 행사가 도를 넘었으니 그 죄가 어미에게까지 미치지 않겠느냐? 이렇지 않으면 집안 아이들 하나둘이 아닌데 어찌 징계할까?"

군씨가 또 이어 사죄하였다.

"저희 어리석은 짐승 같은 모자가 감히 어머님의 인자함을 외람되게 폄론하겠습니까? 다만 맹자(孟子)의 어미가 세 번 이사하며 가르치시어 맹자가 성인이 되셨으니 인홍의 패려(悖戾)함은 저의 죄입니다. 그러나 저의 팔자가 기박하여 어려서 부모를 잃고 패수가 거두어 기르셨으나 다시 나라가 망함에 죽지 못하고 살아 산사(山寺)를 유락하다가 목부인을 만나 의탁하였습니다. 그 덕분에 남의 종이 되는 것을 면하고 목씨 어르신 은덕으로 초왕 전하의 첩이 되어 인홍 하나를 얻었으니 불행 중 다행이라 여기며 첩의 반생 살 길을 의탁할까 하였습니다. 그런데 인홍이 어린 나이로 호색하고 방탕하여 비뚤어졌을 뿐만 아니라 죄책을 입었사오니 이는 다 첩의 팔자입니다. 감히 전하의 처치를 한하겠습니까?"

존당이 위로하고 빨리 데려오겠노라 일렀다. 군씨는 하직하고 별장을 향했다. 지나가는 이들이 보고 서로 말했다.

"임부에서 나가는 행차가 이렇듯 대나무 가마 하나에 아무런 치장도 없으니 어쩐 일인가?"

아는 사람들이 말했다.

"이는 초왕의 서궁(庶宮) 군씨로 그 아들이 이러이러한 탓에 별장으로 70 쫓겨난 것이라네."

하였다. 군씨는 가마 안에서 이 말을 듣고 그 활달한 성품에도 애통하고 부끄러워 인흥을 꾸짖었다. 별장에 이르자 수백 간 광실이 대단하고 물색이 화려하며 가산집물은 가지런했다. 남녀노복은 군씨와 인흥이 온 것을 보고 어수선하게 맞았다. 집안으로 들어서는 군씨는 감히 정당에 거처하지 못하고 좁은 소당(小堂)에서 모자(母子)가 겨우 지냈다. 바야흐로 인흥의 상처를 치료하며 꾸짖었다.

"네 어미의 반평생 궁박한 신세를 생각하지 않고 무엇에 홀리어 장가도 들지 않은 10여 세 어린놈이 색욕(色慾)이 동하여 음탕하고 방자하 71 기를 삼가지 않았느냐? 오랑캐 짐승의 씨를 집안에 만들어 큰 화를 지을 뻔했으니 네 몸이 매를 맞다가 죽는 것이야 네 죄일 뿐, 죄 없는 어미까지 쫓겨나게 하여 길가에서 비웃음을 당하게 하니 만고의 불초자(不肖子)가 아니냐?"

인흥이 정신을 차리고 모친의 슬퍼함을 보고 또 그 경계의 말씀을 듣고는 눈물을 흘렸다. 그리고 머리 조아려 사죄했다.

군씨는 본래 활발한 성격이었다. 고대광실(高臺廣室)에 거처하면서 아침저녁으로 여러 부인을 정당(正堂)에 모시고 태부인 안전에서 장기나 바둑을 두거나 담소하며 옥나무에 새로 난 달 같은 공자들과 기이한 꽃이며 72

밝은 진주 같은 소저들을 대하여 즐기다가 궁벽진 별장에서 벌을 받는데, 넓은 당과 광활한 청사 곳곳이 비어 있었다. 또 시녀나 하인의 무리도 그저 아침저녁으로 밥상을 차려 올린 후에는 각각 물러나 저희 소임만 차릴 뿐이었다. 군씨 모자는 적막한 곳에 머물면서 그동안 번화했던 집안을 추억하며 마음속 울적함을 이기지 못했다.

며칠 후 초왕의 맏아들 좌승상 임창홍이 이르러 군씨와 인홍을 보고 그간의 안부를 물으며 지난 일을 위로했다. 인홍은 얼굴 가득 참담한 기색을 지어보이며 묵묵히 용서를 빌었고 군씨도 탄식하며 자신의 팔자를 한탄했다. 좌승상 임창홍은 군씨의 고적함과 인홍의 상처를 보고 몹시 놀랐다. 그래서 재삼 위로하고 경계한 후 돌아갔다. 직사(直司)가 여러 일로 분주하여 자주 왕래하지는 못했으나 약가지 등은 극진히 공급했다. 얼마 지나지 않아 상처가 나았고, 군씨 모자는 좌승상의 효성과 우애, 그리고 덕성에 감동하였다. 그러나 초왕의 용서하신다는 명은 쉽게 내리지 않았고 군씨 모자는 궁벽한 곳의 적막함 속에서 근심했다.

이때 초왕의 여섯째 아들 진홍은 자(字)가 원미이고, 일곱째 아들 선홍은 자(字)가 원화였다. 둘은 정비(正妃) 주숙렬이 낳은 이들로 쌍둥이였다. 두 공자의 특출한 기질은 남전(藍田)[141]의 아름다운 옥이오, 바다 속 밝은 진주 같았다. 빛나는 도덕성과 훌륭한 문장은 운몽(雲夢)[142]에 가득하여 하늘이 낸 종왕(鍾王)[143]의 재능과 큰 효를 이었으니 성대한 집안의 자손다워 존당의 자애가 대단했다. 하는 일마다 비범한 것을 사랑하고 자녀마

---

141) 남전(藍田) : 중국 섬서성에 있는 이름난 옥 산지.
142) 운몽(雲夢) : 초(楚)나라 칠택(七澤)의 하나로 둘레가 구백 리나 되는 큰 호수.
143) 종왕(鍾王) : 종요(鍾繇)와 왕희지(王羲之). 종요는 삼국시대 위(魏)나라 정치가이자 서예가였으며 동진(東晉)의 서예가였던 왕희지가 특히 종요를 존경하였다고 함.

다 이같이 기이함을 온 집안이 기뻐했다. 장성하여 나이 16세가 되자 체형이 성숙하여 노성군자(老成君子)보다 못한 것이 없었다. 존당의 연로하심을 고려하여 각별이 며느릿감을 가렸다.

이때 간의대부(諫議大夫)[144] 박홍원이 기이한 딸 쌍둥이를 낳았다. 부인 오씨가 잉태 초에 계수나무 꽃 두 송이를 삼키고 낳았다 하여 이름을 몽계, 몽화라고 지었다. 두 소저는 태어나서부터 달 같고 꽃 같은 모습에 요조숙녀 임강마등(任姜馬鄧)[145]의 행실을 보이며 여자로서의 덕이 대단했다. 그 부모에게는 다른 자녀가 없었고 단지 후사를 이을 아들 하나를 슬하에 두었었다. 그래서 자식이 태어나는 기쁨[146]을 모르고 지내다가 나이 들어 이같이 기이한 딸 둘을 얻은 것이었다. 그러니 그 자애로움이 어찌 범상하겠는가? 나이 17세가 되자 행실이 곧고 맑았다. 부모는 사윗감을 유의하다가 임부와 박부 두 집안이 서로 뜻이 통하고 손발이 맞아 혼인을 약속하고 날을 잡았다. 결혼식이 4~5달 남았는데 박부에서는 날이 너무 먼 것을 근심하고, 임부에서는 황제가 하사하는 연회와 악사들의 잔치에 겸하여 여러 아이들의 혼인을 한꺼번에 치러 늙은 부모를 기쁘게 해 드리려고 했다.

---

144) 간의대부(諫議大夫) : 임금의 잘못을 고치도록 간언하는 일을 맡은 벼슬.
145) 임강마등(任姜馬鄧) : 주(周) 문왕(文王)의 모친 대임(大任)과 주(周) 선왕(宣王)의 비인 강후(姜后), 그리고 한(漢) 명제(明帝)의 마황후(馬皇后)와 화제(和帝)의 등황후(鄧皇后)를 가리킴.
146) 자식이 태어나는 기쁨 : {농장지경(弄璋之慶)}. 이는 원래 아들을 얻은 기쁨을 이르는 것으로, 딸을 얻은 기쁨은 '농와지경(弄瓦之慶)'으로 구별하여 쓰는데, 원문에서는 아들과 딸을 포괄하여 자식을 얻는 기쁨이라는 의미로 '농장지경'을 쓴 것으로 보임.

차설. 초왕의 셋째 딸 옥혜는 계비(繼妃) 한씨 소생으로 구름 같은 귀밑머리에 꽃 같은 얼굴이 절묘하고 부녀(婦女)의 덕을 갖추었다. 나이 16세에 사윗감을 가려 어사 경홍의 부인 주씨의 막내아우 주난명과 정혼(定婚)했다. 주난명의 옥 같은 외모와 온화한 풍채는 일세 도학군자였다.

부마도위 임세린의 둘째 딸 숙혜는 효장공주의 장녀로 옥 같고 달 같은 모습에 성스러운 숙녀였다. 나이 13세에 초승달같이 아름다운 외모가 뚜렷한 것이 금으로 만든 봉황이[147] 날아가려는 듯했다. 존당과 부모는 지극히 사랑하며 사윗감을 골랐다. 추밀사 현직에 있는 가현이 아들 하나를 두었는데 이름은 숙문이고, 자(字)는 천양이었다. 일찍이 과거에 급제하여 나이 14세가 된 옥인군자(玉人君子)였다. 북후 임세린이 아름답다고 여겨 구혼하자 가추밀도 흔쾌히 수락했다. 그래서 정혼하고 날을 잡았는데 또한 황제께서 열어주시는 잔치가 있는 날이었다.

북후 임세린의 셋째 아들 계홍은 자(字)가 원기로, 계비(繼妃) 소부인의 둘째였다. 나이 13세로 옥인군자(玉人君子)였다. 처사 소협의 딸과 정혼하여 날을 잡았다.

태자소부 임유린의 큰 아들 관홍은 자(字)가 원문이고 호(號)는 청계라고 했다. 나이는 12세인데, 사람됨이 옥을 다듬은 것 같았고 금심수구(錦心繡口)[148]였다. 임상국이 덕을 쌓으며 밝게 살아온 것에 하늘이 감응하여 그 아들에게 특출한 기질과 세상을 감화시킬 성대한 덕성을 내리시어 임씨 집안의 맑은 덕을 빛내게 하고 그 아버지가 한 평생 당한 오욕을 시원스레 풀도록 한 것이었다. 어머니 풍씨가 처음 잉태하였을 때 홍운각

---

147) 금으로 ~ 봉황이 : {금봉}. 문맥을 고려하여 옮김.
148) 금심수구(錦心繡口) : {수구금심}. 비단같이 아름다운 생각과 수놓은 듯이 아름다운 말이라는 뜻으로, 글을 짓는 재주가 뛰어난 사람을 칭찬하여 이르는 말.

가운데 기린이 울고 방안에는 향기로운 안개가 가득했다. 신이한 향기와 상서로운 안개 가운데 아들의 길성(吉星)을 점쳐 보았더니 태어날 아이의 기골이 비상하고 풍채는 세속의 평범한 아이들과 달랐다. 자라나 4~5개월이 되었을 때 지각이 분명하고 나면서부터 지혜를 가진 기상149)이 있어 온 집안이 기이하게 여겼다. 증조할머니 관태부인은 사랑하기를 참지 못하여 무릎에 두고 쓰다듬으며 아들 임한주를 돌아보고 말했다.

"내 아들의 어질고 슬기로움은 지극히 공정하고 사사로움이 없지만 어진 며느리 성씨는 병이 많고 기질이 약하여 자식을 낳는 경사를 얻지 못해 희린으로 후사를 이었으나 미처 자라는 것을 보지도 못하고 중년에 죽었다. 이후 며느리 여씨가 이어 들어왔는데 사람됨은 총명하고 재주와 정이 밝아 부족함이 없으나 다만 희린의 초반 운수가 기박하여 순임금의 계모가 자애롭지 못했던 것과 같은 일을 당하고 유린이 실성한 듯 도리에 벗어난 짓을 하여 하마터면 임씨 집안의 밝은 가풍을 더럽힐 뻔했지. 그런데 하늘이 묵묵히 도우시고 조상이 음으로 보호하신 덕분에, 희린의 독보적인 효성과 주씨 며느리의 세상에 드문 성덕이 귀신을 감동시키고, 내 아들의 어진 덕이 여씨 모자를 개과천선토록 하며, 풍씨 같은 숙녀를 맞아 유린이 내조의 덕으로 불명예를 씻고 관흥 같은 기특한 현손(玄孫)을 낳았으니 고수(瞽瞍)150)가 순(舜)을 낳으신 것보다 더 기특한 일이다. 내 아들이 낳은 기특한 아들이 불세출(不世出)의 기린아를 낳아 늙은 이 어미는 더없이 기쁘구나."

임상국은 어머니의 말씀을 듣고 그 즐거워하시는 것이 기뻤다. 이어

149) 나면서부터 ~ 기상 : {성이지지[生而知之]흉눈 긔샹[氣像]}. 생이지지(生而知之)는 삼지(三知)의 하나로 배우지 않아도 스스로 깨달아 감을 뜻하는데 『논어(論語)』「계씨편(季氏篇)」등에 나옴.
150) 고수(瞽瞍) : 순임금의 아버지로 순에게 자애롭지 못했음.

공손히 받들어 아뢰었다.

"이는 다 어머니의 성덕이 유린에게까지 이르러 요행히 인륜의 죄를 저지르는 것에서 벗어나 세상에 서고, 관홍을 낳아 불명예를 씻은 것입니다. 그러니 이 어찌 조상의 음덕과 어머님의 성덕이 아니겠습니까?"

모자(母子)는 이렇듯 대화하며 인간 세상의 즐거움을 깨달았다.

관홍의 나이 5~6세가 되자 배우고 때때로 익히며 문리(文理)를 치밀하게 살피고 즐기는 것이 유학의 진리를 터득한 선비의 풍모가 일었다. 그래서 먼 친척, 가까운 친척을 막론하고 모두들 놀랐다. 그러고는 백운자 임유린이 젊어서 외입하며 패악(悖惡)을 일삼던 것을 떠올리며 이같이 기이한 아들을 낳은 것은 오로지 세상을 감화시킬 임상국의 성덕을 이어받은 것이라고들 생각했다. 나이 12세가 되자 외모에는 노성한 군자의 풍모가 드러나고, 깊은 생각과 넓은 식견에는 중달(仲達)[151]의 슬기와 제곡(帝嚳)[152]의 신기함이 있었다. 집안 어른들의 대단한 사랑은 말할 것도 없었다.

그 부친 백운자 임유린은 예전에 잘못을 저질러 인륜을 저버리고 신세를 망칠 뻔했으나 천우신조(天佑神助)로 풍씨 같은 숙녀를 만나 공강이 도척(盜拓)[153]을 내조한 것과 같은 내조를 입었다. 그 덕분에 임유린[154]이 적이 나쁜 마음을 풀고자 하던 중, 적당(賊黨)에게 잡혀 칼끝에 놀란 혼백(魂魄)이 인육점(人肉店)에서 흘리고 또 호표(虎豹)의 밥이 될 뻔한 순간 초

---

151) 중달(仲達) : 사마의(司馬懿)의 자. 중국 삼국시대 위나라의 정치가이자 군략가이며, 그의 손자 사마염이 세운 진나라의 기초를 마련했음.
152) 제곡(帝嚳) : 중국 전설상의 오제(五帝) 가운데 한 사람으로 전욱의 아들.
153) 도척(盜拓) : 중국 춘추전국시대 이름난 도둑으로 공자가 그를 개과시키려 무척 노력하였으나 끝내 이루지 못했음.
154) 임유린 : {편처의 악인이}. 문맥상 임유린을 가리키는 것임.

왕이 일으킨 반역155)을 진압하고 천군만마의 대단한 위의(威儀)로 돌아오던 큰 형님 임희린이 놀랍게도 형제지간에 마음이 통하여 구출하게 되었다. 그 결과 임유린은 전후의 악행과 무례함을 깨닫고 자책하며 바른 길로 돌아간 것이었다.

이후로 임유린은 지난 일을 후회하여 스스로 사람을 대할 낯이 없었다. 만일 늙은 부모가 없었다면 머리를 풀어헤치고 산 속으로 숨어들어가 인륜을 폐(廢)하고 곡기(穀氣)를 끊어 난처하고 무안하게 세상 사람을 대하지 않으려 했을 것이다. 그러나 하늘이 낸 그 형님 임희린은 지극한 효성과 신명한 헤아림으로 임유린이 개과천선한 덕과 부끄러워하는 마음을 불쌍히 여기며 재삼 다독였다. 그리하여 지난 일이 비록 잘못되었으나 예부터 잘못을 뉘우치는 것은 성인도 허락한 것이라며, 허물을 버리고 새로이 선으로 돌아와 덕을 닦고 불효를 속죄하는 것이 옳지 어찌 칼산으로 숨어들어 이단자들의 인륜을 져버린 것을 본받아 목숨을 버리고 조상을 추락시키겠는가 하면서 성인의 말씀과 현인의 언어로 깨우쳤다. 이에 태자소부 임유린은 깨닫고 다시는 허황된 뜻을 내지 않았다. 그리고 존당과 부모의 명으로 부인을 새로이 예로 맞아156) 부부 금실이 좋아지고 화목하게 되었다.

그러니 관홍은 하늘이 임상국이 쌓은 덕에 감응하시어 특별히 내신 것이었다. 관홍의 기특함은 진실로 임유린 자신이 낳았다 하는 것이 이상했다. 그래서 어린아이 관홍을 빌려 온 것이라 여기며157) 스스로 슬픈 감회

9

10

---

155) 초왕이 ~ 반역 : 임희린이 아닌 초왕이 반역을 일으킨 것을 임희린이 진압하고 그가 초왕으로 봉해진 것인 듯함.
156) 예로 맞아 : {백냥우귀[百兩于歸]}. '백 대의 수레로 맞는다'는 뜻으로 성대한 예를 갖춰 하는 친영임. 문맥을 고려하여 이같이 옮김.
157) 빌려 ~ 여기며 : {가착[假借]하며}. 문맥을 고려하여 옮김.

를 마지못했다. 관흥이 장성하자 그 일동일정(一動一靜)이 한 가지도 예에 어긋나는 것이 없어 비록 엄한 스승과 아비라 하더라도 흠잡을 것이 없었다. 백운자 임유린이 집안 여러 자제들을 다 가르치며 일일이 그 고하를 평하는데 혹 그르다 하고 질책하지만 관흥에 이르러서는 흠잡을 바가 없었다. 미묘하고 배운 것을 복습하는 데 있어서는158) 다른 아이들이 생각지 못한 바를 이해하는 것이 분명해 어른이라도 한순간에 생각지 못할 것이 많았다. 임유린이 이러한 순간을 당해서는 갑자기 안색이 변하며 자신의 불초하고 예에 어긋나던 행실로 이 같은 아들을 낳은 것이 이상하여 더욱 강개하고 차탄하여 말했다.

11

"지난 날 내 미치고 사납던 것을 생각하면 오늘날 몸이 남아 있을 줄 어찌 알았겠느냐? 너의 기이함이 이 같으니 너는 몸과 행실을 더욱 닦아 몸가짐을 금옥(金玉)같이 하여 아비의 오명(汚名)을 씻고 명예와 이익에 뜻을 기울이지 말아 소허(巢許)159)의 자취를 따르도록 해라."

12

말을 마쳤는데 강개한 눈물이 흰 귀밑머리를 적셨다. 여러 조카들은 다 삼촌의 슬픔을 이상하게 여기며 안색이 변했다. 관흥도 이상히 여겨 무릎을 꿇고 엎드려 아뢰었다.

"아버님의 춘추가 이제 장년(壯年)이시고, 부모님이 모두 살아계시는 경사 속에 형제간이 또 무사하시며, 부부 사이 화목한 즐거움이 있으신데 무슨 이유로 슬픈 눈물에 한스러움을 품으시어 어린 저희의 마음을 놀래십니까? 출세하여 이름을 드러내는 것은 부모 있는 자의 당연한

---

158) 배운 ~ 있어서는 : {온심호 더 이르러서는}. '온심'은 '온습(溫習)'의 오기로 보아 옮김. '온습(溫習)하다'는 '복습하다'의 의미임.
159) 소허(巢許) : 소부(巢父)와 허유(許由). 고대 중국의 전설상의 인물로 허유는 요임금이 왕위를 물려주려 하였으나 받지 않고 도리어 자신의 귀가 더러워졌다고 하여 영수(潁水)에 귀를 씻고 기산(箕山)에 들어가서 숨었는데, 소부는 허유가 귀를 씻은 그 물을 소에게 먹일 수 없다 하였음.

예일 따름입니다. 남아(男兒)가 세상에 나 입신현달(立身顯達)하여 부모를 드러내고 임금을 가까이서 모시며 지체가 높고 귀하게 되는 것은 사람이면 누구나 바라는 바인데 옛사람이 제후에게 나아가 벼슬을 구하지 않는다 한 것은 세상이 어지러운 시기였기 때문입니다.160) 아버님께서는 어찌 요즘 같은 태평성대에 저에게 소허(巢許)가 칼산에 숨어 산 것을 이르십니까? 제가 아직 나이 어리고 어리석어 아버님의 뜻을 깨닫지 못합니다."

임유린은 어린아이가 말의 근원을 모른 채 이상히 여기는 것을 보고는 더 이상 말할 수 없었다. 한동안 참담히 있다가 입을 뗐다.

"내 어려서부터 옛 책을 살펴보아 소허(巢許)의 고고한 절개(節槪)와 삼은사호(三隱四皓)161)의 도덕과 밝은 행실을 추모하였으니 번화함을 즐기고 기뻐하겠느냐? 다만 존당과 부모님의 성스러운 자애(慈愛)를 저버리지 못해 비록 내 자취가 세상에 이름나게 되었다. 그러나 내 마음이 이와 같이 명예와 이익에서 벗어나고 만사가 뜬 구름 같으니 이런 뜻으로 말을 했을 뿐인데 어찌 이상히 여기느냐?"

관흥은 아버지가 갑자기 슬퍼하고 과도히 근심하는 것을 보고 이상하게 생각되었으나 감히 더 이상 여쭙지는 못했다. 관흥의 기질이 특출하고 기이한 데다가 아버지의 가르침이 이와 같아 더욱 금으로 단련하고 옥이 굳은 듯, 관흥은 당세의 기이한 현인(賢人)이었다.

---

160) 옛 ~ 때문입니다 : {고인의 불구문달어제후[不求聞達於諸侯]는 난세[亂世]의 니르미라}. 제갈량의 〈출사표(出師表)〉에 "구차히 어지러운 세상에서 생명을 보존하고, 제후에게 알려져서 출세할 것을 구하지 않았다[苟全生命於亂世, 不求聞達於諸侯]."라는 구절이 있음.

161) 삼은사호(三隱四皓) : 삼은(三隱)은 남송의 세 은자(隱者) 석혜원(釋慧遠), 유유민(劉遺民), 도연명(陶淵明)을 가리키기도 하고, 양나라의 세 은자(隱者) 유우(劉訏), 완효서(阮孝緖), 유효(劉歊)를 가리키기도 함. 사호(四皓)는 한고조 때 상산(商山)에 은거한 동원공(東園公), 기리계(綺里季), 하황공(夏黃公), 녹리선생(甪里先生) 등 네 사람을 가리킴.

집안 여러 아이들의 혼처(婚處)를 정하는데 관흥의 짝도 정했다. 임유
린은 청렴결백하고 이름난 벼슬아치의 공경재상가(公卿宰相家) 신부를 구
하지 않고 동서(東西)로 수소문하여 현덕한 집안의 요조숙녀를 구하고 싶
었다. 이즈음 임유린의 맑은 덕과 높은 이름, 임씨 집안 대대로의 맑은 가
풍이 소문나 대단한 집안의 딸들이 중매인에게 주는 재물162)을 늘리며
혼인하기를 갈망했다. 그러나 임유린은 군이 허락하지 않았다.

이때 처사 윤정환은 이름난 가문으로 승상 윤후의 아들이자 관태부인
의 조카 추밀공의 사위였다. 윤처사는 홀로 출세하려 하지 않고 변경 남
문 밖 자운산 운수동에 살며 부인 관씨와 더불어 화락했다. 슬하에 2남 1
녀를 두었는데 두 아들은 모두 혼인하고 막내딸 운혜가 자라 나이 12세가
되었다. 아름다운 외모에 오묘한 자질이 가냘프나 기품이 있어 향기로운
난초에 움이 돋는 듯하고 부용이 피려는 듯, 천 가지 자태와 만 가지 빛이
빼어나 비길 데 없었다. 생김새가 기이한 것은 말할 것도 없고 부녀자로
서의 덕이 고상하고 정숙하여 하주숙녀(河洲淑女)163)요, 여공(女工)의 정묘
함은 소혜(蘇蕙)164)와 사도온(謝道韞)의 영설(詠雪)165)과 회문(回文)하던 재
주가 있었다. 처사 부부가 운혜를 만금(萬金)같이 귀하게 여기는 것이 연

---

162) 중매인에게 ~ 재물 : {재묵}. '재물'의 오기로 보아 옮김.
163) 하주숙녀(河洲淑女) : 하주는 모래섬을, 하주숙녀란 덕이 높은 요조숙녀를 일컫는 말. 『시경』「주
　　남(周南)」〈관저(關雎)〉 시에 "꾸우꾸우 물수리 모래섬에 있네. 정숙한 아가씨 군자의 좋은 짝이
　　네[關關雎鳩 在河之洲 窈窕淑女 君子好逑]."라는 구절에서 유래한 것.
164) 소혜(蘇蕙) : 진(秦)나라 두도(竇滔)의 아내로 자(字)는 약란(若蘭). 직금회문선기도(織錦回文璇
　　璣圖)가 유명함. 회문시(回文詩)란 바르게 읽거나 거꾸로 읽거나 동일한 의미의 내용을 지닌 시
　　문이 되는 것을 말함.
165) 사도온(謝道韞)의 영설 : '영설지재(詠雪之才)'라는 고사성어와 관련되는 것으로, 여자의 글재
　　주가 뛰어남을 가리키는 것임. 중국 진(晉)나라 왕응지(王凝之)의 처이며, 안서장군(安西將軍)
　　사혁(謝奕)의 딸인 사도온(謝道韞)은 재녀(才女)로 알려져 있음. 어느 날 눈이 내리는 것을 보
　　고 숙부 사안(謝安)이 내리는 눈이 무엇과 닮았는가를 묻자, 오빠인 낭(朗)은 공중에 뿌려진 소
　　금에 비유한 데 반해 도온은 바람을 따라 춤추는 버들꽃이라 했는데, 즉석에서 묘구(妙句)로 대
　　답한 데 대해 사안이 크게 감탄했다고 하는 고사에서 비롯된 말임.

성지벽(連城之璧)과 조승지주(趙勝之珠)166) 같았다. 그래서 사위를 고르는 것이 범상치 않았는데 관홍의 출중함은 익히 듣고 있었다. 관부인이 친 정나들이를 갔다가 돌아가는 길에 임상부로 가 종왕모(從王母) 관대부인 을 뵈었는데, 임부 여러 공자들의 출중함이 하나같이 사람 가운데 옥나무 요, 선계 신선이었다. 태자소부 임유린의 아들 관홍의 특출하고 기이한 자질을 한눈에 알아보고 칭찬하여 말했다.

"기이하고 신이한 아이입니다. 임씨 삼대(三代)의 맑은 이름과 도덕이 더 높아지겠습니다."

크게 칭찬하기를 마지않았다. 이에 돌아가 윤처사에게 임관홍의 기특 함을 칭찬하고 소녀의 나이를 유의하였다. 윤처사 또한 임상국의 풍채와 덕성을 감탄하며, 임유린의 어려서 허물은 안 좋게 여겼으나 지금에는 허 물을 깨닫고 자책하여 그 도덕과 맑은 행실을 온 세상이 일컫는 바이므로 선뜻 마음을 정했다. 이에 갈건(葛巾)과 야복(野服) 차림에 당나귀를 이끌 고 관부로 갔다. 그 처남 관복야를 만나 이 말을 이르고 중매하기를 청했 다. 관복야가 말했다.

"기이한 관홍과 뛰어난 조카딸이 결혼한다면 천정배필(天定配匹)일 것 입니다만 괴짜인 백운자167)가 고개를 끄덕일지 모르겠습니다."

윤처사가 웃으며 말했다.

"딸아이의 출중한 특이함은 고금(古今)에 독보적입니다. 내 또 임공 부

---

166) 조승지주(趙勝之珠) : 조승의 구슬. 조승(趙勝)은 중국 전국시대 말기에 살았던 조(趙)나라의 공자(公子)로 평원군(平原君)에 봉해졌음. 맹상군·춘신군·신릉군 등과 함께 '사군(四君)'의 한 사람임. 3차례에 걸쳐 재상이 되었으며, 현명하고 붙임성이 있어 식객 3,000명을 먹였다고 함. 진(秦)나라 군대가 조나라의 수도 한단(邯鄲)을 포위·공격하자, 초(楚)나라의 춘신군 및 위(魏)나라의 신릉군 등의 원조를 받아 진나라 군대를 물리쳤음.

167) 백운자 : 임유린을 가리킴.

17

18

19 자(父子)의 사람됨은 알지 못하나 아내가 관흥을 보지 않았으면 구혼하지 않았을 겁니다. 형은 우스운 말 말고 중매나 하시지요. 백운자가 내 딸을 보는 날 형에게 감사하는 상이 없지 않을 겁니다."

관복야가 빙그레 웃고는 임부로 갔다. 상국 부자를 만나 윤소저의 재주와 아름다움, 그리고 덕성을 전하며 구혼의 말을 꺼냈다. 상국이 흔연히 웃으며 대답했다.

"조카께서 수고로이 이르지 않아도 윤씨 아이의 기특함을 안 지는 오래되었습니다. 피차가 혼인을 맺어 한 집안의 의리가 있으니 두 집안이 서로 두 아이의 현우(賢愚)를 의심하겠습니까? 마땅히 어머님께 아

20 뢰고 혼인을 알리겠습니다."

말을 마치자 손을 이끌어 내당으로 들어갔다. 태부인께 사정을 아뢰고 혼인을 약속했다. 일마다 공교로워 공자 넷과 소저 둘의 혼인 시기가 하나같이 음력 구월 스무날이었다. 좌중이 더욱 기뻐했다. 관복야는 혼인 약속이 이루어졌음을 기뻐하며 역시 감사를 표하고 임씨 집안사람들과 더불어 술을 즐기다가 날이 늦은 후 돌아갔다. 윤처사는 괴롭게 기다리다가 맞았다. 윤처사가 웃으며 말했다.

"이 느리광이, 종일 오지 않아 기다리는 눈이 뚫어질 듯한데, 상풍 술주

21 머니 넓은 것을 채우느라 더뎠구나. 그나저나 혼인 여부(與否)는 어찌 되었는가?"

관복야는 봉황 같은 눈을 비껴 뜨고 말했다.

"임씨 숙부168)의 지당한 의리와 백운자의 맑은 마음을 달래어 혼사가 되도록 하려고 혀가 닳을 뻔했는데, 이런 공도 모르고 거만하게도 맏처

---

168) 임씨 아저씨 : {임숙}. 임씨 숙부, 즉 임한주를 가리킴.

남을 중매쟁이라 하여 호령하는 것인가? 가장 쉬운 일이니 내일은 가

퇴혼하게 해야겠다."

윤처사가 손뼉치고 크게 웃으며 말했다.

"가히 기이한 구경거리로구다. 만처남 그대가 나와 몇 해나 층이 지는

가? 그대 누이는 두 해 아래거니와 이 윤정환은 형과 동년(同年)이니 누

구는 어리고 누구는 자랐는가? 혼인은 인륜대사(人倫大事)로 임의로 할   22

수 없으니, 내 딸의 천정배필(天定配匹)이라면 형의 방해로 일이 안되겠

는가?"

관복야는 일부러 화를 내며 말했다.

"저리 공 없는 말을 할 줄 알았다면 말 것을, 내가 싫은 말 좋은 말 다하

여 혼인이 되게 하였더니 속 시원한 말 하는구나. 백운자[169]의 사람됨

이 어지간한 사람 같으면 얄미워 파혼케 할 것이지만 말을 앞뒤 다르게

했다가는 놀랍도록 마음 곧은 백운자의 핀잔을 들을까 못하겠으니 어

찌 애달지 않겠는가?"

좌우가 크게 웃고 윤처사도 웃으며 말했다.

"어디가 바람 들고 귀신이라도 들렸는가? 저렇게나 들린 줄 알았다면   23

나야말로 말 것을, 형수가 알면 우리 부녀를 원망하겠구나. 저렇기에

예전 효장도위 임세린이 효장공주와 금실이 좋지 못할 적에 형이 가서

축문 지어 고황제 신령께 빌고 살풀이 했다고 사람들 말이 자자하며 형

을 박수무당이라 하는 것을 나는 희롱인 줄만 알았더니 원래 생소한 일

이 아닌 모양일세. 어쨌거나 하도 이상하니 늦었지만 살풀이나 할까보

다. 이 집이 상가이니 상갓집 사람들이 상(喪)을 지내며 향을 피우고 중

---

169) 백운자 : {현양}. 임유린을 지칭하는 '여양현'이라는 이름을 잘못 쓴 것으로 보임.

24

을 불러 설법을 한들 그 집에서 무당소경을 불러들여 소란스럽게 못할 것이니 먼저 돈푼이나 드려 빌어볼 것이네."

말을 마치고 크게 웃었다. 주인과 손님이 함께 즐기며 날이 저물자 촛불을 밝히고 저녁상을 올렸다. 관복야가 웃으며 말했다.

"중매는 값이 있다는데 나는 공연히 중매하느라 싸돌아다니며 내 양식 들여 먹고 분주하니 억울하구나."

윤처사가 웃으며 말을 받았다.

"갈수록 텁텁한 말 마시게. 지위가 재상이오, 대대로 공후의 장손으로 수천 간 넓은 집과 수만 전답에 황제께서 주신 녹이 후한데 이밖에 또

무엇이 부족하여 중매 값을 걷는가? 내 비록 가난하고 한미하나 관례 대로 중매한테 주는 수고비와 오늘 밥값은 후하게 주겠네."

관복야가 꾸짖어 말했다.

"내가 술에 취해 잔말에 대답하지 못하니 후에 기다려 볼 것이네."

주인과 손님이 크게 웃고 헤어졌다.

이때 관흥의 기특함이 날로 새로워 온 집안사람들이 귀하게 여기는 것이 비길 데 없었다. 하루는 그 모친이 목노공 부부와 목사마 부부를 뵙고 오라 했다. 관흥은 목부로 가서 목공 부부를 뵙고 말씀을 나누었다. 이때

목사마의 둘째 아들 영문은 나이가 7세였다. 밖에서 동네 어린아이와 서로 다투어 치고 싸우다가 영문이 돌로 이웃아이의 머리를 쳤다. 머리가 깨져 피가 나자 그 아이가 머리를 움켜지고 거칠게 욕하며 자못 요란했다. 그 아이의 여러 형제가 나서서 크게 싸웠다. 영문은 얼굴을 맞아 코에 피가 흘렀다. 목사마의 큰 아들 희문은 임유린에게 공부를 배우느라 집에 있지 않았다. 영문은 집안 어른들이 알까 두려워하며 울었다. 하인이 이

를 알고 놀라 급히 영문을 구하여 어른들께 아뢰었다. 목노공 부부가 비
단조각으로 흐르는 피를 닦으며 달래기를 마지않았다. 모친은 화가 나
꾸짖었다.

"네가 조용히 있으면서 글이나 읽을 것이지, 놀기만 좋아하여 몸이 상
하고 욕이 어버이에게 미치니 이것이 상놈의 버릇이지 선비 집안 자제
(子弟)가 할 짓이냐?"

영문이 본래 철이 없고 사리(事理)에 어두워 어리광 부리는 것이 심했
다. 문득 화를 내어 얼굴을 붉히며 말했다.

"사람마다 글 읽어 착할 것 같으면 공자님 시절에 도척(盜跖)이 어찌 있
었습니까? 요즘에는 몹쓸 것도 조금 있으니 그 현명하고 착한 것이나
어리석고 악한 것이 어찌 저마다 착하기 쉽겠습니까?"

말이 아주 불손했다. 관흥이 자리에 있다가 어린아이가 이처럼 불초(不
肖)한 것에 어이없어 문득 정색하며 말했다.

"네가 비록 나이 어리나 옛사람이 말하기를 어진 일이 적다 하여 버리
지 말며 사나운 일이 많다 하여 행하지 말라 하였으니 이는 지당한 말
씀이다. 구태여 공자님의 성스러운 말씀을 버리고 도척(盜跖)을 본받느
냐? 몸은 부모님께 받은 것으로 지극히 귀하니 악정자(樂正子)는 발이
상하자 석 달을 근심하여 그 몸을 아꼈다. 혈육을 상하게 하여 피나는
것을 놀라지 않고, 어른이 근심하시고 숙모께서 염려하여 질책하시는
데도 후회하지 않으며 자식의 효도하고 순종하는 도리를 생각하지 않
느냐?"

말을 마침에 온화한 기운을 움켜잡고 있지만 언사(言辭)는 정대했다.
목노공 부부가 기특히 여겨 나오게 하여 손을 잡고 등을 두드리며 칭찬했

다.

"가히 군자성현(君子聖賢)로구나. 임유린의 청정함과 네 모친 풍부인의
정숙한 덕으로 너같이 기이한 아들을 낳은 것이야 이상할 것 없으나 하
늘이 각별히 대단한 덕과 기특함을 너에게 내리셨으니 임씨 맑은 가풍
이 대대로 이어지겠구나."

30 관홍이 겸손히 감사하며 젠 체하는 태도가 없어 온전히 도학(道學) 높
은 선비의 노성한 태도였다. 사마부인이 칭찬하여 말했다.

"어진 조카의 도덕행실이 세상에 뛰어난 것이 이 같으니 기특하지 않
습니까? 영문도 오래지 않아 너의 부친께 공부를 배울 것이니 네가 경
계하여 가르치기를 바란다."

관홍이 감사하여 아뢰었다.

"숙모께서 저를 과히 칭찬하시니 부끄럽습니다. 여러 아우들이 아버님
께 공부를 배우는데 아버님께서 밝히 가르치시어 저희만 못하지 않을
것입니다."

사마부인은 고개를 끄덕이며 칭찬했다. 임관홍은 한동안 대화를 나눈
31 후 하직하고 돌아가려고 했다. 중헌으로 나오는데 문득 보니 영문이 화
가 나서 난간에 앉았다가 관홍이 나오는 것을 보고 눈을 흘기며 입속으로
중얼거렸다.

"요사이 대단한 학자며 참된 유학자의 행실을 다 들었는데 정말 우습
게 보이네. 백운자, 송계자의 높은 도덕이 그리 대단하여 부모님 주신
몸을 아끼고 중히 여길 줄 아는데, 집을 배반하고 사방으로 다니다가
불한당들과 어울리며 대낮에 머리를 풀어헤치고 옷은 벗은 체로 포박
당하여 복숭아 나뭇가지에 달렸을까? 요행히 우리 할아버지 덕에 죽기

는 면하고 거처 없이 싸돌아다니다가 인육점(人肉店)까지 갔다고 하며 32
그때 죽었더라면 저 꿀꿀한 성현군자는 어디서 낳을까? 내 흉 열 가지
가진 자가 남의 흉 한 가지를 본다 하더니 과연 그렇구나. 제 아비 젊었
을 때 망극한 데 이르렀던 소문도 못 들었나 보네."
함께 놀던 아이가 물었다.
"누가 그리 변했다 합니까?"
영문이 웃으며 손가락질로 관홍을 가리키며 말했다.
"저 착한 공자의 부친이 예전 그러했는데 이제는 잘못을 깨달았다 하
더구나."
아이가 또 물었다. 33
"그 말은 옛 일이고, 공자께서는 후에나 태어났는데 어찌 그리 자세히
아십니까?"
영문이 대답했다.
"어느 날 성추밀이 이르러 할아버지와 말씀을 나누시는데, 임상국 집안
의 모든 일을 기록한 것을 가져와 보며 성현공과 숙렬비의 평소 효성과
절의를 이야기하는 가운데 백운자의 어렸을 적 잘못이 드러나더구나.
이리하여 숙렬비 일기를 논의하여 잘잘못을 가릴 때 들었단다."
아이가 가만히 웃으며 말했다.
"몰랐는데, 임공자는 남을 시비하지 못할 만합니다."
관홍이 어찌 못 알아들었겠는가? 속으로 생각했다. 34
'아버님께서 자신을 질책하시는 일이나 저번에 나에게 이러이러하게
경계하신 일단과 그때 하신 바가 반드시 이유가 있을 것이라 여기며 내
아주 이상했지만 이유를 여쭙지 못했다. 이 아이가 나를 비웃는 말이

이상하지만 물어보기는 적절치 않으니 돌아가 우리 집 일기를 얻어 보
는 것만 못할 것이다.'

하고는 집으로 돌아와 웃어른을 뵙고 저녁상을 물리자 저녁문안을 마치
며 부친께 아뢰었다.

35　"오늘 머리가 아주 아파 여러 사촌 형제들과 함께 잠자리를 모시지 못
하겠습니다. 홀로 서재로 가 조리하고자 합니다."

임유린은 아들의 행동이 일마다 신중한 것을 알기 때문에 그러리라 여
기며 허락했다. 관홍은 감사하며 물러났다. 그러고는 집안 기록을 관장하
는 노파 육계량을 조용히 만나 말했다.

"그대가 사환으로 관장한다지? 일기 가운데 알아볼 일이 있으니 어른
들께는 아뢰지 말고 옛날 일기 베낀 것을 오늘밤 잠시 빌려주게."

육계량은 천인(賤人)이지만 성실하고 이치를 깨우친 데다 문자에 능했
36　다. 그래서 태부인 아래 있으면서 날마다 집안일을 기록했다. 이날 관홍
공자가 홀연 일기를 찾는 것을 보고 주지 않을 수 없었다. 궤를 열고 십여
권 가록(家錄)을 내어주자 관홍이 재삼 당부했다.

"존당께서 아시면 어린아이 실없다 하시며 질책하실 것이니 그대는 입
밖에 내지 마라."

육계량이 응낙했다.

"내일 아침 일찍 가져오십시오."

관홍은 대답 후 서당으로 가지고 돌아왔다. 숙직하는 서동에게 명하였
다.

"오늘 밤은 일찍 자려 하니 너희들은 장 밖에서 숙직하여라."

관홍은 바람이 꽤 분다며 병풍을 치게 하고 촛불을 밝힌 후 책마다 훑

어보았다. 앞에서부터 뒤로 가면서 집안 사적이 눈앞에 펼쳐졌다. 할아 ³⁷
버지 임상국과 태청선생 임한규가 처음에는 후손을 얻을 만했으나 성부
인은 병이 많고 허약하여 아이 낳기를 바라지 못했다. 위부인이 웅비(雄
飛)의 상서로운 별을 꿈꾸고 한 쌍 기린아를 낳은 것이 희린, 세린이었다.
큰아버지인 초왕 임희린을 할아버지 임상국께 양자로 보내어 부자간의
사랑이 지극하였는데 불행히도 성부인이 일찍 세상을 뜨고 여부인이 자
리를 물려받았다. 여부인은 지극히 총명하고 재주가 있으며 부녀의 덕행
을 갖추지 않은 것이 없었으나 전처의 자식을 시기하여 초왕이 어렸을 때 ³⁸
하늘에 통곡하는 아픔을 겪게 했다. 여부인은 자기 부친 임유린을 낳은
후 시기심이 뼈에 사무치도록 깊어지고, 자기 부친도 자라나 형을 시기하
여 모친의 악행을 도와 큰아버지 초왕은 온갖 고초를 겪었다. 큰어머니
주숙렬이 대통(大統)을 이은 후 부부의 비범함에 존당의 자애가 완전해지
자 이를 시기하였다. 태부인과 임상국은 여부인의 자애롭지 못한 것과 백
운자의 불초(不肖)한 싹수를 알고 편치 못한 때가 많았다. 그래서 여부인
에게 죄를 더하는 것이 잦아지고 백운자를 용납하지 않자 모자는 더욱 원
한이 깊어져 백 가지로 초왕 부부를 모해했다. ³⁹
　그러던 중 여부인의 조카 반년화가 초왕의 풍채를 흠모하여 갖은 수단
으로 여부인을 꾀어 구태여 임씨 집안으로 들어왔다. 반년화는 그 형 관
옥과 한마음으로 초왕의 박대를 한하여 한왕을 끌어들여 주숙렬의 정절
을 희롱하려 하다가 오히려 반년화가 한조의 창궐을 당하여 무수히 음란
한 짓을 한 것이며, 일이 발각되자 여노공이 한 그릇 독주로 음란하고 악
랄한 자취를 없애려 했는데 반년화가 도망쳐 한왕의 나라로 들어갔다가
여부인 모자와 마음을 합쳐 허다한 난리의 참혹한 이야기는 듣지 않아 알 ⁴⁰

것이니 다시 말할 것 없었다. 백운자는 스스로 지은 죄로 벌을 받아 형을 따라가 해치려 하다가 도리어 쇠사슬에 묶여 매를 맞고 욕을 당하며 복숭아 가지에 달려 깊은 산 끊어진 골짜기에서 죽게 되었는데 목지부가 구하여 근본을 자세히 묻고는 사람됨을 아름답다 여겨 사랑하며 의붓딸 풍부인과 혼인을 시켰다. 그런데 또 성명을 숨긴 채 형을 시기하고 모함하려

41 는 뜻을 이루고자 골몰하면서 사방으로 분주하여 망측하고 언짢은 일들을 눈앞에 벌였다. 집안의 화란이 진정되어 반관옥 등이 극률(極律)을 당하여 죽고 여부인이 집에서 쫓겨날 때 백운자는 진퇴를 정하지 못한 채 집이 있으나 돌아오지 못하고 사방으로 정처 없이 방황하다가 잘못하여 인육 가게에 붙잡혔다. 몸을 돌판 위에 얹고 한 통 물로 깨끗이 씻긴 후 한 점 고깃덩이가 될 지경에 처했다. 그 괴수가 연한 가죽을 어루만지며 이리저리 재어 혹 가죽을 벗기자 하기도 하고 혹 연하고 희니 튀기자며

42 마늘과 양념을 두드리며 토막을 치려 하여 반생반사(半生半死)한 것은 묻지 않아도 알 것이었다. 한 순간의 급한 목숨이 또 어찌하다 깊은 산 큰 호랑이 발에 차이는 고깃덩이로 험난한 골짜기에 버려졌고, 인육 가게에서 놀란 넋이 호랑이 밥이 될 것을 또 어찌하여 조화옹의 수다스러움으로 전쟁터에서 이기고 돌아오는 그 백부 초왕의 천군만마에게 구조되었던 것이다.

이때 백운자의 망극한 상황을 보았다면 백 년 원수라도 마음이 움직일 것인데 하물며 효성스럽고 우애 있는 초왕이겠는가? 슬프고 분함을 참지

43 못하고 허다 날카로운 것으로 흉적을 찾아 없애고 원수를 갚으며 아우를 사지에서 구하여 돌아와 지성으로 구호하며 어른들께 피눈물로 간청하여 모친과 아우의 죄를 용서받아 마침내 인륜을 온전히 하였다. 여부인과 백

운자가 잔악하고 포악하나 이때를 당해서는 군자숙녀에게 감화하여 굴복했던 바가 눈앞에 펼쳐져 있었다.

관홍이 차례로 훑어보기를 명백히 하다가 이 대목에 이르러서는 목 놓아 눈물을 흘리며 얼굴을 가리고 울어 기가 막혔다. 한참 후에야 정신을 차리고 차마 다시 보지 못하여 거두어 놓고 부친의 젊은 날의 잘못을 상상했다. 효자의 간담(肝膽)을 베는 듯, 가슴을 어루만지며 통곡하여 말했다.

"할머님과 아버님의 지난 날 잘못이 이 같으실 줄은 참으로 뜻밖이다. 내 어리석어 이런 곡절을 모른 채 때때로 아버님께서 슬퍼 상심하시는 것을 장수에 해로울까 근심하였으니 원래 이런 일이 있었구나. 내 아버님의 깊은 뜻을 모르고 지난 번 나의 입신을 허락하지 않으시는 것을 너무 겸손하신 것으로 알았으니 원래 이런 사연이 있어서였네. 내 까마득히 모를 때는 명예와 이익에 마음을 두었지만, 안 후에야 어찌 차마 공명(功名)에 몸을 머물러 동류들의 비웃음을 사는 농담거리가 되겠는가? 이로부터 기산영수(箕山潁水)의 자취를 이어 칼산 지옥으로 숨어드는 것이 나의 도리일 것이다."

이렇게 생각하자 강개한 눈물이 샘솟듯 하였다. 슬픈 마음을 가누지 못하여 이 밤 잠을 이루지 못한 채 날이 새도록 울어 하룻밤 사이에 풍채가 변할 정도였다. 이러구리 동이 틀 무렵이 되자 집안사람들이 알까 두려워 빨리 일기를 수습하고는 날이 밝기 전에 가져다 육파랑에게 전했다. 육계량이 아직 일어나지 않았다가 놀라 말했다.

"어찌 이리 일찍 가져오셨습니까?"

관홍이 대답했다.

"일기를 가져갔던 것을 집안이 알게 마라."

육계량은 웃으며 말했다.

"늙은 저와 공자가 아니면 누가 알겠습니까?"

관흥이 다시 서재로 돌아왔는데 눈 뜨기가 거북하고 아마도 얼굴이 평소와 다른 듯했다. 거울을 들어보니 눈두덩이 붓고 슬픈 안색에 눈물 자국이 얼굴 가득했다. 깜짝 놀라 세수를 했으나 평소 같지 않았다. 어른들이 놀라실까 두려워 아침에 병을 핑계대고 시동을 시켜 어른들께 죄를 청했다. 존당이 놀라 말했다.

"어제 멀쩡하던 아이가 밤새 어디가 아프냐?"

시동이 대답했다.

"밤에 굳이 앓으신 곳 없이 잠자리에 들었으니 편치 않으시나 대단하지는 않으신가 합니다."

그러나 존당은 염려하기를 마지않고 여러 사촌 형제들도 놀라 모두들 급히 문병을 왔다. 관흥은 이불로 얼굴을 가리고 누워 말했다.

"대단치 않으나 두통이 심해 얼굴이 부었습니다. 눈뜨기 불편하나 큰 상관없습니다. 여러 형제들은 요란히 굴지 말고 존당께도 이대로 아뢰어 근심을 돕지 말아 주십시오."

여러 공자들은 관흥이 제 입으로 대단치 않다 하나 얼굴을 들지 않는 것을 이상히 여겼다. 그래서 여럿이 한꺼번에 나아가 위력으로 이불을 열어보았다. 과연 관흥의 두 눈두덩이가 부었는데 눈물 자국이 조각조각인 것이 밤새도록 울고 씻은 얼굴 같았다. 여러 공자가 걱정하여 말했다.

"원문아, 네 양친이 계시는 경사 가운데 여러 사촌 형제들이 즐비하니 즐거움이 지극한데 무엇이 슬퍼 얼굴에 근심의 기색이 가득하고 두 눈은 부었느냐?"

관흥은 눈가에 물기가 가득하니[170] 갑자기 무엇이라 하겠는가? 다만 여덟 무늬가 있는 눈썹 가[171]에 근심어린 기운을 모은 채 말이 없었다. 여러 사람들이 급히 묻기를 마지않았다. 관흥의 셋째 아우 우흥은 나이 6세인데 사람됨이 호기롭고 활달하였다. 문득 웃으며 말했다.

"형님께서 무슨 이유로 부모님이 모두 살아계시는 경사 가운데 형제들이 또 번성하고 부귀함이 지극할 뿐만 아니라 이미 남교(藍橋)의 기약[172]이 멀지 않아 있으니 오래지 않아 성덕을 갖춘 현숙한 아내를 맞으실 것인데 무슨 일 눈물 흘릴 설움이 있으십니까? 아니 어제 목씨 집안에 가시더니 무슨 변괴를 보았거나 누구 앞에서 핀잔을 들으셨는가 싶습니다."

50

관흥은 어린아이의 언변이 유려함을 기특히 여겼다. 그러나 자기의 근심을 다시 이를 것은 아니라고 생각해 한동안 말없이 있다가 말문을 열었다.

"그 말도 일리가 있다. 그제께 목씨 집안에 갔다가 어머님의 친부모님께서 돌아가시어 어머님은 어려서 일찍 부모님을 잃으신 후 친척 하나 없이 혈혈단신으로 다른 집안에 수양딸이 되신 사연의 전후를 들으니 사람의 아들로 참을 수 없는 아픔이었다. 그러나 그 슬픔으로 병이 되도록이야 하겠느냐? 쓸 데 없는 염려와 잔소리 마라."

51

---

170) 눈가에 ~ 가득하니 : {청존의 운위 만첩 하니}. 문맥을 살펴 옮김.
171) 여덟 ~ 가 : {팔쳐쌍궁미}. 팔채(八彩)는 순임금의 눈썹에 여덟 가지 무늬가 있었다는 데서 기원하여 제왕의 눈썹을 가리킴. 쌍궁미는 두 눈가를 뜻하는 것으로 보임.
172) 남교(藍橋)의 기약 : 남교(藍橋)는 섬서성(陝西省) 남전현(藍田縣) 동남쪽에 있는 땅으로 당나라 때 선인(仙人) 배항(裵航)이 운영(雲英)을 만난 곳임. 따라서 남교(藍橋)의 기약은 부부 인연의 약속을 의미하는 것임.

여러 공자들이 관흥의 효성은 하늘이 낸 것인 줄 알기 때문에 참으로 그런가 여겼다. 여러 공자가 물러가 태부인을 뵙자, 태부인이 물었다.

"관흥의 병세가 어떠하더냐?"

계흥 등이 대답했다.

"관흥이 특별히 아픈 데는 없는 듯합니다마는 두 눈이 붓고 얼굴에는 눈물 흔적이 뚜렷하여 속에 근심이 가득한 기색이었습니다. 저희들이 문병하였으나 대답이 이러저러하여 아픈 것이 대단치 않아 하루 정도만 조리하면 일어날 것이라며 할머님께도 이대로 고하라 했습니다. 다만 아주 슬픈 기색이어서 유흥이 또 이리저리 물었는데 관흥의 대답은 이러저러하여 그저께 목씨 집안에 갔다가 우연히 제 외조께서 일찍 돌아가신 사연과 풍숙모가 의탁할 곳 없이 혈혈단신이었던 옛 말을 듣고 아들 된 자로 마음이 아파 자연히 안색에 나타난 것이라 했습니다."

태부인이 다시 말했다.

"관흥은 어질고 효성스러운 아이다. 그 어미가 어려서 부모를 잃고 고생한 것을 듣고는 지극한 효성을 가진 아이가 마음아파 하는 것은 이상한 일이 아니지만 그 때문에 병이 되었느냐?"

임상국이 한참을 생각하다가 아뢰었다.

"풍씨 며느리가 혼자 의탁할 데 없었던 것은 예전부터 안 지 오래인데 관흥이 어려서부터 몰랐던 것이라고 새로 슬퍼하며 병이 나도록 하겠습니까? 이 까닭이 아니고 반드시 제 아비의 어려서 잘못을 얻어들은 것이 있는 듯합니다. 유린의 해괴망측했던 일들을 어디 가 듣고 너무 부끄러워 슬퍼한 탓에 아직 어린아이 병이 난 것인가 싶습니다."

태부인도 그럴 듯하여 고개를 끄덕였다. 태자소부 임유린이 모시고 섰

다가 부친의 말씀을 듣고 바야흐로 아들의 병의 원인을 깨달았다. 새삼
자신의 젊었을 때 잘못과 실성한 듯 도리에 벗어난 짓을 하여 하마터면
인륜의 죄를 범하고 세상에 다시 서지 못할 번했던 것을 생각하자 심골
(心骨)이 떨렸다. 사람의 아들 된 자라면 평범한 이라도 들으면 놀랄 것인
데 하물며 관흥은 하늘이 각별히 임씨 집안의 맑은 덕을 밝히고 그 아비
의 과오를 씻으려고 내리신 지극한 효자이니, 관흥이 그저께 목부에 갔다
가 홀연 이 상황이 벌어졌으니 반드시 연고가 있음을 묻지 않아도 알 것
이었다. 임유린의 총명하고 달통한 식견으로 여러 조카들이 전하는 말과
부친의 말씀을 듣고 어찌 사무치지 않겠는가? 지난 일은 진실로 미치고
기괴하여 하마터면 폐륜을 할 뻔했고, 이제 오랜 세월이 지나도록 효자의
지극한 아픔이 되게 한 것이 스스로 참담하여 두 눈에 슬픈 기색이 은은
하고 안색이 변한 것을 깨닫지 못했다.

이윽고 문안을 마치자 초왕은 동생 임유린과 조카 관흥의 심사를 안타
깝게 여기며 이에 여러 아이들을 물리치고 홀로 독서재에 이르렀다. 두
시동(侍童)이 창 밖에서 분부를 기다리며 관흥은 홀로 방안에서 병을 조리
하고 있다 아뢰었다. 초왕은 특별히 기별하지 않고 문을 열고 방으로 들
었다. 방안에 각별히 병풍을 쳐놓아 인기척을 알 수 없었다. 다만 듣기에
관흥이 손으로 서안(書案)을 치고 탄식하며 우는 소리가 들렸다. 초왕이
천천히 병풍을 밀며 불렀다.

"조카야, 하룻밤 사이에 어디가 불편하기에 늦더위가 찌는 듯한데 방안
에 병풍을 쳐서 열기가 겹겹이 둘러싸는 것을 생각지 않느냐?"

관흥 공자가 이때 요 위에 베개를 베고 누워 부친의 지난 날 잘못과 몸
이 위태했던 흉한 참화를 생각할수록 뼈가 녹고 살이 저린 듯 차마 이기

지 못할 것 같았다. 비록 존당의 간절한 우려와 여러 사람들이 이상하게 여길 것이 민망하여 억제하고자 하나 어려웠다. 셀 수 없는 두 눈물을 옷과 이불에 떨구며 탄식했다.

"부친의 지난 잘못이 이 같으시니 차마 사람의 자식으로 듣고 볼 바 아니다. 내 나이 어리고 어리석어 아버님께서 무단히 세상 명예를 기피하시어 때때로 자책하시고 슬퍼하시며 칼산에 숨어들지 못하시는 것을 한스러워 하시는가 이상하게만 여겼다. 그러고는 생각하기를 사람이 세상에 나 양친이 모두 계시는 기쁨 가운데 형제가 번성하고 집안의 질서를 바로잡을 숙녀를 맞아 화락하고 자녀 또한 반듯함은 사람마다 원하지만 다 얻지는 못하는 것으로 남자가 바라는 바 영화로운 즐거움이고, 더불어 입신양명(立身揚名)하여 부모님을 드러내는 것은 대장부의 통쾌한 일인데 아버님께서 이미 지극한 환락을 겪으시고도 오히려 세상살이를 뜬 구름같이 여기시는 것을 깨닫지 못하여 아버님께서 이 같은 근심을 품고 계신 것을 알지 못했으니 어찌 불초(不肖)하고 불민(不敏)한 것 아니겠는가?

내 마땅히 성현(聖賢)을 스승 삼고 만고의 어진 신하와 열사(烈士)의 충의(忠義), 직절(直節)을 본받아 입신양명하고 임금을 섬기며 나라에 충성을 다하며 음양(陰陽)을 맡아서 춘하추동의 변화를 순조롭게 하는 덕화를 펼쳐 만고의 어진 신하, 이름난 재상의 뒤를 따르고자 했는데, 어찌 부친의 실성한 듯했던 허물이 온 도성의 기록 여기저기에 남아 어린이들과 분주히 쫓아다니는 하인들이 주목하여 손가락질하는 이야깃거리가 된 것을 내 알지 못한 채 출세하려 했다면 한갓 아버님의 불명예를 도울 뿐 아니라 내 반평생 처신이 아주 끝장날 일이었구나."

또 한바탕 길게 통곡하고는 말했다.

"안타깝고 안타깝구나! 나 임관홍이 조상의 음덕을 입어 품성과 기질이 결코 하등이 아닌데 인생살이를 판단함이 이 같으니 세상에 한없는 설움과 애달픔을 머금어 어찌 머물겠는가? 부모님이 주신 몸을 차마 칼에 던지고 밧줄에 매달지는 못하겠지만 진실로 밝은 세상에 머무는 것은 부끄러운 일이니 차라리 머리 깎고 세상을 버려 속세 인륜을 끊고 세상살이 욕심도 버린 채 길이 불승의 제자가 되어 자취가 사해(四海)를 떠돌며 허다한 아픔을 잊고 싶구나. 그러나 존당과 부모님이 허락하실 61 리 없으니 내가 속절없이 근심만하다가 병들어 죽겠구나."

이같이 실성통곡하여 목전에 서러울 것 없는 듯, 구곡간장(九曲肝腸)이 마디마디 끊어지고 가슴속에 울화가 치밀어 스스로 소리 나는 것을 깨닫지 못했다. 그러니 어찌 인적이 있는 것을 알았을까?

홀연 병풍을 걷으며 백부 초왕이 조카를 부르고 들어왔다. 관홍이 엉겁결에 크게 놀라 황급히 비단 이불을 밀치고 일어나 앉았다. 그러나 갑 62 자기 슬프고 참담한 안색을 어찌 잘 감출 수 있겠는가? 살펴보니 푸른 구름 같은 머리칼은 어지럽게 달 같은 이마에 눈같이 뽀얀 귀밑털을 덮었고 가을 물결 같은 눈빛과 봉황 같은 눈에는 눈물이 어리었으며 얼굴에는 눈물 흔적이 자욱한 것이 슬픈 기색 가득했다. 두 눈이 붓도록 울었으니 하룻밤 사이 모습이 확 변했고 옥같이 아름다운 얼굴이 수고롭고 근심이 무거운 것을 묻지 않아도 알 만했다. 초왕이 한 눈에 문득 기쁘지 않아 넓은 이마를 찡그리며 자리에 앉았다. 그러고는 한동안 말이 없다가 물었다.

"네가 하룻밤 사이에 무슨 병이 있기에 존당께 큰 근심을 끼치며 또 무 63 슨 이유로 존당과 부모 있는 어린아이가 무슨 설움이 있어 하룻밤 사이 저토록 슬퍼하여 두 눈이 붓도록 울기는 또 무슨 일이냐? 너의 행실이 몹시 이상하니 이 어찌 평소 너의 돈후(敦厚)하고 인자하던 성품과 다른 것이냐? 아까 계흥이 전하는 말을 듣고 혹 어린아이가 잘못 전하는 것인가 싶어 직접 알아보고자 왔는데 참으로 너의 거동이 이상하구나. 내가 의아함을 이기지 못하겠구나."

64 관흥이 머리를 조아리고 말씀을 듣다가 이에 이르러 무엇이라 대답하겠는가? 차마 바로 고하지도 못하고 갑자기 꾸며대기도 어려워 머리만 조아린 채 머뭇거리며 안색이 붉어진 채 쉽게 대답하지 못했다. 초왕이 정색하고 말했다.

"네가 어리지 않고 또 용렬하지도 않은데 어찌 내가 묻는 말에 쉽게 대답하지 않느냐? 속된 상것들의 아비와 숙부를 차등하는 법을 배웠느냐?"

관흥이 이 말을 듣고는 황공하여 떨기를 이기지 못한 채 황망히 머리를 조아려 죄를 청했다.

65 "어린놈이 실로 불초하고 어리석습니다. 그저께 우연히 어머님께서 입양되었던 목씨 집안에 갔다가 목씨 아이가 이러이러하게 철없고 불초(不肖)하여 꾸짖었다가 욕을 보고 지난 날 집안의 변고를 대강 듣게 되자 마음이 차고 뼈가 놀랐습니다. 그래서 자연히 상심하기를 과히 하여 병이 들었으나 본래 병이 아니니 어찌 존당께 근심을 더하겠습니까? 백부께서 물으시는 것을 홀대하는 것이 아니라 갑자기 사정을 바로 고하지 못한 것입니다. 어린 제가 차마 지난 일을 들은 대로 다 아뢰

66 지 못하나 백부의 밝은 안목으로 어찌 어린 저의 한 마디 마음을 헤아리지 못하시겠습니까? 어린 제가 과연 지난 일을 듣고 진실로 세상살

이 욕심이 없어졌는데 아는 것이 없고 생각이 어두워 능히 좋은 도리를 생각지 못한 채 한갓 애만 태웠습니다.

옛날 태백(太伯)과 우중(虞仲)[173]이 단발에 문신을 하고 평산으로 돌아갔으나 주씨 가문의 빛을 퇴색시킴은 없었습니다. 엎드려 바라건대 큰아버지께서는 어린 저의 마음을 살피시어 존당께 아뢰어주십시오. 제가 없던 것으로 여기시어 허락하도록 못하시겠습니까? 그렇지 않으면 저는 구곡간장(九曲肝腸)에 붙는 불을 끄지 못하고 노심초사하는 넋이 될 것입니다."

67

말을 마쳤는데 눈물이 얼굴에 가득하고 목소리는 오열했다. 초왕이 그 진정을 듣고 아주 애련하며 또 지난 일이 떠올라 역시 봉황 같은 얼굴에 슬픈 기운이 감돌았다. 관홍의 손을 잡고 슬피 일렀다.

"지난 일을 생각하면 나 또한 오래도록 마음이 차고 뼈가 놀라운데 네 말을 들으니 사람의 자식 된 자로 지극한 효성에 어찌 놀랍고 슬프지 않겠느냐? 그러나 지난 일이다. 다시 제기하는 것이 마땅치 않고 또 너의 아비가 잘못을 뉘우친 덕이 아름다우니, 잘못을 뉘우치는 것은 성인 (聖人)도 허락하신 바이다. 어찌 후세 사람들이 홀로 너의 아비가 잘못을 뉘우쳐 본성을 회복한 덕을 이르지 않고 한갓 한때의 덕을 잃은 것을 빙자할 것이라고 어린 것이 망령된 말을 하여 무단히 인륜을 어지럽히고 조상의 버린 사람이 되고자 하느냐? 옛날 태백(太伯)과 우중(虞仲)은 계력(季歷)의 어진 덕이 이미 하늘의 뜻과 호응하고 백성의 뜻에 순종할 증상인 것을 알았고, 또 그래서 고공(古公)이 보위를 물려줄 뜻도

---

173) 태백(太伯)과 우중(虞仲) : 주나라 태왕(太王)인 고공단보(古公亶父)의 큰 아들과 둘째 아들로 다른 형제인 계력(季歷)과 그 아들 창(昌)이 왕위를 이을 수 있도록 형만(荊蠻)으로 옮겨가 야만인 행세를 하였음. 창(昌)은 후에 문왕(文王)이 됨.

있었던 것이다. 그러므로 식자(識者)와 철인(哲人)의 지혜가 한가지라, 태백(太伯)과 우중(虞仲)이 이미 위로는 천시(天時)를 알고 더불어 아비의 뜻에 순종하느라 머리 깎고 세상을 등져 어진 아우와 조카가 종통(宗統)을 받들고 조상을 현양(顯揚)케 하였는데 네가 처한 상황은 절대 이와 같지 않다. 그러니 네 어찌 사사로운 근심으로 이상한 말을 하느냐? 꿈에도 이런 말 같지 않은 말을 다시는 입 밖에 내지 마라. 네 아비 들으면 새로이 뉘우치고 슬퍼하는 불상사가 있을 것이니 그렇게 되면 너의 불초함이 어디에 미치겠느냐?

네 도리는 곧 지난 일이 부끄러울수록 더욱 행실 닦기를 금옥(金玉)같이 하고 뜻을 다잡기를 맑은 얼음같이 하여 몸을 닦고 도학에 힘써 명예와 이익을 피하고 기산영수(箕山潁水)의 고사(高士)가 되는 것이 옳으니 이것이야말로 참으로 조상의 맑은 풍조를 상하지 않게 하고 너의 아비 어릴 적 잘못을 씻는 것에 더욱 좋아 금상첨화(錦上添花)일 것이다. 그러니 어찌 인륜도 저버리고 세상도 등진 태백(太伯)과 우중(虞仲)을 본받겠느냐? 이 생각은 절대 불가하니 다시 말하지 마라. 네 아비가 들으면 더욱 부끄러워하고 슬퍼할 뿐만 아니라 제수씨도 본래 슬픈 인생으로 양친을 일찍 잃고 형제며 다른 종족도 없이 남의 가문에 의탁하여 구차하게 천륜을 빌어 자랐고 또 결혼하여 너의 아비를 만난 후 초년에 고생스레 팔자가 사나워 하마터면 일생을 마칠 뻔했다. 그러니 그때에 그 근심하느라 애태워 죽고자 했던 마음을 오히려 지금 너의 심정에 비하겠느냐? 그러나 오히려 지혜가 원대한 덕분에 어진 덕이 능히 공강(共姜)174)의 내조를 본받고 아름답게 시집으로 돌아와 너의 아비가 바

---

174) 공강(共姜) : 위(衛)나라의 제후의 공자 공백(共伯)의 처. 공백이 일찍 세상을 떠나자 공강은 굳

른 길로 돌아가고 부부의 큰 인륜을 완전케 하여 너를 비롯한 여러 자녀를 두었고 요행으로 너의 아름다운 기질과 어진 행실이 너의 아비 어렸을 적 미친 듯 방탕함을 씻을 만하다."

관홍이 아뢰었다.175)

72

"세상을 버릴 뜻이 있었는데, 큰아버님의 일월(日月) 같은 밝은 헤아림이 저의 마음속에 사무칩니다. 그러니 어찌 받들지 않겠습니까? 지금 이후로 성스러운 가르침을 정성스레 명심하여 잊지 않겠습니다. 그러나 저는 이미 세상을 벗어난 사람입니다. 차후 세상살이에 의욕을 끊을 것이니 엎드려 바라건대 큰아버님께서는 저의 한마디 마음을 깊이 헤아려 용납하시기를 바랍니다."

초왕이 기뻐하며 일렀다.

"너는 그저 행동하기를 반드시 삼가고 말을 함에 있어서도 반드시 살펴 언행을 도탑고 공손히 하여라. 요(堯)임금이 지극히 어지시나 소허(巢許)의 맑은 절개를 앗지 못하셨는데 내 홀로 너의 맑은 마음을 앗겠느냐?"

관홍이 기뻐 두 번 절을 올리고 명을 받들었다. 초왕은 재삼 어루만지며 경계하고 이같이 마음을 써서 병을 만들어서는 안 된다고 일렀다. 관홍은 황공하고 그 은혜에 감사하여 큰아버님의 저 같은 어짊과 효성, 덕행으로도 지난 날 젊었을 때 곤경을 당하신 것에 대해 새삼 애달파했다.

은 절개를 지키고 부모의 재가 권유를 끝까지 뿌리쳤음. 그러면서 그녀는 〈백주(柏舟)〉라는 시를 지어 자신의 굳은 지조를 나타내었음.

175) 관홍이 아뢰었다 : 전후로 원문의 일부 구절이 빠진 듯함. {녀부의 쇼시 광탕ᄒ미의 잇습더니}. 쪽수의 갈림을 전후로 하여 앞의 구절은 초왕의 발언이고, 뒤의 구절은 관홍의 발언으로, 문맥상 적절한 구절을 번역자가 삽입, 연결하였음.

차설. 관흥 공자가 또 아뢰어 말하였다.

"제가 특별한 병은 없으니 이제 일어날 것입니다. 큰아버님께서는 지나치게 염려 마십시오."

초왕이 기뻐 어루만지며 타이르고 나가자 관흥 공자가 시종을 불러 병풍을 걷게 한 후 머리를 빗고 낯을 씻고 나와 내당에 들어갔다. 비록 수척한 모습을 추스르긴 했으나 눈 근처가 퉁퉁 부었으니 어찌 감출 수 있겠는가. 초왕이 이미 존당에 들어와 관흥이 병이 난 까닭을 아뢰었기 때문에 존당 상하가 관흥을 어루만지며 애석하게 여기지 않는 이가 없었고 소부 임유린과 풍부인은 참담한 마음에 속이 상해 말이 없었다. 이윽고 여러 사람들이 다 돌아갔으므로 관흥이 어머니 풍부인을 모셔 홍운각에 이르렀다. 주위가 조용해지자 풍부인이 아들을 가까이 오라고 하더니 손을 잡고 얼굴에 슬픈 빛이 가득하여 긴 한숨을 쉬며 말하였다.

"네 어미가 전생의 악업(惡業)이 무거워 어려서 부모를 여의고 다른 친척이 없단다. 하루는 목대인176)이 우연히 순행 나가셨다가 네 아버지가 온 몸이 묶인 채 나무에 달려 있는 걸 발견하셨지. 그런데 묶인 이의 풍모를 칭찬하시고, 그 마음이 어질지 않기가 도척(盜跖)177)과 상(象)178)의 무리와 같은 줄 모르신 채 아름다운 기질을 지닌 이가 도적 같은 놈들에게 욕을 당하게 된 것인가 하여 데려와 관아에 머물게 하셨지. 그리고 사는 곳과 성씨179)를 물어보니 뜻밖에 이름 있는 큰 가문의 재상가 공

---

176) 목대인 : 목영. 풍부인을 길러준 사람.
177) 도척(盜跖) : 춘추시대 노(魯)나라의 큰 도둑 이름.
178) 상(象) : 순 임금의 이복동생으로, 아버지 고수(瞽瞍)와 더불어 순 임금을 죽이고자 시도했던 인물.
179) 성씨 : {근착(根着)}. 근착은 뿌리라는 뜻. 여기에서의 '뿌리'는 집안을 의미하므로 맥락을 고려하여 옮겼음.

자였단다. 비록 본래 성을 말하지는 않았지만 '여현양'이라 하고 여태사의 손자라 했는데, 여씨 집안의 혁혁함은 또한 사람들이 다 알고 있는 바였지. 이 같은 재상 가문에다가, 옥 같은 얼굴과 풍채가 결코 남보다 못하지 않았으니, 사광(師曠)의 총명[180]과 이루(離婁)의 밝음[181]이 있지 않고서야 누가 네 부친의 무지한 패륜적 행동이 도척과 같다는 걸 알았겠느냐? 드디어 나와 혼인하여 그 후로 허다한 흉악한 재난과 참담한 변을 겪고 지금에 이르렀으니 네 어미의 궁박한 운명을 어찌 헤아리겠는가?

4

예부터 여자에게는 삼종지도(三從之道)가 중요한데 네 어미는 어렸을 때 부모를 다 잃었으니 삼종의 첫 마디를 잃었고, 시집가서는 못난 네 아버지를 만나 삼종지도의 둘째도 헛되이 끊어졌지. 그러니 어찌 자식을 두어 뒷일을 기약할 수 있었겠느냐? 속절없이 일생을 생각해 보니 반평생 애쓰고 고생할 것이 아득하되 무지(無知)하게 하늘을 원망하며 결단하지 못하고 목숨을 겨우 보전하였단다. 하지만 궁박하고 원통한 원망이 어떠했겠느냐? 밤이면 밤마다 낮이면 낮마다 '하늘'을 부르짖으며 신세를 슬퍼했는데 요행히 하늘이 살피시고 하늘에 계신 부모님의 혼령이 도와주셨지. 그래서 네 부친이 갑자기 정신이 돌아와 선조(先朝)에게 돌아갔고 아버지에게 받아들여졌으며, 또 큰아버지 초왕의 지극한 우애와 자비로 감화함을 입어 흉악한 재난에 목숨을 보전하여 인륜

5

---

180) 사광(師曠)의 총명 : 춘추시대 진(晉)나라의 음악가인 사광(師曠)은 소리를 들으면 잘 분별하여 그 길흉의 화복을 잘 점쳤다 함. 『맹자(孟子)』 「이루(離婁)」 상(上) 편에 보면 "사광의 귀 밝음으로도 육률을 쓰지 않으면 오음을 바로잡지 못한다(師曠之聰, 不以六律, 不能正五音)."라는 말이 있음.
181) 이루(離婁)의 밝음 : 눈이 몹시 밝음을 비유적으로 이르는 말. 중국 황제(黃帝)때 사람인 이루가 눈이 밝았다는 데서 나온 말.

이 완전해졌지. 그러자 존당께서 바야흐로 네 어미[182]의 궁박한 신세를 안쓰럽게 여겨 다시 예로써 맞아 주셨단다. 시댁에 돌아오니 신세가 편안하며, 흐르는 세월에 차차 잊어가면서 자연스럽게 자녀를 낳았고 또 네 부친의 수신과 섭행이 지극하였으니, 이제부터는 네 마음을 잘 위로하여라. 비록 여러 자식이 있으나 지극한 관심은 네게 있단다. 네가 지금은 나이 어리고 속이 좁아 큰 것을 생각하지 않고 한갓 옛일을 재앙으로만 여겨 병이 나고 근심을 불러일으켜 망령된 행동에 이르니 어찌 얕고 가벼운 행동이 아니겠느냐? 네가 이제 태평한 집안에서, 할머니와 부모가 그 당에서 편안히 지내시고 여러 종형제가 번성하며 부귀영화에 싸여 지내느라고 지난날 일을 듣고 이렇듯 놀라니 네 어미의 지난 날 가르침이 있었나 싶으냐? 너는 이제부터는 변하여 마음을 열어 네 어미와 할머니께 걱정을 끼치지 마라."

풍부인은 말을 마치고 슬퍼하며 눈물을 흘렸다. 관흥 공자는 큰 효자였는데 태어나 처음으로 지난 일을 이야기하며 근심어린 어머니의 슬픈 모습을 대하니 효자의 마음이 장차 어떠하겠는가? 엎드려 말씀을 듣는데 아름다운 달에 저문 구름이 비치고 봉황 같은 눈에서 두 줄기 눈물이 흐르는 것을 깨닫지 못하더니 소매를 들어 쏟아지는 눈물을 훔치고 목소리를 편안히 하여 아뢰었다.

"어머님께서 말씀하신 것처럼 제가 진실로 어리고 속이 좁습니다. 제가 부귀한 데 태어나 호사로운 가운데 자라서 태어난 지 10여 년 동안 슬픔과 즐거움을 알지 못하다가 지난 이야기를 듣고는 몸과 마음이 놀랐습니다. 아들이 되어 참지 못할 정도이니 어찌 놀랍고 슬프지 않겠

182) 네 어미 : 관흥의 어미, 즉 본인 스스로를 가리키는 말.

습니까? 일의 형편을 생각지 못하고 한갓 슬픔을 참지 못하여 어린 마음에 세상에 나아갈 뜻이 없었는데 큰아버님의 가르침을 듣고는 제가 정말로 막힌 사람임을 깨달았습니다. 어찌 다시 걱정을 더하겠습니까? 바라건대 어머님께서는 걱정 마십시오."

말을 마치고 온화한 기운이 가득하니 온갖 불평을 없애 버렸다. 풍부 인이 아들의 효성이 일마다 이 같음을 사랑스럽게 여겨 온갖 걱정을 다 씻어내고 아름다운 뺨에 빛이 은은하게 되살아났다. 관흥 공자가 슬하의 남녀 동생과 놀며 어머니를 기쁘게 하고 잠시 후 물러나와 정심헌에 이르렀다.

아버지인 임유린이 침상에 누워 넓은 소매로 얼굴을 덮고 누워 있었다. 발걸음183)을 나직이 하여 옆에 서 있었는데 한참이 지났는데도 조금도 움직이지 않았다. 임유린은 스스로 자기가 그 때 한 일을 생각해 보니 무슨 일을 그토록 무도(無道)한 데로 잘못 들어가 이제 아들의 지극한 아픔이 자심한 것을 생각하자 절로 슬프게 느껴 말하였다.

"예부터 덕을 쌓아두어 그 음덕이 자손에게 미친다는 말이 있지. 그런데 나는 악업을 쌓아 자손에게 미치게 하니 아, 우리 조상의 이름 있는 가풍을 못난 내가 추락시켰구나. 진실로 나이 드신 할머님께 불효함을 생각하지 않는다면 이 몸이 어찌 이 세상에 머물러 자식에게 지극한 아픔을 끼치겠는가?"

이렇듯 상심하여 마음이 찢어지는 듯함을 참기 어려우니 가만히 흘리는184) 눈물이 푸른 바닷물에 더할 지경이었다. 생각에 잠겨 벽을 향해 있

183) 발걸음 : 족용(足用).
184) 조용히 흘리는 : {ᄀ만흔}. 'ᄀ만흔'은 '은연한, 은밀한' 등의 뜻임.

느라고 아들이 들어오는 (11)것을 알지 못했다. 관홍 공자는 아버지가 미동도 않는 것을 이상하게 여겨 나직이 나아가 보았다. 아버지는 흐르는 눈물로 베개를 적시고 있었다. 공자는 바야흐로 아버지가 종전에 자기 때문에 이렇듯 마음이 슬퍼졌다는 사실을 깨달았다. 공자가 자신의 불효에 놀라 봉황 같은 눈에 눈물이 그렁그렁한 채 손으로 아버지의 소매를 받들어 나직이 아뢰었다.

"못난 제가 벌써 들어왔는데 침상에 아버지께서 누워계신 걸 보고 잠이 드신 건가 하여 침상 옆에서 계속 모시고 있었습니다. 그런데 원래 잠들지 않으셨나 봅니다. 아버지께서 이렇게 슬퍼하시는 것은 못난 저의 죄입니다."

소부 임유린이 오랜 회포가 아울러 일어 아들의 온화한 소리를 듣자 비록 부자지간이나 놀라서 갑자기 몸을 돌려 흐르는 눈물을 거두고 눈을 들어 아들을 보았다. 관홍 공자가 편안한 목소리와 온화한 기운을 띠며 기쁜 표정을 지었으나 오히려 부은 눈이 작아져 슬픈 빛을 감추지 못하였다. 임유린이 한참 쳐다보다가 근심스럽게 탄식하며 말하였다.

"내가 못난 게 일마다 이 같아서 예전에 부모님과 형님에게 심한 걱정을 끼쳤는데 이제는 네게 지극한 아픔이 되게 하니 비록 지난 일이나 놀랍지 않겠느냐? 네 성품과 자질이 지중물(池中物)[185]이 아니고, 수신하고 의를 행하며 군자가 몸을 지니는 태도에 모자람이 없는데, 다만 아비를 잘못 만났구나. 그러니 네 아비의 사나움은 고수(瞽叟)[186]보다

---

185) 지중물(池中物) : 승천하지 못하고 못에 처박혀 있는 용을 말하는 것으로, 아직 뜻을 펴지 못한 영웅을 가리킴.
186) 고수(瞽叟) : 순(舜) 임금의 아버지로, 효자인 순을 죽이려 할 정도로 우매하고 선악을 구별할 줄 몰랐던 사람.

더한가 하여 슬퍼하는 게니, 어찌 네가 불효해서이겠느냐? 이는 다 내가 볼 데 없고 못나서 그런 것이다."

말을 마치고 슬프게 눈물을 머금었다. 공자가 아버지께서 새삼 자책하시는 것을 보고는 자기가 경망하고 속 좁아 부모에게 슬픈 마음이 들게 한 것을 백 번 후회하여 불효를 자책하였으나 어찌할 도리가 없었다. 머리를 두드리며 자기를 벌해 달라고 하며 말하였다.

"잘못을 뉘우치고 선하게 되는 것은 성인께서 허락하신 것입니다. 아버님께서 비록 지난날 덕을 잃어버린 행동을 하셨으나 이미 그 성품을 돌리셨습니다. 그러니 성인이 그 자리에 계셨더라도 잘못된 것이 없을 터인데 그 누가 감히 무엇을 바라겠습니까? 그렇지만 제가 나이 어리고 또 어리석어 할머님과 백부님께 걱정을 끼치는 게 더하였고 아버님께서 이같이 슬퍼하시니 제 불효가 어찌 크지 않겠습니까?"

소부 임유린이 참담한 마음으로 길게 한숨을 지으며 말하였다.

"이미 다 지나간 일이지만 생각할수록 놀랍구나. 진실로 산속에 숨어 살 뜻이 있지만 차마 부모님 곁을 떠나지 못하겠으니 너는 몸을 닦고 행동을 가짐에 네 아비의 반평생 더러움을 씻어, 훗날 사람들이 이르기를 백운자 유린이 젊었을 때 행한 비루한 행동은 도척에 견줄 만하나 그 아들 관홍은 그 아버지보다 나아서 삼은(三隱),[187] 사호(四皓)[188]로 일컬어져 아름다운 덕이 후세에 전해지게 하여라."

관홍이 순순히 절하고 다시 슬픈 빛을 나타내지 않았다. 다만 부모님

14

15

---

187) 삼은(三隱): 남조(南朝)의 송(宋) 때 주속지(周續之), 유우민(劉遺民), 도연명(陶淵明) 세 사람을 가리킴. 세 사람은 한가한 것을 좋아하여 벼슬아치들과의 교류를 피하였으며 자적하는 삶을 살았음.

188) 사호(四皓): 상산사호(商山四皓). 중국 진시황제 때 국란을 피하여서 섬서성 상산에 들어가 숨은 네 명의 은사를 가리킴. 이 네 명은 눈썹과 수염이 모두 하얗다고 하여 '사호(四皓)'라고 불렸음.

께 네 때 문안드리는 것을 제외하고는 한가롭게 노닐지 않고 고요하게 정심헌에서 아버지를 모시고 성리(性理)를 떠나지 않으며[189] 명예나 이익, 물욕 등에는 담담하여 소부(巢父), 허유(許由)의 맑은 절개와 사호 네 늙은 이와 이웃할 뜻이 매우 굳으니 아름답구나, 관홍이여! 비록 말세의 혼탁한 때에 태어났지만 높은 절개와 맑은 마음이 표표하게 속세에서 뛰어났다. 속[190]이 깨끗하므로 바삐 성현의 도를 따르고 신선 같은 풍모에 기이한 자질을 지녔다. 마치 넓은 가슴으로 속세를 벗어나서 떼배를 잘 탔던 장건[191]이 아니라면 난새를 타던 자진[192]이라 하겠다. 이십 명 종형제들 가운데 성학(聖學)과 진유(眞儒)의 맑은 도학은 관홍이 으뜸이었다.

할머니와 부모가 만금(萬金)처럼 소중하게 여기는 이로는 승상 창홍과 공자 관홍이 우뚝하였다. 승상은 임씨 가문의 맏아들로 중심이 되는 그릇이고 국가를 훌륭하게 보필하는 신하이니 가문과 국가에서 다 믿는 바이고, 관홍은 한낱 어린아이지만 맑고 높은 뜨거운 마음에는 소부·허유의 높은 절개를 지니고 있었다. 하늘이 이미 임씨의 맑은 덕을 빛내고자 내려주신 바이니 어찌 평범하겠는가? 온 집안에서 받는 신망이 승상과 같이 두각을 나타내었지만 다만 한스러운 바는 청운과 백운이 길이 달라서

---

189) 떠나지 않으며 : {뉴련[留連]}. 머뭇거리고 떠나지 않음.
190) 속 : {안히}. '안은 ㅎ 첨음어이므로 '안히'로 된 것임.
191) 장건(長騫) : {승수를 능후던 댱건}. 장건은 한무제(漢武帝)의 명에 따라 흉노족을 협공하기 위해 대월지(大月氏)와 동맹하고자 하였으나 중국과 월지국의 거리가 너무 멀다고 판단한 월지국 왕은 동맹을 거부하였음. 장건은 월지국에 가는 길에도 흉노족에 붙잡혔다 탈출했으며, 돌아오는 길에도 흉노족에 붙잡혀 10년 동안 포로생활을 하다 탈출에 성공하기도 하였음. 이 과정에서 그가 개척한 길은 훗날 실크로드로 명명됨. 그런데『형초세시기(荊楚歲時記)』에 의하면, 한무제가 장건으로 하여금 대하(大夏)에 사신으로 가서 황하(黃河)의 근원을 찾게 하였는데 그때 장건이 뗏목을 타고 가서 견우와 직녀를 만났다는 기록이 있음.
192) 자진 : 왕자진(王子晉). 주(周) 나라 영왕(靈王)의 태자. 중국 하남성(河南省) 언사현(偃師縣) 남쪽에 있는 구씨산 꼭대기에서 흰 학을 타고 가족과 작별한 뒤 신선이 되어 날아갔다고 함. 피리로 봉황 소리를 잘 냈다고 함.

관홍 같은 성현의 풍모로 명나라 황실을 보필하지 못하고 세상을 피해 기산(箕山), 영수(穎水)에 은거하게 된 것이니, 애석하구나!

이러저러하여 시간이 빨리 흘러[193] 어느 좋은 가을날, 임부에 잔치가 내려졌고 여러 공자, 소저들의 꽃다운 기약이 일시에 임박하였다. 이 잔치는 승상 연국공[194]이 서북을 평정하고 돌아오자 임금이 관태부인에게 은혜와 영광을 더하여 잔치를 내려주신 것이었다. 관홍, 진홍 등 네 명 공자와 숙혜, 유혜 등 두 소저 6명의 혼기가 임박하니 임부[195]의 성대한 잔치와 남녀 6인의 혼인은 예부터 내려오는 아름다운 일이었다. 저마다 장관을 구경하고자 모이니 임부의 장대함과 화려함은 기록하기 어려운 지경이었다. 천하 13성과 이웃 군현에서 올려 보내는 특산물을 다 셀 수 없는 정도였으니 맛있는 음식이 산 같고 물같이 쌓여 있었다. 흰 구름 문양의 햇빛 가리개는 하늘에 가득하고 수놓은 비단으로 된 앉을 자리는 햇빛에 비쳐 휘황찬란하였다. 그러나 남녀 손님들이 바삐 몰려오는 바람에 수천 칸이나 되는 임부의 넓은 집이 좁을 지경이어서 성관(星冠)이 닿아 비녀가 부러지고 칠보 장식이 떨어지기도 하였다. 이날 천자가 이원(梨園)[196] 궁중음악을 내려주시고 상방(尙房)[197]의 진귀한 것들을 내려 보내시니 은혜와 영광이 넓고도 넓었다.

오운전에 돗자리를 펴고 임상국 형제[198]와 초왕의 세 형제와 승상[199]

18

19

---

193) 시간이 빨리 흘러 : {백귀과극[白駒過隙] 니쉬 홀홀}. '백구과극'은 흰 망아지가 달리는 것을 문틈으로 본다는 뜻으로, 인생이나 세월이 덧없이 짧음을 이르는 말이고, '홀홀'은 '거침없이 시원스레 가는 모양'을 이르는 말임. '니쉬'는 미상이나 맥락 상 시간이 빨리 흐른다는 뜻으로 보임.

194) 승상 연국공 : 임창흥을 가리킴.

195) 임부 : {동인}. 동인(銅人)은 구리로 제조하여 궁문(宮門)과 묘문(廟門) 앞에 세웠던 동상으로, 맥락상 초왕이 사는 임부의 문 앞 동상 즉 임부를 가리키는 것으로 옮겼음.

196) 이원(梨園) : 당나라 현종(玄宗)이 속악(俗樂)을 익히게 하던 곳으로, 전하여 배우들이 소속된 곳을 이름. 궁중의 음악에 관한 일을 맡아 하던 곳.

197) 상방(尙房) : 궁궐의 각종 의복, 음식, 기물 등을 관리하는 곳.

등 아들, 조카 등을 거느려 여러 손님을 맞으니 황제의 친인척이나 재상, 제후가 아니면 옥당(玉堂)의 명사들이었다. 이날 내연(內宴)도 마찬가지로 성대하여 여부인, 위부인200) 두 부인이 중앙에 태부인201)을 모신 가운데 며느리와 여러 손자를 거느리고 손님을 맞았다. 이때 관태부인은 아흔 살이 다 되었는데 차분한 흰 치마에 흰 머리가 깨끗하여 높고 덕스러움이

20 그 자리를 진동하였다. 여부인, 위부인 두 부인이 옷차림을 단정하게 하고 시어머니를 모셨고, 주비와 한부인202)이며 효장공주와 소부인,203) 풍부인204) 두 사람이 옥패(玉佩)를 갖추어 시어머니를 옆에서 모시는데 모두 달 같은 용모, 신선 같은 풍채로 위아래를 다투어 막상막하였다. 모든 부인네가 딸과 며느리를 거느리고 왔는데, 못생기고 볼품없는 며느리는 감히 데려오지 않았고 그 중 미인이라는 소리를 들을 만하면 데려온 것이다. 모두들 칠보로 된 머리장식을 꽂고 단장을 각별하게 꾸미고 있었다. 각각 자기 집에서 볼 때에는 무산선녀(巫山仙女)처럼 아름다워 보여 그 어머니와 형제들이 말하였다.

21 "여동생의 아름다움이 저와 같으니 어찌 임가 잔치자리에서 미모를 다 퉈 제일 첫째 자리를 차지하지 못하겠는가?"

이렇게 말하고 와보았더니 임씨 집안 여러 사람의 복색과 거동을 보건대 다만 우물로 옥 같은 얼굴을 잘 씻고 예의에 따른 옷차림을 가지런히

---

198) 임상국 형제 : 임한주, 임한규를 가리킴.
199) 초왕의 세 형제와 승상 : 초왕의 세 형제는 임희린, 임유린, 임세린을 가리키며, 승상은 임희린의 맏아들 창홍을 가리킴.
200) 여부인, 위부인 : 여부인은 임한주의 부인이고, 위부인은 임한규의 부인임.
201) 태부인 : 임한주, 임한규의 어머니, 관태부인이라고도 함.
202) 주비와 한부인 : 임희린의 두 부인.
203) 효장공주와 소부인 : 임세린의 두 부인.
204) 풍부인 : 임유린의 부인.

했을 따름이었다. 나이 든 부인네는 푸른 치마, 비취색 적삼에 봉관(鳳冠)과 옥패뿐이고 젊은 부인네는 붉은 치마, 비취빛 적삼을 각자 몸매에 맞게 갖추었을 뿐이었다. 머리꽂이 사치와 장식물을 어지럽게 꽂지 않았고 머릿기름을 바르지 않았으며 연꽃 장식을 하지 않았으나 각자 물고기도 부끄러워 숨고 기러기도 부끄러워 떨어질 정도의 미모였다. 그러니 그 자리에 가득한 붉은 치마에 채색 윗도리 입은 이들이 모두 빛을 잃어 도리어 듬뿍 바른 머릿기름으로 윤나는 것이 마치 썩은 나무에 색칠을 해 놓은 듯하였다. 그 중 열적은 이들은 제 몸을 돌아보며 자부하던 마음이 상하여 괜히 왔다고 후회하는 이들이 많았다.

태부인이 이 날 상국과 초왕에게 명하여 말하였다.

"군씨205)가 비록 미천하나 인생이 불쌍하거늘 저가 죄 지은 바 없이 자식 때문에 별원에 내쳐진 지 이미 반년이구나. 하물며 오늘은 사람 사는 집의 경사스런 날인데 군씨 모자만 없으니 내 마음이 측은하다. 손자는 군씨 모자를 용서하여 오늘 잔치자리에 참여하게 하여라."

초왕 임희린이 절하고 명을 받들어 즉시 종을 보내어 군씨를 용서하였다. 군계 모자는 근심하던 가운데 심회를 이기지 못하여 군계는 인흥을 타이르고 자주 꾸짖었다. 군계는 여자라고는 하나 예전에 남자 복장을 하고 백만 군중을 왕래하던 사람이다. 그 위풍이 씩씩함은 장군 집안의 유풍(遺風)이었다. 아들 인흥의 허물을 꾸짖는 것이 매우 각박하고 엄숙하니 인흥이 두려워 자연스레 자책을 하게 되었다. 이제 소식을 못 들은 지 반년 만에 비로소 용서한다는 명을 얻으니 군씨 모자가 큰 기쁨을 이기지 못해 수레와 말을 수습하여 초궁에 이르렀다. 이날은 정히 성대한 잔칫날

---

205) 군씨 : 금화공주였다가 후에 군계부인으로 불림. 초왕 임희린과 혼인하여 서자 임인흥을 낳았음.

24 이라서 군씨는 취성전 계단 아래에서 죄를 청하며 아침저녁 문안을 못한 데 대해 사죄하였다. 군씨 또한 홍옥 같은 젊은 나이는 지났으나 조용하고 그윽한 기품이 결코 떨어지지 않았다. 구경하는 이들은, 헤어진 뒤 여러 달 만에 풍만하고 아름다운 기질이 급격히 줄어들고 온순하게 위축되었다고 몰래 수군대었다. 집에 가득한 손님들이 초왕의 첩이 이르자 기특함을 칭찬하였고 태부인이 기쁜 마음으로 몸을 일으키라고 하고 어루만져 사랑함이 극진하였다. 여씨, 위씨 두 부인도 흔연히 어루만져 사랑하고 주비 등 동서 네 명이 다 면면마다 위로하니 군씨가 감히 당에 오르지

25 못하였다. 인흥은 감히 들어오지 못하고 문 밖에서 벌 받기를 기다렸다. 종이 상국 임한주에게 아뢰었다.

"서자 인흥이 감히 들어오지 못하여 문밖에서 대죄하고 있습니다."

상국이 초왕을 돌아보며 말하였다.

"인흥이 어찌 새삼스레 잘못을 비느냐? 부자의 천륜은 귀천이 없음을 네가 생각하지 못하느냐? 지난 날 나는 유린 모자를 용서한 일도 있다. 군씨가 비록 미천하나 여씨와 같은 지나친 잘못은 하지 않았고 인흥의 행사가 불미스러우나 또 유린같이 본 데 없는 패륜을 행하지는 않았으

26 니 네가 사람 다스리는 것이 지나친가 한다."

초왕이 말씀을 듣고 시름 많고 정신이 어지러워 대답하였다.

"예부터 과오를 뉘우치고 선을 가르치는 것은 성인의 가르침입니다. 어머니와 아우가 예전에 실덕(失德)한 일이 있으나 이제 이미 잘못을 뉘우치고 선에 힘써, 어머니의 훌륭한 덕과 아우의 맑은 덕과 높은 절개를 사람마다 칭찬하고 기리는 바입니다. 아버지께서 간간이 말씀하시니 한갓 제 심사가 불안한 뿐 아니라 관홍의 여러 남매들도 예전에 자

기 아비가 저지른 과실을 알면 어찌 불안하지 않겠습니까? 엎드려 바라건대 아버지께서는 이 말씀을 다시는 마십시오. 군녀 모자의 경우는 허물이 크지 않으나 저의 처지가 천함을 생각하지 않고 범사에 방자함이 심하니 만일 엄히 다스리지 않는다면 천한 자식이 조상의 명예를 추락할까 하여 다스렸던 것입니다. 이미 존명을 받들어 용서했거늘 천한 처지로 어른의 사랑을 알지 못하고 갈수록 모질고 거만하여 거짓으로 두려워하는 체하고 오늘 성대한 모임으로 어수선한 것을 알면서도 여기에 이르니 몹시 이상하고 놀랍습니다."

상국이 미소 지으며 말하였다.

"네가 예부터 음모를 꾸미는 나쁜 동생을 두둔하고 보호하여 아버지의 말을 따르는 도를 잃은 적이 있었으니 이 짐짓 여씨 부인의 효자라고 하겠구나. 그러나 인홍의 앞날도 역시 가문의 운에 달렸으니 저만 책할 바는 아니다."

왕이 두 번 절한 후 명을 받들고 종을 시켜 인홍에게 말을 전하였다.

"못나고 천한 것이 방자하여 그 죄로 가둔 것이니 갑자기 용서할 뜻은 없었는데 오늘 잔치는 집안의 경사라서 존명으로 용서를 내린 것이다. 그랬거늘 어찌 고집을 부려 여기에 이르렀느냐? 너의 자취가 존귀한 손님 안전에 번거롭게 하지 못하리니 모름지기 독서재에 가서 여러 공자와 함께 있도록 하여라."

인홍이 황공하여 독서재로 갔다.

이렇듯 날이 저물어 신랑과 신부를 보냈다. 임한주 형제가 자질(子姪)을 거느려 안으로 들어와 네 명 신랑에게 혼례복을 입혀 보내는데, 옥 같은 얼굴에 풍채가 이날따라 더욱 두드러졌다. 소부 임유린의 단정하고 엄중함과 풍부인의 담박함으로도 눈썹에 희색이 가득하였으니 주비의 기특한 아들들이 어떠했겠는가? 집안에 봄바람이 이는 듯하였다. 여러 공자가 일시에 엄숙한 모습을 갖춰 대문을 나서니 손님들이 구름같이 많고 위엄 있는 차림새들이 대단하였다. 도중에 주공자, 가한림의 행차를 만났는데, 여섯 신랑의 장한 위의는 말할 것도 없고 그 옥 같은 얼굴과 풍채를 길에서 구경하는 자들의 칭찬이 그치지 않았다. 6인이 대로변에 이르러서 서로 길을 나눠 가한림과 주공자는 임씨 집안으로 향하고, 초왕의 두 공자는 박씨 집안으로 가고, 관홍 공자는 윤씨 집안으로 향하고, 계홍은 소씨 집안으로 나아가 각각 혼인집에 도착하니 여러 집에서 각각 큰 잔치를 열고 신랑을 맞으며 신부를 보냈다. 여러 공자가 각기 혼인집에 나아가 옥으로 된 전안상(奠雁床) 위에 기러기를 놓고 신부가 가마에 오르기를 재촉하여 돌아오는 길에 또 가한림, 주공자 두 공자가 임소저 자매를 친영하여 돌아가는 행차를 만났다. 교차로 큰길가에서 마주친 여섯 신랑의 아름다운 풍채206)는 각자 다 학의 관상, 신선의 풍모였다. 대낮에도 빛나는 장관으로, 여섯 대 채색 수레와 금빛 가마가 큰 길에 휘황찬란하였다. 비유하자면 동비207) 서방 맞아 부상208)에 살림209) 가는 거동이라 하겠다.

임소저 자매의 채색 가마는 각자의 시댁으로 가고, 두 박씨 소저와 윤씨, 소씨 두 신부는 임씨 집안에 이르니 붉은 치마에 푸른 저고리를 입은 무수한 시녀들이 빙 둘러서서 금빛 가마에 화촉을 잡고 네 쌍의 신랑신부

---

206) 아름다운 풍채 : {화지농뉴지풍[花枝楊柳之風]}. '화지양류지풍'이란 꽃가지나 버드나무같이 부드럽고 아름다운 모양을 가리킴.
207) 동비 : 미상.
208) 부상(扶桑) : 해가 뜨는 동쪽 바다.
209) 살림 : {사리}. '사리'는 '살림 또는 생애'의 고어.

를 맞았다. 신부들이 독좌210)를 파한 후 화장을 매만지고 폐백211)을 받 82
들어 존당과 시부모에게 드렸다. 모두 구경하면서 임씨 집안에 복이 많아
요조숙녀인 아름다운 며느리를 쌍쌍이 얻었다고들 하였다. 네 송이 목란
꽃이 아침이슬을 떨친 듯 아름답고 반듯한 기질이 외모에 드러났는데 그
중 박소저 자매는 한 집안의 딸들로 곱고 부드러운 것이 절세의 아름다움
이었다. 관흥 처 윤씨의 맑은 기질은 세상에 뛰어나니 신선의 뜰에 핀 신
이한 꽃 같고, 수국의 난초 같았다. 각자 그 남편의 기질에 따라 하늘이 33
정해준 좋은 배필들이었다. 각각 예를 마치고 자리에 나아가 형제들을 견
주어 앉았는데 동서와 시누이 수십 인 가운데 빠지는 인물이 없었다.

존당과 시부모는 기쁨을 이기지 못하였고, 그 자리에 가득한 모든 손님
들이 주고받는 축하 소리가 물 흐르듯 끊이지 않았다. 천자가 특별이 예
관(禮官)을 보내어 관태부인에게 헌수(獻壽)하라고 하시자 예부상서 주현
경이 헌수를 하였는데, 주현경은 주숙렬212)의 조카여서 인척이기 때문이
었다. 관태부인은 연세가 매우 높은 까닭에 성주(聖主)의 은혜를 받들어
주상서의 절을 받았다. 그러자 젊은 부인들은 집안으로 피하고 홀로 주 34
숙렬이 아들 며느리를 거느려 예부상서 주현경의 예를 받았다. 주상서가
보대(寶帶)213)를 돋우고 옥잔에 향온(香醞)214)을 가득 따라 관태부인에게
드리고 공경하며 두 번 절하자 태부인이 자리를 피하며 사양하며 말하였
다.

"남편 죽은 후 따라 죽지 못하고 사는 늙은이는 쓸 데가 없는 사람입니

---

210) 독좌 : 새색시가 초례 사흘 동안 들어앉아 있는 일.
211) 폐백 : {표눌}. 조율(棗栗)은 대추와 밤으로, 신부가 시부모께 드리는 폐백을 가리킴.
212) 주숙렬 : 주비라고도 함. 임희린의 부인으로, 관태부인에게는 손자며느리가 됨.
213) 보대(寶帶) : 보옥(寶玉)으로 장식한 띠.
214) 향온(香醞) : 내국법온(內局法醞)이라고도 함. 멥쌀, 찹쌀 식힌 것에 보리와 녹두를 넣어 빚은 술.

다. 불민한 자손이 국가에 별 공도 없이 임금의 파격적인 대우로 예우
하심을 받아 조정의 신하가 되어 부귀와 벼슬이 분수에 지나치거늘 다
시 천은(天恩)이 융성하여 심지어 늙은이에게까지 예관이 수고롭게 하
시니 불안 황송하여 받을 복이 줄어들까 두렵습니다."

주상서가 공경하여 듣고 난 뒤에 아래 자리에서 인사하며 말하였다.

"임상부와 초국군 부자는 국가의 보필이니 성주(聖主)의 예우하심이 의
리에 당연하시고 사방에서 우러러 공경하는 바입니다. 하물며 국가의
공훈이 높아 특별한 은혜로 부모를 영화롭게 하려고 베푸신 잔치입니
다. 그러니 태부인의 높은 교훈이 맹자 어머니보다 더하신데 소소하게
어찌 상할까 염려하시며 제가 올리는 잔을 불안하게 여기셔서 말씀이
여기에 미치시니 황송스러움을 이기지 못하겠습니다."

태부인이 사양하며 겸양하였다.

36 주상서가 밖으로 나가자 다시 앉은 자리를 바로잡고 바야흐로 자손들
이 잔을 올리기 시작하였다. 넓은 미간과 봉황의 눈같이 가늘고 긴 눈매
를 지닌 임상국이 옷을 갖추어 입고 여부인과 함께 옥잔에 향온을 가득
부어 나아왔다. 상국은 흰 머리카락이 드문드문 보이고 나이 든 얼굴에
서리 빛이 분명하나, 풍채와 덕스러운 기질이 넓고도 커 세상을 벗어난
기운이 있었다. 여부인 또한 나이가 오십 줄에 들어섰지만 흰 머리카락이
한 올도 없고 맑고 깨끗한 기질이 그리 많이 쇠하지 않았기에 봉관, 옥패
를 갖춘 모습이 가히 큰 재상의 아내이며 일국 군왕의 태부인임을 알 수
37 있었다. 잔을 드리고 물러나 재배하자 임상국이 장수215)를 비는데 음성

---

215) 장수: {강능의 수}. '강릉(岡陵)'이란 『시경(詩經)』「소아(小雅)」〈천보(天保)〉장에서 유래하여
축수를 비는 말로 쓰임. 원문에 보면 "하늘이 그대를 도와 정하시니 풍성하지 않음이 없으시도
다. 산과 같고 언덕과도 같으며 산마루와도 같고 구릉과도 같대天保定爾, 以莫不興, 如山如阜,

이 맑아 높은 하늘에 어리니 태부인이 눈썹 사이에 근심이 어리며 말하였다.

"과부가 남편을 여의고 아비 잃은 아들 둘을 길러 각각 쌍을 갖추었으나 후손이 늦어 두 아들이 다 늦도록 아들이 없으니 늙은 어미의 슬하가 적막할 뿐 아니라 조상의 제사를 잇지 못할까 밤낮으로 걱정하였다. 헌데 조상이 음덕으로 도우셔서 세 손자의 기특함이 가문의 경사이고 들어오는 며느리들이 모두 빼어나고 우아하여 숙녀의 성사로구나. 더욱 오늘날 경사는 주씨 며느리의 우뚝한 효성으로 창홍 같은 기특한 아들을 낳아 가문을 영화롭게 한 것이니 내가 죽어 구천에서 웃음을 머금고 시부모와 먼저 간 남편에게 전할 말이 빛날 것이니 어찌 기쁘지 않겠느냐?"

상국 임한주가 어머니의 말씀을 듣고 새롭게 슬퍼지는 것을 이기지 못하나 낯빛을 부드럽게 하고 두 번 절하며 위로하고 물러났다. 뒤를 이어 선생 임한규가 아관박대(峨冠博帶)216)로 위부인과 함께 옥잔을 들어 바치고 물러나 재배하였다. 선생의 탁월한 풍채와 상쾌한 골격이 맑고 씩씩하여 마치 소부(巢父), 허유(許由)의 높은 절개와 한 몸인 듯하였고, 위부인의 수려한 아름다움과 성스럽고 덕스러운 자질은 비녀 꽂은 군자에 치마 입은 장부였다. 태부인이 선생 부부의 풍모와 덕스러운 자질을 볼 때마다 흐뭇하여 눈썹 사이에 온화한 기운이 가득하였고 그 자리에 모인 손님들도 모두 번갈아가며 칭찬하였다. 선생 부부가 물러나자 초왕 임희린이 의복을 바로하고 주숙렬과 한부인이 각기 구봉면류관(九鳳冕旒冠)과 비단 적

38

39

如岡如陵]."라고 되어 있음.
216) 아관박대(峨冠博帶) : 높은 관과 넓은 띠라는 뜻으로 사대부의 의관이나 차림을 가리킴.

의(翟衣)에 명월패(明月佩)를 쟁그랑거리며 옥잔에 향온을 가득 부어 먼저 태부인에게 드리고 다음으로 상국 부부와 선생 부부께 드리고 물러나와

40 절하였다. 아름다운 목소리로 천천히 존당과 네 명 부모의 장수를 비는데, 맑고 멀리 울리는 음성이 높은 하늘에 닿아 흘러가던 구름이 머물고 선학이 춤을 추었다. 존당과 네 명 부모의 한없이 귀중함은 말할 것도 없고 자리에 가득한 모든 손님들이 우러러 감탄하느라 침이 마를 지경이었다. 초왕 부부가 물러나자 북평후 임세린이 효장공주와 소부인과 함께 금관, 옥패를 바로하고 잔을 들어 할머니와 네 명 부모와 숙부에게 드리고 물러나 재배하였다. 북평후가 '산과 바다가 다할 때까지 수(壽)를 누리시

41 라'고 장수를 비는데 부부 세 명의 풍채와 기이한 자질이 우열을 가리지 못할 정도였다. 태부인이 잔을 받고 효장공주의 옥 같은 손을 잡고 길이 감사하며 말씀하였다.

"옥주는 금지옥엽으로 공주의 존귀함이 있으니 대궐의 귀한 자식이 어찌 평범한 집안의 자식과 같겠는가마는 시집 온 처음에 미친 남편을 내조한 공이 갈담(葛覃)217)의 성한 일을 본받아 소씨의 끊어진 인연을 다시 잇게 하였지. 그리고 마침내 부부 사이에 예를 갖추고 화락하게 담소하며 자녀를 연이어 낳고 부귀와 영예로운 작록이 극에 달하니 이는

42 다 공주의 성덕이었소. 어찌 세린의 공이라 하겠느냐?"

공주가 엎드려 말씀을 들은 후 자리를 피하여 인사하고 물러나왔다. 백운자 유린이 금관에 붉은 도포를 입고 풍부인과 함께 할머니와 아버지

---

217) 갈담(葛覃): 『시경』 「주남」 〈갈담〉 시를 의미하는데, 이 시는 후비(后妃)의 근본을 읊은 것임. 후비는 신분이 이미 귀해졌는데도 부지런하고, 이미 부유한데도 검소하였으며, 장성하였어도 스승에게 해이하지 않았고, 이미 시집을 갔는데도 효성이 부모에게 쇠하지 않음을 읊은 것임. 이는 후비의 덕을 칭송한 시임.

와 숙부들에게 잔을 올리니 조용하고 침착한 풍모와 풍부인의 맑고 깨끗한 자질이 두루 기특하였다. 과묵한 임상국도 잘못을 뉘우친 이 아들의 덕을 어여쁘게 여기고 풍씨의 내조가 공강(共姜) 같음을 기특하게 여겼다. 그 잔을 받고 희색이 얼굴에 가득함을 깨닫지 못한 채 태부인이 소부 임유린의 손을 잡고 등을 어루만지며 말하였다.

"너의 오늘날이 있음은 내가 더욱 희귀한 일로 안다. 이 어찌 풍씨 며느리의 성덕이 공강으로 짝할 만해서 그런 것이 아니겠느냐?"

임유린이 할머니와 아버지의 빛난 얼굴을 우러르며 더욱 감동하여 두 눈에 슬픈 빛을 띠고 절하고 물러났다. 증손자가 헌수할 차례가 되었다. 승상 연국공 창홍이 설의열, 조부인과 함께 금관과 옥패를 바르게 하고 옥잔에 향온을 가득 부어 두 분 할머니와 부왕, 모비에게 헌수하고 장수하시라고 노래하였다. 경사스러운 날에 산들바람이 부는 듯 설의열의 은성한 맵시와 조부인의 찬란한 아름다움이 온 자리에 빛났다. 두 할머니와 부모가 매우 중하게 여기는 것은 말할 것도 없고 그 자리의 손님들이 마음을 다해 칭찬하는 것이 혀가 닳을 듯하여 임상부 남녀 모두의 풍모를 우러러 술과 음식 먹는 것을 잊을 지경이었다. 부마 임세린의 맏아들 천홍과, 어사 원홍과 복야 재홍과 상서 경홍과 계홍, 진홍, 성홍, 관홍이 각각 부인과 함께 존당과 부모에게 쌍쌍이 잔을 올리는데 남녀의 풍모가 각기 빼어나 막상막하였고 모든 어린 공자는 학 위의 선동 같고 어린 소저는 그림 속 선녀 같아서 그 기특함은 다 기록하기 어려울 지경이었다. 종일토록 즐기고 파연곡(罷宴曲)을 연주하니 남녀 손님들이 다들 돌아갔다. 숙소를 정해 네 신부를 돌려보내고 온 집안이 정당에 모두 모여 신부 등의 특출함을 기뻐하였으며 가생, 주생 두 생의 풍채와 문장이 딸의 쌍이

43

44

45

되기에 넉넉함을[218] 기뻐하였다.

　이날 밤 여러 공자가 각기 아버지의 명에 따라 신방에 나아가 신부를 마주하는데 소파, 진파 두 노파가 모든 신방을 엿보았다. 계흥은 소씨를 마주하여 배필의 아름다움을 기뻐하고 비록 신부의 유미함을 아나 젊은 풍정을 걷잡지 못하여 소저의 옥 같은 손을 잡아 사랑하는 마음이 과도하여 은정이 지극하였다. 그러나 아버지 말씀이 두려워 남녀 간의 사랑은 천천히 하였는데 부부의 서로 사랑하는 도가 지극하니 소파, 진파 두 노파가 웃기를 마지않았다. 성흥, 진흥은 비록 나이 어렸지만 기질이 침착하고 위엄 있어 도학(道學) 진유(眞儒)에 부족함이 없었다. 각각 신방에 들어가 박소저 자매를 대하고 그 재주와 용모가 요조하고 어질고 사랑스러움을 기뻐할지언정 어린 부부의 사랑하는 도가 없었다. 그 진중함이 노성한 부부 같으니 엿보는 자가 도리어 재미없을 정도였다. 관흥은 신방에 나아가 윤소저를 보았는데 진실로 자기 소원에 딱 맞는 신부였다. 한 번 눈길을 들어 살핀 후 다시 눈여겨보지 않으면서 마음속으로 생각하였다.

　'남자가 세상에 나서 충효를 다 온전하게 하지 못할까 근심할지언정 처자를 걱정할 것은 아니다. 처자가 어디 없겠는가마는 그러나 어질지 않다면 죽을 때까지 두통거리인 게지. 워낙 여자에게는 미모가 중요하지 않다. 그저 양순한 여자를 얻어 존당을 효로 섬기고 평생을 함께 늙는 게 소원이다. 윤씨의 재주와 용모는 중요하지 않으나 현숙한 여자이니 또한 나의 처궁[219]이 박하지는 않구나.'

　이런 생각이 들자 특별히 마음에 거리낄 것이 없어 밤늦도록 옛글에 잠

---

218) 넉넉함을: {ㄱᄌᄒ믈}. 'ㄱᄌᄒ다'는 '가지런하다. 구비하다. 넉넉하다'의 고어임.
219) 처궁 : {쳐궁[妻宮]}. 처궁 혹은 처첩궁은 점술의 하나로 십이궁 중 처첩에 관한 운수를 가리키는 별자리를 뜻함.

심하였다. 문득 닭 울음소리가 들리자 깜짝 놀라 즉시 촛불을 물리고 신부에게 이부자리에 들자고 권하였다. 함께 자리에 누었지만 고요하고 나직하여 움직임이 없는 걸 보고 소파, 진파가 돌아오며 그 주의 깊음을 아지 못한 채 행여 금실이 소원할까 염려하였다.

한편 가한림이 임숙혜를 맞아 돌아가자 시부모와 시아주버니들이 크게 기뻐하였다. 그 몸가짐이 마땅하고 예절이 엄숙한 것을 보고 집안 가득한 여러 손님의 축하하는 말이 분분하고 시부모가 기쁨을 이기지 못하여 입이 벌어졌다. 신부 숙소를 정하여 보냈는데 가한림이 공경하여 중히 여김이 지극하였다. 임소저가 시댁에 머물 때 예절과 부덕이 극진하니 시부모가 애중함은 물론이고 이웃들이 칭찬하며 기릴 정도였다.

주생 또한 임옥혜를 맞아 돌아갔다. 임소저의 아름다움은 본디 대를 이은 것으로, 손위·아래 동서들 가운데 매우 빼어났다. 존당 시부모가 크게 사랑하고 주생이 중히 여겨준 까닭에 임소저의 평생이 쾌락하였다. 각각 꽃다운 칭찬 소리가 본부에 들려오자 존당과 부모가 크게 기뻐하였다. 다음날 아침 임상부에서 모두들 존당에 아침문안을 드리니 소씨, 윤씨, 박씨 등 네 소저가 잘 차려입고 옥 같은 모습으로 아침문안을 드렸다. 그녀들의 아름다운 재주와 용모가 금벽 난실(蘭室)220)에 빛나니 존당과 시부모가 귀중히 여기는 것이 한 번에 다 기록하기가 어려울 지경이었다. 진파는 일찍 돌아오고 소파는 나중에 들어왔는데 소파의 옷이 가지런하지 않았다. 소파가 두 눈을 비껴 뜨며 들어와 말하였다.

"공연히 밤새도록 잠 못 자고 바삐 다닌 까닭으로 늦도록 자고 나니 태부인께 아침문안이 늦었습니다."

----

220) 난실(蘭室) : 아름다운 여인의 방.

51 태부인이 이상하게 여겨 말하였다.

"무슨 일로 잠도 자지 않고 그리 분주한가?"

소파가 대답하였다.

"네 낭군의 신방을 몰래 보느라고 진씨와 함께 단잠 못 자고 분주하였습니다. 진씨는 젊은 기운이라서 여러 날 이어 잠을 안 자도 괜찮지만 저는 나이가 많아서 잠을 못 자니 병이 날 듯합니다."

태부인이 미소 지으며 말하였다.

"누가 시켰더냐? 네가 실없는 탓이다."

소파가 웃고 아뢰었다.

"요사이 아기네들이 엉뚱하여 날이 새도록 사사로운 이야기221)가 매우 즐거운 까닭에 재미가 나서 듣지요. 듣다 보면 자연 닭이 울고 새벽을 알리는 북소리가 이어져 잠을 못 잡니다."

52 그리고 계흥이 소씨에게 연연하던 자초지종과 진흥·성흥의 거동이며 관흥이 윤소저를 사랑하고 중히 여기더라는 말을 수없이 보태서 하였다. 그 말에 좌우가 손뼉을 치며 크게 웃고 북후 임세린 또한 웃으며 말하였다.

"서할머니의 망령된 말은 쉬어 터질 듯 들었으니 다 어찌 믿겠는가? 진씨 아주머니도 함께 들었다고 하니 바른 대로 말하시오. 서할머니 말이 옳은지 그른지 밝히겠다."

진파가 황공하여 대답하였다.

"서할머니가 본디 여러 공자의 사랑이 지나친 까닭에 우스개 소리를 지어낸 것입니다. 어찌 그른 말을 덧붙이겠습니까?"

---

221) 사사로운 이야기 : {옥화ㅅ담}. 이는 '옥하사담(屋下私談)'의 오류인 것으로 보임.

53

드디어 지난 밤 여러 공자들의 거동을 다 전하니 좌우가 계홍의 행사
에 포복절도하고 진홍, 성홍 두 공자의 신중함은 기특하게 여겼으며 관홍
은 예의 차리기를 너무 지나치게 하는 게 아닌지 의심하였다. 그러자 초
왕이 관홍의 손을 잡고 등을 두드리며 말하였다.

"어질구나, 조카야. 한 달 된 멧돼지 태산을 뛰어넘고 한 치 구슬이 만
리를 비추는 게다. 우리 집안의 맑은 덕을 빛낸 자는 조카로구나. 임사
(妊姒)222)가 태교하셔서 문왕, 무왕을 낳으셨고 풍씨 형수가 태교하셔
서 관홍이 태어난 게로다."

좌우에서 다 "좋다"고 하자 관홍 공자는 황공하여 감당하지 못할 지경
이었고, 계홍은 부끄러움이 얼굴에 가득하였으며, 소씨, 윤씨, 박씨 등 여
러 소저들은 얼굴에 붉은 빛을 띠어 절승한 태도는 낭원(閬苑)223)에 봄빛
이 새로운 듯하였다. 여부인이 사랑스런 마음을 이기지 못하여 여러 신부
의 머리를 어루만지며 말하였다.

"일 없는 늙은이가 젊은이들의 신방을 몰래 엿보는 것에 익숙하여 너
회들 마음을 불편하게 하는구나. 허나 이는 다 너희를 사랑해서 그러
는 것이니 지나치게 부끄러워하지는 마라."

여러 소저가 고개를 숙이고224) 들을 뿐이었다. 네 소저가 시댁에 머물
면서 효성으로 존당과 시부모를 받들고 남편의 뜻을 잘 받들어 소문이 자
자하였다. 그래서 존당과 시부모에게 만금처럼 사랑스러운 대접을 받고,
공자들에게서 공경과 중히 여김을 받는 게 가볍지 않았으며, 이웃들이 칭

---

222) 임사(妊姒) : 주(周)나라 문왕(文王)의 모친인 태임(太任)과 왕비 태사(太姒)를 말함. 이들은 부
　　덕이 훌륭했던 여성들로 후세에 칭송을 받음.
223) 낭원(閬苑) : 신선이 산다는 곳.
224) 고개를 숙이고 : {보압을 노쵸아}. '보압(寶匣)'은 족두리를 가리키는 것으로, 족두리를 낮췄다
　　는 표현을 문맥에 맞게 표현한 것임.

찬하여 기리는 소리가 각각 친정까지 들리니 부모들의 기쁨은 비길 데가 없었다. 사흘 후 가한림과 주공자가 와서 삼일 견빙악지례(見聘岳之禮)225)를 행하자 위아래 늙은이 어린이 할 것 없이 모두 정당에 모여 신랑을 접대하며, 두 사람의 옥 같은 얼굴, 꽃 같은 풍채가 딸과 어울리는 배필임을 사랑스럽고 중히 여겼다.

초왕이 바야흐로 인홍을 불러 한바탕 경계하며 크게 꾸짖고 군계에게는 사리판단이 밝지 못함을 매우 책망하였다. 인홍 모자는 황급히 사죄하고 그 이후로는 더욱 조심하였다.

임상국이 초왕에게 명하였다.

"마땅히 인홍과 맞먹는 배필을 구하여라."

초왕이 명을 받들어 신붓감을 두루 구하던 중, 간의태우 송맹의 서녀가 매우 어질고 아름답다는 말을 듣고 중매로 구혼하였다. 송공이 기꺼이 허락하고 길일을 아뢰니 초왕부에서 혼례에 필요한 물건들을 잘 준비하여 길일에 인홍을 보내 송씨를 맞아왔다. 그때 송씨 나이 14세로, 옥 같은 얼굴, 꽃 같은 자태가 침착하고 고와서 매우 현숙하였다. 일가가 모두 기뻐하며 군씨 또한 친딸같이 사랑하였고 인홍도 후히 대하였다. 그리고 집안 식구 모두들 송씨의 어질고 착함을 기특하게 여겼다.

세월이 흘러 다음 해 봄이 되었다. 이때 천자가 성묘에 배알하시고 문무 방정과(方正科)를 열어 인재를 부르고자 하였다. 당에 가득한 선비들이 구름같이 모여 과거를 보는데, 임상국은 집안이 넘치도록 번성하는 것을 기뻐하지 않았지만 태부인이 열의를 다하는 까닭에 여러 공자에게 과거를 보라고 일렀다. 이에 초왕자 진흥, 성흥 두 사람과 북후의 다섯째 아들

---

225) 견빙악지례(見聘岳之禮) : 혼인 때 사위가 장인, 장모를 뵙는 예.

계홍이 한꺼번에 참방하여 돌아왔다. 장원은 진흥이고, 해원(解元)226)은 성흥이고, 탐화(探花)227)는 계홍이고, 넷째는 주공자였다. 옥 같은 얼굴에 58 잘 생긴 풍모를 지닌 네 사람이 임금이 내려 준 술을 마시고 반쯤 취한 채로 계수나무 꽃을 꽂고 남색 도포를 입고 돌아왔다. 존당과 부모의 기쁨이 비길 데 없었고, 천자는 여러 사람의 옥 같은 풍모를 사랑하여 사흘 유가(遊街) 후 특별 교지를 내려 진흥, 성흥으로 동궁 시강학사 금문사인을 시키고, 계홍으로는 한림학사를 시키고, 주희로 금문직사를 시키셨다. 모두들 은혜에 감사하고 함께 직무를 살피는 것이 강직하고 밝고 정직하였으므로 조정과 재야에 맑은 이름이 자자하였다.

관흥 공자 홀로 세상 욕심에 담박하여 명예와 이익에서 벗어나 있었 59 다. 윤소저는 옷을 갖춰 화사한 모습이기는 하나 사치스럽지는 않았다. 그런데 하루는 관흥 공자가 소저를 대하여 말하였다.

"인간이 세상에 나서 영화와 욕됨이 다 같지 못함은 분명하여 청운과 백운이 길이 다르고 남자의 자취도 다 각각입니다. 내가 본래 재상가에서 태어나 부귀를 누리며 사랑을 듬뿍 받는 가운데 컸으나 평생 관심은 전혀 다른 데 있었습니다. 그 길이 담연하니 입신양명하여 공명 부귀하게 되는 것을 원하지 않아 높은 선비와 산림 처사들에게 소부, 허유를 묻고 엄자릉(嚴子陵)228)을 부러워하지 않으니 갈건추포(葛巾麤布)229)와 아관박대(峨冠博帶)230)가 내 소원입니다. 부인이 또한 예를 안

---

226) 해원(解元) : 향시(鄕試)의 1등을 '해원'이라 하였음. 이 문맥에서는 전시(殿試)의 2등인 '방안(榜眼)'이 적합해 보이는데 원문에는 '해원'으로 되어 있음.

227) 탐화(探花) : 탐화 혹은 탐화랑(探花郎)은 조선시대 과거에서 셋째로 합격한 사람을 가리킴.

228) 엄자릉(嚴子陵) : 엄자릉은 후한(後漢) 광무제(光武帝) 때의 인물로 본명은 엄광(嚴光)이고 자릉은 그의 자(字). 광무제는 본명이 유수(劉秀)로, 어릴 적 엄자릉과 함께 뛰놀고 공부하던 사이였음. 자신이 황제가 된 후 은거하고 있던 엄자릉을 불러 간의대부(諫議大夫)라는 벼슬을 주었는데도 그는 사양하고 다시 산에 돌아가 은거하였다 함.

다면 마땅히 사치한 복색을 취하지 않아 그로써 남편의 자취를 좇음이
마땅합니다."

윤소저가 혼인한 지 1년이 되었는데 침착하고 정대한 가운데 서로 공
경하는 것이 손님 같으니 각결(却缺)231)의 아내보다 더하였다. 그러니 사
귐이 깊지 못하여 남편을 대하면 부끄러움이 심하던 차에 여러 마디 말씀
중 복색이 화려한 것을 기뻐하지 않는다는 이야기를 들으니 놀랍고 걱정
되어 이마232)를 숙인 채 얼른 대답하지 못하였다. 그 모습에 더욱 아름다
61 운 기질이 돋보여 쇠 같고 돌 같은 간장이라도 움직일 듯하였다. 관홍 공
자가 십분 사랑스럽고 공경스러워 한참동안 바라보다가 밝게 미소를 띠
며 말하였다.

"내가 승냥이나 호랑이가233) 아닌데 부인이 어찌 이토록 수줍어합니
까?"

윤소저가 옷깃을 여미며 말하였다.

"제가 어리석고 불민하여 능히 세상 형편을 알지 못하는 까닭에 당신
앞에서 불미한 행사를 하여 볼 만한 날이 없을 터인데 스스로 허물을
깨닫지 못하였습니다. 그런데 당신의 가르침을 받으니 제 마음이 황송
하고 부끄럽지 않겠습니까? 삼가 밝은 가르침을 지키겠습니다."

말을 마치는데, 말하는 기운이 편안하고 옥 같은 소리가 청아하였으며
62 온순하게 자신을 낮추었다. 그 모습에 관홍이 미소 짓고 은근한 사랑이

---

229) 갈건추포(葛巾麤布) : 베로 만든 두건과 거친 베로 만든 도포라는 뜻으로 벼슬하지 않은 처사의
    복장을 가리킴.
230) 아관박대(峨冠博帶) : 높은 관과 넓은 띠라는 뜻으로 사대부의 의관이나 차림을 가리킴.
231) 각결(却缺) : 진나라 사람. 그가 밭에서 김을 매는데 아내가 예를 갖춰 정성스레 점심을 대접하
    던 것을 보고 지나가던 이가 천거하여 벼슬을 하게 된 사람임.
232) 이마 : {딘슈} 진수(螓首)는 매미의 네모지고 넓은 이마란 뜻으로 미인의 이마를 비유함.
233) 승냥이나 호랑이가 : {싀회}. 시호(豺虎).

새롭게 솟았다. 윤소저가 즉시 복색의 화려함을 없애고 평범한 녹색 저고리, 붉은 치마에 옥비녀 하나와 옥패 한 줄을 했을 뿐이니 집안 상하가 저 부부의 염결하고 청절함을 흠탄하지 않는 이가 없었다.

속담에 '낮말은 새가 듣고 밤말은 쥐가 듣는다' 하였다. 임공자 관홍이 예의를 고집하는 태도가 유독 높고 중하다는 이야기가 사람들 가운데 자연스레 알려졌다. 당시 사람들이 기꺼이 감복하여 "지난 날 소부 임유린이 누추한 행동을 이제 뉘우치고 스스로 덕을 닦으며 그 아들이 기특한 것"은 하늘이 임상부의 충효에 감응하셔서 백운자 임유린이 능히 스스로의 허물을 닦아 조상에게 나아가고 관홍같이 덕이 높고 뛰어난 인물이 태어났다고 하였던 것이다. 이 말이 자연 퍼져나가 대궐에까지 알려지자 임금이 들으시고, 상부 임한주의 충의(忠義)로 초왕 임희린과 승상 임창홍 같은 기특한 아들, 손자를 두었으나 오히려 기이한 아들을 나은 자는 백운자 임유린 한 사람이라고 여겼다. 백운자는 젊었을 적 누추한 행동으로 조상을 추락시킬 뻔했던 인물이나 이제 이렇듯 기특하여 그 아들의 특출함을 들으시고는 크게 기특하게 여겼으며, 게다가 하늘이 낸 임상부의 손자가 세상을 피해 은둔함을 어여삐 여겨 임한주 부자를 불러 말씀하셨다.

"짐이 들으니 소부 임유린의 아들이 이미 혼인하여 문장이 장족의 진보를 이루었다고 하는데 어찌 여러 번 과거를 베풀었어도 참여하지 않았는가? 짐이 인재를 깊이 알았으니 마땅히 별과(別科)를 실시하거든 관홍을 참방하게 하여라."

상공이 절하며 아뢰었다.

"유린의 아들 관홍이 약간의 문재(文才)가 있지만 어찌 감히 임금님의 말씀에 합당하겠습니까? 그러나 이 아이가 본디 성격이 괴벽한 가운데 그 아비의 소시 적 더러운 이름을 자기의 누추함으로 삼아 속세의 욕됨을 사절하고자 하는 것입니다. 저의 지극한 소원이 이러하오니 할아비가 되어 옳은 일에 대해 무슨 말로 타이르겠습니까? 폐하 조정에는 충성스럽고 좋은 지사(志士)와 젊고 널리 알려진 언관, 열사(烈士)가 부지기수입니다. 비록 관홍이 아니라도 어찌 임금님의 뜻을 보필할 신하가 없겠습니까? 엎드려 바라건대 폐하께서는 별과에 대한 하교를 거두어 주십시오."

상이 기뻐하지 않으며 말하였다.

"유린이 비록 젊었을 때 실수가 있다고는 하나 잘못을 반성하고 선한 길로 나아가 아름다운 충의(忠義)와 덕행을 겸비했으니 어찌 이런 소소

한 일로 그 자식의 앞날에 해로움이 있겠는가? 그대는 이 일로 겸사하지 말고 유린 부자를 타일러 이번 과거 기회를 헛되이 흘려버리게 하지 마라."

임상국이 임금의 뜻을 듣고는 온 마음이 불안하여 재삼 사양하였고, 초왕은 관을 벗고 머리를 조아리며 말하였다.

"요(堯)임금이 지극한 성인이셨지만 소부(巢父), 허유(許由)가 있었고 광무제(光武帝)가 밝은 임금이셨지만 엄자릉(嚴子陵)의 높은 뜻을 알지 못했습니다. 관홍이 나이 어리고 유치하나 그 일편단심은 오히려 금이나옥도 부드럽게 여길 지경입니다. 그 아이에게는 상산(常山)에 은거한 사호(四皓)의 깨끗한 절개와 소부, 허유의 맑은 뜻이 있습니다. 어려서

부터 물욕에 담박하거늘 또 아이 아비가 누추한 행동을 했던 것을 부끄러워하여 이 세상에서 숨어 살겠다는 생각을 굳게 정했습니다. 만일 저의 뜻과 절개를 앗는다면 죽을 각오도 되어 있기에 저희 부자 또한

별 수 없이 허락하였습니다. 어찌 다시 임금님의 위세로 강박하겠습니까?"

임금이 초왕이 간절하게 아뢰는 말을 들으시고 깊이 생각하다가 말하였다.

"그렇다면 제 아직 나이 어려 세상의 어려움을 모르는 까닭에 오로지 한 가지 도만 지키는 것이다. 지금은 그대로 놓아두어 나이 들기를 기다릴 터이니 별과에 대한 교지는 거두겠다."

임상국 부자가 머리를 조아려 은혜에 감사하고, 그러나 관홍이 끝내 세상에 나가지 않을 것이라고 다시 아뢰었다. 임금은 답하지 않았다.

상국 부자가 부중에 돌아와 대궐에서 있었던 일을 전하니 소부 임유린이 기뻐하지 않으며 말하였다.

"어떤 일 만들기 좋아하는 사람이 실없이 말을 전해 임금님께서 보잘것없는 선비에 대해 아시게 되었는지요?"

관홍도 마침 그 자리에 있었는데 탄식하며 아뢰었다.

"사람이 어찌 일부러 말을 전했겠습니까? 속담에 '말이 천 리를 날아간다'고 했으니 집안의 허다한 사람들이 자연히 말을 전한 것이지요. 그러니 괴이할 것은 없습니다. 그러나 할아버님과 큰아버님께서 소자의 적은 뜻이 굳은 것을 임금님께 아뢰셔서 다시 찾으시는 폐단이 없게 해주셨습니다."

초왕이 말하였다.

"네가 말하지 않았어도 어찌 아니겠는가마는 임금님께서 너의 재주와 덕을 아끼셔서 훗날 불러올릴 뜻을 지니고 계시니 어찌 불행하지 않겠느냐? 그러하나 옛말에도 '천자가 지존(至尊)이시나 필부(匹夫)의 뜻을 빼앗을 수는 없다' 하였다. 조카의 바른 마음이 금석같이 굳으니 임금님이신들 어찌 하시겠는가?"

관홍 공자가 마음속으로 기쁘지 않아 그렇다고만 하고 더 이상 대답하지 않았다. 공자가 이후로 수신하기를 더욱 규수같이 하여서 존당과 부모에게 아침저녁 문안인사를 마친 다음에는 그 발자취가 정심헌을 떠나지 않았고, 아버지를 곁에서 모시며 성학(聖學)을 강론하고 여러 동생을 가르칠지언정 번화함을 취하지 않았다. 그런데 이럴수록 빛나는 이름이 더욱 알려져 어진 이름이 조정에 자주 들리니 황제가 크게 어여삐 여기셔서 부디 그 맑은 마음과 높은 뜻을 돌려 국가의 보필을 삼고자 하였다. 그러므로 황제가 임상국 부자를 불러 순순하게 말씀하면서 관홍의 고집을 타일러 과거 시험에 참예하게 하라고 한 것이 한두 번이 아니었다. 임상국 부자가 민망하고 걱정스러워 간절한 말씀을 올려 관홍의 고집이 깊어 풀기 어렵다고 아뢰었다. 그러나 황제는 이럴수록 인재를 아끼는 마음이 더욱 간절하셔서 상국 부자의 아뢰는 말씀을 믿지 않았고, 나중에 효장공주가 신년 하례할 때 관홍의 재덕과 이 일에 대해 꼼꼼히 물었다.

"진실로 올바른 사람 같을진대 어찌 아까운 인재를 초야에 버리겠는가? 짐이 부디 일으켜 국가보필을 삼고자 하니 황숙(黃叔)의 뜻이 어떠하신가?"

효장공주가 아뢰었다.

"과연 유린의 아들 관홍의 재주와 풍채는 금세에 버금가는 어진 인물입니다. 공자맹자가 다시 나신다 해도 그 아래가 되지는 않을 것입니다마는 제 아비의 운명이 기구하여 그 아비의 어릴 적 누추한 이름을 지나치게 부끄럽게 여겨 세상을 피해 숨기로 뜻을 굳게 정하였습니다.

그러니 비록 임금의 위엄이라도 그 높은 뜻을 앗지는 못할 것입니다. 엎드려 바라건대 폐하께서는 신하된 이의 굳은 마음을 받아들여주십시오."

황제가 공주가 아뢰는 말을 듣고 관흥의 재주와 덕을 분명하게 아시고 그 재덕(才德)을 아껴서 차마 저버릴 뜻이 없어 미소 지으며 말이 없었다.

공주가 대궐에서 물러나와 궁에 돌아와 황제의 말씀을 풍부인에게 전하자 백운자 임유린 부부가 더욱 불안하였다. 알 수 없구나. 관흥의 뜻이 마침내 황제의 위엄에 꺾일지 아직 알 수 없다. 이때에 황제가 관흥을 시험해 보고자 하여 사관(辭官)234)을 보내 특별한 은혜를 두터이 하셔서 옥당한원(玉堂翰苑)235)의 청현(淸顯)236)과 이름난 벼슬로 예를 갖춰 부르셨기에 사관이 조서를 받들어 상부에 이르렀다. 임상국이 향안을 배설하고 조서를 떼어보니 성지는 대강 다음과 같았다.

73

세상에 빼어난 재주와 풍모를 지닌 관흥이 수풀에 버려짐이 아깝다. 제 스스로 기꺼이 과거를 보지 않으니 짐이 능히 그 과거 봄을 기다리지 못하여 별례로 높은 선비를 부르고자 한다. 임관흥을 대제학 체찰사 비서각 한림주서로 예를 갖춰 불러 옥당 한원의 으뜸을 삼고자 하니 다시 임금의 은혜를 사양하여 왕사(王使)237)를 수고롭게 하지 말며 천자의 명령을 업신여기지 말라.

74

---

234) 사관(辭官) : 임금의 명령을 전달하는 일을 맡아보는 관리.
235) 옥당한원(玉堂翰苑) : 옥당(玉堂)은 홍문관(弘文館), 한원(翰苑)은 한림원(翰林苑), 예문관(藝文館)을 가리킴.
236) 청현(淸顯) : 청환(淸宦)과 현직(顯職)을 가리키는 말로, 학벌과 문벌이 높은 사람에게 시키던 높고 중요한 지위를 가리킴.
237) 왕사(王使) : 임금의 사신.

임상국이 관흥을 불러 조서를 듣게 하자 관흥 공자는 마지못하여 아관(峨冠), 박대(博帶)로 조서를 받들어 대궐을 바라보며 황제의 은혜에 감사한 후 중사(中使)[238]를 향해 눈물을 흘리며 길게 탄식하고 말하였다.

"보잘것없는 신하가 감히 임금님의 은혜를 업신여겨서가 아니라 본디 정한 뜻이 있어서 산림에서 늙겠다고 계획을 세운 것이었습니다. 이제 성상(聖上)의 조정에 어질고 책임감 있는 신하가 무수히 많고, 저 같은 부류는 말(斗)로 되어도 셀 수 없을 정도로 많습니다. 그런데 문득 용렬한 필부(匹夫)의 허명(虛名)을 들으시고 외람되게도 임금님께서 순순하게 이르신 것이 여러 번이고, 또 왕사를 수고롭게 하니 이는 보잘것없는 몸이 세상에 있는 까닭입니다. 나이 드신 할머니와 부모가 아니시면 어찌 실낱 같은 한 목숨이 세상사에 연연하겠습니까? 임금님께서 끝내 필부의 뜻을 앗고자 하시니 마지못하여 불충불효가 될지언정 결단코 세상에 나갈 뜻이 없습니다. 단발위리(斷髮圍籬)[239]하여 인륜을 저버린 인간이 되고자 합니다."

중사가 임관흥을 보고 그 맑고 깨끗함에 놀랐다.

---

238) 중사(中使) : 왕의 명령을 전하는 내시.
239) 단발위리(斷髮圍籬) : 머리를 자르고 유배 죄인이 거처하던 집 둘레에 가시로 울타리를 친다는 뜻으로, 스스로 죄인이 되어 살겠다는 뜻으로 쓰임.

1 차설. 중사가 임관홍을 보니 아관(峨冠), 박대(博帶)와 갈건(葛巾), 추포(麤布)가 이미 인륜을 폐한 사람의 복색이고, 남달리 뛰어나고 고아한 풍채가 비상하여 벌써 신선의 골격을 이루고 있었다. 풍채와 골격이 속되지 않고 말씀이 깨끗하고 맑아 물욕이 없으니 만일 임금의 은혜가 다시 이르게 되면 사생을 초개같이 여길 거동이었다. 중사가 탄복함을 이기지 못하여 스스로 속세 일에 분주함을 부끄럽게 여겼다. 근심스레 낯빛이 변하면서 공경하는 마음으로 말하였다.

2 "당신은 당대의 높은 현인으로 충성스럽고 효성스러운 덕 있는 가문에서 나고 자라셨습니다. 예부터 향기로운 난초는 깊은 계곡에 처해 있어도 향기를 감추기 어렵고 옥은 깊은 산에 묻혔어도 광채를 숨기지 못합니다. 성상께서 당신 같은 높은 재덕(才德)을 가진 이가 이 세상을 피하고자 함을 들으시고 아끼고 애석하게 여기십니다. 그리하여 부디 일으키셔서 사직의 보필을 삼고자 하셔서 저로 하여금 교지를 내리게 하신 것입니다. 엎드려 바라건대 고집부리지 마십시오."

관홍이 어두운 낯빛으로 정색하고 말하였다.

3 "옛말에 '하늘 아래 왕의 땅이 아닌 곳이 없고 백성 중에 왕의 신하가 아닌 이가 없다'[240]고 하였습니다. 제가 비록 성상의 작록을 받들지 않았으나 할아버님과 부숙 등 여러 친척들이 국은을 입어 세도가 있고, 제가 입고 먹는 것이 다 임금님께서 주신 것이니 제가 또 어찌 우리 성스러운 천자의 어린 백성이 아니겠습니까? 자식이 부모님의 명을 거스

240) 하늘 아래 ~아닌 이가 없다 : {보텬지하 막비왕퇴요 톨토지민이 막비왕신}. 『시경(詩經)』「소아(小雅)」〈북산(北山)〉편에 "넓고 넓은 하늘 아래 왕의 땅이 아닌 곳이 없고 다스리시는 땅의 백성들의 왕의 신하가 아님이 없다[普天之下, 莫非王土, 率土之民, 莫非王臣]."라는 구절에서 나온 것임.

르면 불효가 되고 신하가 임금님의 명을 거스르면 불충이 됩니다. 제가 이를 모르지 않지만 스스로 불충불효가 되니 이미 천지에 받아들여지지 못할 죄가 한 몸에 얽혀 있습니다. 죽을지언정 그른 줄 알면서도 죄에 처하고자 합니다. 다만 제 마음먹은 것이 굳어 비록 도끼에 엎드러져 죽는다 해도 바꾸지 못할 것입니다. 공께서는 이대로 아뢰어 주십시오."

말을 마쳤는데 얼굴빛이 단정하고 엄하였으며 말씀이 자못 굳세어 다시 말 부치기 어려웠다. 중사가 별 도리가 없어 알았다고 하고, 돌아가서 관흥이 고상하여 즐겨 출세할 뜻이 없다고 아뢰었다. 황제가 그 말씀을 듣고 더욱 아끼셨으나 탄식하시고 다시 수교(受敎)[241]로 임생의 지조와 절개가 고상함을 재삼 칭찬하여 높였다. 그리고 특별한 은혜로 별호를 주셔서 '송암선생 풍림처사'라 하였다.

이때부터 임관흥의 높은 어짊과 맑은 행실이 비단 위에 놓인 꽃같이 아름다우니 황제가 예로 공경하는 것과 조정과 백성이 우러르면서도 두려워하는 것이 오히려 이름난 재상보다도 더하였다. 당시 사람들이 기꺼이 감복하여, '예전에 미쳐 날뛰던 백운자 유린이 이제 천성을 회복하였고, 만고에 드문 송암자가 이 사람의 자식으로 이같이 빼어남은 다 임상국의 어진 덕이 자손에게 미친 것'이라고 하였다.

황제의 명이 임상부에 미치자 임씨 여러 공들이 황제의 은혜에 감사하였고, 관흥이 황공함을 감당하지 못하여 이에 표문을 올려, 미미한 신하에게 황제의 명을 거스른 데 대한 죄를 내리지 않고 성은(聖恩)이 매우 성하시니 죄 많은 신하가 감당할 수 없다며 은혜에 감사하였다. 바라는 바

241) 수교(受敎) : 조선시대에 임금이 내리던 교명(敎命).

가 처절하여 절절한 마음이 배어나고, 황제의 은혜에 감사하는 것이 스스로 아름다운 문장을 꾸며 치레함이 아니었는데 하늘을 찌를 듯한 충성이 종이 위에 펼쳐졌다. 상이 그 문장과 재덕을 쓰지 못함을 애달파 하였으나 별 다른 도리가 없었다.

관홍이 이후부터 속세의 번거롭고 바쁜 것을 괴롭게 여겨 존당에 드리는 하루 네 때 문안 외에는 한가로이 노니는 일이 없었다. 비록 같은 집안이었지만 대서헌, 팔룡당의 번잡함도 싫어 피하였고 다만 정심헌에서 아버지를 모시고 잠시도 그 곁을 떠나지 않았다. 한 달 중 열흘은 내당에 가서 자고 나머지는 아버지를 모셨는데, 소부 임유린 또한 한 달이면 사오일만 숙소를 찾을 뿐이고 그 밖에는 아들, 조카들과 소일하니 정심헌이 비록 임상부의 중헌(中軒)이었으나 도리어 한적하고 아담하여 그 청정함이 선가(仙家)나 불당 같았다. 집안 아이들이라도 부잡스럽고 정신없는 부류는 소부 임유린 부자가 붙여주지 않는 까닭에 여러 아이들까지도 별명을 지어 정심헌을 '송죽강선당(松竹降仙堂)'이라 불렀다. 이러므로 소부 임유린 부자가 낮이나 밤이나 수신하여 도학이 더욱 빛나게 되었고 이로부터 백운자의 아들인 송암선생 관홍의 맑은 마음과 높은 뜻 그리고 몸가짐을 닦고 실천하는 것이 그 당시에 유명하였다.

이 소식을 목씨 집안에서 알았고 목태우가 관홍이 아깝게 세상을 피해 숨어 지내는 것이 영문이 말이 많아서인 줄 알게 되었다. 그러자 목태우가 크게 노하여 영문을 중하게 꾸짖고 임부에 나아가 백운자 부자에게 백배 사죄하였다. 송암선생 관홍은 처연하게 용서할 뿐이고 소부 임유린은 미소를 머금고 말하였다.

"옛말에 이르기를 '나를 기르는 이는 원수고 가르치는 이는 스승'이라고 하였는데 이는 매우 헛된 말입니다. 진실로 내가 젊었을 때 했던 패악한 행동은 도저히 다른 사람에게 알릴 수가 없는 것입니다. 그러나 만일 사람들에게 그 행실이 드러난다면 누가 모르겠습니까? 제 자식이 어려서 사랑 가운데 자라나 세상일을 깨닫지 못하고 자기 아비의 소싯적 누추한 행동을 알지 못한 채 지기(志氣)는 넘치는 데 가깝고 또 물욕이 없지 않았습니다. 내 차마 자식이나 스스로의 허물을 말하지 못했는데 만일 모르고 출세했다면 세상 사람들이 손가락질하며 웃을 뿐 아니라 만세토록 비난을 면하지 못했을 겁니다. 이 때문에 내가 하룻밤도 마음 놓지 못하던 바였습니다. 그러니 목영문의 총명함을 칭찬하고 사랑스럽게 여기고 있습니다. 그대는 괜한 염려를 마십시오.”

목공이 또한 웃으며 감사하고 관흥의 손을 잡고 웃으며 말하였다.

“임형은 동생의 교만방자함을 용서했지만 조카가 기꺼이 용서하지 않을까 합니다.”

관흥이 겸양하며 말하였다.

“아버님께서 삼가 관인후덕(寬仁厚德)하시니242) 제가 어찌 홀로 엄명을 거역하겠습니까?”

그 기색이 부드럽고 온화하고 말씀이 순순하고 담박하였다. 그러자 목태우가 칭찬을 이기지 못하며 종일 이야기를 나누다가 돌아갔다.

세월이 빨라 해가 바뀌니 일가의 모든 공자가 작년에 이어 장성하였다. 초왕의 막내아들 기흥은 한부인의 셋째로 자는 원진인데, 반악 같은 미모

---

242) 아버님께서 ~ 관인후덕(寬仁厚德)하시니 : {가엄이 관인후덕을 숨가시니}. '숨가다'는 현대어 '삼가다'이므로 관인후덕함을 조심하여 지나치게 하지 않는다는 뜻이 되는데, 이는 용서를 해야 마땅한 전후의 맥락에 비추어 어색한 내용임. 그러므로 문맥을 고려하여 삼가 관인후덕하는 방향으로 옮겼음.

와 이태백의 풍채를 지녔으며 문학이 빼어나 귀신을 울리고 사람들을 놀라게 하였다. 그러나 너무 맑고 깨끗하여 속세의 모습이 없고 성품이 고요하여 철마(鐵馬)의 분주함을 뜬 구름같이 여겼다. 늘[243] 막내아버지 백운자를 모시고 사촌형 송암선생 관홍으로 더불어 뜻과 기운이 상합하니 공명에 뜻이 없자 그 부왕이 늘 말하였다.

"나의 적자와 서자 여덟 아들이 입신현달하였으니 아들 하나가 입신하지 않는다고 하여 문호가 쇠할 바 아니다. 그러니 너는 관홍을 좇아 벼슬을 않고[244] 한가한 몸이 되어라."

기홍이 아버지의 가르침을 받들어 소원대로 더욱 청정한 도학을 수련하였다.

북평후 임세린의 넷째 아들 문홍의 자는 원희이니 효장공주의 셋째 아들이었고, 다섯째 광홍의 자는 원상이니 소부인의 둘째 아들이었다. 두 공자의 옥 같은 미모와 빼어난 재덕으로 보아 결코 속세의 아이가 아니었다. 그들 또한 성품이 단정하고 고요하여 공명(功名)을 구하지 않고 사촌형 관홍을 좇았다. 이렇게 사촌형제 네 명이 모두 벼슬을 하지 않고 처사가 되었다.

초왕의 아들 기홍은 유씨와 혼인하고 문홍은 한씨를 얻고 광홍은 풍부인의 양아들 목태우의 장녀를 얻었다. 유씨, 한씨, 목씨 세 소저가 다 어질고 덕 있는 가문의 요조숙녀로 재주와 용모가 세상에 으뜸이고 사덕(四德)[245]을 갖춰 각각 그 지아비와 견줄 만했으므로 존당과 시부모가 사랑

---

243) 늘 : {상히}. '상해'는 '늘, 항상'의 고어임.
244) 벼슬 않고 : {님하의}. 임하(林下)는 벼슬을 그만두고 은퇴한 곳을 이르는 말.
245) 사덕(四德) : 여자로서 갖추어야 할 네 가지 덕. 마음씨(婦德), 말씨(婦言), 맵시(婦容), 솜씨(婦功)를 이름.

하고 중히 여겼고, 세 공자가 중하게 대하는 것이 지극하였다. 이렇듯 절
세자를 뒤이어 모든 공자, 모든 소저가 해를 이어 자라났다. 모두가 활짝
핀 꽃 같고 밝은 달 같았다.

성현공 세 형제가 어머니의 춘추가 매우 높으신 데 마음을 써서 자녀
중 십여 세가 된 자들은 혼인을 시켰다. 북후 임세린의 여섯째 아들 세홍
은 효장공주의 막내아들로, 금지옥엽으로 자라났다. 타고난 사람됨이 세
상에 빼어나 나이 11세가 되자 승상 정화의 딸과 혼인하였는데 정소저의
색덕이 요조숙녀인 까닭에 부부가 화락하였다. 세홍이 12세에 과거에 급
제하여246) 벼슬이 중서사인(中書舍人)에 이르렀고, 차녀 경혜는 목태우의
둘째 아들 영문의 처가 되었다. 목영문이 소싯적에는 함부로 굴다가 정도
(正道)로 돌아가 작위가 승상에 이르렀고 임소저와 화락하여 6자 2녀를 두
었다. 효장공주의 막내딸 수혜는 태학사 두환의 처가 되어 자식을 많이
낳고 부귀하였다. 북후 임세린의 막내아들 봉홍의 자는 원최이니 옥 같은
얼굴에 빼어난 풍채가 일세의 군자였다. 봉홍은 또한 소부인의 막내아들
로 나이 12세가 되기 전에 호부상서 여흠의 딸을 얻었는데 여씨는 미모
와 덕을 갖추었으며 얌전하고 정숙하였다. 봉홍은 13세에 과거 급제하여
작위가 춘경(春卿)247)에 이르렀다.

소부 임유린의 둘째 아들 유홍의 자는 원기이니 성품이 우뚝하고 화려
하였으며 기상이 드세어 방탕한 데 가까웠다. 그러므로 그 아버지가 기껍
게 여기지 않아 '이 아이는 반드시 아비의 소싯적 누추함을 드러내고 내
근심이 될 것이다' 하였다. 유홍이 어려서 늘 이르기를, '배필을 구할 때

---

246) 과거에 급제하여 : {계지를 꺾거}. 계수나무 가지를 꺾는다는 뜻은 과거에 급제함을 이르는 말.
247) 춘경(春卿) : 주대(周代) 춘관(春官) 육경(六卿)의 하나로 국가의 예(禮)를 관장함. 후에 예부장
관을 이르는 말이 됨.

17

사촌맏형수 설의열과 사촌여동생 임성렬만한 이를 얻기는 쉽지 않으나 그 나머지 형수나 누이 역시 다 평범한 미모가 아니니 만일 아내를 얻어 형수나 누이보다 못하다면 묻지 않고 내쫓겠다.' 하였다. 그러자 사촌형 제들이 놀렸다.

"부디 만고의 박색을 구하여 유홍의 배필을 삼아야겠다."

유홍이 또한 웃으며 말하였다.

"우리 집은 빼어난 미인만 모인 곳이니 어떤 여자가 들어와야 박색을 면할 수 있겠습니까? 아무리 악담을 하셔도 제 배필은 월나라 서시(西施)[248] 같은 여자가 들어올 것입니다."

여러 사람들이 손뼉을 치며 웃으며 말하였다.

"너무 조이지 마라. 조화옹이 매우 시기하신다."

유홍은 나이 11세에 노성하여 두루 신붓감을 구하였다. 이때 간의태부 등헌이 5자 1녀를 두었는데 위로 다섯 아들을 혼인시키고 딸은 장성하여 12세가 되었다. 등소저의 향기로운 이름과 맑은 덕이 자자하게 알려져 여 중군자라고들 하였다. 임상부에서는 등소저의 명성이 널리 소문이 난 데 다가 등태우가 어진 재상이고 동생 5인이 다 옥같이 아름다운 선비니 어 찌 의심하겠는가? 임소부가 이 말을 듣고 부숙과 형에게 고하여 등소저를

아들의 배우자를 정하고자 청하면서 이미 익숙하게 들은 바였기에 구혼 하고자 하였다. 마침 목태우가 왔다가 웃으며 말하였다.

"등공은 어진 재상이고 동생 5인이 다 재주가 뛰어나며 또 등씨 처자의 아름다운 이름이 유명합니다. 제가 등태우와 교분이 두터우니 스스로 중매 역할을 맡겠습니다."

---

248) 월나라 서시(西施) : {셔즈월녀}. 이는 월녀(越女) 즉 월나라 미인 서시(西施)를 가리킴.

초왕이 기뻐하며 말하였다.

"족히 기꺼이 중매를 맡아주면 혼사가 성사될 것입니다."

목태우가 흔쾌히 수락하고 즉시 등씨 집에 이르렀다. 등태우가 맞아 예를 마치고 감사의 말을 하였다.

"근래 관청에 일이 많아 형을 오랫동안 보지 못한 까닭에 견문이 좁음[249]을 이기지 못했는데 오늘 무슨 행차로 누추한 곳에 오시니 평생 의 다행으로 여깁니다."

목태우가 겸양하며 인사하고 자리에 앉아 차를 마신 후 말을 꺼냈다.

"제가 여기에 온 것은 다름 아니라 제가 본디 형제[250]의 그림자가 외로 우니 백운자 임유린의 부인 풍씨는 제 양누이입니다. 풍씨에게 자녀가 있는데 장자는 이미 혼인하였고 둘째는 바야흐로 11세가 되었지요. 옛 사람들이 혼인을 하던 나이는 아니지만 성현공 삼형제의 지극한 효성 으로 존당께서 서산으로 돌아가실 날이 가까워진 것을 근심하여 자녀 의 혼사를 서두르고 있습니다. 들으니 그대 따님이 숙녀의 아름다운 향기를 흠모한다는 꽃다운 소문이 났더군요. 이를 듣고 소부 임유린이 나를 양가의 중매를 삼고자 합니다. 뜻이 어떠하신지요?"

등공이 듣고 나서 기뻐하지 않으며 말하였다.

"성현공이 며느리를 낮은 집안에서 구하는 것과 영광스럽게도 공께서 내 집에 오신 것을 어찌 받들지 않겠습니까? 허나 생각해 보면 임공자 는 부귀하고 지체가 높은 큰 집안에서 귀엽게 자란 아이로 재주와 용모

20

21

---

249) 견문이 좁음 : {비린디밍}. 비린지맹(鄙吝之盲)은 견문이 비루한 것이 소경과 같다는 뜻.
250) 형제 : {쳑녕}. 이는 '쳥령(蜻蛉)'의 오기일 것으로 보임. '쳥령'은 잠자리를 가리키는데 본래는 '명령(螟蛉)'인 것을 '쳥령'으로 적은 것으로 추정됨. '명령'은 나방인데, 나나니가 명령을 업어 기른다는 뜻에서 온 말로, 양아들을 비유하는 표현임. 여기에서는 화자가 풍부인의 양오라비인 목태우이므로 문맥상 형제로 바꾸어야 뜻이 잘 통하기에 형제로 옮겼음.

가 빼어난데, 제 딸은 본데없이 자기 마음대로 자랐습니다.[251] 그러니 어찌 감히 모래와 진주를 바꾸겠습니까? 높은 뜻을 받들지 못할 것 같습니다."

목공이 처음 생각하기로는 저가 반드시 기쁘게 허락할 것이라 여겼는데 이렇듯 떨쳐내는[252] 것을 보니 매우 무안하여 말하였다.

"형이 천금같이 귀엽게 자라나 버릇없는 사위를 가리는 게 지나쳐 임공자가 어떨지 주저하시는 것인지요? 모든 임생의 외모와 풍채는 난형난제(難兄難弟)이니 조금도 의심하지 마십시오."

등공이 목태우의 얼굴에 참담한 빛이 가득한 것을 보고 차마 떨치지 못하고 생각하였다.

'차마 오랫동안 사귄 사이인데 면박을 주지는 못하겠으니 마지못해 허락하게 생겼구나. 비록 결혼 후에 임공자가 내 딸의 못난 용모를 나무라 박대한들 어찌하겠는가? 이 또한 운명이다. 다행히 임공자가 덕을 좋아하고 색을 좋아하지 않는다면 딸의 맑은 덕을 공경할 테지. 비록 임공자와 딸의 앞날을 맞춘들 설마 어찌하겠는가?'

뜻이 이렇게 정해지자 기쁘게 감사하며 말하였다.

"제 딸이 어찌 고문대가(高門大家)의 옥같이 아름다운 신랑을 사양하며 또 형의 청을 거역하고자 하겠습니까마는 제 딸의 못난 용모와 누추한 자질이 군자의 짝이 되기에 넉넉하고 아름다운 좋은 배필감이 아닌 까닭에 감당하지 못할까 주저했던 것입니다. 그런데 형께서 잘못 알고

---

251) 본데없이~자랐습니다 : {산계의 비질}. 산계(山鷄)는 꿩의 일종. 산계(山鷄)는 야목(夜鶩)과 더불어 산계야목(山鷄夜鶩)으로 쓰이는데 이는 자기 마음대로 하고 남의 말을 듣지 않는 사람을 이르는 말임. 비질(卑質) 역시 비루한 자질이라는 뜻이므로 문맥에 맞춰 현대역한 것임.
252) 떨쳐내는 : {쪠치믈}. '쪠치다'는 '떨치다'의 고어임.

24

불편해하시니 제가 어찌 딸의 평생을 염려하여 큰 뜻을 받들지 않겠습니까?"

목공이 크게 기뻐 감사하고 주인과 손님이 술잔을 날리며 실컷 마셨다. 목공이 돌아가 초왕을 보고 등공이 허락했다고 말하자 초왕과 소부 임유린이 기뻐 말씀하였다. 그때 문득 유홍이 와서 목태우를 뵈었는데 몸과 마음을 닦은 격조와 깨끗한 풍채가 넓은 방을 밝힐 정도였다. 목공이 웃으며 말하였다.

"내 오늘 일대 숙녀를 얻어 너의 좋은 짝을 정하였으니 너는 내가 중매한 공을 무엇으로 갚으려 하느냐?"

유홍이 어른 앞이라 말을 못하고 웃음을 머금어 다만 '네, 네' 할 뿐 더 이상 말을 않았으니 등황(橙黃)253)이 훈훈한 바람을 맞은 듯 더욱 기이하였다. 태우가 또 물었다.

"네 어려서부터 의기양양하여 늘 말하기를 '월나라 서씨 같은 여자가 아니면 혼인하여 집안을 이루는 즐거움을 두지 않겠다'고 하던254) 바인데 오늘 어찌 아무 말도 안 하는가?"

공자가 또 답하지 않자 북후 임세린이 웃으며 말하였다.

"자양255)은 미리 공을 들레지256) 마라. 훗날 등씨를 보아야 알 것이다. 중매 잘 하면 술이 석 잔이고 못하면 뺨이 석 대니 어찌 미리 알겠는가?"

목공이 웃고 날이 저물어 돌아갔다.

---

253) 등황(橙黃) : 자황(雌黃)이라고도 함. 높이 18미터 되는 상록교목의 일종.
254) 하던 : {ᄌᆞ공ᄒᆞ던}. '자공(自供)'은 '스스로 진실을 말함'이라는 뜻.
255) 자양 : {ᄌᆞ양}. 목태우의 자(字)일 것으로 보임.
256) 공을 들레지 : {요공치}. '요공(要功)'은 자기의 공을 스스로 드러내어 남이 칭찬해 주기를 바라는 것.

26 　　등소저는 어려서부터 맹광(孟光)257) 같은 건장한 체구로 몸이 더욱 커

갔다. 점점 자라서는 여공(女工)과 부덕(婦德)이 맑고 곱고 사리에 밝았으

며, 식견이 넓고 총명하고 인자하였다. 사광지총(師曠之聰)과 이루지명(離

婁之明)을 지닌 등소저는 비녀 꽂은 군자이고 치마 입은 장부였다. 실로

부모가 기특히 여겨 사랑하고 친척들이 칭찬하여, 기리는 소문이 자자하

였다. 이날 등공이 목태우를 보내고 딸의 방에 들어가 부인과 여러 아들

들에게 딸을 임부에 시집보내기로 했다고 말하며 탄식하였다.

27 　　"임씨 여러 사람들이 무리 중 비상함은 대대로 당해낼 데가 없고 또 사

람마다 말하기를 '임씨 문중에는 명월(明月)과 채란(彩鸞)이 모였다. 그

집에 들어가는 사위, 며느리는 평범한 이 없어 며느리는 훌륭한 덕을

지닌 보물 같은 이들이고 사위는 옥같이 아름다운 선비'라고들 한다.

내 딸이 저 집에 들어가면 부녀자의 사덕(四德)으로는 부족함이 없겠지

만 외모가 아름답지 않으니 그게 큰 근심이다. 임공자가 나이 어린 서

생(書生)으로 재상가에서 태어나 호사스럽게 자라 눈 높기가 태산 같으

니, 나이 어린 공자가 미모를 좋아하고 덕을 가볍게 여기지 않겠는가?

28 그러면 우리 딸의 성덕을 저버릴 것이니 어찌 한스럽지 않겠는가?"

부인이 크게 놀라 말하였다.

"이런 줄 알면서 어찌 차마 딸의 평생을 경솔하게258) 허락하십니까?

예부터 임사(姙姒),259) 번월260)과 황씨(黃氏),261) 맹광의 덕을 일컬었고

257) 맹광(孟光) : 후한 시대의 양홍의 아내. 추녀였지만 덕행이 뛰어났음. 맹씨(孟氏)의 딸 맹광이
　　몹시 못생겼는데 31세가 되어도 결혼하려 들지 않자 부모가 연유를 물으니 양홍(梁鴻)같이 훌
　　륭한 이여야 혼인을 하겠다고 함.
258) 경솔하게 : {쇼리히}. '솔이(率爾)'는 경솔한 모양, 갑작스런 모양을 가리킴.
259) 임사(姙姒) : 주나라 문왕의 어머니이며 왕계의 아내인 태임(太任)과, 신국왕의 딸로 주 문왕의
　　후비이며 무왕의 어머니인 태사(太姒)를 말함. 두 여성은 어머니가 갖추어야 할 도리와 부녀가
　　지켜야 할 떳떳하고 옳은 도리를 펼친 것으로 이름났음.

미모를 기리지는 않았습니다. 게다가 하걸의 매희(妹喜)와 은왕의 달기(妲己)262)는 미모로 그 나라를 망하게 하였으니 여자의 미모는 중요한 것이 아닙니다."

등공이 웃으며 말하였다.

"비록 옛 일이 그러하나 예부터 지금까지 이따금 미모와 덕을 갖춘 숙녀도 많습니다. 부인의 견문으로 모르셨습니까? 초왕비 주숙렬과 효장공주와 설의열과 임성렬의 색덕(色德)은 금세에 유명하고 나머지 그 집 딸과 며느리 중 한 사람이라도 평범한 이가 있다고 들은 적 있습니까? 이런 까닭으로 모두 눈이 높을 터인데 우리 딸의 못 생긴 용모와 누추한 자질을 무엇으로 여길 것이며, 나이 어린 남자가 어찌 첫눈에 놀라지 않겠습니까? 그나저나 이 또한 하늘의 뜻이니 설마 어찌 하겠습니까?"

부인이 매우 내키지 않았지만 별 수가 없었다. 이에 길일을 택하여 임가에 알렸다. 혼인날이 임박하여 불과 열흘 정도 남았으니 양가가 혼인 도구를 성대히 갖췄다. 심부인이 딸이 비록 용모는 아름답지 않았지만 다섯 아들을 낳은 후 늦게야263) 그 딸을 얻었기에 매우 귀하게 여기는 바였다. 혼인 물품을 헤아릴 수 없이 성대히 준비하였고 가계가 부요한 까닭에 범사가 넉넉하였다.

이때 임공자 유홍이 등소저의 아름다운 소문을 익히 들어 만고의 빼어

29

30

---

260) 번월 : '번'은 번희를 가리키는 것으로 보임. 번희(樊嬉)는 초나라 장왕의 비(妃)로 재주와 식견이 있는 여자. '월'은 미상임.

261) 황씨(黃氏) : 제갈공명의 부인 황씨(黃氏)를 가리킴. 황부인은 얼굴은 못 생겼으나 지덕이 뛰어나 남편에게 중요한 도움을 준 것으로 일컬어지는 여성임.

262) 하걸의 매희(妹喜)와 은왕의 달기(妲己) : 매희(妹喜)는 하(夏)나라 걸왕(桀王)의 총희이며, 달기(妲己)는 은(殷)나라 주왕(紂王)의 총희. 본래 걸왕과 주왕은 지용(智勇)을 겸비한 현명한 군주였으나, 두 요녀에게 빠져서 사치와 주색에 탐닉하다가 폭군으로 낙인찍힌 채 나라를 망치게 됨.

263) 늦게야 : {만늬}. 만래(晚來)는 '늙은 후'라는 뜻.

난 미인으로만 알아 손가락을 꼽으며 길일이 되기를 기다렸다. 길일이 되자 상부에서 잔치를 베풀고 손님들도 많이 모였다. 임공자 유홍이 옥 같은 얼굴에 훌륭한 풍채로 혼례복을 단정히 갖춰 입고 금빛 안장을 얹은 백마를 타고 나타나자 만조 요객(繞客)264)이 인도하여 등씨 집에 이르렀다.

31   이 날 등씨 집안에서 크게 잔치를 베풀었는데 부인의 통 큰 성품으로 인해 범사에 사치스럽기가 그지없어 신부의 장신구265)와 패물의 화려함이 극에 달하였다. 등공이 비록 어진 군자였지만 자식 사랑이 유별났고 부인이 사치하기로 유명했으나 별달리 말리지는 않았다. 해 그림자가 중간에 이르렀을 때 신랑의 위엄 있는 행차가 부문에 도착하였다. 등학사가 붉은 예복에 오사(烏紗)266)로 신랑의 팔을 밀어 절하는 곳에 인도하였다. 임공자가 두 눈을 낮추고 넓은 소매를 들어 옥으로 된 전안상(奠雁床) 위에 기러기를 놓고 천지(天地)를 향해 절하고 물러나 자기 자리로 갔다. 등

32   공이 사위의 풍채와 재주를 한 번 보고나자 매우 귀중하게 여겼고 사랑스러운 마음을 이기지 못하였으며 여러 손님들의 치하도 분분하였다. 신부가 화려하게 단장하고 성대하게 차려 덩267)에 오르니 신랑이 순금 자물쇠를 가져 명을 받들어 말에 올라 자기 집으로 돌아왔다.

집에 들어서자 줄줄이 늘어서 있던 시녀들이 붉은 치마를 입고 화랍촉(華蠟燭)268)을 들어 인도하였다. 신부가 독좌269)를 마치고 향기로운 신방

---

264) 요객(繞客) : 위요(圍繞), 후배(後陪), 상객(上客)이라고도 함. 혼인 때에 신랑이나 신부를 데리고 가는 사람.
265) 장신구 : {ᄌᆞ장}. 자장(資粧). 부인의 장신구. 여자의 몸단장에 관한 준비나 또는 여자가 화장하는 데 쓰는 물건.
266) 오사(烏紗) : 오사모(烏紗帽). 고려 말에서 조선시대에 걸쳐 벼슬아치들이 관복을 입을 때 쓰던 모자.
267) 덩 : 공주나 옹주가 타던 가마.

에서 자하상(紫霞觴)[270]을 나눌 때였다. 신랑은 기쁜 마음에 눈을 바삐 들어 얼른 보았다. 그런데 평생 원하던 아름답고 운치 있는 절세미인이 아니었다. 신장이 건장한 것이 나이에 비해 판이하게[271] 성숙하여 십여 세 소녀가 남들 이삼십 세는 되어 보였고, 누런 머리와 검은 얼굴에 분칠을 한 것은 기와에 사회(沙灰)를 칠한 듯 썩은 나무에 색칠한 듯한 몰골이었다. 놀랍고 끔찍끔찍하기가 마치 풍도지옥(酆都地獄)에서 우두나찰(牛頭羅刹)[272]을 만난 듯하였다. 유홍이 이미 무산신녀(巫山神女)[273]와 요지의 서왕모(西王母)[274] 같은 미인은 보았지만 이런 추한 얼굴과 세련되지 못한 자질을 지닌 여자를 보았겠는가? 한 번 다 보기도 전에 정신과 마음이 놀라고 분노로 가슴이 막혔다. 부드러운 바람이 불던 풍경이 변하여 눈바람이 세차게 몰아치는 듯하더니 갑자기 넓은 소매를 떨치며 외당으로 나갔다. 그때 함께 따라왔던 등부 유모와 시비가 다 신랑의 노한 얼굴을 보고 놀라지 않는 이가 없었다.

그 후 얼굴 화장과 옷매무새를 고치고 예에 따라 존당과 시부모에게 인사를 드렸다. 존당 시부모며 여러 사람들이 일시에 쳐다보았는데 이 무슨 평범한 용모도 못 되고 아주 박색이었다. 검붉은 얼굴에 얽은 코가 높고,

268) 화랍촉(華蠟燭) : {화랍촉}. 빛깔을 들인 밀초를 가리킴. 흔히 혼례 의식에 씀. 화촉을 밝힌다는 말은 혼례를 올린다는 의미로 쓰임.
269) 독좌 : 새색시가 초례 사흘 동안 들어앉아 있는 일.
270) 자하상(紫霞觴) : 자줏빛 안개 같은 빛깔의 술잔. 자줏빛 안개는 신선이 사는 곳에 떠돈다는 운기(雲氣)로, 자하주(紫霞酒)라는 명칭이 고소설에 종종 등장함.
271) 판이하게 : {니도히}. 내도(乃倒)란 '뒤집히다', '판이하다', '반대이다'라는 뜻.
272) 우두나찰(牛頭羅刹) : 소머리 모양을 한 악한 귀신.
273) 무산신녀(巫山神女) : 초나라 무산(巫山)의 양대(陽臺)에서 초왕(楚王)과 비밀스레 하룻밤을 즐겼다는 선녀.
274) 요지의 서왕모(西王母) : 요지(瑤池)는 중국 곤륜산(崑崙山)에 있는 연못으로 주(周) 목왕(穆王)이 서왕모(西王母)를 만나 즐겼다는 곳. 서왕모는 『산해경(山海經)』에서는 곤륜산에 사는 인면(人面)·호치(虎齒)·표미(豹尾)의 신인(神人)이라고 하나, 일반적으로는 불사(不死)의 약을 가지고 있는 아름다운 선녀로 전해짐.

이마는 앞으로 나왔으며, 머리카락은 누렇고, 두 뺨은 주먹을 넣은 듯 톡 불거졌으며, 마른 입술에 푸르스름한 이는 보기에 흉악하였다. 키는 구 척이나 되고 두 팔은 무릎 아래보다 더 내려가고 두 눈썹은 우줄우줄한 것이 창대같이 굵고 길었다. 이 곧 울지경덕(蔚遲敬德)275)이 강생한 게 아 니면 강림도령276)이 나타난 듯하였다. 이렇듯 끔찍끔찍한 중에 한 쌍 맑 은 눈이 가을 물결같이 아름답고, 나오고 물러나는 예절이 법도에 잘 맞 으며 양 눈썹이 훤한 것이 바로 제갈량의 부인 황씨(黃氏)의 행동과 모습 이었다. 존당과 시부모가 처음에는 크게 놀랐으나 그 외모에 어진 덕이 어리어 있고 복스러운 기운이 완연함을 기뻐하여 잠깐 기쁨과 걱정이 동 하는 정도였는데, 모든 손님들은 한 번 보고는 대경실색하여 묵묵히 말이 없었다.

신부가 예를 마치고 모든 동서와 시누이들과 차례대로 견주어 자리하 였는데 여러 부인네와 소저의 달빛 같고 옥 같은 태도를 신부와 비겨보니 광채가 더욱 찬란하게 느껴졌다. 온갖 광채로 빛이 나고 상서로운 안개가 자욱하게 서린 듯하자 그 자리의 손님들이 새롭게 눈을 기울여 칭찬이 그 치지 않는 반면 신부의 흉한 얼굴과 괴상한 모습은 여러 소저들이 나타나 자 더욱 흉측하여 바로 보기 어려울 지경이었다. 여러 손님들이 곁눈질로 보고 두렵고 놀라워했으며 신랑을 아까워하는 이가 많았으므로 등부에서 온 종들이 매우 무안하여 낯빛이 붉어졌다. 신부 또한 귀와 눈이 있으니 어찌 좌중의 기색을 모르겠는가? 가볍게 행동하고277) 성품이 조급한 여

---

275) 울지경덕(蔚遲敬德) : 삭주(朔州) 선양현(善陽縣) 사람으로 당나라의 개국명장(開國名將)이자 당나라를 대표하는 장수 중 한 명임.
276) 강림도령 : 죽을 때 사람을 데리러 오는 저승사자. 제주도 서사무가 〈차사본풀이〉에 나오는 인 물임.
277) 가볍게 행동하고 : {경도}. 경도(輕倒)는 가볍게 행동한다는 뜻임.

37

자 같았으면 안색이 불안하기에 충분하였으나 신부의 도량은 너른 하늘, 넓은 바다 같았다. 자신의 못 생긴 얼굴과 세련되지 못한 자질을 스스로 생각해 보고 여러 사람들 소견이 이 같은 것은 당연히 있을 법한 일이라고 여겨 별로 개의치 않았다. 그런 까닭에 유연하고 담담하여 기색이 편안하니 사리에 밝은 존당과 시부모가 이를 알아차리고 불행 중 기뻐하였다. 상국도 기뻐하며 말하였다.

"여러 손자, 며느리가 빼어나고 뛰어나게 우아함이 특출한 까닭에 초년 운이 험하지 않은 이가 없어서 기구한 액경(厄境)[278]을 겪었으니 아름다운 용모가 실로 해롭습니다. 오늘 신부는 맹광, 황씨와 같은 쪽에 속한다 하겠습니다. 우리 집안 경사가 갈수록 더욱 많아 맹광 같은 숙녀

가 오니 어찌 기특하지 않겠습니까?"

그렇게 말하고 능라와 명주를 신부 주변사람들에게 상으로 내리니 등가에서 온 종들이 적잖이 위로를 받았다. 이렇듯 날이 저물어 잔치를 끝내고 청산에 달빛이 비칠 무렵이 되어 여러 손님들은 돌아가고 신부는 숙소를 영일루에 정하여 돌려보냈다. 이 밤에 상국 임한주가 취성전에 저녁 인사를 드리자 태부인이 말하였다.

"오늘 신부를 보니 진실로 유홍에게 어울리는 배우자가 아니어서 늙은 어미의 마음이 매우 서운하구나. 유홍의 마음은 말해야 알 바가 아니

39

다. 그나저나 유홍이 어디 있기에 저녁 인사도 안 하느냐?"

소부 임유린의 막내아들 필홍이 대답하였다.

"둘째 형이 벽소당 후당에서 눈을 감고 누웠기에 제가 함께 저녁 문안 드리러 가자고 했습니다. 그런데 길게 한숨을 쉬며 말하기를, '몸이 불

---

278) 액경(厄境) : 모질고 사나운 운수에 시달리는 고비.

평하여 저녁 문안에 참여하지 않는 것이니 어서 가서 이대로 아뢰어라'
하였습니다."

태부인이 듣고 나서 그 심사를 불쌍히 여겨 아무 말 않았고, 상국은 흐
뭇해서 대답하였다.

"등씨 비록 외모가 여러 며느리들만 못하나 재주와 덕으로는 설소부
등보다 못하지 않을 것이니 그 현숙함이 매우 다행합니다. 이러므로
등공이 자기 자식의 아름답지 않음을 생각해서 흔쾌히 허락하지 않았
던 것인데 우리 집에서 간절히 원하였으니 이 또한 운명입니다. 별 도
리 없습니다."

태부인이 머리를 끄덕였다.

상국과 선생279)이 저녁 문안을 마치고 아들, 조카들을 거느려 오운전
에 나와서 유홍을 불렀다. 이 날 유홍은 신부를 한 번 보고 난 뒤 놀랍고
분한 마음을 이길 수가 없었다. 급히 외당에 나와 혼례복을 벗고 대나무
베개를 내린 후 소매로 얼굴을 가린 채 길이 분하게 여기고 탄식하며 말
하였다.

"나 임유홍은 조상의 음덕과 부숙의 유풍 덕에 타고난 사람됨이 결코
하등이 아니고 또 재화가 이만하니 큰 벼슬아치 집안의 미녀 절색이 어
디 없겠는가? 하지만 조화옹이 어찌 이다지도 요란하여280) 유홍을 내
시고 등씨 집 추물을 내셨는가? 진실로 하늘의 이치와 조화를 알 수 없
구나. 내 차마 어찌 저런 흉물과 함께 평생을 마치겠는가? 형님이 비록
명예와 이익을 사양하시지만 나는 결단코 세상을 피하지 못할 것이다.

---

279) 상국과 선생 : 상국은 임한주를, 선생은 임한규를 가리킴.
280) 요란하여 : {헌스흐여}. '헌스흐다'는 '야단스럽게 굴다, 시끄럽게 떠들다'의 고어임.

42

그러니 한 번 대궐에서 임금님의 은혜를 받고 장원급제를 할 것 같으

면281) 요조숙녀를 얻어 비록 가법(家法)이 엄숙하나 이 울울함을 풀어

야겠다. 이미 백년 배필을 그릇 만났으니 앞날에 즐거움이 없구나."

이렇듯 생각하여 심사가 어지러워 벽소당 후실에서 눈을 감고 누웠다.

그런데 문득 필흥이 이르러 말하였다.

"저녁밥을 찾지 않으시고 이리 외롭게 누워 계십니까?"

유흥 공자가 탄식하며 말하였다.

"이 형이 오늘 우두나찰(牛頭羅刹)을 구경하니 가슴이 털썩 내려앉아 음

식 생각도 없고 심사가 산란하다. 네가 나를 위해 존당에 이리이리 고

하여라."

필흥이 돌아가 고하였다. 저녁 무렵 우흥, 필흥, 인흥이 이르러 할아버

지의 명을 전하자 공자가 억지로 외전에 이르러 할아버지와 아버지, 숙부

들을 뵈었다. 상국이 앞으로 나오라고 하여 손을 잡고 경계하여 말하였

다.

"오늘 신부를 보니 빼어난 미모라고는 말하지 못하겠으나 어질고 밝고

맑은 여자이다. 어찌 미모가 있고 간악한 여자보다 백 번 낫지 않겠느

냐? 이 곧 불행 중 매우 다행한 일이니 설마 어찌 하겠는가? 장부는 수

신제가(修身齊家)하면서 반드시 규방 여자의 한이 없게 해야 한다. 이는

44

너 또한 옛 책을 두루 읽어 모르지 않을 것이다. 황씨가 누런 머리카락

에 검은 얼굴이었지만 제갈공명이 후히 대한 부인이었고, 맹광이 추한

용모에 둔한 자질을 지녔지만 양홍(梁鴻)282)이 중하게 대하였으니, 이

---

281) 장원급제를 할 것 같으면 : {월계를 썩글진딘}. 월계는 장원급제한 이가 머리에 꽂는 계수나무
　　를 가리킴.
282) 양홍(梁鴻) : 맹광의 남편.

곧 천추에 아름다운 이야기가 되었다. 오늘 신부를 보니 맹광, 황씨의 부류로구나. 그러니 너도 어찌 양홍과 제갈공명의 관인후덕(寬仁厚德)함을 본받지 못하겠는가? 모름지기 신방에 나아가 죄 없는 여자에게 박명(薄命)283)을 끼치지 마라."

유홍이 가르침을 받자 감히 한 마디도 못하고 그렇게 하겠다고 한 후 45 물러나와 신방으로 향하였다. 아마도 걸음이 돕지 않는지 느릿느릿하게 홍운각에 나아가 어머니를 뵈었다. 풍부인이 아들의 심사를 비쳐보았는데 만일 애석해하는 것을 보이면 결단코 신방에 가지 않을 것 같았다. 그래서 짐짓 모르는 체하며 물었다.

"이미 밤이 깊었는데 어찌 숙소로 가지 않고 분주하게 다니느냐?"

유홍이 안색이 상하여 대답하였다.

"제가 어릴 때부터 부귀하고 사랑 받는 가운데 나고 자랐습니다. 아직 나이 어려 많은 사람을 겪어 본 것은 아니지만 형수와 누이들의 미모와 46 재덕(才德)은 말할 것도 없고 시녀나 심부름하는 아이들 중에도 등씨 같은 흉한 얼굴과 괴상한 모습을 한 이는 보지 못했습니다. 할아버지께서 신방에 가라 하시나 걸음이 옮겨지지 않고 아까 자리에서에서 놀란 가슴이 아직도 벌떡거리니 다시 마주하면 죽을 것 같습니다."

풍부인이 다 듣고 나서 정색하며 말하였다.

"미모를 취하고 덕을 가볍게 여기는 것은 경박한 탕자들이나 하는 일이다. 군자라면 어찌 정실을 미모로 논하겠느냐? 오늘 신부는 치마 두른 장부요 비녀 꽂은 군자이니 지난 날 맹광과 황씨 같은 인물이다. 네 47 좁고 얕은 속과는 반대이니 네 분수에 넘치는 상대이다. 헌데 아이가

---

283) 박명(薄命) : 복 없고 사나운 팔자.

어찌 보는 눈이 밝지 못하고 지식이 얕은 것이 이 같아서 숙녀를 흡족하게 여기지 않고 어른의 명을 거역하느냐? 이미 밤이 깊었으니 빨리 신방으로 가고, 좁은 소견일랑 두 번 다시 말하지 마라."

말씀이 씩씩하고 기운이 엄격하였다. 유홍이 모친마저 이 같음을 보고 놀랍고도 부끄러워 눈물을 머금고 일어나 영일루로 향하는데 길이 진파의 숙소를 지나서 가게 되어 있었다. 창 밖에 촛불 빛이 대낮 같은 가운데 성생 처 영주가 유홍의 혼례에 참예한 후 어머니 당중에 와서 웃는 소리와 말소리가 낭랑하였다. 유홍이 걸음을 멈추고 인기척을 낸 후 문을 열었다. 방에 들어가자 진파 모녀가 놀라며 말하였다.

"이미 밤이 깊었는데 어찌 신방을 찾지 않고 분주하게 다니느냐?"

공자가 길게 탄식하고 말하였다.

"정히 기특한 신부를 찾아가는 길이었습니다. 그런데 마침 몸이 불편하여 저녁을 안 먹었더니 배가 매우 고프군요. 할머니는 한 병 술을 아끼지 마십시오."

진파 모녀가 그 심사를 알아차리고 저런 풍부한 용모에 배우자의 체모가 합당하지 않음을 차탄했으나 말을 않고 즉시 심부름꾼을 불러 술 한 병과 감탕, 동정귤 등을 가져와 권하였다. 유홍이 한 병 술을 다 마시고 말린 고기와 과일을 맛보았다. 진파 모녀가 놀라 말하였다.

"공자가 십여 세에 저 술을 언제 저리 배웠다고 과음하느냐?"

공자가 억지로 미소를 지으며 말하였다.

"남자가 되어 한 병 술을 못 먹겠습니까? 주량이 전혀 없겠습니까마는 존전에 조심함이 많더니 오늘밤은 사실(私室)에 가 근심을 다 잊고 취한 잠이나 자려 하기에 흔쾌하게 실컷 마십니다."

말을 마치고 일어나 신방으로 가자 진파 모녀가 차탄하기를 그치지 않았다. 공자가 신방에 이르니 이미 밤이 깊었다. 유모와 시녀는 밤늦도록 신랑의 발자취가 없자 문에 기대어 기다리던 중이었는데, 아주 밤 깊어서야 들어오는 것을 보고도 오히려 기뻐하며 바삐 맞아 방으로 안내하였다. 신부가 붉은 저고리와 치마로 일어나 맞아 동서로 자리를 마주하고 앉았다. 못난 얼굴과 누추한 자질이 촛불 밑에서 보니 더욱 흉하였다. 유흥이 취한 눈을 비스듬히 떠 곁눈질로 보고 놀라고 의아하니 더욱 심화가 일었다. 짐짓 취한 척하고 옷을 입은 채 비단이부자리에 쓰러지더니 코 고는 소리가 우레 같았다. 신부는 밤이 새도록 단정하게 앉아 조금도 몸을 기울이지 않았고, 장 밖에 있던 유모 등은 우려하기를 마지않았다. 유흥은 날이 새도록 자고 새벽에 깨었다. 촛불 빛이 희미한데 신부가 오히려 단정하게 앉아 있었다. 신부가 자지 않았음을 알 수 있었다. 유흥은 자는 듯 누워 가만히 살펴보았다. 저의 행동이 편안하고 모습이 조용하고 그윽하여 외모와는 매우 달랐다. 그 모습에 적잖이 미운 마음이 조금은 사라져 마음속으로 탄식하며 말하였다.

'이 사람의 용모가 평범하기는 바라지도 못하겠고, 저리도 기이하고 괴상함은 하늘이 모름지기 미모를 취하는 나의 마음을 밉게 여겨서이다.'

마음에 분기와 울화가 마구 동하였다. 문득 평생 좋은 기회로 신부를 놀리고자 하는 마음이 들어 갑자기 몸을 움직여 일어나 말하였다.

"내가 어젯밤 술이 많이 취하여 부인으로 하여금 신혼 첫날밤에 괴롭게 잠도 못 자도록 하였으니 마음 불편함을 이기지 못하겠습니다. 그러나 나는 보잘것없는 서생입니다. 양홍과 제갈이 덕을 취하고 미모를 가벼이 여겼다는 것을 믿지 못하겠으니 숙녀의 평생을 저버릴까 두렵습니다."

등소저가 다 듣고 나서 저가 자기 용모가 곱지 못한 것을 업신여기고 비웃어 자기를 살펴보려 함을 눈치 채고 마음속으로 냉소하여 목소리를 낮추어 천연스럽게 대답하였다.

"군자가 말씀하지 않으셨으나 저 또한 콩과 보리를 가리지 못할 정도는 아닙니다. 추한 용모와 누추한 자질이 어찌 군자의 좋은 짝이 아닌 줄 알지 못하겠습니까마는 이미 하늘에서 정해준 인연이 기구하여 육례(六禮)를 갖춰 맞았으니 이 또한 하늘의 뜻입니다. 장부의 하신[284]은 예부터 늘 있는 일이니 백 곳에서 취한다 해도 허물이 없습니다. 당신의 풍모와 재화로 한 번 과거에 급제하면[285] 절세미인이 다투어 모일 것입니다. 저는 다만 규방에서 남편 시중드는 일을 하며 평생을 임씨 집안에 의탁하는 것이 소원입니다. 어찌 말세에 태어나 맹광, 황씨의 지아비가 그 순함을 공경했던 경우를 바라겠습니까?"

말을 마치는데 말 기운이 곧고 순했으며 옥 같은 음성이 맑고 우아하여 형산의 옥[286]을 바수는[287] 듯하여 듣고 또 듣고 싶었다. 유흥이 그 목소리의 기이함과 지식의 원대함에 놀라며 기특하게 여겨 더욱 그 사람됨에 감탄하였다. 두 번 거듭 보며 한참동안 물끄러미 바라보다가 갑자기 탄식하여 말하였다.

"천지조화가 애통하여 홀로 그대의 타고난 사람됨이 저리도 괴이하여

54

55

---

284) 하신 : 미상. 맥락에 따르면 장부가 여자들을 취하는 것을 의미하는 것으로 보임.
285) 과거에 급제하면 : {월궁의 단계를 썩그면}. 단계(丹桂)는 계수나무의 일종이며, 월궁(月宮)은 대궐을 비유한 표현으로 보임. 대궐의 계수나무를 꺾는다는 것은 과거에 급제한다는 뜻.
286) 형산의 옥 : 형산(荊山) 초옥(楚玉)을 가리키며, 변화(卞和)와 얽힌 고사가 있는 옥. 대표적인 보옥(寶玉)으로 거론되는 옥.
287) 바수는 : {바으는}. '바으다'는 '바수다'의 고어임.

첫눈에 나를 놀라게 하는구나. 이 곧 조화옹의 요란함이 아니라면 어찌 이러하겠는가? 그대의 성덕이 한 마디에 나타나니 내가 그저 길이 항복합니다. 하물며 그대는 부모께서 맡기신 조강지처 정실이니 어찌 차마 박하게 대하겠습니까? 허나 또한 오래도록 화목하게 산다는 것은 믿지 못하겠습니다. 부인에게 능히 태임(太任), 태사(太姒)의 덕이 있겠습니까?"

등소저가 대답하였다.

"투기는 칠거지악에 속합니다. 저 또한 재상가에서 태어나 예의를 조금 아니 그대에게 두 번 되풀이하는 수고는 끼치지 않겠습니다."

유홍 공자가 등부인의 말하는 얼굴빛이 어른스럽고 또 밝히 아는 것은 기특하게 여겼지만 그 외모가 하도 흉악하니 한숨을 길게 내쉬고 한탄스럽고도 놀라워 다시 말을 않고 비단이부자리에 쓰러져 자는 듯하였다. 이윽고 몸을 일으켜 외당에 나가 세수하고 여러 사촌형제들과 같이 존당에 아침 문안하였다. 신부도 새 단장을 하고 문안에 참예하였는데 기이한 생김, 괴상한 모양이 볼수록 놀라운 까닭에 유홍이 새삼 흘깃 보고 놀랍기도 하고 두렵기도 하였다. 형수나 누이들의 아름다운 모습과 등부인의 이상하게 못난 모습을 보고는 마음속이 시끄러워 얼굴 표정이 자주 바뀌었다. 모두들 그 기색을 살피고 어여삐 여겨 봐 주었다. 이윽고 여러 생들이 물러나 팔룡당으로 갔다. 모두들 공자를 정신없이 놀리며 술과 안주를 막으니 유홍이 가뜩이나 심란한데 미움과 분노를 이기지 못해 소매를 떨치며 말하였다.

"이제 저녁도 안 먹고 오늘 아침도 먹는 둥 마는 둥하였으니 너희는 뭘 좀 장만하여 나를 위로하여라. 나는 오줌 한 그릇도 날 것이 없다."

여러 생들이 크게 웃으며 말하였다.

"네가 재상가 공자로 장가들었으니 단지 등태우의 다섯 아들에 더하여 한 사위 되었을 뿐 아니라 등공의 집이 부요한 것은 세상에 소문이 자자하다. 새색시가 태만한 듯 말하여도 만반진수를 수고롭지 않게 장만할 것이다. 게다가 우리는 어혈(瘀血)[288] 지지도 않았고 숨 막히지도 않았는데 오줌은 무슨 일로 마실 것이며, 네 또 부요한 처가에 가서 산 같은 진수성찬 음식에 멀미나서 안 먹은 것을 우리가 무슨 아랑곳할 일이라고[289] 없는 돈에 술과 음식 장만하여서 너를 먹이랴?"

유홍이 화가 나서 말대답할 경황도 없어 묵묵히 대답도 않은 채 떨치고 나와 외전에 이르렀다. 그 기색이 매우 안 좋아보이자 여러 사촌들이 웃으며 말하였다.

"우리가 말하지 않더냐? 아내 바라는 눈이 너무 높으니까 조화옹이 혹 짓궂어 맹랑, 황씨 같은 처자를 얻은 것이다."

유홍이 성내어 말하였다.

"사람마다 부인을 얻을 때 아름다웠으면 하는 것은 인자상정입니다. 형들이라고 박색을 취하는 게 소원이시겠습니까마는 여러 형수들의 너그러움과 재덕이 세상에 빼어나시니 호승심에 겨워 저런 말을 하는 겝니다. 여러 형수 가운데 누군가가 만일 등씨는커녕 평범한 정도만 되어도 형님네들은 저보다 더 난리를 칠 것입니다. 속담에 '남의 말 하기는 식은 죽 먹기 같다' 했습니다. 워낙 여러 형네 말 때문에 이리 되었으니 여러 형의 입 고사가 발현된 탓입니다. 제 원망을 면하고자 하

---

288) 어혈(瘀血) : 타박상 따위로 살 속에 피가 맺히는 것.
289) 아랑곳할 일이라고 : {아롱굿치완디}. '아랑곳ㅌ'은 '아랑곳, 알 일, 참견할 일' 등의 고어임. '~완디'는 '~이기에'에 해당하므로 맥락을 고려하여 옮겼음.

시거든 한낱 절세미인을 중매 서십시오."

여러 생들이 크게 웃으며 말하였다.

61

"우리 탓이냐? 네 처궁이 얼마나 좋으면 그러하겠는가? 너는 우리를 원망하지 말고 중매한 목태우를 원망하여라."

말을 마치고 크게 웃고 서로 이끌며 오운전으로 들어갔다. 목태사는 벌써 와 있었다. 목태우가 어제 모부인과 부인이 전해준 말을 통해 신부의 못 생긴 얼굴, 둔한 자질이 이런 줄 듣고서 마음속으로 중매한 낯이 없기가 그지없었다. 그런데 문득 유홍의 수심 어린 낯빛을 보자 도리어 웃음이 나왔다. 목태우가 천천히 미소 지으며 물었다.

62

"조카가 복이 많아 천고의 숙녀를 취했으니 내가 정히 축하하고자 왔는데 근심스런 얼굴, 슬픈 표정은 무슨 이유에서냐? 아니, 신혼 첫날밤에 저 군자의 흠모함을 만나 신부에게 구박을 맞았느냐?"

유홍이 매우 속상했으나 저 목공이 외삼촌이라 불리는 사람인만큼 조카로서의 도를 소홀히 하는 것은 예가 아니었다. 그저 두 눈을 숙이고 입술에 붉은 빛을 머금은 채 묵묵히 대답하지 않았다. 그러자 북후 임세린이 웃으며 말하였다.

"내가 말하지 않았던가? 자양²⁹⁰⁾이 중매를 잘 하겠노라고 너무 우리더니²⁹¹⁾ 내 말이 절절이 맞았으니 원천강(袁天綱),²⁹²⁾ 이순풍(李順風)²⁹³⁾은 찾아 무엇 하겠는가?"

목태우가 웃고 대답하였다.

---

290) 자양 : 목태우의 자(字)일 것으로 추정됨.
291) 우리더니 : {우루더니}. '우리다'는 '우리다'의 경상 방언.
292) 원천강(袁天綱) : 당나라 때 관상가로, 당시에 가장 유명한 관상가라고 전해지는데 그는 특히 눈이나 목의 상을 보고 앞일을 점쳤으며 그의 예언은 백발백중했다고 함.
293) 이순풍(李順風) : 판수 점쟁이가 조상으로 섬기는 맹인신(盲人神) 중의 하나.

63

"딱 내 탓도 아닙니다. 처음에 임형이 등씨의 헛된 명성에 혹해 나를
보냈으니 어찌 제 탓이겠습니까?"

임상국이 웃으며 말하였다.

"이 또한 하늘의 인연입니다. 현계(賢契)[294]의 말씀이 가장 좋을 뿐 아
니라 취해도 사납지 않으니 그 천만다행입니다. 설마 어쩌겠습니까?
말씀을 너무 많이 하다가 이야기가 등부에 미친 것인데 등공은 군자여
서 우리들의 실없음을 괴이하게 여길 것입니다. 그러니 그만 그치십시
오."

모두 다 삼가 명을 받들었고 목태우도 말을 그쳤다.

등소저가 시댁에 머무는데 조용하고 그윽한 사덕(四德)을 다 갖췄고 지
혜롭고 사리에 밝아 상쾌하였다. 존당을 효로 받들고 자매와 화목하고 우
애로워 성녀(聖女)의 유풍을 갖추었으며 아랫사람들에게는 은혜와 위엄을
병행하였으므로 존당과 시부모가 기뻐 지극하게 사랑하고 집안에 칭찬하
는 소리가 자자하였다.

유홍이 한 번 신방에 다녀온 후는 발걸음을 다시 영일루로 향하지 않고
서당(書堂)에서 사촌형제들과 함께 날들을 보냈으며, 그렇지 않으면 때때
로 틈을 타[295] 후원 경일루에 들어가 창녀를 옆구리마다[296] 끼고 등소저
에게 술과 안주를 더 내오라 하여 만일 제 때 가져오지 못하면 그 좌우를
질타하며 소저를 꾸짖고 욕하여 온갖 꼬투리로 시험하였다. 그러나 등소
저는 본래 넓은 하늘, 너른 바다 같은 성품이어서 목소리와 낯빛에 드러
내지 않고 시키는 바를 제대로 못 맞출까 염려하는 듯 맞추었다.

---

294) 현계(賢契) : 이는 아우뻘 혹은 조카뻘 되는 손아랫사람에 대한 존칭.
295) 틈을 타 : {됴각을 타}. '조각을 타다'는 '틈을 타다' 혹은 '기회를 엿보다'라는 의미.
296) 옆구리마다 : {녑녑히}. '녑ㅎ'은 '옆구리'의 고어임.

유흥이 하루는 술에 매우 취한 채 창녀 월랑과 취옥에게 붙들려 영일루에 들어가니 등소저가 저와 부부 된 지 한 해가 지났지만 얼굴을 마주한 것은 신혼 첫날밤뿐이었다. 이따금 존당께 문안드릴 때에 여러 사람들 모인 가운데 혹 만날 때가 있었으나 실은 생소하며 서먹함이 심하였다. 게다가 유흥이 때때로 부부 간에 바람 잘 날 없이297) 아무 때나 억지 호령을 부리니 부끄러웠지만298) 그의 취지가 자기를 헤아려 보려는 것인 줄 알고 일마다 순순히 뜻을 받들었다. 이에 유모와 시녀가 애달파 말하였다.

"소저가 비록 외모가 남만 못하시지만 당당한 사대부가의 딸로 사덕(四德)이 요조하시고 임상공의 육례(六禮)와 수레 백량(百兩)으로 와 계신 것이니 한낱 가마를 따라온 시첩이 아닙니다. 주군이 이렇듯 능멸하시고 천대하시니 어찌 애달프지 않겠습니까? 이미 상공이 신혼 첫날부터 싫어하시고 박대한 것이 이 같으시니 소저가 평생 어떻게 사실지 분명합니다. 삼종지도(三從之道)의 첫 번째인 아버지를 이미 잃으셨으니 다시 바랄 것이 무엇입니까? 소저는 너무 겸손하여 주군에게 더 업신여기는 경우를 당하지 마시고 빨리 존당에 빌어서 친정에 돌아가서 아버지 어머니를 뫼시고 남은 생을 평안하게 지내시는 게 옳을까 합니다."

등소저가 듣고 나서 오랫동안 말이 없더니 또한 미소를 지으며 말하였다.

"어미는 무식한 말을 하지 마라. 여자가 이미 시집왔으니 사생고락이

시댁에 달렸다. 남편이 싫어해서 피한다고 한하겠으며 내 또한 생긴 게 아름답지 않으니 남편이 눈이 높아 천대한다고 어찌 원망하겠느냐? 어미는 부질없이 많이 말하지 마라. 듣는 사람이 있을까 걱정되는구나."

유모가 대답하였다.

"소저의 성덕이 이 같으시되 어찌 단지 생긴 게 빛이 없어서 신세에 재앙299)이 될 줄 알았겠습니까?"

이렇듯 한탄할 때 마침 진파가 지나가다가 사사롭게 하는 말을 들었다. 진파가 크게 탄복하여 돌아와 모든 부인네에게 전하니 존당과 시부모며 여러 아주버니들이 그 덕행과 역량을 기특하게 여겼다. 훗날 유홍이 막 내아우로부터 이 말을 듣고 크게 탄복하여 공경하며 중히 여기게 되었다.

하루는 등소저가 정당에 저녁 문안을 마치고 돌아와 촛불을 밝히고 정히 바느질을 하고 있었다. 그때 문득 유홍이 취하여 신발 끄는 소리도 요란하게 문을 열고 방에 들어오는데 붉은 소매300)의 예쁜 여자 둘을 좌우에 끼고 들어왔다. 소저가 낯빛을 변하지 않고 하던 일을 놓고 자연스럽게 일어나 맞았다. 그러자 유홍이 두 여자의 손을 가로 쥐고 자리에 나아가 앉으며 취한 얼굴을 몽롱하게 떠서 소저를 보았다. 소저의 얼굴이 더욱 흉측하고 괴상하게 보여 웃으며 말하였다.

"내가 당신301)의 성덕을 익히 아오. 그러나 실로 그대의 못생긴 얼굴은 풍류를 아는 남자의 정을 돕지 않소. 내 정이 박한 게 아닌데 억지로 하

69

70

---

299) 재앙 : {마얼(魔孼)}. '마얼'은 직역하면 '귀신의 재앙'이라는 뜻.
300) 붉은 소매 : {홍슈(紅袖)}. 붉은 소매라는 뜻의 '홍수'는 '궁녀의 옷'을 가리킴.
301) 당신 : {셰군(細君)}. '셰군'은 자기 아내를 이르는 말로, 동방삭이 자기 아내를 그렇게 부른 데서 유래함.

기는 정말 어렵고 또 혼자 지내는 무료함이 심하여 먼저 이 두 사람에게 정을 주어 훗날 첩의 수를 채우고자 하는데 부인이 능히 받아들이려나?"

등소저가 듣고 나서 안색이 씩씩하고 옥 같은 목소리가 맹렬하여 말하였다.

71 "옛말에 책 속에 옥 같은 미녀가 있다.302)라고 했습니다. 장부가 살아가면서 충효를 둘 다 온전하게 하지 못할까 근심할지언정 옥 같은 아내와 꽃 같은 첩이 없을까 근심하겠습니까? 낭군은 온갖 행실 중 세상 살아가는 처신을 그 어디에 중점을 두셨는지요? 입신양명하면 명문거족의 아름답고 상냥한 숙녀를 어디 가서 못 얻을까마는 구태여 가는 사람 안 잡고 오는 사람 마다않는 노류장화의 무리를 가까이 하여 군자의 처신을 상하게 하겠습니까? 하물며 청루 술집은 세상 경박자가 놀며 즐

72 기는 바이니 선비가 갈 곳이 아닙니다. 제가 비록 지혜롭지는 않으나 당신이 육례를 갖춰 맞은 정실입니다. 비록 말을 먹이고 뜰을 쓸라고 하시면 이는 시키시는 대로 하겠지만 차마303) 오늘 여알(女謁)304)을 양 옆에 끼고 들어와 나를 살피는 거동은 그대로 따르지 못하겠습니다."

말을 마쳤는데 그 말씀이 씩씩하고 사리에 밝고 기색이 상쾌하여 규중 여자의 늠름한 위풍이 마치 백만 군대를 거느린 대원수의 호기로운 풍모 같았다. 월랑, 취옥이 미처 유흥의 명령을 기다리지도 못하고 황급하게

73 물러나자 유흥 또한 놀라 부인의 뜻을 받아들여 두 창기에게 빨리 물러가

---

302) 책 ~ 있다 : 이 말은 중국 북송의 황제인 진종(眞宗)의 〈권학문(勸學文)〉의 한 구절. 원문의 구절은 "아내를 구하매 좋은 매파가 없음을 탄식하지 마라. 책 속에 옥 같은 미녀가 있으니[取妻莫恨無良媒, 書中有女顔如玉]"임.
303) 차마 : {겨킨디}. '저흐다'는 '두려워하다'의 고어인데, 여기서는 맥락을 고려하여 이렇게 옮겼음.
304) 여알(女謁) : 대궐 안에서 정사를 어지럽히는 여자.

라고 하고 흐트러진 의관을 다시 매만져 곧추 앉아 옷깃을 바로잡으며 말하였다.

"부인은 참 어질군요! 어찌 이 같은 성덕과 딘화를 품고 단지 외모가 저토록 곱지 못하여 어리석은 남편으로 하여금 좋은 배우자를 만나지 못한 탄식을 하게 하는가? 내가 나이 어리고 경박하여 고작 부인의 외모가 곱지 않은 것만 생각하고 어진 덕과 높은 행실을 알지 못하여 앞뒤로 광망(狂妄)한 게 많으니 부인은 부디 용서하시오."

등소저가 낯빛을 가다듬고 감사하며 말하였다. 74

"군신과 부부는 한 몸입니다. 임금이 어두우면 신하가 힘써 간하고 남편이 밝지 못하면 부인이 간곡하게 간하는 것은 늘 있는 일입니다. 우매한 제 한 마디에 그대가 이렇듯 쉽게 깨달으시니 이는 제 공이 아니라 그대의 지덕이 뛰어나신 것이니 제가 감탄하는 바입니다. 그대는 어찌 저를 이다지 과장하십니까?"

유흥이 재삼 칭찬하고 이날 밤 영일각에서 잤다. 혼인한 후 바야흐로 이곳에 출입한 것이 두 번째요 부부가 같이 잔 것은 처음이었다. 유흥이 소저에게 권하여 바야흐로 이부자리로 나아갔다. 그가 부인의 크고 훌륭한 덕에 항복하였으니 또한 부부의 중한 정이 가볍지 않았다. 유흥이 이후로 내당 왕래가 빈번하니 등부에서 알고 크게 기뻐 춤을 출 듯하였다. 오래지 않아서 유흥이 등용문에 높이 올라 벼슬이 춘방학사 비서각 한림에 이르자 명망이 조야를 움직일 정도가 되었다.

임 씨 삼 대 록

40권

1   차설. 등소저가 한림305)이 입신하여 출세하는 것을 보고 조용히 알아
보면서306) 아름다운 여인을 구하였다. 마침 유생 최담이 그 즈음에 등태
우 부인 심씨의 한 동생을 취하였는데 다만 딸 하나만 남긴 채 부부가 다
죽었다. 최씨 소저가 의탁할 곳이 없게 되자 외삼촌 심어사 부중에서 장
성하였는데, 14세의 사랑스러운 얼굴이 앳되고 아름답고 성품이 온순한

2   처자였다. 등소저가 부모를 설득하고 존당에 아뢰어 최소저를 맞이하여
한림의 빈실(賓室)307)로 맞아 돌아오니 최소저는 성품이 너무 가냘프고
약하였지만 지극히 어질었고, 얼굴이 빼어나 늦봄의 복숭아꽃이 만개한
듯하였다. 존당과 시부모가 바야흐로 한림에게 걸맞은 짝이 들어왔다고
기뻐하고 한림이 바라던 바에도 딱 맞았다. 하지만 그런 와중에서도 등소
저의 성덕에 탄복하여 은근한 사랑이 진중하였고 또 최씨를 중하게 대우
하였다. 등씨 또한 최씨와 화목하고 우애가 돈독하여 아황(娥皇), 여영(女
英) 자매 같았으므로 규문(閨門)308)의 화기가 가득하자 집안 상하가 칭찬
함을 마지않았다.

3   등소저가 또한 존당과 시부모에게 아뢰어 월랑, 취옥을 한림의 첩으로
두고자 하였다. 존당과 시부모가 등씨의 덕을 기특하게 여겨 또한 두 여
자를 허락하여 한림을 시중드는 사람의 수를 채우게 하였다. 그러자 한림
임유홍이 마음으로 승복하는 것과 두 창기가 그 덕에 감사하는 것이 비길
데 없었고 집안 상하가 등소저를 '후상군'309)이라 불렀다. 훗날 유홍의 작
위가 평장사 한국공에 이르고 등부인이 8자 2녀를 두어 모두 기특하니 당

305) 한림 : 등소저의 남편인 임유홍을 가리킴.
306) 알아보면서 : {듯보아}. '듯보다'는 '듣고 보다'임.
307) 빈실(賓室) : 손님을 접대하기 위한 방. 여기에서는 첩실의 의미로 사용된 것으로 보임.
308) 규문(閨門) : 부녀자가 거처하는 곳. 규중(閨中).
309) 후상군 : 후상(後廂) 혹은 상군(廂軍). 임금이 호위할 때 뒤를 호위하던 군대.

시 사람들이 칭찬하기를 '등씨의 어진 덕 덕분'이라 하였다. 이때 소부 임유린의 셋째 아들 우홍이 장성하여 태학사 손기의 사위가 되고 막내아들 필홍은 주태우의 사위가 되었는데 손씨와 주씨는 다 명망 있고 벼슬 높던 큰 가문의 요조숙녀들이었다. 각기 군자의 짝으로 걸맞으니 존당과 시부모가 기뻐하는 것이 비길 데 없었다.

화설. 백운자 임유린의 장녀 초혜는 12살이고 둘째 딸 소혜는 11살이었는데 한 쌍 모란꽃이 활짝 핀 듯 온갖 고운 빛이 풍부하고 찬란하였다. 그 중에서도 장녀 초혜는 더욱 더한 듯하였고 성덕이 태임(太任), 태사(太姒)의 풍을 지니고 이었다. 사람들이 그 얼굴을 본다 해도 소리를 듣기는 어렵고, 아름다운 향기를 구경한다 해도 웃음을 보기 어려웠다. 집안 상하가 매우 비상하다고들 하더니 이때 황제가 정궁(正宮)에게서 태자를 두셨는데 나이 11세로, 용 같은 눈썹, 봉 같은 두 눈에 반듯한 얼굴이었으며310) 천하311)에 왕이 될 재주와 기질을 지녀 진실로 성스럽고 덕스러운 군왕이었다.

황제가 이해 봄에 조서를 내려서 지위 높은 벼슬아치 집안의 딸 중 재주와 용모, 그리고 성덕을 겸비한 숙녀를 간택하였다. 그러니 온 신하가 경사에 참여해야 했으며 딸 가진 자는 뒤처지는 이312) 없이 여러 가지 패물로 꾸며 모양을 내고 간택에 응하였다. 임부에서는 모든 딸들이 다 시집갔으므로 그것으로 핑계를 대고 소부는 두 딸이 어리다고 하여 간택에서 빠졌다. 황제가 황후와 함께 모든 여자들 가운데서 간택을 하는데, 초

---

310) 얼굴이었으며 : {방면ᄃᆞ이며}. 방면(方面)은 네모반듯한 얼굴을 가리키며, '~대이다'는 '~었습니다'의 고어임.

311) 천하 : {텬원지방[天圓地方]}. '천원지방'은 하늘은 둥글고 땅은 네모나다는 뜻으로 여기에서는 '천지 혹은 천하'의 뜻으로 보임.

312) 뒤처지는 이 : {쩌지니}. '쩌지다'는 '뒤떨어지다'의 고어임.

간(初揀), 재간(再揀) 두 차례에 걸쳐 본 모든 여자들이 덕 있어 보이는 자는 미모가 없고 미모가 있는 여자는 덕이 없어 미모와 덕을 고루 갖춘 듯한 자는 경솔하거나 거만하거나 하여 진정 국모의 재목이 없었다. 다시 삼간택할 때 황제의 표정이 자못 기뻐 보이지 않던 중, 문득 궁녀 한 명이 나아와 아뢰었다.

"이번 간택에 소부의 두 딸이 들어왔습니까?"

황제가 보니, 이는 8세인 근시시녀(近侍侍女) 시녀 모란이었다.

황제가 물었다.

"임소부의 딸은 너무 어려 간택에서 빠졌는데 네가 어찌 아느냐?"

모란이 말하였다.

"제가 효장궁313)에 나갔다가 봤습니다. 임소부에게 두 딸이 있는데 둘째 딸은 생김새가 매우 아리땁고 영리하고 지혜로워 보였습니다. 하지만 장녀는 미모로는 여기에 비할 데가 없고 말로 다 못할 정도입니다. 태임(太任)이 강생하신다 해도 이보다 낫지 못할 것이니 성덕과 아름다운 빛이 찬란하고 방년 12세는 되어 보였습니다."

황제가 반신반의하셔서 급히 효장궁에 사람을 보내서 사지상궁(事知尙宮) 소경란을 부르셨다. 소상궁이 무슨 까닭인 줄 몰라서 공주에게 아뢰고 입궐하여 인사를 드리자 황제가 물었다.

"소부 임유린의 장녀가 나이 12~13세는 되었다고 하는데, 맞느냐?"

상궁이 비록 임부 가훈을 알지만 천자께서 알고 물으시는데 어찌 속일 수 있겠는가? 상궁이 대답하여 아뢰었다.

"과연 소부의 장녀 미모와 덕이 고금에 쌍을 이룰 만한 자가 없고 나이

---

313) 효장궁 : 임세린의 부인 효장공주의 거처.

도 장성하였습니다. 그러나 소부가 번거로운 것을 원하지 않아 짐짓 간택에서 빠진 것입니다."

황제가 웃으며 소상궁을 내보내고 즉시 임상부에 엄한 명령을 내렸다.   9

이제 태자비를 간택하는데 이는 천하의 국모이므로 성(聖)과 덕(德)을 갖춘 여자를 의논하여야 한다. 소부 유린이 딸을 두었는데 방년 12세에 미모와 덕이 아름답다는 것을 짐이 알고 있다. 그런데 어찌 속이고 나이가 어리다고 하며 간택에서 빠졌으니 이는 임금을 업신여김인가? 아니면 나라를 거절하고자 함인가? 알던 바가 아니다. 평범한 신하 같으면 죄를 줄 것이지만 백운자의 맑은 절개를 헤아려 죄를 용서하니 빨리 간택에 참여하여라.   10

임부 사람들은 모두 놀라고 소부 임유린은 분이 나서 말하였다.

"어떤 말 많은 자가 성상께 아뢴 것일까?"

초왕이 말하였다.

"이 또한 하늘의 뜻이니 인력으로 할 바 아니고, 조카의 남다른 기이한 자질로 보건대 결단코 여염 천한 집 평범한 남자의 배필 될 기질이 아니다. 고집부리지 말고 하늘의 뜻에 순순하게 따라라."

소부가 별 수 없을 것을 알고 초혜소저를 간택에 들게 하였다. 황제와 황후가 임소저를 한번 보았는데 미모와 덕이 비길 데 없는 건 말할 것도 없고 오색 상서로운 빛이 그 몸에 둘러 있었다. 황제의 마음이 매우 기뻐   11
단망(單望)314)에 뽑아 별궁에 머물게 하고 즉시 예부에서 택일하여 임부

---

314) 단망(單望) : 조선시대에 관리를 천거할 때 세 사람을 추천하던 삼망(三望)의 관례를 따르지 않고 한 사람만 추천하는 것.

에 알리며 위로하였다. 임부에서는 별 도리 없이 혼사 물품을 준비하였다.

국혼날이 다가오자 황제와 황후가 사지상궁에게 많은 시녀를 거느리게 하여 임소저를 본부로 모셔 나오게 하였다. 상궁과 시녀가 임소저를 모시고 상부에 나오자 상하 모두가 반겨 붙들고 위로하는데, 임소저의 옥 같은 얼굴, 꽃 같은 모습에 눈물이 떨어지니 존당이 위로하고 풍부인이 온화하게 손을 잡고 말하였다.

12   "이 또한 하늘의 뜻이니 고집부리지 말고 성덕을 두루 밝히십시오."

혼인날이 되자 상부에서 큰 잔치를 벌이고 태자의 행차를 기다렸다. 이때 구중궁궐 넓은 전각에 꽃 수풀을 이루고 구름과 안개 같은 햇빛 가리개가 하늘에 솟았으며 장려함을 다 기록하는 게 지루하여 오히려 다 기록하지 못할 정도였다. 해가 중천에 떴을 때 태자가 허다한 장한 위의로 상부에 이르렀다. 승상 창흥이 옥으로 된 전안상(奠雁床)에 이르러 팔을 내어 기러기를 전하고 임소저를 맞아 입궐하려 하였다. 임소저가 존당과

13   부모, 숙당과 자매와 작별하고 채색 가마를 탔다. 태자가 금자물쇠로 잠가 허다한 위의로 환궁하는데 넓은 길에 채색 옷을 입은 시녀가 쌍쌍으로 천만이나 늘어서 꽃 수풀을 이루었고 이원(梨園) 풍류는 전후좌우에서 음악을 연주하였으며 무수한 상궁들은 태자와 임소저를 태운 채색 가마를 옹위하였고 문무백관들은 뒤를 좇았다. 수많은 호위 군사들의 경필(警蹕)315) 소리가 하늘에 요란하고 둘씩둘씩 짝지은 어린 시녀는 비취향과 부용향을 흐드러지게 피우며 호위하였다. 재상가 부인네들은 행차가 잘

14   보이는 집을 잡아 구경하였고 도로에서 구경하던 사람들로 넓은 길이 메

315) 경필(警蹕) : 임금이 거둥할 때에 경호하기 위하여 통행을 금하던 일.

어졌으니 여러 향취가 온 성에 자욱하였다. 이때 날씨가 맑고 오색구름이 어리었으니 태평성군이 국모를 맞이하는 날이라 할 만하였다.

바로 정전(正殿)에 이르자 황제와 황후가 용탑에 앉았고 인척 부인과 모든 공주, 육궁(六宮) 비빈(妃嬪)과 상궁, 시녀가 시위하였다. 태자와 임비가 예절을 마치자 예를 도와주는 상궁이 쌍으로 나와 임비를 모셔 황제와 황후에게 대례(大禮)를 마쳤다. 이날 임비의 성덕과 아름다운 빛이 온 자리에 비추니 황제와 황후가 크게 기뻐하였고 모시던 부인네들은 만세를 불러 경하하였으며 문무(文武) 신하들이 다 경하하였다. 날이 저물어 잔치를 마치고 임비의 처소를 봉황전으로 정하였고, 태자가 신방에서 화촉을 밝히는 예를 행하였다. 태자가 임비의 찬란한 모습과 성덕이 휘황한 것을 크게 기뻐하여 부부가 화합하였고316) 예로 대하였으며, 임비 또한 팔덕(八德)317)을 갖추어 칭찬하는 소리가 대궐에 진동하니 허다한 긴 사연은 지루하여 이루 다 기록하지 못하였다. 이때 임소저가 태평한 국모가 되어 7자 3녀를 낳았다.

차설. 임상부가 국혼의 영광을 얻었으나 번화함을 꺼려 도리어 흥미가 잦아들었고 소부는 근심과 즐거움이 그 전과 마찬가지였다. 연이어 둘째 딸 소혜는 처사와 혼인하려 하였는데 이미 하늘이 정해준 곳이 있었으니, 인력으로 어찌 하겠는가? 이때 어사 양철은 대대로 명문거족이고 한 시대의 군자였으며, 상부와 이웃하여 임부 여러 사람과 교분이 깊었다. 양어사가 부인 이씨와 함께 지낸 43년에 다만 아들 하나를 두었는데 그 아들의 이름은 경운이고 자는 용문이었다. 고결하고 영웅다운 풍모는 반악(潘

15

16

17

---

316) 부부가 화합하였고 : {금슬동고}. '금슬종고(琴瑟鐘鼓)'는 부부의 화합을 가리킴.
317) 팔덕(八德) : '인의예지충신효제(仁義禮智忠信孝悌)'의 여덟 가지 덕을 가리킴.

岳)318) 같았고 문장과 재주는 옛사람을 압도하였으니 일세를 풍미하는 군자이지만 성정이 화려하고 영민하고 용맹스러웠다. 일찍이 과거에 급제하여 벼슬이 한림에 이르렀으며 공씨를 부인으로 얻었는데 부부 인연이 불행하여 공씨는 천하의 박색이었다. 양생이 방년 14세에 문장과 풍채가 일세의 영준(英俊)이나 부부가 서로 맞지 않는 것을 한탄하고 조용히 아름다운 숙녀를 구하였지만 마땅한 곳이 없었다. 하루는 유모 설귀를 보고 탄식하며 말하였다.

18 "어미는 혹시 두루 소문을 알 것이니 어느 곳에 숙녀가 있으면 내 깊은 근심을 덜어주시오."

부모 또한 아들의 짝이 아름답지 않음을 애석하게 여겼고, 유모도 속으로 양생 같은 고결하고 영웅다운 풍모로 박색을 아내로 맞은 것을 아깝게 여기던 차에 이 말을 듣고 두루 알아보았는데 임상부를 빼놓고는 천하의 빼어난 미인을 구할 수가 없었다. 마침 사촌 아무개는 초왕궁의 궁비(宮婢) 설향이었다. 유모 설귀가 내심 임부 여러 소저 중에서 알아볼까 하여 나아가 보았다. 설향이 반겨 술과 음식을 후히 대접하고 회포를 펴는데 피차 어느 정도 술잔을 주고 받자 설귀가 말을 꺼냈다.

19 "동생은 우애가 지극한 까닭에 내 심회를 숨기지 않고 실토하니 너무 번잡하다 마라. 내 과연 6세 때부터 양어사 댁에 팔려 지금까지 60년이 거의 다 되었는데 조금의 공도 갚지 못하던 차였네. 어사께서 늦도록 자식이 없으시다가 비로소 양한림을 낳으셨는데 옥 같은 얼굴에 빼어난 풍모가 당대에 영준(英俊)이시지. 내 마침 젖이 넉넉하여 받들어 젖

---

318) 반악(潘岳) : 중국 서진(西晉)의 문인. 하남성(河南省) 영양(榮陽) 출생. 어릴 때부터 신동이자 미남이었다고 함. 용모가 아름다워 그가 젊었을 때 낙양의 길에 나타나면 여자들이 몰려와 그를 향해 귤을 던졌다는 고사가 있음.

을 먹여 길러서 방년 14세에 문장과 재주가 반악 같건마는 조화옹이

20

시기가 많아 하필 공씨 같은 만고 박색을 짝으로 맞으니 한림은 말할

것도 없고 내 마음이 분하고 원통하다. 그러던 차에 한림이 숙녀를 알

아볼 뿐더러 어사 노야와 부인이 또한 조용히 구하신다는 걸 알게 되었

는데, 천하가 넓고 넓되 한낱 숙녀를 얻기가 매우 어려워 아마도 미모

와 덕을 갖춘 곳은 이곳밖에 없는 것 같다. 이러므로 때로 와서 의논하

니 동생은 혹시 꽃 같고 달 같은 미모와 성비의 덕을 갖춘 규수가 있으

면 한 번 알려주어 내 깊은 근심을 우선 덜어주오."

설향이 귀로 들으며 사촌언니의 충성스런 마음에 감동하여 한참 있다

대답하였다.

"형의 깊은 근심이 곧 제 일과 뭐가 다르겠습니까? 형을 위해 사실대로

아뢰겠습니다. 지금 미모와 덕을 갖춘 소저는 소부의 두 소저시니 장

녀는 바로 태자비가 되셨고 둘째 소저는 지금 방년 12세입니다. 둘째

소저는 바라보는 사람의 눈이 부시고 그 차분하고 침착한 움직임을 보

면 스스로 몸이 움츠러들어 의관을 바로하게 되지요. 형은 잠깐 있다

가 낮 문안 때에 나를 따라 구경해 보십시오."

설귀가 기뻐하며 다른 수작을 하다가 이윽고 낮 문안 때가 되었다. 설

향이 설귀를 이끌어 층층 난간319)을 보여주면서320) 내당 합문 뒤에 섰

다. 초왕비 주숙렬과 북후 임세린의 두 부인이며 한부인, 풍부인 등이 자

녀를 거느려 취성전에 모두 모이자 모든 부인, 소저들의 휘황한 치장과

밝고 찬란한 붉은 치마가 새록새록 한들거리고 옥 같고 달빛같이 고운 태

---

319) 난간: {월앙[月檻]}. 월함은 달을 구경하는 난간으로 보임.
320) 보여주면서: {발믹여}. '발믹여'는 '발뵈여'의 오기일 것으로 보이는데, '발뵈다'는 자랑하기 위
　　해서 혹은 자기가 가진 부분을 일부 내보인다는 뜻임.

도에 해가 빛을 잃을 정도였다. 요지(瑤池) 선녀가 모인 것 같아 혀를 내두르며 말을 못할 지경이었는데, 서쪽 난간 위에서 한 무리의 종들이 향로 부채를 잡아 인도하는 곳에 한 선녀가 봉익관(鳳翼冠)에 잠자리 날개 같은 저고리를 입고 가는 허리에 여섯 폭 홍춘상을 더하여 진주부채를 가볍게 부치며 나왔다. 달같이 아름다운 이마에 버들 같은 눈썹, 선녀 같은 얼굴에 꽃 같은 뺨, 그리고 붉은 입술과 흰 이는 찬란하게 빛나고, 새침해 보이는 기질과 새하얀 피부가 매끈하게 고와 그 기이함을 이루 다 형용하기 어려울 지경이었다. 무엇에 어린 듯이 바라보는데 그 소저의 걸음걸이가 어느덧 정당을 향해 접어들었다. 설귀가 뭔가를 잃어버린 듯하다가 설향에게 이끌려 도로 나와 말하였다.

"내가 세상에 난 지 60년에 처음으로 좋은 구경을 하였는데 그 이는 누구인가?"

설향이 임소저의 몸가짐321)에 대해 말하였다. 설귀가 즉시 작별하고 양부에 돌아가자 한림이 급하게 물었다.

"어미 얼굴에 화색이 무르녹아 있으니 오늘이야말로 나의 소원을 푸는가 보다."

설귀가 비로소 숨을 내쉬고 말하였다.

"아이고, 아이고. 오늘날 임소부의 둘째 딸을 보니 미모와 덕과 그 아름다운 빛을 한 입으로는 다 일컫지 못할 것 같습니다, 60년 된 무딘 눈이 오늘에야 새롭게 뜨였습니다."

한림이 웃으며 말하였다.

---

321) 몸가짐 : {亽의}. 사의(四儀)는 불교용어인 사위의(四威儀)의 준말로 행(行), 주(走), 좌(坐), 와(臥) 네 가지 신체 자태가 법도에 그대로 들어맞는 것을 이름.

"어미는 본디 허랑하지 않지. 진실로 그럴 정도면 어찌 큰 공이 있는 인재322)에게 가지 않겠는가? 어미는 말 잘하는 매파를 불러오너라."

25

설귀가 기쁘게 나아가 나이 70세가 된, 매파로 늙은 장파를 불러왔다. 장파는 나이 비록 늙었으나 말이 넉넉하여 소진(蘇秦), 장의(張儀)323)의 후신인 듯하였다. 양생이 금 백 냥을 주고 속마음을 일러 '임소부의 둘째 딸 소저와 정혼함을 청하라' 하니, 장파가 알았다며 허락하고 임씨 집안으로 갔다.

마침 취성전에 존당 상하가 모두 모여 있는 때였는데 장파가 섬돌 아래에서 머리를 조아리고 양어사의 말을 전하며 구혼하였다. 그러자 승상 임창홍이 기뻐하지 않으며 말하였다.

26

"양어사가 비록 군자이고 그 아들 경운의 옥 같은 얼굴과 빼어난 풍채는 하등은 아니다. 그러나 경운은 이미 부인을 얻었고 성품이 호협(豪俠)한 까닭에 안 되겠다고 아뢰어 달라."

장파가 감히 다시 말을 못하고 돌아가 양한림을 보고 혼인을 거절한 말을 아뢰자 한림이 깜짝 놀랐다. 그러나 다시 묘한 계책이 없어 자고 먹어도 맛을 모르더니 하루는 문득 생각하기를, '내 아무쪼록 임소저를 한 번 살펴본 후에 결단하여 인연을 굳이 이루도록 하겠다.' 하였다. 드디어 후원 높은 누각에 올라 임상부 집안을 바라보며 혹시 임소저를 볼 수 있으려나 마음을 조이더니 일이 공교롭게 되는 것이 하늘이 정하신 연분이었

27

---

322) 큰 ~ 인재 : {딜둑주}. 진(秦) 나라가 정권을 잃은 것을 사슴(鹿)을 잃은 것에 비유해 그 후 군웅이 정권을 다투는 것을 추록(逐鹿)이라 하고 우수한 인재를 질족(疾足), 즉 발이 빠른 말이라 함.
323) 소진(蘇秦), 장의(張儀) : 중국 전국 시대의 세객(說客)들로 말주변이 좋은 것으로 유명함. 강국 진(秦)에 대해 상대적으로 열세에 있던 6국의 제후들이 모색한 전략적인 외교책으로 소진은 합종(合縱)을, 장의는 연행(連衡)을 주장했음.

다.

이때 마침 임소저가 시녀 너덧 명을 데리고 후원 연꽃을 구경하다가 우연히 눈을 들어 보았더니 머지않은 곳에 누각이 날아갈 듯 서 있었다. 그러자 혹시 바깥사람이 볼까 겁이 나서 빠른 걸음을 옮겨 침소에 돌아왔다. 그때 문득 금빛 새장의 앵무새가 내달아 낭랑하게 말하였다.

"소저야, 오늘이 좋은 날이구나. 견우직녀(牽牛織女)의 칠석(七夕) 아름다운 만남과 같구나. 오늘날 백년군자의 눈에 띄었으니 이 곧 하늘의 인연이로다. 소저를 위하여 경축 드립니다."

소저가 부끄럽게 여기고 무슨 까닭인 줄 모르나 꽃가지로 치며 꾸짖었다.

"요괴로운 짐승이 무슨 잡담을 하는 게냐?"

앵무새가 다시 말하였다.

"소저는 바른 말 하는 것을 꾸짖지 마십시오. 제가 먼저 약수(弱水)[324] 삼천리에 청조(青鳥)[325]가 되어 백년 신물을 유정한 낭군에게 전하겠습니다."

말을 마친 후 가볍게 날아 소저의 경대 위에 놓인 금가락지 한 짝을 물고 날아갔다. 소저와 시녀가 다 크게 놀라 낯빛을 잃었으나 별 수 없으니 소저의 양미간에 수심이 자욱하였다.

이때 양생이 높은 누각에 올라 감히 임상부를 엿보았는데 과연 너덧 명 시비가 한 명 소저를 옹위하여 나왔다. 얼굴이 고운지는 미처 보지도 않았는데 밝은 달이 중천에 뜬 듯, 모란꽃이 활짝 핀 듯, 침착한 움직임이

---

324) 약수(弱水) : 신선이 살았다는 중국 서쪽의 전설 속의 강. 길이가 3,000리나 되며 부력이 매우 약하여 기러기의 털도 가라앉는다고 함.
325) 청조(青鳥) ; 서왕모에게 소식을 전해 주는 새. 사자(使者)의 역할을 함.

자유로운 가운데 법도가 있어 걸음을 옮기는데 땅에서 향기가 일어나는 듯하였다. 문득 눈길을 들어 바라보다가 총총하게 돌아갔는데 남은 향기가 코를 찌르는 듯하였고 임소저의 꽃 같은 얼굴, 달 같은 모습이 눈에 어른어른하고 정신이 취한 듯하였다. 양생이 손으로 가슴을 어루만지며 탄식하고 말하였다.

"하늘이 저 같은 숙녀를 내시고 이 양경운으로 인연이 되지 못하게 하시는가? 아마도 내 일세 영준(英俊)으로 아녀자를 사모하여 부모에게 불효를 끼치겠구나."

한숨을 길게 내쉬었다가 짧게 토했다 하면서 돌아올 마음이 없었다. 그때 문득 뜻밖에 신이한 앵무새가 날아와 금가락지 한 짝을 놓고 낭랑하게 말하였다.

"오늘 신이한 앵무새가 군자숙녀 좋은 인연의 매파가 되어 신물을 가지고 왔습니다."

그리고 도로 날아갔다. 양경운의 온 마음이 기쁨으로 가득하여 하늘을 향해 감사하였다.

"하늘이 도우셔서 양경운의 깊은 근심을 덜어주시니 아마도 조상이 덕을 쌓으신 나머지 음덕으로 천지의 신이한 기운이 감응하신 것인가 보다."

누각에서 내려가 당에 이르러 계교를 내어 편지 하나를 썼다. 그리고 영리한 서동(書童)[326]을 불러 임씨 집안에 가서 이리이리하라고 일렀다. 서동의 나이는 9세인데 매우 영리하였다. 편지를 손에 들고 임씨 집안에 가긴 갔는데, 문리(門吏)[327]가 막고 들여보내지 않았다. 그러자 서동이 말

326) 서동(書童) : 서당에서 글을 배우는 아이. 여기에서는 시중드는 아이를 이르는 것으로 보임.

하였다.

32 "저는 양씨 집안328) 서동입니다. 임한림 노야께서 오늘 왕림해 주십사
는 전갈이 와서 온 것인데 어찌하여 서럽게 막습니까?"

문리가 그 서동이 대답하는 것을 듣고 들어가라고 하자 서동은 바로 정
전(正殿)으로 들어갔다. 마침 문안 때라서 모두 모여 있었다. 일 맡은 차환
(叉鬟)329)이 문득 나아와 물었다.

"너는 어떤 아이인데 당돌하게 들어왔는가?"

서동이 편지를 드리며 말하였다.

"양한림 댁에서 임소저에게 드리라고 하셨습니다."

차환이 이상하게 여겨 바로 정당(正堂)에 들어가 편지를 올렸으니, 소저
33 가 어찌 보겠는가? 묵묵하게 못 본 듯하니 유홍이 말하였다.

"무슨 글이든지 간에 이미 왔으니 어찌 보지 않느냐?"

소저가 말하였다.

"이는 제가 친한 곳이 아닙니다. 잘못 찾아 온 게 아닌가 싶으니 도로
내어 주어라."

차환이 나와 그 아이를 찾으니 벌써 간 곳이 없었다. 존당 상하가 놀라
고 괴이하여 주변에게 그 편지를 보여주었다. 편지에 쓰여 있기를 '소생
양경운은 두 번 절하고 임소저께330) 부칩니다.'라고 되어 있었다. 모두
실색하여 보니 그 내용은 대략 다음과 같았다.

---

327) 문리(門吏): 문을 지키던 구실아치.
328) 양씨 집안: {셜부(府)}. 내용상 '양부'의 오기인 듯하기에 이와 같이 옮김.
329) 차환(叉鬟): 주인 가까이에서 잔심부름을 하는, 머리를 얹은 여자종.
330) 임소저께: {임쇼져장딕하의}. 장대(粧臺)는 부녀자의 화장용 경대(鏡臺)로, 규방을 뜻하기도
함. 편지의 수신처인 임소저의 처소를 가리키는데 여기에서는 문맥을 고려하여 '임소저께'로 옮
겼음.

난초가 가장 깊은 계곡에 묻혀 있어도 광채를 숨기지는 못합니다. 나 양경운이
어찌 소저의 향기로운 이름을 모르겠습니까? 존부에 구혼했으나 단단히 거절하시
니 별 도리 없던 중 그윽이 사모하였습니다. 우연히 누각 위에 올라갔다가 소저의
옥 같은 얼굴을 구경하고 유정하게 바라보던 차에 신이한 앵무새가 소식을 전하고
하늘의 명을 받아 소저의 신물을 가져와 전하였습니다. 이는 곧 하늘이 맺어준 아름
다운 인연입니다. 소저는 오늘부터 양경운의 아내인 줄로 알고 혼인 준비를 갖추어
준비해 주십시오.

존당 상하가 서로 돌아보며 실색하였다. 소부 임유린이 문득 크게 화
를 내고는 소저를 앞에 꿇리고 꾸짖었다.

"나이 어린 처자가 처신을 어찌하였기에 외간 남자를 보았으며, 수중에
갖고 있는 물건은 어찌하여 탕자의 손에 들어갔느냐? 사실대로 다 고
하고 숨기지 마라."

소저가 분하고 애달픔을 이기지 못하던 차에 아버지의 책망을 듣게 되
자 다만 땅에 엎드려 눈물을 흘리며 말하였다.

"제가 비록 보잘것없지만 부모님의 가르침을 삼가 예의와 염치를 압니
다. 어찌 외간 남자를 보았겠습니까? 언젠가 후원에서 연꽃을 잠깐 보
고 왔을 뿐입니다. 그때 신이한 앵무새가 이리이리 왔다가 갑자기 금
가락지 한 짝을 물고 가서 지금까지 애달프고 분함을 이기지 못해 죽고
자 해도 묻힐 땅이 없었습니다. 그런데 이 같은 해괴한 일은 차마 듣지
못하겠으니 차라리 죽어 모르는 것만 같지 못합니다."

말을 마치고 슬픈 눈물이 연이어 떨어지니 소부가 다시 시녀들을 불러
꿇리고 엄히 물었다. 그들의 말도 딸의 말과 같으니 그 자리에 있던 사람

들이 다 놀랐다. 상국 임창홍이 탄식하며 말하였다.

"이 또한 하늘의 뜻이니 어찌 하겠는가? 양경운이 또한 군자(君子) 영준 (英俊)이니 모름지기 허혼하여라."

소부가 분이 나서 큰소리로 말하였다.

"양가 탕자의 이 같은 행사가 매우 이상하고 놀랍습니다. 비록 허혼할 뜻은 있지만 딸을 규중에 십년 머물러 두었다가 그 후에 저를 좇게 해 주십시오."

초왕이 말하였다.

"그건 안 된다. 이미 두 아이를 혼인시킬 바에야 고집을 부리는 것이 사리에 떳떳하지 못하고 만일 오래 고집을 부렸다가는 탕자의 분한 기 운을 더욱 돋울 수도 있다. 일이 장차 어떤 지경이 이르게 하려 하느 냐? 모름지기 청혼하여 혼인시키는 게 가장 좋은 방법이다."

승상이 또한 사리를 들어 고집 부리지 말라고 하자 소부가 별 도리 없 어서 매파를 양씨 집안에 보내어 청혼하였다. 양경운은 가슴 가득 기쁘고 양어사 부부는 이런 줄 모르고 흐뭇하게 기뻐하였다. 이미 택일하여 성례 할 때 두 집에서 큰 잔치를 열고 신랑을 맞으며 신부를 보내는데 그 위의 의 화려함이 굉장하였다. 양경운이 임소저를 수레 백량으로 우귀(于歸)하 니331) 양어사 부부가 척 보기에도 매우 기뻤다. 공씨는 단장을 곱게 하고 신부와 예를 행하였는데 임소저의 아름다운 모습을 보고는 시기하는 마 음도 없고 도리어 승복하여 밤낮 그 곁을 떠날 뜻이 없었다.

이날 밤 양경운의 온화한 기운이 마치 봄바람 같았다. 신방의 불빛 아

---

331) 우귀(于歸)하니 : 전통혼례에서 대례를 마치고 사흘 후 신부가 처음으로 시집으로 들어가는 것 을 이름.

래 임소저를 마주하자 매우 기뻐 촛불을 끄고 소저를 이끌어 이부자리에 나아가고자 하였다. 그러나 소저는 끝내 뗄쳐내니, 서릿발 바람이나 한여름 뙤약볕같이 매서워 한림이 힐난하다 못하여 밤을 새웠다. 새벽닭이 울자 임소저가 시부모에게 문안하고 그 곁에 머물면서 효성으로 받들고 아랫사람들을 은혜로 거느렸다. 그러나 유독 한림에게는 말과 낯빛이 냉랭 ⁴⁰하였다. 한림이 날마다 마주하여 달래기도 하고 타이르기도 하였지만 조금도 온순함이 없었다. 소저의 유모가 이런 기미를 상부에 전하자 풍부인이 소저를 엄하게 타일렀고 그 후부터는 한림과 화락하였다.

공씨는 비록 외모는 박색이었지만 자기보다 나은 자를 싫어하지 않아 소저의 꽃 같은 얼굴을 사랑하여 정이 자매간 같았다. 소저 또한 공씨를 예로 우대하여 한림에게 공씨를 찾으라고 권하니 소저의 덕이 더욱 나타났다. 훗날 양한림의 벼슬이 좌승상 진국공에 이르렀고 임씨에게서 12자 ⁴¹5녀를 낳고 공씨에게서 5자 2녀를 두어 영화가 극에 달했으며 평생 반 점 근심도 없이 지냈다.

화설. 임상부의 영화와 복록이 순씨팔룡(荀氏八龍)332)에 비길 바가 아니었다. 이렇듯 날마다 즐기는 가운데 세월이 물같이 흘러 세상과 인연을 끊는 일이 자주 뒤를 이었다. 관태부인은 향년 95세로, 이미 천수를 다하였으니 어찌 동방삭(東方朔)333)처럼 삼천갑자(三千甲子)334)를 바라겠는가? 우연히 병을 얻어 자리에 누웠는데 온갖 약이 다 소용이 없었다. 자손과 ⁴²

---

332) 순씨팔룡(荀氏八龍) : 후한(後漢) 때 순숙(荀叔)은 환제(桓帝) 낭릉후(郎陵侯)의 정승으로 그에게는 검(儉)·곤(緄)·정(靖)·도(燾)·왕(汪)·상(爽)·숙(肅)·부(敷)[전(專)]이라고도 함] 8명의 아들이 있었는데, 모두들 뛰어나 재명(才名)이 있었기에 사람들이 '순씨팔룡'이라 부름.

333) 동방삭(東方朔) : 중국 전한 시대의 문인, 속설에 서왕모의 복숭아를 훔쳐 먹어 장수하였으므로 '삼천갑자 동방삭'이라고 함.

334) 삼천갑자(三千甲子) : 육십 년의 삼천 배, 즉 18만 년을 이름.

여러 며느리가 갈팡질팡 어찌할 바를 모르던 중 5일도 되지 않아 세상을 떴다. 상국 임한주는 그저 어머니의 손을 잡고 우는데 눈물이 흰 소매에 흘렀고, 선생 임한규는 헤아릴 수 없는 애통함 가운데 급히 패도(佩刀)를 빼서 손가락을 잘라 피를 가지고 나오니 좌우에서 급히 깁으로 싸매고 뭐라 말을 못하였다. 태부인이 문득 눈을 떠 주변을 보고는 두 아들을 나오라고 하여 손을 잡고 탄식하며 말하였다.

43 "예부터 한 번 나고 죽는 것은 인지상사(人之常事)이다. 옛사람이 말을 남기길, '인생 칠십은 예부터 드물다'335) 하였으니 내가 덕이 없어 너희 아버지를 여의고 죽지 못해 산 평생 동안 외롭게 두 아들을 의지하여 지내더니 선군(先君)의 보살핌으로 너희들 적은 자녀로 손자와 증손이 번성하고 지위가 높고 재산이 많으니 만사가 다 분에 넘친다. 게다가 내 나이 90세가 넘었으니 죽어도 나쁘지 않고 저승에 돌아가 조상에게 아뢸 말이 빛나니 무엇이 슬프겠느냐? 내 자식이 망령된 행동으로 몸

44 을 상하게 하느냐? 범사에 중도(中道)를 좇아 본향으로 돌아가는 마음을 놀라게 하지 마라. 그렇게 하지 않으면 나중에 죽어 구천(九泉)에서 만나도 서로 보지 않겠다."

두 아들이 그저 흐르는 눈물이 피와 섞이면서도 명을 따를 뿐이었다. 태부인이 종일 편안하여 말씀이 또렷하였는데 진시(辰時)336) 초에 바야흐로 운명하였다. 향년 95세였으며, 이때는 삼월 초순이었다. 일가가 발상(發喪)하며 슬퍼하니 울음소리가 구천에 사무쳤다. 예로 초상을 지내고 성복(成服)337)을 마치니 임상국 형제가 노래자(老萊子)338)처럼 육아(蓼莪)의

335) 인생 ~ 드물다 : {인싱칠십고리희[人生七十古來稀]}. '사람이 일흔 살까지 사는 것은 예로부터 드문 일'이라는 뜻으로, 두보(杜甫)의 〈곡강시(曲江詩)〉에 나오는 말.
336) 진시(辰時) : 23시의 다섯 번째 시로, 오전 7시부터 9시까지의 시간을 이름.

슬픔339)을 이기지 못하여 병의 빌미가 뼈에 사무치니 숨이 곧 끊어질 듯 기운이 약하여 지탱할 길이 없었다. 초왕 삼형제가 경황없어 어찌할 바를 모른 채 밤낮 뫼시고 온갖 방법으로 위로하였지만 상국이 슬픔을 차마 억제하지 못하였다. 모든 자손이 지극한 효로 망극한 심사가 비할 데 없었다.

황제가 듣고 참담하고 슬퍼하여 예관으로 조문하고, 태자비340)는 태왕모(太王母)341)가 별세했다는 소식을 듣고 크게 슬퍼 사지상궁을 시켜 조문하고 수라를 폐하자 태자가 사리를 들어 잘 말하였다. 상국 형제는 어머니를 여읜 후에 물 한 잔도 마시지 않고 여막342)에 엎드려 노력하는 것이 날로 위태로웠다. 하룻밤은 비몽사몽간에 태부인이 구름무늬 치마에 안개 무늬 저고리를 입고 가볍게 내려와 두 아들을 책망하였다.

"감히 몸을 상하지 않는 것이 효의 시작이고, 옛사람의 가르침이다. 너희들이 하는 바는 비록 효성 지극하다고 하나 결국 내 뜻은 아니니, 내가 저승에서 한심함을 이기지 못하겠구나."

말을 마치고 낯빛이 위엄 있고 씩씩하여 평상시와 다름없으니 상국 형제가 짧은 시간 동안의 일343)이었으나 반가우면서도 슬퍼 간절하게 어머

---

337) 성복(成服) : 초상이 난 후 처음으로 상복을 입는 일. 보통 초상난 지 나흘째 되는 날부터 입음.
338) 노래자(老萊子) : 노래자는 일흔 살의 나이에도 색동옷을 입고 부모 앞에서 어린아이 짓을 하여 부모를 기쁘게 하였다는 중국 춘추 시대 초(楚)나라의 현인(賢人). 효자를 대표하는 이름이 되었음.
339) 육아(蓼莪)의 슬픔 : 육아지통(蓼莪之痛). 효자가 부모 봉양을 뜻대로 하지 못하는 것을 슬퍼하여 읊은 『시경』의 시에서 나온 구절임.
340) 태자비 : 임유린의 첫째 딸인 초혜를 가리킴.
341) 태왕모(太王母) : 증조할머니.
342) 여막 : {녀츅}. 이는 여막을 가리키는 것으로 보임. 여막(廬幕)은 궤연 옆이나 무덤 가까이에 지어 놓고 상제가 거처하는 초막.
343) 짧은 ~ 일 : {덧人}. '덧'은 '얼마 안 되는 퍽 짧은 시간'을 가리키므로 '덧人'는 짧은 시간 동안에 일어난 일을 의미하는 것으로 보임.

47　니의 비단소매를 붙들고 울기를 마지않았다. 태부인이 선몌(仙袂)344)를
뿌리치며 말하였다.

"비록 모자 사이이나 유명(幽明)이 다르다. 너희들이 나를 생각한다고
하면 다만 유언을 저버리지 마라."

말을 마치고는 그 몸이 보이지 않았다. 상국 형제가 어머니를 부르는
소리가 넘쳐 잠깐 동안345)에 놀라 일어나니, 여막의 풀 베개를 비스듬히
베고 잠깐 잠이 든 것이었다. 그러므로 더욱 슬픔을 이기지 못하였으나
어머니의 말씀이 또렷하였음에 감동하였다. 그 이후로 적잖이 지극한 슬
픔을 넉넉하게 억제하여 몸을 보존하니 자손들이 기뻐하는 것이 헤아릴
수 없었다.

48　이렇듯 슬픈 가운데 장월(葬月)346)이 임박하자 영구(靈柩)를 모셔 고향
화주로 내려갔다. 초왕 삼형제와 승상 사촌형제 20명과 학사, 한림 등 사
촌 형제 중에서도 팔구 세 이상은 다 할아버지와 아버지를 모시고 고향으
로 내려가고 여부인, 위부인 두 부인은 소부 임유린의 부인 풍씨와 송암
자 관홍의 부인 윤씨와 명홍 처 한씨와 기홍 처 유씨 등이 모시게 하였다.
그 다음은 각각 아버지의 거취를 따랐는데 관홍 등은 백운자 유린을 좇아
49　향리에 머무르고자 하므로 공명(功名)에 매이지 않고 처자를 데리고 하향
하였고, 경사(京師) 본부에는 주숙렬이 손위·손아래 동서와 딸과 며느리를
거느려 머물렀다. 초왕 형제는 상을 마친 후 서울로 돌아가기로 결정하고
승상 창홍의 사촌형제들은 장례 후 서울로 돌아가려 하였다. 진파와 군계
또한 하향하니, 소파가 태부인 상을 당한 후 슬퍼하는 것이 상국 형제보

---

344) 선몌(仙袂) : 신선의 소매. 여기에서는 태부인이 이미 죽은 사람임을 가리키는 것으로 보임.
345) 잠깐 사이 : {니각[二刻}. '이각은 한 시간을 넷으로 나눈 중 두 번째 시각을 가리킴, 30분.
346) 장월(葬月) : 장례에 알맞은 달. 죽은 사람의 사주에 따라 정함.

다 덜하지 않더니 영구를 맞아 이별한 슬픔을 이기지 못하였다. 숙렬비, 효장공주와 설의열 등 손위손아래 동서들도 태부인이 평일 사랑하던 성 50 덕을 추모하여 눈물 흘리며 곡하였는데 흐르는 눈물이 뺨을 적시니 그 음 성이 더할 수 없이 슬펐다.

택일하여 상여를 움직이는데 새벽 서리 내리고 지는 달빛 받으며 상구 를 출발시켰다. 붉은 명정(銘旌)347)과 그림 그려진 삽선(翣扇)348)은 앞에 서 인도하고 만장(輓章)349)은 평생의 맑은 덕을 기록하여 십 리 되는 백사 장에 벌였는데 친인척 및 옛 친구들까지 송별하는 행차가 문에 메어졌다. 거개(車蓋)350) 달린 주륜(朱輪),351) 네 마리 말이 끄는 적거(翟車),352) 제후 의 백월(白鉞)과 재상 반열의 주륜이 번잡하여 발 디딜 틈이 없었다. 여염 51 집 남녀들이 집을 잡아 구경하고 칭찬하여 당시 사람들이 "살아서든 죽어 서든 다 영화와 복 많기가 어찌 감히 태부인 같기를 바라겠는가!" 하였다. 천자가 예관을 보내 제사를 치르게 하고 태부인을 추증하여 '명현숙덕부 인'이라 하였다.

상국 형제가 여러 아들 및 손자, 증손자들을 거느려 무사히 길을 가서 고택에 자리를 잡고 장례일을 택하여 관을 땅속에 묻을 때 효자 현손의 지극한 아픔이 더욱 심하여 곡하는 소리가 하늘에까지 닿았다. 검은 구 52

---

347) 명정(銘旌) : 죽은 사람의 관직과 성명 따위를 적은 기. 다홍 바탕 천 위에 흰 글씨로 쓰며 상여 앞에서 들고 간 뒤에 널 위에 펴 묻음.
348) 삽선(翣扇) : 운불삽(雲黻翣). 운삽(雲翣)은 발인할 때 영구 앞에 세우고 가는 널판으로, 구름 무늬 부채를 그린 널판임. 불삽(黻翣)은 역시 발인 때 상여 앞뒤에 세우고 가는 제구로, '아(亞)' 자 형상을 그린 널조각에 긴 자루가 달려 있음.
349) 만장(輓章) : 죽은 이를 슬퍼하는 글 또는 그 글을 종이에 적어 기(旗)처럼 만든 것. 주검을 산소 로 옮길 때 상여 뒤에 들고 따라감.
350) 거개(車蓋) : 상류 계급의 사람들이 타는 수레 위에 둥글게 친 우산 같은 휘장. 비나 햇빛을 가 리는 용도로 쓰임.
351) 주륜(朱輪) : 지위가 높은 사람들이 타는, 붉은 칠을 한 바퀴가 달린 수레.
352) 적거(翟車) : 황후가 타는 수레.

름도, 청산도 슬퍼하는 것처럼 보였고, 흐르는 눈물, 목메어 나오는 눈물이 가리지 않고 나오니, 온 사람들이 감읍하고 보는 이들이 슬퍼하였다. 이미 장례를 마치고 석물(石物)을 갖추었으므로 상국 형제가 밤낮으로 여막을 떠나지 않고 네 때에 곡하며 울었는데, 그 중 어느 한 때라도 남에게 맡긴 적이 없었다.

여부인, 위부인 두 부인이 자부, 손부 등을 거느려 집안일을 잘 다스렸으며 아침저녁 증상(蒸嘗)353)을 받드는데 상례(喪禮)를 어김이 없었고, 태부인을 모셔 걱정 없이 편안하고 즐겁던 일들을 추모하여 감회를 이기지 못하였다. 슬픈 가운데 어렴풋이 태부인의 소상(小祥)354)을 지내니 자부, 손자, 증손들의 슬픔이 새삼스러운 가운데 문득 소파가 소부에 돌아가 병들어 죽었다. 소공 일가가 소파의 어진 덕으로도 자식 없이 죽은 것을 슬피 여겨 지극히 후히 장례지냈다. 부음이 화주355)에 이르자 임씨 여러 공들이 크게 슬퍼하고 여부인, 위부인 두 부인이 슬픔을 이기지 못하여 늘 태부인을 추모하기를 마치면 소파가 어질었음을 일컬으며 슬퍼하였다.

흐르는 세월이 덧없어 태부인의 삼년상을 마치니 상하 모두의 슬픈 감회는 글로 다 쓰기 어려울 정도였다. 상국 임한주가 노쇠해지니 벼슬에 뜻이 없고, 초왕 형제는 차마 늙으신 어머니 곁을 떠나지 못해 표를 올려 벼슬을 사양하고 시골에서 남은 생애를 마쳐 늙은 아버지를 끝내 봉양할 수 있길 간절하게 빌었다. 상소한 글이 슬프고 쓸쓸하니 상이 보시고 크게 감동하셔서 수조(手詔)356)로 위로하시고 초왕 임희린의 왕작을 환수하

---

353) 증상(蒸嘗) : 탈상하기 전까지 지내는 제사 이름.
354) 소상(小祥) : 사람이 죽은 지 일년 만에 지내는 제사.
355) 화주 : 임부의 고향 지명으로 추정됨.
356) 수조(手詔) : 제왕이 손수 쓴 조서.

여 승상 임창홍으로 이어 받으라고 하시고 특별히 '성현문효공'에 봉하였다. 초왕 형제가 임금의 은혜에 망극하여 절하여 감사하고 가족들을 거
느려 하향하자, 주비, 한부인, 효장공주, 소부인 등이 동시에 하향하였다.
그러니 여러 아들, 며느리들이 그들과 이별하는 마음을 헤아릴 길이 없었다. 승상이 아버지를 이어받아 왕위에 나아가 서울에 머물렀다. 사촌형제
15인과 여러 누이와 더불어 우애와 공경이 지극하니, 임씨 여러 사람들의
타고난 정성과 효성으로 모든 부모님을 모셔 무늬옷 입고 춤추는 노래자
의 즐거움357)을 생각하고 슬퍼하기를 마지않았다.

이때 설부 목태부인이 세상을 떴다. 삼년상을 겨우 마치고 설태사 부
부가 별세하니 모든 아들, 며느리들이 하늘을 향해 부르짖는 슬픔은 말할
것도 없고, 하늘에 닿는 설의열358)의 지극한 아픔을 비길 데 없으니 세상
돌아가는 일359)과 같은 것에는 전혀 관심이 없었다.

세월이 흘러 임씨 여러 공들의 맑고 어진 명망이 날로 더하여 작위가
고상하고 높았다. 지위가 높고 살림이 부요하니 슬하에 옥 같은 아들, 꽃
같은 딸들이 층층이 넘놀았다. 초왕 창홍이 설의열에게 17자 3녀를 두고,
조부인에게서 15자를 두었으며, 재홍이 벼슬이 좌승상 강릉후를 하고 소
부인과의 사이에서 16자 2녀를 낳았고, 원홍이 작위 평장사 상주공에 이
르고 풍부인에게 8자 5녀를 낳았고, 연홍이 작위 참지정사 연후에 이르고

---

357) 무늬 ~ 즐거움 : 이는 '무채(舞彩)의 효'를 가리키는 내용임. 무채는 때때옷을 입고 춤을 추는 것을 의미함. 효심이 지극한 노래자(老萊子)는 70세의 백발노인이 되었어도 행여나 부모 자신이 늙었다는 사실을 알지 못하게 하기 위해 늘 알록달록한 색동저고리를 입고 어린아이처럼 재롱을 피우기도 하였는데 이런 아들의 재롱을 보면서 어린아이처럼 지내니 부모는 자신의 나이를 알려고 하지 않고 잊고 지냈음. 노래자는 하루의 세 끼니 부모님 진지를 늘 손수 갖다 드렸고, 때로는 물을 들고 마루로 올라가다가 일부러 자빠져 마룻바닥에 뒹굴면서 앙앙 우는 모습을 보여 드려 부모님이 아들의 아기 때의 모습을 연상케 하여 즐겁도록 하였음.
358) 설의열 : 설성염을 가리킴.
359) 세상 ~ 일 : {셰황}. '세황(世況)'은 '세상 정황'.

박부인에게서 15자 1녀를 낳고, 성흥이 작위 추밀사에 이르고 주부인에게서 9자 1녀를 두었고, 계흥이 작위 형양후 진국공에 이르고 소부인에게서 12자 8녀를 두었고, 광흥은 세상을 피해 숨어 살며 목부인에게서 2자 15녀를 두었고, 봉흥이 작위 예부상서에 이르고 여부인에게서 10자를 두었고, 그리고 서제 인흥이 작위 중낭장사 예교위에 이르고 부인 송씨에게서 1자 10녀를 두었다. 성현공 임희린의 장녀 빙혜는 남편 설희필의 벼슬이 정국공 관내후에 이르고 18남 5녀를 낳았고, 차녀 채혜는 성인광의 부인이었는데, 성생은 작위가 이부상서 대제학에 이르고 3자 15녀를 두었고, 옥혜소저는 주난명과 화목하게 지내면서 6자 5녀를 낳았고 주생은 벼슬이 대사마에 이르렀다.

북후 임세린의 맏아들 천흥은 작위가 상주국 태자태부에 이르고 성부인에게서 20자 2녀를 낳았고, 변흥[360]은 작위 추밀사 각로에 이르고 문부인에게서 1자 10녀를 두었고, 문흥은 세상을 피해 숨어 살면서 한부인에게서 1자 2녀를 두었고, 세흥은 작위 호부상서 계양후에 이르고 정부인에게서 9자를 두었고, 장녀 숙혜소저는 남편 가한림의 작위가 평국공에 이르고 10자 10녀를 두었고, 차녀 경혜소저는 남편 목생의 작위 좌각로에 이르고 7자 2녀를 두었고, 셋째 딸 수혜소저는 남편 두상서의 벼슬이 우승상 영릉후에 이르고 2자 8녀를 두었고, 북후의 좌부인 소씨의 맏아들 경흥은 작위 어사태우 추밀사에 이르고 주부인에게서 11자 2녀를 두었고, 연흥은 작위 형부상서에 이르고 경부인에게서 1자 8녀를 두었고, 기흥은 세상을 피해 숨어 살면서 주부인에게서 2자를 두었고, 맏딸 월혜소저는 성렬부인이니 설희광이 작위 병부상서 대사마 상주국 대승상 노국

---

360) 변흥 : '명흥'의 오기일 가능성이 있음.

공에 이르러 20자 8녀를 낳았다.

소부 백운자 임유린의 맏아들 관홍은 뜻과 절개가 맑고 높아 소부(巢 父)·허유(許由)의 맑은 마음이 있는 까닭에 천자가 특별하게 '송암선생 풍 림처사'라고 별호를 내리신 바였다. 화주 고향에 돌아가 아버지를 모시며 사촌형제 가운데 명리(名利)를 피하는 사람들과 함께 세상을 피해 숨어 살 며 청산에 사는 일민(逸民)361)이요 소미362)의 진인(眞人)으로 살아갔다. 마침내 왕자진(王子晉)363)이나 적송자(赤松子)364)와 같은 부류였으니, 부 인 윤씨에게서 15자 3녀를 두었다. 유홍은 작위 간의태우 상서 복야에 이 르고 등부인에게서 18자를 낳았고, 최씨는 5자 2녀를 두었고, 우홍은 작 위 공부상서에 이르고 손부인에게서 4자 1녀를 두었고, 필홍은 작위 평장 사의 이르고 주부인에게서 5자 8녀를 두었고, 소부의 맏딸은 태자비가 되 어 태평성대의 국모가 되었고, 둘째 딸 소혜는 양각로 부인으로 금실이 화목하여 15자 8녀를 두었다.

성현공 삼형제의 자손은 자녀 27인의 친손자, 외손자, 증손까지 수천 여 명에 이르렀다. 많은 자손 중 하나도 평범한 자가 없으니 아들을 낳으 면 성현군자 아니면 영웅호걸이었다. 당시 사람들이 '효성, 우애, 성덕이 임씨 사람들만 같아라'라고 하였다. 자손이 계계승승하여 부귀가 극에 이 르렀으나 흐르는 세월을 능히 막아 두지 못하고 흩날리는 백발을 바꾸지 못할 것이었다. 아아, 임상국 형제의 효성스럽고 덕 있는 자질로 천만 세

⁶¹ ⁶² ⁶³

---

361) 일민(逸民) : 학문과 덕행이 있으면서도 세상에 나서지 않고 묻혀 지내는 사람을 가리킴.
362) 소미 : 소미성(少微星). 소미성은 처사의 위치에 해당하는 별자리로, 처사성(處士星)이라고도 함.
363) 왕자진(王子晉) : 주(周) 나라 영왕(靈王)의 태자. 중국 하남성(河南省) 언사현(偃師縣) 남쪽에 있는 구씨산 꼭대기에서 7월 7일 흰 학을 타고 가족과 작별한 뒤 신선이 되어 날아갔다고 함. 피리로 봉황 소리를 잘 냈다고 함.
364) 적송자(赤松子) : 신농씨 때 비를 다스리려다는 신선의 이름.

를 산다고 해도 아깝지 않겠는가마는 천명(天命)이 정한 수가 있으니 인력으로는 할 수 없는 일이었다. 진시황(秦始皇)의 위엄으로도 불사약을 구하지 못했고,[365] 제갈공명(諸葛孔明)의 지혜로도 오장원의 장성이 떨어졌으니[366] 인력이 미칠 바이겠는가? 상국 임한주가 나이 115세에 병 없이 세상을 뜨니 여태부인이 늘그막에 남편이 죽는 슬픔을 만나 통곡 끝에 연이어 죽으니 향년 100세였다.

성현공 임희린과 백운자 임유린의 지극한 정성, 큰 효성으로 어찌 평범했겠는가? 하늘을 부르면서 벽을 치고, 몹시 슬퍼 땅을 치고 하늘을 향해 부르짖은 까닭에 목숨을 보전하기가 조석에 달렸으니, 눈물이 변하여 피가 되었다. 여러 자손들이 경황없이 망극해하였으니 무엇에 비하겠는가? 성현공은 오히려 선생과 위부인이 계시니 적이 슬픔이 가라앉을 때가 있으나[367] 백운자 임유린은 한꺼번에 아버지와 어머니를 다 잃어 그지없이 그리워하여 하늘에 사무치는 슬픔이 자심하였다. 그 기운이 곧 끊어질 듯하니 관홍 형제가 정신없어 어찌할 바 몰라 했던 것은 글로 다 쓰기 어려운 일이다. 성현공이 동생의 병의 빌미가 뼈에 들어[368] 삼년을 보전하기 어려움을 보고는 슬픔을 참고 두 그릇 미음을 가져가 한 그릇은 스스로 마시고 다른 그릇을 가져가 백운자를 보며 얼굴을 가리고 눈물을 흘리며 말하였다.

64

65

---

365) 진시황(秦始皇)의 ~ 못했고 : 진시황이 불로불사약을 구하기 위해 동남동녀 수천 명을 중국 전설에 나오는 삼산인 봉래산·방장산·영주산에 보냈으나 얻지 못하였음을 가리킴.
366) 제갈공명(諸葛孔明)의 ~ 떨어졌으니 : 오장원(五丈原)은 중국 섬서성(陝西省)에 있는 삼국 시대의 전쟁터인데, 촉나라의 제갈공명이 위나라 사마의와 싸우다가 이 곳에서 병들어 죽었음.
367) 성현공 ~있었으나 : 성현공 임희린은 원래 임한규와 위부인의 첫째 아들이었는데 임한주에게 양자로 간 것임.
368) 병의 ~ 들어 : {싀훼골입흐미}. 맥락상 병이 골수에 들어 살기가 어렵다는 뜻이므로 '싀훼'는 '수화(崇禍)' 즉 귀신이 내린 재앙, 병의 빌미로 보았음.

"우리들이 하늘의 앙화를 입어 부모님을 한꺼번에 다 잃었으니 하늘을 향해 육아지통(蓼莪之痛)369)을 부르짖는 것이 어찌 참을 바이겠는가? 66 그러나 네가 이렇듯 슬피 애도하느라 지나치게 몸을 상하여 목숨이 위태로운 데에 이름은 실로 돌아가신 부모님의 뜻이 아니신가 싶구나. 하늘에 계신 부모님 영혼이 멀리 계시지 않을 터이니 원컨대 너는 지극한 슬픔을 누그러뜨려 몸을 보전할 도리를 생각하여라."

백운자 임유린이 소리를 놓아 울며 말하였다.

"형님 하교가 마땅하시니 그걸 제가 어찌 모르겠습니까? 저의 유한지통(遺恨之痛)370)은 만고에 하나인 듯싶습니다. 사람의 자식 되어 세상에 태어난 후에는 마땅히 힘을 다해 효도해야 합니다. 그것을 훤히 알지 67 만 부모님을 위하는 마음이 부족했습니다. 예전에 못난 제가 패악하여 명교(名敎)371)에 죄를 얻고 부모에게 불효한 것이 보통을 넘었습니다. 지금 이때에 부모님을 저승으로 영영 이별하여 부모님의 목소리와 얼굴이 야대(夜臺)372)에 아득한 것을 생각하면, 비록 목석같은 제 마음이나 지난 날 불효를 생각하기에 마음이 담이 차고 뼈가 저려 옵니다. 차라리 이 세상을 빨리 버려 천대(泉臺)373)에서 부모님을 모실 뜻이 급하니 능히 억지로 하지 못할 것입니다."

말을 마치고 피눈물이 얼굴에 가득하고 목소리가 이어지지 않으니 보 68 는 사람들이 목이 메고 효성에 감탄하였다. 성현공이 소리를 놓아 울며 다시 온갖 말로 타일러 미음을 마시게 하고 이후로는 형제가 더욱 한때도

---

369) 육아지통(蓼莪之痛) : 효자가 부모 봉양을 뜻대로 하지 못하는 것을 슬퍼하여 읊은 시 구절.
370) 유한지통(遺恨之痛) : 살아서 뜻을 이루지 못하고 남긴 한.
371) 명교(名敎) : 사람이 마땅히 지켜야 할 바를 가르침 또는 그런 가르침.
372) 야대(夜臺) : 무덤.
373) 천대(泉臺) : 저승.

떠나지 않으며 슬프고 기쁜 일 하나하나를 같이 하다가 어렴풋이 장례를 마쳤다.

승상 창흥이 봉읍(封邑)에 돌아와 상국에 일 년에 한 번 조회하고 봄가을로 조공을 하며 화주를 초지에 옮겨 존당과 부모를 받들고 왕의 교화를 널리 베풀어 나라가 태평하고 백성들이 편안하였다. 게다가 비가 때맞춰 오고 바람이 고르게 불어 풍년이 드니 백성이 함포고복(含哺鼓腹)하였다.

이리저리하여 세월이 자주 바뀌어서 처사 임한규 부부가 병 없이 한 자리에 누워 세상을 떠나니, 나이 120세 동갑이었다. 때는 2월이었는데 그 죽는 날에 향기로운 구름이 사방에서 몰려들었고 상서로운 안개가 어른거리니 가히 성현군자(聖賢君子)와 숙녀명원(淑女名媛)이 하늘이 정한 한 쌍으로 같은 해, 같은 달, 같은 때 세상에 나서 같은 해, 같은 달, 같은 때 학가운참(鶴駕雲驂)374)하여 구름을 타고 갔음375)을 알 수 있었다. 이 날 온 집안이 발상거애(發喪擧哀)376)하니 곡하는 소리가 천지에 진동하였다. 성현공과 북평후와 숙렬비와 한부인과 효장공주와 소부인 등이 하늘을 부르짖으며 벽을 치는 소리가 하늘에 닿았으며, 슬픈 가운데 초상을 예에 맞게 치러 분산(墳山)377)에 안장하였다. 천자가 임처사 부부의 평생 덕망에 감동하여 특별한 은혜를 두터이 내려 예관으로 치제(致祭)378) 조문하시고, 위부인에게 정숙렬 현비를 더해주고 임처사의 시호를 문충(文忠)이

---

374) 학가운참(鶴駕雲驂) : 학가(鶴駕)는 본래 왕세자가 타던 수레를 가리키는데, 여기에서는 구름 수레라는 운참(雲驂)과 대를 이루어 학이 끄는 수레라는 뜻으로 보는 것이 등운가무(登雲駕霧)로 이어지는 뒷부분과 자연스럽게 연결될 것으로 보임.
375) 구름을 ~ 갔음 : {등운가무(登雲駕霧)}.
376) 발상거애(發喪擧哀) : 발상(發喪)은 상례에서, 죽은 사람의 혼을 부르고 상제가 머리를 풀고 슬피 울며 초상이 난 것을 알리는 일 혹은 그 절차. 거애(擧哀)는 발상과 동의어임.
377) 분산(墳山) : 묘를 쓴 산.
378) 치제(致祭) : 임금이 제문과 제물을 보내어 죽은 신하를 제사지내던 일.

라 하였다. 임씨 집안의 근심과 즐거움이 같아서 늙은이가 차례차례 천
당으로 돌아가니 자식, 손자, 증손자들은 슬퍼하였으며 어느덧 삼년씩 홀
홀 지났다. 부귀와 작록은 끊이지 않아 천만 세를 누렸으니 성현공의 어
질고 효성스러운 성품과 행동으로 덕을 쌓은 나머지가 자손에 내린 것이
었다.

이 전(傳)의 사적이 무궁무진하고 수천 명 자손이 대대로 이어 받은 사
적은 너무 지루하여 대강 성현공의 사적만 기록하였다. 성현공 부부는 실
로 하늘이 내린 성인으로, 백여 세를 누리다가 대낮에 승천하였다고 한
다. 이 또한 인효청직(仁孝淸直)함으로 하늘에 이른 것이니 후세 사람들은
옛일을 보아 자기 몸을 수련하고 행실을 닦아 어진 이름이 온 성에 두루
알려지게 하여야 할 것이다.

임시삼딕록(셩현공 삼곤계 ᄌ녜 별젼) 권지삼십삼

1면

ᄎ셜 슌뮈 냥가 남미를 위로ᄒᆞ여 보니며 드딕여 젼일 냥슈ᄌ의 현명이 일으든 쑴말을 니르니 냥시 남미 더욱 슬허ᄒᆞ고 도라가 각별 셜슌무의 화상을 그려 ᄉᆞ우를 짓고 ᄉᆞ시 향화를 밧드러 그 은덕을 만셰 불망ᄒᆞ더라 어시의 오릭지 아냐 ᄉᆞ쳔지부 임경흥이 부임ᄒᆞᄂᆞᆫ 션문이 이르니 본읍 하리아역이 십니외의 마ᄌ 아의 도라와 구관이교

2면

딕ᄒᆞ여 구관 댱현경은 노병ᄒᆞᆫ 고로 즉시 향니로 도라가니 임지뮈 도원의 부임ᄒᆞ니 허다 관속이 됴하ᄒᆞ기를 맛ᄎᆞ미 니힝은 니실의 안둔ᄒᆞ다 셜슌무로 더브러 셔로 보미 그 덧 ᄉᆞ이나 반기고 ᄉᆞ랑ᄒᆞ미 동긔를 쩌낫다가 만난 듯ᄒᆞ고 피츠 젼일을 니르미 임지뮈 냥가 가변을 듯고 한심통히ᄒᆞᄆᆞᆯ 니기지 못ᄒᆞ여 어ᄉᆞ의 신명ᄒᆞᄆᆞᆯ 못니 항복ᄒᆞ더라 이러구러 임지뮈 부임 월여의 미쳣더니 환과고독을 무휼ᄒᆞ며 부

3면

셰를 두터이 아니ᄒᆞ고 민역을 감ᄒᆞ여 빅셩을 ᄉᆞ랑ᄒᆞ고 죄ᄌᆞ를 벌ᄒᆞ며 공ᄌᆞ를 상ᄒᆞ여 상벌이 고로고 은위 병힝ᄒᆞ니 ᄉᆞ민의 츄앙숑덕ᄒᆞᄂᆞᆫ 쇼릭 독히 봉츄션싱의 빅일공ᄉᆞ를 효긱의 결ᄒᆞᄂᆞᆫ 신명의 비길 비라 니읍졔현과 향민부뢰 처음 셜임냥인의 쇼년옥면을 보고 그 년쇼ᄒᆞᄆᆞᆯ 놀나더니 냥인이 년ᄒᆞ여 아름다온 치졍이 늘노 빗ᄂᆞᄆᆞᆯ 보미 아니 놀ᄂᆞ고 항복ᄒᆞ리 업더라 니읍 각현의

4면

아모 원억ᄒᆞᆫ 공시라도 쳐결ᄒᆞ미 신명 ᄀᆞᆺᄒᆞᆫ 고로 먼 ᄯᆡ히 잇ᄂᆞᆫ 빅셩이라도 불원쳔니ᄒᆞ여 오더라 이러구러 셜슌무ᄂᆞᆫ 하마 거의 다 국ᄉᆞ를 마ᄎᆞᆺᄂᆞᆫ지라 이의 틱일발힝ᄒᆞ여

환경호려 홀시 임지뷔 결연호믈 니기지 못호여 이의 아즁의 셜연호여 니별홀시 닌읍 쥬현 방빅이 다토오 모드니 푸른 눈섭과 붉은 단장흔 명기 슈빅이 모드믹 긔긔히 쵸요월안으로 함교함틱호여 남즈의 졍을 낫그며 가는 노

5면

릭 풍뉴호걸의 졍을 슬오니 슌무는 눈을 기우려 보믹 업스되 임지뷔 엄부지젼을 쩌 눗시무로 방약무인호여 좌우로 창기를 안치고 가무를 식여 흔회호믈 니기지 못호니 슌뷔 굴오딕 형이 비록 호긔 츌뉴호나 녀식은 곳 남즈의 굿구이 홀 빈 아니라 졍치의 유희호니 형은 일도 토쥐되여 미녀 셩식으로 연회흔즉 뉘 졍스를 다스리며 형의 힝 스를 규졍호리 잇느뇨 쇼뎨 눈의는 쵸요월안의 홍장미녜

6면

슈풀 굿호나 한화야쵸 굿호여 뎡인군즈의 관념홀 빈 아니로다 지뷔 딕쇼 왈 쇼뎨는 풍뉴호걸 장뷔라 엇지 규방의 일쳐만 직희여 긔운을 쥬리혀리오 형 굿치 둘흔 남지 무슨 뎡인군지리오 다만 남녀의 지취 다 각각이라 호걸장부도 잇고 산즁고승도 잇느 니 스름이 다 흔가지리오 쇽담의 견호는 말이 유모츙이 삼빅이오 무모츙이 삼빅이라 호믈 듯지 못호엿느냐 언파의 좌즁이 일시의 우어 왈 냥위 명공이 이

7면

러틋 언졍상힐치 마르시고 니혹은 니혹딕로 잇고 호걸은 호걸딕로 호쇼셔 이 좌상 슈십 군현의 졀등 명기 슈빅이니 이듕의 부툔의 뜻의 찬 미녜 업스리오 언미필의 믄 득 냥기 미창이 치슈를 봇치고 홍군을 쓰으며 금졍을 빗기안오 임지부의 안젼의 느 오 드러 지비 진젼 왈 쇼쳡 등이 임의 노야의 풍신지화를 우러러 기다련 지 오릭온지 라 원컨딕 금일노부터 쵸딕의 안기 니불을 안오 빅년을 뫼

8면

시고즈 호느이다 좌긱이 딕쇼왈 여등은 졀두명창이니 가히 임지부의 풍뉴호걸노 빈 호미 붓그럽지 아니토다 이쩍 임지뷔 취안이 몽농호여 눈을 드러보니 냥녜 다 느히 이구 십팔 즈음은 호여 뵈고 옥안화틱 묘묘졀셰호여 삼츈의 휘듯는 버들이오 츈원의

웃고즈 흐는 도리홰라 지뷔 크게 깃거 흔연 문왈 여등의 일홈이 무어신다 디왈 후셤
월 계홍미로쇼이다 지뷔 의연이 반기믄 곳 고졍이라 우문왈 여등이 모년

9면

모월일의 경스의 머무던 빈니 능히 나를 아는다 계홍미 후셤월이 함누교티흐여 디왈
쳡등이 임상부 공즈의 화풍셩모를 오미의 미쳐시니 엇지 니즈리잇고 쇼쳡 등이 기시
의 디노야긔 즘치흐여 닉치시믈 닙어 교방의 일홈을 앗고 원지의 닉치시니 기간 고
힝이야 다 어이 니르리오 합쥐 닌읍의 머무러 싱계 구츠흐오나 츠마 노야의 화풍경
운을 닛지 못흐여 쏘 쳥산녹슈로 밍셰흐신 즁한 은혜를 츠마

10면

져바리지 못흐여 연화의 노름을 여지 아니흐옵더니 금츠 연셕의 노야의 셩화를 듯즙
고 놀납고 반기믈 니기지 못흐와 니르럿느이다 좌즁이 쳥파의 디쇼왈 후셤월 계홍미
과연 본디 지부의 고인이랏다 가히 오늘날 고인을 직봉한 경스를 각별 하례흐리라
셜파의 각각 잔을 잡으 치하흐니 지뷔 냥녀를 녑녑히 씌고 의긔 방약흐여 하상을 즈
락흐니 연음디취흔지라 동일진환흐고 셕양의 졔

11면

빈이 훗터지니 슌뮈 쏘흔 찰원으로 도라가고 지부는 디취흐여 인흐여 계홍미 후셤월
의게 붓들녀 공쳥으로 드러가니라 명일의 셜슌뮈 임지부를 디흐여 닐오디 미녀 셩식
이 비록 남즈의 호식라 흐나 노류장화는 셰상경박즈의 뉴련홀 비요 도혹셩즈의 힝홀
비 아니라 형이 비록 부형안젼을 쎠느시나 엇지 창녀를 뉴련흐며 쇼뎨 쏘 냥녀를 보
니 벌의 눈과 비암의 혜니 이 곳 군즈의 측의 머무를 비 아닌가 흐노라 지

12면

뷔 잠쇼 왈 이는 일시 유희라 엇지 힝신의 유희흐미 잇스리오 흐더라 슈일 후 셜슌뮈
발힝흐니 임지뷔 슈십니 장졍의 나아가 비별홀시 피츠 니졍이 의의흐여 동긔를 쎠느
는 듯흐더라 지뷔 가셔를 일워 본부의 젼흐니라 시시의 셜어셔 장츠 니가 팔구삭이
라 힝편을 북으로 두로혀미 쳥산의 그림즈를 쑬오고 녹슈의 방울을 응흐여 금편을

부야 십여 일을 힝ᄒ여 창쥬 운화촌의 미첫더니 일야는 달이

13면

붉고 텬식이 명낭ᄒᆞᄆᆞᆯ 인ᄒ여 잠이 업셔 좌우 하리 셔동은 다 밧긔셔 줌들이 깁허시니 정히 홀노 정줌의 비회ᄒ며 앙쳠쳥텬ᄒ여 이관명월ᄒ니 ᄎ시 정히 냥츄팔월이라 옥뇌 녕녕ᄒ니 금풍이 셔릭ᄒ고 츄월이 명낭ᄒ여 만니 장텬의 붉아시니 티공이 낙낙ᄒ여 일졈 편운이 업고 슈국의 상뇌 ᄂᆞ리니 일ᄌᆞ 츄안은 슬피 우러 운텬의 분비ᄒ니 분분남비라 셜슌뮈 싱셰 쳐음으로 북당니슬지회 간

14면

측ᄒᆞᆫ 가온디 홀연 부인의 긔화명월 ᄀᆞᆺᄒᆞᆫ 긔질을 싱각ᄒᄆᆡ ᄌᆞ연 두루 심ᄉᆞ 감비ᄒᆞᄆᆞᆯ 씌닷지 못하여 혜오디 닉 부모의 만너 필ᄌᆞ로 상문귀ᄌᆞ라 부귀교ᄋᆡ 즁 싱장ᄒ여 반싱고셰의 괴로오믈 아지 못ᄒ엿더니 엇지 홀노 쳐궁의 묘복ᄒᄆᆡ 흠싀 되어 임시 ᄀᆞᆺᄒᆞᆫ 긔완셩녀를 취ᄒ여 신혼쵸 일야의 덧업시 일허 이제 슈년의 그 거쳐돈망을 아지 못ᄒ고 삼오이팔의 노셩남지 음양호락을 아지 못ᄒ니 엇지 팔ᄌᆞ의

15면

긔궁ᄒᄆᆡ 아니리오 스스로 신셰를 한탄ᄒ니 심회 완연이 됴치 아녀 희음업시 니가편을 외오며 ᄯᅩ 관뎌편을 음영ᄒ여 스스로 시흥이 발연ᄒ니 쇼릭 ᄂᆞ믈 씌닷지 못ᄒᄂᆞᆫ지라 웅성이 쳥월ᄒ여 구쇼의 ᄉᆞ뭇ᄎ니 줌든 학이 놀ᄂᆞ며 산협의 긘납이 츔츄고 산금야쉬 다 즐겨 슈무둑두ᄒ니 젼셰 슈인 반싱 ᄉᆞ승음녀의 이목을 더욱 놀닉ᄂᆞᆫ지라 홀연 일위 미인이 연긔 십습슈는 ᄒᆞ고 옥모 화안이 졀셰ᄒᆞᆫ 녀지

16면

녹의홍상으로 오ᄂᆞᆫ 바 업시 옥슈의 뉴리병을 들고 ᄂᆞᄋᆞ와 당젼비례 왈 쳡은 산야우밍이라 금일이 하일이완디 빅쥬의 상션이 하강ᄒ여 진토속안을 놀닉시ᄂᆞ뇨 ᄎᆞ역텬연이라 상공은 더럽다 마르시고 침셕 ᄌᆞᆺ히 용납ᄒᆞ시믈 바라ᄂᆞ이다 슌뮈 경ᄋ숙시ᄒ니 본디 니루와 ᄉᆞ광지총이라 일안의 경ᄋᄒ니 이 엇던 요인고 아지 못게라 어ᄉᆡ의 연낭 요녜 궁모곡계를 즁심장지ᄒ고 삼쳑비검을 녑히 씌고 음

17면

풍격운의 몸을 금쵸와 합쥐로 ᄂᆞ오갈시 지ᄂᆞᆫ 곳마다 쳐처 경물을 무심이 보지 아녀 혹 도ᄉᆞ의 믠도리도 ᄒᆞ고 션비의 모양도 ᄒᆞ여 지ᄂᆞᆫ 곳마다 경물을 완경ᄒᆞ며 가노라 ᄒᆞ니 일직 텬연ᄒᆞ여 슌뮈 회환ᄒᆞ기의 미쳣더라 공교히 이곳의 와 맛ᄂᆞ니 요녜 녀졈을 어더 밤을 지닐시 마쵸와 셜어ᄉᆞ의 햐쳐 겻치라 요녜 졍히 야찬을 먹고 ᄌᆞ고ᄌᆞ ᄒᆞ더니 홀연 일진 쳥풍의 학녀셩을 모라오니 기음이 쳥월쇄락ᄒᆞ여

18면

가업순 졍흥을 도도ᄂᆞᆫ지라 요녜 심동경회ᄒᆞ여 연망이 의ᄃᆡ롤 슈습ᄒᆞ고 쇼ᄅᆡ롤 추ᄌᆞ 니르러 보니 월명쳥풍하의 산계 졍즁의 비회ᄒᆞᄂᆞᆫ ᄌᆞᄂᆞᆫ 타인이 아니라 이 곳 셜어ᄉᆞ 희필이라 월명하의 나건을 반셩ᄒᆞ고 빅포롤 덩히 ᄒᆞ여 졍즁의 완완이 힝미ᄒᆞ니 구름 속의 듕동ᄒᆞᄂᆞᆫ 농닌이 아니면 교야의 긔린이 ᄂᆞ리미라 화풍경운이 더옥 쌘혀ᄂᆞ니 요녜 반기고 노호오믈 니긔지 못ᄒᆞ여 혜오ᄃᆡ ᄂᆡ 쳐음의 그릇

19면

임지흥의 외모풍신을 ᄉᆞ랑ᄒᆞ여 구ᄎᆞ이 인연을 도모ᄒᆞ여 셤기려 ᄒᆞ다가 쇼녀롤 졀졔치 못ᄒᆞ고 계교롤 미쳐 일우지 못ᄒᆞ여셔 형덕이 퓌루ᄒᆞ니 능히 임가의 머무지 못ᄒᆞ여 탈신도쥬ᄒᆞ여 요힝 빅면도고롤 맛나 다시 임녀 빙혜의 텬연을 희짓고 셜ᄌᆞ의 풍신지화롤 우러러 평싱을 셤길가 ᄒᆞ엿더니 이심ᄒᆞᆫ 동뉘 가지록 힘써 극악ᄒᆞ여 총명도 이상컨쳬ᄒᆞ니 능히 셜가의도 머무지 못ᄒᆞ여 낭픠의 ᄌᆞ최

20면

쳔하의 쥬착이 업ᄂᆞᆫ지라 드ᄃᆡ여 임 셜 냥츅의게 슈원이 깁고 깁ᄒᆞ니 만일 ᄉᆞ라셔 임 셜을 어육지 못ᄒᆞ면 엇지 지하의 귀신인들 명목ᄒᆞ리오 이러무로 몬져 셜ᄌᆞ의 명을 달ᄒᆞ고ᄌᆞ ᄒᆞ엿더니 이졔 져롤 맛ᄂᆞ니 그 외모풍신이 ᄂᆞ의 넉슬 몬져 슬오ᄂᆞᆫ지라 과연 ᄉᆞ룸의 혈육지신이 엇지 져ᄃᆡ도록 긔특ᄒᆞ리오 ᄂᆡ 맛당이 ᄒᆞᆫ 번 다시 시험ᄒᆞ리니 졔쇼년 장강의 규즁의 쳐지 업고 다시 니가ᄂᆞ슬ᄒᆞ여 녀관잔등의

21면

독슈공방이 심학니 느의 덜듸 아미를 보면 엇지 의심학리오 훈 번 여츠여츠학여 만일 느의 계교를 일우면 엇지 굿학여 어엿븐 목슘을 죽이리오 일홈이 비록 쳔학고 명회 느준들 현마 어이학리오 관기亽셰학여 인학여 져의 시인향의 속홀지라도 그 은이 만 어든 후는 만힝이오 또 만일 늬 뜻과 灭지 못훈즉 쾌히 훈 번 죽여 셜분학리라 학고 이의 변신변용학여 일기 가려훈 녀지 되여

22면

치의홍군을 썰치고 슌무의 알픠 다다라 앙연이 당면학여 말이 이 灭학니 슌뮈 亽일 쌍광을 완젼학여 예시 낭구의 이연문왈 그듸는 하등지인이완듸 심야의 하쳐로 됴츠 니지츌고 기녜 함교함틱이 듸왈 쇼쳡은 츠산우희 쥬쳐亽 모의 셔녜러니 불힝학여 부뫼 오시의 됴亽학고 덕뫼 부즈학여 용납지 아니니 쳡이 감히 머무지 못학여 유모로 더브러 이 모을 츈가의 잇더니 금야의 마츰 월명쳥풍학믈

23면

인학여 부모를 싱각고 능히 즈지 못학더니 즘간 됴을믜 亽몽비몽 간의 부뫼 닐오듸 냥츄월야의 가셩을 농학는 니는 곳 경亽지샹이니 이 곳 너의 텬뎡연분이라 학거늘 경각학온즉 몽서 명명학고 믄득 노야의 아름다온 가셩이 들니는지라 이러무로 츠즈 니르럿느이다 슌뮈 미쇼 왈 나는 본듸 용녈훈 션비로 년쇼학니 미쳐 농방의 단계를 썩지 못학엿느니 엇지 지샹지위의 이시며 또 풍치 둘학여 샹여의 봉

24면

구황 타는 농학믜 업亽니 엇지 감히 문군 灭훈 가녜 월하의 긔약을 바라리오 연이나 쇼년 남이 녀관 잔등의 긔회 덕막학니 맛당이 년쇼미오를 亽양학리오 셜파의 셔로 잇그러 방즁의 드러가니 잔등이 명멸학더라 슌뮈 요녀의 숀을 잇그러 겻히 안치고 フ마니 요되를 글너 결박학려 학는지라 요녜 눈이 붉고 쇠 만흔지라 급히 느군을 썰치고 닓더느며 노왈 쳡이 부모의 몽즁인도학심과 낭군의 풍치를

25면

흠앙ᄒ여 상님의 이슬을 맛고 딘슈 건너믈 ᄉ양치 아냐 이르럿거늘 군지 엇지 미몰ᄒ미 여ᄎᄒ며 또 처음으로 보는 날 허물이 업거늘 무슨 연고로 결박ᄒ려 ᄒᄂ뇨 슌뮈 요녀의 아라보믈 보고 디로ᄒ여 급히 닓더ᄂ며 ᄭᅮ지져 왈 너는 곳 녀무미달 ᄀᆺᄒ 요물이라 범틱육안은 속이려니와 뎡인군지 엇지 간인의 요계의 속으리오 셜ᄑ의 원비를 느릐여 싱금ᄒ려 ᄒ니 요녜 셰 불니ᄒᆷ믈 보고 급히 몸을 변ᄒ여 일진 괴풍

26면

이 되어 방문을 박ᄎ고 ᄲᅱ여ᄂ며 디즐 왈 젹츄 셜희필ᄋ 네 날을 눌만 넉이는다 늬 엇지 근본을 감쵸리오 나는 곳 딘왕의 군쥒라 본딕 금지옥엽이로딕 팔지 무상ᄒ여 일즉 텬뉸을 실셔ᄒ고 남틱우의 양녜 되엿다가 인연이 긔구ᄒ여 임지흥 젹츄의 지실이 되엿다가 원슈 쇼녀의 연고로 댱신궁 박명이 극ᄒ지라 드듸여 임가를 바리고 이인을 맛나 텬변만화를 비화 다시 인간의 노라 임가의 덕셰 과보

27면

를 갑ᄒ려 ᄒ엿다가 삼싱뎐업으로 너를 맛ᄂ보니 덕츄의 외모 풍신이 ᄂ의 쇼망의 마즌지라 ᄒᆫ 번 인연을 일우고ᄌ ᄒ미 가녀의 아름다온 미ᄉ여늘 괴물이 이딕도록 괴독ᄒ니 엇지 분치 아니리오 닉 동시 원을 셜치 못ᄒ여시니 너 덕츄의 명을 남겨 보닉는가 넉이는다 금야는 슈즁의 촌쳘이 업ᄉ니 졈즉이 도라가거니와 명일야의 네 셩명이 엇던고 보라 셜파의 급히 음풍을 거두어 ᄃ라ᄂ니 슌뮈 무망

28면

의 미쳐 요슐을 엇지 졔어ᄒ리오 요인을 일코 익닶고 분ᄒ믈 니긔지 못ᄒ나 홀일업더라 초일야의 인ᄒ여 ᄒᆫ 줌을 뎝목지 못ᄒ고 명묘의 날이 늣도록 심긔 불안ᄒ여 니지 아냣더니 믄득 셔동이 고왈 밧긔 ᄒᆫ 도인이 니르러 노야긔 뵈와지라 ᄒ니다 슌뮈 경ᄋ호여 명ᄒ여 불너 드리니 슈유의 일긔도인이 당젼빅례ᄒ고 만복을 쳥ᄒ니 보건딕 미여관옥이오 션풍학골이라 두삽황관ᄒ고 신츅우의

29면

ᄒ고 요ᄃᆡ홍ᄉᄃᆡᄒ고 독답운니혜ᄒ여 션풍이 표일ᄒ니 송ᄉ로 농ᄒ던 댱건이 아니면 ᄌ지곡을 노릭ᄒ던 ᄉ호삼은이라 슌뮈 일안의 불승긔경ᄒ여 년망이 퇴침츌좌 청지왈 션인이 하ᄉ고로 신근이 ᄎᄌ시ᄂᆞ니잇고 도인이 공슈ᄃᆡ왈 빈도는 산야우밍이라 ᄌ쵀 박낭ᄉ희ᄒ여 진환고희ᄅᆞᆯ 하직ᄒ연 지 오릭니 하ᄉ야로 감히 안ᄃᆡ 노야 안젼의 등비ᄒ리잇고마는 ᄉ뮈 니로ᄉᄃᆡ 묘졍귀인이 ᄎᄌ지의 니르러 직셰

30면

반년화 요인의게 곤ᄒ여 금야 ᄃᆡ익이 급ᄒ니 뎨지 맛당이 그 좌우의 복ᄉᄒ여 불의 요변을 방비ᄒ라 ᄒ시ᄆᆡ 니르럿ᄂᆞ이다 슌뮈 흔연ᄉ왈 만싱은 일긔 용우필뷔라 일즉 진환의 골몰ᄒ여 돈ᄉ로 면분이 업거ᄂᆞᆯ ᄉ부는 어느 곳 돈션이시완ᄃᆡ 이곳ᄒᆞᆫ 의긔 잇ᄂᆞ뇨 ᄂᆡ 과연 거야의 여ᄎᆞ여ᄎᆞᄒᆞᆫ 요녀ᄅᆞᆯ 맛나 능히 줍지 못ᄒ고 요녜 도로혀 여ᄎᆞ여ᄎᆞ 난언을 ᄒ고 다라ᄂᆞ니 혹싱이 직뢰 고루ᄒ여 능히 군ᄌ의 덕이 업

31면

는 고로 요인을 실포ᄒᄆᆡ 되니 엇지 분히치 아니리오 일노써 신식 불평ᄒ여 동야 불미ᄒ고 상요ᄅᆞᆯ 미쳐 써ᄂᆞ지 못ᄒᆞᆫ 고로 돈ᄉ 맛는 녜ᄅᆞᆯ 폐ᄒ니 심히 불안ᄒ여라 아지 못게라 고명과 도호ᄅᆞᆯ 쳥ᄒ노라 도인이 칭ᄉ왈 빈도는 ᄉ희의 ᄌ쵀 우우ᄒ니 셰간을 ᄭᆞᆯ코 셩명을 감쵸완지 오릭니 엇지 일홈과 셩이 잇ᄉ리오 다만 도명을 녹운ᄉᆡ라 ᄒᆞᄂᆞ이다 슌뮈 지슴 슌ᄉᄒ고 스스로 셩명ᄌᆞ호ᄅᆞᆯ 일ᄏᆞᆯ고 쥬식으로 관ᄃᆡᄒᆞ며

32면

식상을 올니니 녹운지 다만 약간 다과ᄅᆞᆯ 맛보며 두어 슐 밥을 먹고 상을 물니더라 ᄎᆞ일 슌뮈 동일 운ᄉ로 답화ᄒᆞ며 놀이 져물ᄆᆡ 또 셕반을 ᄒᆞᆫ가지로 파ᄒᆞ고 쵹을 붉히ᄆᆡ 운ᄉᆡ 믄득 ᄉᄆᆡ 안ᄒᆞ로셔 ᄒᆞᆫ 쵹 부작을 ᄂᆡ여 벽상의 붓치고 야심ᄒ기를 기다리며 냥인이 쵹하의셔 한담ᄒᆞ며 요슐의 작변ᄒ기를 기ᄃᆞ리더니 아이오 밤이 슴경은 ᄒᆞ여셔 밧그로붓터 고이ᄒᆞᆫ 긔운이 이러ᄂᆞ며 ᄎᆞᆫ 긔운이 방즁을 향ᄒ여 드러오거ᄂᆞᆯ 도인이 요

33면

물의 작희믈 알고 ㄱ마니 딘언을 넘ㅎ며 부작을 외오니 믄득 난 ㄷ 업슨 황건녁시 닉
ㄷ라 보요삭을 더져 요물을 미여 ㅼ히 더지니 ㅼ 홀연 난 ㄷ 업슨 금갑신이 공즁의셔
웨여 왈 요녀ㄹ 픠운이 머러시니 엇지 즈레 죽게 ㅎ리오 후일 반ㄷ시 텬쥬ㄹ 밧게 ㅎ
라 불언동시의 요녀ㄹ 거두 쳐 가ㄴ지라 됴시 발굴너 왈 텬댱ㅇ 요녀ㄹ 어느 곳의 ㅂ
리려 ㅎㄴ다 금갑신이 답왈 맛당이 댱안셩 딘궁의 ㅂ리려 ㅎ노라 언

34면

파의 희미ㅎ 월광을 씌여 간 바ㄹ 모ㄹ너라 도시 쇼왈 금야 ㄷ닉은 요힝 면ㅎ엿시나
명일야의 ㅼ 횡익이 급ㅎ니 노야ㄴ 방심치 마ㄹ쇼셔 슌뮈 허다 변괴ㄹ 보고 일변 긔
이히 넉이고 ㅼ 허탄ㅎ믈 깃거 아냐 광미ㄹ 씽긔고 왈 스불범졍이라 ㅎ거늘 복이 마
춤 군즈의 힝의 미진ㅎ여 안져의 여ᄎ 희변이 잇스니 엇지 참괴치 아니리오 도시 위
로ㅎ더라 명묘의 쥬인을 쎠나 도ᄉ는 뒤히 쎠져 힝ㅎ고 슌무ㄴ 위의

35면

ㄹ 거ㄴ려 동일 힝ㅎ여 빅여리ㄹ 힝ㅎ니 장ᄎ 일싴이 셔즘의 도라지니 졍이 인가ㄹ
ᄎ고ᄌ ㅎ더니 믄득 보니 말 알퓌 일긔 쳥의 ㅇ환이 분면단슌이 미려ㅎ ㅇ히 ㄴㅇ와
닐오ᄃ 날이 임의 져무럿고 귀ㅎ 힝ㅊ 갈 곳이 업ᄉ리니 머지 아닌 곳의 광활ㅎ고 묘
용ㅎ 쳐쇠 이시니 햐쳐ㅎ쇼셔 모든 하비 이 말을 듯고 깃거 일힝이 다 슌무ㄹ 뫼셔
아환을 됴ᄎ ㅎ 동구 안히 다ᄃ르니 일좌 산벽이 유ㅇㅎᄃ ㅎ 큰 집이

36면

골 안히 ᄌ욱ㅎ니 난창슈달이 표묘뎡쇄ㅎ여 경ᄉ 쥬문왕궁으로 간격지 아니ㅎ더라
아환이 션보ㅎ더니 안흐로셔 무슈ㅎ 가졍 장확이 ㄴ와 마ᄌ 일힝을 셔당의 안둔ㅎ며
셕상을 올니니 무릇 긔구의 부려ㅎ미 비길ᄃ 업더라 슌뮈 고이히 넉여 쥬인을 쳥ㅎ
ᄃ 가인이 ㄴㅇ와 고왈 쥬군이 슈일 젼 유산ㅎ라 가시니 다만 ㄴ루의 부인만 계신지
라 명일의 도라오시리이다 귀인은 의심치 마ㄹ시고 평안이 헐슉

37면

ᄒᆞ쇼셔 슌뮈 심하의 고이히 넉이ᄂᆞ 임의 야심ᄒᆞ엿고 인기 머니 말을 아니나 심이 고이히 넉이고 ᄯᅩ 녹운시 오지 아니니 ᄀᆞ장 의ᄋᆞᄒᆞ더라 야심ᄒᆞᄆᆡ 하리 ᄉᆞ돌이 각각 흣터져 ᄌᆞ미 깁고 슌뮈 홀노 팀즁의 무이ᄒᆞ여 안셕의 지혓더니 믄득 드르니 후산 즁의셔 ᄒᆞᆫ 마듸 포셩이 이러ᄂᆞ니 ᄯᅩ 문안히셔 응포쇼릭 ᄂᆞ며 화광이 충쳔ᄒᆞᆫ지라 슌뮈 딕경ᄒᆞ여 급히 창을 열치니 빅여인 강되 얼골의 흑면을 쓰고 별 뭉긔듯

38면

다라들며 웨여 왈 긱인의 ᄒᆡᆼ장의 필연 금빅이 만흘 거시니 노략ᄒᆞ라 ᄒᆞᄂᆞᆫ지라 슌뮈 딕경실식ᄒᆞ더니 ᄯᅩ 웨여 왈 웃듬 긱인이 미모풍치 심이 아름다오니 죽이지 말고 잡ᄋᆞ다가 우리 낭낭긔 드려 큰 공뇌ᄅᆞᆯ 바드리라 졔젹이 용약ᄒᆞ여 일시의 긱실노 향ᄒᆞ거늘 슌뮈 더욱 놀나 급히 후창을 열고 뛰여 ᄂᆡ드르니 졔젹이 웨여 왈 아ᄎᆞ아ᄎᆞ 보빅ᄅᆞᆯ 일치 말나 이 남ᄌᆡ 얼골이 미옥 ᄀᆞᆺ고 품쉬 연연ᄒᆞ니 술을

39면

고와 연단ᄒᆞᄆᆡ 갑시 쳔만ᄌᆡ의 지ᄂᆞ리라 ᄒᆞ거늘 슌뮈 더욱 놀나 급히 둣더니 홀연 일좌 잔완ᄒᆞᆫ 계쉬 창일ᄒᆞ여 알플 막ᄋᆞ시니 너븨 ᄉᆞ오간이ᄂᆞ ᄒᆞ고 기릭 십니의 가즉ᄒᆞ니 슈셰 능늠ᄒᆞ여 집회ᄅᆞᆯ 아지 못ᄒᆞᆯ지라 슌뮈 능히 건너지 못ᄒᆞ여 ᄀᆞ의셔 방황ᄒᆞ더니 츄병이 졈졈 급ᄒᆞᆫ지라 슌뮈 앙텬탄왈 닉 부모 유쳬ᄅᆞᆯ ᄎᆞ지의셔 맛ᄎᆞ리라 말인가 ᄎᆞ마 젹슈의 바리지 못ᄒᆞ리니 출하리 닉슈ᄒᆞ여 어별의

40면

복을 치오리라 셜파의 가연이 물을 향ᄒᆞ여 들고ᄌᆞ ᄒᆞ더니 믄득 직후 슘인이 웨여 왈 노야는 텬금지구ᄅᆞᆯ 경이히 말나 금야 ᄎᆞ변이 이실 쥴 알고 녹운시 동ᄂᆔ와 ᄉᆞ부로 더브러 기ᄃᆞ린지 오릭다 ᄒᆞ거늘 슌뮈 도라보니 희미ᄒᆞᆫ 월하의 슈습 도인이 날호여 ᄂᆞᄋᆞ오더라 슌뮈 급문왈 젹셰 흉장ᄒᆞ거늘 돈ᄉᆞ 등은 숀의 ᄎᆞᆫ쳘이 업시 엇지 흉젹의 봉예ᄅᆞᆯ 당ᄒᆞ리오 언미필의 모든 뎍되 용무 냥위ᄒᆞ여 졈졈 ᄂᆞᄋᆞ 들며

41면

일오디 올타 올타 어디로셔 난 셰 도인이 쏘 이리 아름다오니 흔가지로 줍으ᄀ리라 언미동의 급히 ᄂ으드니 위슈 도인이 파리치를 흔 번 두루치미 믄득 음운이 스긔ᄒ고 스면으로 됴츠 무슈흔 신장귀돌이 닛ᄃ라 허다 뎍돌을 몰슈이 결박ᄒ니 운스 등이 일시의 지휘ᄒ여 미여 슌무로 더브러 쳐음 잇던 곳의 도라오니 발셔 슌무의 하돌으역이 가즁 남녀노쇼 상하를 다 결박ᄒ여 디령ᄒ엿더라 슌뮈 쳥즁의 불

42면

을 붉히고 모든 도뎍을 뎡하의 꿀니고 삼됴션을 쳥ᄒ여 녜필의 셩명도호를 통ᄒ니 위슈 도인은 화풍셩모와 셩ᄌ니질이 ᄌ고 금고의 희한ᄒ니 스스로 칭왈 운현시라 ᄒ고 이왈 녹운시라 ᄒ고 삼왈 벽운시로라 ᄒ더라 연치 상당ᄒ고 미뫼 아름다오믈 더욱 이경ᄒ니 슌뮈 칭스 왈 만싱이 일즉 션분이 업스니 션긱을 뵈온 덕 업시 여러 슌스화급난의 구활ᄒ시니 은여틱산이오 덕여하히로쇼이다 현시 옥셩

43면

낭음을 여러 숀슌이 디왈 이는 다 스부의 명이라 비인삼인은 다만 명을 봉힝홀 ᄯ름이로쇼이다 슌뮈 지숨 스례ᄒ고 스부의 도호를 무른디 현시 답왈 스부의 법호는 셜현시라 ᄒᄂ이다 ᄒ더라 모든 하돌이 빅복왈 쇼인 등이 즘결의 변을 맛나 노야의 스싱거쳐를 몰나 황황분찬ᄒ오니 어느 틈의 격도를 싱금ᄒ리잇고마는 홀연 난 디 업슨 신댱귀돌이 이르러 격뉴를 다 싱금ᄒ여 맛

44면

지고 ᄀ더이다 슌뮈 쳥파의 더욱 신긔이 넉이더라 니러구러 늘이 붉기의 밋ᄎ미 졔격을 엄형국문ᄒ니 일시의 복쵸왈 쇼인 등의 뫼 아니라 위슈 쥬모 혼시 이 ᄯ 교싱의 니은의 쳬 되엿더니 쳥년의 과거ᄒ고 일즉 용녁과 지됴를 밋고 무리를 취쇼ᄒ여 별명을 틱음낭낭이라 ᄒ고 이곳의 궁궐을 짓고 도로 힝인을 줍으 음욕을 치온 후의 버거 죽여 혈육을 다 고와 연단

ᄒ여 제일 독약을 믄드니 명왈 뎔혼ᄉ명단이라 셰쇽의 왕왕이 뎍인이ᄂ 뎍ᄌ녀 죽이
ᄂ 니 ᄉ가ᄂᄂ니이다 노야를 뫼셔 오기ᄂ 이 계피니이다 이 즁의 티읍녜도 잡혀 왓ᄂ
이다 슌뮈 보니 기녜 신댱이 팔쳑이오 방활삼졍이오 눈이 방울 ᄀᆞᆺ고 얼골이 흉악ᄒ
여 보기의 무셥더라 기녀를 형벌의 올녀 엄형극문ᄒ니 혼시 비록 음흉뎍악이나 뎍돌
의 고ᄒ미 명명ᄒ고 혹형

을 바다 뉴혈이 돌지ᄒ니 뎌간뎌담이나 그런 형벌을 졔 엇지 견뎌리오 불하슈슘쟝의
복쵸ᄒ기를 웨ᄂ지라 미를 멈츄고 지필을 쥬어 쵸ᄉ를 브드니 쵸ᄉ의 왈 쳔쳡 혼시
ᄂ 이 ᄯᅳ 교싱의 체라 쳥년의 과거ᄒ니 음욕을 춤지 못ᄒ여 뎌가를 일우고 힝인을 후
려 드려 쇼욕을 치온 후ᄂ 과연 죽여 혈육을 고와 연단ᄒ여 경ᄉ지샹가의셔 뎍국이
나 뎍인의 ᄌᆞ식이나 죽이

려 구ᄒ면 갑시 쳔금의 넘은 고로 싱업ᄒ더니 작일 안뎌 노야 일힝이 지나신다 ᄒ고
풍광뎍질을 인인이 만심갈치홀ᄉ 쳡이 ᄋ환을 인진ᄒ여 삼경반야의 무뢰를 쳐결ᄒ
여 도뎍인 쳬ᄒ고 힝냥을 겁탈ᄒᆫ 후 쳡은 노야의 놀나시믈 위로ᄒ여 뉘당으로 인도
ᄒ여 쇼욕을 치우고 버거 죽이려 ᄒ엿더니 하날이 현인을 앗기시고 악인을 벌ᄒ시믄
덧덧ᄒ지라 ᄎ경의 니르오니 다시

알월 비 업ᄉ온지라 복원 안뎌 노야ᄂ 하늘 ᄀᆞᆺᄉ온 덕을 드리오ᄉ 잔명을 술오시면
다시 그르미 업ᄉ리이다 ᄒ엿더라 슌뮈 쳥필의 뎌로ᄒ여 즉시 동녀시샹의 가참ᄒ고
슈독을 니쳐ᄒ며 젹돌은 각각 죄뎌로 듕형일ᄎᆞ식ᄒ여 극변의 츙군ᄒ고 궁궐을 허러
다시 힝인의 희를 막으니 그 신명ᄒ미 귀신 ᄀᆞᆺ더라 결옥ᄒ고 다시 발힝홀ᄉ 셰 도인
을 향ᄒ여 만만칭ᄉᄒ고 ᄒᆞᆫ가지

49면

로 상경ᄒᄆᆯ 지삼 간쳥ᄒᆞ나 삼션이 뇌뇌낙낙ᄒᆞ여 동시 듯지 아니ᄒᆞ고 표홀이 도라가니 홀일업더라 시시의 셜슌뮈 쥬야 비도ᄒᆞ여 무스이 힝ᄒᆞ여 예궐ᄉᆞ은ᄒᆞ니 텬ᄌᆡ 크게 반기시고 쇼년딕진룰 칭찬ᄒᆞᄉ 지난 바 결옥치졍을 드르시고 그 신명ᄒᆞᄆᆯ 더욱 긔특이 넉이ᄉᆞ 사쥬ᄒᆞ시고 벼슬을 도도와 좌도어ᄉᆞ 간의티우롤 더으시다 퇴됴ᄒᆞ여 부즁의 도라오니 가즁 상하의 반기믄 니르도

50면

말고 왕모와 부모 졔형이 탐탐ᄒᆞᆫ 니회 비길ᄃᆡ 업고 문젼의 하긱이 몌여시니 이로 응졉기 어렵더라 임상부의 ᄂᆞ♀가 쳥알ᄒᆞ니 쵸왕부 ᄂᆡ외와 효댱궁 ᄂᆡ외 다 상부 ᄒᆞᆫ 당의 모다 반기며 깃브미 상하치 아니니 쥬비롤 늘니며 하셩이 분분ᄒᆞ고 셜의녈이 졔남을 보믹 반기믄 이 ᄀᆞ온ᄃᆡ 잇더라 어시 동일 담쇼ᄒᆞ다가 셕양의 도라가니 상부 ᄂᆡ외 결연ᄒᆞᄆᆯ 니긔지 못ᄒᆞ고 슉녈비ᄂᆞᆫ 녀♀의 쥬화옥슈 ᄀᆞᆺ흔 긔질노써

51면

다시 져 ᄀᆞᆺ흔 옥인 군ᄌᆞ롤 마ᄌᆞ 됴물의 닉극지싀로써 지란이 쳠다ᄒᆞᄆᆯ 탄ᄒᆞ더라 그러ᄂᆞ 녀이 가즁을 쎠ᄂᆞᆫ지 오린지라 비록 신명ᄒᆞᆫ 혜♀림의 쥬쇼져의 ᄉ화롤 구ᄒᆞ여 ᄒᆞᆫ가지로 도라올 쥴 짐즉ᄒᆞ고 오히려 규리약질이 도로구치ᄒᆞᄆᆡ 넘녜 방하치 못ᄒᆞ더라 초셜 션시의 운현ᄉᆞ ᄌᆞᄂᆞᆫ 곳 임쇼져 빙혜라 셜부인의 지교롤 바다 녹난 벽완 냥녀로 더브러 믹숑을 다리고 원노

52면

의 무스이 득달ᄒᆞ여 그 가부의 ᄉᆞᆼ위란을 두 번 건지고 즁노의셔 하직ᄒᆞ고 분슈ᄒᆞ여 옛 하쳐의 도라오니 뫼숑이 마ᄌᆞ 깃거ᄒᆞ더라 ᄉᆞ인이 다시 힝장을 슈습ᄒᆞ여 합쥐로 ᄂᆞ♀가니 쥬쇼져의 ᄉᆞ익의 근본이 여하오 화셜 ᄉᆞ쳔지부 임경흥이 본ᄃᆡ 쥬쇼져의 너모 녈녈ᄒᆞᄆᆯ 쎠려 금슬우지 불합ᄒᆞᆷ은 실노 냥익이 ᄀᆞ리인 연괴라 더욱 니가니슬ᄒᆞ여 초지의 부임ᄒᆞᆫ 후로 우흐로 돈당부뫼 먼

53면

니 계시니 됴셕의 금지홀 리 업고 쏘 셜슌뮈 마즈 도라가니 실노 칙션교우호리 업스니 의긔 더욱 방약훈지라 쥬쇼져를 혼 번 니루의 드리친 후는 그 잇시며 업스믈 아지 못호는 ᄀ온디 후셤월 계홍믜를 맛ᄂᆞ니 구정이 환연호여 날노 외당의셔 연음즈락호는지라 냥녜 지뷔 부인으로 금슬지락이 흡연치 아니믈 알믜 ᄀ장 깃거 졈졈 교악훈 의시 이는지라 일일은 지뷔 공청의 큰 옥ᄉᆞ를 결

54면

호노라 동일 좌긔호여 드러오지 아닌 ᄊᆡ를 타 냥녜 스스로 얼골을 빗ᄂᆞ 다스리고 단장을 치례호여 니당의 드러가니 이ᄯᅥ 쥬쇼졔 즈익호는 구고와 년즈호시는 부모를 쳔외의 분슈호여 셔어훈 가부를 됴츠 이의 니르니 본디 빙쳥옥결지심이 슈장병니의 부부졍의를 뉴련호미 아니로디 가뷔 이ᄀᆞᆺ치 셔의홀스록 니친지회는 깅가 일층호는지라 속졀업시 니가칠팔삭의 몽혼이 경

55면

경호여 미양 대향을 쑴ᄭᅮ니 쑴가온디 냥가 친뎐을 봉시호여 북당 츈훤의 무치를 쑴ᄭᅮ다가 줌을 ᄭᆡ면 허시라 여실즁보호여 희허무침호니 망운산 안기를 브라며 영모지회 시일노 츙가훈 가온디 지부의 미몰박졍호믄 날노 더으니 이의 온 칠팔삭의 혼 번 고문호미 업고 홍안박명은 당신궁 졔일좌를 당호리니 엇지 빅스의 심시 안연호리오 즈연 월믜의 창원이 이원호고 식불감미

56면

호고 침불안셕호여 옥뫼 쵸체호니 유랑 시비 등이 크게 슬허 됴셕의 뫼셔 위로호믈 마지 아니호더니 이늘은 더욱 신긔불안호여 됴션이 이르나 진식지 못호고 침셕의 의지호엿더니 초시 츄풍이 닝닝훈지라 제 시비 좌우 창호를 단단이 닷고 금장을 즈욱이 지워 츄풍을 방비호더니 믄득 냥창이 드러와 의긔방약호여 통치 아니코 바로 지게를 열고 드러와 웃고 닐오디 쳡 등이 비록

57면

연화의 쳔인이나 임의 노야의 춍힝ᄒ시는 시인이라 맛당이 녀군지젼의 등비ᄒ미 올 ᄉ오ᄃᆡ 노얘 명치 아니시고 부인이 니르지 아니시니 쳡 등이 불승의혹ᄒᆞᄆᆞᆯ 니긔지 못ᄒ여 당돌이 비알ᄒᄂᆞ이다 셜파의 말ᄉᆞᆷ이 방일ᄒ고 거지 방ᄌᆞᄒᆞᆫ지라 쇼졔 어히업 셔 묵연부답ᄒ고 졔녜 면면상고ᄒ거ᄂᆞᆯ 홍월 등이 다시 웃고 됴쇼ᄒ여 일오ᄃᆡ 부인과 쳡 등이 비록 명회 현격ᄒ나 임의 노야ᄅᆞᆯ 동ᄉᆞ

58면

ᄒ오니 외람이나 동녈이라 쳡 등이 부인긔 쳥알ᄒᆞ오믄 갈담의 화긔ᄅᆞᆯ 구경ᄒᆞᆯ가 ᄒ엿 ᄉᆞᆸ더니 긔식이 여ᄎᆞ불예ᄒ시니 아지 못게이다 인의로 화협ᄒ실 ᄯᆞ시 업셔 녀후의 투 악을 본밧고ᄌᆞ ᄒ시ᄂᆞ니잇가 그러치 아니면 박명홍안을 과도이 슬허ᄒ시ᄂᆞ니잇가 연즉 셩덕으로써 쳡 등을 읻ᄃᆡᄒ시면 쳡 등이 노야긔 알외여 부인의 박명을 회복게 ᄒ리이다 쇼졔 쳥파의 ᄃᆡ경분히ᄒ나 입을 여러 져 뉴

59면

와 결우믄 욕된지라 다만 옥ᄉᆡᆨ이 여토ᄒ여 쥬슌이 흑ᄉᆡᆨᄒ고 뉴미의 노긔 어리여 못 듯는 듯ᄒ니 뉴랑시비 크게 분노ᄒ여 졍히 말ᄒ고ᄌᆞ ᄒᄂᆞᆫ지라 홍월이 더욱 ᄌᆞ득ᄒ여 닝쇼왈 몰낫더니 부인이 목우인 곳 아니면 벙어리랏다 더러커든 댱뷔 무ᄉᆞᆫ ᄌᆞ미로 ᄂᆡ졍이 쇼ᄉᆞ나리오 녀ᄌᆞ의 호춍ᄒᄂᆞᆫ 법이 댱부ᄅᆞᆯ ᄃᆡᄒ거든 ᄂᆞᆺ비ᄎᆞᆯ 온슌이 ᄒ며 쇼ᄅᆡ ᄅᆞᆯ 부즈러니 ᄒ여 춍을 ᄂᆞᆺᄀᆞᄂᆞ니 져리 밉쌀 쳬ᄒ다가는 거믄 머리

60면

빅발이 되여도 댱부의 은춍은 바라도 못ᄒ리로다 ᄯᅩ 우어 왈 부인은 ᄂᆞᆫ히 어려 셰졍 을 모로는가 남녜 싱시ᄒᆞᄆᆡ ᄉᆞ욕은 인지샹졍이라 부부호락은 만복의 근원이니 만일 가부의 은졍을 모로면 녀ᄌᆞ 평싱이 무어시 쾌ᄒ리오 쳥승과모와 산즁고승은 홀일업 거니와 가뷔 잇시되 무고이 폐륜실셔ᄒ여 음양호합을 아지 못ᄒ면 이 아니 늣겁고 가련ᄒ니잇가 셜파의 ᄃᆡ쇼ᄒ며 허다 난음지셜노 능답됴쇼ᄒ

61면

미 불가형언이오 긔약망측ᄒ지라 쇼졔 비록 쳘옥금심이나 엇지 분치 아니리오 셩안

을 ᄂ촟고 옥셩이 널널ᄒ여 일셩음ᄋ의 좌우를 명ᄒ여 낭녀를 미러닉치라 ᄒ니 졔녜

졍히 분ᄒ믈 니긔지 못ᄒ던 츳의 쇼졔의 명을 듯고 일시의 니ᄃ라 낭녀의 등을 미러

닉치려 ᄒ나 낭녜 엇지 ᄂᄋ가리오 동시 발악ᄒ며 말이 졈졈 불공ᄒ니 ᄌ연 상힐ᄒ

ᄇ 된지라 낭녜 스ᄉ로 졔 몸을 부딕잇고 의복을 ᄊ지며 운환을

62면

헛틀고 머리를 벽의 부딕이즈니 ᄊ여져 피 흐르더라 쇼졔 이 광경을 보고 어히 업셔

졔녜를 ᄭ지져 요란ᄒ믈 금단ᄒ니 모든 시비 분노ᄒ믈 니긔지 못ᄒ나 ᄯ 능히 그 셩

악을 졔어키 어려워 물너ᄂᄂ니 낭녜 크게 울며 쇼져를 무슈이 곤욕ᄒ며 도라가니 쇼

졔 시녀 등을 명ᄒ여 어즈러온 거슬 거두어 아스라 ᄒ고 좌우 창호를 닷고 즘연이와

ᄒ여 낭녀의 거동을 싱각고 지부의 거뢰 별단지경의 밋츨 줄 혜ᄋ리고 가연 ᄌ춧ᄒ

여

63면

신셰를 한ᄒ더라 유랑 시비 불승비분ᄒ여 쇼져의 신셰 계활이 엇지 될고 슬허 각각

눈물이 하슈 ᄀᆺ더라 이쩍 홍월 등이 뎡히 외루의 ᄂᄋ가 각각 침금의 ᄊ이엿더니 날

이 져물ᄆ 지뷔 드러오니 낭녜 젼 ᄀᆺ치 마됴 니ᄃ라 웃는 ᄂᄎ로 옷슬 벗기며 ᄯᅴ를

글너 맛는 일이 업ᄂ지라 지뷔 크게 고이히 넉여 ᄂᄋ가 친히 금금을 여러 보니 낭녜

운발이 헛트러 옥면의 어즈럽고 혈셩이 곳곳이 비쵀엿고 누쉽 만면ᄒ여 말

64면

을 못ᄒ거늘 지뷔 딕경ᄒ여 연고를 무른딕 낭녜 진진이 늣겨 슈이 답지 못ᄒ거늘 지

뷔 더욱 착급ᄒ여 지슘 힐문ᄒ딕 낭녜 울며 딕왈 ᄋ츰의 딕당 시녜 홀연 ᄂ와 부인

명으로 부르신다 ᄒ거늘 쳡 등이 본딕 녀군긔 알현코ᄌ ᄯᆺ이 뎍지 아닌 거시로딕 노

애 명치 아니시고 부인의 ᄯ을 아지 못ᄒ여 유유지지ᄒ던 츳 부르시는 명을 엇스오

니 불승희힝ᄒ여 힝혀 갈담의 화긔를 볼가 영힝ᄒ와 봉명ᄒ온즉 부인이 믄득 노긔

65면

등등ᄒᆞᄉ 계하의 꿀니시고 슈쾌ᄒᆞ시되 미달포ᄉ ᄀᆞᆺᄒᆞᆫ 요녜 노야ᄅᆞᆯ 침닉게 ᄒᆞ여 녀군을 만모ᄒᆞ니 반ᄃᆞ시 오ᄅᆡ지 아냐 날을 죽이며 노야ᄅᆞᆯ 다리여 졍ᄉᆞᄅᆞᆯ 그릇 민들ᄂᆞ니 엇지 통히치 아니리오 닉 맛당이 글월노ᄡᅥ 경ᄉᆞ의 보ᄒᆞ여 여등의 요악ᄒᆞᆫ 죄ᄅᆞᆯ 고ᄒᆞ고 각별 쳐치ᄒᆞᆯ 거시로ᄃᆡ 아직 뎡각ᄒᆞ여 녀군이 우히 잇ᄉᆞᄆᆞᆯ 알게 ᄒᆞ노라 ᄒᆞ시고 모든 시녜 다라드러 기동의 믹고 운발을 쯧고 이리 두루 쳣ᄂᆞ이다 지뷔 쳥파의 그 말을

66면

다 밋지 아나나 본ᄃᆡ 쥬시의 녈녈ᄒᆞᆷ믄 아ᄂᆞᆫ지라 당돌ᄒᆞᆫ 녀지 무식ᄒᆞᆫ 시녀비의 도도믈 듯고 냥녀ᄅᆞᆯ 잡ᄋᆞ드려 구튼ᄒᆞ민가 의심ᄒᆞ고 ᄯᅩ 슐이 반취ᄒᆞ엿ᄂᆞᆫ지라 ᄃᆡ로 왈 한 악ᄒᆞᆫ 투뷔 닉 오히려 죽지 아냣거늘 투악을 방동이 ᄒᆞᄂᆞ냐 크게 쇼릭지르고 노긔 ᄃᆡ발ᄒᆞ여 밧긔 ᄂᆞ와 아역을 ᄶᅮ지져 닉당 유랑시녜ᄅᆞᆯ 다 잡ᄋᆞ닉여 곡직을 뭇지 아니코 일졔히 오십장식 밍타ᄒᆞ여 닉치고 츈환으로 ᄒᆞ여금 부인긔 뎐어 왈 즈고 투악

67면

은 칠거의 경계라 싱이 일시 뎍막ᄒᆞᆷ믈 인ᄒᆞ여 홍월 등을 유졍ᄒᆞ나 이녜 ᄯᅩᄒᆞᆫ 이 곳ᄃᆡ 와 날을 식로이 동ᄉᆞᄒᆞ미 아니라 실즉 경ᄉᆞ의 이실 젹 오히려 부인 입문지젼의 유졍ᄒᆞᆫ 빅니 명회 쳔ᄒᆞ나 실즉 고인이라 그ᄃᆡ 맛당이 인의로 ᄃᆡ졉ᄒᆞ고 은혜로이 거ᄂᆞ려 갈담의 셩덕을 빗ᄂᆡ미 올커늘 믄득 투긔ᄅᆞᆯ 방동이 ᄒᆞ여 ᄂᆞ의 ᄉᆞ라시믈 긔탄치 아니니 이ᄂᆞᆫ 녀후의 지난 투악이라 아모커나 경ᄉᆞ의 밧비 고ᄒᆞ라 부뫼 현마 즈

68면

식을 죽이든 아니시리니 모로미 너모 방ᄌᆞ치 말나 ᄯᅩ 굿ᄒᆞ여 허랑박졍ᄒᆞᆫ 경흥을 바라지 말고 어느 곳의 풍뉴 군지 업ᄉᆞ리오 일즉이 호걸을 퇵ᄒᆞ여 홍안을 공숑치 말며 싱을 원치 말나 ᄒᆞ엿더라 시녜 이ᄃᆡ로 젼ᄒᆞ니 쇼졔 쳥파의 분긔 엄이ᄒᆞ여 좌셕의 업더져 인ᄉᆞᄅᆞᆯ 모로니 모다 급히 붓드러 약을 치며 쥐믈너 구호ᄒᆞ니 식경후 인ᄉᆞᄅᆞᆯ 출혀 쳥뉘 환난ᄒᆞ여 말을 못ᄒᆞ니 유랑시비 도로혀 뎌회 미 마ᄌᆞᄆᆞᆯ 도로혀 닛고 쇼져의

69면

이 곳흐믈 슬허 지슴 호언으로 위로ᄒ더라 지뷔 다시 냥희당의 드러가 냥창을 보고 슈말노써 니르고 위로ᄒ니 냥녜 더욱 암희ᄌ득ᄒ나 거즛 놀ᄂ고 근심ᄒ여 닐오ᄃᆡ 연즉 녀군의 촉노ᄒ시미 더ᄒ시리니 쳡 등이 일시도 평안치 못ᄒ리로쇼이다 지뷔 위로 왈 ᄂᆡ 스라시니 엇지 흔 투부를 졔어치 못홀가 근심ᄒ리오 여등은 쇼려ᄒ여 옥용을 상ᄒ오지 말나 ᄉᄂᆡ희 일쵼간장이 슬슬 다 녹는다 ᄒ더라 일노됴츠 냥녜의 춍힝이 비

70면

무ᄒ니 쥬쇼져의 괴로오믄 날노 더은지라 지뷔 반ᄃᆞ시 핑계를 ᄌ로 어더 혹 의복이 한셔를 맛쵸지 못흔다 ᄒ여 옷슬 찌즈며 식찬이 구미의 불합다 ᄒ여 상을 즛치며 그 좌우를 치칙아닐 날이 업ᄉ니 쇼져 노쥐 일시도 평안치 못흔 즁 홍월 등이 썩썩 니르러 능답ᄒ믈 마지 아니니 쇼졔 분통ᄒ믈 니긔지 못ᄒ여 우분셩질ᄒ기의 미쳣더라 냥녜 비록 지부를 농낙ᄒ여 부부간을 니간ᄒ나 진실노 아됴 절졔홀 계교는 업

71면

ᄂᆞᆫ지라 궁모곡계 아니 밋춘 곳이 업ᄉ니 가마니 부인 필젹을 어더 모ᄉᄒ여 간부셔를 일워 져의 심복을 쥬어 셜계홀ᄉᆡ 지뷔 일일은 ᄂᆡ실의 가 옷 가라 닙을ᄉᆡ 마춤 쇼졔 침셕의 비겨 옥슈의 시젼을 들고 붓슬 드러 무슨 글월을 일우려 ᄒ다가 지부를 보고 괴롭고 노ᄒ오믈 니긔지 못ᄒ나 마지 못ᄒ여 줍은 거슬 놋코 니러셔니 보건ᄃᆡ 형뫼 환탈ᄒ고 의형이 쵸고ᄒ여 셜보의 빙골이 빗최엿고 쌍셩봉목의 누

72면

쉬 어리여시니 묘질이 이원ᄒ여 셔시 비 알는 거동이라도 이의 뎔승치 못ᄒ리니 견ᄌ로 ᄒ여금 잔잉이련ᄒ믈 니긔지 못홀 거시로ᄃᆡ 냥익이 팅심흔 고로 싱의 눈의는 이 거동이 더욱 복업고 쓸뮈온지라 댱목예시ᄒ여 닝쇼왈 당시의 미달이라 은을 망하고 하를 멸ᄒ던 여풍이 아니면 어이 져러ᄒ며 거동이 쳔연이 쳥승과부의 박복흔 형상이니 ᄂᆡ 비록 핑됴의 슈명을 비러신들 져리 박복흔 녀ᄌ의 겹

73면

슈룰 치오노라 ᄒ면 이십인들 엇지 치 슬기룰 바라리오 셜파의 옷슬 쩔쳐 닙고 밧그
로 ᄂᆞ가니 쇼제 듯ᄂᆞ 말마다 이분ᄒᆞ믈 니기지 못ᄒᆞ더라 지뷔 졍히 밧그로 ᄂᆞ오더니
믄득 보니 닉원합장 밋ᄒᆡ 십슘ᄂᆞᆫ 흔 ᄋᆞ히 무슨 봉셔룰 숀의 쥐고 규규히 닉당근쳐
룰 규ᄉᆞᄒᆞ거늘 지뷔 고이히 넉여 셔동으로 ᄒᆞ여금 부르니 기이 놀나 쩔며 도라가려
ᄒᆞ거늘 셔동이 위력으로 잇그러 외당으로 가니 기이 짐즛 닛글녀 가며 울기룰 마

74면

지 아니ᄒᆞ더라 면젼의 밋ᄎᆞ니 지뷔 ᄀᆞᆺᄀᆞ이 불너 무른디 기이 머뭇머뭇ᄒᆞ고 감히 답
지 못ᄒᆞ거늘 지뷔 더욱 의심ᄒᆞ여 친히 그 가진 거슬 아ᄉᆞ니 기이 디곡 왈 쇼이 이제
ᄂᆞᆫ 죽으리로쇼이다 노야ᄂᆞᆫ 잔명을 슬오쇼셔 지뷔 더욱 의심이 동ᄒᆞ여 지슘 달닉여
ᄀᆞᆯ오디 아모 어려온 일이라도 닉 됴토록 홀 거시니 무슴 일 죽이리오 기이 울며 왈
이거시 쇼ᄋᆞ의 되 아니웁고 뉴슈ᄌᆞ의 타시니 노야ᄂᆞᆫ 잔명을 살오쇼셔 이 글을 쥬며
ᄀᆞ장 비

75면

밀이 ᄒᆞᄂᆞ 거슬 노야긔 들넛ᄂᆞ이다 지뷔 지슘 졍녕이 허락ᄒᆞ고 봉피룰 보니 ᄀᆞᆯ
와시디 졀강인 뉴영은 옥낭ᄌᆞ 안하의 붓치노라 ᄒᆞ엿고 셔쥼ᄉᆞ의 극히 음참흉악ᄒᆞ니
디기 우연이 셔로 맛나 졍이 깁흠과 이의 탈신지계 업ᄉᆞ니 마지 못ᄒᆞ여 이졔 지부룰
죽이ᄌᆞ ᄒᆞ엿시니 지부의 결ᄉᆞᆨ 엇지 쳐치ᄒᆞ고 ᄎᆞ쳥하회ᄒᆞ라

임시삼디록 권지삼십ᄉᆞ

1면

ᄎᆞ셜 지뷔 간파의 노발이 츙쳔흔 가온디 쏘 연ᄒᆞ여 미혼쥬룰 딤음ᄒᆞ여 춍명이 감ᄒᆞ
엿ᄂᆞ지라 엇지 곳이 둧지 아니리오 이의 빅은을 너여 쇼ᄋᆞ룰 쥬며 닐오디 네 뉴싱ᄌᆞ
룰 보거든 다만 견ᄒᆞ엿노라 ᄒᆞ면 관겨치 아니ᄒᆞ리라 쇼이 은을 보고 크게 깃거 ᄉᆞ례
ᄒᆞ고 도라가거늘 지뷔 셔간을 가지고 홍월의 방의 드러가니 낭녜 거즛 모로ᄂᆞ 쳬ᄒᆞ

고마

2면

즉 교용함틱ᄒ고 졍다이 무러 왈 노애 무슴 연고로 신싴이 불예ᄒ시니잇가 지뷔 탄 왈 엇지 셔로 긔이리오 쥬시ᄂ 과연 디가고문의 싱츌일 분 아니라 빅모 쥬슉녈비 효 문공쥬의 동손이라 그 힝싴 불효ᄒ나 만일 과악이 그디도록지 아니면 엇지 그 허물 을 구두의 일ᄏ라 냥문 쳥덕을 손상ᄒ리오마ᄂ 져의 음누픠악ᄒ미 여ᄎᄒ니 인졍의 졀박ᄒ나 ᄎ마 더져 두지 못홀 거시오 쳐치ᄒ려 ᄒ미 져의 친긔 쳔니라 사셰 난쳐

3면

ᄒ미 만ᄒ니 ᄌ연 심싴 불평ᄒ여 외모의 낫타ᄂ미 되도다 드듸여 간셔를 뵈며 아ᄌ 슈말을 니르고 쳐치 난쳐ᄒ믈 근심ᄒ니 냥녜 짐즛 도도아 굴오딕 하류 쳔녜도 이런 픠힝은 업스리니 엇지 ᄉ독 규슈로 음비지싴 잇스리잇고 져의 만일 샹공의 박딕를 한ᄒ여 간부를 됴ᄎ 다라ᄂ면 오히려 만힝이여니와 모살코ᄌᄒ믄 녀ᄌ의 강샹딕죄 요 ᄯᅩ흔 두렵지 아니ᄒ니잇가 지뷔 번연이 씨드라 왈 너의 말이 올토다 하마ᄒ면 ᄂ 의 명을 맛츨노다 오늘은

4면

뎌무러시니 명일은 결코 본가로 보ᄂㅣ거나 죽이거나 ᄒ리라 ᄒ고 밧그로 ᄂ가더라 ᄎ 야의 냥녜 의논을 졍ᄒ고 남복을 기착ᄒ고 운고를 ᄽ코 흑면을 쓰고 비슈를 들고 바 로 지부의 침실의 쒸여 드러 짐즛 ᄌ리를 헷지르고 춍망이 다라ᄂ니 지뷔 이늘 홀노 ᄌ다가 줌이 몽농흔 가온딕 표일흔 남지 드리다라 지르니 요힝 ᄌ긔 몸은 샹치 아냣 ᄂ지라 딕경ᄒ여 문을 열고 ᄶᅩᄎ가보니 긔인이 즉시 침쇼로 드러가거놀 크게 분한ᄒ 여 방즁의 드러와 불을

5면

혀고 쳔싴을 뎡ᄒ니 믄득 보니 금낭 하ᄂ히 ᄯᅥ러졋거놀 차례로 보니 모다 흉참흔 셔 간이라 간부의 셔간 ᄉ연은 다만 도망ᄒ여 ᄂ오라 ᄒ엿고 쥬시의 셔간은 금야의 임 경흥을 죽여 ᄂ의 분하믈 풀고야 됴ᄎ가리라 ᄒ엿스니 일견의 ᄎ악ᄒ여 박안ᄎ탄 왈

주고로 녀지 싴잇고 강녈흔 쳬흔 겨집이 슉녀 외의는 음뷔라 말이 올토다 추녜 이런 흉참지시 잇슬 쥴 알니오 이 간부셔란 잘 두엇다가 져의 부모롤 뵈오고 흔바탕 즐욕 흐리라 흐고

6면
쏘 싱각흐되 간뷔 누룰 히흐려다가 겁결의 금침을 지르고 다라누시니 반드시 누의 죽은 쥴 알고 음부와 동심흐여 가장지물을 슈탐흐여 가리니 엇지 뎌의 계교롤 맛츠리오 흐고 금녕을 흔드러 슉직수예롤 부르니 수예 등이 곡졀을 아지 못흐고 슈유의 드러 오거늘 다시 냥녀의 추환 슈십인을 불너 나롤 웅위흐라 흐고 쥬쇼져 침당으로 향흐니 냥녜 그장 놀누는 쳬흐고 쓰라와 연고롤 뭇거늘 지뷔 분분이 도덕이 발검필 살흐든 말

7면
을 니르니 냥녜는 황황이 놀누고 수예 추환은 비로소 알고 놀나 큰 미와 되삭을 들고 쥬쇼져 침실을 에워오더라. 이쩌 쥬쇼졔 밤이 깁도록 심시 울울흐여 수혜 만단이러니 겨오 한 줌을 일우미 믄득 일위 션인이 압회 와 이로되 부인은 큰 익이 목젼의 임흐여시니 무슴 잠을 이리 깁히 즈는뇨 이 익은 타방픕박이 아니라 그되 부부의 냥익이 괴구흐여 빅년낭이 곳 닐을 늬고즈 흐미니 잇셔 욕을 보지 말고 급히 남의롤 기착흐고 이 쓰 운슈역

8면
쥬졈을 추즈가 운현수 녹운수 벽운수롤 추즈면 즈연 반가오리라 흐고 믄득 간되 업거늘 놀나 씨니 흔 꿈이요 심신이 살난흐거늘 몽시 비록 허탄흐나 신인의 분명 이르믈 져바리지 못홀지라 쵹을 도도고 쥬역을 늬여 놋코 분향흐여 일괘롤 어드니 션흉후길흔 패니 추당즁의 잇다가는 큰 익을 당흐리니 급히 운슈역을 추즈라 흐엿거늘 되경실싴흐여 급히 유랑과 심복 시으롤 찌여 이 일을 니르고 남복을 기착흐고 일시의 쩌누 운슈

9면

역을 초조 늣아가더라 초셜 지뷔 쥬쇼져 침당의 니르러 장검을 쌘혀 들고 쇼릭 질너 왈 모든 수예는 쌜니 드러가 음부 음녀의 머리를 버히라 호통ᄒ니 쇼릭 진동ᄒ여 일읍이 다 알고 물 쓸툿 모히더라 수예 초환이 불을 놋곳치 발키고 일시의 고함ᄒ고 침실의 쒸여드니 아모것도 업고 슉직 초환 복첩 쑨이라 이디로 고ᄒ니 지뷔 발굴너 왈 음부 음녜 도망ᄒ엿도다 ᄒ고 초환 복첩을 줍ᄋ 힐문ᄒ니 초녀 등이 아모 곡졀인 쥴 모로고 썰며

10면

능히 말을 못ᄒ고 다만 니로디 몰닉라 ᄒ거늘 냥녜 고왈 음녜 간부를 됴초가믹 엇지 시녜를 알니잇고 다만 상공을 히치 아니흠만 만힝이오니 초초 슈탐ᄒ소이다 지뷔 올히 너겨 수예 등을 물너가라 ᄒ고 이러구러 놀이 밝으믹 인ᄒ여 후셤월노 좌부인이라 일쿳고 계홍믹로 우부인이라 ᄒ여 믹일 쥬야 연음힝낙ᄒ니 공사를 도라 보리오 일읍이 쑥밧기의 니르럿더라 션시의 녹완 등이 임쇼져를 뫼셔 셜어스를 구ᄒ고 다시 합

11면

쥐 니르러 지부의 치졍과 쥬쇼져의 화익을 듯보더니 운슈역의 니르러 쥬인ᄒ고 잇셔 지부의 힝사를 슬히더니 초야의 녹난 등이 건상을 우러러 보니 쥬쇼져의 쥬셩이 흑긔 가득ᄒ여 만분황난ᄒ거늘 임지부의 쥬셩을 보니 또흔 흑긔 씨이고 살긔를 씌여 즉시 쥬셩을 침범ᄒ니 쥬시 쥬셩이 자리를 써나 운슈역을 향ᄒ여 오믹 명낭훈지라 반두시 쥬쇼제 일을 맛나 신인의 가르치믈 닙어 이 곳으로 올 쥴 알고 임쇼제긔 고ᄒ니 소졔 반신

12면

반의 결을치 못ᄒ더니 믄득 오릭지 아냐 슈삼인이 총망이 다라오며 운슈역 운현사의 거쳐를 뭇거늘 임쇼져와 졔인이 반겨 닉다라 마자 방즁의 드러오니 쥬쇼졔 처음은 어느 곳 활불션사의게 의탁게 되는 모양인가 ᄒ엿더니 믄득 보니 이 곳 다르니 아니라 비록 여화위남ᄒ여시나 소고 임빙혜와 녹난 벽완 믹승이라 어린 듯ᄒ다가 눈물을

흘니고 왈 이 엇진 닐이니잇가 진가를 모로오니 밝히 히셕ᄒ쇼셔 임쇼졔 옥슈를

13면

잡고 피ᄎ 안부를 무른 후 셜의녈의 신명이 혜ᄋ려 지교ᄒ믈 바다 니르믈 니르고 쥬
쇼져는 옥뉘 방방ᄒ여 지닌 바를 니르더라 ᄎ야를 동슉ᄒ고 명일의 함긔 상경코ᄌ
ᄒ더니 아즁 쇼문을 듯고ᄌ ᄒ여 십여 일 뉴ᄒ엿더니 믄득 쇼문이 ᄌᄌᄒ여 지부의
부인이 간부와 동심ᄒ여 모야 도쥬ᄒ고 낭창으로 좌우부인을 숨ᄋ 지뷔 공ᄉ를 폐ᄒ
고 연음힝낙ᄒᆫ다 ᄒ거늘 졔인이 ᄃᆡ경참연ᄒ믈 니긔지 못ᄒ고 임쇼졔 일오ᄃᆡ 우리 곳
상경ᄒᆫ즉 쥬형의 참

14면

욕을 씻지 못ᄒᆯ 거시오 또ᄒᆫ 거거의 힝ᄉ 크게 어즈러워 픠가 망신ᄒ기의 니르리니
엇지 물시ᄒ리오 졔인은 이곳셔 기ᄃ리라 뉘 맛당이 ᄂᆞᄋ가 여ᄎ여ᄎᄒ여 난을 진뎡
ᄒ고 오리라 ᄒ고 다만 녹 벽 낭인을 다리고 지부의 아문의 니르러 현명ᄒ믈 쳥ᄒ니
이ᄯᅥ 지뷔 쥬식의 뭇치여 눈쏠이 다 틀니여 쳥홍을 분변치 못ᄒ게 되여시니 공ᄉ가
무어신지 숑ᄉ가 무어신지 다만 아ᄂᆞ니 후셥월 계홍미라 말이 못되엿더니 믄득 하리
고ᄒᄃᆡ 경셩으로됴

15면

ᄎ 일위 셔싱이 현명코ᄌ ᄒᄂᆞ이다 ᄒ거늘 지뷔 경셩 ᄉ룸이란 말을 듯고 반겨 쳥ᄒ
니 이윽고 일긔 셔싱이 흑관포의로 앙연이 드러와 녜ᄒ거늘 지뷔 눈을 드러보니 옥
골션풍이 당셰 군ᄌ라 마음의 흠복ᄒ되 인물 상등은 오가의만 모힌가 ᄒ엿더니 ᄎ인
의 외모동지 상셔형의 ᄂᆞ리지 아니ᄒ니 만일 녀ᄌᆡ런들 빙혜 져져와 막상막히로다 이
의 공경답녜 왈 경ᄉ 귀긱이 하유도ᄎ하문야오 기인이 흠신 왈 싱은 녕실직동남이러
니

16면

마춤 ᄉ쳔부의 단녀갈 ᄉᆡ 누의를 즘간 보고 우리 비록 쵸면이나 남미지의를 펼가 ᄒ
노라 지뷔 홀연 노발이 츙쳔ᄒ여 왈 형이 곳 뉵촌쳐남이랏다 피ᄎ ᄉ문녜믹으로 언

필찰힝필독경ᄒ거ᄂᆞᆯ 형의 동ᄆᆡ 이곳의 오무로부터 힝시 여ᄎᆞ여ᄎᆞᄒ고 남ᄌᆞ의 창믈
은 ᄌᆞ고상시요 ᄒ믈며 후셤월 계홍ᄆᆡᄂᆞᆫ 뎐일 고졍이라 일호 간셥ᄒᆞᆯ 빈 업거ᄂᆞᆯ 잡ᄋ
다 뉴혈이 낭ᄌᆞ토록 구타ᄒ고 간부를 ᄉᆞ통ᄒᆞ여 글월이 오락가락 ᄒ고 모야의 ᄌᆞ긱이

17면

돌입ᄒᆞ여 이리이리 ᄒ고 ᄯᅩ흔 도쥬ᄒᆞ엿시니 이런 닐이 ᄯᅩ 잇ᄂᆞᆫ가 실노 불가ᄉᆞ문어타
인이요 동ᄆᆡ의 음분ᄒᆞᆷ믄 일읍이 쇼공지요 이러무로 간셔를 업시치 아낫노라 쥬령쥬
령 닉여 놋커ᄂᆞᆯ 임쇼졔 귀로 드르며 눈으로 관형찰식ᄒ니 낭ᄆᆡ간의 익운이 응집ᄒ고
두 눈의 뎡ᄎᆡ 아됴 업셔 요악이 장부를 뎍셔ᄂᆞᆫ지라 심하의 ᄎᆞ악ᄒᆞ여 간부셔를 측히
녀겨 굿ᄒᆞ여 보지 아니ᄒ고 냥구의 뎡식 왈 동ᄆᆡ의 슉덕은 군의

18면

합기 소공지라 이의 와 변ᄒᆞᄆᆡ 괴이ᄒ고 동ᄆᆡ 만일 음분코ᄌᆞ ᄒᆞᆯ진ᄃᆡ 경셩셔 미리 결
ᄒᆞ엿실 거시오 이의셔 음힝타 ᄒ나 일이 다 근본이 잇ᄂᆞ니 형이 셩현슉녀의 싱흔 바
로 네의에 싱장ᄒᆞ여 비록 ᄂᆞ히 년쇼ᄒ나 스리를 씨둦지 못ᄒ고 일을 쇼로이 ᄒᆞ여 냥
창은 본시 녕ᄃᆡ인의 츌틴ᄒᆞ무로 원한이 골돌ᄒ다가 군의 은뎡을 이곳셔 당ᄒ니 뎌의
힝낙이 둑ᄒ되 다만 ᄶᅥ리ᄂᆞᆫ 빈 동ᄆᆡᄂᆞᆫ 그 ᄌᆞ리를 아

19면

ᄉᆞ 안고ᄌᆞ 범남흔 ᄠᅳᆺ이 잇ᄉᆞ니 엇지 아니 모히ᄒ며 간부셔를 ᄀᆞ져온 쇼ᄋᆞ를 잡아실
진ᄃᆡ 모로미 간부 거쳐를 ᄎᆞᄌᆞ 집포ᄒᆞ여 ᄉᆞ부녀를 통간흔 죄를 붉히 연 후의 일이 진
뎍ᄒ면 동ᄆᆡ를 쥭이미 올ᄒ니 타인의 일이라도 일방 토쥐되여 칠악쮜도를 붉히려든
ᄒᆞ믈며 닉 집 일을 모히 이 홀쇼냐 ᄌᆞ긱이 돌입ᄒᆞᄆᆡ 진실노 살ᄒᆡ지심 품은 지 엇지
스름과 ᄌᆞ리를 분변치 못ᄒᆞ여 헷놀닉고 다라ᄂᆞ며 굿ᄒᆞ여 다흔 곳 업시 낭ᄃᆡ를 ᄶᅥ러

20면

치며 임의 동ᄆᆡ와 뉴령홀진ᄃᆡ 쇼문업시 갈 거시여ᄂᆞᆯ 굿ᄒᆞ여 셩명을 박으며 다라날진
ᄃᆡ 동ᄆᆡ와 금은ᄌᆞ장을 ᄀᆞ져 갈 거시여ᄂᆞᆯ 엇지 보화는 두고 괴로온 시녜빈를 함긔 다
려가리오 부부지간은 일야지닉의 그 마음을 안다 ᄒ거ᄂᆞᆯ 동ᄆᆡ의 평일 힝시 일호나

츠착흔 닐이 잇던가 닉 비록 지식이 무몽흐고 아는 거시 업스나 형이 스예 십인과 형벌을 빌닐진딕 즉긱의 판단흐여 동미의 음분 가부를 알니라 말을 맛츠미 긔 위 썩썩

흐니 지뷔 비록 요약의 어릭여시나 즈상홍명흐믄 부됴의 여풍이라 쥬싱의 허다스셜을 드르미 씨듯는 듯흐여 즉시 스예와 형구를 딕령흐니 임쇼졔 옥셩을 놉혀 쥬쇼져의 츠환 복쳡과 후셤월 계홍미를 다 잡으오라 흐니 스예 엇지 셔싱의 말을 드르리오마는 지부의 분뷔 잇고 그 셔싱이 옥골션풍이요 처음은 쥬쇼졔 음분흐다 꾸짓더니 지부의 힝싴 픽악흐기의 니르미 낭챵을 베프더니 이졔 결말이 느기의 니르미 모다 힝

희흐여 일시의 느으가 츠환 복쳡과 낭녜를 줍아오니 낭녜 지부의 셰를 쩌 쇼릭 질너 발악흐거늘 임쇼졔 좌우로 금지흐고 몬져 츠환 복쳡을 츠례로 문쵸흐여 쇼져의 평일 힝스와 간부의 왕닉와 도쥬흔 일을 힐문흐니 졔녜 일시의 고왈 쳔비 등이 쥬쇼져 장딕흐의 신임흐무로 그 힝스를 앙쳠흐오니 슉흥야미흐여 승슌군즈의 동동흐실지연뎡 부뎡지싴 업더니 거일의 홀연 유랑 시으와 함긔 간 곳 업스니 뉴죄무죄 간 허실을 도모

지 모로옵고 다만 쇼져의 슉덕녜힝만 보왓느이다 낭녜 믄득 닉드라 왈 너희 등이 비록 쥬시의 회뢰를 바닷슨들 엇지 닙으로 말을 ᄀ식흐느뇨 간부셔 왕닉와 즈긱이 돌입홈과 모야 도쥬흔 일읍이 소공지여늘 너희 등의 말이 익미타흐며 가닉지스를 지부 상공이 결흐시미여늘 엇던 말 만흔 쇼년상공이 무어슬 알간 낭흐사 쇼스를 닐희여 딕스를 밧드시느뇨 임쇼졔 즈약히 미쇼흐고 왈 너희 비록 숑구영신흐는 창기나

스리를 모로는도다 나는 쥬쇼져의 동남이니 엇지 이 일의 참예치 아니며 너희 실노 어진 스룸일진딕 쥬군을 밧들미 녜의를 다홀 거시여늘 도로혀 허물을 씨오고 그 즈

리의 ᄂᄋ가니 이 엇지 녁심이 아니며 텬벌이 업스랴 낭녜 능히 딘치 못ᄒ더니 믄득 츳환 복첩 즁 일기 쇼녀지 ᄂᄋ오니 나흔 십이슘은 ᄒ고 일홈은 튬녜러라 밍녈이 알외디 쳔비ᄂ 쥬쇼져 장디하의 신임ᄒ든 ᄋ시비라 됴실부모ᄒ고 무타동독ᄒ미 뉵셰의

쥬부의 팔니여 인ᄒ여 쇼져를 뫼시고 지금것 잇스오나 줌시도 쩌ᄂ지 아니ᄒ오나 쳔비의 경솰ᄒ 말슴을 쇼졔 깃거 아니스 금번도 쓰라가지 못ᄒ오니 지원이외다 우리 쇼져의 힝스ᄂ 비례물쳥ᄒ시며 비례물시ᄒ시고 비례물언ᄒ시며 비례물동ᄒ시ᄂ지라 우리 본틱 쥬상국 노야 평싱 니로스디 쥬슉녈 부인 뒤흘 됴츠리라 ᄒ시더니 임문의 입승ᄒ미 슉흥야미ᄒ여 동동쵹쵹ᄒ시고 지부샹공의 박디 틴심ᄒ시나

일호 원망이 업고 ᄀ지록 부도를 닥그시며 이리 도임ᄒ실 씨 슉녈비와 효장공쥬와 쇼부인이 옥슈를 줍으시고 위로 왈 셔어흔 가부를 됴츠가미 간인이 쩌를 타 작히ᄒ리니 비록 스익을 당ᄒᆯ지라도 부모유쳬를 ᄀ바야이 바리지 말고 싱면으로 보기를 바라노라 ᄒ시미 쇼졔 울읍ᄒ시고 오시미 쳔비 등이 의ᄋᄒ옵더니 의외 경셩셔 쫏겨 닌려온 져 낭녜를 샹공이 춍이ᄒ시무로붓터 간부셔 말이 이러ᄂ고 뎌덕 낭녜 스스로 니르

러 여츳여츳 능욕ᄒ되 쇼졔 쳥이불문ᄒ시니 낭녜 더욱 방즈ᄒ여 발악ᄒ기의 니르니 쇼졔 시이불견ᄒ시고 좌우로 쓰어닌라 ᄒ시니 낭녜 몸을 스스로 부디져 긔완지물을 씨치고 뉴혈이 낭즈ᄒ여 샹공긔 참쇼ᄒ여 칙언이 여츳여츳 니르나 쇼졔 공경ᄒ여 드를 쑨이요 됴금도 원망ᄒ시미 업거ᄂᆯ 낭녜 그여이 셜계ᄒ여 그 자리를 아스 안고 샹공을 농낙ᄒ니 텬지신명이 굽어 슬피시고 부월이 당젼ᄒ나 호리를 그릇 알외리가 이런 원통

28면

흔 일을 흭고흑고주 흐나 홀노 호쇼무쳐라 경셩을 가는 날 슉녈부인긔나 알윌가 흐
엿습더니 금일이 하일이완딕 텬션 굿흐신 샹공이 이르수 흭실코주 흐시니 이쩌의 줌
줌흐고 다시 어늬 쩌룰 바라리잇고 직고흐왓수오니 명찰지흐쇼셔 말이 맛지 못흐여
냥녜 노긔 딕발흐여 쑤지져 왈 이 비은망덕흔 년으 감히 날을 모히즙는다 흐고 픠도
룰 드러 기녀의 가슴을 지르니 가히 어엿부다 츙녀의 명이 진홀 쩌라 것구러 죽으니
앗가온

29면

일도 영혼이 이이히 울고 북망산을 바라고 가더라 츙녜 죽으미 당샹당히 딕경실식흐
고 지뷔 임쇼져의 말근 말슴이 오쟝의 요약을 쓰리쳐 쇼졔흐미 말근 뎡신이 ᄎ추 도
라오거눌 츙녀의 츙직흔 말의 감동흐고 냥녜 발검살인흐믈 놀나 번연이 크게 쩨다르
니 노발이 츙쳔흐여 좌우룰 호령흐여 냥녜룰 결박흐고 엄형으로 져쥬어 실샹을 무르
니 쳐음은 발악흐더니 수예 등이 쏘흔 혐의 잇는지라 힘을 다흐여 져쥬니

30면

냥녜 견딕지 못흐여 울며 뎐일 실샹을 다 고흐니 간부셔 왕늬와 주긱되미 다 져의 작
얼이 분명흐니 쥬쇼져의 참욕이 버슨지라 다만 쥬쇼져 거쳐만 모로니 지뷔 샹을 쳐
딕로딕분 왈 늬 평싱 슈신이 너모 미몰홀지연졍 남의게 가랍흐미 업거눌 져 냥기 쳔
녀로 흐여 늬의 힝신이 그런 쩍이 되도다 좌우룰 쑤지져 냥녀의 코와 귀와 두 숀을
버히고 뎔도의 늬쳐 굴머 죽게 흐라 흐니 ᄎ 냥녜 교만흐여 읍즁의 실인 심흐엿는지
라 무슴 수졍이

31면

잇수리오 코룰 버히미 닙가지 버히고 귀룰 버히미 쮑가지 버히고 팔을 버히미 엇기
가지 버혀 뎔도는 식로이 찬찬 동혀 깁흔 산 즁 무인덕흔 곳 츙암뎔벽 큰 ᄂ무의 미
다라 노흐니 눈비 찬비 다 맛고 양지의 밧샥 말녀 오쟉의 밥이 되니 슬푸다 남을 히
흐미 보복이 금시의 도라오더라 죄인을 쳐결흐미 츙녀의 시신을 넘쟝흐여 명산딕쳔
의 안쟝흐고 비룰 셰워 그 잔잉흐믈 표흐니라 지뷔 임쇼져룰 향흐여 수례 왈

32면

싱의 불명훈 되 하면목으로 닙어셰ᄒ리오 슈연이나 녕동미의 거쳐ᄅ 엇지 어드며 이
혼암훈 힝ᄉᄅ 싱각ᄒ미 ᄉ인딕참이라 ᄎᄎ후 인병치ᄉᄒ리오다 임쇼졔 도로혀 웃고
위로 왈 형의 불명ᄒᄆ 일시 운익이요 동미의 거쳐ᄂ ᄉ싱간 ᄌ연 들니리니 미리 근
심ᄒ여 부졀업고 형은 다시 회과슈신ᄒᆫ즉 오날ᄂ 분을 씨스리라 뎨ᄂ 츙망 즁 즘간
단녀가고ᄌ 니르럿더니 읍즁이 쇼요ᄒ도다 ᄌᄎᄌ로 구면이 반가오리니 다시 니르

33면

리다 말을 맛ᄎ미 표연이 이러ᄂ가니 힝뎍이 ᄂᄂ 듯ᄒ여 다시 즙지 못ᄒᄅ러라 지뷔
화란을 진뎡ᄒ미 슉녀ᄅ 부지ᄉ싱ᄒ고 평싱 강직딩녈ᄒ든 바로 허랑탕긱이 되엿던
바ᄅ 혜ᄋ리미 실노 셰상의 셔기 붓그러온지라 인ᄒ여 침식을 폐ᄒ고 병이 발ᄒ니
침셕의 침면ᄒ여 읍하여우ᄒ더라 ᄎ셜 임쇼졔 거거의 광심을 두루혀고 낭녜ᄅ 업시
ᄒᆫ 후 운슈역의 니르러 쥬쇼져ᄅ 보고 지닌 슈말을 던ᄒ니 졔인이 힝희ᄒ

34면

나 쥬쇼져ᄂ 구ᄎ히 슬기ᄅ 탐ᄒ여 부도의 어굿ᄂᄆ 탄ᄒ니 임쇼졔 위로ᄒ고 함긔
길을 나 여러 날 무ᄉ이 힝ᄒ여 도은산 은실의 니르니 슉직 시녜 반겨 맛더라 임쇼졔
셔찰을 일워 녹난 등을 쥬니 녹벽 낭인이 즉시 하직고 상부의 니르러 셜의녈긔 뵈오
고 글월을 올니니 의녈이 반기고 각각 일비쥬ᄅ 쥬어 셩공ᄒᄆ 스례ᄒ고 던후 ᄉ연
을 무러 안 후 ᄎ탄ᄒᄆ 마지 아니ᄒ고 글월을 보미 다만 됸당부모와 ᄌᄆ 형뎨의 문
안ᄒ미요

35면

교령딕로 슌슌셩ᄉᄒᄆ 베펏더라 쥬시 슉녈긔 뵈오고 ᄉ연을 고ᄒᄋᆫ딕 슉녈이 웃고
의녈의 신명쥬션ᄒᄆ 칭찬ᄒ고 왈 ᄎ 냥이 이후는 익이 진ᄒ여시니 은실의 두미 괴
이ᄒᆫ지라 됸당의 고ᄒ고 다려오미 맛당ᄒ도다 의녈이 맛당ᄒᄆ 알외고 이늘 신혼시
의 슉녈 고식이 됸당의 ᄂᄋᆫ가 허다 ᄉ연을 셰셰히 알니니 좌즁이 일쳥의 의녈의 신
명쥬션ᄒᄆ 칭찬 아니리 업고 쥬쇼져의 괴로이 격든 잔잉ᄒ 닐과 임빙혜의 원노구치

36면

ᄒ믈 이련이 녀기고 일변건실흔 노비와 두 ᄎ 치교ᄅᆞᆯ 굿쵸와 화잉이 돈당 명을 밧ᄌ
와 은실의 니르러 쇼명을 뎐ᄒ니 임 쥬 냥쇼제 치복을 뎡결이 ᄒ고 시녀비ᄅᆞᆯ 거ᄂᆞ려
상부의 니르러 임쇼져는 바로 드러가 돈당 슉당 부모긔 문안ᄒ고 뎍년 ᄉ모지졍을
고ᄒ고 쥬쇼져는 뎡하의 쳥죄ᄒ여 가부ᄅᆞᆯ 바리고 도로의 구치ᄒ여 도쥬구싱ᄒᄆᆞᆯ 일
ᄏᆞ라 감히 승당치 못ᄒ니 돈당졔인이 불승이련ᄒ여 좌우로 붓드러 올니미 쇼제 안셔
이

37면

ᄂᆞᄋᆞ와 돈당구고 슉당의 문안ᄒ고 고두쳥죄ᄒ니 좌즁이 각각 위로ᄒ고 지닌 바 환난
을 무러 그 잔잉흔 바ᄅᆞᆯ 이련ᄒ고 빙혜의 쾌히 드러가 경흥의 광심을 도로혀고 냥녜
ᄅᆞᆯ 쳐치ᄒᄆᆞᆯ 못닉 일ᄏᆞᄅᆞ니 좌즁 우쇼 달난이 뎡ᄒ미 북휘 분연 왈 ᄋᆞᄌᆞ의 픠힝혼암
ᄒᄆᆞ로 현부의 화익이 무쌍ᄒ니 그 잔잉흔 바ᄅᆞᆯ 어이 다 닐으리오 쇼마쇼마ᄒ도다
이 즁의 빙혀의 도로구치ᄒᆞᆷ과 셜부의 신명ᄒᆞᆷ 곳 아니런들 경박ᄌᆞ의 슘씨의 하마 현
부ᄅᆞᆯ 맛

38면

츌번 하패라 퇴부인이 흔연이 일오ᄃᆡ 오는 익은 셩현도 막지 못ᄒᄂᆞ니 이는 다 냥ᄋᆞ
의 운익이라 ᄎᆞ후란 괴시 업ᄉᆞᄆᆞᆯ 바라노라 좌즁이 셩괴 맛당ᄒ시믈 일ᄏᆞᆺ고 쇼픠 닉
드라 닙을 비쥭이며 손으로 볼을 ᄯᅮ러 글오ᄃᆡ 당신은 예붓터 무슨 쇼힝이 의졋ᄒ더
니라 ᄒ고 아모리 ᄌᆞ식인들 놈의 말ᄒ시ᄂᆞᆫ고 나 쥭거든 입찬 말ᄒ쇼 ᄌᆞ식도 업슨 미
망인싱 쥭ᄌᆞ ᄒ다가도 져런 이슷져온 말 드르면 눈의 지 드리지 말고 빅 셰나 살고
시부옵데 ᄒ며 몸을 휘

39면

졋고 손가락을 훨젹 펴셔 흔드니 퇴부인이 쇼왈 여믜 반ᄃᆞ시 너ᄅᆞᆯ 셜젹 션광ᄃᆡᄅᆞᆯ 쑴
의 보왓던가 보다 북휘 역쇼 왈 실노 슉시 즛ᄂᆞᆫ 형상은 실노 슬푼 스름도 우을지라
닉 아모리 용녈ᄒ나 경흥의 쇼힝 굿ᄐᆞ리잇가 몹쓸 ᄌᆞ식은 쥭어도 앗갑지 아니니 그
씬 굿흔ᄃᆡ 의탁흔 연괴니 슉시 뎌그나면 그 착흔 싀겨혜 녁 드는 상 보기 실흐니 이

압데질즁이나 쳔흥의 동복들이나 만일 경흥 ᄀᆞᆺ치 픽악ᄒᆞ거든 오금 박고 쇼시의 ᄌᆞ녀

40면

당ᄒᆞ여ᄂᆞᆫ 싱심도 이런 말 마르쇼셔 쇼픽 분분이 일오ᄃᆡ 부ᄆᆡ ᄂᆞ히 만토록 혬이 업셔 늘그니 ᄃᆡ졉을 이리ᄒᆞ니 ᄂᆡ ᄎᆞ마 분ᄒᆞ여 못살니니 금일은 뎡코 도위 안젼의셔 쥭어 이 분ᄒᆞᆫ 마음을 풀고 효장궁 고즁의 썩어나ᄂᆞᆫ 통비단의 감겨 가리라 셜파의 다라들 거ᄂᆞᆯ 북휘 말ᄒᆞ기 괴롭고 웃감기 어려온지라 완이히 웃고 왈 ᄉᆞ롬마다 졔 명 졀너 쥭지 인력으로 ᄒᆞᆯ 거시면 안연이 됴ᄎᆞᄒᆞᆯ가 미망ᄒᆞᆫ 늘그니 그만ᄒᆞ여 쥭다 셜우실

41면

가마ᄂᆞᆫ ᄂᆡ게 지쳔고 마쇼 그 섬즉ᄒᆞᆫ ᄉᆡ족 너기쇼 가우던 말ᄒᆞ기 실테 셜파의 크게 웃고 ᄉᆞ

ᄆᆡ를 ᄯᅥᆯ쳐 ᄂᆞ가니 쇼픽 악쓰며 ᄂᆡᄃᆞ라 잡으려 ᄒᆞ나 그 농힝호보의 신쇽ᄒᆞᆷ를 ᄯᆞ로리오 도로혀 웃고 쇼부인은 부ᄆᆡ 늙기의 니르도록 언ᄉᆡ 이 ᄀᆞᆺᄒᆞᆷ를 ᄋᆡ들와 ᄒᆞ고 역시 경흥의 힝ᄉᆞ를 통히ᄒᆞ여 화긔 씩씩ᄒᆞ더라 ᄌᆡ셜 쥬후부뷔 향년 팔십여셰의 ᄌᆞ숀이 층층ᄒᆞ여 아춤마다 ᄉᆞ마쌍곡이 문의 메엿고 홍포 오ᄉᆡ 당즁의 ᄂᆞ련ᄒᆞ여 옥보금닌이 상

42면

ᄌᆞ의 ᄀᆞ득ᄒᆞ고 금은보픽 진토 ᄀᆞᆺ치 ᄡᆞ혀시니 아ᄃᆞᆯ과 숀ᄌᆡ 후빅이 아니면 늌경이오 옥당한훤이라 녀셔를 두ᄆᆡ 임쵸왕 ᄀᆞᆺᄒᆞᆫ 쳔고 셩현을 두어시니 유복ᄒᆞ미 슌시팔뇽의 지ᄂᆞ고 부ᄒᆞᆷ은 셕슝을 결울지라 슈연이나 슈요장단은 하ᄂᆞᆯ의 ᄆᆡ인 빅라 팔십오 셰의 니르러ᄂᆞᆫ 텬명이 다ᄒᆞᆫ지라 심ᄉᆡ 스ᄉᆞ로 슬푸믈 니긔지 못ᄒᆞ고 쥬후부부의 몽즁의 일위 션관이 이르러 군의 명이 슈일이 남ᄋᆞ시니 ᄲᆞᆯ니 쳔당으로 올나오라 ᄒᆞᄂᆞᆫ

43면

지라 쥬후 부뷔 ᄭᆞᆷ을 ᄭᆡᄆᆡ 신긔불평ᄒᆞ니 ᄌᆞ숀이 황황ᄒᆞ여 이 쇼식을 상부의 뎐ᄒᆞ니 슉녈비 망극ᄒᆞ여 됸당의 고ᄒᆞ고 쥬쇼져를 다리고 쥬부의 니르러 쥬후 부부긔 뵈옵고 슉녈이 부모의 안화를 앙찰ᄒᆞᄆᆡ 면부의 푸른 긔운이 ᄶᅵ이고 안광의 졍ᄎᆡ를 일허 허쾌요요ᄒᆞ니 요ᄂᆡ여할ᄒᆞ여 부모의 숀을 밧들고 참연ᄒᆞᆷ를 겨오 ᄎᆞᆷ고 화류ᄒᆞᆫ식을 겨오

지으니 쥬휘 강질ᄒ여 ᄌ손을 명ᄒ여 쇼연을 베풀나 ᄒ고 ᄂ외 독친을 다

44면

청ᄒ니 원근친쳑이 다 모히고 임상국 곤계 의녈비와 빙혜 쇼져를 명ᄒ여 ᄂ ᄋ가게
ᄒ니 쵸왕의 부ᄌ 녀뷔 다 니르럿더라 상국과 쳐시 ᄯ흔 니르러 쥬후긔 뵈오믈 쳥ᄒ
니 쥬휘 연망이 마ᄌ 녜필의 쥬휘 쳑연 왈 만싱이 부지박덕으로 일즉 셩됴의 슈은ᄒ
와 불ᄎ로 딕졉ᄒ시믈 밧ᄌᆸ고 동뉴의 츄앙ᄒ믈 닙을 분 아니라 더옥 합하와 션싱으
로 ᄒ여금 동됴의 명분과 인ᄋ의 후의 범연치 아니터니 이제 노뎨의 년 팔십

45면

오 셰라 슬하의 ᄌ손 녀세 ᄀᄌ니 다복다영ᄒ믈 이의 더 바라리오마ᄂ 셰연이 아마
진ᄒ여 도라가미 특별이 ᄒ 잔 슐노 작별코ᄌ ᄒ노라 상국 곤계 츄연 위로 왈 인지싱
셰의 일싱일ᄉᄂ ᄌ고샹시니 흐르ᄂ 광음의 아등인들 언마ᄒ여 쳔양의 셔로 반기리
오 셜파의 빈쥐 잔을 늘녀 동일 한담ᄒ고 셕양의 도라갈 ᄉᆡ 쥬휘 쵸왕 부ᄌ를 머무더
라 상국 곤계 도라가고 셜의녈이 임쇼져를 다리고 쥬쇼져로 더브러 쥬부의 니ᄅᆞᆯ ᄉᆡ

46면

몬져 쥬쇼져ᄂ 보니고 의녈이 임쇼져와 셜부의 니르러 임쇼제 즁계의셔 쳥죄ᄒ여 슈
년을 은신긔망흔 죄를 쳥ᄒ니 구괴 ᄲᆞᆯ니 오르라 ᄒ여 집슈위로ᄒ며 지닌 바를 시로
이 늣기며 탐혹이즁ᄒ믈 니긔지 못ᄒ더라 한님 곤계 드러오미 쇼제 니러나 녜필의
지난 바 환난을 치위ᄒ며 의녈이 ᄌ쵸지동을 셰셰이 말ᄒ미 한님이 반기ᄂ 즁 노즁
의셔 맛ᄂᆫ 도인이런 듈 싱각고 시로이 웃고 임쇼제 옛 침쇼의 도라오니 던일

47면

골몰ᄒ던 일이 일장츈몽이러라 의녈이 부모긔 고ᄒ고 슈일을 쉬여 임쇼져와 쥬부의
니르니라 시시의 쥬휘 삼일을 연낙ᄒ고 졔 슘일의 일러러 쇼셰ᄒ기를 뎡결이 ᄒ고
타연이 됴션을 진ᄒ고 상을 물니미 부인을 도라보ᄋ 왈 싱의 금의 도라가미 부인으
로 모들 ᄯᅵ 머지 아녀시니 셰속 홀어미 거동을 마르쇼셔 ᄒ고 각각 ᄌ녀부를 불너 유
언ᄒ기를 맛치미 상요의 와ᄒ여 슈연장셔ᄒ니 시년이 팔십오 셰요 시셰 쵸

48면

동 슌간이러라 ᄌ녀뷔 호쳔벽용ᄒ고 합기 발상거이ᄒ니 텬식이 위ᄒ여 빗츨 여지 아니ᄒ더라 홀노 부인이 발상치 아니ᄒ고 우지 아냐 글오ᄃᆡ 스룸의 ᄒ 번 도라가믄 예시라 상공은 쳥복이 독ᄒ니 무어슬 슬워ᄒ리오 여등이 어버이 죽으믹 쇽셰유ᄋ의 미거ᄒ 거동을 ᄒ여 훼불멸셩을 싱각지 아니믄 쳔하불효지라 상공과 노모의 뜻이 아니니 구쳔지하의 엇지 셔로 보리오 이러틋 스리로 경계ᄒ고 칙ᄒ여 죽음

49면

을 권ᄒ니 ᄌ녜 더옥 모친의 양쉬 진ᄒ시믈 망극창황ᄒ더라 이늘 황혼의 부인이 이어 별셰ᄒ니 부뷔 동년이러라 ᄌ녀 졔손이 일시의 호쳔이도ᄒ여 슬푸미 방인을 동ᄒ니 시인이 위비ᄒ더라 상이 드르시고 크게 슬허ᄒᄉ 녜부의 하됴ᄒᄉ 후례로 녜장ᄒ라 ᄒ시며 셩복의 치졔ᄒ시고 쥬후의 시호를 튱헌공이라 ᄒ시고 부인으로 명슉부인을 증ᄒ시다 쥬시 제공이 슬푼 ᄀ온ᄃᆡ 쵸상을 례를 다ᄒ여 더근듯 장월이 님

50면

ᄒ니 영연을 붓드러 텰강으로 귀지홀 시 쥬공 다숫 곤계와 여러 부인이며 졔손이 다 됴츠 가고 경수 고퇵의ᄂ 장손부 한빅의 부인이 모든 녜ᄉ금장으로 더브러 머무나 슬푸미 일월혼흑ᄒ 듯ᄒ니 ᄒ 번 야랑을 불너 두 번 피를 쏨고 셰 번 혼뎔ᄒᄂ 니ᄂ 슉녈비라 그 ᄌ녀뷔 붓드러 창황ᄒ믈 니긔지 못ᄒ고 쵸왕이 ᄌ녀의 뎐어로 됴츠 부인의 과도ᄒ믈 알되 몸쇼 위로치 못ᄒ믄 그 상녜를 어긔오지 아니려 ᄒ미라 다만 ᄌ녀로 ᄒ

51면

여금 뎐어ᄒ여 뒤의로 뎔칙ᄒ니 슉녈이 그 올흐믈 아나 능히 지통을 억제치 못ᄒᄂ지라 ᄌ녜 창황ᄒ믈 니긔지 못ᄒ여 왕부긔 고ᄒ니 상국이 딕경ᄒ여 상측의 님ᄒ여 ᄌ부를 불너 보믜 과연 쵸상을 지보키 어려온지라 상국이 평싱 쳐음으로 안식이 썩썩ᄒ여 왈 신쳬 발부ᄂ 슈지부모요 불감훼상이 효지시애라 훼지불멸셩ᄒ믄 불효의 말이여늘 더옥 녀ᄌᄂ 삼동이 일돈이라 셜ᄉ 냥산지통이 슬푸나 구고와

52면

가부잇는 녀직 너모 이 굿ᄒᆞ미 불가ᄒᆞ도다 츄상 굿흔 눗빗과 엄졍흔 말ᄉᆞᆷ이 주긔 구가의 입문슈십여 년의 쳐음이라 복슈이쳥의 비한이쳠의ᄒᆞ니 불감망시라 다만 머리ᄅᆞᆯ 두다려 불효ᄅᆞᆯ 굿득이 ᄉᆞ죄ᄒᆞ고 황공무지ᄒᆞ니 상국이 좌우로 일긔 온미ᄅᆞᆯ 굿겨오라 ᄒᆞ여 권ᄒᆞ니 슉녈이 감히 ᄉᆞ양치 못ᄒᆞ여 그르시 뷔도록 쳘음ᄒᆞ나 능히 ᄂᆞ리오지 못ᄒᆞᄂᆞᆫ 거동이라 상국이 심하의 이련ᄒᆞ나 짐줏 닐오ᄃᆡ 현뷔 너 안젼의 너

53면

러ᄒᆞ나 너 도라가면 ᄯᅩ 녜 굿ᄒᆞ리니 노뷔 비록 왕니 난쳐ᄒᆞ나 일일 슈ᄎᆞᆺ 왕너ᄒᆞ여 현부ᄅᆞᆯ 권쥭ᄒᆞ리로다 슉녈이 더옥 황공불안ᄒᆞ여 쳬루비ᄉᆞ 왈 ᄋᆞ히 불효무상ᄒᆞ나 엇지 감히 다시 셩우ᄅᆞᆯ 즁ᄒᆞ리잇고 복원 딕인은 믈념ᄒᆞ시고 환가ᄒᆞ시면 스스로 지보홀 도리ᄅᆞᆯ 싱각ᄒᆞ리이다 상국이 불승이련ᄒᆞ여 위로 왈 현부ᄂᆞᆫ 노부ᄅᆞᆯ 속이지 말나 슉녈이 슈명ᄒᆞ더라 상국이 도라간 후 슉녈이 돈고엄교

54면

ᄅᆞᆯ 싱각ᄒᆞ고 ᄎᆞ마 더ᄇᆞ리지 못ᄒᆞ여 ᄶᆡ로 식음을 ᄂᆞ와 인ᄒᆞ여 쵸상의 지보ᄒᆞ니라 임의 장월이 님ᄒᆞ니 슉녈과 난벽의 통흉운뎔ᄒᆞᆷ은 방인이 낙누ᄒᆞ더라 쵸왕은 다만 부슉 쳬친을 뫼셔 녕구ᄅᆞᆯ 먼니 니별ᄒᆞ고 임상셔ᄂᆞᆫ 됴졍의 말미ᄅᆞᆯ 어더 상구ᄅᆞᆯ 뫼셔 발ᄒᆡᆼ ᄒᆞ니라 임상국이 명일의 친히 쥬ᄋᆞ의 ᄂᆞᄋᆞ가 자부ᄅᆞᆯ 다려오니 슉녈이 쳔비만통을 억 졔키 어려오ᄃᆡ 돈구의 엄명을 감히 위월치 못ᄒᆞ여 이

55면

의 쵸궁의 도라오니 돈당샹히 반기ᄂᆞᆫ 즁 그 참비흔 형용을 아니 감동ᄒᆞ리 업셔 면면이 호언관위ᄒᆞ고 효장공쥐 상연쳬루 왈 져져의 금일지통은 뎐일 쇼미 션황과 모후ᄅᆞᆯ 여회옴과 방불ᄒᆞ니 쇼뎨 역감ᄒᆞᄆᆞᆯ 니긔지 못ᄒᆞᆯ쇼이다 연이ᄂᆞ 져져ᄂᆞᆫ 안앙이 번셩ᄒᆞ시고 우이 지극ᄒᆞ시니 유한이 업거니와 쇼미ᄂᆞᆫ 동형이 됴셰ᄒᆞ시고 금황이 복위ᄒᆞ시나 엇지 동긔 구돈홈과 굿ᄒᆞ며 한왕 형이 동시 역텬ᄒᆞ여 텬쥬의 맛ᄎᆞᆺ

니 궁천유한이 만셰의 풀니지 아닐지라 도로혀 져져의 복되믈 불워ᄒᆞᄂᆞ이다 슉녈이
탄식ᄒᆞ더라 쥬비 돈당구고긔 ᄉᆞ시 문안 밧근 발ᄌᆞ최 문 밧글 ᄂᆡ지 아니코 언쇼를 긋
쳐 지통이 여할ᄒᆞ니 ᄌᆞ녜 민울ᄒᆞ여 학낭쇼어여로 위안ᄒᆞ며 돈당구긔 셔로 년ᄌᆞᄒᆞ믈
지극히 ᄒᆞ니 슉녈이 스ᄉᆞ로 관비ᄒᆞ여 세월을 보ᄂᆡ더라 난벽쇼져ᄂᆞᆫ 돈당구고긔 상쇼
ᄒᆞ여 긔년귀령을 쳥ᄒᆞ엿ᄂᆞᆫ지라 돈당구긔 그 심ᄉᆞ를 이련ᄒᆞ여

흔연허락ᄒᆞ니 쥬쇼제 딕회ᄒᆞ여 ᄎᆞ후 모부인과 슉모졔친으로 더브러 쇼일ᄒᆞ며 일삭
의 ᄒᆞᆫ 번식 구문의 현알ᄒᆞ여 구고 돈당의 반기더라 이젹의 홀연 합쥐 ᄌᆞᄉᆞ의 표문이
텬졍의 올나 ᄉᆞ쳔지부 임경홍이 홀득위질ᄒᆞ여 병셰 ᄉᆞ경의 미쳐시니 싱도를 긔약지
못홀지라 맛당이 신딈ᄒᆞ여 시관원을 교딕ᄒᆞ시믈 쳥ᄒᆞ엿고 됴효 임부의 긔별ᄒᆞ여 임
시 졔인 즁 ᄂᆞ려와 녕낭지부의 위환을 구ᄒᆞ라 ᄒᆞ엿

더라 임부 일긔 딕경실식ᄒᆞᆷ믄 니르지 말고 쳔지 크게 놀ᄂᆞ시고 즉일 한님흑ᄉᆞ 쇼빅
문으로 ᄉᆞ쳔지부를 신졈ᄒᆞ시니 흑ᄉᆞ 임텬홍이 쥬ᄒᆞ여 일이삭 말미를 어더 아를 보고
병근을 슬피며 ᄉᆞ싱간의 다려오기를 쳥ᄒᆞ니 상이 허ᄒᆞ신딕 흑시 ᄉᆞ은ᄒᆞ고 부즁의 도
라오니 일가의 근심이 만쳡ᄒᆞ더라 틱부인이 경녀ᄒᆞ여 탄왈 슈즉다욕이라 미망여싱
이 지리히 ᄉᆞᄂᆞᆫ 고로 ᄌᆞ손의 우환이 년면타ᄒᆞ니 상국

이 위로 쥬왈 경홍이 스스로 불명혼암ᄒᆞ믈 붓그리고 졔 아비 볼 ᄂᆞᆺ치 업셔 우분셩질
ᄒᆞ오미나 본딕 쇼년장긔오 달슈하원흔 ᄋᆞ히라 이만 병의 죽지 아니ᄒᆞ오리니 복원ᄌᆞ
위ᄂᆞᆫ 물우셩녀ᄒᆞ쇼셔 셩싱과 쵸왕이 말슘을 니어 호언관위ᄒᆞ니 부인이 탄식ᄒᆞ더라
쳔홍이 힝니를 출혀 돈당부모와 일가의 하직ᄒᆞ니 가즁상히 면면이 당부ᄒᆞ여 원노힝
역의 무ᄉᆞ왕반ᄒᆞ믈 일쿳고 경홍을 잘 보호ᄒᆞ여 슈이 도라오

60면

기를 니르니 싱이 지비 슈명빈스ᄒ고 시긱이 밧분 고로 ᄎ일 승도발마ᄒ니 쇼지부ᄂᆫ 쇼부인 형남 쇼상셔의 ᄌᆞ니 임지부와 니동지간이러라 익일의 임흑ᄉ와 ᄒᆞᆫ가지로 발 힝ᄒ여 일노의 무ᄉᆞ이 득달ᄒ여 ᄉᆞ쳔의 니르니 본현관니 위의ᄅᆞᆯ ᄀᆞᆾ쵸와 신관을 마ᄌ 관ᄋᆞ의 부임ᄒᆞᆯ ᄉᆡ 임흑시 한가지로 잇셔 신구관 교ᄃᆡᆨᄒᄂᆫ 덜ᄎᆞ를 볼 ᄉᆡ ᄎᆞ시 임지ᄇᆔ 구병이 일일 침면ᄒᄂᆞ니 이 본ᄃᆡ 상한 셥식이ᄂᆞ 긔부독으로 난 병이 아

61면

니라 심즁 울화로 비로소 빗라 긔ᄒᆡ 요동ᄒᆞᆫ 즉 혼혼ᄒ고 음식을 능히 먹지 못ᄒᄂᆞ니 형 용이 날노 쵸췌ᄒ고 긔뷔 슈약ᄒ여 형ᄒᆡ만 걸녓시니 다만 허핍ᄒ면 흐르ᄂᆞᆫ 슐노 장 위ᄅᆞᆯ 눅이며 공ᄉᆞᄅᆞᆯ 능히 다ᄉᆞ리지 못ᄒᄂᆞᆫ 고로 상ᄉᆞ아문의 고장ᄒ여 쳔졍의 알외미 러라 이의 신관이 니르고 형이 와시믈 듯고 병을 강잉ᄒ여 공쳥의 ᄂᆞ와 셔로 볼 ᄉᆡ 삼인의 반기미 일체라 흑ᄉᆞ와 쇼지ᄇᆔ 눈을 드러 임지부의 환형ᄒ믈 놀나

62면

참연역식ᄒ고 집슈탄왈 현뎨와 일별긔년이라 네 쳥츈장년이 바야히요 구경지하의 안항이 번셩ᄒ고 부귀 독ᄒᄂᆞ니 무어시 미진ᄒ여 요쳡을 싱각ᄒ며 어ᄂ 곳의 가인이 업셔 굿ᄒ여 숑구영신ᄒᄂᆞᆫ 쳔창을 결납ᄒ여 슉녀로 의심케 ᄒᄂᆞ뇨 왕ᄉᆞᄂᆞ 니의라 회 과ᄒᆞ엿신즉 슈신ᄒ미 올커늘 녀ᄌᆞ의 협쳔ᄒ믈 본바다 병을 일우ᄂᆞ뇨 지ᄇᆔ 참식냥구 의 탄식ᄃᆡᆨ왈 쇼뎨 본ᄃᆡ 우미ᄒᆞᆫ 즁의 일단호승이 잇셔 녀ᄌᆞ의 온

63면

슌ᄒᆞᆷ믄 긔특이 너기고 강녈ᄒᆞᆷ믄 비쇼원이여늘 쥬시의 식덕이 부독ᄒ미 아니로ᄃᆡ 너 모 쵸강ᄒ여 결즁ᄌᆞ의 춤지 못ᄒᆞᆯ 빗라 일노ᄡᅥ 미흡ᄒ나 경ᄉᆞ의셔ᄂᆞ 부모의 교훈을 두리더니 이 ᄯᅥ히 오미 마음이 ᄌᆞ연 히타ᄒ지라 늦이면 공ᄉᆞ의 분쥬ᄒ고 져녁의 안 히 들미 쳐지 강녈ᄒᆞ니 긱니 울울ᄒᆞ던 ᄎᆞ 홍월 냥창을 만ᄂᆞ니 뎐일 뉴졍ᄒᆞᆫ 녀지라 쇼졔 불통ᄒ고 냥익이 ᄀᆞ린 고로 냥창을 친근ᄒ여 참쇼ᄅᆞᆯ 신쳥

64면

ᄒᆞ여 슉녀를 의심ᄒᆞ니 근본은 쥬시의 강녈ᄒᆞᆫ 연괴라 그 후 여ᄎᆞ여ᄎᆞᄒᆞ여 쥬시를 일코 이리이리ᄒᆞ여 홍월 등을 참형ᄒᆞ오ᄆᆡ 쇼졔 비로쇼 ᄭᆡᄃᄅᆞᄆᆡ 되오나 쥬시의 ᄉᆞᆼ을 모로고 부모의 엄노를 ᄉᆡᆼ각ᄒᆞ오ᄆᆡ 스스로 울ᄒᆡ 셩ᄒᆞ와 병이 일패이다 혹시 탄식ᄒᆞ고 ᄉᆞ리로 기유ᄒᆞ고 일가 평부의 쥬부 참상을 니르니 지뷔 탄식무언이러라 쇼지뷔 셜연ᄒᆞ여 닌관을 모화 동일 진환ᄒᆞ고 셕양의 각산ᄒᆞ니 임혹ᄉᆞ 곤계ᄂᆞᆫ ᄒᆡ쳐를 줍

65면

ᄋᆞ ᄂᆞᄋᆞ와 쉬ᄂᆞ라 슈일 치힝ᄒᆞ여 승도상경홀 ᄉᆡ 쇼지뷔 먼니 ᄂᆞ와 비별ᄒᆞ더라 혹시 지부의 병셰를 념녀ᄒᆞ여 급히 힝치 못ᄒᆞ고 늣게야 길의 오르고 일죽이 뎜의 드러 월여의 비로쇼 환경ᄒᆞ되 일졀 미즈의 작용과 쥬시의 싱툰을 니르지 아니ᄒᆞ더라 밋 본부의 도라오니 군동형뎨 급히 ᄂᆞ와 맛고 지부의 병을 우려ᄒᆞ더라 지뷔 감히 드러가지 못ᄒᆞ고 문의셔 ᄃᆡ죄ᄒᆞ니 이 ᄡᆡ 뎡히 ᄂᆞᆺ 문안이라 혹시 드러가 문안ᄒᆞ고 아의

66면

병 즁흠과 문외 ᄃᆡ죄ᄒᆞᄆᆞᆯ 알외니 튼당샹히 놀ᄂᆞ고 반겨ᄒᆞ되 북후ᄂᆞᆫ 묵연ᄒᆞ니 틱부인이 굴오ᄃᆡ ᄎᆞᄋᆞ의 불통무상ᄒᆞᆫ 죄 비록 통히ᄒᆞ나 교언영츔의 들고 운익이 괴이ᄒᆞ미라 요힝 쥬시 무ᄉᆞᄒᆞ고 뎌의 도리ᄂᆞᆫ ᄃᆡ죄홀지라 너는 불너 약간 경계나 ᄒᆞ라 병즁의 더옥 울ᄒᆡ 셩ᄒᆞᆫ즉 구치 못ᄒᆞ리니 ᄃᆡ역부도 아닌 젼은 엇지 ᄎᆞ마 ᄌᆞ식을 죽으라 ᄒᆞ리오 상국이 ᄯᅩ 닐오ᄃᆡ ᄌᆞ위 말슴이 금옥 ᄀᆞᆺᄒᆞ시니 삼가 역명치 말나 션

67면

싱이 ᄯᅩ 굴오ᄃᆡ 유죄라도 튼당 명이 계시고 ᄉᆞ병이 잇ᄉᆞ니 쾌히 ᄉᆞᄒᆞ라 북휘 심니의 불쾌ᄒᆞ나 마지 못ᄒᆞ여 ᄉᆞ홀 ᄉᆡ 뎐어 왈 픠지 불쵸무상ᄒᆞ여 튼당이 지상ᄒᆞ시고 ᄋᆞ비 잇시믈 아지 못ᄒᆞ고 ᄌᆞ힝ᄌᆞ지 ᄒᆞ여 뉸상을 모르니 ᄂᆡ 비록 약ᄒᆞ나 욕ᄌᆞ를 싱ᄂᆡ의 ᄃᆡ면치 말고ᄌᆞ ᄒᆞ더니 불쵸지 가록록 궤휼ᄒᆞ여 거즛 병 즁ᄒᆞᄆᆞ로 튼당을 격동ᄒᆞ고 나를 져히니 ᄉᆞᄉᆞ의 통히ᄒᆞ되 튼당의 ᄌᆞ이 구구ᄒᆞᆺ 궤휼을 신쳥ᄒᆞ시고 ᄉᆞᄒᆞ시믈 명ᄒᆞ

68면

시니 감히 돈명을 위월치 못ᄒᆞ여 ᄉᆞᄒᆞᄂᆞ니 약ᄒᆞᆫ 아비ᄅᆞᆯ 어둡게 너기지 말나 쥬시ᄂᆞ 너의 증염ᄒᆞ던 바로 이계 ᄉᆞ싱거쳐ᄅᆞᆯ 모로니 더옥 무어슬 거리 ᄭᅵᆯ 비리오 임의로 취쳐취쳡ᄒᆞ라 시비 이디로 젼ᄒᆞ니 싱이 크게 황공ᄒᆞ나 ᄉᆞᄒᆞ시믈 힝회ᄒᆞ여 연망이 드러와 고두쳥ᄆᆡᄒᆞ고 불감앙시ᄒᆞ여 감히 승당치 못ᄒᆞ니 돈당상히 싱의 엄엄ᄒᆞᆫ 병셰ᄅᆞᆯ 보고 크게 놀ᄂᆞ고 잔잉ᄒᆞ여 ᄶᆞᆯ니 승당ᄒᆞᄆᆞᆯ 명ᄒᆞ니 싱이 국츅승당ᄒᆞ여 돈젼

69면

의 비알ᄒᆞᄆᆡ 황공여야ᄒᆞ고 츅쳑여야ᄒᆞ여 고기ᄅᆞᆯ 드지 못ᄒᆞ니 북후는 심니의 긔이ᄒᆞ나 엄부의 쳬위 구구키의 밋출가 ᄒᆞ여 쎅쎅홀 ᄲᅮᆫ이러라 틱부인이 불승이련ᄒᆞ여 ᄂᆞ호여 손을 줍고 등을 어루만져 왈 속어의 범의 슷기 긔되지 아닌ᄂᆞᆫ다 ᄒᆞ니 너의 부슉이 다 됴션 뎍덕여음으로 공문도학을 일웟거ᄂᆞᆯ 너 홀노 불명무상ᄒᆞ여 가졍지훈을 져바리고 쥬시 ᄀᆞᆺ흔 슉녀로 ᄒᆞ여금 비상의 원이 밋게 ᄒᆞ니 진실노 ᄉᆞ름

70면

의 화복길흉은 아지 못ᄒᆞ거니와 쥬시 만일 쥭엇실진ᄃᆡ 너의 뎐뎡의 유히치 아니리오 싱이 츄연감창하여 냥구후 ᄃᆡ왈 쇼손은 텬지간 불효박힝지인이라 임의 일을 그릇ᄒᆞ여 츠경의 니르오니 슈한슈원이리잇고 이ᄂᆞᆫ 다 쇼손의 불효무상ᄒᆞ미로쇼이다 ᄒᆞ더라 이윽고 셕식을 올니ᄆᆡ 싱은 능히 먹지 못ᄒᆞ니 상국이 일오ᄃᆡ 네 병이 듕단ᄒᆞ니 맛당이 셔지의 가 됴리ᄒᆞ라 싱이 빅ᄉᆞᄒᆞ고 혼뎡을 맛치ᄆᆡ 졔인이 흣터

71면

질 ᄉᆡ 싱이 강질ᄒᆞ여 부친 뒤흘 됴차 효당궁의 니르니 북휘 변식ᄒᆞ고 등 미러 니친ᄃᆡ 싱이 황공ᄒᆞ고 무류ᄒᆞ여 기리 탄식고 믈너 모친 침뎐의 니르니 부인이 어루만져 탄식ᄒᆞ고 칙왈 너의 힝ᄉᆡ 광망무식ᄒᆞ니 네 부친 엄노ᄅᆞᆯ 그르다 ᄒᆞ리오 싱이 슬허 ᄃᆡ왈 쇼지 실노 불효무상ᄒᆞ와 명교의 득죄ᄒᆞ온지라 진실노 싱셰의 ᄠᅳᆺ이 업셔 침식의 맛슬 아지 못ᄒᆞ고 병의 알푸믈 ᄭᅵ닷지 못ᄒᆞ리로쇼이다 부인이 경계 왈 오ᄋᆞ 불통

72면

무식ᄒᆞ미 가지록 여ᄎᆞᄒᆞ냐 셕ᄌᆞ의 ᄃᆡ슌은 엇더ᄒᆞ신 스룸이완ᄃᆡ 부완모은ᄒᆞ여 죽이고ᄌᆞᄒᆞ거늘 집 우희 불을 피ᄒᆞ고 우물의 겻굼글 두어 살기를 도모ᄒᆞᄉᆞ 마ᄎᆞᆷᄂᆡ 셩현이 되시뇨 이졔 너는 부뫼 ᄉᆞ오ᄂᆞ오미 아니여늘 스스로 허물을 ᄉᆡᆼ각지 아니ᄒᆞ고 질을 일위여 어미를 ᄃᆡᄒᆞ여 죽기를 져히ᄂᆞ뇨 ᄉᆡᆼ이 황연이 붓그리고 돈연이 ᄭᆡᄃᆞ라 눈물을 흘니고 고두ᄉᆞ죄ᄒᆞ고 물너 셔당의 도라와 누으미 상요의 위둔ᄒᆞ니 졔형

73면

뎨 크게 우려ᄒᆞ여 의약으로 다ᄉᆞ리나 병세 날노 즁ᄒᆞ니 북휘 깁히 미온ᄒᆞ나 홀일업셔 온식을 풀고 병을 무르나 둘연이 쾌쇼치 못ᄒᆞ니 합ᄂᆡ 우려ᄒᆞ여 의약을 부즈러니 ᄒᆞ더라 이ᄯᅥ 쥬쇼졔 ᄉᆡᆼ의 상경홈과 병 즁ᄒᆞᄆᆞᆯ 듯고 감히 물너잇지 못ᄒᆞ여 구가의 도라와시나 ᄂᆞ오가 문병치 못ᄒᆞᆷ믄 둔당 명이 업고 던일 박힝을 한ᄒᆞ미라 둔당이 예지ᄒᆞ고 ᄯᅩᄒᆞᆫ 모로는 듯ᄒᆞ더라 일일은 북휘 ᄋᆞᄌᆞ의 병쇼의 니르니 졔ᄉᆡᆼ이 다 업고 다

74면

만 복시 등지 창외의 ᄃᆡ후ᄒᆞ고 ᄉᆡᆼ이 ᄌᆞᄂᆞᆫ 듯ᄒᆞ거늘 드러가지 아니ᄒᆞ고 쳥즁의 머무더니 믄득 관ᄐᆡ위 니르러 ᄒᆞᆫ가지로 말ᄒᆞ더니 ᄉᆡᆼ이 믄득 탄ᄒᆞ여 왈 ᄂᆡ 불명무상ᄒᆞ여 슉녀를 아지 못ᄒᆞ고 원이 궁양의 밋게 ᄒᆞ니 져의 원혼이 훗터지지 아냐 날을 원망치 아니리오 ᄎᆞ셰의 미ᄉᆡᆼ신슌을 효측ᄒᆞ여 다시 의가의 낙을 두지 말고 일ᄉᆡᆼ 졍남이 되어 쥬시를 갑고ᄌᆞ ᄒᆞᆫ들 쉬오랴 언파의 긔리 쵸창ᄒᆞ니 북휘 그 뉘웃는 ᄯᅳᆺ을 알고 침음

75면

불어ᄒᆞ니 관ᄐᆡ위 미쇼ᄒᆞ고 ᄀᆞ마니 북후를 다리여 왈 현빈아 이 일장긔관이로다 이놈을 ᄒᆞᆫ 바탕 쇽이리라 북휘 줌쇼무언ᄒᆞ더라 ᄐᆡ우는 도라가고 북휘 눌호여 기춤ᄒᆞ고 지게를 열고 드러가니 ᄉᆡᆼ이 놀나 이러ᄂᆞ려 ᄒᆞ더라

임시삼딕록 권지삼십오

1면

초셜 북휘 졍식 왈 악졍즈는 발이 상흐미 셕달을 근심흐여 부모유쳬를 앗겨거늘 너는 스스로 병을 일위여 불효를 끼치니 가히 인즈의 되라 흐랴 고어의 왈 부모는 텬지로 상응흐고 형뎨는 슈독이며 쳐즈는 의복이라 흐니 이제 네 거동을 보건딕 셩문의 경계 어딕 잇느뇨 동시 불통고집흐미 여츠흔즉 싱늬의 부즈눈긔 완뎐키 어렵도다 싱이 아즈

2면

혼즈 말을 야애 드르신가 불승황공흐니 일언을 못흐더라 북휘 ᄋ즈의 심셔 번민흐여 바려두어셔는 병근이 더을 바를 씨드라 이의 좌위 됴용흐믈 인흐여 뎐일을 딕칙흐고 군즈 슈힝을 경계흐미 부즈의 유연흔 졍과 됴용흔 경계 셕목도 감동흘 듯흐니 싱이 감동희열흐미 싱늬 처음으로 부군의 즈위를 밧줍는 듯흐니 눈물을 흘니고 불효를 스죄흐여 츠후 심녀를 쳑탕흐고 병을 됴호흐여 다시 이우를 증치 아닐 바를 고흐더라

3면

북휘 이윽이 ᄋ즈를 어루만즈 위로흐다가 나가니 싱이 불승감격흐고 뉘웃처 스스로 마음을 어루만져 빅우를 쳑탕흐니 의약이 셕의 맛고 식음을 즈로 츠즈 졈졈 가경의 미츠니 일긔 깃거흐더라 싱이 일일은 홀노 침셕의 지혓더니 창 밧긔 여러 쇼이 모다 노더니 셜의녈의 쌍즈 셰쳔 셰뉼이 어린 셔동 복지와 무슴 말흐더니 복지 믄득 일오딕 작셕의 쳥뇬당 뒤 난간 압흘 지나다가 우연이 치와다 보니 겨당의 뉘 잇스리잇가마는 당즁

4면

의 셔광이 여쥬흐고 인셩이 미미흐니 마치 뎐일 쥬부인 계실 젹 굿더이다 쇼복이 묘리를 모로고 쥬부인 쩌나신 후 다른 부인이 드러 계신가 흐여 어미드려 뭇즈온즉 어미 일오딕 요스이 고이흔 일이 잇셔 그러흐니 네 츠후는 쳥뇬당 근쳐의 가지 말고 쏘 그런 말 말나 흐니 이 어인 일이니잇고 아니 쥬부인이 죽어 원혼이 되시미니잇가 복

지 느히 칠 셰로디 극히 영오ᄒ여 옴기는 말이 추셰 잇는지라 셰쳔 셔늘

5면

은 연급 팔 셰로디 침묵단중ᄒ미 댱ᄌ지풍이 잇는지라 관퇴우의 어룬답지 아니케 쇼
ᄋ빈를 ᄀᄅ쳐 분분ᄒ믈 우이 넉여 추언을 드르나 묵연부답이요 셰영은 상셔의 삼지
로디 느히 뉵 셰오 극히 지릉ᄒ여 회쇼를 즐기는지라 이 말을 듯고 옥안셩모의 향긔
로온 우음을 머금고 셤슈를 져어 ᄀ마니 닐오디 이놈ᄋ 쳘모로고 쥭을 말 말나 힝혀
병든 슉뷔 드르실셰라 너는 몰나도 나는 발셔 아랏노라 슉뷔 환가ᄒ시든 날봇터 이
변이 잇다

6면

ᄒ고 돈당이 다 슉뷔 알 셰라 쉬쉬ᄒ시ᄂ니라 복지 말을 긋치거늘 임한님의 ᄋᄌ 셰
문이 느히 스 셰러니 믄득 일오디 ᄂ는 듯ᄂ니 처음이로다 돈당이 쉬쉬ᄒ시고 슉부
를 긔이믄 어인 연괴뇨 셰영 왈 굿ᄒ여 두루 푼푸ᄒ며 긔 무슨 됴흔 일이라 ᄒ고 너
쇼ᄋ가지 알녀랴 모든 어룬의 넌즛넌즛 ᄒ시는 공논 드르니 슉뷔 병이 낫거든 쥬슉
모룰 위ᄒ여 어디 큰 ᄉ찰이나 됴관의나 명산디쳔의나 슈륙도장ᄒ여 원훈을 졔도ᄒ
련다 ᄒ시

7면

더라 셰쳔이 졔ᄋ의 가식지언을 만히 ᄒ믈 불열ᄒ여 믄득 졍식칙왈 이러나 져러나
어룬이 ᄒ시는 노르슬 여등 쇼ᄋ비 무어슬 아노라 어즈러이 구는다 졔이 칙언을 듯
고 말을 긋치고 훗텨져 가거늘 싱이 고기 둣고 혜오디 이 일이 ᄯ 고이치 아니ᄒ니
니 병이 낫거든 ᄀ마니 밤의 가 동젹을 슬피리라 ᄒ더라 월여의 싱이 쾌ᄎᄒ니 바야
흐로 병장을 것고 쇼셰를 ᄂ와 돈당긔 문안ᄒ니 가중상히 깃거 셔로 하례ᄒ

8면

더라 슈일 후 야심ᄒ믈 인ᄒ여 싱이 홀노 월식을 ᄯᅴ여 쳥눈각의 니르니 이ᄯ 쥬쇼졔
쇼쳔의 질환이 가복ᄒ믈 깃거ᄒ나 뎐일을 한ᄒ미 깁고 돈명이 업는 고로 역시 슈습
ᄒ미 만하 즁목쇼시의 몬져 피ᄒ여 보지 아녓더니 뎡히 밤이 깁허 시비 등이 다 댱외

로 퇴호고 쇼졔 홀노 촉하의셔 녜긔롤 슈련호다가 브야흐로 칙을 덥고 의상을 글너 침상의 누으가고즈 호더니 믄득 지게 열니며 깁장이 움죽이는

9면

곳의 인젹이 잇는지라 쇼졔 경으시지호니 싱각지 아닌 임싱이 완연이 드러셔는지라 되경되한되괴호여 쏠니 의상을 졍돈호고 강잉호여 니러 맛고즈 호더니 싱이 부지불각의 드립더 붓들고 닐오되 알패라 부인의 음혼이 과연 구쳔하의 필부룰 원호미 이의 미쳣도다 비록 유음이 괴격호나 거의 싱의 뉘웃는 뜻을 빗최리니 싱이 임의 그되룰 뎌바려 원이 궁양의 밋게혼지라 맛당이 미슌 신싱을 법바다 일싱 뎡남이

10면

되리니 향녕은 원컨되 필부의 뎐일 박힝을 용슈호고 기리 쳔당의 도라가 지셰의 다시 부뷔 되여 금셰의 더브린 죄룰 쇽호리라 셜파의 누쉬 샹연호니 쇼졔 쳔만무심 즁 져룰 맛나 붓그리고 흔흔는 가온되 이런 괴괴지셜을 드르니 가쇼롭고 괴이혼지라 옥안이 씩씩호고 셩음이 춘 옥 곳호니 누슈룰 썰치고 졍식 왈 쳡은 군즈의 바리인 쳐지라 돈당구괴 셩즈룰 드리오스 불쵸신을 긔렴호시고 셜져져의 신긔비계

11면

로 쇼괴 친히 변복위뉴호스 쳡을 구호여 경스의 도라왓스나 뎐후 힝스 불민호여 군즈긔 득죄호미 만흐니 하면목으로 다시 뵈오리오 시고로 깁히 슈실의 굽쵸여 슈싱을 고치 못호믄 혹즈 다시 존명을 용슈치 아닐가 두리미라 군이 밋치지 아니호고 어리지 아녓거늘 이졔 쳡을 보시미 싱인과 귀미룰 분변치 못호시고 이러틋 허황호시뇨 군즈힝신이 광풍졔월 곳호시리니 쳡이 그윽이 취치 아니호느이다 셜파의 옥

12면

안이 닝담호여 셜상의 미홰 납셜을 무릅쏜 듯호니 엇지 귀신이라 흐리오 싱이 두 눈이 두렷호고 쑴인가 의심호고 인귀룰 분변치 못호니 묵묵냥구의 닐오되 추하진여으 몽여으 부인이 분명 수쳔 쏜히셔 덕화룰 닙어 도쥬호엿든 비랏다 싱이 불명호여 요녀의 염참을 듯고 그되룰 죽이려 근즉 엇지 미리 알고 피호엿더뇨 분명 죽엇는가 스

랏는가 진가룰 모로리로다 쇼졔 깃거 아냐 왈 고의의 닐오듸 스불범뎡이라

13면

군ᄌ안뎐의 귀미 엇지 현영ᄒ며 셕의 한챵예 왈 귀신이 엇지 스룸의 눈의 뵈오리오
ᄒ니 쳡이 분명 스랏거늘 군지 엇지 이ᄀᆺ치 허탄ᄒ시뇨 쳡이 수쳔 ᄋ즁의셔 스화룰
맛나실 젹 가탁쥬싱ᄌᆞ호고 닙현ᄒ여 간녜룰 발각ᄒ더 니는 녕동미 션강쇼졔요 기야
몽시 여ᄎ여ᄎᄒᆞ무로 피ᄒ미니 군지 엇지 이러틋 씨듯지 못ᄒ시ᄂᆞ닛가 싱이 이윽
이 혜ᄋ리다가 바야흐로 츈몽이 씬듯ᄒ니 도시 ᄌᆞ긔 불명혼 연고로 아ᄌᆞ 쇼ᄋ

14면

ᄭᅡ지 속이민 줄 알고 듸참듸괴ᄒ지라 묵연냥구의 부인의 옥슈룰 연ᄒ여 탄왈 필뷔
진실노 광망우혹ᄒ여 뎐후의 현쳐룰 져바리미 만ᄒ니 싱각ᄒ미 놋치 듯겁지 아니리
오 연이나 부인은 고문녜가의 계츌이라 녀힝부도룰 깁히 알ᄂ니 필부의 무상혼 되룰
스ᄒ고 다시 부뷔화락기룰 바라노라 쇼졔 쳥파의 긔벽을 어히업시 너기나 졔 이걸ᄒ
는 듸 너모 이이ᄒᆞ믄 긔승ᄒ미 다만 됴용이 거졀ᄒ여 ᄌ가는 아됴 눈긔

15면

룰 폐졀ᄒ려 ᄒᄂ지라 다만 안식이 츄상 ᄀᆺ호여 ᄂ죽이 탄왈 쳡은 임의 셰상기인이
라 쥬의 잇션 지 오ᄅ니 누누혼 ᄌᆞ최 엇지 감히 다시 군ᄌ건긔룰 쇼임ᄒ리오 현문듸
가의 뇨됴슉녜 어듸 업스리잇가 셜파의 옥슈룰 ᄲᅢ히고 좌룰 물녀 단좌ᄒ니 미오미
말붓치기 어려온지라 싱이 유유탄식고 쌍연쳑쳑ᄒ여 샹두의 쓰러지니 쇼졔 또 안ᄌ
경야ᄒ니라 효신의 ᄇ야흐로 ᄂ가니 쇼졔 비로고 즘간 쉬더라 시야의 싱의 복시

16면

동지 졔싱의 분부룰 드럿는 고로 싱의 쳥눈당 츌입을 팔농당의 고ᄒ니 관셩 임쇼 등
졔싱이 급히 ᄉ지관환을 보ᄂ여 규시ᄒ고 셔로 웃기룰 마지 아니터니 이 늘 싱을 맛
ᄂ미 관틱위 춤지 못ᄒ여 쇼왈 네 작야의 귀신으로 더브러 ᄌ고 ᄂ오다 ᄒ니 신긔 엇
더ᄒ뇨 싱이 미쇼부답ᄒ니 졔싱이 말을 니어 어즈러이 긔롱ᄒ여 귀신과 더브러 말ᄒ
여시니 벅벅이 돗갑이 들녓다 보치니 싱이 미쇼ᄒ여 듸답이 궁진치 아니니 됸당부모

17면

는 각별 아른 체 아니터라 싱이 연야ᄒ여 ᄉ실의 드러가나 쥬시 ᄉ긔 ᄒᆞᆫ갈 ᄀᆞᆺ치 닝담ᄒ여 미양 안ᄌᆞ ᄉ이오니 싱이 능히 히유치 못ᄒ더라 이 젹의 졔공지 히를 연ᄒ여 장셩ᄒ니 쵸왕의 ᄉᆞᄌᆞ 원홍의 ᄌᆞ는 원희니 슉녈비 졔 삼지요 효장도위 삼ᄌᆞ의 명은 명홍이니 ᄌᆞ는 원복이라 원비 효장공쥬의 ᄎᆞ지요 쵸왕의 오ᄌᆞ 셩홍의 ᄌᆞ는 원긔니 ᄎᆞ비 한부인 ᄎᆞ지라 군동 삼인이 동년싱이니 옥골풍광이 부풍모습이라 문

18면

장지홰 도학이 빈빈ᄒ니 방년 이뉵의 신장쳬지 언건ᄒ지라 돈당이 널니 틱부ᄒ여 원홍으로써 간의틱우 풍습의 녀를 ᄎᆔᄒ니 풍쇼졔 옥안화용이 녹파의 웃는 ᄭᅩᆺ ᄀᆞᆺ고 ᄉ덕이 겸비ᄒ니 돈당구괴 크게 ᄉ랑ᄒ고 공지 공경즁딕ᄒ더라 셩홍 공ᄌᆞ는 운산 쳐ᄉᆞ 당유의 녀를 ᄎᆔᄒ니 댱쇼졔 운빙화안이 계궁의 명월 ᄀᆞᆺ고 ᄉ덕이 온슌ᄒ며 도위 삼ᄌᆞ 명홍은 뎐임 틱우 문슉의 필녀를 ᄎᆔᄒ니 쇼졔 ᄯᅩᄒᆞᆫ 식덕이 요됴

19면

ᄒ지라 돈당부모 졔친이 ᄌᆞ부녀셔를 엇는 독독 이ᄀᆞᆺ치 쵸츌ᄒᆞᆫ 가온ᄃᆡ 관틱부인이 뎜뎜 님박셔상ᄒ여 늘은 날이 덕은지라 샹국 곤계 ᄌᆞ위의 날노 쇠로ᄒ시믈 늣겨 ᄌᆞ숀의 가춰를 밧비ᄒᆞ는지라 영화와 길셩이 다다ᄒᆞᆫ 가온ᄃᆡ ᄯᅩᄒᆞᆫ 됴물이 다싀ᄒ여 간간이 지앙을 빌니시는지라 이ᄶᅥ 지부 경홍이 병이 즁ᄒᆞᆫ 연고로 벼슬을 교딕ᄒ고 도라와 미쳐 승쳔치 못ᄒ엿더니 이러구러 히 진ᄒ되 싱이 환노의 ᄯᅳ시 업셔 칭병ᄉ직

20면

이러니 쳔지 그 병이 ᄂᆞ으믈 드르시고 인ᄌᆡ를 ᄉ랑ᄒᆞᄉ 벼슬을 도도와 어ᄉ즁승을 ᄒ이시고 츌ᄉᄒᆞ믈 직쵹ᄒ시니 싱이 마지못ᄒᆞᄉ 예궐슉ᄉᄒ고 힝공ᄉ됴ᄒ니 시로온 은영이 늘노 진동ᄒ더라 ᄎᆞ년 셩과의 원홍 명홍 셩홍이 구슬 ᄶᅦᆫᄃᆞ시 참방ᄒ여 도라오니 삼인의 옥안영풍이 일셰의 회ᄌᆞᄒ여 일딕 한원 옥당 명ᄉ 되니 임상부 영화 부귀 당셰의 졀우 리 업더라 일일은 관틱부인이 쇼년 졔쇼져를 압히

두어 박혁ᄒᆞ여 긔국의 승부ᄅᆞᆯ 보더니 믄득 공쥬의 필녀 쇼혜 년보 칠 셰로ᄃᆡ 극히 총명혜힐ᄒᆞ며 쇼ᄋᆞ빈ᄅᆞᆯ 심히 ᄉᆞ랑ᄒᆞ더니 샹셔의 쇼녀 연교ᄅᆞᆯ ᄂᆞ오혀 교무홀 ᄉᆡ 연괴 슈 셰 쇼ᄋᆡ로ᄃᆡ 부친의 옥안영치와 모비의 교ᄌᆞ션풍을 습ᄒᆞ여 졀묘히 어엿분지라 져의 교협으로 쇼혜의 연험을 졉ᄒᆞ고 고ᄉᆞ리 ᄀᆞᆺ흔 손으로 쥬쇼져의 션삼ᄉᆞ민ᄅᆞᆯ 거두치니 옥비상의 잉도 일미 빗최ᄂᆞᆫ지라 쇼졔 연망이 ᄉ

민ᄅᆞᆯ ᄂᆞ리와 덥거늘 연괴 낭연이 우어 왈 쇼이 졔슉 모녀ᄅᆞᆯ 다 보니 규슈 밉시 ᄒᆞ니ᄂᆞᆫ 비홍이란 거시 잇고 쇼ᄋᆞ의게ᄂᆞᆫ 잇스되 관ᄊᆞ고 빈혀 ᄶᅩᄌᆞᆫ 슉모녀ᄂᆞᆫ 비홍 업ᄂᆞᆫ 양을 보왓더니 쳥뉸각 쥬슉모ᄂᆞᆫ 비홍이 잇스니 긔 어인 일이니잇가 틱부인이 경문왈 네 언제 보왓ᄂᆞᆫ다 연괴 ᄃᆡ왈 모일의 우연이 시녀ᄅᆞᆯ ᄯᅡ라 노다가 쳥뉸각의 가니 슉뫼 업고 셔안 우희 미실과 쳥니ᄅᆞᆯ 만히 노핫거늘 가지고ᄌᆞ ᄒᆞ되 슉뫼 업스니 ᄎᆞᄌᆞ 쥬

쇼셔 ᄒᆞ려ᄒᆞ여 협실을 여러 보니 슉뫼 협실의셔 목욕ᄒᆞ시ᄂᆞᆫ지라 옷슬 버셔 계시거늘 ᄌᆞ시 보왓ᄂᆞ이다 쇼ᄋᆞ의 말이ᄂᆞ 어언이 낭낭ᄒᆞ고 ᄎᆞ셰 잇ᄂᆞᆫ지라 틱부인이 경ᄋᆞᄒᆞ여 침음묵묵ᄒᆞ니 풍부인이 웃고 쥬왈 쇼ᄋᆞ의 말을 엇지 취신ᄒᆞ리잇가 쳡이 시험ᄒᆞ여 돈견의셔 딜부의 비상을 상고ᄒᆞ여 진젹ᄒᆞᆷ을 아ᄉᆞ이다 셜파의 쥬시의 옥슈ᄅᆞᆯ 잡고 션몌ᄅᆞᆯ ᄒᆞᆫ 번 거드치민 과연 잉도 일미 찬연ᄒᆞᆫ지라 쥬쇼졔 난연슈괴ᄒᆞᆯ

니긔지 못ᄒᆞ여 옥안의 홍광이 무루녹고 셩안이 ᄂᆞᆺ죽ᄒᆞ여 진슈ᄅᆞᆯ 슉이ᄂᆞᆫ지라 풍부인이 낭쇼 왈 뉘셔 경질이 근녀의 뎐일을 뉘웃쳐 쥬시ᄅᆞᆯ 듕ᄃᆡ흔다 ᄒᆞ더뇨 오히려 냥익이 미진ᄒᆞ여 금슬이 불합ᄒᆞ닷다 쇼부인이 안식이 ᄌᆞ로 변ᄒᆞ여 식부ᄅᆞᆯ ᄌᆞ로 도라보니 쥬쇼졔 딕참ᄒᆞ여 면뫼 홍옥 ᄀᆞᆺᄒᆞ니 틱부인이 불예ᄒᆞ여 말을 아니니 일졍 그 ᄯᅳᆺ이 쥬시 너모 강녈ᄒᆞ여 가장의게 거슯ᄯᆞᆫ가 미온ᄒᆞ미라 녀부인이 돈고의

25면

괴식을 알고 믄득 안식이 불열ᄒᆞ여 아황을 씽긔고 쥬시를 향ᄒᆞ여 졍식 왈 녀ᄌᆞ지도ᄂᆞᆫ 온슌ᄒᆞ미 ᄉᆞ덕의 읏듬이라 경이 쵸의 불명혼암ᄒᆞ여 너를 박딕ᄒᆞ미 잇거니와 슌뷔 ᄯᅩᄒᆞᆫ 명가싱츌노 현부모 교훈을 밧ᄌᆞ와시니 군신딕의와 부부딕륜이 막딕어일쳬를 알ᄂᆞ니 님군이 그르나 신ᄒᆡ 감히 임의로 물너ᄂᆞ지 못ᄒᆞᄂᆞ니 부부지되 졍히 이ᄀᆞᆺ혼지라 경이 근닉 허물을 뉘웃쳐 오히려 규닉의

26면

쥬졉들미 미쳣다 ᄒᆞ거늘 슌부의 강녈ᄒᆞ미 가부를 용납지 아니니 만히 부덕의 어긘지라 슌뷔 혜으려 보라 덕요의 거안졔미와 각결의 부뷔 공경여빈ᄒᆞ고 위징쳐ᄂᆞᆫ 능히 쇼쳔을 타협ᄒᆞ니 그 녀도규힝이 가히 어느 ᄉᆞ룸이 올흔 곳의 ᄂᆞ으가ᄂᆞ뇨 언파의 옥안이 닝담ᄒᆞ고 말ᄉᆞᆷ이 단슉ᄒᆞ여 지하ᄌᆞ의 숑구홀 비라 쇼년 졔쇼졔 안식을 슈렴ᄒᆞ고 쥬쇼졔 딕참ᄒᆞ여 한츌쳠빅ᄒᆞ니 무어시라 딕ᄒᆞ리오 다만 고두ᄉᆞ퇴ᄒᆞ여

27면

불용긔신ᄒᆞ니 위부인이 크게 어엿비 넉여 옥슈를 줍고 무빈을 쓰다듬으 웃고 왈 뎐일 숀ᄋᆞ의 힝ᄉᆞᄂᆞᆫ 즛뜹던 거시니 쥬쇼부의 유심치부ᄒᆞ미 가히 그르지 아니ᄒᆞ고 ᄯᅩ 숀ᄋᆞ의 ᄒᆞᄂᆞᆫ 즛시 다 용우혼암ᄒᆞ여 스스로 쳐ᄌᆞ를 졔어ᄒᆞ여 됴용이 화합지 못ᄒᆞ고 이러틋 ᄉᆞ단이 ᄂᆞ게 ᄒᆞ니 이 다 경ᄋᆞ의 불명ᄒᆞᆫ 연괴라 부인은 홀노 숀ᄋᆞ의 편만 드러 슌부를 칙지 마르쇼셔 쥬이 감히 발명치 못ᄒᆞ고 원민ᄒᆞ미 즉ᄒᆞ리잇가 인

28면

ᄒᆞ여 어루만져 위로ᄒᆞ며 츠후 부부의 화긔를 권ᄒᆞ니 녀부인은 그윽이 함쇼ᄒᆞ고 쥬쇼져ᄂᆞᆫ 옥면이 통홍ᄒᆞ여 다만 지빅슈명홀 ᄯᆞ름이러라 이ᄯᅥ 싱이 마츰 드러오다가 댱외의셔 ᄎᆞ언을 듯고 심니의 징그라오믈 니긔지 못ᄒᆞ여 드러가지 아니코 도로 외당으로 ᄂᆞ와 모른 쳬ᄒᆞ니라 ᄎᆞ야의 싱이 짐즛 슐을 반취ᄒᆞ고 쥬시 침쇼의 니르니 쇼졔 견ᄀᆞᆺ지 아냐 ᄂᆞ즉이 이러 마ᄌᆞ 동셔 좌졍ᄒᆞ미 닝담ᄒᆞᆫ 긔식은 업스나

29면

안쉭이 심이 쳐연ᄒᆞ여 만히 예긔쇼삭ᄒᆞ엿거ᄂᆞᆯ 싱이 심니의 암회ᄒᆞ나 모로ᄂᆞᆫ 듯ᄒᆞ고 짐즛 무러 왈 부인이 무슨 우환을 맛ᄂᆞᄂᆞ냐 어디 불평ᄒᆞ냐 쇼졔 안셔이 ᄃᆡ왈 각별 연괴 업ᄉᆞ되 ᄌᆞ연 불평ᄒᆞ미로쇼이다 싱이 다시 말을 아니ᄒᆞ고 취긔ᄅᆞᆯ 니긔지 못ᄒᆞ여 침셕의 비겨 취안을 흘녀 쇼져ᄅᆞᆯ 냥구예시ᄒᆞ더니 홀연 탄식 냥구의 왈 부인이 이졔도 오히려 장부의 허물을 유심ᄒᆞ미 깁허 셰월이 오릐도록

30면

화긔ᄅᆞᆯ 여지 아니니 아지 못게라 싱이 마ᄎᆞᆷ늬 일셰 어린 남지 될 거시오 싱과 부인이 일즉 셕가의 등ᄆᆡᆼ을 두지 아녓거ᄂᆞᆯ 무고히 인뉸을 폐ᄒᆞ여 음양호합을 모른다 말가 쥬의ᄅᆞᆯ 듯고ᄌᆞ ᄒᆞ노라 쇼졔 오ᄂᆞᆯ날 싀로이 무르믈 괴로이 넉여 말ᄒᆞ기 슬희나 감히 견ᄌᆞ치 팔쵸히 구지 못ᄒᆞ여 침음반향의 츄연ᄃᆡ왈 쳡이 본ᄃᆡ 불혜비박ᄒᆞᆫ지라 감히 군ᄌᆞ의 건긔ᄅᆞᆯ 쇼임치 못ᄒᆞᆯ가 긍긍업업ᄒᆞᆯ ᄯᆞ름이언뎡

31면

엇지 다른 의견이 잇ᄉᆞ리가 싱이 쳥파의 그 예긔 만히 최찰ᄒᆞ여시믈 깃거 믄득 원비ᄅᆞᆯ 늘히여 옥슈ᄅᆞᆯ 닛그러 ᄌᆞ가이 안치고 이셩문왈 연즉 부인이 부화쳐슌ᄒᆞᄂᆞ 네ᄅᆞᆯ 알니로다 쇼졔 참슈부답ᄒᆞ니 촉영지하의 교ᄌᆞ염질이 찬연쇼ᄋᆞᄒᆞ여 유졍댱부의 취ᄒᆞᆫ 눈을 싀롭게 ᄒᆞᄂᆞᆫ지라 스스로 심시 흔흡ᄒᆞ여 촉을 멸ᄒᆞ고 쇼져ᄅᆞᆯ 쳥ᄒᆞ여 상상슈리의 ᄂᆞᄋᆞ가니 쇼졔 심흔ᄒᆞ나 홀일업더라 싱이 셩혼 뉵지의 바야흐로 쵸ᄃᆡ운몽

32면

을 시험ᄒᆞ니 부인의 옥보방신의 이향이 만신ᄒᆞᄆᆞᆯ 더욱 흠이ᄒᆞ여 우어 왈 금일이야 우리 부뷔 보야흐로 황도길일이라 반ᄃᆞ시 금야동몽의 웅비ᄅᆞᆯ 위ᄒᆞ여 쳔고 미ᄉᆞᄅᆞᆯ 일우리라 쇼졔 듯ᄂᆞᆫ 말마다 남ᄌᆞ의 긔벽 됴ᄒᆞ믈 기탄ᄒᆞ여 말을 딕치 아니ᄂᆞ ᄌᆞ긔 집심을 셰우지 못ᄒᆞᄆᆞᆯ 이들와 ᄒᆞ되 싱이 홀노 환환득의ᄒᆞᄆᆞᆯ 마지 아니ᄒᆞ더라 과연 금야 회실의 만고셩녀ᄅᆞᆯ 탄휵ᄒᆞ니라 ᄎᆞ후로 싱의 부뷔 구원을 바리고 공경화락

33면

ᄒᆞ여 흔ᄂᆞᆺ 희쳡을 두지 아니코 부뷔 빅슈히로ᄒᆞ니라 어시의 쵸왕의 졔 이녀 치혜의 ᄌᆞᄂᆞᆫ 현강이니 쥬비의 싱흔 비라 고문듸가의 현부모싱훈이니 작셩이질이 엇지 범연 ᄒᆞ리오 미목변혜 여 교슈쳔혜ᄂᆞᆫ 위후장강으로 흡ᄉᆞᄒᆞ고 졍졍완혜ᄂᆞᆫ 쥬실 셩비로 방불ᄒᆞ니 히뎨지시로븟터 용안지뫼 츌어범뉴ᄒᆞ더니 ᄌᆞ라기의 미쳐ᄂᆞᆫ 동용쥬션이 ᄌᆞ못 법되 잇더니 방년 십일의 쳥하부용이 함담을 버리고ᄌᆞ ᄒᆞ고 달이

34면

보름을 밋고ᄌᆞ ᄒᆞ니 일만광휘와 일쳔덕긔의 여일신ᄒᆞ여 쳔고 녀셩이며 규측의 셩범이라 돈당부뫼 ᄉᆞ랑ᄒᆞ미 연셩지벽이라 시의 참지졍ᄉᆞ 셩연슈ᄂᆞᆫ 계양공의 댱지라 임상국의 원비 셩부인 질지니 셩공의 위인이 흔ᄂᆞᆺ 옥인군지며 츙직흑실샨 아냐 그 부인 니시 당셰 슉녀쳘뷔라 일죽 슬하의 난옥이 쌍쌍ᄒᆞ여 여러 ᄌᆞ녀를 다 가ᄎᆔᄒᆞ고 필ᄌᆞ 닌광의 ᄌᆞᄂᆞᆫ 덕회니 싱셩ᄒᆞ미 범퇴속골이 아니라 쵸티우

35면

의 츄슈골격과 딘승상여옥지뫼라 효의덕힝이 겸비ᄒᆞ여 증왕의 효와 황향의 셩힝이 ᄀᆞ죽ᄒᆞ고 빗난 문장은 됴ᄌᆞ건의 지난지라 부뫼 극이ᄒᆞ여 겹겹 연혼지가로 임쇼져 치혜의 셩화를 닉이 아ᄂᆞᆫ 고로 임의 졍밍이 금셕 ᄀᆞᆺ더니 셩닌광이 연보 십슴의 방목의 패방ᄒᆞ여 만인다ᄉᆞ를 목하의 압두ᄒᆞ니 쳥망이 됴야를 기우리고 텬지 크게 ᄉᆞ랑ᄒᆞ시ᄂᆞᆫ지라 임의 셩 임 냥공이 뎡혼납빙ᄒᆞ엿시무로 바로 참방날

36면

이 길일이라 셩싱이 어화쳥숨으로 쵸궁의 니르러 임쇼져를 빅냥우귀ᄒᆞ니 추일 빗난 영광은 일셰의 희한ᄒᆞ더라 임쇼졔 셩문의 닙승ᄒᆞ미 효봉구고ᄒᆞ고 승슌군ᄌᆞᄒᆞ여 돈당이 ᄉᆞ랑ᄒᆞ고 부뷔 화합ᄒᆞ며 예셩이 ᄌᆞᄌᆞᄒᆞ니 쵸왕부뷔 환열ᄒᆞ더라 이러틋 즐기ᄂᆞᆫ 즁 슈인이 은복ᄒᆞ여 지앙을 빗최ᄂᆞᆫ지라 각셜 어시의 연낭 요인이 ᄉᆞ쳔 합쥐신지 ᄯᆞ라가 임셜을 히코ᄌᆞ ᄒᆞ다가 하늘이 돕지 아니ᄒᆞ시고 신명이 뮈이 녀겨 몸이

37면

하마 위팅홀 번ᄒᆞ더니 잔명은 겨오 보젼ᄒᆞ나 ᄒᆞᆯ 거리 보요삭의 굿게 즘가 황건녁시 운풍어거ᄒᆞ여 음운흑무 ᄀᆞ온ᄃᆡ 쯧글 ᄀᆞᆺ치 늘니여 순식간의 딘궁후함 계경의 ᄂᆞ리 박으니 연낭이 얼골이 다 ᄢᅵ여지고 살이 다 웃쳐지니 비록 ᄃᆡ간ᄃᆡ악이나 혼덜ᄒᆞᄆᆞᆯ 면치 못ᄒᆞ니 난간 우희 흑면묘와 빅면묘ᄂᆞᆫ 이 쇼ᄅᆡ의 놀나 던상으로 ᄲᅱ노니 당하의 황구 빅견이 어즈러이 즛고 다라드러 쓰드니 연낭의 일신이 셩혼 곳이 업더라 이 곳은

38면

환옥과 곽녀의 쳐쇼 후함이라 ᄎᆞ시 환옥이 곽녀로 더브러 연낭의 셩공반ᄉᆞᄒᆞ기ᄅᆞᆯ 되오더니 믄득 후함의 덜셕ᄒᆞ고 ᄶᆨᄒᆞᄂᆞᆫ 쇼ᄅᆡᄂᆞ니 경괴ᄒᆞ여 급히 익낭슉직 가졍을 불너 도젹이 드럿ᄂᆞᆫ가 보라 ᄒᆞ니 슈유의 횃불이 늣 ᄀᆞᆺᄒᆞ여 두루 어든 즉 쇼년 녀지 녹의쳥상으로 일신의 피ᄅᆞᆯ 흘니고 함젼의 것구러져 긔졀ᄒᆞ엿거ᄂᆞᆯ 모다 놀나 환옥의게 고ᄒᆞ니 환옥 곽녜 녀지란 말의 경괴ᄒᆞ여 몸이 니ᄂᆞᆫ 셰 업시 급히 난간

39면

의 ᄂᆞ와보니 이 곳 다르니 아니라 연낭이라 ᄃᆡ경실식ᄒᆞ여 짐즛 글오ᄃᆡ 어느 곳 쇼년 녀지 무슨 변난을 맛나 이런 참화ᄅᆞᆯ 맛낫도다 가히 잔잉ᄒᆞ니 우리 구ᄒᆞ여 본 곳으로 보닐 거시라 ᄒᆞ고 ᄎᆞ환 복부ᄅᆞᆯ 당부 왈 녀ᄌᆞ의 형상이 잔잉ᄒᆞ니 우리 구ᄒᆞ여 싱환본쳐코ᄌᆞ ᄒᆞᄂᆞ니 너희ᄂᆞᆫ 이 일을 일졀 누셜치 말ᄂᆞ 만일 던히 알오시면 우리 다ᄉᆞᄒᆞᄆᆞᆯ 쑤지실가 ᄒᆞ노라 모다 가장 환옥의 후덕을 ᄉᆞ례ᄒᆞ더라 환옥 곽녜 연낭을 붓드러 드

40면

려 편히 누이고 눈물을 흘니며 약을 쳐 구호ᄒᆞ더니 이윽고 회쇼ᄒᆞ여 연낭이 뎡신을 출혀 슘을 길게 쉬고 던후 지난 닐을 니르니 환옥 곽녜 놀나 구호ᄒᆞ며 임 셜을 다시 히키ᄅᆞᆯ 계교ᄒᆞ니 연낭이 스스로 요슐의 약으로 상쳐의 바르ᄆᆡ 상쳬 완합혼지라 교ᄋᆞ절치ᄒᆞ여 임 셜을 멸홀 계괴 아니 밋튼 곳이 업더라 이러구러 일삭이 지ᄂᆞᄆᆡ 연낭이 여상ᄒᆞ고 이 ᄠᅥ 유션의 쇼녀의 년이 십칠이라 용뫼 가려쇼담ᄒᆞ여 웃ᄂᆞᆫ ᄭᅩᆺ ᄀᆞᆺᄒᆞ나

41면

힝실은 유션의 풍을 던습ᄒᆞ엿ᄂᆞᆫ지라 스스로 옥인가랑을 ᄉᆞ모ᄒᆞ며 음심이 불 니닷ᄒᆞ나 단궁 후당 벽실의 깁히 잇셔 남ᄌᆞ의 구경이ᄂᆞ ᄒᆞ리오 일일은 일게ᄅᆞᆯ 싱각고 연낭을 ᄃᆡᄒᆞ여 왈 쳡이 슉시의 은혜로 투싱ᄒᆞᆷ믄 모친의 원슈ᄅᆞᆯ 갑고ᄌᆞ ᄒᆞ미여늘 이졔 년광은 뉴슈 ᄀᆞᆺ고 이러틋 깁히 쳐ᄒᆞ여 하일 하시의 원한을 풀니고 다만 계교ᄂᆞ 임 셜 낭가의 ᄌᆞᄉᆞᆫ 즁 하ᄂᆞᆯ 후려야 일을 닐 터이여늘 감히 결연ᄒᆞᄂᆞᆫ 슈 업ᄉᆞ니 출하리

42면

창누의 일신을 더져 임 셜 즁 호협ᄒᆞᆫ ᄌᆞᄅᆞᆯ 농낙ᄒᆞ여 셩계ᄒᆞ미 엇더ᄒᆞ니잇고 연낭이 눈섭을 모호고 이윽이 싱각다가 깃거 왈 너의 계교ᄒᆞᄂᆞ 비 뎡합셩계니 ᄸᆞᆯ니 ᄂᆞᅌᅡ가 일을 도모ᄒᆞ라 닉 반ᄃᆞ시 ᄎᆞᄌᆞ리라 쇼요녜 만구응낙ᄒᆞ고 인ᄒᆞ여 작별ᄒᆞ고 ᄀᆞ마니 단부 후문을 나 장안쳥누ᄅᆞᆯ ᄎᆞᄌᆞ가니 이 ᄣᆡ 장안 십ᄌᆞ가 운쳥교의 일홈난 창뉘 잇ᄉᆞ니 호왈 명기치셕뉘라 장안 일홈난 명기 모다시니 놀마다 공ᄌᆞ 왕ᄉᆞᆫ의 못ᄂᆞ 슐위 쳔승만게

43면

니 웃듬 창모 운즁션이 쥬가와 창누ᄅᆞᆯ 빈판ᄒᆞ여 ᄉᆞᆫ을 모호니 날마다 치셕누의 풍악이 ᄉᆞᆺ지 아니코 길ᄀᆞ의 귤이 ᄊᆞ히며 치싴단쳥으로 ᄭᅮ민 화루치각의 홍슈미이 분면화안을 다ᄉᆞ리고 칠현금을 어루만져 함틱졔미ᄒᆞ여 과긱을 후리더라 ᄎᆞ일 쇼요녜 ᄯᅩᄒᆞᆫ 쳥누로 드러가니 운즁션이 보고 문왈 어ᄂᆞ 곳 ᄉᆞ롬이완ᄃᆡ 무슴 연고로 신근이 ᄎᆞᄌᆞ 이르ᄂᆈ 쇼요녜 츄연함쳑 왈 쳡은 낭가녜라 일즉 부뫼 구몰ᄒᆞ고 무타형뎨ᄒᆞ여

44면

ᄉᆞ고무친이라 출하리 쳥누의 투신ᄒᆞ여 군ᄌᆞ호걸을 임의로 굴히여 즐길지연뎡 용인쇽ᄌᆞ의게는 원치 아닛ᄂᆞ 고로 니르럿ᄂᆞ니 마마는 어엿비 너기ᄉᆞ 거두시믈 바라ᄂᆞ이다 운즁션이 보니 ᄂᆞ히 십칠은 ᄒᆞ고 용뫼 ᄭᅩᆾ ᄀᆞᆺ고 틱되 졔비 ᄀᆞᆺ흔지라 크게 깃거 즉시 허락ᄒᆞ고 닉실의 다려가 됴흔 물의 목욕감기고 산호경ᄃᆡ와 옥거울을 ᄂᆡ여 놋코 운남쵸염과 월분연지ᄅᆞᆯ ᄂᆞ와 지분방틱을 고로게 ᄒᆞ고 홍상치의와 슈식ᄭᅵ란지뉴ᄅᆞᆯ ᄂᆡ여 미인

45면

의 단장을 갓쵸니 과연 묘묘졀셰ᄒ여 ᄒ 번 우으미 양셩과 하쳐를 미혹게 ᄒ던 직용이 잇ᄂ지라 여러 창기 가온듸 졔일이니 모든 탕저 암암이 손등 타 칭찬 왈 운마의 복이 놉하 금일 월즁션이 ᄂ렷다 ᄒ니 이러무로 일홈을 월즁션이라 ᄒ더라 칙셕누의 시로 난 명기 월즁션의 일홈이 장안 ᄉ셔의 유명ᄒ여 쳔상무릉의 낙신이 ᄂ린 드시 ᄒ니 만셩 경박탕ᄌ 등이 춤이 마르고 목이 갈ᄒ여 ᄂ늘마다 쳔금을 츠고 칙셕누의 메엿시니

46면

쳥누의 일홈 ᄂ미 예도곤 빅승ᄒ더라 월즁션이 스스로 가무를 졀묘히 통ᄒ고 하로도 쳔만인을 지ᄂ니 흔업손 음욕은 둑ᄒ나 못ᄂ 빅 슈업ᄉ되 다 쥬식아귀로 무뢰협긱이요 하나토 풍뉴호걸의 직목이 아니니 심히 회허ᄒ여 쯧의 찬 옥모미랑을 셤기고ᄌ ᄒ더니 그윽이 유의ᄒ여 셤길 ᄌ를 술피ᄂ 임시 졔인 밧 ᄂ지 아니ᄒ되 넉술 살올 ᄲᆞᆫ이요 엇지 홀 길 업더니 하늘이 ᄯ흔 됴화를 빌니시ᄂ지라 임시 쳔산의 일인

47면

이 능히 이 곳의 함닉ᄒᄆᆞᆯ 면치 못ᄒ니 시하인야오 츠셜 쵸왕의 셔ᄌ 인흥은 셔궁 군계금화의 쇼싱이라 인흥이 비록 셔지나 ᄯᅩᄒ 곤륜산 가지요 벽희의 근원이라 쇽ᄌ와 달나 옥모화풍이 비상ᄒ고 셩되 상활호쥰ᄒ더라 방년 십일의 신장이 언건ᄒ니 쵸왕이 그 너모 호상ᄒᄆᆞᆯ 경계ᄒ고 군계ᄂ 심합ᄒ더라 일일은 쇼부의 ᄋᆞᄌ 관흥이 모명으로 그 양외됴 목공 부부를 비현ᄒ라 목부의 ᄂᆞᄋ 갈 ᄉᆡ 목공이 맛춤 병이 잇다가

48면

ᄀᆞᆺ ᄒ혓ᄂ지라 인흥의 모 군시 ᄯᅩᄒ 목가 은혜 잇ᄂ지라 ᄋᆞᄌ를 명ᄒ여 목부의 공ᄌ를 뫼셔 단녀오라 ᄒ니 인흥이 승명ᄒ여 관흥과 흔가지로 목부의 ᄂᆞᄋ갓더니 목공 부뷔 관흥을 어루만져 쳥뉴ᄒ여 머무르니 관흥이 마지 못ᄒ여 돈당의 상셔를 올니니 인흥이 공ᄌ 슈셔를 가지고 ᄂ귀를 타고 시동 일인만 드리고 오더니 길히 칙셕누를 지ᄂᄂ지라 이 ᄢᅥ 월즁션이 단장을 치레ᄒ고 고루의 의지ᄒ여 쥬렴을 놉히 것고

도로 힝인을 관쳠ㅎ더니 일위 쇼동이 편발이로딕 ㄴ히 십여셰는 흔딕 옥모영풍이 비상ㅎ고 쳥운 곳흔 녹발을 쓰하 느리치고 ㄴ는 듯흔 엇기의 쳥스포를 닙고 허리의 셰쵸딕를 둘너시며 쳥녀를 완완이 모라 누하로 지ㄴ가니 비록 졔 임의 화류풍용을 바라지 못ㅎ나 쏘흔 풍뉴탕즈의 뉴는 아니라 월즁션이 졍이 잇글니고 마음이 취ㅎ이니 쥬렴을 반권ㅎ고 옥안을 좀간 닉여 웃는 듯 쩡긔는 듯 치슈

를 놉히 것고 동졍황귤을 닷토와 더지며 과긱은 가지 말고 흔 번 드러와 미쥬셩찬을 맛보라 웨기를 마지 아니니 인흥이 치와다 보니 과연 누상의 일긔 미인이 홍슈치슘을 썰치고 옥안의 우음을 먹음어 졍다이 쳥ㅎ는 곳의 슈십미인 뎌마다 금단옥덕을 좁으시니 지는 히빗치 불근 단장과 흰 얼골이 서로 빗쵀여 누하의 히당화 졍히 퓌여시니 누상가인과 빗난 틱도를 닷톨 거시오 아름다온 풍싁이 가히 보

암 즉흔지라 인흥이 운익이 긔구ㅎ거니 엇지 속지 아니리오 믄득 됴히 넉여 웃고 시동 뇌산드려 왈 가히 너와 흔가지로 드러가 흔 번 구경ㅎ리라 뇌산이 쏘 ㄴ히 어리고 역시 굿보고즈 ㅎ여 스양치 아니ㅎ고 노쥐 흔가지로 챵누의 드러가니 졔창이 함틱졔미ㅎ여 쳥ㅎ여 드러가니 몬져 슐을 권ㅎ거늘 인흥이 가졍지훈을 두리ㄴ지라 비록 뎍형뎨 군동 곤계라도 쇼년의 슐을 취치 못ㅎ고 쏘 긔모의 교훈이 엄ㅎ여

방쇼를 두지 아닌 젼은 흔 씌도 거쳐업시 ㄴ가지 못ㅎㄴ지라 이의 일오딕 닉 연쇼흔 고로 슐은 일작 불음ㅎ노라 ㅎ여 먹지 아니ㅎ고 약간 과품을 맛보며 가무를 드러 월즁션을 깁히 유의ㅎ여 지슘 흔션ㅎ더니 날이 뎌물믹 뇌산이 지쵹ㅎ여 엄훈으로써 뎌히니 인흥이 진실노 쪄날 마음이 업스나 즈든 못홀지라 지슘 후회를 긔약ㅎ고 도라가니 창모와 월즁션이 아연ㅎ나 홀일업셔 홍안의 눈물을 흘

53면

니고 교음이 낭낭ᄒ여 일오디 첩이 금일 우연이 낭군을 맛나 비록 냥셩의 합ᄒ미 업
ᄉ나 임의 월하의 구든 밍약을 금셕 ᄀ치 바라ᄂ니 쇼유신신ᄒ여 타일 닙신취쳐ᄒ나
금일 동셕일좌의 구든 언약을 져ᄇ리지 말고 빅년신물을 ᄢ치쇼셔 인흥이 미인의 다
졍ᄒ 말이 금셕이 녹을 듯ᄒ고 옥안의 눈물을 ᄲ려 연연ᄒ믈 보니 연쇼호싁지심의
이련ᄒ고 권권ᄒ여 ᄂ일 도라가 죽을지연졍 ᄶ늘 뜻이 업ᄉ나

54면

뇌산이 발발이 지쵹ᄒᄂ지라 홀일업셔 집슈위로 왈 미인은 니별을 슬허말나 오날날
우연이 맛나 다졍홈도 ᄎ역 연분이라 엇지 타일 ᄃ바리미 잇ᄉ리오 쳥산이 ᄂᄌ지고
녹쉬 나우나 오늘날 낭ᄌ의 다졍ᄒ믈 니ᄌ리오 쇽고름의 쳐엿든 옥션쵸 일믹룰 글너
쥬어 왈 낭지 빅년 신물을 청ᄒ니 션쵸로써 신을 ᄢ치노라 월즁션이 깃거 교연이 바
다 고름의 ᄎ고 손의 ᄢ엿든 슌금지환을 버셔쥬니 인흥이 ᄯ흔

55면

바다 낭즁의 간ᄉᄒ고 지숨 니별을 연연ᄒ여 분슈ᄒ니라 인흥이 뇌산으로 더부러 총
망이 부즁의 도라오니 놀이 발셔 황혼이러라 밧비 ᄂ당의 드러가니 졔인이 발셔 각
당의 혼졍ᄒ고 흣터졋더라 인흥이 몬뎌 오운뎐의 가 관흥공ᄌ 상셔룰 드리고 물너
부즁의 슬펴 월즁션 둘만ᄒ 곳을 엿더라 ᄎ시 텬히 승형ᄒ미 여러 히니 창고의 즘기
뭿글이 ᄢ이고 디완국 됴흔 말이 슬쎠시니 ᄯ 엇지 하늘이 지화룰 ᄂ

56면

지 아니리오 각셜 걸안 셔융이 군냥이 둑ᄒ고 용병밍장이 만히 모도미 긔병ᄒ여 북
히룰 건너 계줘룰 침노ᄒ니 계북 틱슈 니후졍이 ᄂᄋ방빅을 거ᄂ려 디젹ᄒ나 능히
당치 못ᄒ여 됴졍의 급보ᄒ니 급ᄒ 쇼식이 눈날니듯 흔지라 혹 왈 셔융의 셔지 원달
이 ᄂ히 불과 십 셰로디 만뷔부당지용이 잇고 등의 삭인 글지 잇ᄉ디 한군지 싱환 복
원이라 일곱지 잇고 ᄭᅩ ᄂ미 스ᄉ로 닐오디 ᄂ는 한왕 고구의 원수흔 넉시라 ᄒ더

57면

라 ᄒ니 이ᄂ 벅벅이 한왕 고구의 환셰ᄒ미라 옛 당틱동 셰민 황뎨 반덕 단용신을 잡
ᄋ 죽이미 그 후 슈십 년 후 뇨장 합쇼문이 이러낫더니 이졔 고구롤 죽여 팔년 닉 이
런 흉악ᄒ 일이 잇시니 옛 닐과 ᄀᆺ다 ᄒ여 의논이 분분ᄒ니 샹이 경녀ᄒᄉ 문무롤 모
화 상의ᄒ실ᄉᆡ 니부상셔 임창흥과 병부상셔 셜희광이 ᄌ원츌젼ᄒ니 샹이 냥인의 지
모지략을 아시ᄂ 고로 틱회ᄒᄉ 임샹셔로 졍북틱원슈졔로 틱도독을

58면

ᄒ이시고 샹방검을 쥬시며 셜희광으로 부원슈 우도독을 ᄒ이시고 틱장군 댱영통으
로 좌션봉을 ᄒ이시고 진셔틱장 뉴무로 우션봉을 슴ᄋᄉ 빅모황월과 덜월을 ᄂ리오
시고 쳔원밍장과 빅만늉둘을 겸고ᄒ여 즉일 발힝ᄒ라 ᄒ시니 임 셜 냥원쉬 쳔은을
슉ᄉᄒ고 즉시 교장의 ᄂᄋ가 병마롤 훈련ᄒ여 명신의 발힝을 젼녕ᄒ고 각귀부즁ᄒ
니 임의 야심ᄒ엿더라 임 셜 냥부의셔 ᄎᄉ롤 알고 우

59면

려ᄒ믈 마지아니ᄒ고 임부 관틱부인은 원슈의 숀을 줍고 츄연 왈 너의 힝시 신ᄌ의
직분이라 엇지 니별을 셜셜ᄒ리오마ᄂ 노뫼 셔산낙일 ᄀᆺ거늘 네 ᄯᅩ 만니 흉봉을 당
ᄒ여 불모지지의 ᄂᄋ가니 넘녜 엇지 젹ᄋ리오 원쉬 화셩유어로 파젹승젼ᄒ미 오릭
지 아닐 바롤 쥬ᄒ여 위안ᄒ더니 뎌근덧 쳔괴 늠늠ᄒ고 동방의 효식이 빗최ᄂ지라
원쉬 연망이 냥틱 돈당과 부모 쳐ᄌ롤 총총이 니별ᄒ고 상마ᄒ여

60면

연무장의 ᄂᄋ오니 부원슈 셜공이 니르럿더라 냥원쉬 옥안영풍의 융복을 뎡히 ᄒ고 눈
거의 올나 틱틱 인믜 진을 푸러 ᄂ가고ᄌ ᄒ더니 먼니셔붓터 난긔 댱댱ᄒ고 농봉일
월긔 붓치이ᄂ 곳의 어긔 님ᄒ시니 냥원쉬 연망이 진문괴롤 머무르고 하마ᄒ여 어젼
의 비알ᄒ니 샹이 팔쳑농미의 슈운이 만쳡ᄒᄉ 농슈로써 냥인의 숀을 줍으시고 옥음
이 간졀ᄒᄉ 왈 딤이 이제 북젹의 흉완ᄒ믈 근심ᄒ미 슉식이 불안ᄒ지

61면

라 냥경의 지모지략이 숀오 양져 곳ᄒᆞ니 특별이 군국ᄃᆡᄉᆞ를 맛지ᄂᆞ니 냥원슈는 모로미 진심갈녁ᄒᆞ여 ᄃᆡᄉᆞ를 쇼루히 말나 흉덕을 쵸안ᄒᆞ고 빗ᄂᆡ 도라올진ᄃᆡ 딤이 당당이 이 곳의 와 경 등을 마ᄌᆞ리라 ᄒᆞ시고 옥비의 향은을 만작ᄒᆞ여 각각 삼비를 ᄂᆞ리오시며 군즁의 슈쳔 독 슐과 일만 우양으로 숨군ᄉᆞ됼을 호궤ᄒᆞ시니 ᄉᆞ됼이 텬은을 황공감쳬ᄒᆞ여 님진ᄃᆡ뎍ᄒᆞᄆᆡ 츙직진명홀 ᄯᅳᆺ이 잇더라 냥원쉬 황은

62면

을 감츅ᄇᆡᄉᆞᄒᆞ고 군신의 니졍이 권권ᄒᆞ여 ᄂᆞᆯ이 ᄂᆞᄌᆞᄆᆡ 텬안의 하직ᄒᆞ고 오힝진으로 푸러 ᄂᆞ오갈 ᄉᆡ 금괴 뎨명ᄒᆞ고 뎡긔 폐일ᄒᆞ며 ᄉᆞ롬은 쳔신 곳고 말은 비룡 곳ᄒᆞ여 물미듯 ᄂᆞ오가더라 상이 환궁ᄒᆞ시ᄆᆡ 상국이 ᄌᆞ숀을 거ᄂᆞ려 부즁의 도라오니 틔부인이 숀오의 츌군시말을 무러 그 쇼년영뮈 기셰ᄒᆞᆷ을 두굿기더라 ᄎᆞ시 관틔부인 뎨남 관노공이 향년 팔십의 슈다 ᄌᆞ숀의 영화를 곳쵸 보고 ᄎᆞ년 츈의 됼ᄒᆞ니 ᄌᆞ숀

63면

의 ᄋᆡ통ᄒᆞᆫ은 니르지 말고 관틔부인이 크게 슬허 노경의 과쳑ᄒᆞᆷ을 마지 아니니 상국곤계 민우ᄒᆞ여 지숨 위안ᄒᆞ여 장일이 다다르ᄆᆡ 관틔우 형뎨 졔ᄌᆞ를 거나려 상구를 뫼셔 션능으로 도라갈 ᄉᆡ 상국 형뎨 회장ᄒᆞ고 겸ᄒᆞ여 화쥬 션산의 쇼분코ᄌᆞ ᄒᆞ되 ᄌᆞ위를 니슬치 못ᄒᆞ여 말ᄆᆡ암지 못ᄒᆞ니 틔부인이 쵸왕을 명ᄒᆞ여 왈 아오와 노뫼 각각 향슈ᄒᆞ여 팔십이 넘기의 미쳣더니 노모는 쥭지 아니코 아이 몬져 도라가니 엇지

64면

슬푸지 아니리오 네 부슉은 노모를 권연ᄒᆞ여 ᄯᅥᄂᆞ지 못ᄒᆞ니 숀오는 누삭 말ᄆᆡ를 어더 상구를 ᄯᆞᆯ와 회장ᄒᆞ고 션산의 쇼분ᄒᆞ미 엇더ᄒᆞ뇨 왕이 슈명ᄒᆞ고 상표ᄒᆞ여 쇼분ᄒᆞᆷ을 쳥ᄒᆞ여 슈삭 말ᄆᆡ를 어더 부즁의 도라와 됸당 부모긔 하직ᄒᆞ고 관노공의 영구를 뫼셔 관시 졔공으로 더브러 화쥐로 향ᄒᆞ니라 임부의셔 쵸왕 부지 가즁을 ᄯᅥᄂᆞ니 부즁이 황연이 뷘 듯ᄒᆞ며 상국이 비록 신명ᄒᆞ나 근년 쇠모지년의 한가ᄒᆞᆷ을 즐

65면

기는 고로 주위긔 수시 문안 밧긔 오운뎐의 쳐호여 연일 빈긱으로 쇼일호며 션싱이 또 거취 상국으로 일반이요 북후는 쇼탈호여 셰밀지수를 슬피미 업고 쇼부는 돈당부모 수시 문안 밧 뎡심헌의 주최 쎠느지 아니호니 인흥의 넘난 힝싀 잇스믈 알니오 추시 인흥이 월줌션을 수모호여 노오가고즈 호나 틈을 엇지 못호더니 부왕이 션산의 가시고 덕형이 먼니 츌수호니 맑은 거울이 업슴 곳호지라 딕회호여 오빅 금

66면

은주를 어더 가지고 어미를 속여 거즛 목부의 가노라 호고 치셕누의 니르러 월줌션으로 반기고 은주를 운줌션을 쥬고 월줌션다려 가기를 쳥호니 원닉 불감쳥이연뎡 고쇼원야라 일언의 쾌허호고 은주를 밧으니 인흥이 월줌션을 다려다 익낭의 두고 은주 쳔냥을 운줌션의게 보닉고 추후로 신혼셩뎡한 후는 제공주다려는 모친긔 시침한다 호고 군시긔는 셔당의 가 주노라 호고 음식 붓치를 각방 찬모의게 슌

67면

딕졉한다 호고 여러 곳으로 징식호여 월줌션을 먹이고 밤이면 힝음쾌락호며 다리되 후일 게지를 쎅는 날 완위부부호리라 호고 즐기니 월줌션이 쇼원을 일운지라 흔흔쾌락호더라 이러틋 호기를 슈삼삭이 지느되 가줌이 돈연이 아지 못호더라 추셜 연낭이 병이 쾌호미 다시 셜계코즈 호여 요녀의 주최를 둣보니 발셔 임문의 드러갓는지라 닉응호기 묘타 호고 추야의 일진흑긔 되어 상부의 드러가니 월줌션

68면

이 마춤 홀노 뎡즁의 비회호거늘 연낭이 느려가니 월줌션이 반겨 붓들고 슈말을 니르거늘 연낭이 쵸왕 부즈의 업스믈 알고 딕회호여 귀의 다혀 이리이리호라 호고 노오가더니 바로 딕궁 창고의 쓴힌 군긔 병물과 거즛 옥식를 만드러 가지고 와 월줌션을 쥬고 가니 월줌션이 여러 달 상부의 잇스미 은근이 두루 구경호여 발이 익은지라 모다 거두어 쵸왕궁과 상부와 효장궁 후함 깁흔 곳의 금쵸고 옥식는 바로

69면

승상 침실 뎡벽하의 위흐여 뭇고 일이 이러느는 날은 시파라케 드는 칼노 먼져 슉녈

을 히흐려 흐니 이 엇지 삼싱원기 아니리오 인흥은 아모 쳘도 모로고 월즘션을 셔로

힝낙흐고 밤마다 즐기더라 연낭이 딘궁의 도라와 쇼유를 니르니 환옥 곽녜 듸희흐여

셔로 닐오듸 우리 일이 이졔야 일패라 엇지 아니 깃부리오마는 가즁 졔인을 술피미

타인은 오히려 뎨어키 쉬오듸 홀노 모비 명찰흐미 귀신 ᄀᆞ흐니 이룰 먼져 업시

70면

흐고 부왕과 셰즈 등을 다 업시흔 후는 쳔승국군과 왕비의 돈흐미 뉘게 가리오 곽녜

깃거 ᄀᆞ만ᄀᆞ만 흉게룰 ᄂᆞ여 곽녜 독약 흔 ᄢᆞᆷ을 가지고 바로 왕비 침쇼의 니르니 하늘

이 엇지 요인의 쇠룰 맛쵸시리오마는 왕비의 향슈 진흔 셔라 셔맛쳠 식상을 올닐 시

찬션비 식상을 ᄀᆞᆺ쵸ᄋᆞ 노코 공교히 쇼미 급흐무로 쎙쎙 도라 쇼마보라 간 ᄉᆞ이 ᄀᆞ장

묘용흐고 ᄉᆞ룸이 업는지라 곽녜 크게 깃거 약ᄢᆞᆷ을 글너 탕의 지독히 풀고 총망이

71면

침쇼로 도라가니 알니 업더라 찬션비의 일홈은 쵸란이니 ᄀᆞ장 츙직흐더라 쇼마룰 다

보고 도라과 식상을 밧드러 왕비긔 ᄂᆞ오니 이 ᄣᆡ 즁츈 쵸슌이로듸 일긔 극한흐여 왕

비 감환으로 괴로이 지닉다가 비로쇼 쾌흐미 식상을 바다노흐미 진왕과 셰지 다 드

러와 상을 밧드러 왕비 깅을 먼져 만히 마시더니 홀연 깅긔룰 더지고 것구러지니 왕

과 셰지 딕경흐여 상을 물니고 급히 비룰 구호홀 시 동졍을 술피니 칠규로 피룰 토

72면

흐고 아됴 셰상을 바련는지라 가즁이 황황흐고 왕과 셰지 실싴경황흐여 아모리 홀

줄 모로고 셰즈와 공쥬는 모친을 불너 통곡홀 분이요 왕이 좌우로 깅긔룰 ᄂᆞ호여 기

룰 먹이니 쏘흔 칠규로 피룰 흘니고 즉ᄉᆞ흐는지라 왕이 딕로흐여 ᄉᆞ예룰 호령흐여

쵸란을 형벌의 올니고 엄히 무룰 시 쵸란이 울며 다만 쇼마보고 온 죄 ᄲᅮᆫ이라 왜지ᄂᆞ

니 왕이 익익딕로흐여 뎡히 쵸란을 박살코즈 흐더니 왕비 믄득 회싱흐여 즈녀의 손

을

줍고 왕을 쳥ᄒ여 급급히 일오디 니 엇지 요인의 독슈의 맛츠리오마ᄂ 명이 진ᄒ 써요 익이 당ᄒ 연괴라 요인이 불과 십일 니로 멸망ᄒ 거시니 쵸란은 튱직ᄒ 비지라 이믜히 죽이지 마오시고 굿ᄒ여 요란이 구지 마쇼셔 스스로 간뎡이 발각ᄒ리이다 말을 맛고 아됴 기셰ᄒ니 왕이 쵸란을 ᄉᄒ고 셰지 공쥬로 더브러 통곡발상ᄒ고 왕이 크게 셜워ᄒ며 홀일업셔 넘습입관ᄒ니 환옥과 곽녜 ᄀ마니 잇지 못ᄒ여

두 눈의 춤을 마니 바르고 쇼ᄅ를 크게 질너 우더라 이러구러 셩복이 지ᄂ미 요물이 죽을 써 다다랏ᄂ지라 연낭이 흉계를 품고 변ᄒ여 건장ᄒ 장시되여 이늘밤의 금즁의 드리다라 비슈를 들고 바로 어뎐침슈ᄒ 곳의 다라드니 상이 농쉬 바야히시더니 디경ᄒᄉ 좌우를 부르시니 슉직환관이 급히 ᄂ아와 보민 일위 장시 발검돌입ᄒᄂ지라 일변 호위군을 부르며 일변 픠도를 드러 상을 ᄀ리와 도뎍을 치며 왈 너

ᄂ 하등지인이완디 감히 어뎐을 범ᄒᄂ다 기젹 왈 나ᄂ 진공길이라 이제 쵸왕부지 모반코ᄌᄒ여 밧긔셔 일을 ᄲ미고 ᄂᄂ 즈긱이러니 승상의 부지 쳔금을 쥬며 쥬상의 머리를 구ᄒ민 니 일으괘라 말이 맛지 못ᄒ여 호위 어림군이 겹겹이 에워 드러오니 기뎍이 급히 훈두루쳐 다라ᄂ니 부지거체러라 궁즁이 물 ᄭᆯᄐᆺᄒ여 옥톄 놀ᄂ시믈 술피며 일변 쵸왕의 모반ᄒ다 ᄒᆯ 놀나더라

임시삼디록 권지삼십뉵

ᄎ셜 시시의 궁즁이 진경ᄒ니 상이 딘졍ᄒᄉ 굴오디 어느 곳 요인이 임부졔인과 슈원을 마이 결ᄒ여 짐을 경동ᄒ미니 ᄎᄉ를 일졍 누셜ᄒ여 됴신을 알뇌지 말나 임부졔인의 춤의를 짐이 임의 알거늘 엇지 의혹ᄒ리오 궁즁 졔인이 셩명을 탄복ᄒ여 이 일을 물시ᄒ니 임상부의셔 모로미 되다 상이 명일 파됴 후 한원명ᄉ 일인식

ㄱㄱ이 슉직게 ᄒ시니 졔흑시 의괴ᄒ나 감히 알외여 뭇줍지 못ᄒ고 각각 돌녀 농젼의 시침ᄒ니라 ᄎ시 연낭이 짐즛 상을 놀니여 임부ᄅᆞᆯ 의혹게 ᄒ여 임원슈ᄅᆞᆯ 쳬츠ᄒ고 쵸왕부ᄌᆞᄅᆞᆯ ᄂᆞ슈ᄒᆞ거든 틈을 타 밧그로 결안을 ᄢᅵ고 ᄂᆡ응ᄒ여 일장 화란을 ᄂᆡ고 ᄌ ᄒ여 궁금의 드리다라 어던을 경동ᄒ더니 어림군이 츙돌ᄒ미 줍힐가 겁ᄒ여 변ᄒ여 바름이 되여 딘궁의 도라와 쳔식을 졍ᄒ고 환옥 곽녀다려 슈말을 니

르고 밧쇼식을 듯보더니 슈일을 탐문ᄒ되 아모 동졍이 업ᄂᆞᆫ지라 ᄎ야의 연낭이 바름이 되여 궁금의 드러가 변ᄒ여 일기 흉악ᄒᆞᆫ 장시 되여 비슈ᄅᆞᆯ 들고 농침의 다라드러 쇼리질너 왈 ᄌᆞ직 왕셰충을 아ᄂᆞᆫ다 상이 놀ᄅᆞ시고 이 ᄂᆞᆯ 슉직한님은 임텬흥이라 딕경딕로ᄒ여 몸을 ᄀᆞ바야이 ᄒ여 ᄂᆡ다르니 연낭이 임한님의 옥골션풍을 바라보고 넉시 업셔 감시 ᄒᆞ슈치 못ᄒ거늘 텬흥이 미리 혜ᄋᆞ리미 잇셔 졔요부

작을 신변의 장ᄒ엿든지라 졔요가ᄅᆞᆯ 외오며 낭딕ᄅᆞᆯ 글너 다라드러 결박ᄒ고 부작을 ᄶᅩᆨ뒤의 부치니 연낭이 딕경ᄒ여 다라ᄂᆞ고ᄌ ᄒ나 엇지 능히 버셔ᄂᆞ리오 표일ᄒᆞᆫ 장시 변ᄒ여 일기 녀ᄌᆞ라 한님이 창퉐의 ᄂᆞᆫ지 분간치 못ᄒ나 희괴ᄒᆞᆫ 변을 딕로ᄒ여 어림군을 숄녕ᄒ니 슈유의 횃불을 ᄂᆞᆺᄀᆞᆺ치 붉히고 도창검극을 ᄀᆞᆺ쵸ᄋ 모흐니 상이 한님을 불너 올니시고 왈 뎌 도덕이 변형이 히괴ᄒ니 그 쇼의ᄅᆞᆯ 불

문가지라 금야의 무ᄅᆞᆯ 닐이 아니니 ᄂᆡ옥의 엄슈ᄒ여 명일 문쵸케 ᄒ라 한님이 맛당ᄒ시믈 일ᄏᆞᆺ고 딕리시로 요물을 착가엄슈케 ᄒ니라 이러구러 말이 뎐파ᄒ여 졔신이 놀나 치 밝지 아냐 닙궐ᄒ여 옥쳬 놀나시믈 위문ᄒᆞ온딕 상이 우으시고 왈 텬흥 곳 아니런들 하마 욕을 볼 번 ᄒ패라 ᄒ시고 어문의 하됴ᄒᆞᄉ 문금을 엄히 ᄒ라 ᄒ시다 명일의 환옥 곽녜 연낭의 쇼식업스믈 괴이히 녀기더니 뎐언이

6면

분분ᄒ여 금즁의 돌입ᄒ 녀뎍을 즙으 가고 식후의 친문ᄒ신다 ᄒᄂ지라 환옥 곽녜
경황실식ᄒ여 왈 이제는 우리 다 쥭어시니 무슴 계교로 누의ᄅᆯ 구ᄒ여 토셜이 ᄂ지
아니케 ᄒ리오 ᄒ고 발광ᄒ더니 환옥이 믄득 일계ᄅᆯ 싱각고 진궁군ᄃᆞᆯ의 군복을 아스
다 닙고 헌 벙거지ᄅᆯ 우그려 쓰고 황황이 진궁을 나 바로 궐문의 니르러 곳 드러가니
슈문 군ᄃᆞᆯ이 잡고 문왈 지금 문금이 ᄃᆡ단ᄒ거ᄂᆞᆯ 너는 엇더ᄒ 군ᄉᆡᄂᆄ 환옥이

7면

급히 닐오ᄃᆡ ᄂᄂ는 어졔 밤 도뎍을 직흰 군ᄉᆡ러니 마참 목이 말나 슐을 어더 먹고 오
노라 즘시도 ᄌᆞ리ᄅᆯ 쩌ᄂᆞ지 못ᄒ리니 괴로이 뭇지 말나 슈문ᄃᆞᆯ이 더옥 의심ᄒ여 구
지 즙고 왈 옥직흰 군ᄉᆞ는 곳 우리 동ᄂᆔ니 어이 모로며 네 ᄂᆞ간 ᄉᆞ이 업시 슐이란 말
이 되는 말가 ᄒ고 아냐 도뎍을 즙으시니 엇지 노ᄒ리오 ᄒ고 바로 슈문쟝의게 고ᄒ
니 슈문쟝이 바로 텬졍의 쥬달ᄒ온ᄃᆡ 샹이 즉시 친국을 베푸시고 환옥을 즙으 ᄭᅳᆯ니
시고

8면

군복을 벗기라 ᄒ시니 밋 벗기ᄆᆡ 던일 보신 비라 ᄃᆡ로ᄒᄉᆞ 한 편의 ᄭᅳᆯ니라 ᄒ시고 연
낭요물을 즙으ᄂᆡ여 먼져 문쵸ᄒ실ᄉᆡ 졔신이 시위ᄒ고 어림군과 ᄃᆡ리형ᄃᆞᆯ이 형구ᄅᆯ
츌혀 요물을 더쥬니 무죄ᄌᆞ도 경황홀지라 연낭이 복초ᄒ되 신은 쵸왕의 부린 바 녀
도시라 쟝ᄎᆞ 모역고ᄌᆞᄒ든 ᄎᆞ 임챵흥이 ᄃᆡ병을 거ᄂᆞ려 걸암을 치라 가오나 실즉 걸
안을 합셰ᄒ여 칼ᄂᆞᆯ을 두루혀고ᄌᆞ ᄒ미요 쵸왕은 거

9면

즛 쇼분ᄒ라 간다 일ᄏ고 밧긔 ᄂᆞᄋᆞ가 인심을 쵸모ᄒ미오니 만일 신의 말ᄉᆞᆷ을 밋지
아니시거든 임부 ᄂᆡ외ᄅᆯ 뒤여보시면 군긔도 잇고 옥ᄉᆡ 가지 잇ᄂᆞ이다 말이 맛ᄎᆞᄆᆡ
임부 졔인이 일시의 옥결을 그르고 관을 벗고 계의 ᄂᆞ려 ᄃᆡ죄ᄒ니 샹이 급히 좌우로
임시 졔인을 붓드러 올니시고 왈 경등은 안심ᄒ라 짐이 간계ᄅᆯ 힉실ᄒ리라 승샹을
도라보ᄉᆞ 왈 경의 부즁의 요인이 은복ᄒ여 옥ᄉᆡ와 군긔ᄅᆯ 미리

10면

감쵸미 잇슬지라 샐니 가 부즁을 뒤여보라 승상이 고두ᄉ은ᄒ고 물너 부즁의 오미 합닉 졔인이 모다 경황ᄒ더라 승상이 가즁을 슈엄ᄒᆯ식 과연 효쟝궁과 쵸왕궁과 상부 후벽 밋히 군긔지물이 잇고 여근 항의 옥시ᄅᆯ 만드러 쟝ᄒ엿더라 가즁이 진경ᄒ고 승상이 졔임을 거ᄂ려 흉예지물을 싯고 궐하의 딕죄ᄒ니 상이 좌우 신요ᄅᆯ 도라보ᄉ 왈 임부 군물이 과연ᄒᆫ 간인의 작ᄒ나 상국이 괴로이 딕뢰ᄒ니 엇지ᄒ고 셜틱시 츌반

11면

쥬왈 이 일이 셩딕지치의 극ᄒᆫ 변괴라 반ᄃ시 충냥치 못ᄒᆯ 요계 잇ᄂᆫ가 시부오니 폐하ᄂᆫ 맛당이 두 죄인을 친국ᄒ시되 임한쥬 부즈ᄅᆯ 방셕ᄒᄉ 냥 죄인을 뵈시미 맛당ᄒᆡ이다 상이 의윤ᄒᄉ 상국긔 하됴 왈 고어의 왈 연국이 치졍ᄒᄆᆡ 현신이 당권의 요얼이 발뵈지 못ᄒ다 ᄒ되 딤이 박덕불명ᄒ여 능히 고즈 셩군을 본밧지 못ᄒᄂᆫ 고로 요변이 충싱ᄒ니 엇지 한심치 아니리오 맛당이 션싱으로 더브러 두 요인을 뎌쥬어 옥셕을 구분코져

12면

ᄒᄂ니 션싱은 고집지 말고 됴회의 참예ᄒ라 상국이 셩은을 황공감체ᄒ니 감히 ᄉ양치 못ᄒ여 부득이 반항의 ᄂᄋ가니 션싱은 ᄌ질손을 거ᄂ려 금문 밧긔 머므러 결말을 기다리더라 상이 졔신으로 더브러 친국ᄒᆯ식 임상국이 두 죄인을 일견의 연낭 남미ᄅᆯ 씨ᄃ라 분연딕로ᄒ여 고두쥬왈 ᄎ 죄인은 딘왕의 ᄌ녀라 딘왕은 황친 가온딕 강명군직연만 ᄎ덕 등의 퓌악이 여ᄎᄒ옵고 져 녀ᄌᄂᆫ 셕일 딘왕녜니 딘녜 초의

13면

능운의 삼긴빅 되여 남가의 슈양으로 ᄌ라나 여ᄎ 방계곡경으로 신슌 직흥의 부실이 되여 쳔변만화로 신가ᄅᆯ 어즈러이고 여ᄎ여ᄎ 미얌의 허물을 버셔 요계로 노즁 아인 걸녀로 졔 몸을 딕신ᄒ고 다라난 후 그 요시 판단ᄒ고 ᄎ녜 본딕 묘월의 요슐변화ᄅᆯ 젼슈ᄒ니 엇지 힘힘이 잡히리잇고 반ᄃ시 어느 곳의 은복ᄒ여 신가의 원을 갑고ᄌ ᄒᄆᆡ 국ᄂᆡ 요란ᄒ올 쥴 신이 혜아린 비라 비록 쳔위 미쳐 져쥬지 아니

14면

시나 요녜 반드시 기간의 텬뉸을 빈반호고 그마니 제 오라비로 통노호여 구츠히 진
궁의 슙엇다가 남미 일쳬로 동심모계호여 요녜 쳐음의 즈긔인 쳬호고 뇽쳬룰 간범호
와 악역으로 신의 부즈룰 밀워 신가룰 멸코즈 호다가 셩샹의 인명호시미 일월 궃흐
스 됴금도 의심치 아니시니 다시 뇽계호여 요슐노 즈긔이 되여 뇽안을 경동코즈 호
다가 쳔흥의 잡힌 비 되고 븟친 부작이 잇스미 능히 요슐을 발치

15면

못호오니 탈신치 못호오미 환옥이 알고 누의룰 다려가려 금포군의 복식으로 드러오
다가 잡히미 된가 호노이다 쥬파의 의논이 고샹호여 틱공망의 됴마경이 공즁의 걸닌
듯호니 텬즈와 만됴 시위 임샹국 일언의 디오호여 텬뇌 더욱 딘쳡호시니 급히 옥픠
룰 노리와 딘왕과 남틱우룰 인견호스 연낭 환옥의 젼형을 뵈시니 딘왕 츠뎍 등의 뎐
형을 엇지 모로리오 고두뉴쳬 왈 쥬왈 연낭은 일

16면

헌 지 이십 년이 거의라 진실노 기간의 엇지호여 이의 밋친 곡졀을 모로옵고 환옥은
어미 쵸샹이라 그쟝 크게 울고 여막의 잇더니 엇지호여 이의 니른지 아지 못호오니
이는 다 신의 불명호미로쇼이다 남틱위 쥬왈 신이 비록 연낭 환옥을 싱치 아냐스오
느 십년을 흉양호엿스오니 엇지 그 얼골을 모로리잇고 츠 냥인 과연 환옥 남미로쇼
이다 쥬파의 뎐샹뎐히 그 요악호믈 아니 놀노리 업더라 샹이 노돌을

17면

쓰지즈스 환옥 남미룰 엄형으로 더쥬시니 냥죄 쳐음은 눈을 감고 니룰 무러 승복홀
쯧이 업더니 일츌룰 지나 뉴혈이 셩쳔호고 연혼 가득이 써러지고 약혼 쎄 씌여지니
비록 텬지간 별물이나 품슈혼 바는 경궁요가의 금지옥엽이라 이런 악형을 엇지 참으
리오 환옥이 혼 쇼릭룰 질너 창텬을 한호고 귀신을 원호며 연낭다려 닐오디 우리 남
미 뎍셰보원을 희린부즈의게 갑지 못호고 다시 왕가의 투틱

18면

흐믄 시졀을 어더 지셰과보룰 필보홀가 흐미러니 ᄉᄉ의 실계흐미 만흐나 인즁승텬을 긔약흐여 부디 임가룰 어육고즈 흐더니 맛춤늬 하늘이 돕지 아니시니 슈한슈원이리오 ᄉ셰 이의 미쳐시니 출하리 일즉 복죠흐여 악형을 괴로이 밧지 말고 쾌히 죽어 명ᄉ의 발원흐여 삼셰의 미즌 원을 풀고즈 흐노라 연낭이 앙텬호곡 왈 인지싱셰의 일싱일ᄉ눈 즈고 상시니 금누화당의 안와이ᄉ흐나 함양시상의 참시졔

19면

혜흐나 흔 번 명이 쓴츠면 어느 다르리오 악형 ᄋ릭 죽으믄 독히 셟지 아니되 임희린 부즈와 셜가룰 어육지 못흐고 죽으니 지하의 명목지 못흐리로다 셜파의 통곡흐고 지필을 구흐여 쵸ᄉ룰 써 올니니 환옥의 쵸ᄉ의 왈 신의 남미 투틔흐미 황가옥엽이라 부모의 현명흐무로 ᄌ식을 그릇 ᄀ르치지 아닛눈지라 신의 남미 강보로붓터 ᄉᄉ로 마음이 영신흐여 ᄀ르친 바 업시 ᄉ름의게 원과 한을 쓰흔 듯흐니 보원흐믈 밍셰흐여

20면

싱각홀 ᄎ 부뫼 미양 ᄉ랑치 아니흐더니 오뉵 셰의 니르러 홀연 난듸 업눈 쳥시 ᄂ라와 남미룰 무러다가 그윽흔 듸 가 닐오듸 너의 젼신은 반관옥 반년화 남미라 임가의 덕셰원업을 필보흐니 지셰흐미 그릇 진왕부부 ᄀ존 현부모긔 투틔흐니 싱지부모긔 잇슨즉 젹원을 복슈홀 길 업눈지라 나눈 능운법시러니 신슐변홰 무궁흐니 젼두미릭ᄉ룰 능히 아눈지라 이러무로 너의 남미룰 다려다가 무ᄌ녀흔 지상가의 두리니 셩시룰

21면

니르지 말고 의탁흐여 ᄌ라난즉 셔로 도와 보원흐리라 흐고 남틱우 집의 ᄇ리니 남공부뷔 ᄉ랑흐여 길너 장셩흐엿더니 묘월이 쏘 니르러 능운의 스싱이라 흐고 위지텬셔라 흐고 두 권 칙을 누의룰 쥬고 도라가니 요슐변화룰 누의 다 비화 임의 복원흐려 흐던 ᄎ 쵸왕 희린의 ᄎᄌ 지흥의 옥안풍모룰 보고 ᄉ모흐여 쇼상셔 규슈와 뎡혼흔 줄 알고 미혼 젼 온가지로 변화흐여 쇼시의 졍졀을 희롱흐여 희린부ᄌ룰 경동

22면

ᄒ나 임기 고지 듯지 아니니 누의ᄅᆞᆯ 면강즐퇴ᄒ고 지흥을 쇼가의 입장ᄒ니 홀일업셔 방계곡경으로 곽시ᄅᆞᆯ 스괴며 궁금을 연통ᄒ여 곽시ᄂᆞᆫ 임텬흥의 부빈이 되고 누의ᄂᆞᆫ 지흥의 부실이 되여 동심합녁ᄒ여 쇼셩 냥인을 모히ᄒ려 여러 슌을 누의 쇼셩 냥부의 가 쇼져ᄅᆞᆯ 잡ᄋᆞ오노라 ᄒᆞᆫ 거시 그릇 쵸인을 속ᄋᆞ 쇼시로 알ᄋᆞ 강심의 더지고 다시 쵸궁의 가 작화ᄒ여 셩시ᄅᆞᆯ 겁칙ᄒ려 ᄒ다가 셩시 스긔ᄅᆞᆯ 알고 피ᄒ니 무류이

23면

ᄂ오다가 곽시 침쇼의 드러가 곽녀ᄅᆞᆯ 스통ᄒᆞᆫ 일며 던후 악시 발각ᄒ여 한왕 부녀와 능운 묘월이 다 극뉼의 죽고 뎌의 텬뉸을 합게 되니 져ᄂᆞᆫ 슬ᄒ나 마지 못ᄒ여 쇼싱지 쳐ᄅᆞᆯ 츠즈 도라오고 누의ᄂᆞᆫ 다시 망명도쥬ᄒ여 슈년 거쳐ᄅᆞᆯ 모로더니 홀연 딘궁으로 도라오ᄃᆡ 여츠여츠 옥션의 ᄯᅩᆯ을 다리고 오니 감히 부모ᄅᆞᆯ 보지 못ᄒ고 곽시 협실의 금쵸엿시며 졔 쏘 부모의 노ᄅᆞᆯ 맛나 오ᄅᆡ 슈옥의 ᄀᆞ쳣더니 미혼단을 먹여 노ᄅᆞᆯ 푸러 슈ᄅᆞᆯ 닙고 곽

24면

시 임텬흥의 뎔의ᄒᆞᆷ을 맛나 친당의 도라와 다시 임가ᄅᆞᆯ ᄇ라지 못ᄒ고 옛 졍을 니어 딘왕 부부ᄅᆞᆯ 속이고 곽국구의 슈양녜라 ᄒ고 뎌와 혼닌ᄒᆞᆫ 스연이며 연낭 곽녜 ᄒᆞᆫ가지로 모도ᄆᆡ 모흉뎡계ᄒ든 닐이며 임인흥이 쵸왕의 셔즈로 옥션녀ᄅᆞᆯ 취ᄒᆞᆷ은 임경흥이 합쥐부임시의 셜희필은 스쳔슌찰홀ᄉᆡ 여츠여츠 작변ᄒᆞᄆᆡ 다 연낭의 요계요 임셜 냥인을 죽이려다가 공즁으로셔 연낭을 ᄂ리 박으니 뎌와 곽녜 놀난 스연이며 부부

25면

삼인이 모계ᄒ여 모비ᄅᆞᆯ 치독ᄒᆞᆷ과 옥션녜 쳥셜누의 힝창ᄒ여 임인흥을 유졍ᄒ여 ᄂᆡ 응이 되여 악역지물을 뭇고 누의 요슐노 텬안을 격동ᄒ나 셩심이 밋지 아니시니 다 시 경동ᄒ시게 ᄒ다가 잡혀 엄슈ᄒᆞᄆᆡ 신이 누의 잡히믈 듯고 악시 픠루홀가 겁ᄒ여 누의ᄅᆞᆯ 도망케 ᄒ려ᄒ다가 도로혀 잡히오니 이ᄂᆞᆫ 텬지망이라 구구슈셜이나 엇지 은 휘ᄒ리잇고 이밧 알욀 말ᄉᆞᆷ이 업ᄂ이다 ᄒ엿더라 연낭의 쵸스의 왈 신쳡 연

26면

낭은 딘궁 필군쥐라 됸후믄 금지옥엽이오 귀후믄 쳔승쇼괴라 뎐셰의 죠원후미 업수면 무스일 복원을 임가의 후리잇고마는 신쳡 남미 젼신이 임희린의게 업원이 깁흔고로 원빅이 쳔듸의 유유후여 지셰 투퇴후미 그릇 현부모 싱츌이니 만일 부모의 명훈을 밧든즉 젼셰 원한을 과보치 못후올지라 남미 자유시로븟터 스스로 마음이 영신후고 심시 요동후여 남이 이르는 바 업시 원을 딪고 한을 쌋하 반듸시 복슈홀 뜻이

27면

잇던 춫 연보 오뉵 셰의 남미 우연이 연지의 노다가 능운괴 쳥시 되여 숨켜다가 남가의 바리고 가며 닐오듸 너히 남미 젼셰 복원이 임쵸왕의게 깁흐니 지셰 발원후미 그릇 딘왕부부 ᄀᆞ혼 현부모롤 맛ᄂᆞ시니 만일 딘궁의셔 쟝셩홀진듸 도로혀 히로오미 잇고 젼셰 보원을 셜치 못후리니 남어스 부뷔 무즈후니 이의 즈식이 되여 타일 원슈롤 갑흐라 후니 신쳡 남미 ᄂᆞ히 오뉵셰요 지각이 명명후니 엇지

28면

쇼싱지지롤 모로리잇고마는 능운의 말이 가쟝 니회 잇는지라 인후여 남어스 부부롤 속여 셩명거쥬롤 모로노라 후고 남가의 즈식이 되여 즈라ᄂᆞ니 남퇴우 부뷔 스랑후여 길너 십 셰롤 지낫더니 묘월이란 니괴 능운의 스싱이라 후고 니르러 텬문비셔 두 권을 쥬어 무궁혼 요슐을 가르치고 가며 닐오듸 요스이 산동 근쳐의 듸스롤 도모후노라 가니 슈이 못올지라 그 스이 변화롤 잘 빅화 젼두 형셰롤 술펴 젹

29면

셰 원한을 쾌보후라 후거늘 묘월이 도라간 후 텬셔롤 쥬야 줌심후여 텬변만화의 요슐을 다 빅온 후 맛춤 쇼상국 부즁이 남가와 졉옥연장혼지라 쇼가 규슈 쟝셩후여 임지흥과 뎡혼타 후는지라 신쳡이 지흥의 풍치롤 스모후고 환옥은 쇼시의 셩화롤 흠모후여 혼닌을 희짓고 각각 인연을 앗고즈 후여 신쳡이 변형남즈후여 바로 쵸왕궁의 ᄂᆞᄋᆞ가 임희린 부즈롤 여ᄎᆞ여ᄎᆞ 격동후고 거즛 쇼시의 간

30면

뷘 체ᄒ여 혼ᄉᆞ를 회지려 ᄒ나 쵸왕의 션견지명이 신긔ᄒ여 일안의 아라보고 여ᄎᆞ 쥰졀이 ᄭᅮ지져 물니치고 용납지 아니니 황황이 쑈치여 도라와 앙앙ᄒ던 ᄎᆞ 임 쇼 낭기 무ᄉᆞ이 셩녜ᄒ여 지흥이 입신등과ᄒ여 거ᄉᆞ신한이 혁혁ᄒ믈 듯고 더옥 흠모ᄒ여 방계곡경으로 밤마다 변신ᄒ여 쵸궁의 왕ᄂᆡᄒ며 곽시를 맛나 ᄉᆞ괴여 딘ᄂᆡ를 연통ᄒ여 곽귀인을 촉ᄒ여 구ᄎᆞ히 임가의 드러가

31면

곽시로 동심ᄒ여 뎐후 모계는 다 환옥의 쵸ᄉᆞ의 ᄒ여시니 다시 알월 비 업고 과연 옥 션녀를 ᄲᅢᆫ혀 도망ᄒ여 기르며 셜회필의 풍치를 ᄉᆞ모ᄒ여 다시 공틱우집 ᄌᆞ식이 되니 쇼ᄋᆞ녀는 형뎨로라 ᄒ고 칭셩공시ᄒ여 쳐음 여ᄎᆞ여ᄎᆞ 빅면요를 맛나 셜회필 신혼동방을 회지려 ᄒ다가 실계ᄒ고 다시 도망ᄒ여 공가를 반ᄒ고 산쵼의 웅거ᄒ여 ᄉᆞ더니 ᄯᅩ 그룻 쳔흔 댱가의 졉욕을 맛ᄂᆞ니 다시 홀 셰 업셔 ᄀᆞ마니 딘궁의 도라오니

32면

곽녀 ᄯᅩ 임가의 졀의ᄒ여 거즛 죽은 체ᄒ고 환옥의 안히 된지라 일노ᄡᅥ 더옥 일반당뉴 되여 딘왕 부부를 탄ᄃᆞ시 긔이고 텬뉸을 비반ᄒ며 곽녀 협실의 감쵸여 흉모를 쇠ᄒ며 셜회필 임경흥이 ᄉᆞ쳔 합쥐 국ᄉᆞ로 부임시의 ᄯᅡ라 히ᄒ려 ᄒ다가 도로혀 금갑신장의게 쏘치여 딘궁 후함의 ᄂᆞ리치니 반싱반ᄉᆞᄒ엿더니 환옥 곽녀 알고 구ᄒ여 싱도를 어드니 오히려 악심은 ᄭᅡ지 아냣ᄂᆞ지라 댱ᄎᆞ 딕계를 운동ᄒ여 임 셜

33면

을 어육고ᄌᆞ 훌ᄉᆡ 옥션의 녀지 ᄯᅩ한 댱셩ᄒ여 부모의 원슈갑기를 원ᄒ여 창누의 힝 창ᄒ다가 임쵸왕의 셔ᄌᆞ 인흥의 유졍ᄒᄆᆡ 되여 드듸여 창누의 속신ᄒ여 도라오니 쵸궁 익낭의 머무러 ᄂᆡᄋᆞᆼ이 되고 쵸왕부ᄌᆞ의 필젹을 모 ᄡᅥ 간셔를 민들고 옥ᄉᆡ를 지으며 군장복식을 민드러 상부와 쵸궁과 효댱궁의 뭇고 쵸왕 부지 귀가젼 아됴 흉역의 모라 너허 덕원을 갑고ᄌᆞ ᄒᄆᆞ로 모일의 신쳡이 변용ᄒ여 발검범상ᄒ오나 폐히

34면

동시 임가를 의심치 아니시니 더욱 골돌분앙ᄒ여 다시 즈긱의 민도리로 돌입턴뎡ᄒ
다가 망나지화를 맛ᄂ오니 아모리 요슐을 힝코즈 ᄒ나 텬지망이라 엇지 홀 길 업습
고 ᄯᅩ 일즉 모비를 치독홈도 신쳡 남미와 곽녀의 힝ᄉᄒ온 비요 월즁션즈ᄂ 과연 달
융의 씨요 옥션의 싱일시 분명ᄒ니이다 ᄒ엿더라 다시 월즁션을 착니ᄒ여 엄형국문
ᄒ시니 일일복쵸ᄒ미 연낭의 쵸ᄉ와 ᄀᆺᄒ니 상이 어슈로 셔안

35면

을 쳐 왈 쳔살무셕이요 만슈유경이라 만고흉녁의도 디역부되 그 몟몟치리오마ᄂ 위
인즈녀ᄒ여 시역기모ᄒᆫ 만고의 업슨 일이라 가히 쳔참만뉵ᄒ나 악역디되를 속기
어렵도다 ᄎ 강상디역을 무슨 뉼을 쓸고 반부즁의 임상국과 셜틱시 쥬왈 환옥 남미
의 만고흉음디되ᄂ 쳔슬무셕이라 그 죄 극률의 독ᄒ오니 엇지 다시 논뎡ᄒ미 잇스리
잇가 맛당이 국법을 뎡히 ᄒ쇼셔 상이 ᄯᅩ 나둘을 보니여 디궁의 가 곽녀를 잡ᄋ 엄문

36면

ᄒ시니 곽녀 혜옥이 연낭의 복쵸ᄒ여시믈 알미 긔긔 복쵸 왈 신쳡 곽교란이 곽상셔
의 필녀로 부귀 즁 싱댱ᄒ니 스스로 교음방즈ᄒ여 부셔를 굴히다가 우연이 초궁남녜
계인이 원즁 경치를 상완홀 젹 임텬흥의 옥안영풍을 과혹ᄒ여 부모를 보치여 혼인을
구ᄒ나 임텬흥은 효댱공쥬의 ᄌᆞ라 션황의 손이니 혼인을 벙으리와드나 강박홀 길 업
ᄉ니 상ᄉ 일질이 댱ᄎ 망부셕이 되기의 미쳣더니 모야의 연낭을 여

37면

ᄎ여ᄎ 맛나 셔로 지긔 되여 귀인을 쵹ᄒ여 방계곡경으로 임텬흥의 부빈이 되여 뎐
후악시 다 올ᄉ옵고 임가의 츌뷔 되여 죽은 쳬ᄒ고 셰상을 속이고 환옥으로 ᄉᆞ졍이
잇던 고로 디궁을 긔망ᄒ고 의법이 혼인ᄒ여 환옥과 부뷔 되여 다시 흉역을 도모ᄒ
여 임가를 멸ᄒ려 ᄒ미 올ᄉ옵고 디비를 치독ᄒ며 옥션녀를 보니여 임가의 니응ᄒᆫ
다 환옥 등의 힝계라 신쳡이 악ᄉ를 한가지로 증참ᄒ 뒤 잇시나 혜ᄋ리건디 환옥 남

38면

믹의 통텬극되의 비흑믹 등품이 다른지라 복원 폐하는 호싱지덕을 드리워 신쳡의 일
노 잔쳔을 스흐쇼셔 흐엿더라 뎐상뎐히 아니 통히흐리 업더라 즉시 옥스의 뉼젼을
상고흐여 졍법홀시 만고난륜 픽상죄인 환옥 연낭은 안률쳐스흐여 그 머리는 동시의
둘고 이쳐슈독흐라 흐시고 곽녀의 악흉을 아니 다스리지 못흐리니 능지쳐참흐고 옥
션녀 월즁션을 효시쳐참흐고 인흥은 연쇼호방 작쳡작화흐나 국가의 간쳡

39면

지 아니니 져의 부형이 쳐단홀 비라 흐시고 곽귀인은 스약흐고 곽국구는 삭탈관직흐
여 폐거셔인흐여 문외츌숑흐시고 임 셜 냥공을 위로흐시며 뎐왕을 도라 보닉시니 됴
애 셩명쳐치를 열복흐여 산호만셰흐고 임시 졔인이 텬은을 망극흐여 고두스은흐고
군장지물을 다 쇼화흐니라 이 늘 여러 되인을 운양시상의 가 참홀시 환옥 연낭이 닙
스의 앙텬탄왈 아둥 남믹 격셰 슈원을 마츰닉 필보치 못흐고 동시 삼싱의 원

40면

을 믹즈니 궁텬극지의 명목지 못흐리로다 흐고 칼흘 바드니 쳔긔 화창흐고 경운이
이러느더라 모든 죄인을 츳례로 힝형흐여 슈급을 효시흐믹 시상힝뇌 환옥 남믹의 시
슈를 가르쳐 아니 분믹흐리 업는지라 이의 슈독을 힝이흐니라 어시의 뎐왕이 도라가
연즁스를 다 니르고 스스로 픽즈악녀의 멸륜난상흐믈 붓그려 연곡 으릭 머물 뜻이
업는 고로 가솔을 거느려 도라갈시 상이 위로흐여 보닉시니라 츳시 임부의셔 모든
흉역

41면

이 진졍흐믹 간당이 쇼멸흐니 가즁 상히 텬은을 망극흐고 상국이 인흥의 방즈흐믈
딕로흐여 오십장을 듕타흐여 누실의 가도고 쵸왕이 도라와 쳐치흐믈 기다리게 흐니
인흥이 월즁션의 근본을 알고 크게 황공진뉼흐여 당쳐의 알푸믈 아지 못흐고 부왕이
도라와 쳐치 엇더흐실고 숑구흐믈 마지 아니며 기뫼 딕로흐여 으즈를 딕칙흐고 스스
로 비실의 쳐흐여 스룸을 보지 아니니 이는 왕의 쳐분을 기다리미라 틱부인 이히 다
말

42면

니지 아니믄 그 치가지도와 군계의 도리 당연훈 줄 붉히미러라 화셜 졍북 디원슈 임
창흥이 임의 걸안을 쵸무흐고 승쳡환경흐는 션문이 당안의 니르니 디기 임원슈의 님
진디젹흐미 지략이 긔이흐되 스긔의 분명흐무로 다시 가록의 올니지 아니흐믄 너모
지리흐믈 취치 아니미라 원슈의 디군이 힝흐여 경스를 먼니 아니 두고 화음 쵸하현
의셔 쵸왕의 빅묘흐고 도라오는 길히 부지 셔로 맛나 피츠 반기미 상하치 아니터라

43면

믄득 즁시 졀월을 ᄀ져 원슈부즈를 영졉흐고 가즁 평셔를 뎐흐고 승젼 반스흐믈 치
하흐더라 가셔를 보미 지난 바 변고와 긔간 스고와 셩상 지우셩은을 긔록흐엿시니
왕의 부지 짐죽흔 빈나 악역지스를 시로이 심한골경흐고 단왕의 현명으로 악녀 픠즈
를 두어 인륜의 변을 맛ᄂ고 옥엽을 츄락흐믈 가연츠셕흐고 텬즈의 지우디은을 황공
감격흐여 셩지를 밧즈와 북향스비흐미 감뉘여우흐여 금의를 젹시더라 부지 귀

44면

심이 여시흐여 군친을 뵈오미 급흔지라 금편을 ᄇ야 슌일지닉의 뎨도의 니르러 위궐
을 바라더니 먼니 바라보니 경필 쇼릭 뇨량흐여 싱황이 셧돌고 진퇴 츠쳔흐며 우긔
붓치이니 가히 어긔 친님흐시믈 알지라 삼군스돌이 용약흐여 승뎐군악을 일시의 쥬
흐며 원슈 급히 하거흐여 군하를 거느려 팔빅무도흐여 산호만셰흐니 쳔지 뇽미의 희
긔 가득흐스 급히 옥탑의 명쇼흐시고 집슈흐스 쇼년디지를 칭찬흐시며

45면

옥빅의 어은을 츠례로 반스흐시니 원슈 이하로 삼군스돌이 스쥬를 밧즈와 즐기는 쇼
릭 구쳔을 빗기 흔드러라 상이 이의 원슈로 국즈감 원훈공렬 츔졍빅 연평왕을 봉흐
시고 부원슈 셩모로 북평후 연안빅을 봉흐시고 기여 졔장스돌을 츠례로 봉작흐시고
쳔금으로 후상흐시며 셜의녈노 명현왕비를 봉흐시고 일품고명과 댱복을 ᄂ리오시고
관퇴부인긔 스연흐스 셩즈긔손의 영효를 빗닉라 흐시니 임산국 됴즈손

46면

삼인이 디경ᄒ여 면관돈슈ᄒ고 읍혈간쟁ᄒ여 쥭기로써 부ᄌ의 왕작이 만만불ᄉᄒ니 창쳔이 반ᄃ시 진노ᄒᄉ 묘복이 손홀 바를 근졀이 ᄉ양ᄒ니 상이 쳐음은 불윤ᄒ시더니 쵸왕 부ᄌ의 혈셩을 보시고 감동ᄒᄉ 왕죽을 거두시고 곳쳐 금ᄌ츄셩 츙의공 좌승상 연국군을 봉ᄒ시니 쵸왕 부지 이의 다다라는 다시 ᄉ양치 못ᄒ여 ᄉ은ᄒ고 셩가를 뫼셔 환궁ᄒ신 후 퇴됴ᄒ여 부즁의 도라오니 죵복은 환영이

47면

오 치ᄌ는 후문이라 가즁상하의 환환열여라 ᄒ미 일필난긔러라 왕이 국군으로 더부러 문묘의 몬져 비알ᄒ고 취셩뎐의 드러가 돈당의 비알ᄒ니 퇴부인이 국군의 숀을 줍고 등을 두다려 흠염귀즁ᄒ미 비길 디 업ᄉ니 승상이 광미디상의 화긔 ᄀ득ᄒ여 북당츈훤의 치무지락이 흡연ᄒ니 슬하의 난봉옥슈 ᄀᆺᄒ 졔이 넘노라 부됴를 반기니 승상이 졔ᄌ를 슬하의 버리고 유녀를 거두어 슬상의 교무ᄒ여

48면

됴모의 희우를 돕ᄉ오니 퇴부인이 좌우로 교무ᄒ여 만시무흠ᄒ니 상하졔인의 별졍이 탐탐ᄒ여 미쳐 가ᄉ의 밋지 못ᄒ엿더니 승상이 좌우를 도라보아 왈 군시 ᄉ뫼 엇지 좌즁의 업ᄂ니잇고 상국이 빈미 왈 기간 흉화 병난 즁 인흥의 넘난 되 무일가관이라 결말이후의 노뷔 인흥을 댱착ᄒ여 쇼당의 깁히 가도와 너의 도라오믈 기다리니 군시 인ᄉ의 안안치 못ᄒ여 ᄉ실의 디뢰ᄒ여시니 인흥모지 좌의 업ᄂ니라 승상이

49면

탄식쥬왈 ᄎ역텬의요 ᄯ흔 가운이라 문문이 공참ᄒ고 일시 지앙이 말미암으미니 엇지 ᄉ모와 인흥의 죄리잇고 퇴부인이 탄왈 여언이 뎡합ᄒ거니와 디져 인흥이 미쳐동몽으로 방일흔 되 엇지 범연ᄒ리오 가히 흔 번은 아니 다ᄉ리지 못ᄒ리니 츙츙이 ᄌ라는 졔ᄋ를 엇지 징계치 아니리오 승상이 묵연즘탄ᄒ여 말을 긋치더라 일가졔인이 흔 당의셔 셕식을 파ᄒ고 혼뎡을 맛ᄎᄆ 각기 퇴쇼홀시 승상이 냥위 왕부

50면

와 삼위 부슉을 뫼셔 오운던의 ᄂᆞ와 야심토록 말슴ᄒᆞ다가 상요ᄅᆞᆯ 바로 ᄒᆞ고 궤장을 밧드러 부됴의 침슈ᄅᆞᆯ 슬핀 후 바야흐로 팔농당의 도라와 군동 곤계로 더브러 광금을 연ᄒᆞ고 댱침을 ᄂᆞ와 휴슈졉체ᄒᆞ여 힐지항지ᄒᆞ니 가히 니른 바 구경지하의 안항이 셩번ᄒᆞᄆᆡ 당금 임시 졔인의 유복ᄒᆞ믈 미츠리 업더라 명됴의 쵸왕부지 부슉을 뫼셔 옥궐의 슉ᄉᆞᄒᆞ고 부듕의 도라와 돈당의 뵈옵고 됴션을 파ᄒᆞᆫ 후 초왕

51면

이 부젼의 인흥 쳐치ᄒᆞ믈 알외니 상국이 일오ᄃᆡ 츠역 명이라 엇지 인흥의 타시리오마는 뒤강 쇼ᄋᆞ의 힝지 넘나고 통히ᄒᆞ니 엇지 다스리지 아니리오 연이나 혈긔 미졍ᄒᆞᆫ 아히니 너모 즁칙지 말나 왕이 슈명ᄒᆞ고 퇴ᄒᆞ여 듕당의 ᄂᆞ와 좌ᄅᆞᆯ 일우고 시노ᄅᆞᆯ 호령ᄒᆞ여 인흥을 줍ᄋᆞ오라 ᄒᆞ니 시뇌 슈유의 인흥을 잇그러 계하의 ᄭᅮᆯ니니 인흥이 당상을 우러러 불감앙시ᄒᆞ고 한츌쳠비ᄒᆞ니 왕이 진목디질 왈 불효음악지

52면

지 되ᄅᆞᆯ 아는다 인흥이 고두복지쳬읍 왈 쳔지 엇지 죄ᄅᆞᆯ 아지 못ᄒᆞ리잇고 복원 뎐하ᄂᆞᆫ 불효쳔ᄋᆞ의 무상ᄒᆞᆫ 되ᄅᆞᆯ 슈ᄒᆞ시믈 바라ᄂᆡ이다 왕이 익노ᄃᆡᄆᆡ 왈 픠지 불과 연미동치의 미취동몽이로ᄃᆡ 가듕법데와 가졍지훈을 아지 못ᄒᆞ고 일죽 가듕의 덕파 졔공지라도 감히 ᄌᆞ젼ᄒᆞᄆᆡ 쳥누화림의 츌입지 못ᄒᆞᆷ을 알녀든 하믈며 네 불과 일긔 셔파 쳔얼이라 감히 방ᄌᆞ호일ᄒᆞ여 식욕을 됴동ᄒᆞ여 쳥누쥬ᄉᆞ의 츌입ᄒᆞ

53면

여 가훈을 츄락고 미녀셩식을 ᄀᆞ마니 다려와 가너의 엄뉴ᄒᆞ고 흉역의 ᄂᆡ응을 숨으니 만일 우리 셩상의 신명ᄒᆞ시미 일월이 ᄉᆞ방의 빗쵬 ᄀᆞᆺᄒᆞᆺ 신ᄌᆞ의 덕심을 ᄉᆞ뭇지 아니시던들 가환의 공참ᄒᆞᄆᆡ 댱츠 어느 곳의 미츌 번ᄒᆞ엿더뇨 이제 화ᄅᆞᆯ 도로혀 복이 되믄 젼혀 셩상의 인명ᄒᆞ시미니 이후 남은 날은 다 님군의 쥬신 날이라 이 마디ᄅᆞᆯ 싱각ᄒᆞᄆᆡ 심골이 경한ᄒᆞ니 픠ᄌᆞ의 여산지되 무비가살이라 댱츠 그 되 어듸 미쳐관듸

54면

불효지 하면목으로 ㅅ되 두 ㅈ를 일쿳ㄴ뇨 임시 셰딕 명풍덕덕을 엇지 너 ㄱ흔 불효
지 나리오마ᄂ 젼혀 셔졀이토의 왕양ᄒ 풍습이 여모의 ᄂ린 빅라 닉 반싱슈신이 반
졈미진ᄒ미 업스되 홀노 팔지 고이ᄒ여 쳐실이 부득ᄒ미 아니로되 연분이 긔괴ᄒ여
여모롤 결연ᄒ여 골육을 씨친 연괴라 엇지 통한치 아니리오 셜파의 묵묵ᄒ 노긔 어
리여 안싴이 상풍이 널널ᄒ니 셜쳔의 상뇌 쌀리고 널일이 최의ᄒ니 인흥이 비록 왕
양ᄒ 습

55면

괴 모풍을 뎐습ᄒ여시나 부왕의 쳔일지풍을 우러러 황공치 아니리오 감히 머리롤 드
지 못ᄒ니 왕이 ㅅ예롤 ㅼ지져 산장 열흘 잡으라 ᄒ고 인흥을 틴장ᄒᆯ시 딕하의 구름
ㄱ흔 ㅅ돌이 단단ᄒ 불근 미롤 헷치고 산장을 웨ᄂ 쇼릭 요란ᄒ여 ㅅ롬의 졍신이 쓰
게 ᄒ니 인흥이 불과 십여 셰 동치 쇼이라 엇지 놀납고 두립지 아니리오마ᄂ ᄯ흔 긔
질의 장슉ᄒ미 범틱쇽으와 다른지라 불변안싴ᄒ고 의틱롤 글너 미롤 바

56면

들시 왕이 광미의 묵묵ᄒ 노긔 어리여 치기롤 직쵹ᄒ니 ㅅ돌이 인흥의 어린 나흘 어
엿비 넉이나 왕의 위엄을 두려 힘을 다ᄒ니 임의 슈십여 장의 미쳐 몬져 마즌 당쳬
계유 완합ᄒ엿더니 다시 미롤 더으미 덕혈이 님ᄒ여 좌우로 쌀리니 쎠의 승상과
어ㅅ 등은 돈당의셔 도라오지 아녓고 문흥 등 졔공지 시립ᄒ여시나 빅부의 셩뇌 바
야흐로 놉하시니 졔이 국츅ᄒ여 비한이쳠의 ᄒ니 호읍이 나즉ᄒ여 그

57면

익잔이 맛ᄂ 거동을 황황홀지연경 감이 말닐 길 업스니 기구치 못ᄒ되 쇼부의 으즈
관흥이 ᄯ흔 좌의 잇셔 민울ᄒ나 감히 말니지 못ᄒ더니 오십여 장의 미쳐ᄂ 인흥이
긔식ᄒ여 호읍이 긋쳐지나 왕이 오히려 ㅅ흘 뜻이 업스니 ㅅ예 ᄎ마 미롤 더으지 못
ᄒ고 졔공지 참연ᄒ여 눈물을 ᄂ리오되 감히 말을 못ᄒ더니 관흥이 착급ᄒ여 안싴을
화이ᄒ고 왕의 면젼의 ᄯ러 쥬왈 셩뇌 진쳡ᄒ신 바의 유지 감히 쵹노

58면

ᄒᆞ미 황공ᄒᆞ오나 빅뷔 유ᄌᆞ ᄉᆞ랑ᄒᆞ시미 군동뉴의 지ᄂᆞ시니 유지 당돌이 지ᄌᆞ셩은을 바라옵고 우심을 앙달ᄒᆞ옵ᄂᆞ니 빅부는 용납ᄒᆞ쇼셔 셔동의 방ᄌᆞ호일ᄒᆞ미 되당만시나 몬져 왕부의 다ᄉᆞ리시믈 닙숩고 미쳐 완합지 못ᄒᆞ여 빅부의 엄뇌 ᄉᆞ싱을 고ᄌᆞ치 아니시니 유지 업듸여 ᄉᆡᆼ각건듸 귀쳔 간 부ᄌᆞ는 쳔셩지친이라 부위ᄌᆞ은ᄒᆞ시믄 인지상졍이라 셩노를 발ᄒᆞ시미 뉵십 장칙의 왕부긔 밧ᄌᆞ온 슈칙이 합

59면

ᄒᆞ여 빅여 장이라 ᄂᆞ힌 즉 십여 셰 동치니 엇지 장하의 위티치 아니리잇고 ᄯᅩ 군시 ᄉᆞ모의 일괴라 복원 빅부는 평일 셩덕이 쵸목 곤츙의 미츠시던 바로 슬하지ᄋᆡ를 고렴ᄒᆞᄉᆞ 사ᄒᆞ시믈 바라ᄂᆞ이다 셜파의 유화ᄒᆞ ᄂᆞᆺ빗과 어리로온 말숨이 셕목도 감동홀 듯ᄒᆞᆫ지라 쵸왕이 본듸 졔질 가온듸 ᄎᆞᄋᆞ를 ᄉᆞ랑ᄒᆞ미 친ᄉᆡᆼ의 지ᄂᆞᆫ ᄌᆞ긔 유시의 민쳔의 우름을 품고 계모긔 부득지ᄒᆞ여 쇼부 유린으로 동긔의 친과

60면

골육의 졍을 엇지 못ᄒᆞ여 힝혀 ᄌᆞ부인 ᄯᅳᆺ을 동늬의 엇지 못ᄒᆞ고 일톄로 불목ᄒᆞ여 안항의 낙ᄉᆞ를 아지 못홀가 지통이 지심턴 바로 쳔우신됴ᄒᆞ여 모부인이 긔심슈덕ᄒᆞ시며 아이 회션긔악ᄒᆞ여 덩도이 도라ᄀᆞ미 슉녈현필을 비ᄒᆞ여 당ᄎᆞ시의 그 슈신셥힝이 극진긔도ᄒᆞ여 셩문의 바른 쥴딕을 닛고 셕일 취예를 쾌히 신셜ᄒᆞ여 관홍 ᄀᆞᆺᄒᆞᆫ 긔ᄌᆞ를 두어 ᄎᆞ이 츌범탈셰ᄒᆞᆫ 더옥 긔산영슈의 ᄌᆞ최를 니어

61면

타일 장셩ᄒᆞ미 아름다온 긔질이 반ᄃᆞ시 기부의 취예를 쾌셜ᄒᆞ고 임시 셰듸쳥덕을 더옥 붉힌 쥴 뭇지 아냐 알지라 쵸왕이 관홍의 싱셰지초붓터 히ᄋᆞ의 츌뉴비범ᄒᆞ미 속인 아니믈 알미 은흔 모와 오ᄒᆞᆫ 아비 회션긔악ᄒᆞ여 엇지 못홀 경ᄉᆞ여ᄂᆞᆯ ᄯᅩ 이ᄀᆞᆺᄒᆞᆫ 긔린영ᄌᆞ를 ᄂᆞ하 쳥문도덕을 빗닐 바를 디긔지ᄒᆞ니 시고로 ᄎᆞᄋᆞ 사랑은 긔츌의 지난지라 이늘 졍히 인홍의 죄를 통한ᄒᆞ여 능히 ᄉᆞ싱을 앗길 ᄯᅳᆺ이

62면

업더니 관흥의 화흔 눗빗과 부드러온 셩음으로 쳔셩지즈와 텬눈즈이룰 ㄱ즈ᄒ여 인
흥의 죄룰 어리로이 쥬는 말을 드르니 셕일 기부의 포장악심으로 시형참모ᄒ던 힝스
룰 츄이ᄒᄆᆡ 쇼양이 현격ᄒ니 왕이 크게 긔특이 녀기니 엇지 아니 스ᄒ리오 번연기
용ᄒ여 침음냥구의 왈 인흥의 죄 즁ᄒ니 경히 스ᄒ리오마는 너의 효우인즈ᄒᆞ믈 어엿
비 넉여 스ᄒ리라 셜파의 좌우로 인흥을 희박ᄒ여 문밧긔 닉쳐

63면

부즁의 용납지 말나 ᄒ고 그 유모 홍낭을 잡ᄋᆞ드려 오십 댱을 듕타 왈 어린 쥬인의
남스룰 규졍치 못ᄒ고 왕양ᄒᆞ믈 도아 요녀룰 가듕의 일위여 화변의 댱본을 니르혈
번홀 바로 딕칙ᄒ고 군시긔 뎐어 왈 경이 오문의 드러오므로부터 튼당의 무휼ᄒ시미
디극ᄒ니 오는 복을 됴심ᄒᆞᄆᆡ 가ᄒ거늘 나의 업슨 쎠룰 당ᄒ여 왕양흔 즈식을 슬피
지 아냐 방외의 임의로 한유케 ᄒ고 쳥누화림의 왕ᄂᆡᄒᆞ여 가훈을 어즈

64면

러이고 요녀룰 가ᄂᆡ의 일워 ᄒ마면 딕화룰 비즐 번ᄒ니 엇지 놀납지 아니리오 경이
홀노 싱각ᄒᆞᄆᆡ 넘치의 엇더ᄒ뇨 셩상의 신명ᄒ신 셩덕으로 요힝 가즁을 진졍ᄒ고 요
물을 참뉵ᄒ니 홀노 인흥을 스ᄒ리오 경은 임의 유쇼취나 무쇼귀니 츌거는 불가ᄒ나
가즁의 안여평셕ᄒ리오 문외 농장이 오십 니의 이시니 쳐쇠 유ᄋᆞ고 독히 용신ᄒ리
니 시일노붓터 모즈 노쥬 츠쳐의 물녀가 부르미 업시 부ᄂᆡ의 도라오

65면

지 못홀 줄노 알나 홍낭이 망극ᄒ나 왕명을 쥬모다려 젼ᄒ고 쏘 미됴츠 가졍 복뷔 무
식흔 듁교룰 ㄱ져 합인당의 니르러 왕명을 직쵹ᄒᆞᄂᆞᆫ지라 군계 비록 원민흔들 무어시
라 곡직을 분변ᄒ리오 쇼두룰 헤쓸고 의상을 셜쳐 니러나 명을 듯고 뎐어스되 왈 쳡
은 본ᄃᆡ 하방이역의 무지흔 녀지라 지식이 쳔단흔 고로 국파신망ᄒ되 능히 일누 잔
명을 겻치 못ᄒ고 구츠히 투싱ᄒ여 목노야 은퇵과 풍부인 셩

66면

덕으로 외람이 딕왕의 측의 뵈옵고 셩문 돈틱의 셩명을 의지ᄒ여 요힝 평싱을 돈문의 안과홀가 바라더니 불효즈의 연고로 강졍의 ᄂᆞ치를 밧즈오니 쳡의 팔지 긔박ᄒᆞ미라 엇지 감히 딕왕을 원ᄒ리잇고 삼가 명딕로 ᄒ리이다 차환이 이딕로 젼어이고 ᄒ니 왕이 졈두ᄒ더라 군계 담장쳥의로 뎡당의 하직ᄒᆞ니 돈당과 졔부인이 후회를 닐너 위로 경계ᄒᆞ고 왕의 ᄉ명이 오릭지 아닐 줄 니르고 쇼진 낭파와

67면

셩싱 쳐 영쥬ᄂᆞ 눈믈을 ᄲᅳ려 니별ᄒᆞ며 쇼파ᄂᆞ 혀ᄎᆞ 닐오딕 실노 곱지 아닌 당신들이로다 즈식을 겻츨 ᄂᆞ치 쇽을 ᄂᆞ턴가 부뢰 ᄒᆞ가지니 군시 죄로 밀위리잇가 틱부인은 엇지 왕을 불너 군시 원민ᄒᆞ니 인흥만 다스리고 그만ᄒᆞ여 두라 말솜 아니시ᄂᆞ니잇고 틱부인이 잠쇼 왈 네 엇지 희린의 일을 모로ᄂᆞ냐 희린이 니 셰를 모로미 아니로딕 인흥의 힝시 범남ᄒᆞ니 년쵀 긔모의게 밋지 아니며 이러치 아니면 가즁뎨이 ᄒᆞᄂᆞ 둘이 아니니 엇지

68면

징계ᄒ리오 군시 ᄯᅩ 니어 ᄉ죄 왈 쳡의 우밍 ᄀᆞᆺ흔 무리 감히 ᄀᆞ즈 셩비를 외람이 펌논ᄒᆞ리잇고마ᄂᆞ 밍뢰 삼쳔지교ᄒᆞᄉ 밍지 아셩이 되시니 인흥의 픽려ᄒᆞ미 쳡의 죄라 연이나 쳡의 팔지 궁험ᄒᆞ여 됴션부모ᄒᆞ고 픽슈의 거두어 기르믈 닙어 다시 국파신망ᄒᆞ나 죽지 못ᄒᆞ고 ᄉ라 산ᄉ의 뉴락ᄒᆞ니 목부인을 맛ᄂᆞ 의탁ᄒᆞ미 유등 놈의 고공이 되믈 면치 못ᄒᆞ고 목노야 은덕으로 쵸왕 뎐하 측실의 용납ᄒᆞ여 인흥 일괴

69면

를 어더니 불힝 즁 만힝이라 쳡의 반싱 계활을 의탁홀가 ᄒᆞ더니 일흥이 동치쇼즈로 호식 방일ᄒᆞ무로 쇼삭홀 분 아냐 죄칙을 닙ᄉ오니 이ᄂᆞ 다 쳡의 팔지라 감히 뎐하 쳐치를 한ᄒᆞ리잇고 돈당이 위로ᄒᆞ여 슈이 다려 올 바를 니르시니 군계 하직고 강뎡의 니르니 도로인이 보고 셔로 이로딕 임부로 ᄂᆞ가는 힝ᄎ 일승 죽교의 이러틋 무식ᄒᆞ니 어인 닐고 아ᄂᆞ 지 닐오딕 이ᄂᆞ 쵸왕 측실 셔궁 군시니 긔즈의 여ᄎᆞ여ᄎᆞᆫ 연고

로 강뎡의 니친다 하니 군계 교즁의셔 듯고 활달한 셩품의 이닯고 붓그려 인흥을 꾸짓고 별원의 니르니 슈빅 간 광실이 굉녀하고 믈식이 화려하며 즙믈이 뎡졔하고 녀로남복이 군계와 셔랑의 니르러시믈 보고 분분 영졉하여 드러가니 군계 감히 뎡당의 거치 못하고 협익한 쇼당의 모지 겨유 안신하고 브야흐로 인흥의 상쳐를 치료하며 칙왈 네 어미 반싱 궁박한 신셰를 싱각지 아냐 무어시 호화하관딕 십여 셰 편발

동몽이 싴욕을 됴동하여 음황방즈하믈 삼가지 아냐 니젹 금슈의 씨를 가니의 일위여 딕화를 니르혈 번하니 네 몸의 둥당이 밋츳믄 네 죄여니와 무죄한 어미를 츌뷔되게 하여 도로의 지쇼를 바드니 만고 불쵸지 아니리오 인흥이 인스를 츠려 모친의 슬허홈과 경계하믈 드르미 눈믈을 흘녀 고두스릭하더라 군시 본딕 활발한 셩졍의 고딕 광실의 쳐하여 됴셕으로 뎡당의 모드면 졔부인을 뫼셔 틴부인 안젼의 박혁

담쇼하며 옥슈신월 갓흔 공즈와 긔화명쥬 갓흔 쇼져를 딕하여 연낙던 바로 강졍 벽쳐의 슈계하니 너른 당과 광활한 청시 쳐쳐의 뷔여잇고 츠환 복부의 무리 다만 됴셕 식믈을 フ음 아라 올닌 후 각각 믈너 졔의 쇼임만 출하니 군시 모지 젹막한 심당의 쳐하여 그덧 스이나 왕부 번화를 싱각고 심회 울울하믈 니긔지 못하더라 슈일 후 덕즈 승상이 이르러 스모와 인흥을 보와 별졍을 니르고 지난 바를 치위하니 인흥은

만안참식으로 묵연스죄하고 군계는 탄식하여 명도를 한홀 분이라 승상이 스모의 고덕홈과 인흥의 상쳐를 십분 경녀하여 지삼 경계위로하고 도라가다 딕시 분망하여 즈로 왕닉치 못하나 의약신믈을 극진공급하니 오릭지 아냐 쇼셩하여 모지 승상의 효우 셩덕을 감별하고 스명은 쉽지 못하고 벽쳐 덕막을 근심하더라 츠시 효왕의 뎨뉵즈 딘흥의 즈는 원미요 칠즈 션흥의 즈는 원화니 졍비 슉녈비

의 쇼싱이니 쌍틱동복이라 냥공즈의 별긔이질이 남젼미옥이요 히져명쥬라 빈빈흔 도덕과 빗난 문장은 운몽의 가음염과 동왕의 츌쳔딕회니 셩문의 바른 쥴릭이라 돈당의 즈이 느니 독독 츌범흠믈 긔이흐여 즈녀마다 긔이흠믈 합문이 깃거흐더라 장셩흐여 연긔 이뉵의 미츠니 쳬형이 장슉흐여 노셩군즈의 미진흠미 업스니 돈당의 년노흐시믈 위흐여 각별이 퇵부흐더니 시의 간의틱우 박흥원

이 일쌍긔녀를 동틱의 싱흐니 부인 오시 잉신 쵸의 계화 두 숑이를 숨키고 냥녀를 싱흐미 명을 몽계 몽화라 흐다 냥쇼졔 느머븟터 월치화용이 임강마등의 뇨됴흔 셩힝으로 스덕이 흡흡흐니 부뫼 다른 즈녜 업고 다만 계후 일즈를 슬하의 두어 농장지경을 모로다가 만니의 여추 긔화를 쌍득흐니 즈이 엇지 범연흐리오 년미 십칠의 뎡뎡요요흐니 부뫼 가셔를 유의흐더니 임 박 냥기 의합슈덕흐여 뎡혼틱일

흐니 길긔 스오삭이 ᄀ렷스니 박부의셔는 멀믈 근심흐고 상부의셔는 스연스악흐는 연회의 겸흐여 여러 ᄋ희를 일시의 녜를 일워 열친코즈 흐더라

임시삼딕록 권지삼십칠

츠셜 쵸왕의 뎨삼녀 옥혜는 계비 한시 쇼싱이라 운빙화안이 긔긔졀묘흐고 스덕이 유한흐니 연이 이뉵의 가셔를 유의흠미 어스 경흥의 부인 쥬시 필남 쥬난명으로 결혼약미흐니 쥬공즈의 옥모화풍이 일셰 도학군지러라 효댱도위 츠녀 슉혜는 공쥬의 댱녜니 옥용월틱 셩녀슉완이라 연보 십슴의 신월이 두렷흐고 금봉이

뛰고즈 흐니 돈당부뫼 과이흐여 퇵셔홀시 시임 츄밀스 가현이 다만 독즈를 두어시니

명은 슉문이요 즈는 쳔양이라 일즉 용방의 패명ㅎ여 방년 십스의 옥인군지라 북휘
아름다이 녀겨 구혼ㅎ니 가츄밀이 쾌허뎡혼ㅎ고 퇴일ㅎ니 또흔 스연지일이러라 북
후의 뎨삼즈 계흥의 즈는 원긔니 계비 쇼부인 츠지라 연긔 십슴이니 옥인군지라 쳐
스 쇼협의 녀로 뎡혼퇴일ㅎ고 쇼부의 댱즈 관흥의 즈는 원문이니 호

3면

룰 쳥계라 ㅎ다 방년 십이셰니 스룸 되오미 경즈옥골이요 슈구금심이라 상국의 덕덕
명웅을 감응ㅎ여 그 싱지긔즈의 별유니기로 셩덕진화룰 누리와 임시 쳥덕을 빗닉고
기부의 일셰룰 오예흔 바룰 쾌히 신셜ㅎ려 ㅎ시미라 모부인 풍시 잉신 효의 홍운각
즁의 긔린이 울고 실즁의 향연이 농셔ㅎ더니 이향셔무 ㄱ온딕 웅비의 길셩을 겸득ㅎ
니 싱이 긔골이 비상ㅎ고 풍치 비속ㅎ여 범으와 다르더니 밋 즈라

4면

미 스오삭의 지각이 명명ㅎ고 싱이지지ㅎ는 긔상이 잇스니 가즁이 긔이히 녀기고 퇴
왕모 관퇴부인이 불승긔이ㅎ여 슬상의 교무ㅎ고 상국을 도라보아 왈 오으의 인현ㅎ
미 지공무스ㅎ나 셩현뷔 다병질약ㅎ여 산흑의 경스룰 엇지 못ㅎ고 희린을 계후ㅎ여
즈라믈 미쳐 보지 못ㅎ고 듕년의 요스ㅎ니 녀식뷔 니어 드러오미 위인의 총혜홈과
직졍의 혜일ㅎ미 부독ㅎ미 업스되 다만 희린의 쵸명이 긔박

5면

ㅎ여 상모의 부즈ㅎ믈 면치 못ㅎ고 유린이 상셩외입ㅎ여 하마면 임시 명풍을 오예ㅎ
기의 미쳣더니 상텬이 묵우ㅎ시고 됴션이 음즐ㅎ수 희린의 탁셰흔 효의와 쥬식부의
회한흔 셩덕이 신기룰 감동ㅎ고 오으의 어진 덕이 녀시 모지 회션기악ㅎ여 션도의
도라가고 풍시 ㄱㅊ흔 슉녀룰 어더 유린이 닉됴의 덕을 닙으며 일관 취명을 써셔 관흥
ㄱㅊ흔 긔즈현손이 유린의 싱훈 빅 되니 고쉬 슌을 나흐시미 더 긔특ㅎ니 오으의 싱긔
즈의

6면

불셰 긔린이 강싱ㅎ믄 노뫼 깃거ㅎ노라 상국이 즈교룰 듯즈오미 즐기믈 화연ㅎ여 빅

수 왈 이는 다 주위 셩덕여음이 지어 유린의 미처 요힝 죄범인뉴호믈 버셔나 셰의 닙
하고 관흥을 싱호여 오예흔 취명을 씨스니 이 엇지 션됴의 음즐호심과 주위 셩덕이
아니리잇고 모지 니러틋 담화호여 인셰 환낙을 씌닷더라 관흥이 년보 오뉵 셰의 다
다라는 혹이시습호며 문니 밀찰호고 유희호미 단유의 쳬 니러시니 원근동뵉

7면

이 긔경호여 빅운주의 외입픠악호믈 츄이호여 그 싱지긔지 이러틋 비상호믄 상국의
셩덕딘화룰 오로지 습미라 호더라 년이 십이 셰의 미츠미 신장쳬지 노셩군주의 풍
이니 심침흔 역냥과 화홍흔 식견이 듕달의 슬긔와 뎨곡의 신긔 잇시니 돈당 혹이는
니르지 말고 그 부친 빅운지 주긔 셕일 취예 □거의 멸륜망신홀 번 흔 고로 쳔우신됴
호여 풍시 ᄀᆞᆺ흔 슉녀룰 맛나 공강이 도쳑을 니됴호믈 힘닙어 편쳐의 간인이

8면

져기 악심이 푸러지고즈 호던 ᄎᆞ ᄯᅩ 덕뉴의 줍혀 검단경혼이 인육졈의써 흘리며 호
표의 밥이 될 즈음의 빅시 쵸왕의 흥역을 쵸안호고 회군시의 쳔군만마의 긔특흔 위
의로 골육의 상응호는 놀나오미 잇셔 셔로 구호미 되니 ᄇᆞ야흐로 젼후 악힝 무례호
믈 주칙호여 쾌이 션도의 도라가미 셰셰 츄회호여 스스로 딕인홀 늣치 업셔 만일 학
발고당이 아니면 피발도은호여 산님의 도라가 폐긔인류호고 ᄉᆞ졀벽곡호

9면

여 난안흔 안면으로 셰인을 딕치 말고즈 호나 기빅의 츌쳔지효와 신명흔 혜우리미
그회라 흔 덕과 붓그리는 마음을 어엿비 넉여 지삼 히유호여 셕시 비록 그르나 주고
로 회션긔악은 셩문의 허호신 빅라 과룰 바리며 시로 회션슈덕호여 불효룰 쇽호미
가호니 엇지 은어도산호여 이단괴물의 무류을 효측호여 셩을 멸호며 됴션을 츄락호
리오 이러틋 셩언현어로 긔유호니 쇼뷔 씌닷라 다시 그른 뜻을 긋쳐 돈당부모의 명
으로 부인을 시로

10면

이 빅냥우귀호여 동고낙지호고 화락차담호여 하늘이 임상국의 젹덕을 감응호ᄉᆞ 각

별 셩인이 강셰ᄒᆞ니 관흥의 긔특ᄒᆞᆷ믄 실노 ᄌᆞ긔 싱긔타 ᄒᆞ미 이상ᄒᆞᆫ지라 희ᄋᆞ를 가
ᄎᆞᄒᆞ며 스스로 쳑연감회ᄒᆞᆷᄇᆞᆯ 마지 아니터니 댱셩ᄒᆞ미 미쳐 소ᄋᆞ의 일동일졍이 ᄒᆞᆫ 일
도 녜 밧기 업스니 비록 엄ᄉᆞ엄뷔라도 무불하ᄌᆞ흘지라 빅운지 가즁졔질을 다 슈혹ᄒᆞ
미 일일히 고하를 논폄ᄒᆞ여 혹 그르며 칙ᄒᆞ되 관흥의 미쳐는 하ᄌᆞ흘 빅 업ᄂᆞᆫ지라 미

11면

묘ᄒᆞ며 온심ᄒᆞᆫ ᄃᆡ 미쳐는 다른 쇼ᄋᆞ의 싱각지 못흘 곳을 히득ᄒᆞ미 명명ᄒᆞ니 어룬이
라도 창뎔의 싱각지 못흘 곳이 만흔지라 빅운지 이 마듸의 다ᄃᆞ라는 번연동싀ᄒᆞ여
그 불효무상ᄒᆞᆷᄆᆞ로 싱ᄌᆞᄒᆞ미 이상ᄒᆞ니 홀연 ᄎᆞ탄강기 왈 셕일 ᄂᆞ의 미치고 사오나오
믈 싱각ᄒᆞ면 금일 몸이 남ᄋᆞ 머무러시믈 엇지 알니요 너의 긔이ᄒᆞ미 이 ᄀᆞᆺᄒᆞ니 오아
는 가지록 슈신셥힝ᄒᆞ여 몸가지믈 금옥ᄀᆞ치 ᄒᆞ여 아비 취루ᄆᆡ명을 신빅ᄒᆞ고

12면

명니의 뜻을 기우리지 마라 쇼허의 ᄌᆞ최를 ᄇᆞᆲ으라 셜파의 강기ᄒᆞᆫ 안ᄉᆡ 셜빈의 상연
ᄒᆞ니 졔질이 다 계부의 비식을 의아ᄒᆞ여 번연동싀ᄒᆞ고 관흥이 의혹ᄒᆞ여 넘슬꿰복 왈
ᄃᆡ인이 츈츄 ᄇᆞ야 장년이시고 구경지하의 안항이 무슨ᄒᆞ시며 의가의 낙이 계시니 무
슨 연고로 비쳬회감ᄒᆞᆺ 희ᄋᆞ 등의 심회를 경동ᄒᆞ시ᄂᆞ니잇고 지어닙신현양은 유친
ᄌᆞ의 녜ᄌᆞ상애라 남이 쳐셰의 닙신현달ᄒᆞ여 이현부모의 근신

13면

영귀는 인지상시여늘 고인의 불구문달어졔후ᄂᆞᆫ 난셰의 니르미라 ᄃᆡ인이 엇지 쇼ᄌᆞ
를 셩ᄃᆡ지치의 쇼허의 은거도산ᄒᆞᆷ믈 니르시ᄂᆞ니잇고 쇼지 년쇼우미ᄒᆞ여 셩의를 씌
둣지 못ᄒᆞ리로쇼이다 쇼뷔 희ᄋᆞ의 근각을 모로고 의괴ᄒᆞᆷ믈 보미 도ᄎᆞ의 니르지 못흘
지라 참연낭구의 왈 ᄂᆡ ᄌᆞ유로 고셔를 슬피미 쇼허의 고졀과 삼은ᄉᆞ호의 도덕명힝을
츄모ᄒᆞᄂᆞ니 즐겨 번화를 깃거ᄒᆞ리오마는 돈당부모의 셩ᄌᆞ를 더바

14면

리지 못ᄒᆞ여 비록 ᄒᆞᆫ ᄌᆞ최 명셰의 거ᄒᆞ미라 오심이 여ᄎᆞᄒᆞ여 명니의 버셔ᄂᆞ무로 만
시 부운 ᄀᆞᆺᄒᆞ여 언지ᄎᆞ의니 엇지 의혹ᄒᆞᄂᆞ뇨 관흥이 야야의 홀연 슬허ᄒᆞ심과 과쳑ᄒᆞ

시믈 보미 괴이히 넉이나 감히 뭇지 못ㅎ더라 관홍의 긔질이 별츌긔이ㅎ거늘 야야의
경계 여ㅊㅎ니 더욱 금으로 단연ㅎ고 옥이 구든 듯ㅎ여 당셰의 긔지아셩이러라 일가
졔으의 남취녀혼을 졍ㅎ미 관홍의 비우를 틱ㅎ는지라 쇼뷔 쳥ㅅ명환

15면

의 공경지상가 신부를 구치 아냐 동셔로 튜탁ㅎ고 현문덕가의 뇨됴슉녀를 구ㅎ는지
라 쩌의 빅운ㅈ의 고명쳥덕과 임시 셰딕 명풍이 일홈ㄴ니 쥬문갑뎨의 유녀 직믁을
늘회여 혼인을 갈망ㅎ되 쇼뷔 고집불허ㅎ니 시의 쳐ㅅ 윤졍환은 고문명독이니 승상
윤후의 지요 관틱부인 딜ㅈ 츄밀공의 녀셰라 윤쳐시 홀노 문달을 구치 아냐 변경 남
문 밧 ㅈ운산 운슈동의 거ㅎ여 부인 관시로 더브러 화락ㅎ여 슬하의 이

16면

남일녀를 두어 냥ㅈ는 셩취ㅎ고 필녜 운혜 댱셩ㅎ여 연미 십이 셰의 미ㅊ니 교용묘
질이 뇨라작작ㅎ여 향난의 옴이 빗최고 부용이 뛰고ㅈ ㅎ는지라 쳔틱만광이 교슈무
비ㅎ여 용식의 긔이ㅎ믄 니르지 말고 ㅅ덕이 슉뇨ㅎ여 하쥐 슉녜요 녀공의 졍묘ㅎ미
쇼혜 ㅅ두운의 영셜희문지지 잇스니 쳐ㅅ 부뷔 만금듕이ㅎ미 연셩지벽과 됴승지쥬
굿더라 틱셔ㅎ미 심상치 아니터니 관홍의 츌범ㅎ믈 넉이 듯고 관부

17면

인이 본부의 귀령ㅎ고 도라가는 길의 임상부의 ㄴ으가 동왕모 관틱부인긔 비현ㅎ니
임부 졔공ㅈ의 쵸범ㅎ미 긔기히 인즁옥쉬요 옥경션지라 쇼부의 ㅈ 관홍이 별긔이질
을 일안의 딕긔지ㅎ여 칭찬 왈 긔지신동이라 임시 삼딕의 쳥명도덕이 더 놉흐리로쇼
이다 불승딕찬ㅎ고 이의 도라가 쳐ㅅ를 딕ㅎ여 임관홍의 긔특ㅎ믈 칭찬ㅎ고 쇼녀의
쳔년을 유의ㅎ는지라 쳐시 쏘흔 임상국의 풍치덕질을 흠탄ㅎ

18면

여 빅운ㅈ의 쇼시 취예를 미흡ㅎ나 당시의 회과ㅈ칙ㅎ여 도덕명힝을 일셰 일큿는 비
라 가연이 뜻을 결ㅎ여 이의 갈건야의로 견ㄴ귀를 잇그러 관부의 니르러 그 쳐남 관
복야를 딕ㅎ여 추언을 니르고 작믜ㅎ믈 쳥ㅎ니 복애 왈 관홍의 긔이흠과 딜녀의 쵸

셰ᄒᆞ미 결혼ᄒᆞᄆᆡ 쳔졍비필이로ᄃᆡ 괴벽ᄒᆞᆫ 빅운지 고기 됴을 쥴 아지 못ᄒᆞ리로다 윤쳐ᄉᆞ 쇼왈 아녀의 쵸군특이ᄒᆞᆷ믄 금고의 일인이라 늭 쏘 임공부ᄌᆞ의

19면

위인을 아지 못ᄒᆞ고 폐합이 관흥을 보지 아냐시면 구치 아니리니 형은 우은 말 말고 작미ᄒᆞ라 빅운지 ᄋᆞ녀를 보는 날 형의게 하상이 업지 못ᄒᆞ리라 복애 잠쇼ᄒᆞ고 임가의 ᄂᆞᄋᆞ가 상국부ᄌᆞ를 보고 윤쇼져의 ᄌᆡ용셩덕을 뎐ᄒᆞ고 구혼ᄒᆞ믈 니르니 상국이 흔연 쇼왈 현딜이 슈고로이 니르지 아나나 윤ᄋᆞ의 긔특ᄒᆞᆷ믄 아란 지 오린지라 피치 연인지가로 일가지의니 냥가 냥ᄌᆞ의 현우를 피치 의심ᄒᆞ리오 맛당이 ᄌᆞ뎐의 품ᄒᆞ고

20면

통혼ᄒᆞ리라 셜파의 손을 잇그러 늭당의 드러가 틱부인긔 쇼유를 고ᄒᆞ고 면약긔뎡ᄒᆞ니 일마다 공교ᄒᆞ여 ᄉ공ᄌᆞ와 냥쇼져의 혼긔 ᄒᆞᆫ갈ᄀᆞᆺ치 계츄염간이라 좌쥼이 더욱 깃거ᄒᆞ더라 관공이 혼ᄉᆡ 셩뎐ᄒᆞ믈 깃거 역시 비소ᄒᆞ고 임시 졔인으로 더브러 비쥬로 즐기다가 날이 느즌 후 도라가니 윤쳐ᄉᆡ 괴로이 기다리다가 마ᄌᆞ 우어 왈 이 느리광이 동일 아니 오니 기다리는 눈이 ᄶᅮ러질 듯ᄒᆞ더니 상풍 슬쥽치 너른 냥을 치오

21면

노라 더듸도다 그러나 혼인 여뷔 하여오 관공이 봉안을 빗겨 왈 임슉의 ᄀ의와 빅운ᄌᆞ의 청심으로 달늬여 혼ᄉᆡ 되도록 ᄒᆞ려기의 하마면 혜 달을 번ᄒᆞ여시니 이런 공은 모로고 맛쳐남을 언건이 미부로라 ᄒᆞ고 호령 져이 구는다 ᄀ장 쉽도쇼니 늭일은 가 퇴혼케 ᄒᆞ리라 쳐ᄉᆡ 무장틱쇼 왈 가위 긔관이로다 맛쳐남이 ᄌ늬 멧 하나 형의 충등ᄒᆞ뇨 영미는 형의 냥년하여니와 이 윤졍환은 형의 동년이니 누고는 어리고

22면

누고는 ᄌᆞ랏ᄂᆞ뇨 혼인은 인륜딕관이니 임의로 못ᄒᆞ니 ᄋᆞ녜 쳔졍연분인 즉 형의 회지으무로 가랴 관공이 냥노 왈 져리 공업순 말흘 쥴 아더면 말거슬 나는 슬흔 말 됴흔 말 다ᄒᆞ고 혼인이 되게 ᄒᆞ니 쾌ᄒᆞᆫ 말 ᄒᆞᄂᆞᆫ도다 현양의 위인이 져기 흔 ᄉᆞ름 ᄀᆺᄒᆞ면 쥿 뮈오니 파혼케 ᄒᆞ련마는 말을 션휘 다르게 ᄒᆞ다가 놀납고 마음 고든 빅운ᄌᆞ의

편잔볼가 못ᄒ니 아니 이들오냐 좌위 듸쇼ᄒ고 윤쳐시 우어 왈 어듸 가 풍ᄉ졉귀를

23면

들녓는가 져리ᄉ 들닌 쥴 아더면 늬야 말 거슬 둔쉬 알면 우리 부녀를 원망ᄒ리로다 져러커든 셕일 효댱도위 공쥬로 금슬이 불합ᄒᆯ 젹 형이 가셔 츅문 지어 고황뎨 신녕의 고츅ᄒ고 살푸리 ᄒ다ᄒ고 인언이 ᄌᄌᄒ여 박ᄉ무당이라 ᄒᆫ다 ᄒ거늘 ᄂᆞᆫ 희롱만 넉엿더니 원늬 싱쇼치 아닌 일이로다 아모리나 하 이상ᄒ니 늣다마ᄂᆞᆫ 살푸리나 ᄒ염즉다 이 집이 샹기니 샹인ᄂᆞᆫ 슈샹고향ᄒ여신들 그 집의셔 무당쇼경

24면

드려 웽경졍경 못ᄒ리니 몬져 젼낭이ᄂᆞᆫ 드려 비러보라 셜파의 듸쇼ᄒ니 빈쥐 환쇼ᄒ여 날이 져물미 츅을 허고 셕상을 올니니 관공이 쇼왈 듬미ᄂᆞᆫ 갑시 잇다ᄒ되 ᄂᆞᆫ 공현이 듬미 들나 헤지르고 늬 냥식 드려 먹고 분쥬ᄒ니 덜통덜통ᄒ도다 쳐시 쇼왈 가지록 텁텁ᄒᆫ 말 ᄒ지 말나 지위 지샹이오 누듸 공후의 댱ᄉᆞ으로 누쳔간 광실과 누만 젼결의 셩쥬의 쥬신 녹이 후ᄒ니 이 밧긔 ᄯᅩ 무어시 부득ᄒ여

25면

듬미 갑슬 징식ᄒᄂᆞ뇨 늬 비록 빈한ᄒ나 규례디로 듬미 쥬는 졀녜와 금일 밥갑슬 후히 쥬리라 관공이 ᄭᅮ지져 왈 늬 슐 취ᄒ여 잔말 듸답지 못ᄒ니 후의 견듸여 보라 빈쥐 듸쇼ᄒ고 허여지니라 ᄯᅥ의 관흥의 긔특ᄒ미 늘노 식로오니 합문 샹하의 귀이ᄒ미 비홀 듸 업더니 일일은 그 모친이 목노공 부부와 목ᄉ마 부부의게 가셔 현알ᄒ라 ᄒ니 공지 목부의 ᄂᆞᆼ가 목공 부부긔 빈현ᄒ고 말숨ᄒᆞᆯ식 사마의 ᄎᆞᄌ 영문

26면

이 연이 칠 셰라 ᄂᆞ가 동닌 쇼ᄋᆞ로 셔로 다토와 치고 ᄊᆞ호다가 목이 돌노 닌ᄋᆞ의 티골을 치니 씨여져 피 흐르니 기이 머리를 우희고 거친 모욕ᄒ며 ᄌᆞ못 요란ᄒ지라 기ᄋᆞ의 여러 형뎨 닉드라 크게 ᄊᆞ화 영문이 ᄂᆞ치 마즈 코의 피 흘난ᄒ지라 ᄉ마의 댱ᄌ 희문은 빅운ᄌ긔 슈혹ᄒ니 집의 잇지 아니ᄒ고 영문이 돈당이 알가 두려 울거늘 시동이 알고 놀나 급히 공ᄌ를 구ᄒ여 돈당의 알외니 노공 부뷔 집을 ᄀ져 흐르는 피를 씨스

27면

며 달뇌믈 마지 아니니 모친은 노ᄒᆞ여 ᄯ우지져 왈 네 고요히 잇셔 글이나 넑지 아니코 놀기ᄅᆞᆯ 탐ᄒᆞ다가 몸이 상ᄒᆞ고 욕이 어버의게 미츠니 이ᄂᆞᆫ 상한의 버르시라 ᄉ문 ᄌ 뎨의 홀 비리오 영문이 본ᄃᆡ 인식 미거ᄒᆞ여 이리ᄒᆞᆷ믈 심히 ᄒᆞᄂᆞᆫ지라 믄득 셩ᄂᆡ여 ᄂᆞᆺ ᄎᆞᆯ 븕혀 왈 ᄉᆞ룸마다 글 넑어 착ᄒᆞ량이면 공ᄌᆞ 시졀의 도쳑이 엇지 잇더니잇가 요ᄉ 이ᄂᆞᆫ 못 쓸 것도 약간이실식 현우션악이 엇지 져마다 착ᄒᆞ기의 쉬오리잇가 어언이 가

28면

장 불슌ᄒᆞ니 관흥이 지좌라가 쇼ᄋᆞ의 이러틋 불효ᄒᆞᆷ믈 어히업셔 믄득 졍식 왈 네 비 록 ᄂᆞ히 어리나 고인이 왈 어진 일이 덕다ᄒᆞ여 바리지 말며 ᄉ오나온 일이 만타 ᄒᆞ여 힝치 말나 ᄒᆞ니 이 지극ᄒᆞᆫ 말ᄉᆞᆷ이라 굿ᄒᆞ여 부ᄌᆞ의 셩언을 바리고 도쳑을 효측ᄒᆞ며 유쳬ᄂᆞᆫ 부모긔 밧ᄌᆞ온 비라 지극히 귀ᄒᆞ거ᄂᆞᆯ 악졍ᄌᆞᄂᆞᆫ 발이 상ᄒᆞᄆᆡ 셕달을 근심ᄒᆞ여 유쳬ᄅᆞᆯ 앗겨ᄂᆞ니 혈육을 상히와 피 나믈 놀ᄂᆞ지 아니며 돈당의

29면

과려와 슉모의 념녀ᄒᆞᆯᄉ 칙ᄒᆞ시믈 후회치 아냐 인ᄌᆞ의 효슌지도ᄅᆞᆯ 싱각지 아닛ᄂᆞ뇨 셜파의 화긔 우휠 듯ᄒᆞ나 언싀 뎡듕ᄒᆞ니 목노공 부뷔 긔특이 넉여 ᄂᆞ호여 손을 잡고 등을 두다려 칭션 왈 가히 군ᄌᆞ 셩현이로다 현양의 쳥졍ᄒᆞᆷ과 여모의 슉덕으로 너 ᄀᆞᆺ 흔 긔ᄌᆞᄅᆞᆯ 싱ᄒᆞᆷ믄 괴이치 아니나 하늘이 각별이 셩덕진화ᄅᆞᆯ 네게 품슈ᄒᆞ니 임시 명 풍이 계계승승ᄒᆞ리로다 공ᄌᆞ 겸양 ᄉᆞᄉᆞᄒᆞ여 긍과ᄌᆞ득ᄒᆞᆷ이 업ᄉᆞ니

30면

완연이 도흑진유의 노셩ᄒᆞᆫ 긔습이라 ᄉᆞ마부인이 칭지 왈 현질의 쵸셰도힝이 여ᄎᆞᄒᆞ 니 긔특지 아니리오 영이 미구의 마ᄌ 녕둔긔 슈학ᄒᆞ리니 너희 경계ᄒᆞ여 ᄀᆞᄅᆞ치믈 바라노라 공ᄌᆞ 칭ᄉᆞ 왈 슉뫼 쇼질을 과댱ᄒᆞ시니 붓그려 죽으리로쇼이다 졔뎨 등이 딘인긔 슈흑ᄒᆞᆷ이 붉히 교훈ᄒᆞᆯᄉ 아둥의 ᄂᆞ리지 아니리이다 부인이 뎜두칭션ᄒᆞ더라 임공ᄌᆞ 이윽이 한담ᄒᆞ다가 하직고 도라굴식 듕헌의 ᄂᆞ오더니 믄득 보

31면

니 영문이 노를 머금고 난간의 안좃다가 관흥의 ㄴ오믈 보고 눈을 흘긔여 입속의 너 허두고 듕려려 일오딕 요스이 딕흑진유의 힝실도 다 드럿닉 하 우슈어 뵌다 빅운즈 숑계즈 놉흔 도덕 그리 착ㅎ여 부모유체 앗기고 듕흔 쥴 알면 집을 빅반ㅎ고 스방으 로 단니다가 불한당뉴의 드러 빅쥬의 비두노쳬ㅎ여 결박엄쇄ㅎ여 복셩화 ㄴ무가지 의 둘녀실가 요힝 우리 왕부딕인 덕의 죽기를 면ㅎ고 거

32면

쳐 업시 혜지르다가 인육쇼가지 갓더니라 ㅎ며 그 쪄 죽어더면 져 쑬쑬흔 셩현군지 어딕셔 닛실고 닉 흉 열가지 가진 직 뉴의 흉 흔가지 본다ㅎ니 과연 올터고 졔 아비 쵸년의 망극흔 딕 드럿던 쇼문도 못 드럿다 ㅎ거늘 흔가지로 노던 동직 무르되 뉘 그 리 무상터라 ㅎ더니잇가 영문이 웃고 손가락질 ㅎ여 관흥을 지시 왈 져 착흔 공즈의 부돈이 셕년의 그러ㅎ더니 이졔는 회과즈칙ㅎ엿다 ㅎ더라 동직 쏘 무

33면

르되 져런 말은 옛일이요 공즈는 후싱이신딕 엇지 즈시 아르시ᄂ니잇고 영문 왈 모 일의 셩츄밀이 이르러 왕부와 말솜ㅎ실시 임상국 일기 모든 닐 긔록흔 거술 가져 와 보며 셩현공 슉녈비의 상힝효졀을 문답홀시 이 ᄀ온딕 빅운즈 쇼시 젹 취툴이 멀씀 ㅎ니라 니러므로 슉럴비 일기 논졍홀 졔 드럿노라 동직 ᄀ마니 우어 왈 상풍 몰넛더 니 임공즈는 남의 시비 못홀 만ㅎ이다 ㅎ거늘 관흥 공직 엇지

34면

몰나 드르리오 심하의 혜오딕 딕인이 즈신 공과ㅎ시는 일과 져젹 날을 여츳여츳 경 계ㅎ시는 일단과 져젹 ㅎ시는 빅 필유스고 ㅎ더니 닉 깁히 의ㅇ하나 연고를 뭇줍지 못ㅎ엿더니 이 ㅇ히 날을 지쇼ㅎ는 언논이 이상ㅎ나 뭇기는 고이ㅎ니 도라가 우리 집 일긔를 어더 봄만 갓지 못하다 ㅎ고 부즁의 도라와 돈당의 뵈옵고 셕식을 파ㅎ미 혼졍을 퇴ㅎ여 야야긔 고왈 금일 두통이 극ㅎ오니 군동 형뎨와

35면

흔가지로 시침치 못흐올지라 홀노 셔지의 가 됴리코즈 흐ᄂ이다 쇼뷔 ᄋ즈의 힝싯 ᄉᄉ의 신즁흐믈 아는 고로 그러히 너겨 허락흐니 빗ᄉ흐고 믈너나 셔긔 가음아는 뉴계랑을 ᄀ마니 보고 닐오디 그듸 ᄉ환흐여 ᄀ음안다 흐니 일긔 즁 알 닐이 잇ᄉ니 돈당의 알외지 말고 옛늘 일긔 죠흔 거슬 금야의 줌간 빌니라 뉴파는 쳔인이라 츙근 식니흐고 문지 능흐무로 퇴부인 좌하의 잇셔 날마다 가즁ᄉ롤 죠흐니 이

36면

날 관흥 공즈의 홀연 일긔 ᄎ즈믈 보고 아니 쥬든 못흘지라 궤롤 열고 십여 권 가록을 니여 쥬거늘 지삼 당부 왈 돈당이 아르시면 쇼ᄋ의 실업ᄉ믈 칙흐시리니 그듸는 불츌구외흐라 뉴픠 응낙 왈 명됴의 일죽 가져오쇼셔 공지 답흐고 가지고 셔당의 도라와 딕슉 셔동을 명왈 금야는 일죽 ᄌ고져 흐ᄂ니 여등은 당외예셔 딕슉흐라 바람이 실타 흐고 병장을 지우라 흐고 쵹을 붉히미 권권이 피열흐니 뎐두

37면

디후로 가즁ᄉ적이 안젼의 버럿고 왕부 상국과 션싱이 죠두의 ᄌ셩이 완만흐거늘 셩부인은 다병질약흐여 산휵을 바라지 못흐고 위부인이 옹비의 길셩을 숨 ᄭ어 일쌍 긔린을 싱흐니 명왈 희린 셰린이라 빅부 쵸왕을 왕부 상국긔 계후흐여 부ᄌ지의 지극흐더니 불힝흐여 셩부인이 됴셰흐고 녀부인이 ᄉ위흐니 극히 춍명지룽흐며 녀힝 부덕이 ᄀ즈 아니미 업ᄉ되 뎐츌을 ᄉ이흐여 쵸왕 유

38면

시의 민쳔을 호읍흐고 녀부인이 ᄌ가 부친을 싱흐니 ᄉ이골슈흐미 깁고 ᄌ긔 부친이 ᄌ라기의 밋ᄎ미 형을 싀긔흐여 모악을 도와 빅부 쵸왕의 만상간익이며 쥬슉녈이 닙승흐미 부부의 쵸셰비범흐미 돈당의 ᄌ의 완젼흐믈 싀이흐니 퇴부인과 상국이 녀부인 부ᄌ흠과 빅운ᄌ의 불쵸흔 삭슬 아라 불평흐미 ᄌᄌ니 녀부인을 가죄흐미 ᄌᄌ며 빅운ᄌ롤 용납지 아니흐니 더욱 원입졀슈흐여 빅

가지로 쵸왕 부부를 모히ᄒᆞ던 ᄎ 녀부인 질녀 반년화가 쵸왕의 풍치를 흠션ᄒᆞ여 방계곡경으로 녀부인을 촉ᄒᆞ여 굿ᄒᆞ여 임문의 드러와 기형 관옥을 동심ᄒᆞ여 쵸왕의 박ᄃᆡ를 흔ᄒᆞ여 한왕을 통노ᄒᆞ여 쥬슉녈의 정졀을 희롱코ᄌᆞ ᄒᆞ다가 도로혀 년홰 한됴의 창궐ᄒᆞᄆᆞᆯ 맛나 허다 난음흔 졍젹이며 일이 발각ᄒᆞᄆᆡ 녀노공이 일긔 독쥬로 음오흔 ᄌᆞ최를 업시ᄒᆞ려 ᄒᆞ니 년홰 도망ᄒᆞ여 한국의 투입ᄒᆞ며 녀부

인 모지 동심ᄒᆞ여 허다 기란의 공참흔 셜화ᄂᆞᆫ 불문가지라 다시 거론치 말녀니와 빅운지 스스로 ᄌᆞ작기앙을 바다 빅시를 쓸와 히ᄒᆞ려 ᄒᆞ다가 도로혀 쳘박엄쇄ᄒᆞ여 난타 구욕을 밧고 복셩화 가지의 둘녀 심산뎔협의셔 죽게 되엿거ᄂᆞᆯ 목지뷔 구ᄒᆞ여 근파도 ᄌᆞ시 뭇고 위인의 아름다오믈 사랑ᄒᆞ여 의녀 풍부인으로 혼인ᄒᆞᄆᆡ ᄯᅩ 셩명을 은닉ᄒᆞ고 시형함모ᄒᆞ여 ᄯᅳᆺ을 일우고ᄌᆞ 골몰ᄒᆞ여 ᄉᆞ방의 분쥬ᄒᆞᄆᆡ 망측

기회지시 눈압히 버럿고 가란이 진뎡ᄒᆞ여 반관옥 등이 극흉복슈ᄒᆞ고 녀부인이 츌거시의 빅운ᄌᆞᄂᆞᆫ 딘퇴를 뎡치 못ᄒᆞ여 집이 잇시되 도라오지 못ᄒᆞ고 ᄉᆞ방의 쥬착업시 방황ᄒᆞ다가 그릇 인육졈의 잡혀 몸을 돌안반 우히 언고 흔 통 물노 됴히 씨셔 흔 덧 고기뎡이 되어 젹쉬 연흔 가독을 어루만지며 견ᄒᆞ고 마련ᄒᆞ여 혹 가독을 벗기ᄌᆞᆫ도 ᄒᆞ고 혹 연ᄒᆞ고 희니 뒤ᄒᆞᄌᆞ ᄒᆞ여 마늘과 약념을 두드리며 토막을

견흘시 반싱반ᄉᆞᄒᆞ믄 뭇지 아냐 알 거시요 슈유의 급흔 명이 ᄯᅩ 엇지ᄒᆞ여 심산 딕호의 ᄎᆞ이ᄂᆞᆫ 고기뎡이 졀협의 ᄂᆞ려지니 인육졈의 놀난 넉시 호표의 밥이 될 거슬 ᄯᅩ 엇지ᄒᆞ여 됴화옹의 헌ᄉᆞᄒᆞ믈 맛나 그 빅부 쵸왕의 승뎐환가ᄒᆞᄂᆞᆫ 쳔군만마의 구ᄒᆞᄆᆡ 되니 빅운ᄌᆞ의 ᄎᆞ시 망극흔 경상을 당ᄒᆞ여ᄂᆞᆫ 빅년 딕쳑이라도 동심ᄒᆞ려든 ᄒᆞ물며 효우흔 쵸왕이리오 불승비분ᄒᆞ여 허다 봉예로 흉젹을

43면

ᄎᄌ 쇼멸ᄒ고 원슈를 갑ᄒ며 데를 ᄉ지의 구ᄒ여 도라와 지셩완호ᄒ며 됸당부젼의 혈셩간ᄶ힝ᄒ여 모뎨의 죄를 ᄉ하여 마춤ᄂᆡ 인륜이 완젼ᄒ고 녀부인과 빅운ᄌᆞ의 잔포 간악이나 이 ᄶ여의 당하여ᄂᆞᆫ 군ᄌᆞ 슉녀의 감화ᄌᆞ복던 바를 목젼 ᄀᆞᆺ치 버렷ᄂᆞᆫ지라 관흥이 ᄎᆞ례로 피람ᄒᆞᄆᆞᆯ 명명이 ᄒᆞ더니 이 마ᄃᆡ의 다다라ᄂᆞᆫ 실셩뉴쳬ᄒᆞ고 엄읍긔싴ᄒᆞ 엿더니 오릭게야 졍신을 졍하여 ᄎᆞ마 다시 보지 못ᄒᆞ여 거두어 놋코

44면

야야의 초년 과실을 상상ᄒᆞᄆᆡ 효ᄌᆞ의 간담이 츈할ᄒᆞ여 가슴을 어루만ᄌᆞ 실셩뉴쳬 왈 왕모와 딕인의 격년과악이 여ᄎᆞᄒᆞ시믄 실시여으라 ᄂᆡ 우혹ᄒᆞ여 이런 곡졀을 모로고 ᄶ쳑 딕인의 츅연상심ᄒᆞ시믈 슈한의 히로올가 근심ᄒᆞ더니 원간 이런 일이 잇닷다 ᄂᆡ 딕인의 깁흔 뜻을 모로고 져젹 ᄂᆞ의 닙신을 허치 아니시니 너모 겸손ᄒᆞ시무로 아랏 더니 원ᄂᆡ 니런 ᄉᆞ괴 이시미라 ᄂᆡ 아득히 모를 젹은 명

45면

니의 마음을 부쳣거니와 안 후야 ᄎᆞ마 엇지 공명의 몸을 일위여 동뉴의 지쇼ᄒᆞᄂᆞᆫ 농 판이 되리오 일노 됴ᄎᆞ 긔산영슈의 ᄌᆞ최를 니어 은어도산ᄒᆞᄆᆡ ᄂᆞ의 도리라 이러틋 ᄉᆞ량ᄒᆞᄆᆡ 강긔흔 눈물이 십슷듯ᄒᆞ니 슬푼 심ᄉᆞ를 디향치 못ᄒᆞ여 ᄎᆞ야의 졉목지 못ᄒᆞ 고 싀도록 울어 일야지ᄂᆡ의 풍광이 환탈ᄒᆞ엿더라 니러구러 미상의 미ᄎᆞ니 가즁상히 알가 두려 ᄲᆞᆯ니 일긔를 슈습ᄒᆞ여 붉지 아냐 갓다가 뉵파

46면

랑의게 던ᄒᆞ니 뉵픽 미쳐 니러나지 아냣더니 놀나 왈 엇지 이리 일즉 가져오시니잇 고 공ᄌᆡ 답왈 일긔 가져 ᄀᆞᆺ던 바를 가즁이 알게 말나 ᄒᆞ니 뉵픽 우어 왈 노신과 공ᄌᆡ 아니면 뉘 알니잇고 ᄒᆞ더라 공ᄌᆡ 다시 셔직의 도라오니 아마도 눈 ᄧᅳ기 거북ᄒᆞ고 얼 골이 평상치 아닌지라 명경을 드러 보니 봉안이 붓고 비식과 누흔이 만면ᄒᆞᆫ지라 놀 나 쇼셰를 ᄒᆞ여도 평상치 아닌지라 됸당부뫼 놀나실가 져허 명묘의 칭

47면

병호고 시동으로 돈당의 쳥퇴호니 돈당이 경녀 왈 작일 성호던 아히 야리의 어티룰 신음호느뇨 동지 되왈 밤의 굿호여 알호시는 티 업시 취침호시니 불평호시나 티단치 아니신가 호느이다 돈당이 오히려 념녀호믈 마지 아니호고 군동형뎨 놀나 급히 모다 문병호니 관흥이 이불노 놋츨 싸고 누어 닐오티 티단치 아니호되 두통이 티단호고 놋치 부어 눈 쓰기 슬호나 관겨치 아니이다 졔

48면

형뎨는 요란이 구지 말고 돈당의 이티로 알외여 이우룰 돕습지 말나 졔공지 관흥의 입으로 티단치 아니믈 니르나 놋츨 여지 아니호니 이상이 여겨 여러히 일시의 느오가 위력으로 금니룰 열고 보니 과연 관흥의 츄픠오목이 부어 누흔이 편편호니 시도록 울고 씨슨 놋 곳호니 졔공지 의려 왈 원문으 네 구경지하의 군동형뎨 셩당호니 즐거오미 극호거늘 무어시 슬푸관티 놋 우히 우싁이 현뎌호고

49면

냥안이 부엇느뇨 관흥이 쳥존의 운위만쳡호니 창돌의 무어시라 호리오 다만 팔치 쌍궁미의 슈운이 스집호여 묵연부답호니 졔인이 착급호여 뭇기룰 마지 아니호니 관흥의 삼뎨 우흥이 연이 뉵셰요 위인이 호활호지라 믄득 웃고 닐오티 형장이 무슨 연고로 구경지하의 형뎨 번셩호고 호치 극호거늘 임의 남교의 긔약이 머지 아냐 계시니 불구의 셩녀현필을 우귀호실지라 무슨일 눈물

50면

을 느리올 셜움이 잇스리오 아니 작일 목부의 가시더니 무슨 변괴룰 보앗거나 뉘 압히 핀잔을 보신가 호느이다 공지 쇼으의 언변이 유여호믈 긔특이 너기나 즈긔 은우는 다시 닐을 비 아니라 묵연 냥구의 왈 그 말도 유리호다 직작일 목부의 가 친외됴부뫼 기셰호시고 즈위 유시의 됴별쌍친호시고 무친쳑 혈혈호스 타셩의 의양호신 슈 말을 드르니 인즈의 춤지 못홀지통이나 글노 병되도록 호

51면

랴 오원흔 넘녀와 군말 말나 제공지 관흥의 효위 츌쳔흔 쥴 아는 고로 진실노 그런가 넉이더라 제공지 물너 돈당의 뵈오니 틱부인이 문왈 관ᄋ의 병셰 엇더ᄒᆞ뇨 계흥 등이 디왈 관흥이 각별 알는 디 업는가 시부오되 다만 두 눈이 붓고 놋 우ᄒᆞ 누흔이 현져ᄒᆞ여 은위만복흔 긔식이옵거늘 쇼숀 등이 문병흔즉 디답이 여츠ᄒᆞ여 알푼 디 디단치 아니ᄒᆞ니 일일만 됴리ᄒᆞ여 니러날 거시니 돈당의 이디로 고

52면

ᄒᆞ라 ᄒᆞ오나 심히 슬푼 ᄉᆞ식이어늘 우흥이 ᄯᅩ 이리이리 무르니 관흥의 디답이 여츠여츠ᄒᆞ와 ᄌᆡ 작일 목부의 ᄀᆞᆺ다가 우연이 제 외됴의 조셰흔 ᄉᆞ덕과 풍슉모의 무의혈혈ᄒᆞ시던 옛말을 드르니 인ᄌᆞ지심이 쳑감ᄒᆞ여 ᄌᆞ연 식 우ᄒᆞ 눗타눗노라 ᄒᆞ더이다 틱부인이 글오디 관흥은 인효흔 아ᄒᆡ라 긔모의 쇼시 비고이락을 드르미 지효흔 ᄋᆞᄒᆡ 쳑감ᄒᆞ미 고이치 아니커니와 글노셔 병이 되야 상국이 침

53면

음낭구의 쥬왈 풍식부의 고혈무탁ᄒᆞᆷ믄 예붓터 아란 지 오리니 관이 ᄌᆞ유시로 모를 거시라 식로이 슬허 병 나도록 ᄒᆞ리잇가 이 연괴 아니라 반ᄃᆞ시 제 아비 쇼시 과악을 참문ᄒᆞ미 잇셔 유린의 희괴망측ᄒᆞ던 히거를 어디 가 듯고 과히 붓그려 슬허ᄒᆞ여 혈긔미졍흔 ᄋᆞ히 병이 난가 ᄒᆞᄂᆞ이다 틱부인이 그러이 넉여 졈두ᄒᆞ고 쇼뷔 시립이러니 부군의 말ᄉᆞᆷ으로됴츠 ᄇᆞ야흐로 ᄋᆞ즈의 병근을 ᄭᅦᄃᆞ라 식로이 ᄌᆞ

54면

긔 쇼시 과악과 상셩외입ᄒᆞ여 ᄒᆞ마면 죄를 인눈의 엇고 셰의 닙지 못홀 번ᄒᆞ던 쥴 싱각ᄒᆞ미 심골이 경한ᄒᆞ니 위인ᄌᆞᄌᆞ의 범범쇽지라도 드르미 놀나오려든 ᄒᆞ물며 관ᄋᆞ는 ᄒᆞ늘이 각별 임시의 쳥덕을 붉히고 기부의 취예를 신셜ᄒᆞ려 나리오신 바 지셩디효리오 관흥이 직작일 목부의 가더니 홀연 이 거됴 이시니 필유ᄉᆞ고ᄒᆞ믈 뭇지 아냐 알지라 쇼부의 춍명달식으로 제질의 던어와 부군의 말ᄉᆞᆷ을

55면

드르미 엇지 슷못지 못ᄒ리오 왕년시 진실노 미치고 긔괴ᄒ니 하마면 인뉸의 폐인이
될 번ᄒ고 이졔 셰구연심토록 효즈의 지통이 되게 ᄒ믈 스스로 참연ᄒ여 츄파봉졍의
쳐식이 은은ᄒ여 안식이 즈예ᄒ믈 씨닷지 못ᄒᄂ지라 이윽고 문안을 파ᄒ미 쵸왕이
쇼부와 딜ᄋ의 심스를 어엿비 넉여 이의 졔ᄋ를 물니치고 홀노 독셔지의 니르니 냥
기 시동이 창밧긔셔 슷후ᄒ고 공지 홀노 방즁의셔 됴병

56면

ᄒ믈 고ᄒᄂ지라 왕이 각별 통치 아니ᄒ고 긔호입실ᄒ니 방즁의 병장을 각별이 지워
시니 능히 인덕을 아지 못ᄒ리러라 다만 드르니 관흥이 옥슈로 셔안을 치고 탄셩읍
하ᄂ는 쇼릭 들니더라 왕이 놀호여 병장을 밀고 불너 왈 딜이 일야지간의 어디 불평
ᄒ관디 노염이 훈화ᄒ거늘 방듕의 병댱을 지워셔 널이 쳡감ᄒ믈 싱각지 아닛ᄂ뇨 관
흥공지 졍히 상요의 고와ᄒ여 부군의 젹년과악과

57면

몸이 위퇴ᄒ던 흉화참난을 싱각홀스록 쌔 녹고 슬히 져리니 츠마 니ᄀ지 못홀지라
비록 돈당 뎔우와 듕목의 고이히 넉일 바를 민망ᄒ여 강잉코즈 ᄒ나 믄득 어려오니
히음업시 냥항뉘 의금의 방타ᄒ여 탄셩뉴쳬 왈 부군의 지난 과악이 여츠ᄒ시니 츠마
위인즈ᄒ여 드르며 볼 빅 아니라 닉 연쇼우몽ᄒ여 디인의 무고히 명셰를 넘피ᄒᄉ
간간이 즈칙ᄒ시고 슬허ᄒᄉ 은어도산치 못ᄒ시믈 흔

58면

한ᄒ시ᄂ 줄 고이히 넉여 혜오디 인지싱셰의 구경지하의 형뎨 번셩ᄒ시고 의이실가
의 슉녀를 비합ᄒ사 화락츤담의 즈녜 ᄀ즉ᄒᄆ 인인의 원ᄒ여 득지 못ᄒ고 남ᄋ 쇼
욕이며 영낙이니 버거 닙신냥명의 이현부모ᄂ 쟝부의 쾌식여늘 부친이 임의 환낙이
극ᄒ시되 오히려 셰렴을 부운 ᄀ치 넉이시믈 씨닷지 못ᄒ고 디인의 이 ᄀ흔 은우를
품으시믄 아지 못ᄒ니 엇지 불효불민치 아니리오

59면

닉 맛당이 셩현을 스싱ᄒ여 만고 현신 녈ᄉ의 츙의직졀을 본바다 닙신양명ᄒ미 ᄉ군 보국의 직졀을 다ᄒ고 니음양슌ᄉᄉ이 덕을 펴고 화ᄅ 일위여 만고 현신 명상의 뒤 흘 닛고ᄌ ᄒ더니 엇지 딕인의 취광ᄒ신 허물이 만셩ᄉ셔의 편힝ᄒ여 오동쥬쥴이 쥬 목지쇼ᄒᄂ 능담이 되엿ᄂ뇨 닉 이런 ᄉ젹을 아지 못ᄒ고 닙신현달ᄒᄂ 거되 잇던들 흔굿 딕인의 취예ᄅ 도을 분 아니라 ᄂ의 반싱 쳐

60면

신이 아됴 맛치일ᄂ다 또 일셩 장통 왈 통호통호여 ᄂ 임관홍이 됴션여음을 닙ᄉ와 작셩니질이 결비하등이로ᄃ 신셰계활을 판단ᄒ미 여ᄎᄒ니 셰간의 무이흔 셜움과 이돌오믈 먹음어 ᄎ마 엇지 머물니오 부모유체로써 ᄎ마 칼히 더지며 노회 결치 못 ᄒ나 진실노 명셰의 쳐ᄒ믄 ᄎ마 붓그러오니 출하리 삭발기셰ᄒ여 셰류을 ᄉ졀ᄒ고 진욕을 씃쳐 기리 ᄉ문의 뎨지 되어 ᄌ최 ᄉ히의

61면

표류방낭ᄒ여 허다흔 디통을 닛고져 ᄒ나 돈당과 부뫼 허ᄒ실 니 업ᄉ니 관홍이 쇽 졀업시 민민쵸우ᄒ여 인병치ᄉ ᄒ리로다 이러틋 실셩통탕ᄒ여 목뎐의 셜운 바 업시 구곡이 ᄎ단ᄒ고 흉희의 화염이 치셩ᄒ니 스스로 쇼리ᄂᄆ 씌둧지 못ᄒ더니 또 엇지 인덕이 잇스믈 알니오 홀연 병댱을 여희며 빅부 쵸왕이 딜♀ᄅ 부르며 입실ᄒᄂ지 라 관홍이 무망의 딕경ᄒ여 연망이 금니ᄅ 밀치고 니러 안

62면

ᄌ나 창돌의 비안참식을 엇지 잘 금쵸리요 보건ᄃ 쳥운 굿흔 두발이 어즈러워 월익 셜빈의 덥혓고 츄파봉안의 ᄀ을 물결이 어리여시며 옥안의 누흔이 만면ᄒ여 비식이 ᄀ득ᄒ고 두 눈이 붓도록 우러시니 일야지간의 형희환탈ᄒ고 옥뫼 슈고ᄒ여 심위 무 거오믈 뭇지 아냐 알니러라 왕이 일견의 믄득 깃거 아냐 광미ᄅ 씽긔고 좌ᄅ 일우미 묵연냥구의 문왈 네 일야지간의 무슨 병이 잇관ᄃ 돈당의

63면

졀우룰 씨치오며 또 무슨 연고로 됸당과 부모 가준 쇼이 무슨 셜움이 잇셔 일야지간의 져딘도록 슈우쳑쳑ᄒ여 두 눈이 붓도록 울기ᄂ 무슴 닐이뇨 녀의 힝싴 극히 고이ᄒ기의 ᄀ고오니 이 엇지 평일 녀의 돈후인ᄌᄒ 셩졍과 다르지 아니리오 아ᄌ 계흥 등의 던어ᄅ 듯고 혹ᄌ ᄋ비의 와언인가 의혹ᄒ여 알고ᄌ 친히 니르미러니 질실노 녀의 거동이 이상ᄒ지라 우슉이 불승의괴ᄒᄆ 니기지 못ᄒ리로다 관

64면

흥이 복슈쳥교의 댱ᄎ 무어시라 딕ᄒ리오 바로 고흠도 ᄎ마 못ᄒ고 창돌의 ᄭ미기도 어려워 복슈유유ᄒ여 면식이 ᄌ윤ᄒ여 능히 슈이 딕치 못ᄒ니 왕이 뎡싴왈 네 어리지 아니며 또 용녈치 아니되 엇지 우슉의 뭇ᄂ 말을 슈이 딕치 아넛ᄂ뇨 상한속뉴의 아비와 아ᄌ비ᄅ 층등ᄒᄂ 규구ᄅ 빅홧ᄂ냐 관흥이 쳥파의 불승황공진늘ᄒ니 연망이 고두쳥퇴 왈 유지 실노 불쵸혼암ᄒ

65면

온지라 직작의 우연이 양외가 목부의 ᄀ다가 목ᄋ의 여ᄎ여ᄎ 미거불쵸ᄒᄆ ᄭ지졋더니 견픠ᄒ고 셕년 가변을 딕강 듯ᄌ오미 심한골경ᄒ온지라 ᄌ연 상심ᄒ미 과도ᄒ와 칭병ᄒ오나 본딕 병이 아니오니 엇지 됸당 이우ᄅ 증ᄒ시게 ᄒ리잇고 빅부 딕인 하문ᄒ시믈 만홀ᄒ미 아니라 창돌의 실졍을 고치 못ᄒ오미니 유지 ᄎ마 셕스ᄅ 드른 바로 쎠 다 고치 못ᄒ오나 딕인 명감으로 엇지 유ᄌ의 촌심을

66면

스못지 못ᄒ시리잇고 유지 과연 셕스ᄅ 듯ᄌ오미 진실노 인셰 물욕이 담연ᄒ오딕 지식이 암미ᄒ와 능히 됴흔 도리ᄅ 싱각지 못ᄒ옵고 흔ᄀ 츈장만 슬오옵ᄂ지라 셕에 틱빅우쥼이 단발문신ᄒ여 평산의 도라가시나 쥬문의 빗치 감ᄒ미 업ᄂ지라 복망 딕인은 유ᄌ의 심회ᄅ 통쵹ᄒᄉ 됸당의 알외여 유ᄌᄅ 업스 니로 아르ᄉ 허치 못ᄒ시리잇가 불연즉 유지 구곡의 붓ᄂ 불을 ᄭ지 못ᄒ고

67면

노심쵸스ᄒᆞᄂᆞᆫ 넉시 되리로쇼이다 언파의 누쉬 만면ᄒᆞ고 셩음이 오열ᄒᆞᆫ지라 왕이 그 진뎡을 ᄃᆞ르ᄆᆡ 크게 이련ᄒᆞ며 ᄯᅩ 셕ᄉᆞᄅᆞᆯ 츄감ᄒᆞ여 역시 봉안의 처긔ᄒᆞ고 관ᄋᆞ의 숀을 잡ᄋᆞ 츄연 왈 셕ᄉᆞᄅᆞᆯ 싱각ᄒᆞᄆᆡ ᄂᆡ 역시 셰구연심토록 심한골경ᄒᆞᄂᆞ니 네 말을 ᄃᆞ르ᄂᆡ 위인ᄌᆞᄌᆞ의 지셩현효로 엇지 놀납고 슬푸지 아니리오마ᄂᆞᆫ 지난 비라 다시 졔긔ᄒᆞᄆᆡ 불가ᄒᆞ고 ᄯᅩ 녀부의 회과ᄒᆞᆫ 덕이 아름다오니 회과쳑션은 셩인의

68면

허ᄒᆞ신 비니 후인이 엇지 홀노 녀부의 회진기셩ᄒᆞᆫ 덕을 니르지 아니ᄒᆞ고 흔ᄌᆞᆺ 일시 실덕을 빙ᄌᆞᄒᆞᆯ 거시라 ᄋᆞ히 엇지 망녕된 말을 ᄒᆞ여 무고히 인뉸을 산난ᄒᆞ고 됴션의 기인이 되고ᄌᆞᄒᆞᄂᆞ뇨 셕ᄌᆞ의 틱빅이 우즁은 계력의 어진 덕이 임의 웅텬슌인ᄒᆞᆯ 징상이니 고공의 승젹ᄒᆞᆯ ᄯᅳᆺ이 계신 고로 식ᄌᆞ와 쳘인의 디혜 흔 가지라 틱빅 우즁이 임의 우흐로 텬시ᄅᆞᆯ 알고 버거 아뷔 ᄯᅳᆺ을 슌ᄒᆞ여 삭발피셰

69면

ᄒᆞ여 어진 뎨질노ᄡᅥ 동통을 밧ᄃᆞ러 션져ᄅᆞᆯ 현양케 ᄒᆞ엿거니와 너의 맛난 바ᄂᆞᆫ 만고 이러치 아니커늘 네 엇지 ᄉᆞᄉᆞ곡녀ᄅᆞᆯ ᄡᅥ 고이ᄒᆞᆫ 말을 ᄒᆞᄂᆞ뇨 싱심도 이런 불통ᄒᆞᆫ 말을 다시 니르지 말나 네 ᄋᆞ비 ᄃᆞ르ᄆᆡ 싀로이 뉘웃고 슬허 괴싀 잇시리니 연즉 너의 불효ᄒᆞᄆᆡ 어ᄃᆡ 미쳣ᄂᆞ뇨 네 도린 즉 셕ᄉᆞᄅᆞᆯ 븟그릴ᄉᆞ록 너ᄂᆞᆫ 더욱 슈힝ᄒᆞᄆᆞᆯ 금옥ᄀᆞᆺ치 ᄒᆞ고 ᄯᅳᆺ 즙기ᄅᆞᆯ 쳥빙ᄀᆞᆺ치 ᄒᆞ여 슈신도훅ᄒᆞᄆᆡ 명니ᄅᆞᆯ 피ᄒᆞ

70면

고 긔산영슈의 고싀 되ᄆᆡ 올흐니 이야 진짓 됴션명풍을 샹ᄒᆞ오지 아니며 여부의 쇼시 취예ᄅᆞᆯ 신셜ᄒᆞᄆᆡ 더욱 표표ᄒᆞ여 금슈익화ᄒᆞ리니 엇지 무륨 무셰샹ᄒᆞᆫ 틱빅 우즁을 효측ᄒᆞ리오 이싱각은 심히 불가ᄒᆞ니 다시 일ᄏᆞᆺ지 말나 녀뷔 ᄃᆞ르ᄆᆡ 더욱 븟그리고 슬허ᄒᆞᆯ 분 아니라 슈쉬 본ᄃᆡ 슬푸신 인싱이시라 쌍친을 됴별ᄒᆞ시고 동션형뎨ᄒᆞ고 무타동독ᄒᆞ여 타문의 의탁ᄒᆞᄉᆞ 구구ᄒᆞᆫ 쳔뉸을 비

71면

러 싱장ᄒ시고 ᄯ 덕인ᄒ시미 여부를 맛나 쵸년 간고박명이 하마면 일싱을 판단ᄒᆯ 번ᄒ니 그 쵸우단장ᄒ여 유스지심ᄒᆫ 기시의 오히려 목금 너의 심스의 비기리오마 는 오히려 지혜 원ᄃᆡᄒ신 고로 어진 덕이 능히 공강의 ᄂᆡ됴를 본 밧고 아름다이 구문 의 도라와 여부로 ᄒ여금 졍도의 도라가며 부부ᄃᆡ륜이 완던ᄒ여 여등 여러 ᄌ녀를 두어 요힝 너의 아름다온 긔질과 어진 힝실이 녀부의 쇼시 광탕ᄒ미

72면

의 잇습더니 빅부 ᄃᆡ인 일월 명감이 쇼ᄌ의 심폐를 스못ᄎ시니 엇지 밧드지 아니리 잇고 즉금 이후로 셩교를 명심간폐ᄒ와 넛지 아니리이다 연이나 유ᄌ는 임의 셰간긔 인이라 ᄎ후 진욕을 스졀ᄒ오리니 복망 ᄃᆡ인은 유ᄌ의 촌심을 통쵹ᄒᆞ 용납ᄒ시믈 ᄇ라ᄂᆞ이다 왕이 희왈 너는 다만 힝필신ᄒ고 언필찰ᄒ여 힝신독경ᄒ라 당외 지현ᄒ 시되 쇼허의 청졀을 앗지 못ᄒ시니 우슉이 홀노 너의 청심을

73면

아ᄉ리오 공ᄌ 깃거 ᄌ비 슈명ᄒ니 왕이 지슘 어루만져 경계ᄒ고 이러틋 노심인병ᄒ 미 불가ᄒ믈 니르니 공ᄌ 황공감은ᄒ여 빅부의 져 ᄀᆺᄒ신 인효덕힝으로 셕일 쵸년 곤익을 당ᄒ신가 시로이 이들와 ᄒ더라

임시삼ᄃᆡ록 권지삼십팔

1면

ᄎ셜 관흥 공ᄌ 우쥬왈 유지 각별 병이 업스오니 이졔 이러ᄂᆞ올지라 ᄃᆡ인은 과려치 마르쇼셔 왕이 깃거 어루만져 경계ᄒ고 나가니 공ᄌ 시동을 불너 병댱을 것고 쇼셰 를 ᄂᆞ와 ᄂᆡ당의 드러가니 비록 ᄋᆞᄌ 슈안쳑용을 곳치나 쥬픠 오목이 부어시니 엇지 감쵸리오 왕이 임의 돈당의 드러와 관ᄋᆞ의 청병 쇼유를 고ᄒ 고로 돈당 상히 관흥을 어

2면

루만즈 아니 이셕ᄒ리 업고 쇼부와 풍부인은 참연즈상ᄒ여 말이 업더라 이윽고 제인
이 훗터질 시 관흥이 모부인을 뫼셔 홍운각의 니르니 부인이 좌위 됴용ᄒ믈 인ᄒ여
ᄋ즈를 ᄂᄋ오라 ᄒ여 손을 줍고 셩안의 쳐쇠이 ᄀᄃ득ᄒ여 댱탄 왈 여뫼 젼셰 악업이
즁ᄒ지라 됴별쌍친ᄒ고 무타종족ᄒ니 목뎌인이 우연이 슌녁 나 계시다가 네 부친이
슈목의 일신을 쇄박ᄒ여 남긔 들녀시믈 보고 그 풍모를 과ᄒ고

3면

ᄂᄒ지 불인ᄒ미 도쳑과상의 일뉴를 모로고 아름다온 긔질노 덕뉴의 곤ᄒ미 된가 ᄒ여
다려와 아즁의 머무르고 쇼거근착을 무른즉 이 믄득 명문화벌의 지상공지라 비록 본
셩을 니르지 아니나 녀현양이라 ᄒ고 녀퇴스의 손이라 ᄒ니 녀시 혁혁ᄒ믄 쏘흔 인
인의 쇼공지라 이ᄀᆺ흔 지상문미의 옥안풍치 결비하등이니 스광디총과 니루지명이
아니어니 뉘 네 부친의 무디퍅힝이 도쳑 ᄀᆺᄒ믈 알니오

4면

드딋여 날노쎠 결친ᄒ여 기후 허다 흉화참변을 지ᄂ고 츠시를 당ᄒ여 여뫼 궁박ᄒ
명도를 엇지 츙냥ᄒ리오 즈고로 녀지 삼종듕탁이 잇거늘 여모는 ᄋ시의 부모를 쌍망
ᄒ니 삼둥 첫 마디를 일헛고 젹인ᄒ미 네 뎌인 불쵸디인을 맛나 삼둥 둘지 쏘 망단ᄒ
니 엇지 즈식을 두어 후스를 긔필ᄒ리오 속졀업시 일싱을 판단ᄒ니 반싱 계활이 망
연ᄒ되 무지완쳔이 결치 못ᄒ고 겨우 보뎐하나 궁

5면

박통한ᄒ 심원이 엇더ᄒ리오 쥬쥬야일의 창쳔을 부르지져 신셰를 늣기더니 요힝 텬
되 슬피시고 부모의 지텬지녕이 음즐ᄒᄉ 네 부친이 홀연 회진기셩ᄒ여 션도의 도라
가 엄하의 용납ᄒ시믈 엇고 왕슉의 지극ᄒ 우즈로 감화ᄒ시믈 닙어 흉화참난의 지우
보명ᄒ여 인뉸이 완뎐ᄒ고 튼당이 ᄇ야흐로 녀모의 궁박ᄒ 신셰를 가이ᄒᄉ 다시 녜
로쎠 마즈 구문의 도라오니 신셰 안한ᄒ며 흐르는 셰월의 관심억계ᄒ

6면

여 ᄌ녀연 ᄌ녀를 싱산ᄒ며 네 부친의 슈신셥힝이 지극ᄒ니 ᄌ금 이후로 심ᄉ를 위로 ᄒ고 비록 여러 ᄒᄋ이 잇시나 관듕ᄒᄆ은 네게 잇거ᄂ늘 네 이졔 연쇼협익ᄒ여 딕졀을 싱각지 아니코 혼ᄌ 셕ᄉ를 변만 녀겨 인병쵸우ᄒ여 망녕된 거됴의 니르니 엇지 협쳔경도치 아니리오 네 이졔 틱평ᄒᆫ 가즁의 됸당부뫼 고당의 안거ᄒ고 군둉형뎨 번셩ᄒ며 부귀영화의 ᄊᆞ여 왕ᄉ를 듯고 이러틋 놀ᄂ느니 여모의 지난 경계 잇던가

7면

시부뇨 오ᄋ은 인ᄉ를 츄이ᄒ여 츠후 심ᄉ를 널녀 여모의 심우와 됸당셩녀를 씨치지 말나 셜파의 쳑연타루ᄒ니 공ᄌ는 딕회라 싱녀 처음으로 셕ᄉ를 일ᄏ라 슈연쳑용을 딕ᄒ니 효ᄌ의 심회 장ᄎ 엇더ᄒ리오 부복쳥교의 가월의 모운이 녕녕ᄒ고 봉안의 항뉘 슘슘ᄒᄆ믈 씌둣지 못ᄒ더니 쇼슈를 드러 폭누를 졔어ᄒ고 이셩쥬왈 ᄒᄋ이 딘실노 ᄌ졍의 니르신 바 ᄀᆞᆺᄉ와 연쇼협익ᄒ온지라 ᄒᄋ이 싱어부

8면

귀ᄒ고 댱어호치ᄒ니 싱셰 십여 셰의 이락을 아지 못ᄒ다가 셕ᄉ를 ᄒᆞᆫ 번 듯ᄌ온죽 심신이 경난ᄒ여 위인ᄌᄒ여 참지 못ᄒᆯ 경계니 엇지 놀납고 슬푸지 아니리잇고 ᄉ쳬를 싱각지 못ᄒ고 혼ᄌ 슬푸믈 참지 못ᄒ여 연쇼지심의 넘어셰홀 ᄯᆺ이 업습더니 빅부딕인 경계를 듯ᄉ오ᄆᆡ 쇼지 경히 불통ᄒᄆᆞ믈 씌ᄃᄃ른지라 엇지 다시 니우를 증ᄒ리잇고 원 ᄌ위는 묵우셩녀ᄒ쇼셔 언파의 화긔 아연ᄒ여 일만

9면

불평ᄒ믈 술와바리ᄂ는디라 부인이 ᄋ주의 효슌ᄒ믈 ᄉᄉ의 이 ᄀᆞᆺᄒᄆ믈 이즁ᄒ여 일만 슈심을 쳑탕ᄒ고 아험의 쇼식이 은은ᄒ니 공지 슬하의 뎨ᄆᆡ를 유회ᄒ여 모친 회우를 돕더니 이윽고 물너 졍심헌의 니르니 부군이 상상의 언와ᄒ여 광슈로 ᄂ칠 덥고 누엇거ᄂ늘 독용을 ᄂ죽이 ᄒ여 시립ᄒ엿더니 식경이 지ᄂ되 요동ᄒᄆᆡ 업ᄂ는지라 스스로 ᄌ긔 당년ᄉ를 츄감ᄒᄆᆡ ᄌ긔 무ᄉ 일 그딕도록 외입무도ᄒ여 이졔

10면

ᄋᆞᄌᆡ 지통이 지심ᄒᆞ기의 미ᄎᆞᄆᆞᆯ 상상ᄒᆞᄆᆡ 츄연ᄌᆞ감 왈 녜부터 젹덕을 ᄭᅵ쳐 여음이 ᄌᆞ숀의 밋ᄂᆞᆫ다 ᄒᆞ거늘 나는 악업을 ᄡᅡ하 ᄌᆞ숀의 밋게 ᄒᆞ니 오회라 우리 됴션명풍을 불효신이 츄락ᄒᆞ니 진실노 학발돈당의 불효ᄅᆞᆯ ᄉᆡᆼ각지 아니면 ᄎᆞ신이 엇지 명셰의 머무러 유ᄌᆞᄋᆡ 지통을 ᄭᅵ치리오 니러틋 상심ᄒᆞ여 심회 여할ᄒᆞᄆᆞᆯ 참기 어려오니 ᄀᆞ만ᄒᆞᆫ 누쉬 벽희ᄅᆞᆯ 보틸지라 줌연 향벽ᄒᆞ여 ᄋᆞᄌᆡ 입실

11면

ᄒᆞᄆᆞᆯ 아지 못ᄒᆞ더라 공ᄌᆡ 부공의 요동치 아니시ᄆᆞᆯ 의ᄋᆞᄒᆞ여 ᄂᆞ죽이 ᄂᆞ아가 보니 누쉬 벼기ᄅᆞᆯ 젹시ᄂᆞᆫ지라 공ᄌᆡ 바야흐로 아ᄌᆞ 자긔 연고로 이러틋 비회ᄅᆞᆯ 동ᄒᆞ시ᄆᆞᆯ ᄭᆡ닷ᄂᆞ라 불효ᄅᆞᆯ 놀나 봉안의 함누ᄒᆞ고 숀으로 부친 ᄉᆞ미ᄅᆞᆯ 밧드러 ᄂᆞ죽이 고왈 불최 발셔 니르러 상요의 야애 와ᄒᆞ시ᄆᆞᆯ 보ᄋᆞᆸ고 줌드러 계신가 상하의 ᄑᆡᆺ엇더니 원ᄂᆡ 가미치 아니신가 ᄒᆞᄂᆞ이다 야야의 여ᄎᆞ 쳑감ᄒᆞ시믄 불효의 죄로쇼이다 쇼ᄇᆡ 졍히 구회

12면

겸발이러니 ᄋᆞᄌᆡ 온화ᄒᆞᆫ 쇼ᄅᆡ리ᄅᆞᆯ 드르ᄆᆡ 비록 부ᄌᆞ지간이나 경괴ᄒᆞ여 번연동신ᄒᆞ여 누슈ᄅᆞᆯ 거두고 눈을 드러 ᄋᆞᄌᆞᄅᆞᆯ 보니 공ᄌᆡ 이셩화긔로 안식이 화열ᄒᆞ나 오히려 부은 눈이 가느라 비식을 금쵸지 못ᄒᆞᄂᆞᆫ지라 슉시냥구의 우연 탄왈 ᄂᆡ의 불현ᄒᆞᄆᆡ ᄉᆞᄉᆞ의 여ᄎᆞᄒᆞ여 효의 졍위와 ᄇᆡᆨ시긔 졀녀ᄅᆞᆯ ᄭᅵ쳣더니 이졔 미쳐는 널노ᄡᅥ 지통이 되게 ᄒᆞ니 비록 왕시나 놀납지 아니랴 오아의 작셩ᄂᆡ질이 지즁믈이 아니오 슈신힝의 군

13면

ᄌᆞ 셥신의 미흡ᄒᆞᄆᆡ 업ᄉᆞ되 다만 아비ᄅᆞᆯ 그릇 맛나 여부의 사오나오믄 고슈의 지난가 슬허ᄒᆞᄂᆞ니 네 엇지 불효ᄒᆞᄆᆡ리오 이 던혀 나의 무상불현ᄒᆞᄆᆡ로다 셜파의 쳑연함 체ᄒᆞ니 공ᄌᆡ 부친의 ᄉᆡ로이 ᄌᆞ쳑ᄒᆞ시ᄆᆞᆯ 보니 ᄌᆞ긔 경망협됴ᄒᆞ여 부모의 비회ᄅᆞᆯ 동ᄒᆞ시게 ᄒᆞ니 ᄇᆡᆨ 번 츄회ᄒᆞ여 불효ᄅᆞᆯ ᄌᆞ쳑ᄒᆞ나 무가ᄂᆡ하라 고두쳥되 왈 회과쳑션은 셩인의 허ᄒᆞ신 ᄇᆡ라 딕인이 비록 셕년 실덕이 계시나 임의 회진기셩ᄒᆞ시니

성인이 지좌시나 무불하지리니 하인지하감망이리잇고마는 히이 연쇼우몽ᄒ와 돈당
숙당의 니우를 증ᄒ옵고 딘인이 이곳치 척비ᄒ시니 히ᄋ의 불회 엇지 크지 아니리잇
고 쇼뷔 참연당탄 왈 ᄉ이이의나 싱각홀ᄉ록 놀나오니 진실노 은어도산홀 ᄯᅳᆺ이 잇스
되 ᄎ마 돈당을 니측지 못ᄒᄂ니 오ᄋᄂ는 슈신셤힝ᄒ미 녀부의 반싱취예를 신셜ᄒ고
후인이 칭왈 빅운ᄌ 유린의 쇼시 취루지힝은 비도척이나 기ᄌ 관홍은

승어기부ᄒ여 삼은 ᄉ호의 일ᄏ라 아름다온 덕이 후셰의 밋게 ᄒ라 관홍이 슌슌빗ᄉ
ᄒ여 다시 비싁을 ᄂᆺ토지 아니코 다만 돈당의 ᄉ시 문안 밧근 발ᄌ최 한유ᄒ미 업셔
고요히 졍심헌의 부군을 뫼셔 셩니를 뉴련ᄒ며 명니와 물욕이 담연ᄒ여 쇼허의 쳥졀
과 ᄉ호와 이웃홀 ᄯᅳᆺ이 금셕 ᄀᆺᄒ니 미지라 관홍이여 몸이 비록 말셰혼탁의 나시나
고졀쳥심이 표표이 딘의 ᄲᅱ여ᄂ니 안히 졍ᄒ미 밧비 셩현지도를 ᄯ

르고 션풍이질이 호연탈쇽ᄒ여 승ᄉ를 능ᄒ던 댱건이 아니면 승난ᄒ던 ᄌ진이라 군
동 이십 인 ᄀ온ᄃᆡ 셩혹진유의 맑은 도학은 관홍이 웃듬이니 돈당부모의 만금쇼즁은
승상 창홍과 공ᄌ 관홍이 ᄃᆡ두ᄒ니 승상은 임시의 동ᄌ로 쥬뎡의 그르시오 구가의
냥필이니 가국의 흔가지로 밀위는 비요 관홍은 일기 쇼이나 쳥고열심이 쇼허의 고졀
이 잇ᄂ지라 하늘이 임의 임시 쳥덕을 빗ᄂ려 강싱ᄒ 비니 엇지 범연

ᄒ리오 일가 듕망이 승상과 ᄃᆡ두ᄒ되 다만 한ᄒ온 바는 쳥운과 빅운이 되 다르니 관
홍의 셩현 뉴풍으로 명실을 보익지 못ᄒ고 긔산영슈의 피셰도은ᄒ미 되니 가셕지라
니러구러 빅귀과국의 니슈 홀홀ᄒ니 듕츄가졀이 임상부 ᄉ연지일이니 졔 공ᄌ 쇼져
의 곳다온 긔약이 일시의 님박ᄒ니 이 잔치는 승상 연국공이 셔북을 평졍ᄒ고 도라
오니 상이 관ᄐᆡ부인긔 은영을 더으ᄉ 사연ᄒ시며 관홍 딘홍 등 ᄉ공ᄌ와 슉

18면

혜 유혜 냥쇼져 뉵인의 혼긔 님박ᄒ니 동인의 낙봉셩연과 남녀 뉵인의 혼취 ᄌ고의 미시라 져마다 장관을 구경코ᄌ 모드니 임상부 장녀ᄒᄆᆫ 긔록기 어렵더라 쳔하 십슴 싱과 연읍 군현의 단봉쇼산이 불가승쉬니 진찬이 뫼 ᄀᆺ고 물 ᄀᆺᄒ니 빅운 ᄎᆞ일은 반 공의 님니ᄒ고 금슈 포진은 일식의 휘황ᄒᆞᄃᆡ 남빈녀긱이 분답ᄒ니 임상부 슈쳔 간 광실이 듭ᄋᆞ 셩관이 다이쳐 빈혜 부러지며 칠뵈 산낙ᄒ더라 ᄎᆞ

19면

일의 텬ᄌᆡ 니원어악을 ᄂᆞ리오시고 상방진환을 ᄉᆞ숑ᄒᆞ시니 은영이 호호ᄒ지라 오운 뎐의 돗글 널니고 상국 곤계와 쵸왕 슘곤계 승상 등 ᄌᆞ질을 거ᄂᆞ려 졔긱을 마ᄌᆞ니 황 친국독과 직상열휘 아니면 옥당명시라 이 ᄂᆞᆯ 닉연의 셩홈도 일쳬니 녀 위 냥부인이 쥬셕의 틴부인을 뫼시고 ᄌᆞ부 졔손을 거ᄂᆞ려 빈긱을 마ᄌᆞᆯ식 ᄎᆞ시 관틴부인이 구십이 거의로ᄃᆡ 담담ᄒ 쇼군 가온ᄃᆡ 학발이 쇼쇼ᄒᆞ여 놉고 덕뫼 만좌를 동ᄒ며 녀 위

20면

냥부인이 품복을 졍히 ᄒ고 돈고를 뫼셧시니 쥬비와 한부인이며 효댱공쥬와 쇼 풍 이인이 옥결을 ᄀᆺ쵸와 돈당을 시좌ᄒ니 긔긔히 월모션치 참치상하ᄒ여 막상막하ᄒ 니 모든 부인ᄂᆡ 녀부를 거ᄂᆞ려 오믹 츄용박질은 감히 다려오지 아니코 기듕 우물듯 명이나 홀 만ᄒ면 다려오되 칠보슈식과 단장을 각별치례ᄒ고 각각 본부의셔 볼 젹은 무산션녀 ᄀᆺᄒ니 그 모형뎌 왈 녀뎌의 아름다오미 져 ᄀᆺᄒ니 엇지 임가 연상

21면

의 투식 뎨일좌를 당치 못ᄒ리오 ᄒ고 니르럿더니 및 임부 졔인의 복식 거동을 보건 ᄃᆡ 다만 흔 우흠물노 옥안을 됴히 씻고 위예 됴츤 바 품복이 졍졔홀 ᄯᆞ름이니 모연 부인ᄂᆡᄂᆞᆫ 녹군취슘으로 봉관옥픽쑨이니 쇼년부인ᄂᆡᄂᆞᆫ 홍군취슘을 당단의 맛가즐 쑨 이요 슈식의 ᄉᆞ치와 틴산의 어즈러오미 업셔 방틴을 무가ᄒ고 연화를 불어ᄒᆞ엿시나 긔긔히 침어낙안지용이니 만좌 홍군치의 탈식ᄒᆞ여 도로혀 홀난ᄒ 방틴의

22면

윤진 거시 셕은 남긔 치식흔 듯 기 즁 열젹은 눈는 졔 몸을 도라보와 즈부지심이 져 상호여 온 줄을 뉘웃츠리 만터라 틱부인이 이날 샹국과 쵸왕을 명호여 왈 군시 슈미 쳔나 인싱이 잔잉호거놀 져의 되 지은 비 업시 즈식의 연고로 별원의 닉치미 임의 반년이라 호믈며 금일은 인가의 경회니 홀노 군시 모지 업스니 닉 뜻이 측은흔지라 숀으는 군시 모즈를 수호여 금일 연셕의 참예케 호라 왕이 빅사슈명호고 즉시 가졍 츠

23면

환을 보닉여 군시를 수호니 군계 모지 우우히 심회를 니긔지 못호여 닌흥을 경계 치 칙호미 즈즈니 군계 일홈이 녀지나 쵸의 남장으로 빅만군즁의 왕닉호여 위풍이 썩썩 흔든 쟝문여풍이라 으즈의 허물을 칙호미 심히 각박호고 엄슉호니 인흥이 두려 즈연 즈칙호미 되니 이의 미문반년의 비로쇼 스명을 어드니 군시 모지 불승딘회호여 거마 를 슈습호여 쵸궁의 니르니 츠일 졍히 승연이라 군시 취셩

24면

텬 계하의셔 쳥죄호여 신혼모졍을 폐호믈 스죄호니 군시 쏘 홍옥 쵸츈이 지나시되 유한흔 긔질이 결비하등이라 별닉 누삭의 풍완호질이 돈감호고 완슌츅쳑호미 견즈 로 암칭홀 비라 만당 졔빈이 시로이 왕의 측실 쇼가의 니르히 긔특호믈 칭찬호고 틱 부인이 흔연이 평신호라 호고 무휼호미 극진호니 녀 위 냥부인이 흔연 무이호고 쥬 비 금댱 스인이 면면치위호니 군시 불감승당이러라

25면

인흥은 감히 드러오지 못호고 문외의셔 죄를 기드리는지라 시녀 샹국긔 고왈 셔낭이 감히 드러오지 못호여 문외의 디뢰호느이다 샹국이 쵸왕을 도라보아 왈 인이 엇지 시로이 쳥죄호느뇨 부즈 텬뉸은 귀쳔이 업느니 오이 싱각지 못호느냐 셕년의 녀뷔 유린 모즈를 수홈도 이시니 군시 슈미나 녀시의 과악은 업고 인흥의 힝시 불미호나 쏘 유린의 픽륜무상호믈 힝호미 업스니 오으의 스룸 다스리미 과

26면

혼가 ᄒ노라 쵸왕이 청교의 경괴슈란ᄒ여 딕왈 ᄌ고로 회과칙션은 셩인의 경계라 ᄌ
모와 아이 당년 실덕이 잇스나 이졔 임의 회과칙션ᄒ여 ᄌ위 셩덕과 아의 쳥덕고졀
이 인인의 칭예ᄒᄂ 빅여놀 딕인이 간간이 이르시니 혼ᄀ 히ᄋ의 심ᄉ 불안홀 분 아
냐 관흥의 여러 남ᄆ 당년 기부의 과실을 알면 엇지 불안치 아니리잇가 복망 딕인은
이 하교를 다시 마르쇼셔 지어 군녀 모ᄌᄂ 허물이 크지 아니

27면

나 져의 좌지 쳔ᄒᄆ를 싱각지 아니코 범ᄉ의 방ᄌᄒᄆ 심ᄒ니 만일 엄히 다스리지 아
닌즉 쳔흔 ᄌ식이 됴션 명예를 츄락홀가 다스리미 잇스오나 임의 돈명을 봉승ᄒ여
ᄉᄒ엿거늘 쳔위 돈이를 아지 못ᄒ고 가지록 완만긔승ᄒ여 거즛 쥬리ᄂ 체ᄒ고 금일
승회의 분요ᄒᄆ를 알며 거취를 지에ᄒ니 더욱 통히토쇼이다 상국이 미쇼 왈 쇼이 예
붓터 은모악데를 두호ᄒᄆ 아비게 승슌지도를 일흐미 이시니 진짓 녀시

28면

의 효지로다 연이나 인흥의 왕양홈도 역시 가운의 달녀시니 져만 칙홀 빅 아니니라
왕이 직비 슈명ᄒ고 시노로 인흥의게 던어 왈 불쵸 쳔ᄌ의 방ᄌ혼 딕 ᄒ딕ᄒ니 돌연
ᄉ홀 ᄯᄉ이 업더니 금일 연셕을 베풀믄 가중 경ᄉ라 돈명으로 ᄉ를 ᄂ리왓거늘 엇지
견집지예ᄒᄂ뇨 너의 ᄌ취 돈빈귀칙 안던의 번거치 못ᄒ리니 모로미 독셔지의 가 졔
공ᄌ로 더브러 잇게 ᄒ라 인흥이 황공ᄒ여 독셔지로 가너라 니

29면

러틋 놀이 ᄂᄌ니 신낭을 보닉며 신부를 보닐ᄉ 상국 곤계 ᄌ딜을 거ᄂ려 입닉ᄒ여
ᄉ기 신낭을 길복을 닙혀 보닐ᄉ 옥안풍광이 이 날 더옥 표표ᄒ니 쇼부의 단즁홈과
풍부인의 담연ᄒ무로도 미우의 회식이 ᄀ득ᄒ니 쥬비의 긔ᄌ긔이 엇더ᄒ리오 졍히
각상의 츈풍이 이럿더라 졔공지 일시의 위의를 ᄀ쵸와 부문을 ᄂ니 만됴요긱이 구름
ᄀᄌ고 위의 거룩ᄒ거늘 반노의 밋쳐는 쥬공ᄌ 가한님의 위의를 맛ᄂ니

30면

여숫 신낭의 장훈 위의는 니르지 말고 뉵인의 옥안 풍치롤 도로 관광지 칭찬불니ㅎ더라 뉵인이 딕로변의 미쳐는 셔로 길홀 난화 가한님과 쥬공ㅈ는 임상부로 향ㅎ고 쵸궁 냥공ㅈ는 박으로 ㄴㅇ가고 관흥 공ㅈ는 윤부로 향ㅎ고 계흥은 쇼부로 ㄴㅇ가 각각 혼가의 니르니 졔부의 각각 딕연을 빅셜ㅎ고 신낭을 마ㅈ며 신부롤 보닐 시 졔 공지 각각 혼가의 ㄴㅇ가 옥상의 홍안을 견ㅎ고 신부 상교롤 지촉ㅎ여 일시의 도라

31면

오니 쏘 가 쥬 냥싱이 임쇼져 ㅈ미롤 친영ㅎ여 도라가는 위의롤 맛난지라 십ㅈ가 딕 로변의 여숫 신낭의 화지농뉴지풍은 기기히 학상션풍이라 풍광이 빅일의 ㅂ이는딕 여숫 치거금년이 일노의 휘요ㅎ니 비컨딕 동비 셔방 마ㅈ 부상의 스리가는 거동이라 임쇼져 ㅈ미의 치거는 각각 구문으로 가고 냥 박 쇼져와 윤 쇼 냥신부는 임상부의 니 르니 무슈 시녜 홍군취숨이 셧돌고 금년보촉을 줍으 스위 신낭 신부

32면

롤 마ㅈ 쳥즁의 독좌롤 파ㅎ고 단장을 곳치미 됴뉼을 밧드러 돈당구고기 헌홀 시 만 목이 쳠시ㅎ니 이 믄득 임부 복경이 둣터워 슉녀 미부롤 쌍쌍이 취ㅎ니 네 숑이 목난 이 됴로롤 쩔친 듯 유한뎡뎡흔 긔질이 발어외모ㅎ고 박쇼져 ㅈ미는 일목지엽으로 션 연뇨라흔 광염이 졀셰묘완이라 관흥 쳐 윤시의 됴코 맑은 긔질이 딘이의 쒸여ㄴ니 션원의 신홰요 슉국의 난최라 각각 그 가부의 긔질을 응ㅎ여

33면

텬졍 냥필이라 네파의 각각 좌의 ㄴㅇ가 안항을 비기미 금댱쇼고 슈십인 ㄱ온딕 추 등이 업스니 돈당구괴 회불ㅈ승ㅎ고 만당 졔빈의 위하지셩이 부졀여류ㅎ니 좌슈 우 응의 승당ㅎ더라 텬지 특별이 네관을 보닉ㅅ 관틱부인긔 헌슈ㅎ라 ㅎ시니 네부상셔 쥬현경은 쥬비의 딜지니 연인통가의로 관틱부인 춘취 고심ㅎ신 고로 셩쥬의 은영을 밧ㅈ와 쥬상셔의 녜빙롤 바들시 쇼년 부인닉는 댱닉로 피ㅎ고

34면

홀노 쥬슉녈이 ᄌ녀부를 거ᄂ려 쥬녜부의 녜를 바드미 쥬상셰 보뒤를 도도고 옥비의 향은을 만작ᄒ여 관튀부인긔 헌ᄒ고 공경직비ᄒ니 튀부인이 피셕숀ᄉ 왈 미망노신은 무용지인이로뒤 힝혀 불민ᄒ ᄌ숀이 국가의 츈공이 업시 셩쥬의 불ᄎ로 녜우ᄒ시믈 밧ᄌ와 위국인신ᄒ며 부귀작낙이 과의여늘 다시 텬은이 능셩ᄒᄉ 지어노신의 녜관이 슈고롭게 ᄒ시니 불안황괴ᄒ 밧ᄌᄂ 묘복이 숀홀가 두리ᄂ이

35면

다 쥬상셰 공경문파의 하셕비ᄉ 왈 임상부와 쵸국군 부ᄌᄂ 국가보필이라 셩쥬의 녜우ᄒ시미 의리 당연ᄒ시고 히ᄂ 우러러 흠앙ᄒᄂ 빈라 ᄒ믈며 국가의 공훈이 놉하 특은으로 영쳔ᄉ연ᄒ신 빈니 돈튀부인 놉흔 교훈이 빙모의 지ᄂ시니 쇼쇼하상을 니르며 쇼관의 헌작을 불안ᄒᄉ 돈언이 여긔 미ᄎ시니 황괴ᄒᄆ을 니긔지 못홀쇼이다 튀부인이 숀ᄉ겸양ᄒ더라 쥬상셰 츌외ᄒᄆ 다시 좌를 곳치고 바

36면

야ᄒ로 ᄌ숀이 헌작홀 시 임상국이 광미봉안의 품복을 ᄀ쵸ᄆ 녀부인으로 더브러 옥비의 향은을 만작ᄒ여 ᄂ ᄋ오니 상국이 학발이 희희ᄒ고 창안의 셔리 빗치 쇼쇼ᄒ나 풍의덕질이 호연탈속ᄒ니 녀부인이 또 반빅지년이로뒤 일발이 불빅ᄒ고 결청ᄒ 긔질이 만히 쇠치 아낫거늘 봉관옥픽 가히 뒤상의 ᄂ상이오 일국 군왕의 튀부인이믈 알니러라 작을 헌ᄒ고 물너 지비ᄒᄆ 상국이 강

37면

능의 슈를 비니 셩음이 쇄락ᄒ여 구쇼의 어리니 튀부인이 미위쳑비ᄒ여 굴오뒤 미망여싱이 션군을 여희옵고 고ᄌ 낭인을 흑양ᄒ여 각각 쌍을 ᄀ쵸나 ᄌ셩이 완만ᄒ여 낭지 늦도록 농장지경이 업ᄉ니 노모의 슬히 뎍막홀 분 아냐 됴션의 텰ᄉ지탄이 잇실가 슉야 우려ᄒ더니 됴션이 음즐ᄒᄉ 삼숀의 긔특ᄒᄆ 문호의 경ᄉ요 드러오ᄂ 며느리 긔긔히 쵸군탁ᄋᄒ여 슉녀 셩시라 더욱 오늘날

38면

경스는 쥬현부의 독보흔 셩효로써 창흥 깃흔 긔즈를 ᄂ하 쥬동을 영창ᄒ미니 노뫼 구쳔하의 우음을 먹음어 구고와 션군긔 뎐홀 말이 빗ᄂ리니 엇지 깃브지 아니리오 상국이 즈교를 듯ᄌ오미 시로이 츄감ᄒ믈 니긔지 못ᄒ나 승안화긔로 진비위로ᄒ고 퇴ᄒ니 션싱이 아관박뒤로 위부인과 ᄒ가지로 옥비를 드러 헌ᄒ고 물너 진비ᄒ미 탁낙흔 풍의와 쇄락흔 골격이 결쳥 씩씩ᄒ여 쇼허의 고

39면

덜이 의여일신ᄒ니 위부인의 슈려흔 광염과 셩덕즈질이 계츄군지요 결군당뷔라 틱부인이 션싱 부부의 풍용덕질을 볼 적마다 두긋겨 미우의 화긔 ᄀ득ᄒ고 좌긱이 교구칭찬ᄒ더라 션싱 부뷔 물너ᄂ미 쵸옥이 품복을 졍히ᄒ고 쥬슉녈과 한부인이 각각 구봉면뉴관과 직금덕의로 명월픽를 울녀 옥비의 향은을 만족ᄒ여 몬져 틱부인긔 헌ᄒ고 버거 상국 부부와 션싱 부부긔 드리고 물너 졀ᄒ미 봉셩

40면

을 ᄂ리여 돈당과 슈위 부모의 강능지슈를 츅ᄒ니 쳥원흔 셩음이 운쳔의 스못ᄎ니 힝운이 머물고 션학이 츔츄ᄂ지라 돈당과 슈위 부모의 흔업시 귀즁ᄒ믄 니르지 말고 만좌 졔빈이 츄앙흠복ᄒ미 춤이 갈ᄒ긔의 미츨너라 왕의 부뷔 물너ᄂ미 북평휘 공쥬와 쇼부인으로 더브러 금관옥픽를 뎡히 ᄒ고 잔을 드러 왕모와 슈위 부슉긔 헌ᄒ고 물너 진비ᄒ미 북휘 여산약히지슈를 비니 부부 삼인

41면

의 남풍녀치와 긔이흔 품질이 상하치 아니니 틱부인이 잔을 밧고 공쥬의 옥슈를 잡고 기리 ᄉ흐여 ᄀ로뒤 옥쥬는 금지옥엽으로 왕회의 돈흔미 잇시니 금가의 귀한 여름이 엇지 상녜지엽과 ᄀᄐ리오마는 쵸의 광망흔 가부를 ᄂ됴의 공이 갈담셩스를 효측ᄒ여 쇼시의 ᄭ츤 인연을 다시 닛게 ᄒ시고 마츰ᄂ 부뷔 네이동고ᄒ고 화락ᄎ담ᄒ여 즈녀를 연싱ᄒ고 부귀영녹이 극ᄒ니 이ᄂ 다 옥쥬의 셩덕이라 엇

42면

지 셰린의 공이라 ᄒ리오 공쥐 부복쳥교의 피셕ᄉ례ᄒ고 물너ᄂᆞ니 빅운즈 유린이 금관즈포로 풍부인으로 더브러 틱모와 부슉긔 헌작ᄒ니 온즁ᄒ 쳬모와 풍부인의 결쳥ᄒ 품질이 ᄀᆞᆺ쵸 긔특ᄒ지라 샹국의 침묵ᄒ무로도 이 ᄋᆞ들의 회과ᄒ 덕을 어엿비 넉이고 풍시의 닉뫼 공강 ᄀᆞᆺᄒᄆᆞᆯ 긔특이 넉이ᄂᆞᆫ지라 그 잔을 밧고 회식이 만안ᄒᄆᆞᆯ 씨ᄃᆞᆺ지 못ᄒ고 틱부인이 쇼부의 손을 줍고 등을 어루만즈 골오ᄃᆞ 너

43면

의 오늘날이 잇시믄 노뫼 더욱 희귀ᄒ 일노 아ᄂᆞ니 이 엇지 풍쇼부의 셩덕이 공강으로 상우치 아니리오 쇼뷔 틱모와 야야의 휘우ᄅᆞᆯ 우러러 더욱 감동ᄒ니 봉안이 쳐연ᄒ여 졀ᄒ고 퇴ᄒ니 ᄎᆞ례 손즁의 니르니 승샹 연국공 챵흥이 셜의녈과 됴부인으로 더브러 금관옥픠ᄅᆞᆯ 졍히ᄒ고 옥비의 향은을 만작ᄒ여 냥티 돈당과 부왕 모비긔 헌슈ᄒ고 강능의 슈ᄅᆞᆯ 노릐ᄒ니 화풍경일지상과 의녈의 만틱억치와 됴

44면

부인의 찬연ᄒ 광염이 만좌의 ᄇ이니 냥티 돈당 부모의 흠녀 과즁ᄒ믄 니르지 말고 좌긱의 만심갈치ᄒ믄 혜 달을 듯ᄒ니 임상부 남녀 졔인의 풍모ᄅᆞᆯ 우러러 쥬식을 닛더라 춍즈 텬흥과 어ᄉ 원흥과 복야 지흥과 상셔 경흥과 계흥 딘흥 셩흥 관흥이 각각 부인으로 더브러 돈당부모긔 쌍쌍이 헌작ᄒ니 남풍녀뫼 긔긔히 쵸츌ᄒ여 막상막하ᄒ고 모든 ᄋᆞ공ᄌᆞ난 학상션동 ᄀᆞᆺ고 유년 ᄋᆞ쇼져ᄂᆞᆫ 그림 속 션ᄋᆞ ᄀᆞᆺᄒ

45면

니 그 긔특ᄒᄆᆞᆯ 긔록기 어렵더라 동일 진환의 파연곡을 쥬ᄒ니 남빈녀긱이 도라가니 네 신부의 슉쇼ᄅᆞᆯ 뎡ᄒ여 도라보니고 일기 뎡당의 모다 신부 등의 특츌ᄒᄆᆞᆯ 두굿기며 가 쥬 냥싱의 풍치 문질이 쇼교의 쌍이 ᄀᆞᆨᄒᄆᆞᆯ 깃거ᄒ더라 시야의 졔공지 각각 부명으로 신방의 ᄂᆞᄋᆞ가 슉인을 상티ᄒᆞᆯ 시 쇼 진 냥푀 모든 신방을 규시ᄒᄆᆡ 계흥은 쇼시ᄅᆞᆯ 디ᄒ여 빅필의 아름다오믈 깃거ᄒ고 비록 신부의 유미ᄒᄆᆞᆯ 알오나

46면

년쇼 풍졍을 것줍지 못ᄒ여 쇼져의 옥슈를 줍ᄋ 이즁ᄒ미 과도ᄒ여 은졍이 교밀ᄒ나 엄훈을 두려 이셩지녜를 날호ᄃᆡ 부부의 샹이지되 지극ᄒ니 쇼 딘 냥필 웃기를 마지 아니코 셩흥 딘흥은 비록 년쇼ᄒ나 긔질이 침위ᄒ여 도흑 진유의 ᄂᆞᆺ부미 업ᄂᆞᆫ지라 각각 신방의 드러가 박쇼져 ᄌᆞ미를 ᄃᆡᄒ여 그 지뫼 뇨됴현완이믈 깃거ᄒᆞᆯ지언뎡 쇼년 부부의 경이지되 업셔 공경딘즁ᄒ미 노셩ᄒᆞᆫ 부부 ᄀᆞᆺᄒ니 규시지 도로

47면

혀 무미ᄒ더라 관흥은 신방의 ᄂᆞᄋᆞ가 윤쇼져를 보미 진실노 ᄌᆞ긔 쇼원의 영합ᄒᆞᆫ지라 ᄒᆞᆫ 번 츄파를 드러 슬핀 후 다시 유의ᄒ미 업셔 심하의 혜오ᄃᆡ 남이 쳐셰ᄒ미 츙회 냥던치 못ᄒᆞᆯ가 근심ᄒᆞᆯ지언뎡 쳐ᄌᆞ 어ᄃᆡ 업ᄉ리오마ᄂᆞᆫ 그러나 불현ᄒ흑 동신의 두통이니 원간 녀지 식이 불관ᄒ니 일기 냥슌ᄒ 녀ᄌᆞ를 어더 툰당을 효ᄉᄒ고 평싱을 동노ᄒ미 쇼원이라 윤시 지용은 불관ᄒ나 녀지 현슉ᄒᆞᆫ 녀지니 ᄯᅩᄒᆞᆫ ᄂᆞ의

48면

쳐궁이 박지 아니토다 이러툿 혜오리미 각별 심녀의 거리끼미 업셔 야심토록 고셔를 좀심ᄒ더니 계셩이 악악ᄒ미 놀ᄂᆞ 즉시 촉을 물니고 신부를 권ᄒ여 샹요의 ᄂᆞᄋᆞ가되 고요ᄂᆞᆨᄒ여 동졍이 업ᄉ니 쇼 딘 냥필 도라오며 그 쥬의 깁흐믈 아지 못ᄒ고 힝혀 금슬이 쇼원ᄒᆞᆯ가 의려ᄒ더라 이 ᄢᅥ 가한님은 임쇼져를 마ᄌ 도라가니 구고 슉당이 딘희ᄒ여 그 쳬용이 동작의 맛 갓고 녜졀이 슉슉ᄒ니 만당졔긱의 하

49면

언이 분분ᄒ고 구괴 불승딘희ᄒ여 입이 버럿더라 신부 슉쇼를 뎡ᄒ여 보ᄂᆞ니 싱이 공경듕딘ᄒ미 디극ᄒ고 임쇼졔 인유구가ᄒ미 녜힝 부덕이 슉진ᄒ니 구고의 이즁ᄒ믄 닌니 향당이 칭예ᄒ더라 쥬싱이 ᄯᅩ 임쇼져 옥혜를 마ᄌ 도라가니 쇼져의 쳔교빅미 찬연ᄒᆞᆷ믄 본ᄃᆡ 셰ᄃᆡ 여믹이라 뎨ᄉᆞ 금댱 ᄀᆞ온ᄃᆡ ᄲᅱ여ᄂᆞ니 툰당구괴 크게 ᄉᆞ랑ᄒ고 쥬싱이 듕딘ᄒ여 임쇼져 평싱이 쾌락ᄒ더라 각각 ᄭᅩᆺ다온

50면

예셩이 본부의 미츠니 됴당부뫼 크게 깃거ᄒ더라 명됴의 임상부의셔 졔인이 됴당의
신셩홀 ᄉᆡ 쇼 윤 박 사쇼졔 셩장옥티로 신셩ᄒ니 아름다온 직용이 금벽난실의 ᄇᆡ이
니 됴당구고의 귀듕ᄒ미 일필난긔라 딘파는 일즉 도라오고 쇼파는 나듕 드러오ᄃᆡ 의
상이 부졔ᄒ고 두 눈을 빗쓰며 드러와 일오ᄃᆡ 공연이 밤식도록 ᄌᆞᆷ 못ᄌᆞ고 혜지른 연
고로 늣도록 ᄌᆞ고ᄂᆞ니 튀부인긔 신셩이 느졋도다 튀부인이 고이히

51면

넉여 굴오ᄃᆡ 무ᄉᆞ일 ᄌᆞᆷ 아니ᄌᆞ고 그리 분쥬ᄒ뇨 쇼픽 ᄃᆡ쥬왈 ᄉᆞ낭의 신방 규시ᄒ라
딘시로 더브러 단ᄌᆞᆷ을 폐ᄒ고 분쥬ᄒ이다 딘시는 더믄 긔운이라 여러 ᄂᆞᆯ 쎄쳐 ᄌᆞᆷ 아
니 ᄌᆞ도 관겨치 아니되 쳔녀는 ᄂᆞ히 만흐무로 ᄌᆞᆷ 못ᄌᆞ니 병이 늘 듯ᄒ이다 튀부인이
미쇼 왈 누가 식이더냐 너의 실업슨 타시니라 쇼픽 웃고 쥬왈 요ᄉᆞᆷ이 아기닉 엉뚱ᄒ
여 식도록 옥화슈담 탐탐ᄒ니 ᄌᆞ미 넉여 듯노라 ᄌᆞ연 닭이 울고 식벽북이 니어 ᄌᆞᆷ을
못ᄌᆞ이

52면

다 인ᄒ여 계흥의 쇼시ᄅᆞᆯ 권ᄋᆡ하던 슈말과 딘흥 셩흥의 거동이며 관흥의 윤쇼져 이
ᄌᆞᆷ터라 말을 슈업시 보틱여 니르니 좌위 박장ᄃᆡ쇼ᄒ고 북휘 역쇼왈 슉시 부인 망셜
은 싀트시 드러시니 다 엇지 미드리오 딘가 아ᄌᆞ미 ᄒᆞᆫ가지로 드럿다 ᄒᆞ니 바른 말ᄒ
라 슉ᄌᆞ의 부인을 붉히리라 딘픠 황공 ᄃᆡ왈 슉지 본ᄃᆡ 졔공ᄌᆞ ᄉᆞ랑이 과흔 고로 회히
ᄅᆞᆯ 창슈ᄒ오미나 엇지 부언증익ᄒ리잇가 드티여 작야 졔공ᄌᆞ의 거동을 다

53면

뎐ᄒ니 좌위 계흥의 힝ᄉᆞᄅᆞᆯ 뎔도ᄒ고 딘 셩 냥공ᄌᆞ의 신듕ᄒᄆᆞᆯ 긔특이 넉이고 관흥
의 너모 집녜 튀과ᄒᄆᆞᆯ 의심ᄒ니 왕이 관흥의 숀을 잡고 등을 두드려 굴오ᄃᆡ 현직라
아딜이여 ᄒᆞᆫ 둘의 뫼야지 튀산을 넘뛰고 경춘의 구슬이 만ᄂᆡᄅᆞᆯ 빗최니 오문쳥덕을
빗닌 ᄌᆞᄂᆞᆫ 아질이라 임시 튀교ᄒ시ᄆᆡ 문무ᄅᆞᆯ 싱ᄒᆞ시고 풍쉬 튀교ᄒ시ᄆᆡ 관흥이 싱셰
ᄒᄆᆡ로다 좌위 션타 ᄒᆞ고 공지 황공불감이오 계흥은 참슈만면ᄒ고 쇼

윤 박 제쇼져는 옥안의 홍광이 취지ᄒ니 덜슝흔 ᄐ되 낭원의 봄빗치 서로오니 녀부
인이 불승이경ᄒ여 제신부의 운환을 어루만ᄌ 왈 일 업슨 늘그니 년쇼비 신방 규시
ᄒ미 닉슈ᄒ여 녀등의 슈란ᄒ믈 더으도다 그러나 여등을 ᄉ랑ᄒ미니 과도히 슈습지
말나 졔쇼졔 보압을 ᄂᆺ쵸와 듯ᄌ올 ᄹᆞ니라 ᄉ쇼졔 인ᄒ여 구가의 머물미 효봉돈당구
고ᄒ고 승슌군ᄌᄒ여 셩이 ᄌᄌᄒ니 돈당구고긔 만금듕이와 공ᄌ 등의 공

경듕ᄃᆝᄒ미 가비얍지 아니코 닌니칭예ᄒ여 예셩이 각각 친측의 미츠니 부모의 깃거
ᄒ미 비길 ᄃᆡ 업더라 삼일 후 가한님 쥬공지 니르러 삼일 견빙악지녜롤 ᄒᆡᆼᄒ니 상하
노위 뎡당의 ᄃᆡ회ᄒ여 교직을 뎝ᄃᆡ하며 냥인의 옥안영풍이 녀ᄋ의 상덕흔 비필이믈
이듕ᄒ더라 쵸왕이 부야로 인흥을 불너 일장을 경계ᄃᆡᄎᆞ며 군계롤 졀ᄎᆞᄒ여 불
명ᄒᄆᆞᆯ ᄎᆞᆨᄒ니 인흥 모지 황연ᄉ죄ᄒ고 ᄎᆞ후 더욱 됴심ᄒ

더라 상국이 왕을 뎡ᄒ여 왈 맛당이 인흥의 상덕흔 비필을 구ᄒ라 왕이 슈명ᄒ여 녀
비 구ᄒ더니 간의ᄐᆡ우 숑빙의 셔녜 극히 현미ᄒᄆᆞᆯ 듯고 듕믹로 구혼ᄒ니 숑공이 깃
거 쾌허하고 길긔롤 보ᄒ니 왕부의셔 혼구롤 셩비ᄒ여 길일의 인흥을 보ᄂᆡ여 숑시롤
마ᄌ오니 숑시 ᄂᆞ히 십ᄉ셰라 옥안화ᄐᆡ ᄌ약뇨라ᄒ여 크게 현슉ᄒ니 일긔 깃거ᄒ며
군시 ᄉ랑ᄒ미 친녀 ᄀᆞᆺ고 인흥의 후ᄃᆡᄒ며 가즁 졔인이 숑시의 냥

션ᄒᄆᆞᆯ 긔특이 넉이더라 셰월이 임염ᄒ여 명년 츈하의 미첫더니 ᄎᆞ시 텬지 셩묘의
빈알ᄒ시고 문무방뎡과롤 여러 쵸현인지ᄒ시는지라 만당 다시 구름ᄀᆞᆺ치 모다 셩과
롤 구경홀 ᄉᆡ 임상국이 문흥의 셩만ᄒᄆᆞᆯ 깃거 아니나 ᄐᆡ부인 열의롤 다ᄒ는 고로 졔
공ᄌ의 응과ᄒᄆᆞᆯ 니르니 쵸왕ᄌ 딘 셩 냥인과 북후의 오ᄌ 계흥이 일시의 참방ᄒ여
도라오니 장원은 딘흥이요 회원은 셩흥이오 탐화는 계흥이요

58면

넷지는 쥬공지라 스인이 옥안영풍의 스쥬를 반취ᄒ고 계화청삼으로 도라오니 돈당 부모의 두굿기미 비길 뒤 업고 텬지 졔인의 옥모영풍을 스랑ᄒᄉ 삼일유가 후 특지로 딘흥 셩흥으로 동궁 시강ᄒᄉ 금문스인을 ᄒ이시고 계흥으로 한님흑스를 ᄒ이시고 쥬희로 금문직스를 ᄒ이시니 졔인이 스은ᄒ고 일시의 찰직ᄒᄆ 강명졍직ᄒ니 됴야 쳥망이 ᄌᄌᄒ더라 관흥 공지 홀노 물욕의 담연ᄒ니 명니의 버셔ᄂ

59면

ᄂ지라 윤쇼졔 셩장화틴로 의복이 스치ᄒᄆ를 취치 아냐 일일은 쇼져를 딘ᄒ여 왈 인지싱셰의 영욕이 흔가지라 못ᄒᄆ 쇼연ᄒ여 쳥운과 빅운이 길히 다르고 남으의 지취다 각각이라 싱이 본디 상문싱츌노 부귀교이 등 싱댱ᄒ나 평싱 쥬의 고이흔 뒤 잇ᄂ지라 기리 담연ᄒ니 닙신현양ᄒ여 공명 부귀를 원치 아냐 고스 산님의 쇼허를 됴문ᄒ고 엄ᄌ릉을 불워ᄒᄂ니 갈건츄로와 아관박디 싱의

60면

쇼원이라 현뢰 ᄯᄒᄂ 녜를 알진디 맛당이 스치흔 복식을 취치 마라 써 가부의 지취를 됴츠미 맛당ᄒ니이다 윤쇼졔 셩혼 긔년의 싱의 온즁뎡딘ᄒᄆ를 딘ᄒ여 샹경여빈ᄒᄆ 각결쳐의 디ᄂ니 스괴미 깁지 못ᄒ여 싱을 딘ᄒᄆ 슈괴ᄒᄆ 심ᄒ던 ᄎ 여러 마디 말숨과 복식의 화려ᄒᄆ를 깃거 아니ᄆ를 드르미 경괴슈란ᄒ여 딘슈를 슉여 능히 딘치 못ᄒ니 가려흔 긔질이 더옥 뎔츌ᄒ여 쳘셕

61면

간장이 농쥰홀 듯 시븐지라 십분 이경ᄒ여 냥구슉시의 찬연 잠쇼왈 싱이 싀회 아니라 현뢰 엇지 이딘도록 슈습ᄒᄂ뇨 쇼졔 염용 딘왈 쳡이 유츙불민ᄒ여 능히 셰졍을 아지 못ᄒᄂ 고로 돈젼의 불미흔 힝싀 무일 가관이로딘 스스로 허물을 ᄭᄢ닷지 못ᄒ더니 군ᄌ의 가르치시믈 바드니 쳡심이 황괴치 아니리잇가 명교를 근슈교의리이다 언파의 스긔 안셔ᄒ고 옥셩이 쳥으ᄒ여 온슌

62면

비약ᄒᆞ니 싱이 미쇼ᄒᆞ고 견권ᄒᆞ미 시롭더라 윤쇼졔 즉시 복식의 화려ᄒᆞᄆᆞᆯ 업시ᄒᆞ고 담담ᄒᆞᆫ 녹의홍군으로 ᄒᆞᆯ♡지 옥차와 ᄒᆞᆫ 쥴 옥꾀쌴이니 가즁상히 져 부부의 넘결쳥덜을 아니 흠탄ᄒᆞ리 업더라 속어의 쥬언은 문됴ᄒᆞ고 야언은 문셔ᄒᆞ니 임공ᄌᆞ 관흥의 집녜 고듕ᄒᆞ여 인뉴의 특이ᄒᆞᄆᆞᆯ ᄌᆞ연 뎐파ᄒᆞᄂᆞᆫ지라 시인이 열복ᄒᆞ여 셕일 임쇼부의 당년 취예로써 이제 회신ᄌᆞ덕ᄒᆞ고 기ᄌᆞ의 긔특

63면

ᄒᆞ미 이는 하늘이 임상부의 츙효롤 감응ᄒᆞᄉᆞ 빅운지 능히 슈신ᄌᆞ과ᄒᆞ여 션도의 ᄂᆞᄋ 가고 관흥 ᄀᆞᆺᄒᆞᆫ 고현이 강싱타ᄒᆞ니 ᄌᆞ연 뎐파ᄒᆞ여 구즁의 ᄉᆞᄆᆞᆺᄎᆞ니 상이 드르시고 상부의 츙의로 쵸왕과 승상 ᄀᆞᆺᄒᆞᆫ 긔ᄌᆞ현숀을 두어시나 오히려 싱지긔ᄌᆞᄂᆞᆫ 빅운ᄌᆞ 일인으로 쇼시 취예 됴션을 츄락ᄒᆞᆯ 번 ᄒᆞ던 바로 이졔 니러틋 긔특ᄒᆞ여 그 긔ᄌᆞ의 특이ᄒᆞᄆᆞᆯ 드르시민 크게 긔특이 넉이시고 ᄯᅩ 상부의 친싱긔숀이

64면

피셰도은ᄒᆞᄆᆞᆯ 어엿비 넉여 상부 부ᄌᆞ롤 인견하됴ᄒᆞᄉᆞ 왈 딤이 드르니 쇼부 유린의 지 임의 셩취ᄒᆞ여 문니 댱진타 ᄒᆞ거눌 엇지 여러 번 셩과의 폐과불참ᄒᆞ뇨 딤이 인지롤 집히 아랏ᄂᆞ니 맛당이 별과롤 뵈여든 관흥을 참방케 ᄒᆞ라 상국이 빈이쥬왈 유린의 ᄌᆞ 관흥이 덕은 문지 잇ᄉᆞ오나 엇지 감히 셩언을 당ᄒᆞ리잇고 연이나 ᄎᆞ이 본ᄃᆡ 셩되 괴벽ᄒᆞᆫ 가온ᄃᆡ 기부의 쇼시 취명을 신누롤 삼ᄋ 진욕

65면

을 ᄉᆞ졀코ᄌᆞ ᄒᆞᄂᆞᆫ지라 졔 지원이 여ᄎᆞᄒᆞ오니 한아비 되여 올흔 닐을 무어시라 경계ᄒᆞ리잇고 폐하 됴졍의 츙냥지ᄉᆞ와 쇼년 명뉴의 간관열시 부지기쉬라 ᄒᆞᆫ 관흥이 아니나 엇지 셩쥬롤 보익ᄒᆞᆯ 신지 업ᄉᆞ리잇고 복망 폐하ᄂᆞᆫ 별과의 셩지롤 거두쇼셔 상이 불예 왈 유린이 비록 쇼시 실덕이 잇다 ᄒᆞ나 회과칙션의 아름다온 츙의덕힝이 겸비ᄒᆞ니 엇지 니런 쇼쇼지ᄉᆞ로 그 ᄌᆞ식의 뎐뎡의 히로

66면

오미 이스리오 션싱은 일노써 겸스치 말고 유린 부즈롤 기유ᄒ여 금번 과거롤 허송치 말나 상국이 셩지롤 듯즈오미 만심불안ᄒ여 지솜 ᄉ양ᄒ고 쵸왕이 면관돈슈 왈 당원 지셩이시되 쇼부 허위 잇고 광ᄆ위 명쥐로디 즈릉의 고의롤 앗지 못ᄒᄂ니 관흥이 연쇼유미나 일편단심은 금옥을 연히 넉이며 ᄉ호의 결기와 쇼부의 쳥의 잇ᄂ지라 즈쇼로 물욕이 담연ᄒ거늘 쏘 아븨 취예롤 븟그려

67면

은신ᄉ셰롤 구지 졍ᄒ온지라 만일 져의 지기롤 아ᄉᄌ즉 사싱을 결홀 뜻이 잇ᄉᄂ 고로 신의 부지 쏘ᄒ 홀 일 업셔 허락ᄒ엿ᄉᄂᄂ지라 엇지 다시 텬위로 강박ᄒ리잇고 상이 쵸왕의 간결ᄒ 쥬ᄉ롤 드르시고 침음 왈 연즉 졔 아직 ᄂ히 어려 셰고롤 모르무로 ᄒᄌ 일도만 직희미니 아직 바려두어 ᄂ히 ᄎ믈 기드리ᄂ니 별과은지ᄂ 거두리라 상국부지 계슈ᄉ온ᄒ고 다시 쥬ᄒ여 관흥이 마춤ᄂ 명셰의 ᄂ지 아닐

68면

바롤 쥬ᄒ니 상이 부답ᄒ시더라 상국 부지 부즁의 도라와 궐즁ᄉ롤 뎐ᄒ니 쇼븨 불열 왈 엇던 다ᄉᄒ 스롬이 실엉시 뎐파ᄒ여 셰미지ᄉ로써 셩샹이 아르시미 되ᄂ잇고 관흥이 지좌러니 탄식 쥬왈 스롬이 엇지 부러 뎐셜ᄒ리잇고 속담의 언비텬니라 ᄒ니 가즁 슈다 인원의 즈연 뎐파ᄒ미 고이치 아니ᄒ이다 연이나 왕부와 빅븨 소즈의 덕은 쥬의 구드믈 쳔졍의 쥬달ᄒᄉ 다시 ᄎ즈시ᄂ 폐 업게

69면

ᄒ실나쇼이다 왕 왈 네 니르지 아니나 엇지 아니리오마ᄂ 셩쥐 너의 지덕을 앗기ᄉ타일 쵸현 승탁ᄒ실 뜻이 계시니 엇지 불힝치 아니리오마ᄂ 고어의 왈 텬지 지돈이시나 불탈필부지심이라 아질의 뎡심이 금셕 ᄀ트ᄒ니 황상이신들 엇지 ᄒ리오 공지 심니의 불열ᄒ여 유유부디터라 공지 ᄎ후 더옥 슈신ᄒ믈 규슈ᄀ치 ᄒ여 돈당 부모긔 신혼모졍을 파ᄒ즉 발즈최 뎡심헌을 ᄯ러나지 아니코 부친을 시봉ᄒ여 셩혹

70면

을 강논ᄒ고 졔졔ᄅᆯ 교흑 홀지연뎡 번화ᄅᆯ 취치 아니ᄒ니 이러홀ᄉ록 빗ᄂᆞᆫ 일홈은 더욱 던파ᄒ여 현명이 됴졍의 ᄌ로 밋ᄎ니 텬지 크게 어엿비 넉이ᄉ 부ᄃᆡ 그 쳥심고의ᄅᆯ 두루혀 국가보필을 삼고져 ᄒ시므로 텬에 슌슌ᄒᆞᄉ 임상국 부ᄌᆞᄅᆯ 딕ᄒᆞ신즉 관흥의 고집을 긔유ᄒ여 ᄂᆞᆼ방의 참예케 ᄒ라 ᄒ시미 ᄒᆞᆫ두 번이 아니라 상국 부ᄌᆞ 민우ᄒ여 혈심쇼ᄌ로 관흥의 고집을 알외여 깁히 희혹기 어

71면

려오믈 고ᄒ나 상은 이럴ᄉ록 그 인ᄌᆡᄅᆯ 앗기미 간뎔ᄒ시며 상국 부ᄌᆞ의 쥬언을 밋지 아니ᄉ 후릐의 효장공쥬 신연 됴하시의 관흥의 직덕과 ᄎᆞᄉᆞᄅᆯ 힐문ᄒ시고 딘실노 뎡인과 ᄀᆞᆺ홀딘ᄃᆡ 엇지 앗가온 인ᄌᆡᄅᆯ 쵸야의 바리리오 딤이 부ᄃᆡ 일위여 국가보필을 슴고ᄌ ᄒᆞᄂᆞ니 황슉의 ᄯᅳᆺ이 엇더ᄒ시뇨 공쥬 쥬왈 과연 유린지ᄌ 관흥의 지모 풍신은 금셰 아현이라 공밍이 부ᄉᆡᆼᄒ시나 무불하지리이다

72면

마는 져의 부명이 긔구ᄒ여 기부의 쇼ᄉ 취명을 과히 붓그려 피셰도은키ᄅᆯ 구지 졍ᄒ여시니 비록 군부의 위엄이나 그 고의ᄅᆯ 앗지 못ᄒ오리니 복망 폐하ᄂᆞᆫ 신ᄌᆞ의 집심을 용납ᄒ쇼셔 상이 공쥬의 쥬ᄉᆞᄅᆯ 드르시며 관흥의 직덕을 붉히 아르시고 그 직덕을 앗겨 ᄎᆞ마 ᄃᆞ려바릴 ᄯᅳᆺ이 업셔 미쇼 묵연ᄒ시더라 공쥬 퇴궐ᄒ여 궁의 도라와 셩상 말ᄉᆞᆷ으로 풍부인긔 뎐ᄒ니 빅운ᄌ 부뷔 더옥 불안ᄒ

73면

더라 아지 못게라 관흥의 디취 마ᄎᆞᆷᄂᆡ 군부의 위엄의 굴ᄒᆞ미 된가 미지의로다 시시의 만셰 황애 관흥을 시험코ᄌ ᄒᆞ사 ᄉᆞ관으로 별은을 듯터이 ᄒᆞᄉ 옥당 한원의 쳥현명직으로 녜쇼ᄒ시니 ᄉᆞ관이 봉됴ᄒ여 상부의 니르니 상국이 향안을 비셜ᄒ고 됴셔ᄅᆯ 써혀보니 셩지 딕강의 왈 관흥의 츌셰ᄒᆞᆫ 직풍으로 님하의 바리믈 앗기ᄂᆞ니 졔 ᄉᆞ스로 즐겨 폐과ᄒ니 딤이 능히 그 과거 보믈 기다리지 못ᄒ여 별

74면

녜로 고현을 징쇼ᄒᆞᄂᆞ니 임관흥으로 ᄃᆡ뎨학 쳬찰ᄉᆞ 비셔각 한님쥬셔로 녜쇼ᄒᆞ여 옥당 한원의 웃듬을 삼고ᄌᆞ ᄒᆞᄂᆞ니 다시 텬은을 ᄉᆞ양ᄒᆞ여 왕ᄉᆞ를 슈고롭게 말며 황지를 만모치 말나ᄒᆞ여 계시더라 상국이 관흥을 불너 됴셔를 듯게 ᄒᆞ니 공지 마지 못ᄒᆞ여 아관박ᄃᆡ로 됴셔를 밧ᄌᆞ와 망궐ᄉᆞ은ᄒᆞᆷᄆᆡ 이의 듕ᄉᆞ를 ᄃᆡᄒᆞ여 슈루댱탄 왈 미신이 감히 황은을 만모ᄒᆞᆷᄆᆡ 아니라 본ᄃᆡ 뎡흔 쥬의 잇셔 님하의 늙기

75면

를 계교ᄒᆞᄂᆞᆫ지라 이졔 셩상이 됴졍의 현신딕ᄉᆡ 무슈ᄒᆞ고 디어쇼싱 ᄀᆞᆺᄒᆞᆫ 뉴는 거지두량이라도 불가승쉬여늘 믄득 용우필부의 허명을 드르시고 외람흔 텬에 슌슌ᄒᆞ시ᄆᆡ 여러 번이요 왕ᄉᆞ를 슈고롭게 ᄒᆞ니 미신흔 몸이 셰상의 잇는 연괴라 학발 노됴모와 부뫼 아니시면 엇지 누누흔 일명이 셰ᄉᆞ를 뉴련ᄒᆞ리오 황샹이 동시 필부의 ᄯᅳᆺ을 앗고ᄌᆞ ᄒᆞ시니 시러금 마지못ᄒᆞ여 불튱불회 될지연뎡 결연이

76면

명셰의 닙ᄒᆞᆯ ᄯᅳᆺ이 업ᄂᆞᆫ지라 단발위리ᄒᆞ여 무륜지인이 되고ᄌᆞ ᄒᆞ나이다 듕시 임싱을 보니 쳥결ᄒᆞᆷ믈 놀나더라

임시삼ᄃᆡ록 권지삼십구

1면

ᄎᆞ셜 듕시 임싱을 보니 아관박ᄃᆡ와 갈건츄뫼 임의 폐륜지인의 복식이요 션풍도골이 비상ᄒᆞ여 격되 발셔 션골이 이러시니 풍골의 비속홈과 말슴의 결쳥ᄒᆞᄆᆡ 물욕이 담연ᄒᆞ니 만일 셩샹 은영이 지우지ᄎᆞᄒᆞᄆᆡ ᄉᆞ셩을 쵸기ᄀᆞᆺ치 넉일 거동이라 듕시 불승탄복ᄒᆞ여 스스로 진환의 분쥬ᄒᆞᆷ믈 붓그리니 슈연이 변식ᄒᆞᆷ믈 더어 치경

2면

ᄒᆞ여 굴오ᄃᆡ 현ᄉᆞ는 명셰고현으로 튱효덕문의 싱쟝ᄒᆞ신 비라 ᄌᆞ고로 방난이 유곡의

곤ᄒ나 향긔를 금쵸기 어렵고 옥이 심산의 무쳐시나 광휘를 숨기지 못ᄒᄂ니 셩상이 현ᄉ의 놉흔 직덕으로 명셰를 피코자 ᄒ믈 드르시고 앗기고 츠셕ᄒᄉ 부되 일위여 ᄉ직의 보필을 숨고ᄌ ᄒ사 만싱으로 ᄒ여금 황됴를 ᄂ리오시미라 복원 현ᄉᄂ 고집지 마르쇼셔 싱이 슈연뎡식 왈 고어의 왈 보텬지히 막비왕퇴요 툴토지민

3면

이 막비왕신이라 쇼싱이 비록 셩상작녹을 밧줍지 아냐시나 됴와 부슉 졔친이 국은을 닙ᄉ오미 호셩ᄒ고 싱의 닙고 먹ᄂ 거시 셩쥬의 쥬신 비니 싱이 ᄯ 엇지 우리 셩텬ᄌ 덕지 아니리오 인지 부모의 명을 역ᄒ면 불회 되고 신지 군명을 역ᄒ면 불튱이라 싱이 ᄯ 모르지 아니ᄒ되 스스로 불튱불회 되니 임의 텬지의 용납지 못ᄒᆯ 되 일신의 얽혀ᄂᄂ지라 죽을지연졍 그른 쥴 알며 죄의 쳐ᄒ니 명공은 다만

4면

싱의 집심이 구더 비록 부월의 업ᄃ나 면치 못ᄒ리니 명공은 이디로 복명ᄒ쇼셔 언파의 식위 단엄ᄒ고 말숨이 쵸강ᄒ여 다시 말 붓치기 어려온지라 즁시 ᄒᆯ 일 업셔 이디로 복명ᄒ고 되기 관홍의 집의 고상ᄒ여 즐겨 츌셰ᄒᆯ ᄯᆺ이 업ᄉ믈 알외니 상이 그 말숨을 드르시미 더욱 앗기시나 가연탄식ᄒ시고 다시 슈됴로 임싱의 지기 고상ᄒ믈 지슘 칭양ᄒ시고 특은으로 별호를 쥬ᄉ 숭암션싱 풍님쳐시라 ᄒ시니

5면

일노됴ᄎ 임싱의 고현쳥힝이 금슈 우히 곳 ᄀᆺᄒ니 텬ᄌ의 녜경ᄒ심과 만됴ᄉ셔의 츄앙습복ᄒ미 오히려 명공지렬의 우히니 시인이 열복ᄒ여 빅운ᄌ 유린의 당쵸 픠광ᄒ던 바로 이졔 회진텬셩ᄒ여 만고 희셰ᄒᆫ 숭암직 ᄎ인의 쇼싱지츌노 이ᄀᆺ치 쵸셰ᄒᆫ 다 임상국의 어진 덕이 ᄌ손의 미ᄎ미라 ᄒ더라 은명이 상부의 미ᄎ미 임시 뎨공이 텬은을 감츅ᄒ고 싱이 불감황츅ᄒ여 이의 상표ᄒ여

6면

미신의 역명지죄를 더으지 아니시고 셩은이 호셩ᄒᄉ 죄신의 불감당이믈 ᄉ은ᄒ미 쇼원이 쳐졀ᄒ여 혈심의 바라ᄂᄂ 황은을 감츅ᄒ미 스스로 의문을 치례ᄒ미 아니로

딕 관일지츙이 지상의 버러시니 상이 그 문댱지덕을 일위지 못흠믈 이들느 흐시나
홀 일 업더라 임싱이 초후 명셰의 번극흐믈 괴로이 넉여 돈당의 스시 문안 밧근 주최
한유흐미 업셔 비록 일가지상이나 딕셔헌 팔농당 번요홈도 염

피흐여 다만 뎡심헌 가온딕 부군을 시측흐여 잠시롤 쩌느지 아니며 일삭의 십일은
닉당의 슉쳐흐여 쏘흔 여가는 부친긔 시침흐니 소뷔 쏘흔 일삭이면 스오일 슉쇼롤
초줄 쑨이요 기외는 주딜비로 쇼일흐니 졍심헌이 비록 임상부 듕헌이나 도로혀 유벽
흐고 쇼〻흐여 청졍흐미 션가불당 굿흐니 가즁 졔〻비라도 부잡허피흔 뉴는 쇼부 부
지 붓치지 아니니 여러 쇼〻비 져회굿지 별명흐여

숑듁강션당이라 하여 정심헌을 별명흐니 니러무로 쇼부 부지 동일 동야의 쳐흐여 슈
신도흑이 더옥 빗느니 일노됴초 빅운주의 숑암션싱 관흥의 청심고의와 슈신셥힝이
시졀의 유명흐더라 이 쇼식을 목부의셔 알고 목공이 관흥의 앗가이 피셰도은흐미 영
문의 다언흐민 줄 알믜 목틔위 크게 노흐여 영문을 듕칙흐고 임부의 느〻가 빅운주
부주의게 만만스되흐니 숑암은 쳐연

이 스흘 쑨이요 쇼부는 줌쇼왈 고어의 왈 날을 기리느니는 원쉬요 굿르치느니는 스
싱이라 흐니 디극흔 공언이라 진실노 느의 쇼시 픠힝은 불가스문어타인이라 만일 스
셔의 현힝흐니 뉘 모르리오 돈이 주유로 교이 듕 싱장흐여 셰스롤 씌돗지 못흐고 아
뷔 쇼시 취예롤 아지 못흐고 디기 왕양흐기의 굿갑고 물욕의 담연치 아니니 닉 초마
주식이나 주과롤 니르지 못흐나 만일 모로고 츌셰흔

즉 시인이 지쇼홀 분 아니라 만셰의 타비흐믈 면치 못흐리러니 일노써 느의 일야 방
심치 못흐던 빅라 영문의 영오흐믈 칭이흐느니 그딕는 고이흔 념녀롤 말나 목공이
역쇼칭스흐고 숑암의 숀을 줍고 쇼왈 임형이 비록 쇼뎨의 불엄교주흐믈 용셔흐나 현

딜이 즐겨 ᄉ치 아닐가 ᄒ노라 싱이 슌ᄉ왈 가엄이 관인후덕을 슴가시니 쇼딜이 엇지 홀노 엄명을 거역ᄒ리잇고 긔식이

11면

유화ᄒ고 말슴이 슌담ᄒ니 목틱위 불승칭이ᄒ며 동일 한담ᄒ다가 도라가니라 광음이 신속ᄒ여 히롤 밧고니 일가 데공지 히롤 니어 장셩ᄒ니 쵸왕의 필ᄌ 긔흥은 한부인 삼지요 ᄌ는 원딘이라 반악의 미모와 덕션의 풍치요 문흑이 츌뉴ᄒ여 읍귀경인ᄒ나 너모 맑고 됴하 딘연의 틱 업고 셩되 고요ᄒ여 쳘마의 분듀ᄒ믈 부운ᄀᆺ치 넉이는지라 상히 계부 빅운ᄌ롤 뫼

12면

셔 동형 송암으로 더브러 지긔상합ᄒ니 공명의 ᄯᅳᆺ이 업는지라 그 부왕이 믹양 닐오디 ᄂ의 덕셔 팔지 입신현달ᄒ니 한 ᄋ들이 닙신 아니타 문회 쇠미ᄒ올 빅 아니니 너는 관딜을 됴ᄎ 님하의 한가ᄒ 몸이 되라 공지 부교롤 밧ᄌ와 영합 쇼원ᄒ여 더옥 쳥졍ᄒ 도흑을 슈련ᄒ더라 북평후의 ᄉᄌ 문흥의 ᄌ는 원회니 공쥬의 슴지요 오ᄌ 광흥의 ᄌ는 원상이니 쇼부인 ᄎ지라 냥공ᄌ의

13면

옥안미모와 츌뉴ᄒ 지덕이 졀비쇽이로딕 ᄯᅩ흔 셩되 단졍고요ᄒ여 공명을 구치 아니코 동형 관흥을 됴ᄎ 군동ᄉ인이 한가지로 님하의 쳐ᄉ 되니라 쵸왕 ᄌ 긔흥은 뉴시롤 취ᄒ고 문흥은 한시롤 취ᄒ고 광흥은 풍부인 양남 목틱우의 댱녀롤 취ᄒ니 뉴 한 목 숨쇼졔 다 현문덕가의 뇨됴슉녀로 지용이 관셰ᄒ고 ᄉ덕이 슉진ᄒ여 각각 가부로 상덕ᄒ니 돈당구괴 이즁ᄒ고

14면

삼공ᄌ의 즁딕 지극ᄒ더라 니러틋 뎔셰ᄌ로 뒤이져 졔공ᄌ 졔쇼졔 히롤 니어 ᄌ라니 기기히 긔화명월 ᄀᆺ흔지라 셩현공 삼곤계 북당츈취 고심ᄒ시믈 됴심ᄒ여 ᄌ녜 겨유 십여 셰롤 당ᄒ ᄌ는 남혼녀가홀 ᄉ 북후의 졔뉵ᄌ 셰흥은 공쥬의 필지니 이 곳 금지옥엽이라 작인 풍쉬 츌셰ᄒ여 년급십일의 승상 뎡화의 녀롤 취ᄒ니 뎡쇼져의 ᄉ덕이

요됴슉녀라 부뷔 화락ᄒ

고 셰흥이 십이의 계지ᄅᆯ 썩거 츈방흑ᄉ 듕셔ᄉ인의 니르고 공쥬의 ᄎᆞ녀 경혜ᄂᆞᆫ 목
틱우의 ᄎᆞᄌᆞ 영문의 쳬 되니 영문이 쇼시의 발호ᄒᆞ다가 뎡도의 도라가 작위 승상의
니르고 임쇼져로 화락ᄒᆞ여 뉵ᄌᆞ이녀ᄅᆞᆯ 두니라 공쥬의 필녀 슈혜ᄂᆞᆫ 틱흑ᄉ 두환의 쳬
되여 다ᄌᆞ부귀ᄒᆞ니라 북후의 필ᄌᆞ 봉흥의 ᄌᆞᄂᆞ 원ᄎᆑ니 옥안영풍이 일셰 군ᄌᆡ라 쇼부
인 필ᄌᆡ니 년미이뉴의 호부상셔 녀흠의 녀

ᄅᆞᆯ 취ᄒᆞ니 녀시 싀덕이 요됴ᄒᆞ더라 봉흥이 십삼의 등과ᄒᆞ여 작위 츈경의 니르니라
쇼부의 ᄎᆞᄌᆞ 유흥의 ᄌᆞᄂᆞ 원긔니 셩되 풍늉화려ᄒᆞ고 긔샹이 발호ᄒᆞ여 방탕ᄒᆞ기의 ᄀᆞᆺ
가오니 빅운지 깃거 아냐 굴오ᄃᆡ ᄎᆞ이 반ᄃᆞ시 아비 쇼시 취예ᄅᆞᆯ ᄂᆞᆺ타니고 ᄂᆞ의 심위
되리라 ᄒᆞ더라 유흥이 어려셔 미양 닐오ᄃᆡ 빈필을 구ᄒᆞᄆᆡ 동빅슈 셜의녈과 동미 셩
녈만ᄒᆞᄂᆞ 쉽지 아니나 기여 슈ᄆᆡ 다 범식

이 아니니 만일 안히ᄅᆞᆯ 어더 슈미 아리 될진ᄃᆡ 뭇지 아냐 츌거ᄒᆞ리라 ᄒᆞ니 군동이히
희롱왈 부ᄃᆡ 만코 박식을 구ᄒᆞ여 유흥의 빈필을 슴으리라 유흥이 역쇼왈 우리 집은
뎔식만 모힌 곳이니 엇던 녀지 드러와 박식을 면ᄒᆞ리오 아모리 익담을 ᄒᆞ셔도 쇼졔
의 빈필은 셔ᄌᆞ월녀 ᄀᆞᆺ흔 녀지 드러오리이다 졔인이 박쇼왈 너모 되오지 말나 됴화
옹이 다싀ᄒᆞ니라 ᄒᆞ더라 공ᄌᆞ의 년이 십

일셰의 노셩ᄒᆞ니 널니 틱부ᄒᆞ더니 시의 간의틱부 등헌이 오ᄌᆞ일녀ᄅᆞᆯ 두어 우흐로 오
ᄌᆞᄅᆞᆯ 셩취ᄒᆞ고 녀이 쟝셩ᄒᆞ여 년미이뉴의 미츠니 등쇼져의 향명슉덕이 ᄌᆞᄌᆞᄒᆞ여 녀
즁군지라 ᄒᆞᄂᆞᆫ지라 임샹부의셔 등쇼져의 셩홰 널니 들니고 등틱위 어진 지샹이오 동
싱 오인이 다 옥인가ᄉᆡ라 엇지 호의ᄒᆞ리오 임쇼뷔 ᄎᆞ언을 듯고 부슉과 빅시긔 고ᄒᆞ
여 등쇼져로 ᄋᆞᄌᆞ의 비우 뎡ᄒᆞᆯ믈 쳥ᄒᆞ니

19면

임의 닉이 드른 빈라 구혼코즈 ᄒ더니 마춤 목티위 니르럿더니 쇼왈 등공은 어진 지상이요 등싱 오인이 다 인즁 옥쉬며 또 등시 규으의 아름다온 셩홰 유명ᄒ지라 쇼데 등티우로 교분이 두터오니 월노룰 즈임ᄒ리라 왕이 깃거 왈 독히 즐겨 월노룰 즈임ᄒ면 혼시 셩뎐ᄒ리라 목티위 흔연응낙고 즉시 등아의 니르니 티위 마즈 녜파의 칭스왈 근니 관시 다ᄉ호여 형을 오린 보지 못ᄒ니 비린디밍을

20면

니긔지 못ᄒ더니 금일 하힝으로 관긔우처의 님ᄒ시니 평싱 힝이로다 목티위 겸양칭스ᄒ고 좌의 드러 츠룰 파ᄒ미 이의 굴오디 쇼제 이의 오믄 다르미 아니라 쇼데 본디 쳑녕의 그림지 외로오니 빅운즈 부인 풍시는 쇼데의 양미라 즈녜 잇더니 댱즈는 임의 셩취ᄒ고 츠지 뵛야흐로 십일 셰의 미츠니 고인의 유취지년이 아니로디 셩현공 삼곤계의 지극ᄒ 셩효로써 돈당의 님박셔산

21면

ᄒ믈 근심ᄒ여 즈녀의 혼취룰 밧바ᄒ더니 드르니 녕쇼져의 곳다온 셩홰 슉녀의 방향을 흠모ᄒ다 ᄒ믈 듯고 임쇼뷔 날노뻐 냥가의 월노룰 슘고즈 ᄒᄂ지라 돈의 하여오 등공이 쳥파의 깃거 아냐 굴오디 셩현공의 ᄂ지 구홈과 현공의 빗니 니르시믈 밧드지 아니리오마는 싱각건디 님공즈는 고문디가의 부귀교으로 직뫼 쵸셰ᄒ거눌 아녀의 산계의 비질노 엇지 감히 모린와 딘쥬룰 밧고리오 가히 티의룰 밧드지 못ᄒ리

22면

로다 목공이 쳐음 싱각은 졔 반드시 낙낙히 허락홀가 ᄒ엿더니 이러툿 셰치믈 보니 심히 무안ᄒ여 굴오디 형이 아니 쳔금교으의 부셔 굴히미 과ᄒ여 임즈의 션악을 즈겨ᄒ미냐 모든 임싱의 외모 풍치 난형난뎨니 됴금도 의심치 말나 등공이 목티우의 참식이 가득ᄒ믈 보고 츠마 셰치지 못ᄒ고 혜오디 츠마 구교지간의 면박지 못ᄒ리니 마지 못 허홀지라 비록 결혼 후의 임지 으녀의 박용을 ᄂ모라 박디ᄒ들

23면

엇지ᄒ리오 추역명이오 요힝 임지 덕을 호ᄒ고 식을 호치 아니면 녀ᄋ의 슉덕을 공
경ᄒ리니 비록 일녀의 젼졍을 맛츤들 현마 엇지ᄒ리오 의시 이의 미츠ᄆ 흔연 칭ᄉ
왈 쇼녜 엇지 고문ᄃ가의 옥인가랑을 ᄉ양ᄒ며 형의 청을 거역고ᄌ ᄒ리오마ᄂ 쇼녀
의 불용누질이 군ᄌ의 관ᄋᄒ 호귀 아닌 고로 감당치 못ᄒᆯ가 져허ᄒᄆ러니 현형이
그릇 알고 미안ᄒ니 쇼데 엇지 일녀의 평싱을 넘녀ᄒ여 틔의ᄅᆯ

24면

밧드지 아니리오 목공이 ᄃ열칭ᄉᄒ고 빈쥬 주비ᄅᆯ 늘녀 통음ᄒ고 도라가 쵸왕을 보
고 등공의 허락ᄒᄆᆯ 니르니 왕과 쇼뷔 깃거 말ᄉᆷᄒ더니 믄득 유흥이 안뎐의 니르러
목틔우긔 뵈니 슈앙ᄒ 격됴와 쇄락ᄒ 풍치 광실을 붉히ᄂ지라 목공이 우어 왈 너 금
일 일ᄃ 슉녀ᄅᆯ 어더 너의 호구ᄅᆯ 뎡ᄒ엿ᄂ니 네 나의 월노의 공을 무어스로 갑흐려
ᄒᄂ뇨 공지 돈젼이라 말을 못ᄒ고 우음을

25면

먹음어 유유부ᄃᄒ니 등황의 훈풍을 마즌 듯 더욱 긔이ᄒ지라 틔위 우문왈 네 ᄌ쇼
로 지긔왕양ᄒ여 마양 일오ᄃ 월녀 셔시 ᄀᆺᄒ 녀지 아니면 의가지낙을 두지 아니런
다 ᄌ공ᄒ던 바로 금일 엇지 말을 아닛ᄂ뇨 공지 ᄯᅩ 부답ᄒ니 북휘 쇼왈 ᄌ양은 미리
요공치 말나 후일 등시ᄅᆯ 보와야 알니니 듕ᄆ 잘ᄒ면 삼비하상이요 못ᄒ면 삼슌타협
이니 엇지 미리 알니요 목공이 웃고 늘이 져물ᄆ 도라가ᄂ니라 어시

26면

의 등쇼졔 유시로붓터 딩광의 장건ᄒ 쳬뫼 잇셔 극히 가증ᄒ나 뎜뎜 ᄌ라ᄆ 녀공부
덕이 슉뇨현쳘ᄒ며 식견이 원하ᄒ여 춍명인ᄌᄒ며 ᄉ광지춍과 니루지명이 잇ᄉ니
계츠군ᄌ요 결군댱뷔라 실노 부뫼 긔이ᄒ고 동독이 칭예ᄒ여 예셩이 ᄌᄌᄒᄆ러라
이 날 등공이 목틔우ᄅᆯ 보니고 녀당의 드러가 부인과 제ᄌᄅᆯ 디ᄒ여 녀ᄋ로ᄡᅥ 임부
의 허혼ᄒᄆᆯ 니르고 탄왈 임시 졔인의 츌뉴비상ᄒᆷ

27면

셰고무뎍이오 쏘 인인이 일오디 임시 문듕의 명월과 치란이 모혀시니 그 집의 드러가는 부셔의 니르히 범연ᄒᆞ미 업셔 며ᄂᆞ리는 셩덕진완이요 ᄉ회는 옥인가ᄉ라 아녜져 집의 드러ᄀᆞ미 녀ᄒᆡᆼᄉ덕은 부득ᄒᆞ미 업것마ᄂᆞ 외뫼 아름답지 아니니 크게 근심되고 임지 쇼년 셔싱으로 싱어상문ᄒᆞ고 쟝어호치ᄒᆞ여 고안이 틱악 ᄀᆞᆺᄒᆞ니 년쇼 치동이 호싀경덕지 아니리오 연즉 ᄋ녀의 셩덕을 져바리미니

28면

엇지 한흡지 아니리오 부인이 디경왈 이런 줄 알며 엇지 ᄎ마 일녀의 평싱을 쇼리히 허ᄒᆞ시니잇가 ᄌ고로 임ᄉ 번월과 황시 딩광의 덕을 일ᄏᆞ르나 식을 기리미 업고 하걸의 미희와 은왕의 달긔 식으로 망기국ᄒᆞ엿ᄂᆞ니 녀ᄌ의 용식은 불관ᄒᆞ니이다 공이 쇼왈 비록 옛닐이 그러ᄒᆞ나 ᄌ고 금셰의 왕왕이 식덕이 ᄀᆞᆺ준 슉녀도 만ᄒᆞ니 부인은 문견을 모로ᄂᆞ냐 쵸왕비 쥬슉녈과 효쟝공쥬와 셜의녈

29면

과 임셩녈의 식덕은 금셰의 유명ᄒᆞ고 기여 그 집 녀뷔 하ᄂᆞ히나 범연ᄒᆞ믈 드르니잇가 시고로 모든 고안의 녀ᄋ의 불용누질을 무엇만 넉이며 연쇼남이 엇지 쳣눈의 놀ᄂᆞ지 아니리오 니러나 뎌러나 이 역 텬의니 현마 엇지ᄒᆞ리오 부인이 심히 불열ᄒᆞ나 홀 일 업더라 이의 길일을 틱ᄒᆞ여 임가의 보ᄒᆞ니 길긔 쵹박ᄒᆞ여 불과 일슌이 ᄀᆞ려시니 냥기 혼구를 셩비홀 ᄉ 심부인이 녀이 용뫼 비록 불미ᄒᆞ나

30면

다ᄉᆞᆺ 아들의 ᄒᆞᆫ ᄯᆞᆯ을 만녀의 어더 귀듕ᄒᆞᄂᆞᆫ 비라 혼구의 셩비ᄒᆞ미 츙냥 업고 가계부요ᄒᆞᆫ 고로 범식 풍비ᄒᆞ더라 ᄎ시 임공ᄌ 유흥이 등쇼져의 셩화를 닉이 드러 만고 졀염으로 아라 굴지계일ᄒᆞ여 길신을 등디ᄒᆞ더니 길일이 님ᄒᆞ미 상부의셔 셜연딕회ᄒᆞ고 임공ᄌ 유흥이 옥안영풍의 길복을 졍히 ᄒᆞ고 금안빅마의 만됴 요긱이 위요ᄒᆞ여 등ᄋ의 니르니 이 ᄂᆞᆯ 등부의셔 셜연딕회ᄒᆞ고 부인의

31면

우람흔 셩벽으로 범스의 스치흐미 가업셔 신부의 주장픠산의 화미흐미 극흐니 등공이 비록 어진 군지나 주익는 뉴별흐고 부인의 스치 유명흐나 각별 말니지 아니흐더라 일영이 장반의 신낭의 위의 부문의 님흐니 등흑시 홍포 오스로 신낭을 팔미러 비셕의 인도흐니 임공지 봉안을 눗쵸고 광슈를 지어 옥상의 홍안을 던흐고 텬지긔 녜비흐미 물너 좌의 드니 등공이 셔랑의 풍신지모를 흔 번

32면

보미 긔이귀즁흐여 탐이흐믈 니긔지 못흐고 졔긱의 치히 분분흐더라 신뷔 웅장셩식으로 덩의 드니 신낭이 슝금쇄약을 구져 봉교상마흐여 본부의 도라오니 쥴쥴이 느러셧든 홍장이 화랍쵹을 밧드러 독좌를 맛츠미 동방향실의 주하상을 난홀 시 신낭이 깃븐 눈을 밧비 들미 이 믄득 평싱 원흐던 바 주미운치의 덜셰묘완이 아니라 건당흔 신댱이 느흐로됴츠 늬도히 슉셩흐니 십여

33면

셰 쇼익 범익의 이슴십이나 당흔 듯 누른 머리와 거믄 눗치 지분을 칠흐엿시미 기와의 스회를 칠흔 듯 썩은 남긔 치식흔 듯흐니 놀납고 슴즉슴즉흐여 풍도옥의 우두느찰을 맛난 듯 시분지라 싱이 임의 무산과 요지를 보앗거니 이런 츄용누질을 보아시리오 미지일견의 심혼이 경악흐고 분뇌 츙식흐니 경긔의 화풍이 변흐여 셜풍이 쇼쇼흐니 발연이 광슈를 썰쳐 외당으로 느가니 등부 유랑시비 다

34면

신낭의 노식을 보고 아니 놀느리 업더라 이의 단장을 곳치고 녜를 줍어 돈당구고긔 빈현흐니 돈당구괴며 졔인이 일시의 쳠망흐니 이 믄득 범범흔 미식도 못되고 아됴 박식이라 검불근 얼골의 얽은 코히 놉고 니미 니밀며 머리 누르고 두 쎔의는 쥬먹을 노흔 듯 톡 불거지고 건슌녹치 흉악흐고 신장이 구쳑이나 흐고 두 팔은 무릅 아릭 지느가고 두 눈셥은 우줄우줄흐고 창틱 곳흐니 이 곳 울지

35면

경덕이 깅싱홈 곳 아니면 강님도령이 현형ᄒᆞ미라 이러틋 슴쯕슴쯕ᄒᆞᆫ 즁의 일쌍 맑은 눈이 츄슈 ᄀᆞᆺ고 딘퇴녜졀이 규구의 옹목ᄒᆞ며 냥미 횐츌ᄒᆞ여 황부인의 동용이라 됸당 구괴 쳐음은 크게 놀나더니 그 외모의 어진 덕이 어릭고 복긔 완뎐ᄒᆞᄆᆞᆯ 깃거 즘간 희 우ᄅᆞᆯ 동ᄒᆞ나 만당 졔빈이 일견 쳠시의 디경실식ᄒᆞ여 묵묵무언이요 신뷔 녜파의 모든 금장쇼고로 안항을 비기미 졔부인 졔쇼

36면

져의 옥틱 월광이 신부와 비기미 광칙 더옥 찬난ᄒᆞ여 팔광이 휘휘ᄒᆞ고 셔뷔 춍농ᄒᆞ 니 좌긱이 시로이 눈을 기우려 칭찬불이ᄒᆞ고 신부의 홍면괴상은 뎨쇼져의 안항을 연ᄒᆞ미 더옥 흉측ᄒᆞ여 바로 보기 어려온지라 졔긱이 투목송ᄋᆞᄒᆞ여 신낭을 앗기리 만ᄒᆞ 니 등부 복쳡이 심히 무안ᄒᆞ여 면식이 통홍ᄒᆞ니 신뷔 또 귀 눈이 잇거니 엇지 좌즁 긔식을 모로리오마는 경도 됴혐ᄒᆞᆫ 녀ᄌᆞ ᄀᆞᆺᄒᆞ면

37면

안식이 불안홀 빈로되 신부의 국냥은 균쳔디히라 ᄌᆞ긔 박용누질을 스스로 혜ᄋᆞ리미 즁인 쇼견의 이ᄀᆞᆺᄒᆞ미 상식라 ᄒᆞ여 긔회ᄒᆞ미 업는 고로 유연평담ᄒᆞ여 긔식이 ᄌᆞ약ᄒᆞ 니 명혼 됸당과 쳘혼 구괴 예지ᄒᆞ고 불힝 듕 깃거 상국이 흔연 왈 졔숀 졔뷔 쵸군탁 ᄋᆞᄒᆞ미 별이혼 고로 쵸명이 다험치 아니리 업셔 긔구익경을 겻그니 용식이 실노 유 희혼지라 금일 신부는 밍광 황시의 뉘니 오문 유경이

38면

가지록 다다ᄒᆞ여 밍광 ᄀᆞᆺᄒᆞᆫ 숙녜 니르니 엇지 긔특지 아니리오 ᄒᆞ고 능나 필빅을 신 부 좌우ᄅᆞᆯ 상ᄒᆞ니 등가 복쳡이 더기 위로ᄒᆞ더라 이러틋 일모파연ᄒᆞ미 쳥산의 월광이 빗최니 졔긱이 도라가고 신부 숙쇼ᄅᆞᆯ 영일누의 뎡ᄒᆞ여 도라보닉고 ᄎᆞ야의 상국이 취 뎐의 혼뎡ᄒᆞ니 틱부인이 일오딕 금일 신부ᄅᆞᆯ 보니 진실노 유흥의 상뎍혼 빅위 아니 라 노모지심이 심히 셔운ᄒᆞ니 유흥의

39면

쯧을 닐너 알 빅 아니라 연이나 유홍이 어딕 잇관딕 혼뎡도 아닛느뇨 쇼부의 필즈 필
홍이 딕왈 츠형이 벽쇼당 후당의셔 폐목즘와ㅎ엿거늘 쇼숀이 흔가지로 혼뎡ㅎㅈㅎ
니 기리 한슘 져 닐오딕 신긔불평ㅎ여 혼뎡의 불참ㅎ니 어셔 이딕로 고ㅎ라 ㅎ더이
다 틱부인이 쳥푸의 그 심ᄉ를 어엿비 너겨 묵연ㅎ고 샹국이 흔연 딕왈 등시 비록 외
뫼 졔부 등만 못ㅎ나 ㅈ덕을 셜쇼부 등의 ᄉ양

40면

치 아닐지니 그 현슉ㅎ미 만힝이라 니러무로 등공이 즈식의 불미하믈 혜오려 쾌허치
아닛는 바의 오가의셔 갈구ㅎ엿시니 츠역명이라 홀 일 업도쇼이다 틱부인이 뎜두ㅎ
더라 샹국과 션싱이 혼뎡을 파ㅎ미 즈질을 거느려 오운뎐의 나오니 이의 좌우로 유
홍을 부르니 이 늘 공지 신부를 흔 번 보미 놀납고 분ㅎ믈 니기지 못ㅎ여 급히 외당
의 ᄂ와 길복을 벗고 듁침을 ᄂ와 광슈로 ᄂᆾ출 덥고 기리 분

41면

탄왈 ᄂ 임유홍이 됴션여음과 부슉뉴풍으로 작인품쉬 결비하등이오 지혜 이만ㅎ니
쥬문갑뎨의 미녀덜식이 어딕 업스리오마는 됴화옹이 엇지 이딕도록 헌ᄉㅎ여 유홍
을 닉시고 등가 츄물을 닉신고 진실노 텬니 됴화롤 아지 못ㅎ리로다 닉 ᄎ마 엇지 뎌
런 흉물노 더브러 평싱을 동노ㅎ리오 형장이 비록 명니롤 ᄉㅎ시나 ᄂ는 결단코 피
셰치 못ㅎ리니 가히 흔 번 농누의 어향을 쏘이고 월계

42면

롤 썩글진딕 일기 뇨됴슉녀롤 어더 비록 가법이 엄슉ㅎ나 이 울울ㅎ믈 풀니라 임의
빅년 냥필을 그릇 맛ᄂ시니 젼졍의 쾌ㅎ미 업도다 이러툿 혜오려 심ᄉ 번난ㅎ니 벽
쇼당 후실의 폐식즘와ㅎ엿더니 믄득 필홍이 니르러 굴오딕 셕반을 춫지 아니시고 이
리 외로이 누어 계시니잇가 공지 탄왈 우형이 금일 우두나찰을 구경ㅎ니 가슴이 덜
셕ㅎ여 음식도 경업고 심ᄉ 산난ㅎ지라 네 날을 위ㅎ

43면

여 돈당의 이리이리 고흐라 필흥이 도라가 고흐미러니 황혼의 우흥 필흥 인흥이 이르러 왕부의 쇼명을 던흐니 공지 강잉흐여 외뎐의 니르러 왕부와 부슉긔 뵈오니 상국이 느으오라 흐여 손을 줍고 경계 왈 금일 신인을 보니 비록 뎔염이라 니르지 못흐나 현텰명슉흔 녀지라 엇지 싁이 잇고 간악흔 녀즈도곤 빅승치 아니리오 이 곳 불힝 듕 만힝이라 현마 엇지 흐리오 장뷔 슈신뎨가흐미 반듯

44면

시 규녀의 원이 업게 흐리니 네 또 고셔를 박남흐여 모로지 아닐지라 황시 황발흑면이나 졔갈의 후덕흐는 부인이오 밍광이 츄용둔질이나 냥흥이 즁디흐니 이 곳 쳔츄미담이라 금일 신부를 보니 밍광 황시의 뉴니 네 엇지 쏘 냥흥 졔갈의 관인후덕흐믈 본밧지 못흐리오 모로미 신방의 느으가 무죄흔 녀즈의 박명을 끼치지 말나 공지 돈교를 밧즈오미 감히 흔 말을 못흐고 유유히

45면

퇴흐여 신방으로 향흐더니 아마도 거름이 돕지 아니흐는지라 유유지지흐여 홍운각의 느으가 모친긔 뵈니 풍부인이 으즈의 심스를 빗최미 즈긔 만일 가츠흐믈 뵌즉 결단코 신방의 가지 아닛는지라 모로는 드시 문왈 임의 야심흐엿거늘 엇지 슉쇼를 츳지 아니코 분쥬흐느뇨 공지 안싁이 즈샹흐여 디왈 쇼지 즈유로 부귀현이 듕 싱장흐여 느히 어려 열인흐믄 업스나 졔 슈미의 용싁지덕

46면

은 니르지 말고 시녀 츠환비도 등시 굿흔 흉면괴싁은 보지 아냐시니 돈명이 신방의 가라 흐시나 거름이 돕지 아니코 셕상의 놀난 가슴이 오히려 벌덕이니 다시 디흐면 죽을 듯 시부이다 부인이 쳥파의 뎡싁 왈 춰싁경덕은 경박탕즈의 힝싁라 군지 엇지 뎡실을 싁으로 의논흐리오 금일 신부는 결군댱뷔요 계츳군지니 셕즈 밍광 황시의 뉴라 너의 협쳔흠과 닉도흐니 너의 외람흔

47면

쳐지여늘 아히 엇지 식안이 불명홈과 지식의 쳔단ᄒ미 여ᄎᄒ여 슉녀를 미흡ᄒ며 돈명을 거역ᄒᄂᆞ뇨 임의 야심ᄒ여시니 섈니 신방으로 향ᄒ고 협익흔 쇼견을 두 번 니르지 말나 말슴이 씍씍ᄒ고 ᄉᆞ긔 쥰뎔ᄒ니 싱이 모친의 마ᄌ 이 ᄀᆞᆺᄒ믈 보니 아연참괴ᄒ여 눈물을 먹음고 니러나 영일누로 향홀 ᄉᆡ 길히 딘좌의 슉쇼를 지나ᄂᆞᆫ지라 창외의 촉광이 여쥬ᄒ고 셩싱 쳐 영취 유흥

48면

의 길ᄉᆞ의 참예ᄒ고 모친 당즁의셔 쇼에 낭낭ᄒᆞᆫ지라 싱이 독용을 듕지ᄒ여 기춤ᄒ고 기호입실ᄒ니 딘파 모녜 놀ᄂᆞ ᄀᆞᆯ오ᄃᆡ 임의 야심ᄒ엿거늘 엇지 신방을 춫지 아니코 분쥬ᄒᄂᆞ뇨 공ᄌᆞ 기리 탄왈 뎡히 긔특흔 신인을 ᄎᆞᄌᆞ가거니와 마ᄎᆞᆷ 신긔 불안ᄒ여 셕식을 먹지 아냣더니 허핍ᄒᆞ미 심흔지라 됴모ᄂᆞᆫ 일호쥬를 앗기지 마르쇼셔 딘파 모녜 그 심ᄉᆞ를 지긔ᄒ고 뎌런 풍용의 비례

49면

불합ᄒ믈 ᄎᆞ탄ᄒ나 말을 아니코 즉시 ᄎᆞ환을 불너 일호쥬와 감탕 동졍귤 부치를 가져 권ᄒ니 공ᄌᆞ 흔 병 슐을 다 거후르고 건육과 과품을 맛보ᄂᆞᆫ지라 딘파 모녜 놀나 왈 공ᄌᆞ 십여셰의 뎌 슐을 언졔 ᄃᆞ려 빗홧관ᄃᆡ 과음ᄒᄂᆞ뇨 공ᄌᆞ 강잉미쇼 왈 남이 되여 흔 병 슐을 못 먹으리잇가 바히 쥬량이 업ᄉᆞ리잇가마ᄂᆞᆫ 돈뎐의 됴심ᄒᆞ미 만터니 금야ᄂᆞᆫ ᄉᆞ실의 가 근심을 다 넛고 취흔 줌이ᄂᆞ ᄌᆞ려 ᄒ기로

50면

쾌히 통음ᄒᆞ나이다 셜파의 니러나 신방으로 도라가니 딘파 모녜 ᄎᆞ탄ᄒᆞ믈 마지아니터라 공ᄌᆞ 신방의 니르니 임의 야심ᄒ엿ᄂᆞᆫ지라 유랑 시녜 야심토록 신낭의 ᄌᆞ최 업ᄉᆞ니 뎡히 의려ᄒᆞ더니 ᄀᆞ장 밤 든 후 드러오믈 보고 오히려 깃거 분분영졉ᄒ여 입실ᄒ니 신뷔 단의홍군으로 니러 마ᄌ 동셔 분좌ᄒ니 츄용누질이 촉하의 더욱 흉히흔지라 싱이 취안을 빗겨 투목숑ᄋᆞᄒ고 더욱 심홰 니

51면

러나 짐줏 취흔 체흐고 닙은 쳐 금니의 쓰러져 비셩이 우레 굿흐니 신부는 둉야 단좌
흐여 몸을 기우리미 업스니 댱외의 유ᄋ 등이 우려흐믈 마지 아니터라 공ᄌ 시도록
ᄌ고 효명의 씨여보니 쵹홰 명미흔디 신뷔 오히려 단좌흐여시니 가히 ᄌ지 아녀시믈
알지라 공ᄌ ᄌᄂ 드시 누어 ᄀ마니 슬피미 져의 둉지 안셔흐고 체뫼 유한흐여 외모
와 크게 굿지 아니믈 보미 더기 증환이 덜녀 심

52면

니의 탄왈 츠인의 용뫼 평상흐기도 바라지 못흐고 져디도록 긔형괴상흐믄 하늘이 벅
벅이 느의 취식지심을 뮈이 넉이미로다 심하의 증분과 울홰 밍둉흐니 믄득 평싱 호
ᄀ로써 신부룰 믹바다 됴쇼코ᄌ 하여 번연이 동신긔좌흐여 굴오디 싱이 작야의 술이
과취흐여 현됴로 흐여금 신혼쵸야의 괴로이 침슈룰 폐케 흐니 불안흐믈 니그지 못흐
리니 연이나 싱은 미말셔싱이

53면

라 냥홍 졔갈의 취덕경식흐믈 밋지 못흐리니 두리건디 슉녀의 평싱을 뎌바릴가 두리
노라 등쇼졔 청파의 뎌의 ᄌ긔 용뫼 곱지 못흐믈 능쇼흐여 믹바드려 흐믈 지긔흐고
심니의 닝쇼흐여 늘호여 쳔연 디왈 군ᄌ 니르지 아니나 쳡이 ᄯ 슉믹불변이 아니라
츄용누질이 엇지 군자의 관져호귀 아닌 쥴 아지 못흐리오마ᄂ 임의 쳔연이 긔구흐여
뉵녜로 마ᄌ미 이시니 츠역 텬의라 당부흐

54면

신은 ᄌ고상시니 빅 곳의 취흐나 허물이 업ᄂ니 군ᄌ의 풍신직화로 흔 번 월궁의 단
계룰 썩그면 덜셰미이 닷토ᄋ 모드리니 쳡은 다만 심규의 쳐흐여 건즐을 쇼임흐고
평싱을 임시 셩명을 의탁흐미 쇼원이라 엇지 말셰지싱이 되어 밍광 황시의 부경기슌
흐믈 바라리잇가 언파의 스긔 뎡슌흐고 옥셩이 쳥ᄋ흐여 형산의 옥을 마ᄋᄂ 듯흐니
듯고 곳쳐 듯고 시븐지라 싱이 그 셩음의 긔이흠과

55면

지식의 원딕ᄒ믈 놀ᄂ고 긔특이 너겨 더욱 그 작인을 탄ᄒ니 두 번 거듭 보믈 면치 못ᄒ여 슉시냥구의 홀연 탄왈 텬지 됴홰 희희ᄒ여 홀노 그딕의 작인 품숴 녀딕도록 긔히ᄒ여 ᄂ의 첫눈을 놀닉믄 됴화옹의 헌ᄉ홈 곳 아니면 엇지 이러ᄒ리오 그딕 셩덕이 일어의 놋타ᄂ니 싱이 기리 항복ᄒᄂ니 ᄒ믈며 부믜 맛지신 됴강뎡실이라 엇지 ᄎ마 박히 ᄒ리오마ᄂ 쏘흔 빅년을 오로지 동쥬ᄒᄆ 밋지 못

56면

ᄒ리니 부인이 쏘 능히 임ᄉ의 덕이 잇ᄉ랴 쇼졔 딕왈 투긔ᄂ 칠거의 경계라 쳡이 쏘흔 싱어상문ᄒ여 녜의롤 줌간 아ᄂ니 군ᄌ의 두 번 슈고롤 끼치지 아니리이다 공지 녀의 언ᄉ 노셩명달ᄒ믈 긔특이 너기나 그 외뫼 하 흉악ᄒ니 장탄ᄎᄋᄒ여 다시 말을 아니코 금니의 쓰러져 ᄌᄂ 듯ᄒ더니 이윽고 번신ᄒ여 외당의 나가 쇼셰ᄒ고 군동형뎨 흔가지로 툰당의 신셩ᄒ니 신뷔 쏘흔 신장을 다ᄉ려 문안

57면

의 참녜ᄒ니 긔형괴상이 볼ᄉ록 놀ᄂ온지라 공지 시로이 투목숑ᄋᄒ여 슈미의 화용월틱와 등시의 니상흔 박식을 보미 심회 분분ᄒ여 안식이 ᄌ로 변ᄒ니 졔인이 긔식을 슬피고 어엿비 너겨 보더라 이윽고 졔싱이 퇴ᄒ여 팔농당의 ᄂ와 졔인이 공ᄌ롤 어ᄌ러이 긔롱ᄒ여 쥬찬을 경식ᄒ니 공지 ᄌᄃ득 심난흔딕 증분을 니긔지 못ᄒ여 ᄉ미롤 샏리쳐 왈 이졔 셕식도 아니먹고 됴션도 먹ᄂ 동 마

58면

ᄂ 듯ᄒ여시니 너희 무어슬 댱만ᄒ여다가 날을 위로ᄒ랴 나ᄂ 오둄 흔 그룻도 날 거시 업노라 졔싱이 딕쇼왈 네 상문공ᄌ로 입장ᄒ미 등틱우의 다섯 ᄋᄃᆯ의 흔 사회 될 ᄲᆫ 아니라 등공의 가계 호부ᄒᄆ 일셰의 쇼문ᄂ니 신인의 틱만흔 다시 말 닉여도 만반진슈롤 슈고 ᄋ녀 장만ᄒ리니 우리 어혈지지 아녓고 ᄉ믑 막히지 아냐시니 오둄을 무ᄉ 일 먹으며 닉 쏘 호부흔 쳐가의 가셔 뫼 ᄀᆺᄒ 진찬의 음식 멀믜 ᄂ셔

59면

아니먹은 거슬 우리 아룡ऱ치완디 업는 돈의 쥬식 장만ᄒᆞ여다가 너 먹이랴 공지 증이 ᄂᆞ니 말듸답ᄒᆞᆯ 경도 업셔 묵연부답ᄒᆞ고 셜치고 외뎐의 니르니 긔식이 심히 불호ᄒᆞᆫ지라 군동형뎨 우어 왈 우리 아니 니르더냐 안히 바라기를 너모 놉히 ᄒᆞ무로 됴화옹이 혹셩구겨 밍광 황시 ᄀᆞᆺᄒᆞᆫ 쳐ᄌᆞ를 어덧ᄂᆞ니라 공지 셩니여 굴오딕 인인이 취쳐ᄒᆞᄆᆡ 아름답고ᄌᆞ ᄒᆞ믄 인지상ᄉᆞ니 졔형ᄂᆞᆫ 박식을 취ᄒᆞ

60면

ᄌᆞ 쇼원이러니잇가마ᄂᆞᆫ 졔슈슈의 용인지덕이 됴셰ᄒᆞ시니 호승계워 져 말을 ᄒᆞ거니와 졔슈 가온딕 만일 등시ᄂᆞᆫ커니와 평상ᄒᆞᆯ 만ᄒᆞ여도 형슈ᄂᆞᆫ 쇼뎨도곤 더 놀치리이다 속담의 남의 말ᄒᆞ기ᄂᆞᆫ 식은 쥭 먹기 갓다 ᄒᆞ니 원간 뎨형ᄂᆡ 입셩됴로 이리 되여시니 졔형의 입고ᄉᆞ ᄌᆞ장 발니ᄒᆞᆫ 타시라 쇼졔 원망을 면ᄒᆞᄒᆞᆫᄒᆞ시거든 ᄒᆞᆫᄂᆞᆺ 덜셰미ᄋᆞ로 작미ᄒᆞ쇼셔 졔싱이 듸쇼왈 우리 타시냐 네 쳐궁이

61면

언마 됴흐면 그러ᄒᆞ리오 네 우리를 원치 말고 작미ᄒᆞᆫ 목티우를 원ᄒᆞ라 셜파의 듸쇼ᄒᆞ고 셔로 잇그러 오운던의 드러가니 목티위 볼셔 니르럿더라 목티위 작일 신부의 박면돈질 이런 쥴 모부인과 부인의 뎐어로 됴ᄎᆞ 듯고 심니의 가이업고 작미ᄒᆞᆫ ᄂᆞᆺ치 업셔 ᄒᆞ더니 믄득 유흥의 슈식을 보니 도로혀 우음이 ᄂᆞᄂᆞᆫ지라 놀호여 잠쇼 문왈 현질이 복이 놉하 쳔고 슉녀를 취ᄒᆞ니 우슉이 뎡히 치

62면

하코ᄌᆞ 니르럿ᄂᆞ니 슈안쳑용은 하유시오 아니 신혼쵸야의 져 군ᄌᆞ의 염모ᄒᆞ믈 맛나ᄂᆡ쇼박을 마ᄌᆞᆺᄂᆞ냐 공지 증통ᄒᆞ나 져 목공이 외구의 명회 이시니 ᄌᆞ딜지되 만홀ᄒᆞᄆᆡ 네 아니라 봉안을 ᄂᆞᆺ쵸고 쥬슌이 함흥ᄒᆞ여 묵연부답ᄒᆞ니 북휘 우어 왈 닉 아니 이르던가 ᄌᆞ양이 작미 잘ᄒᆞ노라 너모 우루더니 닉 말이 졀졀이 마ᄌᆞ시니 원쳔강 니슌풍ᄒᆞ여 무엇홀고 티위 쇼이딕왈 바히 닉 탓도 아

63면

니라 초젼ᄒ와 임형이 등시의 허명을 혹히 듯고 날을 보ᄂᆡ여시니 엇지 싱의 타시리
잇가 상국이 쇼왈 이 역 텬연이라 현계지언이 최션ᄒᆞᆯ 분 아니라 취ᄒᆞ여 ᄉᆞ오납지 아
니니 긔 만힝이라 현마 엇지 ᄒᆞ리오 말ᄉᆞᆷ이 너모 슈다ᄒᆞᄆᆡ 등아의 미츤즉 등공은 군
지라 아등의 실업ᄉᆞᆷ믈 고이히 넉이리니 그만ᄒᆞ여 굿치라 졔인이 빗ᄉᆞ슈명ᄒᆞ고 목ᄐᆡ
위 말을 긋치더라 등쇼졔 인ᄒᆞ여 구가의 머물

64면

ᄆᆡ 유한ᄒᆞᆫ ᄉᆞ덕이 슉진ᄒᆞ고 명달샹쾌ᄒᆞ니 돈당을 효봉ᄒᆞ고 ᄌᆞ미ᄅᆞᆯ 화우ᄒᆞ여 셩녀유
풍이 ᄀᆞᆺ죽ᄒᆞ며 하비의 은위 병ᄒᆡᆼᄒᆞ니 돈당구괴 깃거 디극히 무익ᄒᆞ고 합ᄂᆡ의 예셩이
ᄌᆞᄌᆞᄒᆞ니 싱이 ᄒᆞᆫ 번 신방의 단녀ᄂᆞ온 후는 발ᄌᆞ최 다시 영일누ᄅᆞᆯ 말미암지 아니ᄒᆞ
고 셔당의셔 군동형뎨로 시일을 보ᄂᆡ며 그러치 아니면 ᄯᆡᄯᆡ 됴각을 타 후원 경월누
의 드러가 챵녀ᄅᆞᆯ 녑녑히 끼고 등쇼져긔

65면

쥬찬을 증식ᄒᆞ여 만일 시긱이 밋지 못ᄒᆞ면 그 좌우ᄅᆞᆯ 즐타ᄒᆞ며 쇼져ᄅᆞᆯ 즐욕ᄒᆞ여 쳔
셔만단으로 시험ᄒᆞ나 등쇼졔 본ᄃᆡ 텬균디량이라 불슈셩식ᄒᆞ고 식ᄂᆞᆫ 바ᄅᆞᆯ 못 미츨
듯 됴츠니 싱이 일일은 슐을 딕취ᄒᆞ고 챵녀 월낭 취옥의게 붓들녀 영일누의 드러가
니 등쇼졔 뎌와 부뷔 되연지 격셰일월이나 얼골을 샹딕ᄒᆞᆷ믄 신혼쵸야ᄉᆞᆫ이라 잇다감
돈당 셩뎡시의 즁인 공회즁 혹 맛날 젹이 잇

66면

ᄉᆞ나 실즉 싱쇼ᄒᆞ며 셔의ᄒᆞ미 심ᄒᆞ고 ᄯᆡᄯᆡ 동풍ᄎᆞ류의 ᄯᆞ 업슨 강호령을 부려시니
씩스럽고 그 쥬의ᄅᆞᆯ 보ᄆᆡ ᄌᆞ가ᄅᆞᆯ 믹밧는 쥴 알ᄆᆡ ᄉᆞᄉᆞ의 ᄉᆞᆷᄉᆞᆷ히ᄒᆞ니 유랑 시녀 이달와
ᄀᆞᆯ오ᄃᆡ 쇼졔 비록 외뫼 늠만 못ᄒᆞ시나 당당ᄒᆞᆫ ᄉᆞ문지녀로 ᄉᆞ덕이 요됴ᄒᆞ시며 임상공
의 뉵녜 빅냥으로 도라와 계시니 동가ᄂᆞᆫ 시쳡이 아니라 쥬군의 니러ᄐᆞᆺ 능멸쳔ᄃᆡᄒᆞ
시미 엇지 이닯지 아니리오 임의 상공의 신혼

67면

쇼일븟터 염박ᄒᆞ시미 이 ᄀᆞᆺᄒᆞ시니 쇼져의 평ᄉᆡᆼ 계활을 판단ᄒᆞ미 분명ᄒᆞᆫ지라 삼동의 뎨일을 임의 일허 계시니 다시 바랄 거시 무어시니잇가 쇼져ᄂᆞᆫ 너모 겸숀ᄒᆞᄉᆞ 쥬군의 더 업슈이 넉이믈 밧지 마르시고 쾌히 됸당의 몸을 비러 친당의 도라가ᄉᆞ 노야와 부인을 뫼셔 여년을 평안이 지ᄂᆡ시미 올흘가 ᄒᆞ나이다 쇼졔 쳥파의 냥구묵연이러니 ᄯᅩᄒᆞᆫ 미쇼왈 어미ᄂᆞᆫ 무식ᄒᆞᆫ 말을 ᄒᆞ지 말나 녀ᄌᆡ 임의

68면

동가ᄒᆞᄆᆡ ᄉᆞᄉᆡᆼ고락이 구가의 달녀시니 군ᄌᆞ의 염피ᄒᆞ믈 한ᄒᆞ며 ᄂᆡ ᄯᅩ 용식이 불미ᄒᆞ니 군ᄌᆞ 고안의 텬ᄃᆡᄒᆞ믈 엇지 원ᄒᆞ리오 어미ᄂᆞᆫ 부졀업시 다언치 말나 드르리 이실가 두리노라 유랑이 ᄃᆡ왈 쇼져 셩덕이 이 ᄀᆞᆺᄒᆞ시되 엇지 홀노 용식이 무광ᄒᆞᄉᆞ 신셰의 마얼이 될 쥴 알니잇고 니러틋 한담홀 졔 마참 딘픽 지나다가 ᄉᆞ어를 듯고 크게 탄복ᄒᆞ여 도라와 모든 부인ᄂᆡ게 뎐ᄒᆞ니 됸당구괴며 슉당졔

69면

인이 그 덕힝과 녁냥을 긔특이 너기더라 후ᄅᆡ의 ᄉᆡᆼ이 필뎨의 뎐ᄒᆞ무로됴ᄎᆞ 이 말을 듯고 크게 항복ᄒᆞ여 공경듕ᄃᆡᄒᆞ미 되니라 일일은 등쇼졔 뎡당의 혼뎡을 파ᄒᆞ고 도라와 쵹을 붉히고 뎡히 침션을 다ᄉᆞ리더니 믄득 ᄉᆡᆼ이 취ᄒᆞ여 ᄡᅳ으ᄂᆞᆫ 신쇼ᄅᆡ 요란ᄒᆞ여 ᄀᆡ호입실ᄒᆞᄂᆞᆫ 곳의 홍슈 교ᄋᆡ 좌우로 ᄣᅧ 드러오ᄂᆞᆫ지라 쇼졔 불변안ᄉᆡᆨᄒᆞ고 ᄒᆞ던 일을 노코 쳔연이 이러 마ᄌᆞ니 ᄉᆡᆼ이 냥녀의 숀을 ᄀᆞ로 쥐고 좌

70면

의 ᄂᆞᄋᆞ가 안ᄌᆞ며 취안을 몽농이 ᄯᅧ 쇼져를 보니 더욱 흉괴ᄒᆞᆫ지라 이의 우어 ᄀᆞᆯ오ᄃᆡ ᄉᆡᆼ이 셰군의 셩덕을 ᄂᆡ이 아는지라 진실노 그ᄃᆡ의 박용이 풍뉴랑의 뎡을 돕지 아니니 ᄉᆡᆼ의 졍이 박ᄒᆞ미 아니로ᄃᆡ 실노 강잉키 어렵고 ᄯᅩ 독쳐의 무류ᄒᆞ미 심ᄒᆞ니 몬져 ᄎᆞ 냥인을 유졍ᄒᆞ여 타일 편방의 슈를 ᄎᆡ우고ᄌᆞ ᄒᆞᄂᆞ니 부인이 능히 용납ᄒᆞ랴 쇼졔 쳥파의 안ᄉᆡᆨ이 ᄡᅥᆨᄡᅥᆨᄒᆞ고 옥셩이 ᄆᆡᆼ녈ᄒᆞ여 ᄀᆞᆯ오ᄃᆡ

71면

고어의 왈 서즁유녀안여옥이라 ᄒ니 댱뷔 쳐셰ᄒ미 츙회 낭뎐치 못홀가 근심홀지언뎡 옥 ᄀ흔 안히와 쏫 ᄀ흔 쳡이 업술가 근심ᄒ리오 군ᄌ 빅힝의 셥셰 쳐신이 그 어딘 쥬ᄒ엿ᄂᆞ뇨 입신양명ᄒᄆᆡ 명문거족의 일기 뎔염슉완을 어딘 가 못 어드실가 굿ᄒ여 숑구영신ᄒᄂᆞ 노류장화의 무리ᄅᆞᆯ ᄀᆞᄀᆞ이 ᄒ여 군ᄌ 힝신을 상히오리오 ᄒᆞᆯ며 쳥누쥬ᄉᄂᆞ 셰상경박ᄌ의 쇼유ᄌ락ᄒᄂᆞ 빈

72면

니 유문군ᄌ의 힝홀 빈 아니라 쳡슈불혜나 군ᄌ의 뉵녜 졍실이라 비록 말을 먹이며 쓸 쓸믈 가히 니르실진딘 이ᄂᆞ 명딘로 ᄒ려니와 져컨딘 금일 녀알을 넙넙히 쎠 드러와 믹밧ᄂᆞ 거동은 항복지 아니ᄒᄂᆞ이다 셜파의 말ᄉᆞᆷ이 쎡쎡명달ᄒ고 긔식이 상쾌ᄒ니 규즁녀ᄌ의 늠늠ᄒ 위풍이 빅만군즁의 딘원슈의 호풍 ᄀᆞᆺᄒ니 월낭 취옥이 미쳐 싱의 명을 기ᄃᆞ리지 못ᄒ고 황황이 물너ᄂᆞ니

73면

싱이 ᄯᅩ흔 놀ᄂᆞ고 항복ᄒ여 셜니 냥창을 물너가라 ᄒ고 부졍흔 의관을 다시 슈렴ᄒ여 위좌뎡금 왈 현지라 부인이여 엇지 이 ᄀ흔 셩덕딘화ᄅᆞᆯ 품고 홀노 외모의 곱지 못ᄒ미 져딘도록 ᄒ여 우부로 ᄒ여금 관져의 탄이 잇게 ᄒᄂᆞ뇨 싱이 연쇼경박ᄒ여 흔갓 현됴의 외뫼 곱지 아님만 싱각ᄒ고 어진 덕과 놉흔 힝실을 아지 못ᄒ여 뎐후의 광망ᄒ미 만흐니 부인은 힝혀 용ᄉᆞᄒ라 쇼졔 슈용칭

74면

ᄉᆞ 왈 군신부뷔 일쳬니 님군이 혼암ᄒ면 신히 역간ᄒ고 가뷔 불명ᄒ미 쳐지 간ᄒᆞᆷ은 인지상ᄉ라 쳡의 우몽흔 일어의 군ᄌ 이러틋 씨ᄃᆞᆺ기ᄅᆞᆯ 슈이ᄒ시니 이ᄂᆞ 쳡의 공이 아니라 군ᄌ의 명셩ᄒ시미니 쳡이 감탄ᄒᄂᆞ 빈라 군ᄌ 엇지 쳡을 이딘도록 과장ᄒ시ᄂᆞ니잇고 싱이 지슴 칭슈ᄒ고 ᄎᆞ야의 영일각의 슉침홀 ᄉᆡ 셩혼지년의 바야흐로 이곳 츌입이 두번지요 부부회실이 쳐음이라 싱이

쇼져룰 권ᄒ여 바야흐로 일금지하의 느ᄋ가니 그 셩덕을 항복ᄒ미 쏘흔 부부 듕졍이 가비엽지 아니코 싱이 츠후로 닉당 왕닉 빈빈ᄒ니 등부의셔 알고 크게 깃거 츔츌 ᄃᆞᆺ ᄒ더라 오릭지 아냐 임싱이 농문의 고등ᄒ여 벼슬이 츈방혹ᄉ 비셔각 한님의 니르니 명망이 됴야룰 움죽이더라

임시삼딕록 권지ᄉ십 죵

1면

ᄎ셜 등쇼졔 한님이 입신영달ᄒ믈 보고 그윽이 듯보와 ᄌ미가인을 구ᄒ더니 마춤 유싱 최담이 즈음긔 등틱우 부인 심시의 일뎨룰 취ᄒ엿더니 다만 일녀룰 두고 부쳬 구몰ᄒ니 최시 쇼녜 의탁홀 딕 업셔 외구 심어ᄉ 부즁의셔 장셩ᄒ여 시년 십ᄉ의 이용이 묘려ᄒ고 셩되 온냥ᄒ니 등쇼졔 부모룰 달닉여 돈당의 고ᄒ고 최쇼져

2면

룰 구친ᄒ여 한님의 빈실노 마ᄌ 도라오니 최쇼졔 셩질이 너모 잔미ᄒ나 지극히 어질고 안싴이 쵸셰ᄒ여 삼츈도리 웃는 듯ᄒ니 돈당구괴 바야흐로 한님의 가위 상덕ᄒ믈 깃거ᄒ고 한님이 영합쇼원흔 가온딕나 등쇼져의 셩덕을 탄복ᄒ여 은이 진즁ᄒ고 최시룰 듕딕ᄒ니 등시 쏘흔 화우돈목ᄒ믈 황영의 ᄌ미ᄀᆞᆺ치 ᄒ여 규문의 화긔 늉늉ᄒ니 가즁 상히 칭찬ᄒ믈 마지 아니며 등쇼졔 쏘 돈당구고긔 고

3면

ᄒ여 월낭 취옥을 한님의 편방의 두고ᄌ ᄒ니 돈당구괴 등시의 덕을 긔특이 넉여 쏘흔 냥녀룰 허ᄒ여 한님의 시인의 츔슈케 ᄒ니 한님의 항복홈과 냥챵의 감덕ᄒ미 비길 딕 업ᄉ니 가즁 상히 등쇼져룰 일홈지어 후상군이라 ᄒ더라 후릭의 유흥의 작위 평장ᄉ 한국공의 니르고 등부인이 팔ᄌ 이녀룰 두어 기기히 긔특ᄒ니 시인이 칭찬ᄒ여 등시의 어진 덕이라 ᄒ더라 어시의 쇼부의

4면

삼즈 우흥이 장셩ᄒᆞ미 틱흑ᄉ 손긔의 녀셰 되고 필즈 필흥은 쥬틱우의 녀셰 되니 손시와 쥬시 다 고문명가의 줌영거독이며 뇨됴슉녜라 각각 군즈의 가위 샹덕ᄒᆞ니 돈당 구고의 깃거ᄒᆞ미 비길 ᄃᆡ 업더라 화셜 빅운즈의 댱녀 쵸혜ᄂᆞᆫ 십이셰요 ᄎᆞ녀 쇼혜ᄂᆞᆫ 십일이니 ᄒᆞᆫ 쌍 모란홰 셩히 픤 듯 만치 억치 흐억찬난ᄒᆞᆫ 즁 쟝녀 쵸혜 일층이 더은 듯ᄒᆞ고 셩덕이 임ᄉᆞ의 풍이라 ᄉᆞ룸이 그 얼골을 보나 쇼ᄅᆡᄅᆞᆯ

5면

듯기 어렵고 방향을 구경ᄒᆞ나 우음을 보기 어려온지라 가즁 샹히 과히 비샹ᄒᆞᆷ믈 일ᄏᆞᆺ더니 ᄎᆞ시 만셰 황야 졍궁의 틱즈ᄅᆞᆯ 두ᄉ 시년 십일셰의 농미봉안의 방면틱이며 텬원지방의 농동지질이 진실노 셩덕군왕이라 샹이 ᄎᆞ연 츈의 됴셔ᄅᆞᆯ ᄂᆞ리와 쥬문 갑뎨의 ᄌᆡ용셩덕이 겸비ᄒᆞᆫ 슉녀ᄅᆞᆯ 간틱ᄒᆞ실 ᄉᆡ 빅뇌 진경ᄒᆞ여 유여ᄌᆞᄂᆞᆫ 써지니 업시 칠보셩장을 치례ᄒᆞ여 간션의 들 ᄉᆡ 임부의ᄂᆞᆫ 모든 녀

6면

이 다 셩가ᄒᆞ여시무로 평계ᄒᆞ고 쇼부ᄂᆞᆫ 냥녜 어리다 ᄒᆞ여 간틱의 ᄲᅢ지니라 샹이 황후로 더브러 모든 녀즈ᄅᆞᆯ 간틱ᄒᆞ실 ᄉᆡ 쵸간ᄌᆡ간 두 ᄎᆞ례의 모든 녀진 덕 잇셔 뵈ᄂᆞᆫ 즈ᄂᆞᆫ ᄉᆡᆨ이 업고 ᄉᆡᆨ이 잇ᄂᆞᆫ 즈ᄂᆞᆫ 덕이 업고 ᄉᆡᆨ덕이 가즌 듯ᄒᆞᆫ 즈ᄂᆞᆫ 경솔ᄒᆞ거나 완만ᄒᆞ거나 ᄒᆞ여 진짓 국모의 지목이 업ᄂᆞᆫ지라 다시 삼간틱ᄒᆞ실 ᄉᆡ 텬안이 ᄌᆞ못 불예ᄒᆞ시더니 믄득 일긔 궁녜 ᄂᆞ오와 쥬왈 금번 간틱의 쇼부의 냥녜 드러오니잇가 샹이 보

7면

시니 이ᄂᆞᆫ 근시시녜니 명은 모란이요 년은 팔셰러라 샹이 문왈 임쇼뷔 녀ᄋᆡ의 유츙ᄒᆞ무로 궐간ᄒᆞ엿거늘 네 엇지 아ᄂᆞᆫ다 모란 왈 신쳡이 효장궁의 ᄂᆞᆺ습다가 보오니 임쇼부의 냥녜 잇시되 ᄎᆞ녀ᄂᆞᆫ 용식이 뎔묘영혜ᄒᆞ오나 댱녀ᄂᆞᆫ ᄉᆡᆨ으로 이로 비홀 곳 업고 말노 다 못 일ᄏᆞᆯ지라 틱임이 강싱ᄒᆞ시나 이의 지ᄂᆞ지 못ᄒᆞ오리니 셩덕 광휘 찬난ᄒᆞ고 방년이 십이셰ᄂᆞᆫ ᄒᆞ여 뵈더이다 샹이 반신반의ᄒᆞᄉᆞ 급히 효장

8면

궁의 보늬스 사지샹궁 쇼경난을 명툐ᄒ시니 쇼샹궁이 아모 연괴 쥴 몰나 공쥬긔 품
ᄒ고 닙궐비현ᄒ온ᄃᆡ 샹이 무르ᄉ 왈 임쇼부의 쟝녀 잇셔 년이 십이숨은 ᄒ다 ᄒ니
올ᄒ냐 샹궁이 비록 임부 가훈을 아나 텬위 지하의 알고 무르시ᄂᆞᆫ 바의 엇지 긔망ᄒ
리오 ᄃᆡ쥬왈 과연 쇼부의 쟝녜 ᄉᆡᆨ덕이 고금무쌍이요 년긔 쟝셩ᄒ엿ᄉᆞ오나 쇼뷔 번화
를 취치 아니려 ᄒ여 짐줏 궐간ᄒᄂᆞ이다 샹이 우으시고 쇼샹궁

9면

을 ᄂᆞᆨ여 보늬시고 즉시 임샹부의 엄지를 ᄂᆞ리오ᄉ 왈 이졔 ᄐᆡᄌᆞ비를 간퇵ᄒᄆᆡ 텬하
국뫼라 셩덕 ᄀᆞ죤 녀ᄌᆞ를 의논홀 거시여늘 쇼부 유린이 ᄯᅩᆯ을 두어 방년 십이의 ᄉᆡᆨ덕
이 가려타 ᄒᄆᆞᆯ 짐이 알거늘 엇지 긔망ᄒ여 어리무로 궐간ᄒ니 임군을 업슈이 너기
ᄆᆞ냐 ᄂᆞ라를 거덜코ᄌᆞ ᄒᄆᆡ냐 지긔ᄒᄂᆞᆫ 빅 아니로다 범연ᄒᆫ 신질진ᄃᆡ 죄를 쥴 거시
로ᄃᆡ 빅운ᄌᆞ의 쳥졀이믈 혜ᄋᆞ려 죄를 ᄉ흐ᄂᆞ니

10면

ᄯᅡᆯ니 간퇵의 들나 ᄒ시니 임부 졔인이 경황ᄒ고 쇼뷔 분연 왈 엇던 말 만흔 지 셩샹
의 알원고 툐왕 왈 추역 텬의니 인력으로 홀 비 아니요 질이의 별긔이질이 결단코 여
염쳔가의 쇽ᄌᆞ의 비필 될 긔질이 아니라 고집지 말고 텬의를 슌ᄒ라 쇼뷔 홀 일 업슬
바를 알고 시러금 툐혜쇼져를 간션의 들게 ᄒ니 샹과 휘 임쇼져를 한번 보시ᄆᆡ ᄉᆡᆨ덕
무쌍ᄒᆷᄂᆞᆫ 니르지 말고 오치 샹광이 일신을 둘너시니 셩심이

11면

ᄃᆡ열ᄒᄉ 단망의 ᄯᅩᆸ으ᄉ 별궁의 머무르시고 즉시 녜부의 틱일ᄒ여 임부의 하됴ᄒ시
고 위로ᄒ시니 임부의셔 홀 일 업셔 혼구를 등ᄃᆡᄒ더라 국혼지일이 다다르ᄆᆡ 샹과
휘 ᄉᆞ지샹궁으로 허다 시녀를 거ᄂᆞ려 임쇼져를 본부로 뫼셔 ᄂᆞ오게 ᄒ시니 샹궁시녜
임쇼져를 뫼셔 샹부의 ᄂᆞ오ᄆᆡ 샹하 졔인이 반겨 붓들고 위로홀 ᄉᆡ 임쇼졔 옥안화모
의 누쉬 낙역ᄒ니 돈당이 위로ᄒ고 풍부인이 화연집슈 왈

12면

ᄎ역 텬애니 고집지 말고 셩덕을 동튝ᄒ쇼셔 ᄒ더라 혼일이 되미 상부의 셜연티회ᄒ고 틱ᄌ의 위의를 기다리더니 이 ᄯᅥ 구즁궁궐 널은 뎐각의 ᄭᅩᆺ슈풀을 니루고 운무 ᄎ일이 반공이 소숫스며 장녀ᄒ믈 지리ᄒ여 긔록지 못ᄒᆞᆯ너라 일영장반의 틱지 허다 장ᄒᆫ 위로 상부의 니르사 승상 창흥이 팔미러 옥상의 니르스 기러기를 던ᄒ고 임쇼져를 마ᄌ 닙궐ᄒ실 시 임쇼제 ᄃᆞᆫ당부모 슉당ᄌᄆᆡ의 작

13면

별ᄒ고 치연의 들미 틱지 금쇄로 잠가 허다 위의로 환궁ᄒ시니 널은 길의 쌍쌍 치의 시녜 쳔만이나 느러서 ᄭᅩᆺ슈풀을 니루고 어원풍뉴는 뎐후좌우의 곡됴를 쥬ᄒ며 무슈ᄒᆫ 상궁ᄂᆡ는 틱ᄌ와 임쇼져 치연을 옹위ᄒ고 문무신뇨는 뒤흘 됴ᄎ시며 허다 호위 군병의 경필쇼ᄅᆡ는 구쳔의 요랑ᄒ고 둘식 둘식 어린 시녀는 비ᄎᆔ향과 부용향을 난만이 ᄯᆔ워 호위ᄒ여시니 지상가 부인ᄂᆡ 집즙ᄋ 구경ᄒ고

14면

도로 관광지 널은 길이 메엿시며 각식 향ᄎᆔ 만셩의 ᄌᆞ옥ᄒ니 ᄎ시 텬긔 명낭ᄒ고 치운이 어릐여시니 가위 틱평셩군이 국모를 빗합ᄒᄂᆞᆫ 놀이러라 바로 뎡뎐의 니르시미 상과 휘 농탑의 좌ᄒ시고 국쳡 부인 모든 공쥬 뉵궁비빙 상궁시녜 시위ᄒ엿더라 틱ᄌ와 임비 녜덜을 다ᄒ시미 쳔녜 상궁이 쌍으로 ᄂᆞ와 임비를 뫼셔 상과 후긔 디례를 맛ᄎ시미 이 ᄂᆞᆯ 임비의 셩덕 광휘 만좌를 동ᄒ니 상과 휘

15면

디열ᄒ시고 시위부인ᄂᆡ 만셰를 불너 진하ᄒ고 문무신뇨 진하ᄒ더라 일모 파연ᄒᄆᆡ 임비의 쳐쇼를 봉황뎐의 거ᄒ시게 ᄒ니 틱지 동방화쵹지녜를 ᄒᆡᆼᄒ실 시 임비의 찬난ᄒᆫ 식용과 셩덕이 휘황ᄒ믈 크게 깃거ᄒᆞᄉ 금슬동고의 녜이우디ᄒ시고 임비 ᄯᅩᄒᆫ 팔덕이 ᄀᆞᄌ 예셩이 디ᄂᆡ의 진동ᄒ니 허다 장ᄒᆫ 수연은 지리ᄒ여 이로 긔록지 못ᄒ고 ᄎ후 임쇼제 틱평국뫼 되ᄉ 칠ᄌ삼녀를 탄싱ᄒ시니라

16면

츳셜 임상부의 국혼의 영광을 당ᄒ나 번화ᄒ믈 꺼려 도로혀 흥미 쇼삭ᄒ고 쇼부는 우락이 일반이라 연ᄒ여 츳녀 쇼혜는 쳐ᄉ와 셩혼ᄒ려 ᄒ더니 임의 턴뎡ᄒ 곳이 잇ᄂ지라 인녁으로 엇지 ᄒ리오 시시의 양어ᄉ 텰은 디디 명문거독이요 일셰 군지라 겸ᄒ여 상부와 격닌ᄒ여 임부 졔인으로 교계 깁더라 어시 부인 니시로 동쥬 ᄉ십년의 다만 일ᄌ를 두어시니 명은 경운이요 ᄌ는 용문이니 옥골영풍

17면

이 지셰 반악이요 문댱 지혜 고인을 압두ᄒ니 일셰 군지로디 셩뎡이 호화영무ᄒ더라 일즉 계지를 꺽거 벼슬이 한님의 니르고 취쳐 공시ᄒ니 비합이 불ᄒᆼᄒ여 공시 쳔하 박식이라 양싱이 방년 십ᄉ의 문장풍치 일셰 영쥰이나 비합이 심합지 못ᄒᄆᆯ 탄식ᄒ고 그윽이 슉녀가인을 구ᄒ나 맛당ᄒ 곳이 업더니 일인 유모 셜귀를 디ᄒ여 탄식ᄒ고 왈 어미는 혹ᄌ 널니 소문을 알니니 어느 곳 슉녜 잇거든

18면

ᄂ의 심우를 덜나 쎠의 부뫼 쏘ᄒ ᄋᄌ의 비우 불미ᄒᄆᆯ 아츠ᄒ고 유뫼 그윽이 양싱의 옥안영풍으로 박식으로 비합을 디ᄒᄆᆯ 앗기든 츳 이 말을 듯고 널니 듯보더니 텬하 뎔식은 임상부 밧 업ᄂ지라 마춤 ᄉ촌 아모는 죠왕궁 궁비 셜향이라 셜귀 닉심의 임부 졔쇼졔 즁 듯볼가 ᄒ여 ᄂᄋᄀ 보니 셜향이 반겨 쥬식으로 관디ᄒ고 회포를 펼ᄉᆡ 피츳 슈작이 이윽ᄒᄆᆡ 셜귀 골오디 현뎨는 우이 지극ᄒᆫ 고로 닉

19면

심회를 숨기지 아냐 실토ᄒᄂ니 너모 번잡다 니르지 말나 닉 과연 뉵셰부터 양어ᄉ 노야틱 상의 팔니여 지우금 뉵십이 거의로디 촌공도 갑지 못ᄒ던 츳 어ᄉ 노애 늣도록 무ᄌᄒ시다가 비로쇼 양한님을 싱ᄒ시ᄆᆡ 옥안영풍이 일셰 영쥰이라 닉 마춤 유뫼 독ᄒ여 밧드러 휵양ᄒ여 방년 십ᄉ의 문장직혜 지셰 반악이엿마는 됴화옹이 다싀ᄒ여 굿ᄒ여 공시 ᄀᆞᆺᄒᆫ 만고 박식을 비합ᄒ니 한님은 니르지

20면

말고 닉 마음이 분ᄒ고 원통ᄒ던 추 한님이 슉녀를 듯볼 분더러 어스 노야와 부인이 ᄯᅩᄒᆞᆫ 그윽이 구ᄒᆞ시나 텬히 광디ᄒᆞ되 흣ᄎ 슉녜 극난ᄒᆞ고 아마도 ᄉᆡᆨ덕이 가ᄌᆞᆫ 곳은 이 곳 밧 ᄂᆞ지 아닛ᄂᆞᆫ지라 이러무로 시로이 와 의논ᄒᆞ니 현뎨 혹ᄌᆞ 화월의 ᄉᆡᆨ과 셩비의 덕을 가ᄌᆞᆫ 규슈 잇거든 한번 지로ᄒᆞ여 ᄂᆞ의 심우를 우션 들나 셜향이 귀로 드르며 동형의 혈심쇼지를 감동ᄒᆞ여 냥구의 굴오디 형의 심

21면

우는 곳 쇼뎨의 닐을 당ᄒᆞ나 다름 잇스리오 형을 위ᄒᆞ여 직고ᄒᆞ리라 방금 ᄉᆡᆨ덕은 쇼부의 냥녜니 댱은 바로 틱ᄌᆞ비 되시고 ᄎᆞ쇼뎨 지금 방년 십이의 보는 ᄉᆞ룸의 눈이 부ᄉᆡ고 그 동용쥬션을 보미 스스로 몸이 슛그러ᄒᆞ여 의관을 슈렴ᄒᆞᄂᆞ니 형은 ᄌᆞᆷ간 잇ᄯᅡ가 ᄒᆞᆺ 문안 씌를 당ᄒᆞ거든 나를 됴ᄎᆞ 구경ᄒᆞ라 셜귀 깃거 다른 슈작ᄒᆞ더니 이윽고 ᄒᆞᆺ 문안이 바야히라 셜향이 셜귀를 닛그러 층층ᄒᆞᆫ 월앙을 발미여

22면

닉당 합문 뒤히 셧더니 쵸왕비 쥬슉렬과 북후 냥부인이며 한부인 풍부인 등이 ᄌᆞ녀를 거ᄂᆞ려 췌젼의 함취ᄒᆞ니 모든 부인 쇼져의 휘황ᄒᆞᆫ 단장과 홀난ᄒᆞᆫ 홍군이 신신요요ᄒᆞ고 옥틱월광이 빅일이 무광ᄒᆞ니 요지 션회 ᄀᆞᆺᄒᆞᆫ지라 셔를 둘너 말을 못ᄒᆞ더니 셔녁 월앙 우흐로됴ᄎᆞ ᄒᆞᆫ ᄶᅦ 복쳡이 향노션을 줍아 인도ᄒᆞᄂᆞᆫ 곳의 일위 션이 봉익의 쵹금션슴을 가ᄒᆞ고 뉴요의 늑복 홍츈

23면

상을 가ᄒᆞ여 진쥬션을 ᄀᆞ바야이 옴겨 ᄂᆞᄋᆞ오니 월익뉴미와 션안화협의 단슌호치 찬연ᄒᆞ여 닝담ᄒᆞᆫ 긔질과 결빅ᄒᆞᆫ 셜부는 웅지 연연ᄒᆞ니 그 긔이ᄒᆞᆷ을 이로 형용키 어렵더라 어린 드시 바라보더니 그 쇼져의 연뵈 어느덧 뎡당으로 향ᄒᆞ여 드는지라 셜귀 아연이 일흔 거시 잇는 듯ᄒᆞ여 셜향을 닛글고 도로 ᄂᆞ와 굴오디 닉 츌셰 뉵십년 쳐음으로 됴흔 구경ᄒᆞ엿쇼니 그 뉘뇨 셜향이 임

24면

쇼져의 수의를 니르더라 셜귀 즉시 작별호고 양우의 도라오니 한님이 급히 문왈 어미 얼골의 화식이 무루녹으니 오늘이야 느의 원을 푸는도다 셜귀 비로소 숨을 닉쉬고 왈 으마으마 오늘날 임쇼부의 추쇼져를 보오니 식덕 광휘를 한 닙으로 일ᄏ지 못홀지라 뉵십년의 무된 눈이 금일이야 식로이 씌이여느이다 한님이 쇼왈 어미는 본시 허랑치 아니튼지라 진실노 그러량이면 엇지 딜득

25면

즈의게 아이리오 어미는 말 잘ᄒ는 미파를 불너오라 셜귀 흔연이 느우가 칠십년 미파로 늙은 댱파를 불너오니 느히 비록 늘그나 말이 유여호여 쇼진 댱의 후신인 듯혼지라 양싱이 금 빅냥을 쥬고 심회를 닐너 임쇼부의 추녀 쇼져와 뎡혼호믈 청호라 호니 장핀 낙낙히 허락고 임부의 느우가니 마춤 취젼의 툰당상히 함취혼 쩌라 장핀 계하의셔 고두ᄒ고 양어스의 말슴으로 구혼

26면

ᄒ니 승상이 불열 왈 양어서 비록 군지나 기즈 경운이 옥안영치 하등이 아니로되 임의 취쳐ᄒ고 경운의 셩되 호협혼지라 되지 못ᄒ리라 알외라 장핀 감히 다시 말을 못ᄒ고 도라가 양한님을 보고 퇴혼지셜을 고ᄒ니 한님이 악연ᄒ여 다시 묘계 업스미 슉식의 맛슬 모로더니 일일은 믄득 싱각ᄒ되 닉 아못됴록 임쇼져를 혼 번 술핀 후의 결ᄒ여 인연을 구지 일우리라 ᄒ고 후원 고

27면

루의 올나 임상부를 관망ᄒ며 혹즈 임쇼져를 볼가 되오더니 일이 공교ᄒ고 하늘이 뎡ᄒ신 연분이라 이 쩌 마춤 임쇼제 시우 수오인을 다리고 후원의 연화를 보더니 우연이 눈을 드니 머지 아닌 누각이 표묘ᄒ거늘 혹즈 외인이 볼가 겁ᄒ여 총총이 침쇼의 도라오니 믄득 금스룽의 잉뮈 닉두라 낭낭이 일오딕 쇼져야 금일이 됴혼 날이라 쳔손과 션낭의 칠셕구회 굿도다 오늘날 빅년군즈의 눈

28면

의 씌이셔시니 이 곳 텬연이라 쇼져를 위ᄒ여 치하ᄒᄂ이다 쇼졔 붓그리고 아모 연고믈 몰나 화지로 치며 ᄶ지져 왈 요괴로온 즘싱이 무슨 잡담을 ᄒᄂ다 잉뮈 다시 닐오ᄃᆡ 쇼져는 바른 말ᄒ믈 ᄶ짓지 마르쇼셔 쇼잉이 몬져 약슈 삼쳔니 쳥되 되여 빅년 신물을 유졍낭의게 뎐ᄒ리라 셜파의 표표히 ᄂ라 쇼져 경ᄃᆡ 우히 노힌 금환 ᄒ 쪽을 물고 ᄂ라가니 쇼져와 시이 다 디경실식ᄒ나 홀 일 업ᄂ

29면

지라 쇼져의 아미의 슈운이 ᄌ욱ᄒ더라 ᄎ시 양싱이 고루의 올ᄂ 감히 임상부를 엿보더니 과연 수오기 시이 일위 쇼져를 옹위ᄒ여 ᄂ오니 얼골의 고으믄 ᄎᆡ 보지 아냐 명월이 즁쳔의 오른 듯 모란홰 셩기ᄒᆞᆫ 듯 동용쥬션이 ᄌ유법도ᄒ여 거름을 옴기미 ᄶ히셔 향ᄎᆔ 니러ᄂᄂ 듯ᄒ더니 믄득 츄파를 드러 관망ᄒ다가 총총이 도라가니 여향이 쵹비ᄒ고 임쇼져의 화용월틱 눈의

30면

암암ᄒ고 뎡신이 ᄎᆔᄒᄂᆫ지라 ᄉᆞᆫ으로 가슴을 어루만며 탄식 왈 하늘이 며 ᄀᆞᆺ흔 슉녀를 ᄂᆡ시고 이 양경운으로 인연이 닛지 못ᄒ게 ᄒ시ᄂ고 아마도 너 일셰 영쥰으로 ᄋᆞ녀ᄌᆞ를 ᄉᆞ모ᄒ여 부모긔 불효를 ᄭ치리로다 ᄒ고 장우단탄ᄒ여 도라올 마음이 업더니 믄득 ᄯᆺᄇᆞᆺ 신잉이 ᄂ라와 금환 ᄒ 쪽을 놋코 낭낭이 일오ᄃᆡ 오늘 신잉이 군ᄌᆞ슉녀 호연의 미ᄑᆔ 되여 신물을 ᄀᆞ져 니르러이다 ᄒ고 도라 ᄂ라가

31면

거늘 싱이 만심환희ᄒ여 하늘긔 ᄉᆡ례 왈 텬우신됴ᄒᄉ 양경운의 심우를 덜으시니 아마도 됴션 덕덕여음으로 텬지신기 감응ᄒ시미로쇼이다 ᄒ고 누의 ᄂᆞ려셔 당의 니르러 계교를 베퍼 일봉셔를 일워 영니ᄒᆞᆫ 셔동을 불너 상부의 가 여ᄎᆞ여ᄎᆞᄒ라 ᄒ니 셔동 영지ᄂᆞᆫ 년이 구셰요 극히 영오ᄒ더라 글월을 ᄉᆞᆫ의 들고 상부의 ᄂᆞᄋᆞ가니 문니 막고 드리디 아니ᄒ거늘 영지 왈 ᄂᆞ는 셜부 셔동이러니

32면

임한님 노야긔 금일 왕님ᄒᆞ쇼셔 ᄒᆞᄂᆞᆫ 뎐갈 왓거늘 어이 셜게 뭇ᄂᆞ뇨 문니 그 영오이
뒤답ᄒᆞᄆᆞᆯ 보고 드러가라 ᄒᆞ거늘 영지 바로 뎡뎐의 드러가니 쩌마츰 문안 쩌라 졔인
이 취회ᄒᆞ엿더라 ᄉᆞ지츠환이 믄득 ᄂᆞᄋᆞ와 무러 왈 너는 엇더ᄒᆞᆫ ᄋᆞ히완ᄃᆡ 당돌이 드
러왓ᄂᆞ뇨 영지 글월을 올녀 왈 양한님틱의셔 임쇼져긔 드리라 ᄒᆞ시더이다 츠환이 괴
히 너겨 바로 뎡당의 드러가 글월을 올니니 쇼졔 어이 보

33면

리오 묵연이 못본 듯시 ᄒᆞ니 유흥이 일오ᄃᆡ 아모 글월이던지 임의 와시니 엇지 보지
아닛ᄂᆞ뇨 쇼졔 왈 이는 쇼미의 친ᄒᆞᆫ 곳이 아니니 그릇 츠ᄌᆞ 왓는가 ᄒᆞᄂᆞ니 도로 너여
쥬라 츠환이 ᄂᆞ와 기ᄋᆞᆯ 츠ᄌᆞ니 발셔 간 곳 업거늘 돈당 샹히 경괴ᄒᆞ여 좌우로 그
글월을 졔시ᄒᆞ니 시면의 쩌시되 쇼싱 양경운은 지비ᄒᆞ고 임쇼져 장ᄃᆡ하의 붓치노라
ᄒᆞ여시니 모다 실쇠ᄒᆞ여 보니 뒤기 ᄒᆞ여시되 난최 궁

34면

곡의 뭇쳐시나 광치ᄅᆞᆯ 숨기지 못ᄒᆞᄂᆞ니 ᄂᆞᆫ 양경운이 엇지 쇼져의 향명을 모로리오
돈부의 구혼ᄒᆞᄆᆡ 만만뉘거ᄒᆞ시니 훌 일 업ᄂᆞᆫ 즁 그윽이 ᄉᆞ모ᄒᆞ더니 우연이 누샹의
올녓다가 쇼져의 옥안을 구경ᄒᆞ고 뉴졍이 바라보든 ᄎᆞ 신잉이 유신ᄒᆞ고 텬뎡을 바다
쇼져의 신물을 ᄀᆞ져와 뎐ᄒᆞ니 이는 곳 텬뎡가위라 쇼져는 오날노부터 양경운의 안히
무로 알고 혼구ᄅᆞᆯ 셩비ᄒᆞ라 ᄒᆞ엿더라 돈당샹히

35면

샹고실쇠이오 쇼뷔 믄득 뒤로ᄒᆞ여 쇼져ᄅᆞᆯ 압히 꿀니고 꾸지져 왈 년쇼녀지 쳐신을
엇지ᄒᆞ여 외간남지 보앗시며 슈듕물은 엇지ᄒᆞ여 탕ᄌᆞ의 슈즁의 니르뇨 실진무은ᄒᆞ
라 쇼졔 분ᄒᆞ고 이달오믈 니긔지 못ᄒᆞ던 ᄎᆞ 부친 칙교ᄅᆞᆯ 밧ᄌᆞ오ᄆᆡ 다만 복지쳬읍 왈
쇼녜 비록 불쵸ᄒᆞ오나 부훈모교ᄅᆞᆯ 슴가와 녜의념치ᄅᆞᆯ 아ᄂᆞ지라 엇지 외간남ᄌᆞᄅᆞᆯ 보
리잇고 모일의 후원의 연화ᄅᆞᆯ 줌간 보고 올 ᄯᆞᆫ이오 기시의 신

36면

잉이 여츳여츳 니르고 홀연 금환 혼 쪽을 물고 가는지라 지금 것 이들고 분호믈 니기
지 못호옵고 욕스무지호옵더니 금일 여츳 히괴지스는 춤으 듯지 못홀지라 출하리 죽
어 모름만 궃지 못호이다 셜파의 이뤼 연낙호니 쇼뷔 다시 시오 등을 불너 쇼니고 엄
문호니 쏘호 녀오의 말 궃혼지라 좌즁이 경히호고 상국이 탄왈 츠역 텬의니 현마 어
이호리오 양경운이 쏘호 군즈 영쥰이니 모로미 허혼호

37면

라 쇼뷔 분연듸왈 양가 탕지 여츳 힝시 통히호온지라 비록 허혼홀 의시 잇스오나 오
녀로 규즁의 두어 십년 후의 며를 돗게 호여지이다 쵸왕 왈 불가호다 임의 양즈롤 결
친홀 바의 집미호미 스리의 셧셧치 못호고 만일 오리 집미호다가는 탕즈의 분긔롤
더욱 도도와 일이 장춧 무슨 지경의 밋고즈 호느뇨 모로미 쳥혼결친호미 상계로다
승상이 쏘호 스리로 닐너 고집지 말나 호니 쇼

38면

뷔 홀 일 업셔 미파롤 양부의 보니여 구혼호니 양싱은 만심환열호고 양어스 부부는
이런 쥴 모르고 흔흔이 깃거호더라 임의 퇴일호여 셩녜홀시 냥가의 디연을 비셜호고
신낭을 마즈며 신부롤 보닐시 그 위의 부셩호미 장녀호더라 양싱이 임쇼져롤 빅냥우
귀호여 도라가니 양어스 부뷔 일견의 만심환열호고 공시는 단장을 치례호고 신부와
녜홀 시 임쇼져의 쳔틱만광을

39면

바라보고 싀긔지심도 업고 도로혀 항복호여 쥬야 쩌늘 뜻이 업더라 츠야의 양싱이
화긔 츈풍 궃호여 동방화쵹의 임쇼져롤 디호미 만심이 디열호여 쵹을 물니고 쇼져롤
넛그러 상요의 느으가고즈 호니 쇼졔 미미히 썰쳐 상풍열일 궃호니 한님이 힐난호다
못호여 밤을 시오니라 계명의 임쇼졔 구고긔 문안호고 인호여 머무러 효봉구고호고
아리롤 은혜로이 거느리되 홀노 한님을 당호여

는 소괴 닝슉ᄒ니 한님이 늘마다 되ᄒ여 다리며 경계ᄒ되 됴금도 온슌ᄒ미 업더니 쇼졔의 유뫼 소긔를 상부의 뎐ᄒ무로 풍부인이 쇼져를 엄히 경계ᄒ여 추후로 한님과 화락ᄒ고 공시는 비록 외뫼 박식이나 승긔ᄌ를 염ᄒ미 업셔 소져의 꼿 ᄀ튼 얼골을 ᄉ랑ᄒ여 뎡의 골육 ᄀᆺᄒ니 쇼졔 ᄯᅩ흔 공시를 네이우되ᄒ여 한님을 권ᄒ여 공시를 ᄎ츠게 ᄒ니 쇼져의 덕이 더욱 낫타나 후리의 양

한님의 벼슬이 좌승상 딘국공의 니르고 임ᄉ긔 십이ᄌ 오녀를 싱ᄒ고 공시긔 오ᄌ 이녀를 두어 영화 극ᄒ고 평싱의 반졈 근심이 업시 지니니라 화셜 님상부의 영화복녹이 슌시팔농의 비길 빅 아니라 이러틋 늘마다 즐기는 ᄀ온ᄃᆡ 셰월이 뉴슈 ᄀᆺᄒ여 뎔셰 뒤 잇기를 ᄌ로ᄒ니 관튀부인 향년이 구십오 셰라 임의 텬명이 다ᄒ니 엇지 동방삭의 삼쳔갑ᄌ를 바라리오 우연이 일질을 어더 상

요의 침면ᄒ니 빅약이 무회라 ᄌ손졔뷔 황황망극ᄒ더니 미급오일의 장ᄎ 별셰ᄒ니 상국은 흔ᄀᆺ ᄌ위 손을 밧드러 흐르는 누쉬 빅슈의 니음ᄎ고 션싱의 익통ᄒ믄 츙냥치 못ᄒ는 즁 급히 픠도를 ᄲᅡ혀 단지ᄒ여 피로써 ᄂᆞ오니 좌위 황황ᄒ여 급히 깁으로 ᄡᅵ미고 능히 말을 못ᄒ더니 튀부인이 믄득 눈을 ᄯᅥ 좌우를 보더니 냥ᄌ를 ᄂᆞᄋᆞ오라 ᄒ여 집슈탄왈 ᄌ고로 일싱일ᄉᄂᆞᆫ 인지상ᄉᆡ

라 고인이 유언 왈 인싱칠십고릭희라 ᄒ니 노뫼 박덕으로 션군을 여희옵고 미망여싱이 고고히 냥ᄌ를 의지ᄒ여 지니더니 션군의 직텬지경이 음즐ᄒᄉ 여등이 슈쇼ᄌ녀의 손증이 셩번ᄒ고 작위 슝고ᄒ여 위고금다ᄒ니 만ᄉ 과의오 노뫼 연과구십이라 죽으미 낫부지 아니코 구원의 도라가 됴션의 고홀 말이 빗ᄂᆞ니 무어시 슬푸리오 오이 망녕된 거됴로 유쳬를 헐우ᄂᆞ뇨 범ᄉ의 둥도를 됴ᄎᆞ 도라

44면

가는 마음을 놀납게 말나 불연즉 구텬하의 셔로 보지 아니리라 냥지 흔곳 흐르는 누쉬 피를 화ᄒ여 슈명홀 ᄯ름이라 퇴부인이 둉일 안안ᄒ여 말슘이 명명ᄒ더니 진시 쵸의 바야흐로 운명ᄒ니 구십일오셰오 시셰 계츈 쵸슌이라 일기 발상거이ᄒ니 울음 쇼릭 구쳔의 ᄉ뭇더라 녜로 쵸상을 다스려 셩복을 맛츳미 상국 곤계 노리의 뉴ᄋ의 통을 니긔지 못ᄒ여 싀훼 골입ᄒ니 긔운이 엄엄ᄒ여 능

45면

히 지보홀 길 업ᄂ지라 쵸왕 슴곤계 망극황황ᄒ여 쥬야로 뫼셔 빅단관위ᄒ나 상국이 ᄎ마 억졔치 못ᄂᆫ지라 모든 ᄌ손의 지효로써 망극흔 심ᄉ 비홀 ᄃᆡ 업고 텬지 드르시고 참연감비ᄒᄉ 녜관으로 됴위ᄒ시고 퇴ᄌ비 퇴왕모의 별셰ᄒ시믈 드르시미 크게 슬허 ᄉ지상궁으로 문위ᄒ시고 슈라를 폐ᄒ시니 퇴지 스리로 기유ᄒ시더라 상국 곤계 션비를 여흰 후의 작슈를 불음ᄒ여 녀ᄎᆞ의 업디여

46면

노력이 날노 위위ᄒ더니 일야ᄂᆫ 비몽ᄉ몽간의 퇴부인이 운상무의로 표연이 ᄂᆞ려와 냥ᄌᆞ를 칙왈 불감훼상이 효지시애요 고인의 경계라 여등의 힝싀 비록 셩효의 지극ᄒ나 마츰ᄂᆡ 여모의 ᄯᅳᆺ이 아니라 노뫼 명명 즁 한심ᄒ믈 니긔지 못ᄒ리로다 셜파의 싀위 씍씍ᄒ여 평시와 다르미 업ᄉ니 상국 곤계 그 덧ᄉ이나 반기고 슬허 연망이 모친 ᄂᆞ슈를 붓드러 울기를 마지 아니ᄒ

47면

니 퇴부인이 션몌를 썰쳐 왈 비록 모ᄌ ᄉ이나 유명이 다른지라 여등은 노모를 싱각ᄒ거든 다만 유탁을 ᄃᆞ려보리지 말나 언파의 불견긔쳬라 상국 곤계 호모지셩이 쳘쳘ᄒ여 경동니각ᄒ니 녀려의 쵸침을 비겨 ᄃᆞ근듯 가미ᄒ미라 더욱 슬푸믈 니긔지 못ᄒ나 션비의 유괴 명명ᄒ시믈 감동ᄒ여 ᄎᆞ후 져긔지통을 관억ᄒ여 지보ᄒ믈 어드니 ᄌ손의 깃거ᄒ미 층냥 업더라

48면

이러틋 슬픈 즁 장월이 님박ㅎ니 녕구를 뫼셔 고향 화쥬로 ㄴ릴 시 쵸왕 슘곤계와 승상 군동 이십 인과 흑ㅅ 한님 등 군동 형뎨 가온듸도 팔구셰 이샹은 다 부됴를 뫼셔 하향ㅎ고 녀위 니부인이 쇼부 부인 풍시와 숑암쥬 관흥의 부인 윤시와 명흥 쳐 한시와 긔흥 쳐 뉴시 등이 뫼셔 잇게 ㅎ고 쳐는 각각 가부의 거취를 ᄯ라 관흥 등이 빅운 ᄌ를 됴ᄎ 인ㅎ여 향니의 머믈녀 ㅎ무로 공

49면

명을 불구ㅎ고 쳐ᄌ를 권솔ㅎ여 하향ㅎ고 경ㅅ 본부의ᄂ 쥬슉녈의 뎨ㅅ 금장과 녀부를 거ㄴ려 머무니 쵸왕 곤계ᄂ 동샹 후 환경ㅎ기로 뎡ㅎ고 승샹 창흥의 군동은 양녜 후 환경ㅎ려 ㅎ더라 딘파와 군계 ᄯ 하향ㅎ니 쇼픠 틱부인 샹ㅅ 후 비이ㅎ미 샹국 곤계의 ㄴ리지 아니터니 영구를 마ᄌ 빈별ㅎ 바의 슬푸믈 니긔지 못ㅎ며 슉녈비 효장 공쥬와 셜의녈 등 뎨ㅅ금장이 틱

50면

부인의 평일 ᄉ랑ㅎ시던 셩덕을 츄모ㅎ여 읍쳬이곡ㅎ여 쥬뤼 화셕를 뎍시니 이셩이 비졀ㅎ더라 틱일 힝샹홀 시 시벽 셔리 지ᄂ 달빗치 샹구를 발ㅎ미 불근 명졍과 그림 그린 삽션은 압흘 인도ㅎ고 만장은 평싱 슉덕을 긔록ㅎ여 빅ᄉ장 십니의 버럿ᄂ듸 인친고구와 친붕ᄀ디 숑별ㅎᄂ 위의 문이 몌엿시니 창기 쥬륜과 뎍거ᄉ마의 졔후의 빅월과 지렬의 쥬륜이

51면

분줍ㅎ여 발 드딜 틈이 업ᄉ니 녀항 ᄉ녜 집즙ㅇ 굿보고 칭찬ㅎ여 시인이 ᄉ싱 낭지의 다영다복ㅎ미 하감망틱부인이리오 ㅎ더라 텬지 녜관을 보ㄴ여 치졔ㅎ시고 틱부인을 츄증ㅎ여 명현슉덕부인을 증ㅎ시다 샹국 곤계 졔ᄌ 손증을 거ㄴ려 무ㅅ이 힝ㅎ여 일긔 고틱의 안둔ㅎ고 장일을 틱ㅎ여 관을 지즁의 장홀 시 효ᄌ 현손의 지통이 지심ㅎ여 곡셩이 샹쳘운쇼ㅎ니

52면

음운이 참참ᄒ여 청산이 위비ᄒ고 뉴쉬 오열이 불뉴ᄒ니 됴지 감읍ᄒ고 견지 위비러라 임의 양녜를 필ᄒ고 셕물을 ᄀᆺ쵸ᄆᆡ 상국 곤계 쥬야 녀ᄎᆞᆯ 쩌ᄂᆞ지 아냐 ᄉ시 곡읍의 ᄒᆞᆫ 쎄 임타ᄒᄆᆡ 업고 녀위 냥부인이 ᄌᆞ부 숀부 등을 거ᄂᆞ려 닉ᄉᆞᆯ 션치ᄒ며 됴셕 즁상을 밧들ᄆᆡ 상녜의 어긔미 업고 틱부인을 뫼셔 무우안낙던 바ᄅᆞᆯ 츄모ᄒ여 감회ᄒ믈 니긔지 못ᄒ더라 슬푼 가온ᄃᆡ 얼

53면

푸시 틱부인 쇼긔를 지ᄂᆞ니 ᄌᆞ부 숀즁의 이도ᄒ미 싀룹더니 믄득 쇼피 쇼부의 도라가 병튤ᄒ니 슝공 일긔 그 어진 덕으로 ᄌᆞ식 업시 죽으믈 슬피 녀겨 지극히 후장ᄒ고 흉뵈 화쥬의 니르니 임시 졔공이 크게 참비ᄒ고 녀위 니부인이 츄연ᄒ믈 니긔지 못ᄒ여 ᄆᆡ양 틱부인을 츄모ᄒ기를 싯츤즉 쇼파의 어지던 쥴 일ᄏᆞ라 이감ᄒ더라 흐르는 셰월이 덧업셔 틱부인 삼긔를 맛ᄎ

54면

니 상하 졔인의 비회는 일필난긔라 상국이 노쇠지닉의 환노의 ᄠᅳᆺ이 업고 쵸왕 곤계 ᄎᆞ마 학발 북당을 니슬치 못ᄒ여 상표ᄒ여 벼슬을 ᄉᆞ양ᄒ고 향니의 여년을 맛ᄎ 노부를 동양ᄒ믈 간졀이 비니 쇼시 비고ᄒ니 상이 어람ᄒ시고 크게 감동ᄒᄉᆞ 슈됴로 위로ᄒ시고 쵸왕의 왕작을 환슈ᄒ여 승상 창홍으로 승습ᄒ라 ᄒ시고 특별이 셩현문 효공을 봉ᄒ시니 쵸왕형뎨 텬은

55면

을 망극ᄒ여 빅비 ᄉ은ᄒ고 가권을 거ᄂᆞ려 하향ᄒ니 쥬비 한부인 효장공쥬 쇼부인 등이 일시의 하향ᄒ니 졔ᄌᆞ녀부의 니회 층냥업더라 승상이 부친을 승습ᄒ여 왕위의 ᄂᆞᄋᆞ갓더니 경ᄉᆞ의 머므러 군동 곤계 십오인과 뎨미로 더브러 우공ᄒ미 디극ᄒ니 임시 졔인의 츌텬셩효로써 일쳬 돈당을 뫼셔 치무지락을 싱각고 쵸창ᄒ믈 마지 아니ᄒ더라 어시의 셜부 목

56면

틴부인이 기세흐니 삼상을 겨유 맛고 셜틴스 부뷔 별세흐니 졔조졔부의 호텬지통은 니르지 말고 의열의 궁텬극통을 비길 딕 업스니 셰황이 돈무흐더라 셰월노됴츤 임시 졔공의 쳥현아망이 날노 더어 작위 숭고흐고 위고금다흐니 슬하의 옥동화녜 층층이 넘노는지라 쵸왕 창흥이 셜의열의게 십칠조 삼녀룰 두고 됴부인긔 십오조룰 두며 지흥이 벼슬이 좌승상 강

57면

능후룰 흐고 쇼부인이 십뉴조 이녀룰 싱흐고 원흥이 작위 평장소 상쥬공의 니르고 풍부인긔 팔조 오녀룰 싱흐고 연흥이 작위 참지뎡소 연후의 니르고 박부인긔 십오조 일녀룰 싱흐고 셩흥이 작위 츄밀소의 니르고 쥬부인긔 구조일녀룰 두고 계흥이 작위 형양후 진국공의 니르고 쇼부인긔 십이조 팔녀룰 두고 광흥은 피셰은거흐여 목부인긔 이조 십오녀룰 두고 봉흥이 작위

58면

녜부상셔의 니르고 녀부인긔 십조룰 두고셔 셔뎨 인흥이 작위 즁낭장소 예교위의 니르고 부인 숭시긔 일조 십녀룰 두고 셩현공 장녀 빙혜는 셜희필의 벼슬이 뎡국공 관닉후의 니르고 십팔남 오녀룰 싱흐고 츤녜 치혜는 셩인광의 부인이라 셩싱이 작위 니부상셔 딕뎨학의 니르고 삼조십오녀룰 두고 옥혜쇼져는 쥬싱으로 화락흐여 뉵조 오녀룰 싱흐고 벼슬이 딕스마의 니르고 북후의 장

59면

조 텬흥이 작위 상쥬국 틴조틴부의 니르고 셩부인긔 이십조 이녀룰 싱흐고 변흥은 작위 츄밀소 각노의 니르고 문부인긔 일조 십녀룰 두고 문흥은 피셰도은흐고 한부인긔 일조 일녀룰 두고 셰흥은 작위 호부상셔 계양후의 니르고 뎡부인긔 구조룰 두고 장녀 슉혜쇼져는 가한님 작위 평국공의 니르고 십조 십녀룰 두고 츤녀 경혜쇼져는 목싱이 작위 좌각노의 니르고 칠조 이녀룰 두고 삼녀 슈혜쇼

60면

져는 두상셰 벼슬이 우승상 영능후의 니르고 이즈 팔녀를 두고 북평후 좌부인 쇼시의 장즈 경흥은 작위 어스틱우 츄밀스의 니르고 쥬부인긔 십일즈 이녀를 두고 연흥은 작위 형부상셔의 니르고 경부인긔 일즈 팔녀를 두고 긔흥은 피셰도은ᄒ고 쥬부인긔 이즈를 두고 장녀 월혜쇼져는 셩녈부인이니 셜희광이 작위 병부상셔 틱스마 상쥬국 틱승상 노국공의 니르러 이십즈 팔녀를 싱ᄒ고

61면

쇼부 빅운즈의 장즈 관흥은 지기 청고ᄒ여 쇼허의 청심이 잇는 고로 텬지 특별이 숑암션싱 풍님쳐스로 별호ᄒ신 비라 화쥬 고향의 도라가 부군을 뫼시며 군동 가온디 명니를 피ᄒ는 즈로 더브러 피셰됴은ᄒ여 청산일민이오 쇼미딘인이라 마ᄎᆷ니 왕즈진 덕숑즈의 일뉘니 부인 윤시 십오즈 삼녀를 두고 유흥은 작위간의 틱우상셔 복야의 니르고 등부인긔 십팔즈를 싱ᄒ고 최시는 오즈 이녀

62면

를 두고 우흥은 작위 공부상셔의 니르고 숀부인긔 스즈 일녀를 두고 필흥은 작위 평장스의 니르고 쥬부인긔 오즈 팔녀를 두고 쇼부의 댱녀는 틱즈비 되스 틱평셩뫼시고 ᄎ녀 쇼혜는 양각노 부인으로 금슬이 화합ᄒ여 십오즈 팔녀를 두니 셩현공 삼곤계의 즈녀 이십칠인의 니외숀증이 슈쳔여 명이라 슈다 즈숀의 하나토 범연흔 지 업스니 ᄋᆞ돌을 싱ᄒ미 셩현군지 아니면 영웅호걸이니 시

63면

인이 칭찬ᄒ여 효우셩덕이 임시 졔인 ᄀᆞᆺᄒ라 ᄒ더라 즈숀이 계계승승ᄒ여 부귀 극ᄒ나 흐르는 셰월이 능히 뫼여 두지 못ᄒ고 훗날니는 빅발이 밧고지 못홀지라 회회라 임상국 곤계 셩효 덕질노 쳔만셰를 향슈ᄒ나 앗기지 아니리오마는 텬명이 뎡흔 쉬이시니 불기인녁이리오 진시황의 위엄이나 불스약을 구치 못ᄒ고 졔갈의 지혜로도 오장원의 장셩이 ᄯᅥ러지니 인녁의 밋

64면

추리오 임상국이 년이 일빅십오 셰의 병 업시 별셰ㅎ니 녀틱부인이 노틱의 붕셩지통을 맛나 일셩통곡의 니어 망ㅎ니 향년이 일빅 셰라 셩현공과 빅운주의 지셩틱회 엇지 범연ㅎ리오 호텬벽용ㅎ고 고지규쳔ㅎ여 됴셕의 지보키 어려오니 눈물이 화ㅎ여 피 되는지라 졔주손의 황황망극ㅎ미 무어시 비ㅎ리오 셩현공은 오히려 션싱과 위부인이 계시니 져기 관억ㅎ 써 잇

65면

스나 빅운주는 일시의 고비롤 쌍망ㅎ여 츄쳔영모의 궁텬지통이 지심ㅎ지라 긔운이 엄엄ㅎ니 숑암션싱 곤계 황황망됴ㅎ믄 일필난긔라 셩현공이 오의 싀훼 골입ㅎ미 능히 삼년을 보뎐키 어려오믈 보미 슬푸믈 참고 두 그릇 미음을 가져 스스로 마시고 일 긔롤 가져 빅운주롤 틱ㅎ여 엄읍뉴쳬 왈 아등이 황쳔의 특앙ㅎ여 고비롤 일시의 쌍망ㅎ니 호텬 뉵오지통이

66면

엇지 춤을 비리오마는 현데 이러틋 과상비도ㅎ여 훼불멸셩키의 미츠믄 실노 션고비의 뜻이 아니신가 ㅎ느니 부모의 지텬지령이 머지 아니시리니 원컨틱 오데는 지통을 관억ㅎ여 지보홀 도리롤 싱각ㅎ라 빅운지 실셩오열 왈 형장 하괴 맛당ㅎ시니 쇼뎨 엇지 모로리잇고마는 쇼뎨의 유한지통은 만고의 하느힌 듯 시분지라 위인주ㅎ여 싱셰지후의 효당갈녁ㅎ나

67면

지효ㅎ나 위친디졍이 부득ㅎ거놀 쵸의 불효피악ㅎ여 명교의 죄롤 엇고 부모긔 불회 비상ㅎ지라 당금 추시의 고비롤 쳔양의 장별ㅎ여 부모의 음용이 야틱의 묘연ㅎ믈 싱각건틱 쇼뎨지심이 비여셕목이나 셕년 불효롤 싱각ㅎ미 쇼뎨지심이 담이 츠고 골이 져리니 출하리 인셰롤 슈이 브려 텬되의 부모롤 뫼실 뜻이 급ㅎ지라 능히 강잉치 못ㅎ리로쇼이다

68면

셜파의 혈체 만면ᄒ고 셩음이 불셩쳘이라 견지 감읍ᄒ여 셩효를 감탄ᄒ고 셩현공이 실셩엄읍ᄒ여 다시 빅단기유ᄒ여 미음을 마시고 추후 더욱 형예 일시도 쩌ᄂ지 아니며 비고이락의 일동일졍을 ᄀ치 ᄒ여 얼푸시 장녜를 필ᄒ고 승상이 봉읍의 도라와 상국의 일년 ᄒ 번 됴회ᄒ고 츈츄의 됴공ᄒ며 화쥐를 쵸지의 옴겨 돈당 부모를 밧들고 왕화를 너비 베퍼

69면

국틱민안ᄒ니 우슌풍됴ᄒ니 빅셩이 함포고복ᄒ더라 이러구러 셰월이 ᄌ됴 밧고이믜 쳐슈 부뷔 병 업시 한 상의 누어 셰상을 바리니 연이 일빅이십셰 동년이러라 시셰 즁츈이요 귀쳔지일의 향운이 ᄉ집ᄒ고 셔뮈 요요ᄒ니 가히 셩현군ᄌ와 슉녀명완이 텬뎡일듸로 동년동월 일시의 츌셰ᄒ여 동년동월 일시의 학가운참ᄒ여 등운가무ᄒ믈 알니러라 시일의

70면

거기 발상거이ᄒ니 곡셩이 텬지 딘동ᄒ더라 셩현공과 북평후와 슉녈비와 한부인과 공쥬와 소부인 등이 호텬 벽용ᄒ여 상쳘운쇼ᄒᄂ지라 슬픈 가온듸 쵸상을 녜로 다ᄉ려 분산의 안장ᄒ고 텬지 임쳐스 부부의 평싱 덕망을 감동ᄒᄉ 별은을 두터이 ᄒᄉ 녜관으로 치졔됴문ᄒ시고 위부인으로 뎡슉녈 현비를 증ᄒ시고 임쳐스의 시호를 문츙이라 ᄒ시다 임부 우락이 ᄀ

71면

ᄒ여 늘그니ᄂ 졔졔히 텬당으로 도라가믜 ᄌ손즁은 슬허ᄒ며 어느덧 삼년식 홀홀이 지니고 부귀 작녹은 쓴히지 아냐 쳔만 셰를 ᄂ리 누리니 셩현공의 인효셩힝으로 덕덕여음이 ᄌ손의 ᄂ리미라 츠텬 ᄉ덕이 무궁무진ᄒ고 슈쳔명 ᄌ손의 계계승승ᄒ 슈덕을 너모 지리ᄒ여 듸강 셩현공의 ᄉ덕만 긔록ᄒᄂ니 셩현공의 부부ᄂ 실노 텬강셩인이라 빅여 셰를 누리다가 빅일 승텬ᄒ엿다 니르니 이도

72면

인효청직ㅎ무로 달어샹텬ㅎ미니 후인은 옛일을 보와 닉 몸을 슈련ㅎ고 힝실을 닷가 어진 일홈이 만셩의 편만케 ᄒ지여다

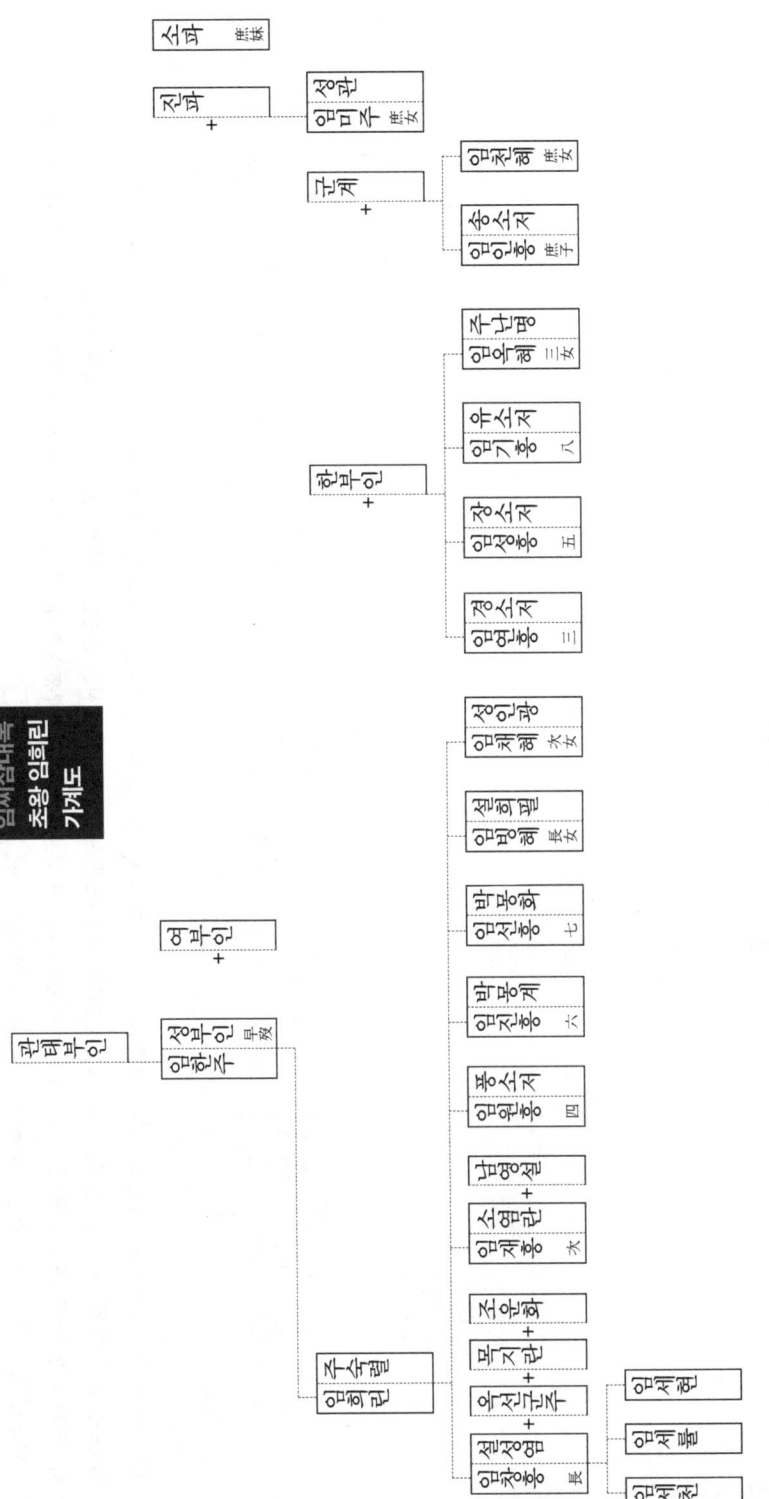

임씨삼대록 초왕 임희린 가계도

※ 임한주의 처 성부인은 『성현공숙렬기』에서 이미 죽었기 때문에 『임씨삼대록』에서는 등장하지 않는다.
※ 임희린의 六子 임진흥과 七子 임선흥은 쌍둥이이며, 그들의 처 박몽계와 박몽화도 쌍둥이이다.
※ 소파는 임한주와 임한규의 庶妹이다.
※ 임창흥의 자녀 임세천과 임세률은 쌍둥이이다.
※ 임창흥의 三子 임세현은 『임씨삼대록』에서 임세영이라는 이름으로도 제시된다. 여기서는 작품에서 처음에 제시된 임세현이라는 이름으로 표기 했다.

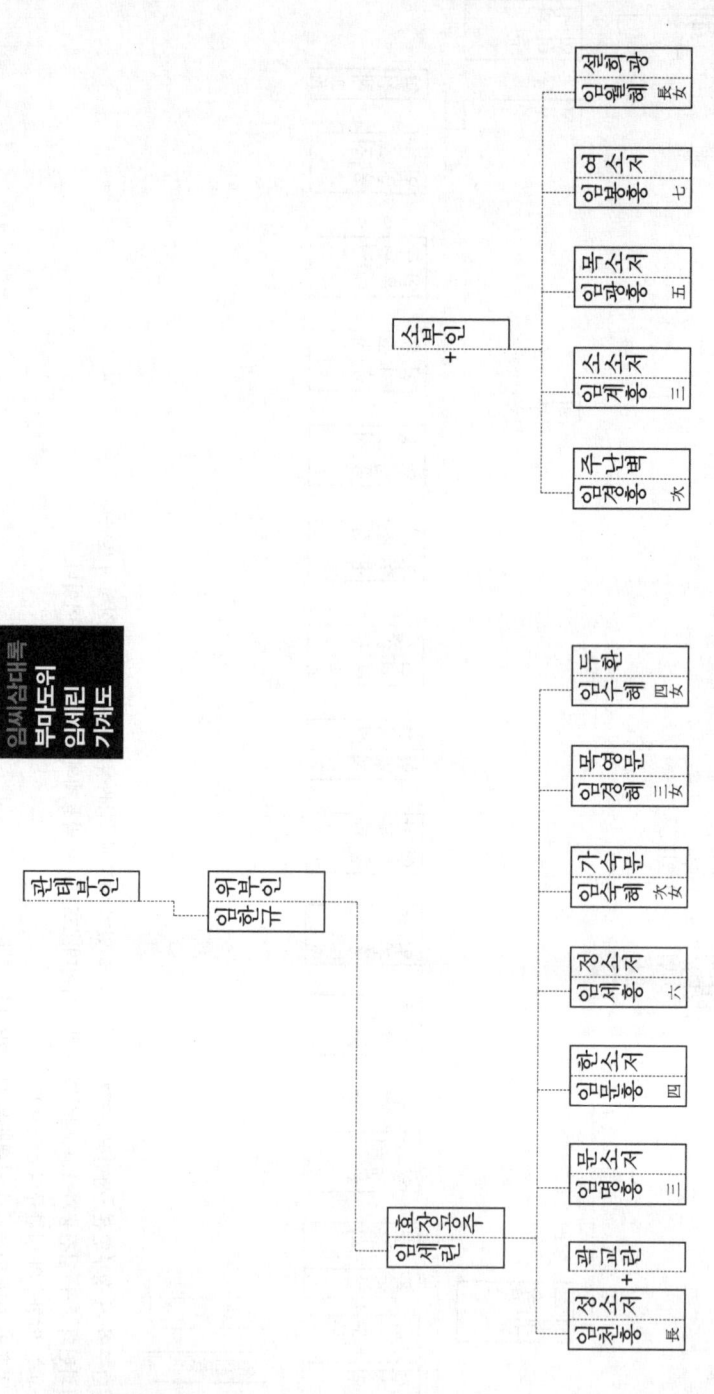

임씨삼대록 부마도위 임세린 가계도

※ 효장공주의 次子 임명흥과 소부인의 三子로 소개된다. 작품에서 이들의 선후관계를 추정하기가 어려운데다가, 임문흥을 四子, 임명흥을 五子, 임봉흥을 六子, 임제흥을 七子로 소개하는 임명흥과 임봉흥을 모두 三子로 표기했다.

※ 임계흥과 임광흥은 『임씨삼대록』에서 소부인의 次子라고 소개되고 있지만, 동시에 임계흥은 임세린의 三子라고 언급되는 반면 임광흥은 임세린의 五子라고 언급되고 있어, 여기에서는 임광흥을 소부인의 三子로 제시했다.

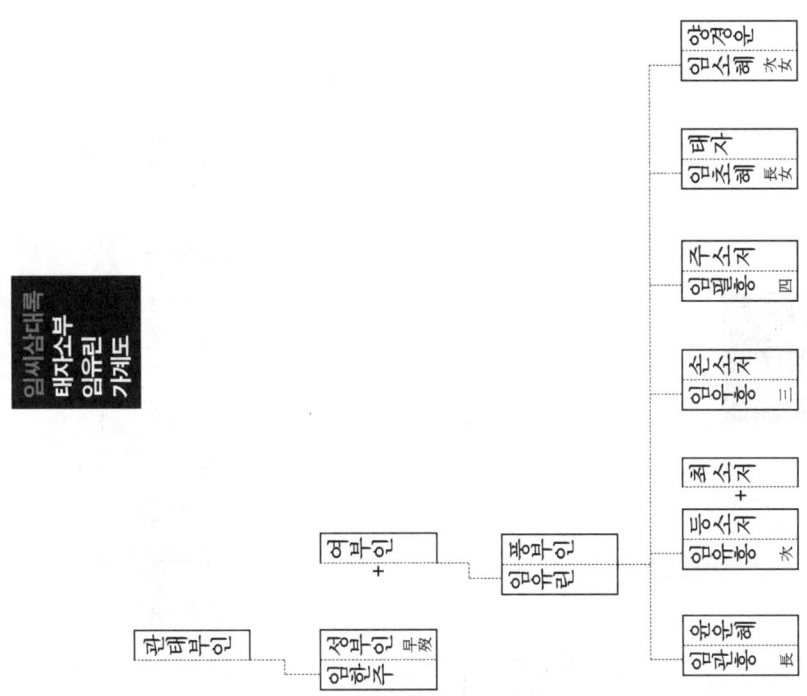

임씨삼대록
태자소부
임유린 가계도

관태부인 ⋯⋯ 정부인 早졸
            임현주

            영부인 +   풍부인
                        임아린

앙경운   임소혜 次女
태자   임조혜 長女
주소저   임필흥 四
손소저   임아흥 三
              즉소저 +
              등소저   임아흥 次
              안아빈   임관흥 長

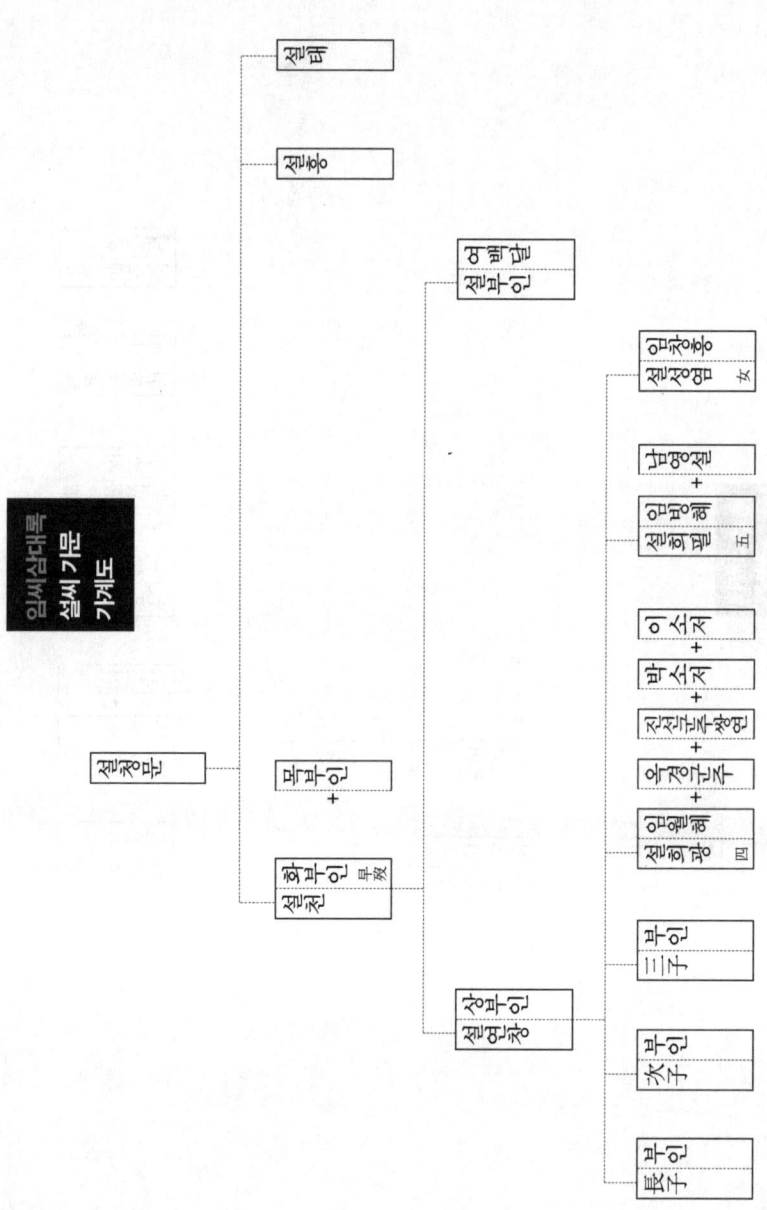

※ 『임씨삼대록』에서 설연창의 長子, 次子, 三子와 그 처들에 대한 이름이 제시되고 있지 않기 때문에 여기에서는 그 순서와 혼인 여부만을 표시해 주었다.